Ulrich Hossner
DER SMARAGDSUCHER

ULRICH HOSSNER **DER SMARAGD SUCHER**

Roman

VERLAG ANTON PUSTET

Impressum

Bibliografische Information der Deutschen Nationalbibliothek
Die Deutsche Nationalbibliothek verzeichnet diese Publikation
in der Deutschen Nationalbibliografie; detaillierte bibliografische
Daten sind im Internet über http://dnb.d-nb.de abrufbar.

© 2016 Verlag Anton Pustet
5020 Salzburg, Bergstraße 12
Sämtliche Rechte vorbehalten.

Coverfoto: © wildlife-media.at
Autorenporträt: Max Missal

Grafik, Satz und Produktion: Tanja Kühnel
Lektorat: Martina Schneider
Druck: Těšínská Tiskárna, A.S.

ISBN 978-3-7025-0823-4

Auch als eBook erhältlich
eISBN 978-3-7025-8029-2

1 2 3 4 5 / 18 17 16 15

www.pustet.at

Mit Unterstützung von

Schön ist, was wir sehen,
schöner, was wir wissen,
aber weitaus am schönsten,
was wir nicht kennen.

Niels Stensen in seiner Antrittsvorlesung 1672
als Königlicher Anatom in Kopenhagen

Prolog

Weit ausholend schwang Christoff die Sense durch das Gras. Wie der Flügelschlag eines Greifvogels, der abstreicht, rauschte es in der Blütenpracht der Bergwiese. Gräser und Kräuter glitzerten im Tau, sodass der Schnitt gut von der Hand ging. Den Oberkörper leicht nach vorn gebeugt, mähte er Schritt für Schritt eine neue Gasse. Nach jeder Zeile nahm er den Wetzstein aus dem Kumpf und machte der Sense eine neue Schneid. Einmal schrammte er gegen loses Geröll. Ein Sommertraum, der sein Blut aufwühlte, hatte ihn abgelenkt. Mit der Sense auf der Schulter stieg Christoff zur Hochlägerhütte. Grünblättriger Ampfer und blauer Eisenhut umwucherten das grobgefügte Feldsteingemäuer, seine Behausung in der Zeit der Hochmahd. Still war es hier oben an den Südhängen des Wildkogels. Noch hatte das Geläut der Grasglocken nicht begonnen. Schläfrig wiederkäuend lag das Jungvieh auf den Almböden. An der Dengelbank arbeitete er die Scharte mit dem Hammer aus. Er nahm sich vor, das nächste Mal besser aufzupassen.

Als die Sonne höher stand, ging er daran, das Heu mit dem Rechen zusammenzutragen. Das Mähgut vom Vortag hatte er umgekehrt und in Streifen angebreitet, der Fallinie des Hanges folgend. So konnte er die Schwaden besser talwärts ziehen. Wenn der Rechen sich im Kraut verheddert, griff er zum Besen und kehrte die Heusträhnen aus den Stauden der Almrosen. Vereinzelt flammten die purpurroten Blüten noch an den knorrigen Sträuchern.

Von der Pfarrkirche zu Bramberg herauf erklang das Angelusläuten. Zwölf Uhr. Zeit für die Jause, dachte Christoff. Lass die Weiber auf den Feldern knien und beten. Der Herrgott ist überall und nirgendwo. Er ging über die Wiese an den Bach hinunter und holte den Rückkorb, den er in den Schatten gestellt hatte. Dann suchte er sich einen Platz zum Rasten und packte den Korb aus. Brot. Käse. Geselchtes. Und eine Kanne Ziegenmilch. Das Rauchfleisch schnitt er in dünne Scheiben, die er von der Messerspitze aß. Die Milch rann ihm an den Mundwinkeln herunter, so groß war sein Durst.

Versonnen kaute er an einem Grashalm. Sein Blick schweifte in die Ferne. Silbern schlängelte sich die Salzach durch die grünen Auen. Drunten in der Talebene lagen Höfe, die leichter zu bewirtschaften waren und mehr einbrachten. Der Weyerhof mit seiner Wirtstaverne, auf dem der Gastwirt und Bierbrauer Severin Senninger saß. Das Gut Benkern, das mit seiner Schwaige Kasse und Küche des Erzstifts und Fürstentums Salzburg füllte. Unweit von der Pfarrkirche am Dorfbach lag der Zehenthof Tantzlehen. Ein Kornhof, um die Jahrtausendwende errichtet, dem das Einsammeln und Abliefern der Getreideabgaben in der Gemeinde oblag.

Drei Töchter hatte der Tantzlechner, der Ronacher. Eine schöner als die andere. Der ältesten war er einmal beim Schlittenfahren begegnet. Er hatte ihr Bild verschwommen vor Augen. Verwischt wie alles, was in schneller Fahrt vorbeihuschte. Fliegende Zöpfe. Glänzende Augen. Und ein Mund so rot wie reife Walderdbeeren.

Die Sonne blendete ihn, als er hinüberschaute zu den gleißenden Gletschern der Venedigergruppe. Kein Mensch hatte sich je in die Region des ewigen Eises gewagt. Wie die Zinnen einer mächtigen Trutzburg ragten die Gipfel der Hohen Tauern in das Blau des Himmels. Eingeschnitten in das Gebirge, zwischen schroffen Felswänden und schattigen Waldflanken, lag das Habachtal. Dunkel, abweisend und geheimnisvoll. Hochfürstliches Jagdrevier der Erzbischöfe seit alters her. Die schönsten Steinböcke gab es hier. Und seltene Kristalle in allen Formen und Farben.

Ja, es gab noch andere Dinge, für die es sich zu leben lohnte.

1
Martinimarkt

Die Sterne zwingen nicht, sie machen nur geneigt.

Johannes Kepler

Man schrieb den 11. November 1667. Martinitag im Bauernkalender. In Mittersill war Jahrmarkt. Die ersten Schneeflocken wirbelten lustig um die Buden und Stände. Der Duft gebrannter Mandeln vermischte sich mit dem Geruch heißer Maroni. Menschen drängten sich um die Schausteller und Spielleute. Ein Bänkelsänger erzählte schaurige Moritaten, die er mit dem Zeigestock an einer Bildtafel veranschaulichte. Eine Wahrsagerin in bunten Gewändern, das Kopftuch zum Turban gewickelt, war umringt von Bäuerinnen, die sich die Zukunft und andere Geheimnisse aus der Hand lesen ließen. Mit ängstlichen Blicken verfolgten Jung und Alt einen Seiltänzer, der hoch über ihren Köpfen seine todesmutigen Kunststücke vorführte. Keinen Glückstag hatte der Bärentreiber, dessen brauner Geselle nicht nach seiner Sackpfeife tanzen wollte.

Vor der Bühne einer Komödiantentruppe blieb Christoff stehen. Mit großen Worten kündigte der Theaterdirektor »die tragische Historia von dem Zauberer und Schwarzkünstler Doctor Johann Faustus« an. Der mit seinem Schicksal hadernde Gelehrte hat sich mit dem Teufel verbündet, damit dieser ihm verschaffe, was ihm bisher versagt blieb: Ruhm, Reichtum und schöne Frauen. Die Aufführung findet mäßigen Beifall. Der Doktor wird als übler Schelm und Scharlatan beschimpft, und der Teufel Mephisto mit Eiern beworfen, dass er schnell hinter die Kulissen flüchtet.

Die Hände in den Hosentaschen, schlenderte Christoff gemächlich weiter. Vorbei an einem Kuriositätenkabinett, dessen Besitzer dem Publikum ein Kalb mit zwei Köpfen zu zeigen versprach, an einem Karussell mit hölzernen Fabelwesen, das von vier kräftigen Männern angetrieben wurde, und einem Zauberkünstler, der aus den Rocktaschen seines verblüfften Publikums jedesmal eine Silbermünze hervorholte. Er überlegte, wie die Münzen in die Taschen gekommen sein könnten, als ihn ein Schrei aus seinen Gedanken riss.

»Der Bär ist los! Der Bär ist los!«

Mitten durch die entsetzt zurückweichende Menge kam der Tanzbär gelaufen. Mit der abgerissenen Kette am Nasenring und seinem struppigen Fell bot das Tier einen erbärmlichen Anblick. Für die Menschen, die ihn furchtsam beäugten, schien sich der Bär nicht zu interessieren. Der zottelige Geselle trabte schnurstracks dahin, wo seine Nase Leckerbissen witterte. Am Stand des Zuckerbäckers angekommen, stellte sich der Bär auf die Hinterpfoten und langte mit der Tatze nach den Schmalzkrapfen, die er mit grunzendem Wohlbehagen verzehrte, bis sein Halter herbeigeeilt kam und den Reißaus fluchend wieder an die Kette legte.

Als der Bärentreiber abgezogen war, fiel Christoff ein, dass er seiner Schwester versprochen hatte, ihr einen Krapfen mitzubringen. Aber bitte den mit der Marillenmarmelade, hatte Barbara ihm eingeschärft. Wie er das weiß bestäubte Backwerk in Empfang nahm und sich umdrehte, stand sie plötzlich neben ihm. Schlank und schön. Er kam ins Grübeln. War das nicht die Kleine vom Rodelberg, die ihm so fröhlich zugewinkt hatte, damals vor vier Jahren? Ja, sie war es. Unverkennbar. Und doch wieder nicht. Die Augen waren dieselben, aber der Blick ein anderer. Rätselhaft.

Sie wandte sich um. Wie er sie anschaute. Durchdringend. Prüfend. Mit schmalen Augen, eine steile Falte zwischen den Brauen. Als würde er nach einem Wild spähen. Nicht mit diesem kindischen Grinsen wie die Burschen, die sie angafften oder ihr schöne Augen machten. Sie fühlte seinen Blick an sich herabgleiten, dass ihr ganz heiß wurde. Unwillkürlich zog sie ihren Schal fester um den Hals. Der große Kerl kam ihr irgendwie bekannt vor. Woher nur?

Sie sah sich wieder als Vierzehnjährige auf dem Schlitten. Mit Wollmütze, Schal und Handschuhen. Sie hatte ihn erst bemerkt. als er neben ihr fuhr. Er hatte flüchtig zu ihr herübergeschaut, ob er nicht in ihre Spur geriet. Sie hatte zu ihm geschaut, ob es keiner von den Schulbuben sei, der sie anrempeln wollte. Dabei hatte sie ihn angelächelt und ihm zugewinkt.

Warum eigentlich? Es war doch sonst nicht ihre Art, fremden Burschen zuzuwinken. Wer ist das, hatte sie ihre Freundin Veronika gefragt. Es wird einer vom Sonnberg sein, meinte die Scharlertochter abschätzig. Bestimmt ein Bauernknecht. Was willst du mit dem? Nun stand er vor ihr. Groß und breitschultrig. Sein sonnengebräuntes Gesicht, über dessen linke Wange eine Narbe lief, erinnerte sie an den Stamm einer Wetterzirbe. Die widerspenstige Haarlocke, die ihm ins Gesicht fiel, verlieh ihm etwas Verwegenes. Ob die Falten um Augen und Mund vom Tagewerk oder vom Lachen kamen? Auf einmal erschien er ihr gar nicht mehr so alt. Und auch nicht mehr so groß. Mit der Stirn reichte sie ihm immerhin bis zum Kinn, wenn nicht darüber. Den Mund zu einem Lächeln verzogen, warf sie mit lässiger Gebärde ihre Zöpfe über die Schulter.

Wie angewurzelt blieb Christoff stehen. Verzaubert vom Liebreiz ihres Antlitzes, starrte er sie unverwandt an. Die langen dunklen Wimpern, die ihrem Blick etwas Sanftes gaben. Der große erdbeerrote Mund mit den bogenförmig geschwungenen Lippen. Die kurze, ein wenig himmelwärts gerichtete Nase. Die dichten dunklen Augenbrauen. Seltsam, die rechte Braue hob sich zu einem scharfen Winkel, während die linke einen sanften Bogen zeichnete. Als habe sie zwei verschiedene Seiten. Einen scharfen Verstand und ein sanftes Gemüt.

Die Farbe ihrer Augen erinnerte ihn an die Vergissmeinnicht, die bei der Hausquelle blühten. Dort, wo sie das Wasser zur Brunnenstube ableiteten. Ein lichtes Himmelblau.

Etwas Strahlendes umgab dieses Mädchen. Es war, als ginge ein Leuchten von ihr aus. Ein inneres Leuchten. So musste eine Marienerscheinung auf den Wunderseher wirken. Diese Erscheinung allerdings war aus Fleisch und Blut. Mit rosigen Wangen und einem roten Mund. Mit der würde er auch – sofort.

Wie alt mochte sie wohl sein? Achtzehn? Neunzehn? In dem Alter hatte er noch keine gehabt. Die hatten meistens keine Erfahrung in der Liebe. Die meinten es ernst und ließen einen nicht mehr los.

Er gab sich einen Ruck und räusperte sich.

»Heute mal ohne Kavalier?«

»Er hat seinen freien Tag. Was dagegen?«, sagte sie mit gespielter Gleichgültigkeit.

»Er hat sich wohl eher zu viel herausgenommen?«

»Nicht mehr als einer, der vor mir steht und neugierige Fragen stellt.«

»Du spielst wohl gern die Kühle?«, sagte er.

»Nur bei denen, die es verdienen.«

»Bist du nicht eine von den Tantzlehentöchtern – die Kleine vom Rodelberg?«

»Ja, die Cecilia Ronacherin. Aber klein nicht mehr, wie du siehst. Mit wem habe ich das Vergnügen?«

Genussvoll biss sie in einen Krapfen, dass der Staubzucker an ihrer Oberlippe kleben blieb. Gespannt, was er antworten würde, leckte sie langsam die Zuckerkrümel weg.

»Ich bin der Jenner – vom Gut Fronleiten.«

»Fronleiten am Sonnberg?«

»Ja. Der letzte Hof gegen das Mühlbachtal.«

»Ganz schön abgeschieden die Gegend.«

»Im Winter schon. Oft liegt der Schnee so hoch, dass man kaum vor die Tür kommt.«

»Hast du auch einen Taufnamen?«

»Christoff.«

Er vergrub seine Hände in den Hosentaschen. Am liebsten wäre er seinen Händen gefolgt.

Sie bemerkte seine Verlegenheit. »Was machst du hier? Nur wegen des Schmalzgebäcks bist du doch nicht nach Mittersill gekommen?«

»Ich war auf dem Pflegamt. Zu Martini sind Zins und Zehent fällig. Und – wie kommst du hierher?«

Eine dümmere Frage fiel ihm nicht ein. Mit Fragen tröstet man Witwen. Damit erobert man keine Weiber. Die wollen zum Lachen gebracht werden. So hatte er es immer gehalten. Auf einmal war alles anders. Dieses Weibsbild zog ihm den Boden unter den Füßen weg. Und machte ihn unsicher.

»Mein Vater hatte auch auf dem Pfleggericht zu tun. Jetzt sitzt er mit den anderen Bauern im Bräurup. Bist du mit dem Wagen da?«

»Wir haben keine Kutsche. Der Fahrweg auf den Sonnberg geht nur bis zum Haslachhof. Und das Mühlbachtal ist ab der Herrenmühle gesperrt für Gespanne.«

»Willst du mit uns fahren?«

»Danke. Ich gehe lieber zu Fuß.«

»Den weiten Weg und dazu in der Dunkelheit?«

»Na und?«, entgegnete er schulterzuckend.

Das Gespräch kam ins Stocken. Er hätte gern noch etwas gesagt. Aber es fiel ihm nichts ein. Er wischte sich mit der Hand über das schneenasse Gesicht. Gleich würde sie sich umdrehen und gehen. Dann war alles verspielt. Doch sie ging nicht.

»Fährst du immer noch Schlitten?«, fragte sie unvermittelt.

»Ab und zu den Hörnerschlitten mit einer Fuhre Holz.«

Versonnen blickte sie an ihm vorbei. »Ich hätte auch mal wieder Lust, Schlitten zu fahren ...«

»Bei Vollmond macht es am meisten Spaß. Wenn die Ehehalten am Rodelberg sind. Dann ist der Bär los.«

Sie lachte. »Einer hat mir gereicht! Was habt ihr Bauern am Berg bloß für altertümliche Ausdrücke. Du meinst wohl die Dienstboten – das Gesinde.«

»Knechte und Mägde, wenn dir das lieber ist«, sagte er mürrisch.

Sein Unmut schien sie zu amüsieren. »Wann haben wir Vollmond?«

»In neun Tagen.«

»Woher weißt du das?«

»Bei der Holzarbeit richten wir uns nach dem Mond. Jedes Holz hat seinen eigenen Zeitpunkt, wann es am besten ist.«

Ihre Augen blitzten spottlustig. »Ich hoffe, unser Bockschlitten ist auch aus Mondholz. Nicht, dass er zusammenbricht ...«

»Viel mehr, als im Schnee landen, können wir nicht.«

»Meinst du?« Sie schaute ihn fragend an. »Also dann bei Vollmond. Nach dem Nachtmahl. Weißt du, wie du zu uns kommst?«

»Ich kenne Tantzlehen. Der Weg zum Sonnberg führt daran vorbei, wenn man zur Pfarrkirche geht.«

»Vorstellen werde ich dich nicht, sonst kommen wir nicht mehr fort. Mutter will immer genau wissen, mit wem ich mich verabrede. Und meine Schwestern würden dich mit Fragen löchern.«

»Das ist bei uns genauso. Meine Schwester ist sechzehn und muss um acht Uhr abends zu Hause sein. Damit es kein Gerede gibt. Was nützt es? In ein, zwei Jahren ist sie aus dem Haus. Dann macht sie doch, was sie will.«

»Es kommt, wie es kommt, und meistens anders, als man denkt.« Dabei lachte sie und schüttelte den Schnee von ihrem graulodenen Überwurf, dass die Flocken aufstäubten. »Jetzt muss ich aber gehen – mein Vater wartet bestimmt schon. Dann bei Vollmond, Schlag neun. Du wirst mich hoffentlich vor dem Nachtkrapp beschützen ...«

»Wenn du willst, auch vor anderen Nachtschwärmern ...«

Sie trat näher an ihn heran. Er spürte ihren Atem. Wie dicht ihre Augenbrauen waren. Wie lang ihre Wimpern. Wie rot ihre Lippen. Wie glatt ihre Haut. Verzaubert von ihrer Schönheit, kam es ihm vor, als ob die Welt um ihn herum in weite Ferne rückte.

Sie blickte ihn herausfordernd an. »Du denkst wohl, ich habe auf dich gewartet.«

»Ich wollte, ich könnte es glauben. Dieses Mal fährst du mir nicht wieder davon.«

»Das wird sich zeigen ...«

Ohne ein Wort des Abschieds wandte sie sich um und ging. Mit erhobenem Kopf, die Hand am Schulterriemen ihrer Tragtasche.

Er blickte ihr nach, bis sie in die Kirchgasse zum Gasthaus Bräurup einbog. Wenn sie sich umdreht, bevor sie um die Ecke verschwindet, hat es bei ihr gefunkt.

Er hielt den Atem an.

Tatsächlich, sie drehte sich um. Er glaubte, ein Lächeln auf ihrem Antlitz wahrzunehmen. Es konnte auch eine Täuschung sein. Im Zwielicht ist vieles unwirklich. Da verwandelt sich der Bock leicht in ein Einhorn. War die zauberhafte Erscheinung auch eine Täuschung? Nein, die Begegnung mit der Bauernprinzessin war so wahr, wie er mit beiden Beinen auf der Erde stand. Verwundert schüttelte er den Kopf und schritt über die Brücke der Achen.

Die Händler und Schausteller begannen, ihre Stände und Buden abzubauen. Schloss Mittersill, der Sitz des Pfleggerichts, hoch über den Ufern der Salzach, war von Pechfackeln erleuchtet. Die Umrisse der schneebedeckten Gebirgslandschaft verschwanden in der Dämmerung. Berg und Tal flossen ineinander über. Als hätte ein Künstler in einem Anfall wilder Wut ein Aquarell in schlammfarbenen Tönen übermalt. Der Himmel war schmutzig gelb vom Rauch der Herdfeuer und Stubenöfen. Christoff machte sich auf den Heimweg. Es hatte aufgehört zu schneien. Die Nacht versprach, kalt und klar zu werden. Das richtige Wetter für die Holzarbeit. Morgen könnten sie an den Lärchenstamm gehen. An den Windwurf beim Arzboden.

Die Tantzlehentochter ging ihm nicht aus dem Kopf. Cecilia Ronacherin, die älteste Tochter des Zehentbauern Rupert Ronacher, des Bauernkönigs von Bramberg, hatte sich mit ihm verabredet. Mit ihm, dem Sohn eines Kleinbauern. Knecht daheim, Tagelöhner bei den anderen. Jeder, der den Namen Jenner kannte, wusste das. Was hatte sie sich dabei gedacht? War es eine Laune des Augenblicks? Oder waren andere Dinge im Spiel? Magnetische Kräfte, wie ein gelehrter Mann behauptete. Ein Jesuitenpater. Kirchner oder Kircher. Der Messner hatte es erzählt. Als Schulmeister wusste er solche Dinge.

Auf dem Kutschbock neben ihrem Vater dachte Cecilia über die letzten Worte des Fronleitners nach. Sie gingen ihr nicht aus dem Sinn. Auch nicht, als sie im Nachthemd vor dem Spiegel der Waschkommode stand und ihre beiden Zöpfe löste. Den Kopf zur Seite geneigt, bürstete sie das kastanienbraune Haar, das ihr fast bis zu den Hüften reichte. Sie war stolz auf ihr Haar und pflegte es jeden Abend, bis es wie Mahagoniholz schimmerte. Schöneres Haar hatte keine im Dorf. Das Mädchenzimmer, ausgestattet mit einem Doppeltürkasten, bemalt mit Rosetten und Girlanden, einer geschnitzten Gewandtruhe sowie Tisch und Stühlen, teilte Cecilia mit ihren beiden Schwestern. Es ging meistens recht lustig zu vor dem Zubettgehen. Franziska, mit knapp vierzehn die Jüngste, konnte endlos über belanglose Dinge lachen. Sie war von lebhafter Natur und ihrer Mutter wie aus dem Gesicht geschnitten. Die sechzehnjährige Susanna, kräftiger von Gestalt und ruhiger in ihrer Art, lästerte gern über andere, wobei sie oft maßlos übertrieb. Gerade diese Unterschiede in Wesensart und Temperament trugen dazu bei, dass die drei Schwestern wie Pech und Schwefel zueinanderhielten. Nicht selten verbündeten sie sich gegen ihre Eltern, wenn eine von ihnen sich ungerecht behandelt fühlte.

»Deine Zöpfe sind bald so lang, dass ein Bursche daran zum Fenster hinaufklettern kann«, spottete Franziska, während sie ein Bein auf den Stuhl stellte und ihren Strumpf auszog.

»Der Bursche, der mich einmal besucht, kommt zur Zimmertür herein und nicht durchs Fenster wie ein Dieb«, entgegnete Cecilia spitz. Sie legte die Bürste beiseite und begann, ihr Haar zu kämmen.

»Hättest du blondes Haar wie ich, Celia«, sagte Susanna, die damit beschäftigt war, ihre Zöpfe zu lösen, »würde es im Mondlicht glänzen wie lauteres Gold und jedem Burschen den Weg zur Kammer weisen.«

»Und hättest du so feines Haar wie ich, Susu, würde der Bursche darin zappeln wie eine Fliege im Spinnennetz«, scherzte Franziska.

»Mit dem Fensterln gäbe es wohl Probleme«, spann Susanna beim Auskleiden den Faden weiter. »Der Bursche wäre bestimmt erstaunt, gleich zwei Jungdirnen zur Auswahl zu haben.«

»Wieso zwei – habt ihr mich vergessen?«, sagte Franziska.

»Du zählst bei diesen Dingen noch nicht, Fanny«, sagte Susanna ungerührt.

Franziska hatte sich ihres knielangen Unterbeinkleids entledigt.

»Was, ich zähle noch nicht?«, brauste sie auf. »Soll ich es euch beweisen?«

Dabei zog sie ihr Unterhemd aus und warf es achtlos auf den Boden.

Susanna und Cecilia betrachteten lächelnd die schmalen Hüften und staksigen Beine ihrer kleinen Schwester.

»Ein Kind bist du nicht mehr, aber für die Liebe noch zu jung – auch wenn du schon deine ersten Tage hast«, sagte Susanna trocken.

»Prinzessin Margarita Theresa war auch erst vierzehn, als sie letztes Jahr ihren Onkel, Kaiser Leopold, geheiratet hat.«

»Vierzehn war sie bei der Vermählung in Procuratione«, belehrte sie Cecilia. »Da haben die beiden sich noch nicht einmal gesehen. Bei der Hochzeit in Wien war sie fünfzehn. Aber was hatte sie schon davon? Nichts als Fehlgeburten. Im Januar bekam sie endlich ihr erstes Kind, die Maria Antonia.«

Missbilligend schaute Susanna ihrer jüngeren Schwester zu, die im Schrank, nackt wie Gott sie schuf, nach einem Nachthemd kramte. »Mit deiner Freizügigkeit übertriffst du alle. Das hast du von Mama gelernt, die aus dem Badezimmer kommt, als wäre sie die Venus.«

»Manche können es sich eben leisten«, erwiderte Franziska schnippisch, das Nachtgewand überstreifend. »Aber tröste dich, Susu, üppig ist jetzt die große Mode – man steht auf Speck und Schinken.«

»Speck und Schinken? Warte, ich zeige es dir, du Giftkröte!«

Mit gespielter Entrüstung jagte Susanna ihre kreischende Schwester um den Tisch herum, bis die Jüngere sich auf ihr Bett warf und sich beide lachend in den Kissen wälzten.

Den Kopf beim Kämmen zur Seite geneigt, schaute Cecilia belustigt dem Knäuel nackter Arme und Beine zu.

»Auf dem Martinimarkt ist mir der ältere der beiden Jennerbrüder begegnet. Ihr wisst doch, die Jenner auf Fronleiten am Sonnberg. Kennt ihn jemand von euch?«

»Den Christoff?«, keuchte Susanna erhitzt, wobei sie ihre Schwester losließ. »Ich hab ihn ab und zu gesehen, wenn er seine Schwester von der Schule abgeholt hat. Mit der Barbara bin ich in dieselbe Klasse gegangen.«

»Und – was war dein Eindruck von ihm?«

»Er ist ein absoluter Chaot!«

Mit einer Knochenbürste aus eingezogenen Schweinsborsten war Cecilia damit beschäftigt, ihre Zähne zu putzen.

»So. Ein Chaot?«, sagte sie ohne ihre Tätigkeit zu unterbrechen.

»Ja. Er kriegt einfach nichts gebacken. In den Wirtshäusern sitzt er am Würfeltisch, oft bis spät in die Nacht. Auch geht er keinem Streit aus dem Weg. Barbara erzählte mir, er sei unehrenhaft aus der Armee entlassen worden.«

»Unehrenhaft?« Cecilia zog eine Augenbraue hoch. »Hatte er Spielschulden – oder etwa ein Duell?«

»Nichts von alledem. Er soll einen militärischen Befehl verweigert haben. Ich glaube, im letzten Türkenkrieg. Mehr weiß ich auch nicht. Frag ihn am besten selbst.«

»Hat er eine Freundin?«

»An jedem Finger eine!«, lachte Susanna.

»Das glaube ich nicht – so sieht er nicht aus.«

»Was ist denn das für ein Gepolter? Es hört sich von unten an wie Mord und Totschlag.«

Die Tantzlehenbäuerin war in das Mädchenzimmer gekommen, um ihren Töchtern Gute Nacht zu sagen. Susanna strich ihr zerzaustes Haar aus der Stirn.

»Sag mal, Mama, als du in unserem Alter warst, kam da auch mal ein Bursche durchs Fenster in deine Kammer?«

Magdalena hob die Leibwäsche von Franziska auf und legte sie über die Stuhllehne.

»Ja. Der Alois Leitner vom Freisassenhof hat es einmal versucht. Er war so von sich eingenommen, dass er gar nicht gemerkt hat, dass ich nichts von ihm wissen wollte. Als er vor mir stand, mit erhitztem Gesicht und frechem Grinsen, sagte ich zu ihm: Dein Weg führt nicht in mein Bett, Leitner, sondern geradewegs durch die Tür. Draußen stand mein Vater und verpasste ihm zum Abschied einen Denkzettel, den er garantiert nicht mehr vergessen hat.«

Die Mädchen lachten lauthals, dass sich Magdalena die Ohren zuhielt.

»Wie ihr wisst«, fuhr sie fort, »kam ich mit siebzehn nach Tantzlehen. Euer Vater musste bei mir nicht fensterln. Als wir uns einig waren, dass wir heiraten, stand für Rupert meine Kammertür immer offen. Allerdings habe ich meinen Brautkranz auf ehrliche Weise getragen. Man darf den Mannsbildern vor dem Hochzeitsgeläut nicht zu viel gönnen. Sonst vergessen sie leicht, was sie versprochen haben.«

Als die Mädchen in ihren Betten lagen, zeichnete Magdalena jedem von ihnen mit dem Daumen das Kreuzzeichen auf die Stirn und löschte die Wachslichter.

Cecilia lag noch lange wach. Durch einen Spalt des geblümten Vorhangs sah sie die Sterne am Himmel funkeln; sie dünkten ihr greifbar nahe. Die Arme hinter dem Kopf verschränkt, musste sie an den Jenner denken. Sie überlegte, was das Besondere an ihm war. Die klaren grauen Augen, die ihre Gedanken zu lesen schienen? Die tiefe, raue Stimme, die sie auf unerklärliche Weise anzog? Die Gelassenheit, die er ausstrahlte, als könne ihn nichts erschüttern? Oder täuschte sie sich? Jedenfalls war er anders als alle anderen, die sie kannte. Die Platzhirsche mit ihrem gespreizten Gehabe. Die Prahlhanse, die sie mit ihren schnellen Wagen oder edlen Reitpferden zu beeindrucken versuchten. Nein, von sich eingenommen war er nicht. Auch wenn seine letzten Worte etwas überheblich geklungen hatten. Wollte er sich bloß Mut machen? Oder war es die Gewissheit, dass sie mehr verband als die Erinnerung an eine Schlittenfahrt?

Aber das war nicht alles. Eine wohltuende Kraft, spürte sie, ging von diesem Mann aus. Die Leichtigkeit, mit der er der Welt ins Gesicht lachte. Wie einer, der nach seinen eigenen Gesetzen lebte. Seine Gegenwart verscheuchte die Schatten der Schwermut, die sie an manchen Tagen überkamen. Unverhofft wie eine Schar Saatkrähen auf frisch gepflügtem Acker.

In neun Tagen sei Vollmond, hatte er gesagt. Als sie sich vorstellte, mit diesem Kerl auf einem Schlitten zu sitzen, hinter seinem breiten Rücken, vielleicht auch vor ihm, lief ein Schauer über ihren Körper. Ein Prickeln, erregend und erwartungsvoll. Noch nie hatte sie dieses Prickeln gespürt. Sie legte die Hand auf ihr Herz. Es schien ihr, als klopfte es lauter als sonst. So laut, dass sie befürchtete, es könnte ihre Schwestern wecken.

Ob sie es leugnen wollte oder nicht, sie hatte sich verliebt.

Neun Tage später schlug Christoff den Weg nach Tantzlehen ein, um die achtzehnjährige Tochter des Zehentbauern Rupert Ronacher und der Magdalena Kammerlanderin zum Schlittenfahren abzuholen. Mächtige Kornkästen und Dreschtennen, Stallungen und Schuppen, Hofschmiede und Gesindehaus säumten das herrschaftliche Anwesen. Seit dem 13. Jahrhundert besaß Tantzlehen das erzbischöfliche Privileg, den Zehenten von den Bauern zwischen Bramberg und Krimml einzutreiben und an den Felberkasten in Mittersill abzuliefern, den Kornspeicher des hofurbarlichen Kellenamts in Stuhlfelden. Ein Drittel der Getreideabgaben oder anderer landwirtschaftlicher Erträge bekam der Erzbischof, ein Drittel der Pfarrherr der Kreuztracht, ein Drittel die Armen. Nicht umsonst zählten die Ronacher zu den angesehensten und reichsten Bauern des Oberpinzgaus.

Ehrfurchtsvoll betrachtete Christoff das stattliche Gutshaus. Wie jedermann wusste, läutete die Giebelglocke für mehr als zwei Dutzend Dienstboten zum Feierabend. Bis unter den Dachfirst war das im rechten Winkel versetzte zweistöckige Wohnhaus aus Stein gemauert und mit Lehmmörtel verputzt. Ein Wandgemälde an der Südseite, neben dem oberen Söllerumgang, zeigte den heiligen Martin auf dem Pferd, wie er mit dem Schwert seinen Mantel teilte. Es ging die Rede, kein Bettler habe den Zehenthof jemals ohne ein Almosen verlassen.

Zögernd trat Christoff an die Schwelle des rundbogigen Sandsteinportals. Als er den eisernen Klopfer betätigen wollte, öffnete sich die Haustür. Bekleidet mit Lodenumhang, Schal und Strickmütze, stand Cecilia vor ihm.

»Sieh nur, ist der Mond nicht wunderschön?«

»Nicht schöner als eine, die vor mir steht.«

»Ich möchte nicht wissen, wie oft du das schon gesagt hast.«

»Nur so oft, wie Vollmond ist.«

»Kannst du noch etwas anderes als Sprüche machen?«

»Das musst du schon selbst herausfinden.«

»Ich weiß nicht, ob ich diese Entdeckerlust habe«, sagte sie und griff zum Schlitten an der Hauswand.

»Bleib in der Nähe der anderen, hörst du!«, rief eine weibliche Stimme.

»Mama, ich bin doch kein Kind mehr!«

Mit dem Bockschlitten zogen sie durch die stille weiße Winternacht. Das sternenübersäte Firmament funkelte und flimmerte wie eine Kristallkluft. Im Norden stand der Große Wagen, hell und hoch. Im Mondlicht warfen die Weidezäune harte Schatten. Die Berge erschienen niedriger und näher. Keine Farbskala stufte sie ab. Schweigend gingen sie über die verschneiten Berglehnen. Christoff suchte nach Worten, aber es wollte ihm nichts Gescheites einfallen.

Nur das Schellengeläut eines Pferdeschlittens, der Halbzehnuhrschlag der Kirchturmuhr und das leise Plätschern eines Bachs, über den rauchiger Nebeldunst quoll, unterbrachen die nächtliche Ruhe. Doch Christoff kam es vor, als wäre das Pochen seines Herzens noch lauter.

Die Füße durch den pulvrigen Schnee pflügend, sausten sie die Rodelbahn hinab. Zaghaft umfasste sie seine Hüften. In einer scharfen Kurve verlor sie fast das Gleichgewicht. Darauf rückte sie näher an ihn heran. Klammerte sich fester an ihn, sodass sie die Wärme seines Körpers spürte. Der Schnee stäubte ihnen beim Bremsen ins Gesicht. Als sie vor ihm saß und das Gefährt lenkte, flogen ihm ihre Zöpfe um die Nase. Der Duft ihres Haars benahm ihm den Atem, dunkle Sehnsüchte heraufbeschwörend. Wie sähe sie mit offenem Haar aus? Es müsste ihr fast bis zu den Hüften reichen. Würde sie sich ihm jemals so zeigen?

Das Gejohle und Gekreische der anderen hörten sie kaum. Irgendjemand rief ihnen scherzhaft zu, sie sollten aufpassen, nicht aus der Bahn zu kommen. Die Doppeldeutigkeit der Worte überhörten sie. Sie sahen und hörten nur sich.

Christoff musste einen Augenblick geträumt haben. Jedenfalls sah er den Schlitten nicht, der sich in schneller Fahrt von links näherte. Vorn der Matz, der Knecht vom Brunnerhof, dahinter die Resl, die Jungdirn von Schöneben. Mit lautem Jauchzen kamen die beiden auf sie zugeschossen, in der Absicht, sie vom Schlitten zu werfen.

»Nach rechts rüber!«, rief Christoff.

Cecilia wollte ausweichen und riss den Schlitten herum. Zu spät. In hohem Bogen flogen sie den Abhang hinunter. Prustend und lachend lagen sie im Schnee. Über und über weiß bestäubt. Ihre Gesichter berührten sich fast. Jeder spürte den Atem des anderen.

Das Verlangen überkam ihn, diesen schneebestäubten, lachenden Mund zu küssen, der ihm heiß vor Erregung entgegenhauchte. Doch sein Verstand sagte ihm, der richtige Zeitpunkt dafür sei noch nicht da. Müsste er sich nicht wie ein Dieb vorkommen?

Cecilia erhob sich und klopfte den Schnee von Mütze und Mantel. »Jetzt muss ich nach Hause. Meine Schwestern schlafen bestimmt schon.«

Auf dem Heimweg nahm Christoff ihre Hand. Sie ließ es geschehen. Die Hand fühlte sich weich und warm an. Nach einer Weile spürte er einen sanften Gegendruck. Ein Schauer des Glücks durchrieselte ihn. Ein aufregendes Prickeln. Er spürte, dass sich hinter diesem Gefühl mehr verbarg als ein bloßes Abenteuer.

Nach diesem Abend trafen sie sich häufiger. An der Herrenmühlsäge in Mühlbach. Bei den Heustadeln am Sonnberg. Oder auf der Tenne von Tantzlehen. Wenn alles schlief. Vielmehr wenn sie glaubten, dass alles schlief. Die Kälte der Nebelnächte drang durch die Luken und Ritzen der Scheunen und Mühlen. Doch sie spürten es nicht. Anfangs versuchte sie noch, ihn mit sanfter Hand abzuwehren, wenn er in heißem Verlangen ihr Mieder aufschnüren wollte, das sie wie alle Bauerndirnen über dem Rock trug.

»Ist es nicht unzüchtig, was wir tun?«, fragte sie ängstlich, als seine Hand ihr Unterhemd hochstreifte.

»Wer hat dir denn diesen Unsinn eingeredet?«

»Der Pfarrherr – im Kommunionsunterricht.«

Der Anblick ihres nackten Oberkörpers im Strahl des Mondlichts, der durch die Scheunenluke fiel, erregte ihn so sehr, dass er sich nicht mehr in der Gewalt hatte. In der Begierde, ihre Haut an seiner Haut zu spüren, riss er sich das Hemd vom Leib und warf sich über sie. Seine Hände mit ihren Händen verknotet, dass sie unfähig war, sich zu wehren, wanderte sein Mund von ihrem Mund abwärts über Hals, Schulter und Busen. Wie scharlachrote Rosen im Schnee, aufblühend in kalter Winternacht, erschienen ihm ihre Brüste. Nie zuvor, wenn er bei einem Weib lag, hatte er diese Lust verspürt. Immer hatte ihn etwas gestört. Etwas, das ihn davor bewahrte, mehr als das Vergnügen zu suchen. Mit der Tochter des Tantzlechners war alles anders. Sie war, wie ein Weib sein sollte. Vollkommen. So eine war ihm noch nie begegnet.

Die wollte er ganz.

Mit Herz und Seele.

Cecilia lag regungslos da. Die Hände in seinen Locken vergraben, starrte sie in das Gebälk. Gedanken schossen ihr durch den Kopf. Er war anders als sonst. In seinem Verlangen nahm er sie überhaupt nicht wahr. Er spürte gar nicht, was in ihrem Inneren vorsichging. Er behandelte sie wie die anderen. Die Liederlichen. Die von der billigen Sorte. Als sie seine Hand an ihren Schenkeln spürte, die Schleifen des Unterbeinkleids lösend, wurde ihr bewusst, was er im Sinn hatte.

Sie richtete sich jäh auf. »Lass das bitte – ich will nicht!«, sagte sie, ihre Kleider ordnend.

»Und warum nicht?« Verärgert zupfte er das Heu von seiner Joppe.

»Weil es sündhaft ist. Und außerdem muss ich jetzt nach Hause.«

»Sündhaft?«, lachte er. »Wenn wir immer ängstlich darauf schielen, was und wo und wann wir etwas dürfen, wird das Leben so trocken und dürr wie ...« Er zog einen Halm aus dem Heu und kitzelte sie an der Nase. »... wie Heublumen.«

»Das sagst du nur, um mich rumzukriegen.«

»Nein, es ist meine Überzeugung.«

»Ihr Mannsleute habt gut reden. Wir Mädchen sind es, die am Ende mit der Bescherung dasitzen.«

»Ich werde dich nicht sitzenlassen. Was auch immer geschehen mag. Niemals.«

Sie wollte sich nicht so leicht geschlagen geben. »Müssen wir uns jetzt schon unseren Willen nehmen? Das Leben liegt doch noch vor uns ...«

»Was vor uns liegt, wissen wir nicht«, sagte er hart. »Man pflückt die Blumen, solange sie blühen.«

»Ach, dann bin ich also eine Blume, die man pflückt«, sagte sie mit bitterem Lächeln.

Er schaute ihr in die Augen mit einem Blick, der in ihr Herz drang. »Eine Rose gebrochen, an Dornen gestochen, mit Blut geschrieben: Ich werde immer dich lieben.«

Cecilias Widerstand schmolz wie Märzenschnee in der Sonne. Jede Nacht ein Stück mehr. Jede Nacht, die sie bei ihm lag, schwand ein Kleidungsstück mehr von ihrem Körper. Sie war machtlos gegenüber ihrem Verlangen nach Nähe. Nach Wärme. Nach Vereinigung. Eines

Nachts streifte er ihr Unterbeinkleid vom Leib, ohne dass sie sich wehrte. Sie nahm die Hornspange aus ihrem Haar, löste die Zöpfe und gab sich ihm hin. Im Überschwang der Gefühle. Ohne Besinnung.

Die Nacht hat viele Augen. Einmal vernahmen sie ein Rascheln im Heu. Ängstlich klammerte sich Cecilia an Christoff. Es sei bestimmt ein Marder, versuchte er sie zu beruhigen. Da erhob sich neben ihnen eine zerlumpte Gestalt, ärgerlich brummend, bei dem Lärm könne man ja kein Auge zutun. Sie mussten lachen, als der Landfahrer mit seinem Bündel davonzog. Ein anderes Mal, in der Wennser Stampfmühle, lagen sie auf einem Stapel leerer Kornsäcke. Plötzlich setzte sich mit Ächzen und Knarren das Räderwerk in Bewegung. Von den unsichtbaren Griffen des Wellbaums gehoben, stiegen die schweren Stampfer gespenstisch in den Rahmen auf und polterten nacheinander in den hölzernen Trog, hoben und senkten sich unablässig im gleichförmigen Takt der Stöße, ein wahrer Höllenlärm, von keiner Schütte Korn oder Spreu gedämpft. Mit einem Schrei befreite sich Cecilia aus der Umarmung und sprang auf. Hand in Hand rannten sie lachend zu einer benachbarten Scheune. Bis sie merkten, dass sie auf der Flucht ihre Kleider vergessen hatten. Da glaubten sie, ein Gelächter zu hören. Es konnte auch eine Einbildung sein. Wie so vieles.

Sie waren einander so nah, dass sie manchmal nicht mehr wussten, in welchem Körper sie lebten.

So nah, dass sie am Tag noch die Stimme des anderen im Ohr hatten, den Geruch des anderen noch an der eigenen Haut wahrnahmen. Und der Körper des anderen so gegenwärtig war, als ob sie beieinander lägen. Und die Erwartung an das nächste Beisammensein ihnen die Bilder der vergangenen Nacht vorgaukelte und sie in einen Zustand der Entrücktheit versetzte.

So nah, dass ihre Gedanken fortwährend um den anderen kreisten.

Wie nach den Gesetzen des großen Mathematikers und Astronomen Johannes Kepler zwei Himmelskörper um ihren gemeinsamen Schwerpunkt.

Auf ewigen Bahnen.

2
Der Fluch der Bettlerin

Der Winter kam früh in diesem Jahr. Weiße Flocken wirbelten um Söller und Erker des Gutshauses von Tantzlehen. Ein Harnisch aus blankem Eis überzog das Brunnenrohr des Steintrogs vor dem Stall. Der Zainerl, der Jungknecht, fegte mit dem Reisigbesen den Schnee vor der Scheune. In dieser Zeit gab es auf dem Hof nur wenig zu tun. Die Knechte füllten den Drusch aus den Korntruhen in Zentnersäcke. Die Mägde schöpften Heu durch die Futterlöcher für Ross und Rind. Der Schnee machte alles Leben auf dem Hof leiser und langsamer.

Rupert Ronacher und seine Ehewirtin Magdalena saßen am Stuckofen in der Stube. Die grün glasierten Kacheln strahlten eine wohlige Wärme aus. Von der Kassettendecke pendelte ein schmiedeeiserner Ringleuchter. Der schöne, mit Schnitzereien verzierte Sekretär barg die Schriftstücke des Bauernguts – Urkunden und Dokumente aus der fünfhundertjährigen Geschichte des hochfürstlichen Zehenthofs. Der Türrahmen trug die Inschrift Curtis decimalis Anno Domini MCCL. Auch wenn sie kein Latein gelernt hatten, wussten sie doch, was die Wörter und Zahlen bedeuteten.

Versonnen schauten die Tantzlechner in die weiße Winterlandschaft. Erst vor Kurzem hatten sie Butzenscheiben in die Fensterrahmen einsetzen lassen. Runde bleigefasste Glasscheiben, die das Licht hereinließen, aber den Blick nach draußen verzerrten. Nun wollten sie mit Cecilia über eine Sache reden, die ihnen wie Blei auf der Seele lag: die Gefühle ihrer Tochter für den Jenner. Sie ahnten, dass es ihr ernst war und fürchteten eine überstürzte Heirat. Vielleicht, weil sie an ihre eigene dachten.

Magdalena, die mit achtzehn ihr erstes Kind, die Cecilia, bekommen hatte, galt als eine ausnehmend schöne Frau. Und das wusste sie auch. So glanzvoll das Bild ihrer äußeren Vollkommenheit war, besaß sie doch etliche Schwächen. Es ging das Gerücht, dass sie im Kirchenchor mehr als einen Verehrer hatte. Auch war es kein Geheimnis, dass sie nach den Proben gern ein Glas Wein in fröhlicher Runde beim

Senningerbräu trank. Als sie eines Abends wieder einmal angeheitert nach Hause kam, mit einem Lied auf den Lippen, das nicht aus dem Gesangbuch stammte, meinte Rupert, bei einer solchen Frau brauche er nicht mehr ins Wirtshaus zu gehen. Sie verkörpere einfach alles, was einem Mann Freude bereite: Wein, Weib und Gesang.

Die Tür ging auf. Cecilia betrat die Stube. Sie trug Alltagskleidung: einen faltenreichen schwarzen Kittel mit blauer Schürze, links gebunden, wie es bei den Mädchen oder unverheirateten Weibern üblich war. Darüber ein kurzes, nur den Busen bedeckendes rotes Schnürmieder. Über dem weißen Hemd trug sie eine schwarze Strickjacke mit grüner Bordüre und silbernen Knöpfen. Eine Hornspange am Hinterkopf hielt die beiden zu einem Kranz gelegten Zöpfe zusammen. Mehrere Unterröcke rundeten ihre Hüften und betonten ihre schlanke Taille. Die Füße steckten in Doggln, Filzschuhen aus Wollresten und Loden, wie man sie im Winter nicht nur im Haus trug. Sie setzte sich auf das Fenstersims, die Arme um die Knie geschlungen, und blickte gelangweilt nach draußen.

Große weiße Flocken schwebten sanft herab, manche schaukelnd, andere tänzelnd. Sie verwischten das Bild, das sie vor Augen hatte, und machten alles unscharf. Den Dorfbach vor dem Haus. Die Krämerei links hinter der Brücke. Die Pfarrkirche am Ende der Gasse. Und deckten alles zu. Den Schmutz auf dem Hof. Die Spurrillen der Fuhrwerke. Die Tritte der Rösser auf den Fahrwegen. Das alte Gerümpel neben der Scheune. Den Komposthaufen hinter dem Haus. Nur die Jauchegrube nicht. Die Jauchegrube dampfte in der Wärme des frischen Stallmists. Als wollte sie mit höhnischem Grinsen sagen: Mich kann nichts und niemand zudecken. Der Schnee dämpfte alle Geräusche und Stimmen. Das Brüllen der Ochsen im Stall. Den hellen Klang der Schmiedehämmer. Die Zurufe der Fuhrknechte und Fütterer. Die Flocken fielen lautlos und friedlich. Missmutig schaute Cecilia nach draußen. Warum konnte nicht die ganze Welt so lautlos und friedlich sein?

Magdalena betrachtete ihre älteste Tochter mit Wohlgefallen. Mit ihrer Schönheit und dem Heiratsgut, das sie einmal bekommen würde, war sie eine der besten Partien im Oberland.

»Celia, wir haben dich hergebeten, weil wir mit dir über eine Sache reden müssen, die uns sehr am Herzen liegt«, eröffnete die Kammerlanderin das Gespräch. Sie hielt einen Augenblick inne, um ihre Gedanken zu ordnen. »Gegen den Jenner ist an und für sich nichts einzuwenden. Manche sagen, er sei etwas eigenwillig. Nun, die Einsamkeit am Berg macht die Menschen manchmal sonderbar. Über seine Eskapaden kann man getrost hinwegsehen. Glücksspiel, Wein und lose Weiber – das gibt sich.« Dann wurde ihre Stimme schärfer. »Hast du dir schon einmal überlegt, was dich da droben erwartet? Bei den Bauern am Berg war das Geld schon immer so rar wie das Fleisch in der Suppenschüssel. Denk daran, dass du eine Ronacherin bist!«

Aus ihren Worten sprach der Stolz einer Frau, die den gesellschaftlichen Aufstieg geschafft hatte. Von der Häuslertochter zur Gutsherrin.

Mit siebzehn war Magdalena als Saisonarbeiterin nach Tantzlehen gekommen. Aus dem Pustertal. Als Tochter des Tauferer Kleinbauern Martin Kammerlander und der Näherin Josefine Schwörerin. Rupert Ronacher, noch keine dreißig, hatte die Jätergitschen beim Gang über die Felder das erste Mal gesehen. Das schwarzbraune Haar unter dem Strohhut geflochten, Arme und Waden schlank und sonnengebräunt, stand sie im kniehohen Korn und jätete Unkraut. Als sie ihn mit roten Lippen und blitzenden Zähnen anlachte, war es um ihn geschehen. Es erging ihm wie so vielen.

Auch der Bauknecht Johann Gropler hatte ein Auge auf die Pustertalerin geworfen. Beim Erntefest, nachdem die letzte Fuhre Getreide im Kornkasten war, sah Rupert mit großem Missfallen, dass seine Magd mit dem Gropler tanzte. Die Art, wie sie in seinen Armen lag, sagte ihm, es sei fünf vor zwölf. Die Besitzgier nach dieser Frau machte den Ronacher so verrückt, dass er sie dem Bauknecht mitten im Tanz aus dem Arm riss und fragte, ob sie ihn heiraten wolle. Sie errötete und sagte, sie kenne ihn doch gar nicht. Das könne man ganz schnell ändern, erwiderte er und drückte ihr einen Kuss auf den Mund. Diese Frechheit quittierte sie mit einer Ohrfeige, die ebenso schallend ausfiel wie das Gelächter der Zeugen dieser Szene.

Im nächsten Frühjahr fand die Hochzeit statt. Gegen den Willen seiner Eltern. Ruperts Mutter gab zu bedenken, man wisse zu wenig über die Pustertalerin. Mit den Jätergitschen sei das so eine Sache. Sie wanderten von einem Hof zum anderen. Und nicht selten auch von einem Mann zum anderen. Mehr noch als das schöne Gesicht eines Weibes oder andere körperliche Vorzüge seien Elternhaus und Sippschaft ein Spiegel der Seele, meinte sein Vater. Rupert hatte gelacht und geantwortet:»Bis ich das finde, werde ich alt und grau!«

Diese Dinge gingen dem Ronacher durch den Kopf, als er das Wort ergriff:»Eine Heirat zwischen Tantzlehen und Fronleiten halte ich für unklug, um nicht zu sagen unstandesgemäß. Für einen Mann mögen die Dinge anders liegen – da zählt die Schönheit mehr als das Geld. Nur ein Mann aus Stroh braucht eine Frau aus Gold.«

Er hielt einen Augenblick inne, wobei er den Blickkontakt mit seiner Frau vermied, um mit erhobener Stimme fortzufahren:»Unsere Tochter hat allerdings etwas Besseres verdient, als auf diesen Einödhof zu ziehen, von dem es heißt, man wacht mit der Arbeit auf und geht mit der Armut zu Bett. Ein Viertellehen wird immer bleiben, was es ist: zum Leben zu wenig und zum Sterben zu viel.«

Magdalena nickte anerkennend.»Du sprichst mir aus der Seele, Rupert. Ein Reitpferd spannt man nicht vor den Pflug. Wir können nur hoffen, dass unsere Töchter wissen, aus welchem Stall sie kommen.« Dann blieb ihr Blick auf Cecilia haften.»Was ist eigentlich mit dem Kuenburg? Ihr habt euch doch beim letzten Stephansessen ganz nett unterhalten. Der gräflichen Herrschaft gehört halb Neukirchen. Ist dir der junge Herr nicht gut genug?«

Cecilia hatte sich lange genug beherrscht. Wütend sprang sie vom Fenstersims und stemmte die Arme in die Hüften.

»Ich bin alt genug, um zu wissen, was ich tue. Ich werde den heiraten, der mir gefällt! Und keiner wird mich daran hindern!«

Das»mir« hatte sie herausgeschrien, dass Rupert und Magdalena erschraken. Hatte der Jenner ihre Tochter schon so behext, dass sie jetzt auch noch anfing, freche Antworten zu geben?

»Um es geradeheraus zu sagen«, fuhr sie fort,»der Kuenburg ist ein Weiberheld. Ganz toll kommt er sich vor. Bloß weil sie jetzt einen

Verwalter haben. Damit er fröhlich auf die Jagd gehen kann. Habe ich etwa Jagd gesagt? Jeder weiß doch, dass er mehr hinter Röcken als hinter Böcken her ist.«

»Und was ist mit dem Perger?«, fragte Rupert lauernd. »Er hat dich doch gewiss nicht ohne Absichten zu seinem Sommerfest eingeladen. Der Sohn des Landrichters wäre keine schlechte Partie ...«

»Der eingebildete Schnösel! Was ist er schon! Er lebt vom Namen seines Vaters und auf Kosten seines Vaters. Hoffnungen habe ich ihm keine gemacht. Mehr als ein paar Tanzschritte waren nicht zwischen uns. Bei dem muss eine Frau ja befürchten, dass er sie mit seinem Kammerdiener betrügt.«

Rupert blickte sie entgeistert an. »Von wem hast du das gehört?«

»Ich habe mit eigenen Augen gesehen, wie er dem Kammerdiener vertraulich den Arm auf die Schulter legte und ihm etwas ins Ohr flüsterte.«

Sie ließ jedes Wort auf der Zunge zergehen.

Rupert und Magdalena sahen ein, dass da nichts zu machen war. Cecilia hatte schon immer ihren eigenen Willen. Immerhin hätte das Gerede ein Ende, wenn ihre Tochter unter der Haube wäre.

Die unnnachgiebige Haltung seiner Tochter hatte den Ronacher beeindruckt. Nicht gerade freundlich, aber doch versöhnlich gestimmt, knurrte er: »Wenn es so steht zwischen euch, würden wir den Fronleitner gern kennenlernen. Du kannst ihm ausrichten, wir erwarten ihn am vierten Advent zum Mittagsmahl.«

Im Bett sagte Magdalena zu ihrem Mann: »Warum regen wir uns eigentlich auf? Es wird immer heißer gekocht als gegessen. Unsere Tochter ist achtzehn – wir können sie schließlich nicht einsperren.«

Doch da war Rupert schon längst eingeschlafen.

Auf Fronleiten war die Stimmung wie das Wetter. Windig und unlustig. Matthäus Jenner widersetzte sich hartnäckig der Vorstellung, sein Sohn könnte etwas mit der Tantzlehentochter haben. Zur Aussprache kam es am Barbaratag. Der Namenstag der Jüngsten wurde immer festlich begangen. Elisabeth hatte Kirschzweige in den Krug auf der Fensterbank gestellt. Mit stiller Freude betrachtete Barbara die Gaben. Den mit Glasrosetten verzierten venezianischen Handspiegel, den ihr Christoff und Georg geschenkt hatten. Die Weißwäsche für die Aussteuer von ihren Taufpaten, den Goden. Die schwarzen Schnürstiefel für den Kirchgang von den Eltern. Gilg hatte ihr ein Spinnrad gedrechselt. Von Afra bekam sie eine Halskette aus rund geschliffenen violetten Amethysten. Das sechzehnjährige Mädchen legte das Schmuckstück an und betrachtete sich mit Wohlgefallen.

»Der Amethyst soll der Jungfrau im Sternbild Glück bringen«, sagte die Magd. »Als Heilstein wirkt er der Verblendung und der Gefallsucht entgegen. Du wirst die Kette brauchen können, denn du baust dir gern Luftschlösser. Darüber vergisst du häufig die Wirklichkeit.«

»Ich danke dir, Afra. Der Schmuck ist wirklich schön. Aber alles andere ist Unsinn. Du malst mal wieder Gespenster an die Wand. Ist das Dasein heroben so toll, dass man nicht von einem anderen Leben träumen darf?«

Die Alte schüttelte den Kopf und sah das Mädchen besorgt an.

»Toll bist du, Barbara, und zwar im Kopf. Du hast es selbst gesagt.«

Die helle Glocke auf dem Dachgiebel schlug Mittag. Man hieß es das Angelusläuten. Die Frauen knieten nieder, wo sie gerade standen, und beteten drei Ave Maria. Aus Stall und Scheune kamen der Bauer, der Knecht und die beiden Jennerburschen. Sie wuschen sich die Hände in der Brunnenstube und klopften den Schnee von den Holzschuhen. Gemächlich traten sie in die zirbenholzgetäfelte Stube.

Über der Türleiste hatte der Erbauer von Fronleiten, Urban Jenner, eine Inschrift stechen lassen, die mit roter Farbe auf grünem Grund ausgemalt war:

Wer das Gold sucht statt des Brodt, wird erleyden gähen Todt.

Diese Worte galten als Merkspruch und Mahnung auf Fronleiten. Drei Generationen hatten sich bisher nach diesem Credo gerichtet. Wie der Maurer nach der Richtschnur, ohne die eine Mauer schief wird und das Haus zum Einsturz bringt.

Nachdem sie sich die Hände am gekalkten Ofen gewärmt hatten, setzten sie sich zu Tisch. Im Herrgottswinkel hing der Gekreuzigte, geschmückt mit dem geweihten Palmzweig und ein paar Kornähren. Der Erntesegen.

Elisabeth kam mit dem Mittagsmahl aus der Küche. Melchermus. Aus einem Pfännchen goss sie goldgelbe Butter über das dampfende Breigericht. Mit den Worten »Herr, sei uns armen Sündern gnädig!« schloss die Hauswirtin das Tischgebet. Wortkarg, den Unterarm aufgestützt, tauchten Bauersleute und Gesinde die Holzlöffel in die Mehlspeise, reihum, wie es Brauch war. Als die rußgeschwärzte Pfanne leer gekratzt war, legte Matthäus den Löffel beiseite. Er wischte sich mit dem Handrücken bedächtig über den Mund und blickte scharf zu seinem Sohn hinüber.

»Stimmt das, was man sich im Dorf erzählt? Du sollst mit der Tantzlehentochter gehen?«

Christoff gab keine Antwort. Mit verschlossener Miene blickte er auf den Tisch.

»Hat sie dir den Kopf verdreht, die Kornfee?«

»Und wenn schon«, erwiderte Christoff, »was geht es dich an!«

»Was mich das angeht?«, fuhr der Alte gereizt fort. »Das kann ich dir sagen: Ins Unglück wird sie dich stürzen. An ihrer Seite wirst du dir immer wie ein armer Teufel vorkommen. Womöglich benutzt sie dich, um ihre Verehrer heiß zu machen, die mit dem Zweispänner bei ihr vorfahren. Was will so eine auf Fronleiten! Wir können ihr wenig mehr bieten als Mühsal und Not. Schlag dir die Dirn aus dem Kopf! Such dir eine, die besser zu uns passt.«

Elisabeth teilte diese Auffassung nicht. Als sie im Bett lag, unter dem Bildnis des Hirten Jesus und seiner Schafherde, sagte sie zu ihrem Mann: »Du bist ungerecht, Matthäus. Die Liebe kann man nicht suchen wie das Edelweiß für den Sonntagshut. Auch dir hat einmal eine Tantzlechnerin den Kopf verdreht. Damals, als ich mit Barbara schwanger war. Wie viele Nächte habe ich schlaflos im Bett gelegen und auf dich gewartet. Ich habe gewusst, der Ronacher ist auf Handelschaft und ihr treibt es miteinander. Dann hatte sie eines Tages oder eines Nachts, was weiß ich, genug von dir. Vielleicht ist ihr auch der Ehewirt auf die Schliche gekommen. Und jetzt willst du Christoff nicht gönnen, was dir versagt blieb. Ist es Rachsucht oder Eifersucht, was dich so starrsinnig macht? Das Glück deines Sohnes scheint dir gleichgültig zu sein, von meinen Gefühlen ganz zu schweigen.« Da wurde der Alte eisgrau im Gesicht. Wusste sie noch mehr von seiner Liebschaft mit Magdalena? Das könnte eine Lawine ins Rollen bringen. Es war klüger, nicht an die Vergangenheit zu rühren.

Auf dem Bergbauernhof hatte die Holzarbeit des Winters begonnen. Sägen rasselten in schneebestäubten Stämmen. Das Klingen der Äxte und Hacken hallte über den Holzplatz. Georg stand mit seinem Bruder am Sägebock und schnitt Fichtenstangen. Er war zwei Jahre jünger als Christoff, einen halben Kopf kleiner als dieser und kam mit seiner leicht gedrungenen Gestalt ganz nach der Mutter. Das schwarzbraune Haar, das er beim Tagewerk zu einem Zopf geflochten trug, verlieh ihm das Aussehen eines Korsaren.

Georg war anders als Christoff. Wenn der Georg in einen Misthaufen greift, ging die Rede, findet er noch ein Goldstück. Seine Neigung, alles auf die Waagschale von Geldwert und Gewinn zu legen, hatte Georg schon von klein auf. Sein liebstes Spiel als Bub war das Fuchsen. Das Spiel, bei dem man von einer Linie aus einen Kreuzer möglichst nah an eine Mauer werfen musste, war auf dem Schulhof verboten. Der Sieger jeder Runde, an denen sich oft die halbe Klasse beteiligte, durfte alle Münzen einstecken. Wenn der Schulmeister Sebastian Farthofer die Buben auf dem Hof bei diesem, wie er sagte, gottlosen Spiel erblickte, verscheuchte er sie mit einem »Höllteufel, sakra, verfluchte Lausbuben!« Lachend rannten die Buben dann weg. Am nächsten Tag machten sie es wieder. Georg ging häufig als Sieger vom Platz. Er liebte das Geld, und das Geld liebte ihn.

Wenn Georg durch die Gassen schritt, den Hut keck ins Gesicht gezogen, drehten die mannbaren Jungdirnen den Kopf nach ihm. Hin und wieder nahm er sich, was er so brauchte. Bevorzugt von ledigen Dienstmägden, unzufriedenen Eheweibern oder jüngeren Witwen. Die wussten, was er wollte, und auch, was sie wollten. Vor allem gaben sie sich keinen falschen Hoffnungen hin. Von der Liebe allein könne auf Dauer keiner satt werden, betonte er gern. Die Braut, die er einmal zum Altar führen werde, müsse ihm als Mitgift mehr bieten als eine Truhe geflickter Weißwäsche oder ein paar angelaufene Silberlöffel. Wenn es auf dem Hof wenig zu tun gab, verdiente Georg sein Geld mit Gelegenheitsarbeiten. Mal machte er für den Gastwirt und Saumhändler Severin Senninger eine Fahrt über den Krimmler Tauern, mal half er einem Zimmermann beim Aufrichten eines Dachstuhls. Doch ebenso schnell, wie das Geld in seine Taschen kam, gab er es wieder aus. Seine Leidenschaft war das Spiel. Nächtelang saß er mit seinen Kumpanen im Wirtshaus, den Würfelbecher oder die Tarockkarten in der Hand. Seine Gewinne feierte er freigiebig. Diese Eigenschaft bescherte ihm manch nützliche Freundschaft. Sie erweckte den Eindruck, Geld bedeute ihm nichts.

»Mit dem Geld ist es wie mit einem schönen Weibsbild«, pflegte er zu sagen. »Man darf ihm nicht hinterherlaufen wie ein Hund, man muss ihm entgegenschreiten wie ein Herr.«

Matthäus und Gilg beluden den Hörnerschlitten mit Scheitholz. Um die sechs Schuh langen Rundhölzer schlugen sie die klirrenden Spannketten. Die Bremstatzen in den Fäusten, die Beine von der Sitzleiste gespreizt, machte Gilg sich bereit, den beladenen Schlitten zur Herrenmühlsäge im Mühlbachtal zu fahren.

Matthäus reichte ihm die mit einem Hirschrelief verzierte Schnapsflasche.

»Nimm einen kräftigen Schluck, Gilg! Das stärkt die Lebensgeister. Vor der Wolfsgrube wirf doppelte Sperrketten unter die Kufen. Der Forstweg ist verteufelt glatt an der Stelle. Das Bodeneis ist nicht ungefährlich unter dem leichten Schnee. Weiter unten wird der Weg ausgefahren sein. Du weißt ja, nach der Triftverordnung sind wir die letzten, die ins Tal hinunterfahren. Gott behüte dich, Gilg!«

Der Knecht, kaum jünger als der Bauer, gehörte seit Langem zur Familie. Er war Junggeselle. Weib und Kind zu ernähren, hatte er sich nicht zugetraut. In jungen Jahren, pflegte er schalkhaft zu sagen, sei er vor den Weiberleuten, die ihn heiraten wollten, davongelaufen. Jetzt, wo er alt und grau sei, würden sie vor ihm davonlaufen. Für die Fronleitnerburschen war er wie ein guter Onkel. Christoff und Georg erzählten ihm manches, was sie den Eltern nicht anvertrauen wollten.

Denn er besaß die seltene Gabe zuzuhören, ohne zu tadeln oder das Gespräch auf sich zu lenken. Und schweigen konnte er wie ein Grab. Bei ihm waren die Geheimnisse der Jugend gut aufgehoben. Jetzt freute er sich auf die Fahrt mit dem Hörnerschlitten. Bewies sie doch sein Geschick beim Manövrieren auf dem gefahrvollen Ziehweg. Unter lauten Zurufen schoben Matthäus und Christoff den Zugschlitten an. Mit einem ausgelassenen Jauchzer fuhr Gilg die Bahn hinab, vom Schneestaub der Fußeisen umwirbelt, bis ihn der Fichtenwald verschluckt hatte. Nur das Knirschen der Kufen und das Kratzen der Bremshebel auf dem hartgefrorenen Boden waren noch eine Zeitlang zu hören.

Christoff stand am Spaltklotz. Mit geübtem Blick prüfte er Astwerk, Spannung und Schnitt, bevor er die kurze Hacke auf die Holzscheite niedersausen ließ. Das Feuerholz schichtete er an der Sonnseite des Hauses auf. Sein Atem dampfte in der kalten Luft. Von der Arbeit war ihm warm geworden. Oder waren es die Bilder, die ihm durch den Kopf gingen?

Er legte die Spaltaxt aus der Hand und wischte sich die Stirn. Drüben auf dem Söller machte sich Afra zu schaffen. Langsam und lautlos. Wie wäre es, wenn Cecilia auf dem Söller Wäsche aufhängte, buntkarierte Kindersachen, und ihm über blühende Nelken und Rosmarin hinweg ein paar scherzende Worte zuriefe? Er konnte es sich nicht vorstellen.

Um Nikolaus fiel Neuschnee. So reichlich, dass die Holzschuhe in dem weißen Gewate versanken. Nach Vollmond setzte Frost ein. Der Wind war eingeschlafen. Aus dem Rauchfang stieg ein dünnes Wölkchen senkrecht in die glasklare Luft. Besseres Wetter konnte man sich für das Heuziehen nicht wünschen. In einer mondhellen Nacht zogen Christoff und Georg mit der Ferggel auf die Hochmahd. Das Bergheu mussten sie aus dem Schnee ausgraben. Manchmal verrieten nur die Stangenspitzen der Tristen, wo es lagerte. Das zu mächtigen Buren gefasste Heufuder zogen sie hinunter zum Heimgut. An besonders steilen Stellen mussten sie den vierkufigen Schlitten mit dem Bremsseil halten. Das Winterfutter schöpften sie in die Dillen der Tenne.

»Lange mache ich die Schinderei nicht mehr mit«, sagte Georg, grau im Gesicht.

Christoff war mit seinen Gedanken woanders. Versonnen schaute er auf die trockenen Gräser und duftenden Kräuter. Er dachte an die letzte Nacht mit der Geliebten auf dem Heuboden. Cecilia hatte ihm gesagt, dass sie ihn lieben und auf immer und ewig ihm gehören würde. Dabei hatte sie zärtliche Küsse auf seine Stirn, Wangen und Lippen gehaucht. Er spürte sie immer noch.

Am vierten Advent ging Christoff hinunter ins Tal. Er trug sein Festtagsgewand. Ein weißes, bis zur Brust durchgeknöpftes kragenloses Hemd aus Leinen, darüber ein rotes Wams und einen braunlodenen kurzen Rock mit langer Passfalte und Überschlägen aus schwarzem Tuch. Die Beine steckten in hirschledernen Kniehosen und Strümpfen aus weißer Schafwolle. Der breite lederne Bauchgurt war kunstvoll mit Gänsekielfedern bestickt. Um den Hals hatte er ein locker gebundenes rotes Tuch geschlungen. Die knöchelhohen Schnürstiefel waren mit Schweinefett auf Hochglanz gewichst. Darüber trug er kniehohe Ledergamaschen. Den runden braunen Filzhut hatte er nach Jägerart schräg ins Gesicht gezogen. Den Gamsbart hatte ihm ein Jagdherr geschenkt, für den er Hand- und Spanndienste leistete. Sogar rasiert hatte er sich zur Feier des Tages, was allgemeine Heiterkeit auslöste.

»Man sieht es dir an, Jennerbursche«, sagte Afra beim Abschied, »du gehst auf Freiersfüßen. Pass bloß auf, dass du den zweiten Schritt nicht vor dem ersten machst. Wähle deine Worte gut! Auf Tantzlehen tragen sie den Kopf höher als wir.«

Der Schnee auf dem Steig war nass und schmutzig, sodass er aufpassen musste nicht auszugleiten. Tauwetter hatte eingesetzt, wie es vor Weihnachten oft der Fall ist. Schmelzwasser troff von den Schindeldächern. Regenwolken, getrieben von böigem Föhnwind, stoben wie eine aufgescheuchte Herde zottiger Steinschafe vorüber. Vor der letzten Kehre oberhalb der Pfarrkirche schöpfte er tief Atem. Die Luft am Berg war besser als die im Tal.

»Du bist ja ganz außer Atem!«, empfing ihn Cecilia an der Haustür. Sie trug ihre Festtagstracht. Einen gefältelten Rock aus schwarzem

Wolltuch, der ihr bis zu den Waden reichte. Darüber ein mit roten Bändern in Kreuzform geschnürtes grünes Mieder. Die spitzenbesetzten Ärmel des feingewirkten Hemdes reichten knapp über die Ellbogen. Der Brustausschnitt, der ihre weiblichen Reize wirksam zur Geltung brachte, war ebenfalls mit Spitze besetzt. Ihr dunkles Haar hatte sie zu einem Zopf nach französischer Art geflochten und mit bunten Bändern durchwirkt. Den Hals schmückte eine achtzeilige Silberkette mit vergoldeter Schließe. An den Ohrläppchen pendelte ein goldenes Gehänge in Form eines Kammrads. Sinnbild des Zehenthofs.

»Du siehst hinreißend aus!«, sagte Christoff, als sie ihn in die Diele führte.»Bei Tag bist du noch schöner als bei Nacht.«

Eine leichte Röte stieg in ihre Wangen.»Heute wirst du mit anderen vorliebnehmen müssen. Susu und Fanny sind auch da. Ich glaube, du kennst sie noch nicht.«

»Susanna hab ich hin und wieder gesehen, wenn ich Barbara von der Schule abholte.«

»Ja, die beiden sind in dieselbe Klasse gegangen. Susu hat mir ab und zu von euch erzählt – auch von dir.«

»Ich hoffe, nur Gutes.«

»Das kommt darauf an, wie man es sieht«, lachte sie.

Verwundert blickte sich Christoff um. Der Fußboden des Gewölbes war mit Kalksteinplatten ausgelegt. Der große Doppeltürkasten musste der Waffenschrank sein. Wie er wusste, besaß der Ronacher als einer der wenigen Bauern im Oberland das Jagdrecht. Über einer eisenbeschlagenen Truhe hing die Ahnentafel. Eine grüne Eiche, deren Krone sich in unzählige Äste verzweigte, auf denen die Wappenschilder mit den Namen und Daten der Versippten steckten. Eine geschwungene Steintreppe mit poliertem Holzhandlauf führte in das Obergeschoss. Er glaubte sich auf einem adeligen Gut.

Selbstsicher wie es der Vertrautheit mit der häuslichen Umgebung entspricht, führte Cecilia den Geliebten in die Stube. Die Tantzlechner begrüßten Christoff mit betonter Zurückhaltung. Mutter und Tochter entschuldigten sich, sie hätten noch in der Küche zu tun. Dann werde er mit dem Gast im Weinkeller einen guten Tropfen aussuchen, meinte Rupert augenzwinkernd.

Das Weinglas in der Hand, blickte der Kornbauer aus dem Fenster. Er sprach von der neuen Stampfmühle in Wenns. Eine Dreschtenne mit sechs senkrechten Stampfern an der Welle, die so viel leiste wie sechs kräftige Knechte. Ein halbes Dutzend Dienstboten weniger auf der Lohnliste. Das rechne sich. Er redete von Dreifelderwirtschaft und Futtermitteln. Kleegras sei jetzt groß im Kommen. Und stellte Fragen: Ob sie viel Schnee da droben hätten, und wie es der Mutter gehe. Man höre, sie sei in letzter Zeit leidend. Ob Gilg noch bei ihnen sei und anderes mehr. Christoff hatte das Gefühl, als erwarte der Ronacher keine Antwort. Bestenfalls ein Scherzwort oder eine flüchtige Bemerkung. Alles, was darüber hinausging, war ihm offenbar lästig.

Der Tantzlechner nahm ihn nicht ernst. Ja, es hatte sich nichts geändert zwischen den Bauern im Tal und denen am Berg. Die Standesdünkel waren immer noch die gleichen.

Die beiden jüngeren Schwestern Susanna und Franziska kamen in die Stube gerauscht. Mit einem übertrieben tiefen Knicks begrüßten sie den Gast. Sie trugen die gleiche Tracht wie Cecilia, jedoch mit blauem und rotem Schnürmieder. Sie mache gerade eine Ausbildung auf dem Weyerhof, der ersten Wirtstaverne am Ort, erzählte Susanna nicht ohne Stolz. Wenn sie eines Tages auf einen Gutshof einheirate, könne es nicht schaden, etwas von der Hauswirtschaft zu verstehen. Ob er mit dem Wagen gekommen oder geritten sei, fragte Franziska von oben herab. Nein, der Fahrweg gehe nur bis zum Haslachhof, erwiderte Christoff. Nach Fronleiten führe nur ein schmaler Fußsteig. Franziska schenkte ihrer Schwester einen mitleidsvollen Blick. Cecilia blickte verlegen zu Boden.

Nachdem sich die Hausherrin gesetzt und allen einen Guten Appetit gewünscht hatte, griff jeder zu Serviette und Silberbesteck. Gundl, die Küchenmagd, hatte nach der Suppe eine Gans aufgetragen. Dazu gab es Speckknödel und Blaukraut. Magdalena ließ es sich nicht nehmen, das Geflügel selbst zu tranchieren.

»Den Herren die Keule, den Damen die Brust!«, sagte sie scherzhaft.

Nach den ersten Bissen schlug der Ronacher mit dem Messerrücken dreimal an das Rotweinglas und erhob sich.

»Ich habe die Ehre«, begann er seine Tischrede, »heute einen Gast in unserem Haus begrüßen zu dürfen, der bei Cecilia offenkundig einen Stein im Brett hat, wie man so schön sagt – äh, ich begrüße den – ach, der Name ist mir leider entfallen – Celia, wie heißt er doch gleich?«

»Christoff«, flüsterte Cecilia.

»Ach ja, der Christoff. Seit jeher schätzen wir seine Familie als ehrbare und arbeitsame Leute. Wie ihr alle wisst, hat der geschäftstüchtige Gastwirt zum Bären und Handelsmann Michael Jenner aus Klausen im Fürstbistum Brixen, ein Neffe des Matthäus Jenner, vor einigen Jahren meine Nichte Christina als Ehefrau in die Grafschaft Tirol entführt. Sie hat es nicht bereut. Gerüchten zufolge soll der Michael Jenner einen adeligen Ansitz in den Dolomiten erworben haben. Auch darf er sich mit einem ›von‹ im Namen schmücken. Umgekehrt ist unser heutiger Gast nicht der erste Fronleitner, der den Weibern auf Tantzlehen den Hof macht …«

Mit prüfendem Seitenblick auf sein Weib hielt Rupert einen Augenblick inne. »Um es kurz zu machen«, fuhr der Ronacher fort, »ich will meiner Hoffnung Ausdruck verleihen, dass unser Gast sich der Würde und Ehre dieses Hauses bewusst ist. Und, dies ist mein größtes Anliegen: dass er sich Cecilia als ein Ehrenmann und guter Gesellschafter erweist. Auf euer Wohl!«

Die Gläser klirrten. Alsbald klapperte das Besteck auf den Tellern. Magdalena versuchte, ihrer Jüngsten Tischmanieren beizubringen. Wo bleibt deine Haltung? Ein Stuhl ist kein Sessel. Wisch dir den Mund ab, bevor du zum Glas greifst. Mit vollem Mund spricht man nicht. Lass deine Hände auf dem Tisch. Die Ellenbogen kannst du allerdings runternehmen.

Franziska war genervt. »Warum darf ich nicht so essen wie ich will? Christoff isst doch auch nicht so.«

Die Kammerlanderin legte die Hand auf den Arm ihrer Tochter und sagte herablassend: »Weil wir anders sind, mein Kind. Wir haben schon mit Messer und Gabel gegessen, als die meisten hier nicht mal ihren Namen schreiben konnten. Es ist nicht wichtig, was man isst, sondern wie man isst. Das ist der Unterschied zwischen Brauch und Kultur.«

»Sei doch mal ehrlich, Mutter«, mischte sich Cecilia wütend ein, »als du nach Tantzlehen gekommen bist, hattest du gewiss kein Silberbesteck im Bündel, oder?«

»Manchmal solltest du etwas mehr nachdenken, bevor du sprichst. Als Hausherrin auf Tantzlehen seit nunmehr zwei Jahrzehnten habe ich ja wohl das Recht ›wir‹ zu sagen, wenn ich über die Sitten in unserer Familie spreche.«

Christoff aß, wie er immer aß. Schweigsam und tief über den Teller gebeugt, die Ellenbogen auf dem Tisch aufgestützt. Die Mädchen blickten kichernd zu ihm herüber. Cecilia wäre am liebsten vor Scham im Boden versunken. Sie tröstete sich mit dem Gedanken, er sei eben ein roher Bergkristall. Den würde sie sich schon noch zurechtschleifen.

Christoff stand der Schweiß auf der Stirn. Eine Gabel hatte er noch nie gesehen. Dann musste er auch noch ständig Fragen beantworten. Essen und reden. Zwei Dinge auf einmal. Da konnte man weder das eine noch das andere richtig machen.

»Christoff, wenn du willst, kannst du die Gans auch mit der Hand essen«, sagte Magdalena verständnisvoll.

»Danke für deine Güte, Tantzlechnerin! Wir haben zu Hause keine Gänse. Nur Hühner. Und die essen wir mit der Herrgottsgabel.«

»Die Bauern am Berg haben eben andere Sitten als die im Tal«, verteidigte ihn Cecilia.

Vielleicht aus Rache über das überhebliche Getue, vielleicht aus purer Lust, die steife Gesellschaft etwas aufzumischen, sagte Christoff: »Im Krieg habe ich ganz andere Sitten kennengelernt. Meistens waren wir froh, wenn wir überhaupt etwas zu essen hatten.«

»So, du warst beim Militär?«, sagte der Ronacher, froh darüber, ein unverfängliches Gesprächsthema gefunden zu haben. »Anno zweiunddreißig kämpfte ich in der Landmiliz gegen die Schweden. Zuerst schlugen wir sie bei Kirchdorf im Brixental zurück. Dann auf dem Spielbergpass zwischen Saalbach und Fieberbrunn. Kleine Scharmützel, nicht der Rede wert. Als Paris Lodron ein Jahr später das stehende Heer aufstellte, wurde ich als Schütze zur Landfahne einberufen. ›Ein Haus, ein Mann‹ war das Prinzip des militärischen Aufgebots. Mein jüngerer Bruder blieb auf dem Hof. Acht Mal im Jahr musste ich mit unserem Fähnlein exerzieren. Den Stellungskrieg gegen die Schweden bei Mühldorf am Inn habe ich nicht mehr mitgemacht. Da gehörte ich schon zur eisernen Reserve.«

Rupert biss in seine Keule, dass das Fett aus den Mundwinkeln troff und äugte zu Christoff hinüber.

»Wie bist du zur Landfahne gekommen?«

»Ein Corporal des Salzburgischen Infanterieregiments hat mich angeworben. Beim Dorferwirt. Ich war sechsundzwanzig und dachte, als Kriegsknecht hast du immer Geld in der Tasche und siehst dazu etwas von der Welt.«

»Das kann ich gut verstehen«, warf Rupert ein. »Als junger Mann muss man sich die Hörner abstoßen. Mir ging es in dem Alter nicht viel anders.«

»Es wurden überall im Land Söldner gesucht«, fuhr Christoff fort. »Nach der verlorenen Schlacht von Neuhäusl anno dreiundsechzig bat der Türkenpoldi ...«

»Türkenpoldi?«, unterbrach ihn Franziska lachend.

»Ja, so nannten wir Kaiser Leopold – also damals bat der Türkenpoldi auf dem Reichstag in Nürnberg um Hilfe für den Kampf gegen die Osmanen. Aus Angst vor der Herrschaft des Islam im Abendland stellten viele europäische Staaten Kontingente an Allianz- und Reichstruppen, die das Kaiserliche Heer im Krieg gegen die Türken unterstützten. Im Juli vierundsechzig bezogen wir Stellung in der Steiermark. Beim Kloster Sankt Gotthard nahe der ungarischen Grenze. Ich diente als Corporal in einem Sappeur- und Pontonierbataillon. Unsere Aufgabe war es, Schützengräben auszuheben und Brücken über die Raab zu bauen.«

»Oh, als Corporal hat man sicher eine ganze Kompanie zu befehlen«, sagte Magdalena.

»Da muss ich dich leider enttäuschen. Ein Corporal zählt zu den untersten Chargen. Ich hatte einen Zug von dreißig Mann zu befehligen, darunter etliche verkrachte Existenzen. Ehemalige Zuchthäusler. Söldner aus dem Großen Krieg, die nicht mehr ins Zivilleben zurückfanden. Väter auf der Flucht vor Unterhaltszahlungen ...«

»Gab es auch Weibspersonen im Feldlager?« Gebannt kaute Susanna an ihrem Daumennagel.

»Oh ja, im Tross waren eine ganze Menge. Sie zogen als Marketenderinnen hinter dem Heer mit. Viele Kriegsknechte hatten ihre Eheweiber dabei, die für sie kochten oder ihre Kleider in Ordnung hielten. Und es gab auch noch Weiber, die für andere Bedürfnisse zuständig waren ...Eine Pause entstand. Bis alle begriffen hatten, um welche Frauen es sich dabei handelte. Nach einer kurzen Stille erhob sich Rupert und schmetterte, vom Wein benebelt, ein Landsknechtlied, dazu trommelte er mit den Fingern den Takt:

Ich liebe die Kosaken
in Stellung und Attacken.
Ich lieb' die Musketiere
im Feld und im Quartiere.
Ich liebe die Ulanen,
die mir die Unschuld nahmen.
Und die Husaren, hopplahopp,
lieb' ich im Trab und im Galopp.

Christoff rang sich ein gequältes Lächeln ab. Susanna und Franziska kicherten verlegen. Cecilia errötete.

»Verschone uns bitte mit deinen anzüglichen Liedern!«, empörte sich Magdalena. »Was können diese armen Geschöpfe schon dafür, dass sie zu wenig Liebe im Elternhaus erfahren haben oder in ihrer Jugend enttäuscht wurden, wenn ihnen nicht noch Schlimmeres wiederfahren ist.«

»Bekomme ich in meinem Haus jetzt den Maulkorb umgehängt?«, knurrte Rupert. »Wie kommt es eigentlich, dass du für diese Weibspersonen so viel Verständnis aufbringst?«

»Nun, manche haben eben den Mut das auszuleben, wovon andere im Ehebett nur träumen.«

Der Ronacher beäugte sein Weib argwöhnisch und schwieg.

»Die Marketenderinnen, genauer gesagt die Metzen«, fuhr Christoff fort, »machten keine schlechten Geschäfte in einem Heerlager von fünfunddreißigtausend Mann unter Waffen. Wir waren eine gemischte Truppe aus allen Teilen Europas. Neben den Kaiserlichen gab es Kontingente der Reichskreise – Bayern, Schwaben, Franken, Westfalen. Darüber hinaus ein französisches Hilfscorps. Sogar Regimenter der Schweden, Ungarn, Spanier und Italiener. Die Franzosen waren brillante Strategen und demonstrierten uns die militärische Schlagkraft König Ludwig XIV. und seines Marschalls Turenne. Manche meinten, sie würden uns ausspionieren. Sie feuerten sich gegenseitig mit dem Schlachtruf an: ›Allons, allons! Tuez, tuez!‹«

»Was heißt das?«, wollte Franziska wissen.

»Auf, auf! Tötet, tötet!«

»Oh, wie schauderhaft!«

»Sie haben nur ausgesprochen, was die anderen im Stillen dachten. Die schwäbischen Musketiere, meist junge unerfahrene Burschen, flüchteten gleich beim ersten Angriff. Einmal sah ich einen von ihnen ohne Kopf noch mehrere Schritte weiterlaufen. Ein andermal fand ich im Gras einen Kopf, dessen Augen sich noch bewegten. Die Türken machten kurzen Prozess mit ihren Gefangenen. – Nun, wir waren auch nicht viel besser.«

Cecilia hob die Hände vor das Gesicht. »Oh, wie grauenhaft! Habt ihr denn keine Gefangenen gemacht?«

»Wir hatten den Befehl, dem Feind möglichst hohe Verluste zuzufügen und ihn zurückzuschlagen. Gefangene sollten wir keine machen. Unsere Versorgungslage war so kritisch, dass wir weder genügend Brot für uns noch Futter für die Pferde hatten. Wir mussten bei den ansässigen Bauern betteln gehen oder, wenn sie nichts hergeben wollten, gewaltsam fouragieren. Die Munition war rationiert. Flinten und andere Feuerwaffen bekamen nur die Dragoner und höheren Dienstgrade. Auch sollte verhindert werden, dass Flüchtige wieder zu ihrem Hauptquartier zurückkehrten, um von dort aus einen neuen Angriff zu starten. Großwesir Köprülü hatte am anderen Ufer der Raab über dreißigtausend Mann stehen, für die er den Krummsäbel noch nicht gehoben hatte.«

»Hat der Oberbefehlshaber der Hohen Pforte nicht mitgekämpft?«, fragte Rupert.

»Nein. Sonst hätte er die Schlacht gewonnen bei der fünffachen Übermacht, die er aufgeboten hatte. Der Großwesir verfolgte die Schlacht von seinem Hauptquartier aus. Zudem waren seine Truppen schlecht ausgerüstet. Die Janitscharen, Spahis und Albaner kämpften nur mit dem Säbel. Sie hatten weder Piken noch Feuerwaffen. Die wichtigste Waffe war ihr Glaube. Sie stürzten sich mit Allah-Gebrüll auf den Feind.«

Gefesselt von der Erzählung, vergaß Franziska alle Benimmregeln. »Wie sahen die Osmanen aus?«, fragte sie mit vollem Mund.

»Die Janitscharen, das waren die Infanteristen, trugen hohe, mit Reiher- oder Straußenfedern geschmückte sandfarbene Filzhauben mit langem Nackenbehang. Die blauen Hosen waren an den Oberschenkeln weit geschnitten, an den Knien eng anliegend. Über den roten Strümpfen trugen sie hohe Schaftstiefel. Ihr Säbel, der Yatagan, hatte eine einschneidige Klinge mit zweifacher Krümmung, die sich zur Spitze hin verbreiterte. Wir nannten die Waffe ›Kopfabschneider‹. Der Name war jedenfalls nicht übertrieben. Bei ihren Attacken wurden die Janitscharen von einem Musikcorps begleitet, das mit Pauken und Trompeten einen Heidenlärm veranstaltete. Die Spahis, das war die Kavallerie, trugen Kettenhemden, Helme mit Nackenschutz oder gepolsterte Turbane und Rundschilder aus Weidengeflecht. Meist waren sie mit Pfeil und Bogen bewaffnet, einige hatten auch Flinten. Dann gab es noch die Delis – Hilfstruppen aus Türken und Balkanvölkern. Sie trugen die abenteuerlichsten Kleider, die man sich vorstellen kann. Ihre Kopfbedeckungen bestanden aus Leoparden- oder Wolfsfellen, geschmückt mit Adlerfedern. Viele bekamen allein bei ihrem Anblick schon Angst.«

Der Jenner leerte das Glas mit einem Zug und erzählte weiter: »Einmal verfolgte ich in einem Wäldchen einen Janitscharen. Ich habe ihn fast erreicht, da stolpert er über eine Wurzel und verliert seinen Säbel. Ich stehe über ihm mit der Pike und überlege, was ich tun soll. Der Mann hat graues Haar und fleht mich an, ihn zu töten. Ich glaube, nicht richtig zu hören und frage ihn, warum er sterben wolle. Er antwortet, mit Händen und Füßen gestikulierend, als Kämpfer des heiligen Dschihad seien ihm im Himmel die köstlichsten Freuden gewiss.

Zweiundsiebzig Jungfrauen erwarteten ihn mit schwellenden Brüsten auf dem Diwan im Paradieszelt. Ich erwidere: Kamerad, so einfach kommst du nicht ins Paradies, du wirst noch eine Weile bei deinem Eheweib liegen. Da steht er lachend auf und umarmt mich. Bruder, wenn dich dein Weg einmal nach Izmir führt, sagt er beim Abschied, musst du mich unbedingt besuchen. Frag einfach nach Achmed, dem Schuster.«

»Dann darfst du auf dem Diwan liegen, die Wasserpfeife rauchen und dich an den Bauchtänzen seiner liebreizenden Töchter erfreuen«, lachte Susanna.

»Ja, so stellen wir uns das vor«, erwiderte Christoff. »Ich habe noch nicht zu Ende erzählt. Die Tapferkeit der Janitscharen nötigte sogar Feldmarschall Montecuccoli große Bewunderung ab. Viele Krieger verbrannten sich bei lebendigem Leib, da sie es als Schmach empfanden, in die Hände der Ungläubigen zu geraten. Auf ihrem Rückzug sprangen zahllose Muselmanen in heilloser Flucht in die Raab. Tausende Tote, Verwundete, Fliehende sowie unzählige Pferde und Kamele trieben in den reißenden Fluten und stauten sich gleichermaßen zu Wehren auf. Ich sah Fleischberge ineinander verschlungener Leiber und Gliedmaßen, die sich teilweise noch bewegten. In das Hilferufen und Stöhnen mischte sich das Gebrüll der Tiere – ein Bild des Grauens.«

»War dein Mitgefühl für den Feind keine Befehlsverweigerung?«, wandte Rupert ein.

»Doch. Zu meinem Pech war ein Oberleutnant Zeuge dieser Szene. Ich kam vor das Militärtribunal. Man warf mir Insubordination und Fraternisieren mit dem Feind vor. Nur der Fürsprache meines Hauptmanns habe ich es zu verdanken, dass ich nicht vor das Standgericht kam. Nach unserem Sieg bei Sankt Gotthard und Mogersdorf wurde ich aus der Armee entlassen. Mit dem Verzicht meines Säbels und aller Ehren. Nicht einmal beim Tedeum in der Klosterkirche durfte ich dabei sein.«

»So schlimm das für dich auch gewesen sein muss«, sagte Cecilia, »immerhin hast du ein Menschenleben gerettet.«

»Ich war heilfroh, dass ich den Sterbekittel des Infanterieregiments an den Nagel hängen konnte. Es war die Hölle: Der Gestank der Leichen. Der Dreck. Der Hunger. Einige von uns schlachteten ein Pferd und aßen es roh.«

»Igitt, das ist ja ekelhaft!«, sagte Susanna, die gerade ein knuspriges Bruststück abnagte.

»Unser Hauptmann, ein Mann hoch in den Fünfzigern, erzählte uns, als sich einige über die verdorbenen Rüben und das schimmlige Brot beschwerten, dass er im Großen Krieg erlebte, wie seine Kameraden über einen Söldner herfielen, der im Stockhaus gestorben war und auf dem Schragen lag. Noch ehe der Profoss ihn beerdigen konnte, hatten sie den Toten mit den Zähnen zerrissen. Es war ihr Weihnachtsessen …«

»Willst du uns allen den Appetit verderben, Christoff?«, empörte sich Magdalena.

Doch es war schon zu spät. Bleich im Gesicht stand Franziska auf. Sie rannte aus dem Zimmer, die Hand vor den Mund haltend.

»Das war überaus rücksichtsvoll!«, schäumte Cecilia. »Du weißt doch, dass sie erst vierzehn ist.«

»Denkt euch, was ich neulich erlebt habe!«, begann der Ronacher, darum bemüht, das Thema zu wechseln. »Ich war auf der Pirsch im Brenntalwald und komme an der Wennser Mühle vorbei. Es war kurz nach Mitternacht. Da höre ich ein Flüstern und auch noch andere Geräusche. Da hat sich wohl ein Liebespärchen eingenistet, denke ich. Denen will ich einen Schabernack spielen. Ich stelle den Freifluter um und lasse das Mühlrad laufen. Als sich das Räderwerk mit den Stampfern bewegt, höre ich ein Schreien und Fluchen. Eine Dirn und ein Bursche kommen herausgerannt mit nicht viel mehr auf dem Leib als Adam und Eva im Paradiesgarten. Leider konnte ich in der Dunkelheit nicht erkennen, wer sie waren. Aber so gelacht habe ich seit Langem nicht mehr.«

Alles lachte über den wüsten Spaß. Nur Christoff und Cecilia nicht. Der Jenner grinste verlegen. Rupert blickte scharf zu seiner Tochter hinüber. Eine steile Falte bildete sich zwischen seinen buschigen Augenbrauen. Cecilia senkte verschämt den Kopf.

»Wart ihr etwa das Liebespärchen?«

Cecilia schwieg.

»Das hätte ich mir denken können!«, ereiferte sich der Tantzlechner. »Sucht euch das nächste Mal einen anderen Ort für euer Schäferstündchen. Hast du es nötig, Celia, dich wie eine rollige Katze auf den Tennen und Mühlen herumzutreiben? Und dich, Christoff Jenner, frage ich: Bist du nicht ein Dieb, der in der Nacht um unser Haus schleicht und die Ehre unserer Tochter stiehlt? Von einem Mann deines Alters hätte ich etwas mehr Verstand, äh, ich wollte sagen, Anstand erwartet.«

Wütend warf Christoff die Serviette auf den Tisch und stand auf. »Es reicht, Ronacher! Du hast deinen Schalk mit uns getrieben. Aber jetzt lass uns in Frieden. Kehr lieber vor deiner eigenen Tür. Pass auf, dass du nicht eines Nachts auf dem Heuboden einer begegnest, die um die Zeit bei dir im Bett liegen sollte.«

Magdalena flog die Schamröte ins Gesicht.

»Dieser Rotzlümmel! Was glaubt er eigentlich, wen er vor sich hat!« Bebend vor Zorn sprang der Tantzlechner auf, stürmte hinaus und knallte die Tür hinter sich zu. Die drei Schwestern erstarrten.

Ohne ein Wort verließ Christoff den Speiseraum, nahm seinen Umhang vom Haken und schritt zur Haustür. Cecilia eilte ihm hinterher, fahl im Gesicht.

»Warum musstest du meine Eltern so beleidigen?«

»Beleidigen? Die Spatzen pfeifen es vom Dach, dass deine Mutter fremdgeht.«

»Was geht es dich an!«, sagte sie wütend. »Wie sollen dir meine Eltern künftig begegnen? Und wie stehe ich da? Darüber hast du wohl nicht nachgedacht.«

»Wer sich nicht wehrt, der sich nicht ehrt!«

»Ach, auf einmal ist dir die Ehre wichtig! Hast du jemals nach meiner Ehre gefragt, wenn wir auf dem Heuboden lagen? Die Ehre war dir nie wichtig, solange du deinen Willen bekommen hast. Eines sage ich dir: Wenn du dich ein zweites Mal so aufführst wie heute, wird dir die Tür von Tantzlehen für immer verschlossen bleiben!«

»Dann komme ich eben durchs Fenster«, grinste er.

Sie blickte ihn an, als habe er einen schlechten Witz gemacht, und kehrte ihm den Rücken zu.

An diesem Tag gingen sie zum ersten Mal in Unfrieden auseinander.

Froh darüber, festen Boden unter den Füßen zu haben, atmete Christoff die frische Luft. Den Geruch der Jauchegruben auf den Gehöften. Den heimeligen Rauch der Herdfeuer. Den harzigen Duft des geschlägerten Holzes. Bei jedem Schritt, der ihn bergauf führte, fühlte er sich freier.

Die Fronleitnerin konnte ihre Wissbegier kaum zügeln, als Christoff die Stube betrat.

»So eine Gans habe ich noch nie gegessen. Die auf Tantzlehen machen aus der Mahlzeit ein wahres Kunstwerk. Sie essen mit Messer und Gabel. Mit angehobenen Armen, die sie nur auf den Tisch legen, wenn sie eine Pause machen, und auch dann nur bis zum Handgelenk. Fangen erst zu essen an, wenn die Hauswirtin zum Besteck gegriffen hat. Nehmen zwei, drei Bissen, reden ein paar Worte, aber nie mit vollem Mund. Wischen sich vor dem Trinken den Mund ab mit einem Tuch, das sie auf dem Schoß liegen haben. Stoßen manchmal mit dem Glas an, dass es klirrt, denn sie halten das Glas am Stiel. Schauen sich dabei in die Augen und lächeln gezwungen. Sitzen auf dem Stuhl, als hätten sie einen Besenstiel verschluckt. Lachen hinter vorgehaltener Hand, zumindest die Weiberleute. Und lassen am Schluss die Reste auf dem Teller liegen. Dabei vergehen Stunden. Sie scheinen unendlich viel Zeit zu haben. Das Arbeiten überlassen sie den Dienstboten. Die aber habe ich bei Tisch nicht gesehen.«

Christoff ereiferte sich so sehr, dass der Mayerhoferin die Tränen kamen vor Lachen.

»Mach dir nichts draus, Christoffel, sie halten sich eben für etwas Besseres. Dabei weiß jeder, dass Magdalena mit dem Holzlöffel im Bündel nach Tantzlehen kam. Und Rupert hat diese neumodischen Tischsitten von den Kuenburg abgeschaut. Graf Sigmund und Rupert sind Jagdfreunde.«

»Sag mal, Mutter, was ist eigentlich mit dem Michael Jenner? Keiner spricht von ihm. Dabei ist er doch mein Vetter. Der Ronacher erzählte, er sei mit seiner Schwestertochter verheiratet.«

»Der Michael hat die Christina Fürstallerin geheiratet. Sie ist die älteste Tochter des Lorenz Fürstaller und der Ursula Ronacherin, einer Schwester von Rupert Ronacher. Matthäus und ich waren vor vier Jahren auf der Hochzeit in Klausen. Inzwischen haben die beiden zwei Kinder. Mit seinem Vater führt er das Gasthaus zum Bären. Daneben ist er Gewerke eines Kupferbergbaus und macht Handelsgeschäfte. Weinhandel im Unterland, glaub ich. Er gilt als reicher Mann. Der Kaiser hat ihn in den Freiherrenstand erhoben. Vor zwei Jahren hat er in Villnöss ein Gut erworben. Wie ich gehört habe, will er es zu einem Jagdsitz ausbauen. Was der auf die Beine gestellt hat, ist unglaublich. Der Michael lebt in einer anderen Welt.«

Die Arme hinter dem Kopf verschränkt, lag Christoff auf seinem Bett und grübelte. In welcher Welt lebte er eigentlich? Mistauftragen mit dem Buckelkorb. Heumachen an steilen Berglehnen. Holzziehen auf gefährlichen Wegen. Garben dreschen auf dem Tennenboden. Einzige Abwechslung war die Steinwildjagd. Ein Frondienst, aus dem die Bauern sich neuerdings mit Geld auslösen konnten. Geld hatten sie jedoch keines. Mit den Wildhütern durfte er das Rudel in die Netze treiben. Manchmal half er auch beim Ausweiden. Vom Fleisch sah er keinen Bissen. Er musste zugeben, seine Welt war nicht viel größer als der Blick, den er durch die Fensterluke in seiner Kammer hatte.

Auf Tantzlehen saß der Wurm im Holz. Rupert und Magdalena konnten sich lange Zeit nicht beruhigen. Immer wieder kamen sie auf den Jenner zu sprechen.

»Glaubst du, dieser Bursche ist das Richtige für dich?«, fragte Magdalena ihre Tochter beim Geschirrabwaschen.

»Du meinst wohl der Richtige«, erwiderte Cecilia spitz. »Christoff ist kein Schilfrohr, das sich im Wind biegt, wie ihr es vielleicht gern hättet. Er ist ein Kantholz. Die Ecken wird ihm das Leben schon noch abschleifen.«

»Das ist ja alles schön und gut. Aber der Jenner lebt außerhalb der Gemeinschaft. Er hat keine Achtung vor nichts und niemandem. Solche Menschen stiften bekanntlich nichts als Unruhe und Unfrieden.«

Am Abend fragte Magdalena ihren Mann, was er von dem Jenner halte. Rupert reagierte unwillig.

»Was soll ich von ihm halten? Es fehlt ihm jedes Maß für die Dinge. Er glaubt, sich alles herausnehmen zu können. Wie ein adeliger Herr. Dabei ist er nicht mehr als ein Knecht. Er stiehlt unserer Tochter die Ehre und besitzt dazu die Frechheit, unsere Ehe in den Dreck zu ziehen. Ich möchte nicht wissen, was mit diesem Kerl noch alles auf uns zukommt.«

»Du meinst wohl, was auf Celia noch alles zukommt.«

»Na und, ist das nicht dasselbe?«

Weihnachten auf Fronleiten wurde stets nach altem Brauch begangen. Am Heiligen Abend durfte keine Wäsche gewaschen oder aufgehängt werden. Damit die Geister sich nicht darin verhedderten. Das würde Unglück, Leid und Tod anziehen, hieß es. Die Spinnräder standen still. Die Spulen mussten abgewickelt und die Rocken leer gesponnen sein. Weil sonst die Percht, die Wilde Frau, die Wolle verwirrte. Den vier Elementen gab Elisabeth Opfergaben, um sie freundlich zu stimmen.

Eine Handvoll Mehl in die Luft.

Eine Handvoll Körner auf die Erde.

Eine Prise Salz in den Brunnen.

Ein Stück Brot in das Herdfeuer.

Um das Dunkelwerden nahm der Hausvater die Glutpfanne vom Herd, streute geweihte Kräuter darauf und räucherte mit frommen Sprüchen Haus und Hof. Das eine blinde Auge halb geschlossen, sah die Magd dem Fronleitenbauer zu, wie er die Stube räucherte.

»Das Räuchern hilft heuer nichts, Matthäus. Die Mächte der Finsternis und die wilden Dämonen wirst du mit Weihrauch nicht vertreiben. Unheil wird über Fronleiten kommen. Ich habe die Zeichen gesehen.«

»Was redest du wieder für Unsinn, Afra! Mir scheint, du bist wunderlich geworden auf deine alten Tage.«

»Wundern muss ich mich über dich, Bauer. Denn du siehst die Dinge nicht, die im Kommen sind. Mit deiner Härte und Kälte vertreibst du deine Kinder. Und bald auch dein Weib. Hast du dir schon einmal überlegt, warum Elisabeth immer krank ist? Merkst du nicht, dass sie es alle nicht mehr aushalten mit dir? Spürst du nicht, dass du immer einsamer wirst?«

Der Fronleitner knurrte etwas in seinen Bart und trollte sich davon. Christoff, der den Vater durch Haus und Hof begleitet hatte, nahm Afra später in der Stube beiseite.

»Na, hast du wieder Schreckgespenster gesehen?«

Die Alte schaute durch ihn hindurch wie in weite Ferne.

»Jennerbursche, ich will dir verraten, was ich gesehen habe. Der Schnee, der vom Himmel fiel, als du gestern kamst, war blutig. Die Kuh, der Barbara das Futter gibt, hat im sechsten Monat verworfen. Und die beiden Bettler, die an unsere Tür kamen, hat Georg abgewiesen. Es sind Zeichen des Unheils.«

»Was redest du, Afra. Der Schnee war schmutzig vom Rauch der Herdfeuer. Zu Weihnachten wird viel gebacken. Und die Kuh war schon alt und schwach. Ich habe mich gewundert, dass sie überhaupt noch stierig war. Die Bettler aber, von denen du sprichst, sahen nicht aus wie arme Leute. Ich kann Georg verstehen: Man gibt Almosen, um der Not abzuhelfen, und nicht, um die Faulheit auf die Weide zu treiben.«

»Ich wollte, es wäre so, Christoff. Wie sahen die Bettler aus?«

»Wie Mutter und Sohn. Das Weib mochte Anfang vierzig sein und hatte einen verschlagenen Blick. Der Bub war um die fünfzehn, groß und hager, und hatte schulterlanges rotes Haar. Er trug einen grünen Rock, rote Strümpfe, abgetragene Riemenschuhe und einen weißen französischen Hut.«

»Bei allen vierzehn Nothelfern! Die Schinderbärbel und der Zaubererjackl! Was haben sie gesagt?«

»Sie sagten, sie seien hungrig und baten um Brot und Milch. Georg hat gelacht und gesagt, sie sollten es mit ehrlicher Arbeit versuchen. Darauf hat der Bub uns abgezählt:

Kaiser, König, Edelmann,
Bürger, Bauer, Bettelmann.

Gehst du erst am Bettelstab,
liegst du bald im Armengrab
und du bist raus.

»Ein Kindervers, wie wir ihn früher beim Verstecken aufsagten«, sagte die Magd.»Wie ging der Reim aus?«

»Der Bub fing bei sich an zu zählen. Er war der Kaiser und Bürger. Ich der König und Bauer. Georg der Edelmann und Bettelmann. Beim letzten Reim hat er meinem Bruder auf die Brust getippt und schauerlich gelacht. Die Schinderbärbel aber hat ihre Faust drohend gegen uns ausgestoßen und gesagt: Hol euch der Henker, hochmütiges Gesind, ihr sollt auch so werden wie wir!«

»Und – was habt ihr geantwortet?«

»Wir haben gelacht und sie mit Schneebällen vertrieben.«

Die Magd verbarg ihr Gesicht in den Händen.

Nachdenklich betrachtete Christoff die Greisin.»Warum denkst du, wird Unheil über Fronleiten kommen?«

Die Alte deutete auf die Türleiste.»Der Hausspruch von Fronleiten gilt euch nichts mehr. Ihr werdet sehen: Wer diesen Spruch nicht ehrt, der entehrt sich selbst.«

Am Heiligen Abend geht alles, was laufen kann, in die Pfarrkirche. In der linken Bankreihe die Frauen. In der rechten die Männer. Vor dem Altar ist eine lebensgroße Krippe aufgebaut. Schulkinder führen die Herbergssuche auf. Der Josef mit angemaltem Bart und Sack und Stab. Die schwangere Maria mit Kopfkissen unter dem Rock. Die Hirten, das Schaffell über der Schulter, weisen den Weg nach Bethlehem. Sie kommen an eine Herberge und klopfen dreimal an die Tür. Der Wirt grimmig: Ich kenne euch nicht, ihr seht fremd aus. Macht, dass ihr weiterkommt. Der zweite Wirt freundlicher: Bei uns in der Herberge geht es nicht. Da ist kein Platz mehr. Aber da hinten habe ich noch einen Stall. Da könnt ihr bleiben. Maria holt eine Stoffpuppe unter ihrem Rock hervor und bettet sie auf Stroh. Die Hirten knien nieder und falten die Hände. Über dem Stall leuchtet der Stern von Bethlehem. Anna Höck, die Haushälterin auf dem Pfarrhof, hat ihn gebastelt. Aus gelbem Pergamentpapier mit einem Wachslicht. Am Schluss erscheinen die Heiligen Drei Könige mit ihren Gaben. Das Gesicht Caspars ist wie bei einem Wilderer mit Kohle geschwärzt. Er ist der Mohrenkönig. Statt Myrrhe hat er dem Jesuskind einen schönen Apfel mitgebracht. Balthasar lässt vor Aufregung das Gold auf die Füße von Melchior fallen. Der schreit »Aua!«. Zum Glück hat er Holzschuhe an. Die Buben und Mädchen in den vorderen Bankreihen lachen. Jeder sieht, dass das Gold nichts anderes ist als ein in Glanzpapier gewickelter Feldstein. Auf ein Handzeichen des Messners erstarren alle, wo sie gerade stehen. Als wären sie aus Holz geschnitzt. Wie Krippenfiguren. Nur der Esel, den die Hirten mitgebracht haben, will nicht gehorchen. Diese Art von Stall scheint ihm nicht zu gefallen. Unruhig zerrt der Esel an seinem Strick. Dann, als er merkt, dass dies keine Wirkung zeigt, beschließt er seinen Darm zu entleeren. Pflatsch. Pflatsch. Pflatsch. Wie aus jähem Zorn oder Trotz. Da müssen auch die Erwachsenen lachen. Nur der Pfarrherr Ägidius Bannholzer, beschämt über dieses unwürdige Spektakel in seinem Gotteshaus, vergräbt sein Gesicht in den Händen.

Der Messner und Schulmeister Sebastian Farthofer spielt die Orgel. Auf der Empore stimmt Magdalena Kammerlanderin als Vorsingerin das Lied an: »Maria durch ein Dornwald ging, der hat seit sieben Jahr' kein Laub getragen.«

Bei der zweiten Strophe blickt Christoff verstohlen zu Cecilia. Sie singt mit ihrer vollen dunklen Stimme: »Ein kleines Kindlein ohne Schmerzen, das trug Maria unter ihrem Herzen.«

Ein verträumtes Lächeln umspielt ihren Mund.

Nach der Christmette wünscht sich die Pfarrgemeinde auf dem Kirchplatz eine frohe Weihnacht. Christoff tritt auf Cecilia zu und drückt ihr ein samtbeschlagenes Kästchen in die Hand.

Auf dem Weg nach Hause, als sie sich unbeobachtet fühlt, öffnet sie das dunkelrote Kästchen. Ein schmaler Goldring glänzt ihr entgegen. Innen ist das Datum des Martinitages eingraviert. Sie hält den Ring an den Mund und küsst ihn. Ihr Atem ist so heiß, dass der Goldreif anläuft.

Auch sie hat ihm etwas geschenkt. Einen Beutel aus grünem Leder. Christoff öffnet ihn, als die letzten Häuser des Dorfs hinter ihm liegen. Der Beutel enthält eine feine Halskette mit einem goldenen Kammrad. Nachdenklich betrachtet er den Glücksbringer. Im Zahnrad stehen die Initialen ihrer Taufnamen. Ineinander verschlungen. Wie eine Dornenhecke. Unlösbar.

Die Lieb ist feiner, wenn die Leut nix wissen
die Lieb ist feiner, wenn die Leut nix reden.
In der Kammer drin und den Stadeln draußen
hats keine Zuhörer nit gegeben.

Bayerisches Almlied

An Mariä Lichtmess wusste Cecilia, dass sie schwanger war. Sie kam morgens von der Kerzenweihe in der Pfarrkirche, als sie sich übergeben musste. Seit einer Woche hatte sie Christoff nicht mehr gesehen. Er sei mit dem Vater im Holz, hatte Georg ihr mitgeteilt. Da käme er nur selten herunter ins Tal. Dann würde sie zu ihm kommen müssen. Rupert und Magdalena waren mit den Lohnauszahlungen, der Verabschiedung und Neueinstellung der Dienstboten beschäftigt. Wie in den bayerischen Reichskreisen und österreichischen Erblanden war es auch im Erzstift Salzburg Brauch, dass der Wechsel des bäuerlichen Gesindes zu Lichtmess am 2. Februar stattfand.

Unbemerkt schlich Cecilia sich vom Hof. Es war das erste Mal, dass sie nach Fronleiten ging. Weiter als bis zum Haslachhof war sie noch nie gekommen. Bis dahin führte der Fahrweg. Danach gab es nur noch einen Fußsteig über die steilen Leiten.

Sie nahm die Schneereifen vom Holznagel an der Tenne und einen Haselstock mit Schlaufe. Dann band sie die Schneeschuhe an die Füße. In dem verharschten Schneegewate zeichnete sich das Spanngeflecht der Lederriemen ab. Wie ein Stickrahmen kamen ihr die Spuren vor. Der Gang über die verschneiten Wiesen und vereisten Wasserläufe fiel ihr schwer. Immer wieder musste sie stehenbleiben und Atem schöpfen. Sie wusste nicht, ob es von dem kam, was sie in sich trug. Oder von dem, was sie da droben erwartete.

Nach einer Wegbiegung erblickte sie das Gehöft. Zuerst die Hauskapelle mit dem geschmiedeten Gitter. Dann die hölzerne Machhütte.

Wie ein Adlerhorst klebte der Bergbauernhof am Steilhang. Da konnte ja niemand aufrecht gehen. Das graue Schindeldach aus Lärchenholz war mit Bachsteinen beschwert. Wie die Hochlägerhütten der Schafhirten. Da also lebte Christoff.

Einsam war es hier.

Und still.

Von den Dachschindeln tropften die Eiszapfen in der Mittagssonne. Die Wassertropfen hatten den Schnee aufgetaut und sprangen silbrig glitzernd aus den Pfützen hoch. Wie bittere Tränen erschienen ihr die Tropfen. Wie die Tränen, die sie heimlich vergoss, seitdem sie wusste, wie es um sie stand. Neben der Jauchegrube blühten Schneeglöckchen. Auch sie ließen die Köpfe hängen. Sie schaute nach oben. Risse zogen sich über das weißgekalkte Mauerwerk der Rauchküche. An einigen Stellen war der Verputz abgebröckelt. Die schießschartengroßen Fenster waren mit Hornscheiben abgedichtet. Ob durch die Luken wohl jemals ein Sonnenstrahl kam? Die Sonnenuhr an der Südseite des Hauses zeigte halb zwölf. Sie versuchte das Spruchband über den Ziffern zu enträtseln. Einige Buchstaben waren kaum noch zu lesen:

Ob Schatten oder Sonnenschein,
eine Stunde wird die letzte sein.

Der Spruch dünkte ihr düster und freudlos. Wie das ganze Gehöft. Cecilia band die Schneereifen ab und drückte die Türklinke nieder. Zögernd betrat sie den engen Hausgang. An den Haken hingen graue Wetterflecke und Ledergamaschen. Darunter, in einem Schuhschaft, steckten Holzknospen und Filzdoggln. Sie rümpfte die Nase. Es roch nach Armut und Alter.

»Ist jemand daheim?«, rief sie in den Flur.

Sie vermeinte, eine schwache Antwort zu hören und betrat die Stube. Sie musste sich bücken, so niedrig war der Türrahmen. Im Dämmerlicht erblickte sie Elisabeth auf der Ofenbank. Mühsam erhob sich die Bäuerin von den Kissen.

»Du musst die Cecilia sein, so wie Christoff dich beschrieben hat. Setz dich zu mir, mein Kind – ich kann leider nicht aufstehen. Mein

Bein schmerzt wieder. Ein Blutstau, hat der Bader gesagt. Ich müsste mal ausspannen. Eine Kur wäre das Beste. In Fusch oder in Gastein. Der hat gut reden. Wer soll die ganze Arbeit machen? Mit der Afra geht es bergab, sie wird immer vergesslicher. Und Barbara geht bald aus dem Haus. Was soll ich jammern? Den meisten Weibern heroben geht es so, wenn sie die letzten Tage hinter sich haben. Weder krank noch gesund. Krank dürfen sie nicht sein und gesund können sie nicht sein.«

Nachdenklich betrachtete Cecilia das herbe Antlitz der Fronleitnerin. Sie musste früher einmal eine schöne Frau gewesen sein. Jetzt, Anfang der Fünfzig, machte sie einen abgearbeiteten Eindruck. Falten gruben Furchen in Stirn und Augenwinkel. Graue Fäden zogen sich durch das dunkle Haar. Die bitteren Züge um den Mund verrieten Mühsal und Entbehrung. Nur vor ihren wasserblauen Augen schien das Alter Ehrfurcht zu haben.

Elisabeth erkundigte sich, wie es ihren Eltern und Schwestern gehe. Ihren Vater, den Ronacher, habe sie schon lange nicht mehr gesehen. Nach einer Weile fragte Cecilia, wo Christoff sei. Elisabeth blickte sie prüfend an.

»Der Bauer ist mit Christoff und Georg im Holz. Bei der Wolfsgrube. Du brauchst nur den Spuren des Zugschlittens zu folgen. Oder kann ich etwas ausrichten?«

Wie konnte man nur so lieblos von seinem Ehemann sprechen. Hier oben am Berg galten wohl rauere Sitten als drunten im Tal. Oder stand es mit der Ehe der beiden nicht allzu gut?

»Nein, ich muss ihn selbst sprechen«, sagte sie gedankenverloren.

Als sie gehen wollte, erblickte sie den Merkspruch im Türrahmen: *Wer das Gold sucht statt des Brodt, wird erleyden gähen Todt.*

»Was hat der Spruch zu bedeuten, Mayerhoferin?«

»Der Erbauer von Fronleiten soll sich einen Spaß gemacht haben. Wer hier oben am Berg lebt, sucht gewiss nicht nach Gold. Und der Tod steht trotzdem ständig neben uns. Die einzige, die den Spruch ernst nimmt, ist unsere Magd.«

Auf den Schneereifen kam Cecilia im Hochwald nur schwer voran. Die Kufen der Hörnerschlitten und Tritte der Zugpferde hatten tiefe Furchen auf dem Forstweg hinterlassen. Mit einem Warnschrei strich ein Häher durch die Baumwipfel. Der graugrüne Baumbart, der von den Ästen der Tannen und Fichten herunterhing, erinnerte sie an die Bärte von Kobolden oder Zwergen. Bald hörte sie das Klingen von Äxten und das Rasseln einer Säge. Es roch nach frisch geschlägertem Holz. Zuerst erblickte sie Georg, der am Wegrand die Pfosten für eine Holzbeige einschlug. Durch die Bäume hindurch sah sie die anderen Männer. Matthäus zog mit dem Knecht die Zugsäge durch den Stamm einer entwurzelten Tanne. Mit Asthacke und Schäleisen entrindete Christoff den Baumriesen. Als sie seinen Namen rief, legte er das Werkzeug beiseite und sprang behende über Äste und Zweige.

»Celia – was machst du denn hier?«

Erhitzt von der Arbeit, dampfte sein Atem in der Kälte. »Die Hand will ich dir lieber nicht geben, sonst würden wir aneinander kleben.«

»Das tun wir doch sowieso. Oder nicht?«, lächelte sie krampfhaft.

Er blickte sie forschend an. »Du bist doch nicht heraufgekommen, um mir bei der Holzarbeit zuzusehen?«

Cecilia sah ihn ernst an. »Nein, Christoff, ich habe mit dir zu reden. Beim zehnten Schlag der Turmuhr erwarte ich dich auf Tantzlehen – wie immer am Stadel.«

Er wollte noch etwas sagen. Aber sie hatte sich schon umgedreht und war gegangen.

Den Weg nach Tantzlehen schritt Christoff an diesem Abend nicht so froh und unbekümmert wie sonst. Die Luft kam ihm kälter vor, die Nacht finsterer. Der verharschte Schnee knirschte unter seinen Füßen. Er kam ins Grübeln. Was hatte ihm die Ronacherin zu sagen? Er hatte ihren seltsam ernsten Blick vor Augen. Wollte sie mit ihm Schluss machen? Möglich wäre es, wenn er den Unfrieden beim letzten Besuch bedachte. Der Stundenschlag, der von der Dorfkirche herüber dröhnte, riss ihn aus seinen Gedanken.

Die Hände unter dem Lodenumhang, ein Häkeltuch über Kopf und Schultern, wartete Cecilia am Scheunentor.

»Schön, dass du da bist«, flüsterte sie und zog ihn ins Dunkel.

Der würzige Duft der trockenen Kräuter umfing sie in den Dillen, als sie die Leiter hoch auf die Bühne stiegen. Sie ließen sich ins warme weiche Heu fallen. Wie so oft. Doch Cecilia war anders als sonst. Die Arme hinter dem Kopf verschränkt, lag sie auf dem Rücken und starrte ins Gebälk. Christoff beugte sich über ihren Mund und wollte sie küssen. Doch sie drehte ihr Gesicht weg.

»Ja, Christoff – es ist so gekommen, wie es meistens kommt. Wir waren beide unvorsichtig ...«

»Was soll das heißen?«

»Seit Lichtmess weiß ich, dass ich schwanger bin.«

Wie ein Donnerschlag erschütterte ihn der Satz. Er richtete sich auf.

»Was – du bist schwanger?«

»Ja.«

»Ist ... das Kind von mir?«

»Ist das alles, was du mir zu sagen hast?« Tränen stiegen ihr in die Augen. »Natürlich ist es von dir. Von wem soll es denn sonst sein?«

»Es kommt alles so schnell ... ich dachte, es würde so weitergehen. Unsere nächtlichen Abenteuer ... das Erlebnis der Liebe ... die Entdeckung der Körperkontinente ... die Suche nach verborgenen Schätzen. Es ist ein Abschied von vielem ...«

»Abenteuer, Erlebnisse, Entdeckungen, Schatzsuche – in welcher Welt lebst du eigentlich? Wie kannst du nur von Abschied sprechen? Ein Kind ist ein neuer Anfang, ein neues Leben. Auch für uns beide.«

»Dann ist doch alles gut ...«

»Nein, das ist es nicht. Hast du dir überlegt, wo wir leben sollen?«

Christoff strich ihr übers Haar. »Mach dir darüber keine Gedanken. Wir werden einen Schwaighof bewirtschaften und Käse und Butter machen. Solange bis mir Vater den Hof übergibt.«

»Eine Schwaige? Aber ich bin doch keine Sennerin.«

»Dann wirst du es eben.«

Zweifelnd blickte sie ihn an. »Glaubst du, wir schaffen das?«

»Wenn man will, kann man alles.«

Eine Weile schwiegen sie. Eine große Frage stand im Raum. Christoff nahm einen Halm aus dem Heu und kitzelte sie an der Nase. Sie blickte ihn erwartungsvoll an, als wüsste sie, was jetzt käme.

»Celia – willst du mich heiraten?«

»Ja«, flüsterte sie sanft.

Sie schmiegte sich an ihn. »Ich möchte zeitig heiraten, damit man meinen Bauch nicht sieht. Und ich will einen Jungfernkranz tragen. Mögen die Leute denken, was sie wollen. Sie werden sowieso nachrechnen, ob ich ihn auf ehrliche Weise trug.«

»Wir müssen mit den Eltern reden«, sagte Christoff.

»Davor graut mir am meisten. Wie du weißt, sind dir meine Eltern nicht gerade wohlgesonnen. Bei dem Eindruck, den du hinterlassen hast, glaube ich kaum, dass sie dich als Schwiegersohn akzeptieren. Vater spricht nicht einmal mehr deinen Namen aus.«

Christoff zog verächtlich die Nase hoch. »Wenn wir verheiratet sind, wird sich das geben. Richte deinem Vater aus, ich werde am Sonntag um deine Hand anhalten.«

Zärtlich umschlang Cecilia seinen Nacken und zog ihn ins Heu. Bedächtig löste sie ihre Zöpfe, öffnete das Mieder und ließ sich auf ihn niedergleiten. Ihr nackter Leib schimmerte im Licht des Mondes, das durch die Luke fiel. Einmal rasselte eine Kuh im Stall an der Kette. Sie hörten es nicht. Erst der Schrei des Käuzchens weckte sie aus ihren Träumen. Da graute schon der Morgen.

Grau umwölkt war der Tag, an dem Christoff seinen Eltern sagte, dass er zu heiraten beabsichtige. Er hatte sich vorgenommen, die Neuigkeit am Samstag beim Mittagsmahl zu verkünden. Aber dazu kam es nicht. Matthäus sagte, sie würden heute später essen; er wolle das kalte Winterwetter nutzen, um die Sau zu schlachten.

»Setz den Kessel auf, wir brauchen kochendes Wasser!«, rief er Elisabeth zu. »Ein paar Griesnocken kannst du zubereiten. Heute Abend gibt es Blutsuppe. Die schmeckt nur am Schlachttag.«

Mit liebevollem Zuspruch trieben sie die Sau zu dritt aus dem Stall. Das ängstliche Tier war widerspenstig. Es ahnte, dass es nichts Gutes erwartete. Sie schoben und zogen das Fack am Strick auf den Hof, wo der Bauer seinem Erdendasein mit dem Schlägel ein Ende bereitete. Das zentnerschwere Schwein hoben sie gemeinsam in den dampfenden Brühtrog. Wuschen und schabten das Tier mit heißem Wasser und hängten es an eine Leiter, um es auszunehmen. In einer Pfanne fing Christoff das Blut auf und rührte es kräftig. Ganz schnell musste das geschehen, damit das Blut nicht geronn. Dazu warf er eine Handvoll Schnee hinein. Für den Hofhund waren Nase, Ohren und Pfoten übrig geblieben. Er hatte die Leckerbissen gerochen und war schon eine Weile hechelnd und jaulend um den Holztrog herumgeschlichen. In einigen Tagen würden die Speckseiten an der Decke der Rauchküche selchen und schwitzen, gewürzt mit einigen Reisern Kranebitter im Herdfeuer. In der Brunnenstube wuschen sich der Bauer und seine Söhne die blutverschmierten Hände. Fröhlich scherzend betraten sie die Stube.

Elisabeth hatte einen Krug Obstbrand auf den Tisch gestellt und reichte Brot und Speck. Christoff füllte seinen Schnapsbecher bis zum Rand. Jetzt war der passende Zeitpunkt da, um das Ereignis zu verkünden.

»Das Fack stand gut im Futter«, sagte Matthäus und rieb sich die Hände. »Das gibt Wurst und Geselchtes für ein ganzes Jahr.«

Mit einem Zug leerte Christoff den Becher.

»Ich habe euch etwas mitzuteilen ...«

Seine Hand ließ das Trinkgefäß nicht los. Als müsste er sich an etwas festhalten.

»Na, da sind wir aber gespannt! Nur heraus mit der Sprache«, sagte Matthäus erwartungsvoll.

»Ich werde heiraten – die Cecilia.«

»Das habe ich mir schon gedacht«, sagte Elisabeth freudestrahlend. »Meine Vermutung hat mich nicht getrogen: Nur zum Vergnügen ist Cecilia nicht den Berg heraufgekommen – ich kann mir denken, was sie dir sagen wollte.«

Der Fronleitner wurde grau im Gesicht. Er ballte seine Hände zu Fäusten, dass die Knöchel weiß wurden.

»Ach, so ist das! Den Hoferben trägt die Tantzlehenjunge im Schoß. Unzucht begangen, zur Unzeit empfangen. Und jetzt musst du sie eilig heiraten, damit niemand merkt, was ihr getrieben habt. Ist es nicht so?«

»Wenn du es sagst, Vater, wird es schon so sein«, erwiderte Christoff beherrscht.

»Was sagen ihre Eltern dazu?«, fragte der Alte lauernd.

»Cecilia wird es ihnen heute sagen.«

»Eines sollst du wissen, Bursche: Diesen Hof bekommst du nicht als Hochzeitsgabe. Fronleiten braucht Männer, keine Weiberhelden.«

»Damit habe ich auch nicht gerechnet. Wir werden unserer eigenen Wege gehen.«

»Mir jedenfalls wäre Cecilia als Schwiegertochter nicht unlieb«, sagte Elisabeth. »Sie macht nicht den Eindruck, als würde sie sich leichtfertig einem Burschen an den Hals werfen. Wenn eine Tantzlechnerin sich für einen Jenner entscheidet, muss es schon Liebe sein. Geld gibt es bei uns keines zu holen.«

»Vater, du tust ja gerade so, als sei Cecilia eine Dahergelaufene«, mischte sich Georg ein. »Die Ronacherin ist die beste Partie im Oberland, was sage ich, im ganzen Pinzgau. Wenn ich an die Brautfuhre denke, die sie mitbringen wird, würde ich an deiner Stelle still sein. Eine bessere Schwiegertochter kannst du nicht haben.«

»Du denkst immer nur ans Geld«, erwiderte Matthäus verächtlich.

»Was heißt hier besser, wenn es um nichts weiter als schöne Beine geht oder eine gefüllte Schatulle.«

»Hatte ich etwa keine schönen Beine?«, entrüstete sich Elisabeth. »Und der Brautschatz war auch nicht bescheiden, den ich mitgebracht habe. Ohne mein Geld würden wir heute noch neben dem Vieh schlafen.«

»Entschuldige, Elisabeth, so war das nicht gemeint«, räumte Matthäus ein. »Auch du hattest schöne Beine – ja, und noch mehr als das. Als Tochter des Märzenhofbauers und Walderwirts warst du das Arbeiten allerdings gewohnt. Die Tantzlehentöchter dagegen schauen in den Spiegel, denken über die neueste Mode nach und lassen sich von vorne bis hinten bedienen.«

»Gönnst du es ihnen etwa nicht, dass sie es besser haben als wir?«, fuhr Georg auf.

»Ich fresse einen Besen, wenn Cecilia auf Fronleiten einzieht«, sagte Barbara. »Keine drei Tage wird sie es aushalten, wenn sie die Wirtschaft hier sieht.«

»Ich glaube es auch nicht, Barbara«, sagte Christoff. »Wir werden auf eine Schwaige gehen.«

Für Cecilia nahte die schwerste Stunde ihres Lebens. Sie musste ihren Eltern die Wahrheit sagen. Am besten sie begann bei der Mutter. Die Tantzlechnerin stand am Küchentisch und hobelte Weißkohl. Einen Topf Sauerkraut wollte sie zubereiten. Gundl, ihre Magd, war unpässlich. Das war die Gundl oft, wenn sie ihre Tage hatte. Einen Teil des Krauts gab Magdalena in eine irdene Schüssel mit Salz, Zucker, Essig und Molke. Zuletzt streute sie Kümmel und Wacholderbeeren in das Gemenge. Mit der Faust drückte sie das Kraut, bis die Flüssigkeit austrat. Cecilia setzte sich auf die Tischkante und schaute ihrer Mutter zu.

»Ich bin gekommen, um dir etwas zu sagen …«

Magdalena legte den Hobel beiseite. Sie blickte ihre Tochter neugierig an.

»Ich erwarte ein Kind …«

»Um Himmels Willen – von dem Fronleitner?«

»Ja, von Christoff – wir wollen heiraten.«

Cecilia hatte schon das Schlimmste befürchtet. Aber es kam anders. Die Augen der Kammerlanderin wurden feucht. Sie legte die Schürze weg und nahm ihr Kind in den Arm.

»Ich habe es kommen sehen. Du warst so anders in der letzten Zeit. Irgendwie reifer. Jetzt wirst du Mutter. Ich kann es gar nicht fassen.«

Cecilia fiel ein Stein vom Herzen. »Wir wollen so bald wie möglich heiraten. Keiner soll sehen, wie es um mich steht. Und ich will einen Brautkranz tragen – so wie du.«

Magdalena lächelte. Dann legte sich ihre Stirn in Falten.

»Wie sagen wir es Rupert?«

»Ich werde es ihm sagen.«

»Es wäre ratsam, wenn der Jenner zuvor um deine Hand anhielte. Das glättet die Wogen. Sag ihm, wir erwarten ihn am Sonntag nach der Messe.«

Doch dazu kam es nicht. Die Dinge nahmen ihren eigenen Lauf. Cecilia hatte sich vorgenommen, ihrem Vater reinen Wein einzuschenken. Besser sie sagte ihm die Wahrheit, als dass er sie von anderen erfuhr.

Rupert Ronacher saß im Kontor. Mit dem Gänsekiel notierte er Einnahmen und Ausgaben in das Aufschreibbuch. Doch dann wanderten seine Gedanken weg von den dürren Zahlen. Er steckte die Feder in das Tintenglas. Was ging in Cecilia vor? Seit dem Besuch des Jenner hatte sie kaum noch von ihm gesprochen. Insgeheim hatte er eine Heirat erwartet, besser gesagt befürchtet. Er war bereit, seiner Tochter, da sie die älteste war, mit sechzig den Hof zu überschreiben und in den Austrag zu gehen. Aber der Jenner hatte bisher keine Anstalten gemacht, um ihre Hand anzuhalten. Vielleicht, überlegte er, waren die beiden gar nicht mehr zusammen. In letzter Zeit hatte sich Cecilia nachts nicht mehr aus dem Haus geschlichen. Sollte dem Liebesrausch bereits die Ernüchterung gefolgt sein? Nun, dann käme wenigsten keine Schande über Tantzlehen. Anzeichen eines gesegneten Leibes zeigte sie jedenfalls nicht. Beruhigt von diesem Gedanken, nahm er den Gänsekiel wieder zur Hand und fuhr mit seinen Eintragungen fort. Da klopfte es an der Tür, und Cecilia trat ein.

»Na, was bringst du für Neuigkeiten?«, fragte der Ronacher, ohne von seiner Schreibarbeit aufzublicken.

Cecilia rang die Hände über der Schürze. »Vater, ich muss dir etwas sagen ...«

Der Tantzlechner legte die Feder aus der Hand. Er blickte auf, die rechte Augenbraue fragend hochgezogen. Das Antlitz seiner Tochter schien ihm blasser als sonst.

»... Ich erwarte ein Kind.«

»Von wem ist das Strauchbalg?«, stieß er hervor.

»Wenn du weiter in diesem Ton mit mir redest, dann ist es besser, ich gehe. Das Kind ist von Christoff.«

»Von dem Fronleitner? Hat der Schelm dich verführt? Hat er dich wie ein Strauchdieb um deine Unschuld gebracht? Hat er dich deiner Ehre beraubt?«

Auf der Stirn des Ronacher schwollen die Adern.

»Er hat mich nicht verführt. Und er ist kein Schelm, wie du denkst. Wir wollten es beide so – wir lieben uns!«

»So. Ihr wolltet es beide so! Ihr liebt euch!«, höhnte der Alte. »Was ist schon Liebe! Feuer für drei Monde und Asche bis ans Grab. Hat er dir einen Antrag gemacht?«

»Ja. Wir wollen heiraten.«

»Wollen?«, schrie der Tantzlechner außer sich vor Wut. »Jetzt müsst ihr heiraten, ob ihr wollt oder nicht! Was sollen die anderen von uns denken?«

»Die anderen werden davon nichts bemerken. Ich werde bei der Hochzeit den Jungfernkranz tragen.«

Dieses Stichwort brachte den Ronacher zur Weißglut. Mit der Faust umklammerte er den marmornen Briefbeschwerer und war nahe daran, ihn gegen die Wand oder sonstwohin zu schleudern.

»Deine Mutter hat ihren Brautkranz auf ehrliche Weise getragen. Wir hielten unsere Hochzeitsnacht nicht vor dem Kirchengeläut. Aber ihr …«, tobte er außer sich vor Zorn, »ihr zäumt das Pferd von hinten auf. Ihr könnt nicht warten. Ihr wollt alles haben, und das am besten noch heute. Jedes Maß habt ihr verloren!«

Da Cecilia nichts mehr sagte, knurrte der Ronacher: »Dann geh zum Pfarrherrn und bitte ihn, die Trauung vorzunehmen. Überleg dir aber gut, was du ihm erzählst. Er ist schließlich nicht mehr der Jüngste.«

Nachdem Cecilia das Kontor verlassen hatte, ging der Ronacher in die Diele. Dem Waffenschrank entnahm er die achtkantige Pirschbüchse mit den gravierten Horneinlagen. Dann griff er zu den Schneereifen, die unter der Stadelbrücke hingen, und stieg in den Hochwald.

Jetzt brauche ich frische Bergluft und starke Bäume um mich, sprach er zu sich. Die Jugend von heute ist nur noch faules, morsches Holz.

Als ein dreijähriger Gamsbock über das Kar wechselte und stehen blieb, hob er das Gewehr und setzte zum Schuss an. Aber er brachte es nicht fertig abzudrücken. Seine Hand zitterte. Hatte ihn das Elend mit seiner Tochter schon so mitgenommen? Oder hatte ihn die Weiberwirtschaft daheim weich gemacht? Entmutigt trat er den Rückweg an.

Da Christoff bei der Holzarbeit war, entschied sich Cecilia, allein mit dem Pfarrherrn zu reden. Das Haupt mit einem schwarzen Kopftuch verhüllt, lief die Ronacherin in die Kirche zum lieben Herrn Sankt Laurentius. Am Eingang bekreuzigte sie sich mit Weihwasser. Sie fröstelte.

Im Halbdunkel knieten ein paar ältere Bäuerinnen in den Bänken und beteten den Rosenkranz. Heilige Maria, Mutter Gottes, bitte für uns Sünder, jetzt und in der Stunde unseres Todes. Amen. Kaum war das Amen verklungen, setzte das Gemurmel auf der Männerseite ein.

O mein Jesus, verzeih uns unsere Sünden, bewahre uns vor dem Feuer der Hölle, führe alle Seelen in den Himmel, besonders jene, die deiner Barmherzigkeit am meisten bedürfen.

Im Seitengang hing das Bild von der Marter des heiligen Laurentius. Nackt bis auf ein Lendentuch lag der christliche Märtyrer auf einem glühenden Rost. Von Flammen umzüngelt, die Augen qualvoll zum Himmel erhoben, die Hand flehentlich zum unsichtbaren Erlöser ausgestreckt. Umringt von waffenstarrenden Söldnern, quälten ihn seine Peiniger mit glühenden Stangen und legten Holzscheite in das Feuer. Klagende Frauen beteten für die Seele des Gemarterten.

Cecilia erschauerte im Angesicht der Allgegenwärtigkeit von Tod und Leiden, Trauer und Schmerz. Es war ihr früher nie bewusst, welcher Art die Geschichten des Glaubens waren. Jetzt wo sie das Glück des neuen Lebens unter ihrem Herzen trug, fiel es ihr schwer, an solch bedrückende Dinge zu denken. Wo war all das Schöne? Die Daseinsfreude? Sie sah es nicht.

Das Gotteshaus, in dem sie jeden Sonntag zur Messe ging, war ihr plötzlich fremd geworden.

Zögernd betrat sie den Beichtstuhl und schloss die Tür hinter sich. Sie kniete nieder und faltete die Hände. Es roch muffig. Nach wurmstichigem Holz. Und verstaubten Polstern. Hinter dem Gitterfenster hörte sie ein Räuspern. Das Räuspern kam aus der trockenen Kehle des Pfarrherrn Ägidius Bannholzer.

»Gelobt sei Jesus Christus.«

»In Ewigkeit, Amen«, bekreuzigte sie sich.

Sie rümpfte die Nase. Er hatte einen schlechten Atem.

»Ja, ist das nicht die Cecilia, die vor fünf Jahren zur Erstkommunion ging? Was kann ich für dich tun, mein Kind?«

Cecilia wusste nicht recht, wie sie beginnen sollte.

»Wir wollen heiraten. Der Christoff Jenner von Fronleiten und ich. Deshalb bin ich gekommen.«

»Eine erfreuliche Nachricht – ich hoffe, deine Eltern sind damit einverstanden?«

»Ja, Hochwürden. Es gibt keine Einwände.«

»Dann steht eurem Glück ja nichts mehr im Wege. Wann soll die Trauung denn stattfinden?«

»Vor Ostern noch – ginge es vielleicht am Palmsonntag?«

»Vor Ostern? Das kann ich leider nicht einrichten. Viele wollen vor dem Erntejahr heiraten. Ich glaube, der Sonntag nach Fronleichnam ist noch frei. Ich müsste im Trauungsbuch nachsehen …«

»Das ist zu spät …«

»Zu spät – wieso? Wie lange kennt ihr euch denn schon?«

»Drei Monate, Hochwürden.«

»Und dann wollt ihr schon heiraten? Ist das nicht etwas verfrüht?«

»Nein – ich erwarte ein Kind.«

Sie hatte es ausgesprochen. Warum, wusste sie selbst nicht genau. Das Schweigen im Beichtstuhl dünkte ihr wie eine Ewigkeit.

Die Stimme des Geistlichen klang kalt und abweisend, als er antwortete: »Du hast das sechste Gebot verletzt, das da heißt, du sollst nicht Unkeuschheit treiben. Bevor ihr die Poenitentia publica nicht geleistet habt, kann ich euch das heilige Sakrament der Ehe nicht gewähren.«

Cecilia war wie vor den Kopf geschlagen.

»Ich verstehe kein Latein, Hochwürden.«

»Durch die Kirchenbuße versöhnt sich der Sünder mit Gott dem Allmächtigen und wird wieder in die Gemeinschaft der Gläubigen aufgenommen, aus der er sich durch eigene Schuld ausgestoßen hat. Kommt an drei Sonntagen zur Heiligen Messe und kniet euch im weißen Büßerhemd mit dem Kerzenlicht in der Hand vor dem Altar nieder. Wenn ihr eure Sünden aufrichtig bereut, will ich euch gern den Trausegen gewähren. Beim Einzug in die Kirche müsst ihr allerdings durch den Seiteneingang kommen, und du darfst keinen Brautkranz tragen. Ich will mit dem Dekan reden, vielleicht können wir dir den Strohkranz ersparen.«

»Ich fühle mich nicht als Sünderin«, sagte Cecilia den Tränen nahe. »Was wir taten, haben wir aus Liebe getan.«

»Was habt ihr aus Liebe getan? Rede dir deine Last von der Seele. Wie oft habt ihr gesündigt?«

Cecilia war, als streckten sich fleischige Finger, schwitzend vor Begierde, durch das hölzerne Gitter des Beichtstuhls und wollten nach ihrem Herzen greifen.

»Ich rede nicht über Dinge, die mir heilig sind!«

»Heilig, sagst du? Du lästerst Gott. Paulus sagt: Denn dies ist Gottes Wille, eure Heiligung, dass ihr euch der Unzucht enthaltet! Diaboli virtus in lumbis est – die Tugend des Teufels steckt in den Lenden.«

Cecilia fühlte sich angewidert. Von den bohrenden Fragen. Von den Wörtern und Begriffen, die nach Fäulnis und Verwesung rochen. Wie der ungesunde Atem, der durch das Gitter drang. Sie fühlte sich auf die Folterbank geiler Fantasien gespannt und in ihrer Seele gequält.

»Fürsterzbischof Wolf Dietrich hätte Euch gewiss Auskunft geben können«, unterbrach sie den Geistlichen gereizt »wie er die fünfzehn Kinder mit seiner Mätresse Salome Alt – oder hieß sie Jung? – zeugte. Noch toller trieb es sein Nachfolger Markus Sittikus. Wie jeder weiß, ging er nicht nur mit der Ehefrau seines Hauptmanns ins Bett, sondern auch noch mit deren Schwester. Und hat nicht Euer Amtsvorgänger den Vikar von Walchsee – ich glaube, er hieß Balthasar Drachsel – nach Hollersbach geholt, obwohl er mit seiner Köchin sieben Kinder hatte? Nein, Hochwürden, lieber verzichte ich auf die Hochzeit, als dass ich mich so demütigen lasse.«

Ägidius Bannholzer räusperte sich. »Überleg es dir, mein Kind. Die Kirchenbuße ist wenig im Vergleich zu dem, was dir noch bevorsteht. Gehe hin in Frieden.«

Es klang wie ein Menetekel.

Bebend vor Wut und Enttäuschung rannte Cecilia nach Hause. Atemlos betrat sie das Wohnzimmer.

»Wir werden nicht heiraten!«

Rupert und Magdalena erblassten. Als sie die Gründe wissen wollten, sagte sie: »Der Bannholzer ist ein Schwein. Er suhlt sich in Dingen, die er als Sünde bezeichnet. Er wollte alles ganz genau wissen. Ich sollte mir meine Last von der Seele reden. Dass ich nicht lache! Nie wieder betrete ich einen Beichtstuhl.«

Magdalena versuchte einzulenken. »Der Pfarrherr ist ein alter Mann. Man muss ihn aus seiner Zeit heraus verstehen. Außerdem hält er sich nur an die Kirchenordnung. Geh und rede noch einmal mit ihm.«

»Wisst ihr, wie hoch der Preis dafür ist?«, erwiderte Cecilia wütend. »An drei Sonntagen sollen wir unsere Sünden bereuen – im Büßerhemd vor der ganzen Gemeinde. Und bei der Hochzeit müssen wir durch den Seiteneingang kommen. Und ich darf keinen Brautkranz tragen. Damit auch der letzte im Dorf weiß, was wir gemacht haben. Nein, ich krieche nicht zu Kreuze für einen Gottessegen von dieser ekligen Hand.«

»An deiner Stelle würde ich die Kirchenbuße auf mich nehmen«, riet Magdalena. »Dann haben die Gerüchte ein Ende. Was ihr gemacht habt, wissen sowieso alle. Spätestens wenn sie deinen Bauch sehen, beginnen sie zu rechnen.«

»Die Schwarzröcke können mir alle gestohlen bleiben!«

»Wir können es nun mal nicht ändern«, sagte Rupert. »Eine Ehe wird hierzulande von der Kirche geschlossen, oder es ist keine.«

Am nächsten Tag begegneten sich Cecilia und Christoff beim Krämer. Vor dem kleinen Laden gegenüber dem Pfarrhof erzählte sie ihm von ihrem Geständnis im Beichtstuhl.

»Ich habe eine Dummheit begangen – ich habe dem Pfarrherrn von meiner Schwangerschaft erzählt.«

»Das hättest du lieber nicht tun sollen. Was hat dich veranlasst, ihm die Wahrheit zu sagen?«

»Ich wollte einen Termin für die Hochzeit. Doch vor dem Sonntag nach Fronleichnam war nichts frei. Ich sagte, das sei zu spät. Als der Pfarrherr fragte, warum wir es so eilig hätten, ist es mir einfach so herausgerutscht.«

»Und ... wie hat der Bannholzer reagiert?«

»Er gibt uns den Trausegen nur, wenn wir uns der Kirchenbuße unterwerfen. An drei Sonntagen sollen wir im Gottesdienst vor dem Altar knien und unsere Sünden bereuen, im weißen Büßerhemd mit dem Wachslicht in der Hand.«

»Was hast du ihm geantwortet?«

»Ich habe gesagt, dass ich dazu nicht bereit sei; denn ich sei mir keiner Schuld bewusst.«

»Ich hätte auch nicht anders geantwortet«, sagte Christoff finster.

»Die Kirchenbuße findet nur bei den unteren Ständen Anwendung. Der Adel und das wohlhabende Bürgertum können sich freikaufen. Dafür, dass wir nicht zu Kreuze kriechen, müssen wir das Kreuz auf uns nehmen. Der Weg, der vor uns liegt, wird steil und steinig sein.«

»War er das nicht schon von Anfang an?«

Ein bitterer Unterton lag in ihren Worten.

Die geplatzte Hochzeit sprach sich in Windeseile herum. Die Mägde, die an den Türen gelauscht hatten, erzählten die Neuigkeit brühend heiß weiter. Fantasien wucherten wie Disteln auf dem Acker.

»Ich gehe eine Wette ein, wenn da nicht was unterwegs ist«, sagte Gundl schadenfroh.

Dietlind, die junge Schnitterin, lachte. »Der Heuboden ist morgens immer so zerwühlt. Als ob eine rollige Katze mit ihrem Kater herumgesprungen wär. Die müssen es ganz toll treiben – von denen kann man noch was lernen!«

»Wenn unsereiner es so treiben würde, wäre schon längst Zahltag«, erwiderte die Küchenmagd. »Die Schamlosigkeit hat sie von der Mutter. Der Apfel fällt nicht weit vom Stamm ...«

»Was willst du damit sagen?«

Gundl senkte die Stimme. »Neulich, als der Bauer auf Reisen war, habe ich die Kammerlanderin mit einem Chorbruder im Stadel auf der Klapfwiese gesehen ...«

»Erzähl, was hast du gesehen?«

»Es war Samstagabend. Ich komme gerade vom Senningerbräu, da höre ich Geräusche. Ich schleiche mich an den Schupfen und lausche. Da höre ich Stimmen, die mir bekannt vorkamen ...«

Dietlind konnte ihre Neugier kaum zügeln. »Mit wem hat sie es getrieben?«

»Mit dem Schwabenbauer.«

»Mit dem Albrecht? Wenn sie so weitermacht, wird der Ronacher sie noch aus dem Haus jagen.«

»Dann schlägt meine Stunde ...«

»Wie meinst du das?«

»Ich weiß, der Bauer hat ein Auge auf mich geworfen. Am Samstag, bevor wir beide zum Tanzen gingen, hat er mich gefragt, ob ich einen Schatz habe. Dabei hat er mich angesehen, dass mir ganz heiß wurde.«

»Und was hast du ihm geantwortet?«

»Ich habe ihm ins Gesicht gelacht und gesagt: Ja, aber er weiß es noch nicht.«

Cecilia stand am Bügelbrett und sang. Von der Liebe, die feiner ist, wenn die Leute nichts wissen. Sie sang dieses Lied immer gern. Als sie das Lied anstimmte, das Plätteisen mit der glühenden Holzkohle in der Hand, einen Korb voll Bügelwäsche auf dem Tisch, liefen ihr die Tränen über die Wangen. Sie fühlte ihre Liebe in den Schmutz gezerrt. Als ob der Wind ein Leintuch von der Wäscheleine gerissen hätte.

Auf der Gasse gingen ihr die Leute aus dem Weg. Oder blickten zur Seite. Aus einigen Gesichtern grinste Schadenfreude. Aus anderen glotzte Missbilligung oder offener Abscheu. Die Mutter verging vor Gefühlsseligkeit. Der Vater schwelgte in Sprüchen und Spottversen. Hinterm Strauch, hinterm Strauch holt sich manche einen Bauch.

Susanna meinte, der Jenner sähe zwar gut aus, aber davon werde man nicht satt.

»Er ist nichts und hat nichts, und ob er was kann, weiß man auch nicht. Mit dem ist kein Staat zu machen.«

Vor dem Schlafengehen stellten die Schwestern allerhand Fragen. Wie man ein Kind bekommen könne, ohne verheiratet zu sein, wollte Franziska wissen. Da müsse man sich ganz toll lieb haben, erwiderte Cecilia ernst. Ob sie nun wie Maria und Josef auf Herbergssuche gehen müssten, fragte Susanna mitleidsvoll. Nein, lächelte Cecilia verträumt, sie würde mit Christoff im Frühjahr auf eine Schwaige ziehen.

»Das ist so wie auf einer Alm. Wir werden Käse und Butter machen. Unser Kind wird unter Apfelbäumen in der Wiege schaukeln und von den Kuhglocken in den Schlaf geläutet.«

4

Unter dem blühenden Apfelbaum

Nach dem Osterfest verließ Cecilia ihr Elternhaus. Das Gespann war mit einer Wäschetruhe und allerlei Hausrat beladen. Eine Brautfuhre war es nicht. Magdalena hatte den beiden einen Topf Kesselfleisch mitgegeben. »Damit ihr nicht verhungert«, sagte sie beim Abschied. »Ihr könnt es heute Abend warm machen. Eine Herdstelle wird es auf der Schwaige hoffentlich geben.«

Der Ronacher hielt lange die Hand seiner Tochter, als wollte er sie nicht ziehen lassen. Cecilia gab ihm einen flüchtigen Kuss auf die Wange. Dann setzte sie sich neben Christoff auf den Kutschbock.

»Ich hoffe, ihr kommt uns mal besuchen, wenn wir uns häuslich eingerichtet haben«, rief sie händewinkend.

»Tauschen möchte ich nicht mit ihr«, sagte Susanna mitleidig, als der Wagen langsam die Gasse hinabfuhr. »Den gedeckten Tisch wird sie vermissen.«

»Die frische Wäsche im Schrank auch«, ergänzte Franziska.

»Es kann nicht schaden«, sagte Rupert zu seinen Töchtern, »wenn sie mal lernt, ihre Hände zu gebrauchen. Wer weiß, ob wir uns nicht eines Tages selbst versorgen müssen. Wir können von Glück reden, dass wir bisher von Krieg, Hungersnot und Pest verschont blieben.«

Magdalena standen die Tränen in den Augen. »Ich frage mich, wie Celia das alles schaffen will. Wirtschaft. Küche. Haushalt. Und dann noch in anderen Umständen. Nicht mal eine Magd hat sie. Ich kann mir nicht vorstellen, dass das lange gut geht.«

Rupert hob hilflos die Schultern. »Des Menschen Wille ist sein Himmelreich.«

Wie viele Bauernsöhne, die auf die Hofübergabe warteten, pachtete Christoff eine Schwaige. Ein Viehhof, ähnlich einer Alm, der Milchwirtschaft betrieb und dem Lehnherrn Käse und Butterschmalz als Zins zu liefern hatte. Der in den Auen der Salzach gelegene Hof gehörte zum Gut Benkern. Froh darüber, dass sich jemand fand, der die brachliegenden Gründe bewirtschaftete, stellte ihm der Benkerbauer Johann Veichtner ein Dutzend Rinder und ebenso viele Schafe auf die Weide. Auch schickte er ihm einen Helfer herüber, wenn er gerade einen Mann frei hatte.

Den Namen Schildschwaig verdankte das Lehen seiner hervorstechenden Lage: Der grasbewachsene Schuttrücken, auf dem die Almhütte stand, erinnerte an einen Buckelschild.

Der Anblick der grünen, mit gelben Sumpfdotterblumen und zartlila Schaumkraut bedeckten Auwiesen und der hochprozentige Hausbrand, den der Benkerbauer ihm vorsetzte, ließen Christoff vergessen, dass er sich vorgenommen hatte, vor Unterzeichnung des Pachtvertrags die Salzach und ihre Ufer in Augenschein zu nehmen. Dann hätte er bemerkt, dass das von Weiden, Erlen und Schilf gesäumte Flussbett einen Klafter höher lag als die angrenzenden Weidegründe. Dieser Umstand, den der Benkerbauer mit Fleiß verschwieg, war schon manchem Pächter zum Verhängnis geworden.

Um Cecilia ein behagliches Zuhause zu schaffen, richtete Christoff als erstes die aus groben Rundhölzern gezimmerte Hofstatt wieder her. Das Zimmerholz gehörte zu den Holzservituten, zu denen der Grundherr dem Schwaiger gegenüber verpflichtet war. Er trieb Zaunpfähle in den Boden und umfriedete die Viehweide. Entwässerte das Moos, wie die Bauern das sumpfige Gelände nannten, indem er Gräben anlegte. Schwendete Gestrüpp und hackte Ampfer und Kratzdisteln aus. Säuberte die Weiden von groben Steinen und trug sie auf Haufen zusammen. Die Steine auf den Wiesen erschienen ihm sonderbar. Wie Berggeröll sahen sie nicht aus. Eher wie rundgeschliffene Bachsteine. Wie lange sie wohl schon da lagen?

Die Arbeiten waren Christoff vertraut. Mit dem Reifeisen schälte er Fichtenstangen für die Viehzäune. Auf den Wiesen stellte er Hiflerstecken auf, um das Heu zu trocknen. Der Wind auf dem Talboden war nicht so stark und trocken wie an den sonnseitigen Berglehnen. Manchmal stand er die halbe Nacht im Stall, um mit blutigen Armen ein Kälbchen aus dem Bauch der Mutterkuh zu holen. Wenn er den

Tag des Wurfs mit Kreide über den Barren vermerkt hatte, sank er müde neben Cecilia auf den Strohsack.

Damals auf dem Heuboden in der Tenne war es anders gewesen.

Cecilia hatte sich das Leben auf dem Schwaighof anders vorgestellt. Daheim war sie der Mutter zur Hand gegangen. Hatte Küchenkräuter im Garten gepflückt, Hühnerfutter gesiebt oder Wäsche ausgebessert. Jetzt saß sie um halb fünf in der Frühe auf dem Melkschemel, ehe sie die Milchkühe auf die Weide trieb. Sammelte und hackte Kräuter für das Gleck, das Kraftfutter für die Kühe. Meisterwurz, Benedikt und Brennnesseln, vermischt mit Salz, Mehl und gesottenem Roggen, das sie den Kühen abends in die Futtertröge gab. Das gab der Butter einen guten Geschmack und eine schöne gelbe Farbe.

Sie musste alles erst lernen: Die Geduld beim Rühren der Butter, bis sich gelbe Klumpen im Kübel bildeten. Die Sorgfalt, das hölzerne Geschirr sauber zu halten. Die Genauigkeit beim Käsemachen. Schwer zu lernen war es nicht. Man musste nur die Reihenfolge einhalten und durfte nichts vergessen. Von dem grauweißen Schnittkäse sahen sie kaum etwas. Das meiste mussten sie dem Benkerbauer abliefern.

Von ihrer Mutter hatte Cecilia gelernt, die Wäsche in grobe, blaue und feine einzuteilen. Sie wusste, dass die blaue und feine Wäsche nicht so behandelt werden durfte wie die rupfenen Tücher aus grobem Leinen. Denn dabei hätte sie Schaden gelitten. Wie man aber die grobe Schmutzwäsche sauber bekommt, wusste sie nicht. Das hatten die Mägde gemacht. Zugeschaut hatte sie am Waschtag nie. Wozu auch? Dafür waren die Dienstboten zuständig.

Jetzt musste sie den Waschkessel über dem offenen Feuer anheizen, das siedende Wasser in einen Kübel mit Asche gießen und die Lauge durch ein altes Leintuch über die Wäsche schütten. Dann die Asche wegwerfen und die Lauge, wenn sie kalt geworden war, ablassen. Die kalte Lauge wieder im Kessel erhitzen und über die Wäsche gießen. Sieben Mal, acht Mal. Immer dieselbe Prozedur. Danach musste sie die Wäsche in heißem Wasser waschen und mit einem Kuhschweif reiben. Dann die in Lagen zusammengelegte Wäsche mit dem Schlagholz klopfen, um den allerletzten Schmutz herauszubekommen. Die Wäsche in heißem Wasser schleudern und zuletzt in fließend kaltem Wasser schwemmen und auswringen. Letzteres machte sie am Ufer der Salzach. Das Blauzeug durfte nicht in der Sonne hängen, weil sonst die Farbe abschoss. Gelb angelaufene Weißwäsche, hatte sie gelernt, musste man acht bis zehn Tage in einem Kupferkessel mit Buttermilch einweichen, die einige Tage gestanden hat, bevor man sie mit Seife in lauwarmem Wasser wusch. Das Weißzeug musste man zum Trocknen in der Sonne aufhängen.

War der Waschtag vorbei, betrachtete Cecilia oft bekümmert ihre Hände. Sie waren nicht mehr weiß und glatt wie früher, sondern rot und schrumpelig. Vom kalten und heißen Wasser und den Laugen. Wie ihre Mutter es vorausgesagt hatte. Wie würden ihre Hände in zwanzig, dreißig Jahren aussehen? Wie würde sie selbst aussehen?

An einem Tag im April saß sie erschöpft von der Arbeit auf der Hausbank. Die Sonne warf ihre letzten Strahlen über die abendrotschimmernden Firnfelder der Krimmler Tauern. Im Frühlingswind rauschten die Apfelbäume. Weiße und rosa Blüten schwebten sacht zu Boden. Wenn die roten Früchte ins Gras fallen, würde sie mit ihrem Kind im Arm auf der Bank sitzen.

Ein Glücksgefühl durchströmte sie.

Zum ersten Mal hatte sie es gespürt. Es hatte sich bewegt.

Wie es Brauch war, wirtschaftete Christoff auf dem Hof, Cecilia in Haus und Garten. So kam keiner dem anderen in die Quere. Da sie kein Gesinde hatten, machten sie hin und wieder eine Ausnahme von diesem ungeschriebenen Gesetz.

Einmal kam Barbara zu Besuch. Sie fand die beiden im Milchgaden beim Buttern. Während Cecilia die Magermilch in das Schaff goss und mit dem Spahn vorsichtig den Rahm im Holzgefäß zurückhielt, stand Christoff neben ihr und drehte den Rührkübel.

Da wurde die Jennertochter rot vor Zorn. »Soweit kommt es, dass der Bauer die Bäuerin spielt. Geh am besten auf die Weiberfasnacht. Bei mir wird kein Mann jemals am Butterfass stehen.«

Cecilia erblasste. Christoff aber, der das ungestüme Wesen seiner Schwester kannte, erwiderte seelenruhig: »Ein Mann ist nur da, wo ein Mann gebraucht wird. Heute hier, morgen dort. Wir denken in vielen Dingen anders als unsere Eltern. Zäune um unser Tagewerk machen wir keine.«

Als seine Schwester gegangen war, sagte Cecilia zu Christoff:»Der Barbara hast du es gegeben. Ob einer am Butterfass steht oder am Herd, für mich zählen andere Dinge, ob ein Mann ein Mann ist.«

Eines Tages brach der Stier aus dem Stall aus. Ein mächtiger Bulle mit honigfarbenen Hörnern, der als unberechenbar und tückisch galt. Der Drang nach Freiheit, vielleicht auch der Wunsch nach Geselligkeit, nach spielerischem Geraufe mit Kühen und Kälbern, hatte das Tier auf die Weide getrieben. Der Bulle hatte sich von der Kette losgerissen und krachend alles mitgenommen, was sich ihm in den Weg stellte. Barren. Pfosten. Stalltür. Zaun und Gatter. Eine Spur der Verwüstung. Christoff hatte Mühe, den Stier wieder einzufangen. Friedlich, als sei nichts geschehen, trabte der dunkelbraune Bursche unter Lockrufen in den Stall zurück und zupfte das Heu aus der Futterraufe. Der Bulle, einmal in den Genuss der Freiheit gekommen, würde immer wieder versuchen auszubrechen. Christoff hatte Angst um Cecilia und das Kind. Er musste den Stier töten. Nach anfänglichem Zögern gab der Benkerbauer seine Zustimmung. Zwar täte es ihm leid um den Bullen, für den er eine Stange Geld gezahlt habe, aber er wolle nicht, dass am Ende noch seine Herde ausbreche. Und es fände sich bestimmt kein Bauer, der ihm den roten Teufel abkaufen würde.

Schweren Herzens hängte Christoff den Stier von der Kette ab und führte ihn auf die Weide. Der Stier rollte dahin, schwer und wuchtig in seiner unermesslichen Kraft. Mit dem Schlägel in der Hand ging der Jenner auf den Bullen zu. Zwischen den Augen, wo im honigfarbenen Kraushaar ein weißer Stern schimmerte, wollte er ihn treffen. Der Stier beäugte Christoff argwöhnisch und wich nicht von der Stelle. Als ob er eine Ahnung von seinem Schicksal hätte, spreizte der Bulle plötzlich die Beine und senkte den Kopf, bereit seinen Gegner im nächsten Augenblick auf die Hörner zu nehmen. Blitzschnell hob Christoff den Hammer und ließ das Eisen mit voller Kraft auf den Schädel niedersausen. Dabei brach der Stiel und nahm dem Schlag die Wucht.

Wutschnaubend, mit bluttriefenden Augen tobte das verwundete Tier im Kreis. Mit gesenkten Hörnern sprang der Bulle auf seinen Schlächter zu. Jetzt galt es, schnell zu handeln. Christoff rief Cecilia zu, ihm den Schlaghammer zu bringen, mit dem er sonst die Zaunpfähle in den Boden rammte. Mit sicherem Instinkt setzte das Tier jedesmal zur Seite, wenn Christoff mit beiden Händen den schweren Eisenhammer hob. Er versuchte, den Stier an die Planken des Zaunes abzudrängen, damit dieser ihm den Kopf zuwenden musste. Nur von vorne konnte er ihn treffen. Als die Turmuhr das zweite Mal die halbe Stunde schlug, war der Kampf beendet. Und die Leiden des stolzen Tieres auch. Mit einem gewaltigen Schlag hatte der Jenner die Stirn des Bullen zerschmettert, dass das Hirn aus der Schädeldecke quoll. Brüllend vor Schmerz taumelte der Stier und brach auf den Vorderhufen zusammen. Christoff musste sich an den Planken festhalten. Sterne tanzten vor seinen Augen.

Cecilia hatte dem Kampf die ganze Zeit vom Haus aus zugeschaut. Mit Bangen und Bewunderung. Als der Stier am Boden lag, zuckend in seinem Blut, musste sie sich übergeben. Der Mann, den sie liebte, war ihr auf einmal fremd geworden. Unheimlich war ihr diese Brutalität. Warum konnte sie in diesem Augenblick nicht stolz auf ihn sein? Lange sann sie darüber nach. Fronleiten war nicht Tantzlehen. Am Berg herrschten andere, rauere Sitten. Gesetze, die kein Menschenhirn ausgeklügelt hatte. Aus Urwelten schienen sie zu kommen.

Es war Frühsommer. Auf Schildschwaig war das Heu eingebracht. Cecilia war schwer geworden. Im nächsten Monat würde das Kind kommen. Regen rauschte in den Bäumen und rieselte vom Dach. Sammelte sich in Pfützen und Rinnsalen. Seit Tagen schon. Das Wasser kam nicht in Schauern vom Himmel, sondern in dichten, feinen Streifen. Die Berge hüllten sich in Wolken und Nebel. Unscharf wie hinter blindem Fensterglas. Feuchtigkeit kroch durch die Ritzen und Luken der Schwaighütte.

Cecilia war verzweifelt. Die Wäsche trocknete nicht. Die Kleider blieben klamm. Kienspan und Brennholz zündeten nicht mehr. Wenn sie über den Hof zum Stall wollte, musste sie durch knöcheltiefen

Schlamm waten. Christoff musste machtlos mitansehen, wie das Heu im Stadel faulte. Faules Heu brachte dem Vieh die Lungenfäule und den Milzbrand. Die dunkelbraunen Rinder standen reglos im Morast, kaum unterscheidbar vom aufgeweichten Erdboden. Kam die Sonne für kurze Zeit durch, breitete sich sogleich drückende Schwüle aus. Kein Windhauch kam von den Pässen und Jöchern und herüber. Mückenschwärme zogen wie schwarze Witwenschleier über das Riedgras der Mooswiesen. Die Sümpfe dünsteten im Pesthauch des Todes.

Am Festtag Mariä Heimsuchung, dem 2. Juli, wurde Cecilia krank. Sie fühlte sich matt und klagte über Schmerzen im Kopf, im Bauch und in den Gliedern. In der Nacht bekam sie Fieber. Schüttelfrost und Schweißausbrüche wechselten sich ab. Besorgt tat Christoff alles, was sie ihm auftrug. Er hüllte sie in Wolldecken. Wickelte ihre Waden in kalte essigfeuchte Tücher. Kochte Kräutertee aus den Blüten von Holunder, Linde, Thymian, Kamille und den Blättern der Pfefferminze. Gab ihr Hühnersuppe zu essen. Als keine Besserung eintrat, fuhr Christoff ins Dorf und holte den Bader.

Thaddäus Zipperle war kein studierter Medicus, jedoch ein angesehener Wundarzt und Chyrurgus, der seine Kunst in Salzburg erlernt hatte. Er unterhielt in Bramberg eine Badstube, die für ihre Heilbäder und Massagen gerühmt wurde. Nach eingehender Untersuchung seiner Patientin meinte der Bader, Cecilia habe das Sumpffieber.

»Das Pinzgauer Sumpffieber wird von Stechmücken übertragen und trifft besonders die Bauern beim Talboden. Ich werde einen Aderlass machen, um das Blut von den Schlacken und Giften zu reinigen. Nach der Lehre des Hippokrates sind die vier Körpersäfte – Blut, Schleim, gelbe und schwarze Galle – in Unordnung geraten. Das Chaos werden wir entwirren müssen, um die Ordnung in Eurem Körper wieder herzustellen.«

Cecilia hörte den Ausführungen des wunderlichen Mannes aufmerksam zu. Der Bader nahm einen Aderlasskalender und sah nach, ob der Stand des Mondes günstig für das Gleichgewicht der Körpersäfte sei.

»Aderlassen soll nicht an dem Tag geschehen, wenn der Mond neu oder voll oder im Viertel ist. Oder wenn er mit Saturn oder Mars in Konjunktion, Quadratur oder Opposition steht. Auch nicht, wenn der Mond in dem Zeichen steht, dem das kranke Glied zugeeignet wird. Die guten und bösen Tage sind auf der Aderlasstafel festgeschrieben. Die bösen Tage machen gern hässig oder krätzig. Sie vertreiben die Farbe aus dem Gesicht, verderben Magen und Appetit, bewirken dämpfiges Geblüt, verursachen hitzige Geschwulst und Beißen, befördern schwere Krankheit oder bringen gähen Tod.«

»Was haben wir heute für einen Tag – ist es ein guter oder böser?«, fragte Cecilia ängstlich.

Der Bader fuhr mit dem Finger über die Tafel. »Heute ist der achtzehnte Tag des Nachmittagsneumondes. Ein guter Tag. Der Aderlass an diesem Tag vereinigt Herz und Gemüt.«

Cecilia unterdrückte ein Stöhnen, als der Bader den Schnepper an ihren Arm setzte und das Blut in einem Gefäß auffing.

»Schwarzes Blut mit Wasser darüber. Ein untrügliches Zeichen für Fieber. Zieht das Hemd aus und setzt Euch auf.«

Am Herdfeuer erhitzte der Bader Schröpfköpfe aus Kuhhorn, die er der Kranken auf den Rücken setzte.

Zuletzt verordnete Thaddäus Zipperle ihr einige Arzneien aus seiner Kräuterapotheke. Das Johanniskrautöl sei gut gegen Kopfschmerzen. Die in Schnaps eingelegte Blutwurz helfe bei Durchfall. Mit der Meisterwurzalbe solle man den Bauch einreiben. Und Knoblauch essen. Die streng riechende Knolle hätten schon die alten Ägypter als Heilmittel gegen das Wechselfieber benutzt.

An der Tür fasste der Bader Christoff am Arm und sagte besorgt: »Es steht nicht gut mit ihr. Auf dem Talboden wird sie nicht gesund. Sie braucht eine andere Umgebung. Am besten Höhenluft. Bewährt bei Sumpffieber haben sich die Heilquellen von Bad Fusch. Wartet damit nicht zu lange.«

Am nächsten Morgen brachte Christoff die Kranke nach Tantzlehen. Magdalena war bestürzt, als sie ihr blasses Kind sah und meinte, ihre Tochter brauche vor allem Ruhe und weibliche Hände, die sich um sie kümmerten.

»Was der Jenner dir alles zumutet, mein armes Kind. Dein Körper ist geschwächt von der harten Arbeit. Das muss man gewohnt sein. Wir sind eben nicht als Dienstboten geboren.«

»Sag so etwas nicht, Mutter!«, widersprach Cecilia. »Ich bin stolz darauf, dass ich Dinge kann, die gewöhnlich Dienstboten verrichten. Und das mit einem Kind im Bauch. Aber ich muss einmal ausspannen. Die Bergluft in Fusch wird mir gut tun. Bis zur Niederkunft sind es knapp sieben Wochen.«

Rupert sagte zu Christoff, er werde ihm eine Dienstmagd schicken, die ihm beim Buttern und Käsen zur Hand gehe und die Küche besorge, solange er allein sei.

Einige Tage später kam die Magd nach Schildschwaig. Sie hieß Berta, war Mitte zwanzig und trug die flachsblonden Flechten hochgesteckt. Der Mode entsprechend hatte sie eine Vorliebe für weit ausgeschnittene Kleider, die ihre wohlgeformten Schultern wirkungsvoll zur Geltung brachten. Auch anderweitig war die Sennerin, wie Christoff bemerkte, mit weiblichen Reizen nicht gerade spärlich ausgestattet. Das Buttern und Käsen besorgte sie mit geschickter Hand, dabei immer zu Scherzworten aufgelegt. An Butterfass und Waschtrog sang sie Almlieder von feschen Jägerburschen und sitzen gelassenen Hüatamadln. Besonders gern sang sie, wenn Christoff in der Nähe war. Vielleicht, überlegte er, habe sie Sehnsucht nach Liebe.

Eines Spätnachmittags ging Christoff in den Stall, um den Kühen Grünfutter in die Barren zu geben. Es war schwül. Wie oft vor einem Gewitter. Da sah er Berta auf dem Melkschemel hocken, den blauen Kittel über die Knie hochgestreift. Mit geübter Hand zog sie an den Zitzen. Ein scharfer Milchstrahl ergoss sich in den Eimer zwischen ihren Beinen. Die Kuh stand ruhig und schnaubte ein wenig. Ab und zu verjagte sie mit dem Schwanz die aufdringlichen Fliegen.

Als sein Blick auf die nackten weißen Schenkel fiel, durchlief es ihn heiß. Er hätte diese Teufelin gern an sich gezogen und mit ihr das gemacht, was Cecilia ihm vorenthielt. Seit Monaten hatte er nicht mehr bei seinem Weib gelegen. Zumindest nicht wie ein Mann bei seiner Frau. Erst die Schwangerschaft. Dann das Sumpffieber. Und jetzt die

Kur. Die Sennerin erschien ihm wie die leibhaftige Verkörperung der Lust, auf die er lange genug verzichtet hatte.

Doch er bezwang sich. Er käme sich vor wie ein Schuft, wenn er sich an der Magd vergriff. Berta, die seinen Blick bemerkt hatte, schaute ihn fragend an. Ein wissendes Lächeln umspielte ihre Lippen. Langsam, als wollte sie sagen, dann eben nicht, zog sie den Rock über die Knie. Der Vorhang war gefallen. Seitdem sah er sie nie wieder so. Zumindest nicht auf Schildschwaig.

Cecilia war mit der Mutter und ihren Schwestern nach Bad Fusch gereist. In der frischen Bergluft und im Heilwasser der Badstuben erholte sie sich rasch. Als die Wehen einsetzten, kam sie gesund und gestärkt nach Tantzlehen zurück. Magdalena ließ eine Hebamme rufen. Ende August gebar Cecilia einen Knaben mit fester rosiger Haut und graublauen Augen. Bei der Geburt hatte sie nicht geschrien. Sie gehörte nicht zu den Frauen, die ihren Empfindungen freien Lauf ließen. Sie gaben ihm den Namen Martin. Cecilia hatte es so gewünscht.

Freudestrahlend reichte sie das Kind seinem schüchtern wirkenden Vater. Christoff nahm den Kleinen behutsam in den Arm und spielte mit seinen Fingern. Er duftete noch köstlicher als das Haar der Mutter. Cecilia staunte, wie zärtlich ihr Mann sein konnte. Er war ihr nah wie nie zuvor.

Nach drei Tagen konnte Cecilia das Wochenbett verlassen. Sie fühlte sich schwach und meinte, es wäre das Beste für sie und das Kind, eine Weile auf Tantzlehen zu bleiben. So oft ihn geschäftliche Angelegenheiten nach Bramberg führten, kam Christoff nach Tantzlehen. Seitdem er Schwaiger war, betrachteten die Ronacher ihn mit anderen Augen, besser gesagt, sie bemühten sich gut Wetter zu machen, um ihre Tochter nicht vor den Kopf zu stoßen. Der männliche Nachkomme im Haus stimmte sie milde und ließ sie über manche Dinge hinwegsehen. Rupert unterhielt sich mit Christoff oft über die Arbeit, immer wieder beteuernd, dass er von Milchwirtschaft nicht das Geringste verstehe. Magdalena lobte den Käse, den er jedes Mal mitbrachte.

Cecilia bewohnte mit Martin ein eigenes Zimmer im Obergeschoss, Magdalenas frühere Ankleidekammer, mit Spiegeln und hohen Schränken. Hier war sie ungestört. Rupert Ronacher drückte ein Auge zu, dass Christoff, wenn es sich ergab, über Nacht blieb. Eine dauerhafte Einrichtung sei das allerdings nicht. Sonst könnte der Schwabenhofbauer, der ihm nicht sonderlich wohlgesonnen sei, auf den Gedanken kommen, ihn wegen Kuppelei anzuzeigen. Die Nächte waren, wie es bei jungen Eltern meistens der Fall ist, wenig romantisch. Alle paar Stunden wurden sie von Geschrei aus dem Schlaf geweckt. Oder aus ihren Umarmungen gerissen.

»Unser Sohn ist ein echter Jenner. Der wird bestimmt einmal so groß und kräftig wie du«, lachte Cecilia, als sie Martin die Brust gab.

Eines Tages meinte Cecilia, dass es an der Zeit sei, ihren Sohn in das amtliche Geburtenregister eintragen zu lassen. Als nicht eheleibliches und nicht getauftes Kind wurde Martin im Kirchenbuch nicht geführt. Morgen werde sie auf das Pfleggericht fahren und die Angelegenheit regeln. Sie bestand darauf, dass Christoff sie begleite, da es vielleicht Fragen nach der Vaterschaft gäbe.

Der Beamte auf dem Pflegamt, Emmerich Schrempf, nahm seine Scherenbrille aus dem Etui und betrachtete die beiden stirnrunzelnd, als sie ihr Anliegen vorbrachten.

»Ihr wollt eine Geburtsurkunde für euer Kind beantragen?«

Der Amtmann nahm Papier und Feder.

»Name von Vater und Mutter, Stand, Wohnsitz.«

Cecilia und Christoff beantworteten höflich die an sie gerichteten Fragen.

»Name des Kindes, Ort und Tag der Geburt.«

»Martin, geboren am 29. August, um halb ein Uhr morgens, auf dem Gut Tantzlehen zu Bramberg. Hier ist die Bescheinigung der Hebamme.«

Der Amtmann stutzte, als er das mit unbeholfener Handschrift beschriebene Papier las.

»Das genügt nicht. Ich brauche einen Auszug aus dem Taufregister vom Pfarramt.«

Cecilia holte tief Luft. »Unser Kind ist nicht getauft.«

Der Beamte schaute sie an, als ob er schlecht gehört hätte.

»Ach, das Kind ist nicht getauft – also nicht eheleiblich?«

»So ist es. Wir sind nicht verheiratet.«

»Nicht verheiratet – warum? Der Erzeuger des Kindes bekennt sich doch zu seiner Vaterschaft. Oder nicht?«

»Doch schon. Aber der Pfarrherr verlangte von uns die Kirchenbuße. Vorher wollte er uns den Trausegen nicht geben. Dazu aber waren wir nicht bereit.«

»Ach, dazu waren die Herrschaften nicht bereit! Das Kind soll also sein Leben lang einen unehrlichen Namen tragen?«

»Wir kriechen nicht zu Kreuze für einen Trausegen«, sagte Christoff. »Die Kirchenbuße ist eine Erfindung der Pfaffen, um die Menschen in Knechtschaft zu halten.«

»Er sollte lieber seine Zunge hüten. Sonst ergeht es Ihm wie den Lutherischen, und Er kann sein Bündel packen.«

Der Amtmann nahm das Gesetzbuch zur Hand und schlug eine Stelle auf, in die er ein Lesezeichen gelegt hatte. Die Seiten waren vergilbt und hatten Eselsohren, als würde er sie jeden Tag aufschlagen.

»… geht zwischen zwei ledigen Personen das Carnale delictum – äh, das fleischliche Verbrechen das erste Mal vor, so sind eo casu beide mit zwei Gulden dreißig Kreuzer an Geld oder in Ermangelung der Mittel das Weibsmensch mit viertägiger Haft, die Mannsperson aber mit ebensoviel tägiger Hofbauarbeit zu bestrafen, welches sich auf den Fall versteht, wann sie nämlich einander heiraten würden.« Er rasselte den Gesetzestext herunter wie das Avemaria in der Maiandacht.

»Bei Wiederholung der fleischlichen Vermischungen wird die Strafe der Haft und der Hofbauarbeit verdoppelt. Beim dritten Mal ist die Mannsperson mit zehn Gulden abzubüßen oder in Ermangelung der Mittel mit dreimonatiger Bauarbeit zu bestrafen. Auf die vierte Wiederholung dergleichen Leichtfertigkeit gehört die Landesverweisung auf unbestimmte Zeit; auf die fünfte Fornication erfolgt, falls eine solche Person ohne gnädigste Erlaubnis das Territorium wieder betritt und nochmals dasselbe Delikt verübt, die Prangerstellung, Hofbauarbeit und nochmalige Landesverweisung.« Der Beamte klappte das Gesetzbuch zu. Es klang wie ein Hackmesser auf dem Fleischbrett.

»Angesichts der Tatsache, dass wir es mit wiederholter Unzucht und Auflehnung gegen die Kirchenordnung zu tun haben, hat der Vater des Kindes ein Bußgeld in Höhe von zehn Gulden zu entrichten. Wenn er das Bußgeld nicht zahlen kann, hat er drei Monate Hofbauarbeit zu leisten.«

»Was heißt das?«, fragte Christoff.

»Torfstechen auf dem Pass Thurn.«

»Und was habe ich zu erwarten?«, fragte Cecilia mit banger Miene.

»Darüber wird Sie in den nächsten Tagen Bescheid erhalten.«

Als Magdalena wissen wollte, wie die Sache auf dem Amt ausging, sagte Cecilia: »Der Pfarrherr hatte recht: Die Landgerichtsordnung ist schlimmer als das Kirchenrecht.«

Drei Tage später kam ein Kurier nach Tantzlehen und übergab Cecilia einen Brief. Mit ungutem Gefühl brach sie das versiegelte Schreiben auf. Sie erblasste, als sie den Inhalt las:

Das liederliche Weibsmensch Cecilia Ronacherin, Tochter des Rupert Ronacher und der Magdalena Kammerlanderin zu Bramberg, wird aufgefordert, sich am kommenden Samstag, Schlag acht Uhr, auf Schloss Mittersill einzufinden. Nach der Verordnung gegen das Laster der Unzucht hat das hochfürstl. Pfleggericht dieselbige Person wegen fortgesetzten Concubitus illegitimus mit dem Schwaiger Christoff Jenner zur Strafe zu zwei Stunden Geige am Pranger verurteilt.

Hochf. Kammerrat Georg Thomas Perger Freiherr von Emslieb.

Mittersill, im September 1668.

Weinend lief Cecilia in die Küche, wo ihre Mutter damit beschäftigt war, den Hefeteig für die Germknödel auszuwalken.

»Um Himmels Willen, was ist passiert?«

»Das Pfleggericht hat mich zur Strafe am Pranger verurteilt. Am Samstag kommen sie und holen mich ab.«

»Erzähl das bloß nicht deinem Vater!«

»Früher oder später wird es jeder erfahren. Was denkst du, wer mich nicht alles sieht – am Samstag ist Markt in Mittersill.«

»Die Schande ist nicht auszumalen!«, jammerte Magdalena. »Da können wir das Stephansessen auf Hochneukirchen gleich absagen.«

»Was mit mir ist, interessiert dich wohl wenig.«

»Du lebst nun mal nicht allein auf der Welt. Wir sind von deinem Missgeschick alle in irgendeiner Weise betroffen.«

»Wieso sagst du Missgeschick, Mutter?«

»Ich meine dein verworrenes Leben – du schlitterst von einem Unheil in das nächste.«

»Ist das nicht immer so, wenn man sich gegen die Ordnung auflehnt?«

»Kind, wie sprichst du nur! Hat der Jenner dich schon so beeinflusst mit seinen gottlosen Ansichten?«

Cecilia las das Schreiben noch einmal. »Was heißt eigentlich Concubitus illegitimus?«

»Ungesetzlicher Beischlaf.«

»Woher weißt du das?«

Die Tantzlechnerin blickte nicht von der Nudelrolle auf. »Das sollte jede Dirn wissen, damit es nicht soweit kommt wie mit dir.«

Als Christoff hörte, dass Cecilia zum Pranger verurteilt worden war, ballte er die Fäuste und knirschte: »Dieses Land ist wie ein Gefängnis. Jeder Schritt wird überwacht. Jedes Wort belauscht. Ich halte es bald nicht mehr aus. Warum nehmen wir nicht das Schiff nach Amerika?«

»Du bist ein Träumer! Wie sollen wir mit Martin eine solche Reise machen? Der Pranger ist eine Ehrenstrafe. So schlimm wird es auch wieder nicht sein.«

»Soll ich mit dir kommen?«

»Nein. Ich möchte nicht, dass du mich so siehst.«

Ein Gespann holte die Tantzlehentochter um fünf Uhr in der Frühe ab. Auf dem Pfleggericht erwartete sie ein Gerichtsdiener. Er brachte sie in eine Kammer, wo sie sich umziehen musste. Wortlos drückte er ihr ein Gewand in die Hand. Ein brauner Kittel aus grobfaserigem Rupfen, der knapp bis zum Knie reichte, mit einem Kälberstrick gegurtet und schulterfreiem Ausschnitt. So sehe ich aus wie eine Marketenderin, schlimmer noch, wie eine Metze, dachte Cecilia, als sie das Kleid angezogen hatte. Ein Gerichtsknecht befahl ihr, sich auf den

Stuhl zu setzen. Er legte ihr einen weißen Umhang um den Hals und
nahm eine Schere zur Hand.

»Was hast du mit mir vor?«, fragte sie ängstlich.

»Dein Haar muss ich dir abschneiden, schöne Dirn.«

»Damit jeder sieht, was für eine Weibsperson ich bin?«

»Ja. Auf der Straße kannst du ein Kopftuch tragen. Das machen alle
Weiber, die ich geschoren habe. Jene ausgenommen, die ihren Kopf auf
die Richtbank legen mussten.«

Er lachte, als hätte er einen guten Witz gemacht.

Cecilia erschauerte. »Wie werde ich danach aussehen?«

»Wir haben dreierlei Schnitte: Halblang für Weibspersonen mit
vorehelichem Beischlaf. Kurzschnitt für Ehebrecherinnen, Oberhuren
und Weiber mit unehelichem Kind. Kindsmörderinnen werden kahl
geschoren. Damit der Freimannsknecht den Hals sieht, wenn er zum
Schwert greift. Was für eine bist du?«

»Von der zweiten Sorte.«

»Dann machen wir es kurz.«

Der Bartscherer löste ihre Flechten und ließ das Haar herabfallen.

»Solches Haar hatte ich noch nie in meinen Händen. Es hat die
Farbe von reifen Kastanien und misst zwei Ellen. Das gibt eine Perücke für adelige Damen. Es ist jetzt Mode, das Haar in Locken zu drehen. Das wird schön aussehen mit diesem seidenweichen Haar.«

Die Schere des Barbiers klapperte. Schnitt für Schnitt fiel ihr Haar
zu Boden. Als der Meister fertig war, hielt er ihr einen Handspiegel vor
das Gesicht.

»Schön bist du immer noch, Bauerndirn. Auch ohne dein langes
Haar. Ich kann deinen Gesellen verstehen ...«

Versonnen strich er ihr vom Nacken aufwärts durch das raspel-
kurze Haar.

Cecilia traten die Tränen in die Augen, als sie in den Spiegel blickte.

»Oh, mein Gott, ich sehe ja aus wie eine Zuchthäuslerin!«

Ein Gerichtsdiener führte die Tantzlehentochter auf den Schloss-
platz, wo bereits die Anordnungen für den Schandzug getroffen waren.
Cecilia schwor sich, ihr Los mit einem Rest von Würde zu ertragen.

Mit einem Strohkranz auf dem Haupt musste sie in Begleitung zweier Kerkerknechte eine Schubkarre, beladen mit Stallmist, durch die Gassen schieben. Eine johlende und kreischende Menge säumte den Weg. Rasende geifernde Weiber bespuckten sie oder bewarfen sie mit Unrat und Kot. Männer grölten unflätige Worte oder pfiffen ihr hinterher.

»Mit so einer würde ich auch gern ins Heu gehen«, lachte einer.

»Wer den Schaden hat, braucht für den Spott nicht zu sorgen«, rief ein anderer.

»So jung und schon so verdorben«, meinte sein Nachbar. »Seht nur, wie hoch sie den Stoppelkopf trägt. Nicht mal schämen tut sich dieses Weibsbild.«

»Einen Bankert soll sie in der Wiege haben«, tuschelte eine Bäuerin zu ihrer Nachbarin. »Ein armes Wurm – wird kein Glück haben auf der Welt.«

»Der Leiter zum Himmel fehlen ein paar Sprossen – es ist ja nicht einmal getauft.«

Ein Halbwüchsiger sprang auf sie zu und hob ihren Rock hoch. »So feine Leibwäsche hat meine Schwester nicht!«, rief er den lachenden Zuschauern zu. »Weiß wie die Unschuld.«

Die Kerkerknechte grinsten und ließen ihn gewähren.

Mit erhobenem Haupt und scheinbar gleichgültig schritt Cecilia durch die Gassen. Sie blickte über die entfesselte Menge hinweg, als sei diese nicht vorhanden. Was sich vor ihren Augen abspielte, war so widerwärtig und abstoßend, dass sie mehr als einmal glaubte, in Ohnmacht zu fallen.

Ein Kahlgeschorener, wohl ein entlassener Zuchthäusler, versperrte ihr den Weg und vollführte kreisende Bewegungen mit dem Becken, die gekrümmte Hand vor dem Hosenladen vor und zurückbewegend. Dabei lachte er wie ein Irrsinniger.

Sie glaubte sich in der Hölle, umringt von tanzenden Teufeln. Es kam ihr vor, als habe man alle Käfige geöffnet, in denen die Ungeheuer der Seele eingesperrt waren.

Nur die Kinder hatten Mitleid mit ihr.

»Mama, was hat die Frau denn gemacht, dass alle sie verspotten?«, fragte ein zehnjähriges Mädchen.

»Das verstehst du noch nicht – das erkläre ich dir später einmal«, antwortete die Mutter und zog ihre Tochter mit sich fort.

Der Marktplatz war voll mit Ständen, an denen Viktualien, lebendes Geflügel und andere Dinge des alltäglichen Bedarfs verkauft wurden. Die Menschen drängten sich nach vorn oder verrenkten sich den Hals, als sie durch die Menschenmenge zur Schandbühne neben der Kirche geführt wurde. Auf dem Brettergerüst musste sie Kopf und Hände in die Halsgeige stecken, die der Gerichtsknecht zuklappte und verschloss. Er hängte ihr eine Tafel um den Hals mit der Aufschrift:

ICH LIEDERLICHES WEIB

Um nicht hemmungslos zu heulen, redete sie sich ein, es gehe ihr doch noch gut. Noch gut im Vergleich zu den Weibern, die als Hexen auf dem Galgenrain verbrannt wurden, weil sie die Milch verzaubert oder mit dem Teufel gebuhlt hatten.

Zweifel überkamen sie. Warum hatte sie ihrem Stolz nachgegeben? Die Kirchenbuße wäre nicht annähernd so schlimm gewesen wie diese öffentliche Schande. Auch andere Gedanken kamen ihr: Warum hatte sie dem Begehren des Jenner nachgegeben? Sie, die allen Burschen gegenüber standhaft geblieben war. Hatte sie keinen eigenen Willen besessen? Wie stand es heute mit der Liebe? Das Prickeln im Bauch war verschwunden, als ein anderes im Bauch war. Aber sie spürte, dass sie mit Christoff verwachsen war. Wie zwei Buchen, deren Stämme gegeneinander drücken.

Sie wurde aus ihren Gedanken aufgeschreckt.

»Bist du nicht die Cecilia Ronacherin? Ich hätte dich kaum wiedererkannt.«

Es gelang Cecilia, den Kopf nach unten zu drehen. Da sah sie Barbara, Christoffs Schwester, mit einem Korb voll Gemüse in der Hand.

»Ja, die bin ich und liederlich auch, wie du siehst. Was machst du denn hier?«

»Ach, ich kaufe ein für die Herrschaften. Wir haben morgen Gäste. Graf Stumm aus dem Zillertal ist mit seinen Söhnen gekommen. Sie sind in der Gerlos auf der Jagd. Vielleicht weißt du es noch nicht: Ich arbeite jetzt als Kuchldirn auf Schloss Hochneukirchen.«

»Du bist Küchenmagd bei denen von Kuenburg? Nimm dich bloß in acht vor Carl Friedrich. Er verspricht viel und hält wenig.«

»Das lass meine Sorge sein«, erwiderte Barbara schroff. »Jedenfalls werde ich nicht wie du den Brautkranz gegen den Strohkranz eintauschen. Meine Hochzeit wird in der Pfarrkirche stattfinden. Und meine Brautfuhre wird keine Mistkarre sein. So, jetzt muss ich gehen. Mein Kutscher wartet.«

»Hochmut kommt vor dem Fall!«, rief Cecilia ihr nach.

»Dass ich nicht lache! Das musst gerade du sagen!« Mit erhobenem Kopf verschwand Barbara in der Menge.

Nach zwei Stunden wurde Cecilia aus der Halsgeige befreit. Ihre Arme waren taub, der Nacken steif. Die Knechte brachten sie zurück auf den Schlosshof. Sie durfte ihre Kleider anziehen. Der Amtmann sagte beim Abschied, es täte ihm leid. Sie käme, wie er wisse, aus einer ehrbaren Familie. Er schätze ihren Vater, den Tantzlechner, aber er habe nach den Vorschriften handeln müssen. Gesetz ist Gesetz. Ihr Kind sei im Geburtenregister eingetragen. Sie solle noch einmal mit dem Pfarrherrn reden. Vielleicht könne man eine Trauung, wenn nicht in der Kirche, so doch im Wirtshaus arrangieren. Sie möge froh sein, dass der Vater des Kindes zu ihr stehe. Die meisten ledigen Mütter, die an den Pranger gestellt würden, wüssten weder den richtigen Namen noch den Wohnsitz des Vaters.

Cecilia knüpfte ihr schwarzes Kopftuch auf, dass der Beamte ihr kurzgeschorenes Haupt sah.

»Nein, Herr Amtmann, mit dem Pfarrer werde ich nicht mehr reden. Wie Ihr seht, habe ich schon genug gebüßt.«

Weinend nahm Magdalena ihre Tochter in den Arm. »Dein Mitleid hilft mir auch nicht weiter«, sagte Cecilia. »Geweint habe ich genug. Sorg lieber dafür, dass Vater nicht wieder ausrastet.«

Franziska und Susanna bestürmten ihre große Schwester mit Fragen. Sie musste alles, was sie erlebt hatte, immer wieder haargenau erzählen. Rupert, den Magdalena schonend auf die Familienschande vorbereitet hatte, wurde eisgrau im Gesicht, als er seine Älteste zu Gesicht bekam. Mehr zu sich selbst, als zu den anderen sagte der Tantzlehenbauer:»Zum Glück habe ich noch zwei andere Töchter. Die mögen sich ihre Schwester als abschreckendes Beispiel vor Augen halten, wenn sie einmal der Hafer sticht.«

Im Advent kamen Mutter und Kind nach Schildschwaig. Cecilia war nicht mehr wie früher. Christoff erschien sie ernster, in sich gekehrter. Sie konnte stundenlang auf der Hausbank vor der Tür sitzen, mit dem Strickzeug in der Hand oder die Wiege schaukeln. Das Kinderbett hatte Christoff aus Buchenholz gefertigt. Die Kufen waren geschwungen, die Ständer kunstvoll gedrechselt und die Wände mit Blumen bemalt. Enzian und Edelweiß. Die Stirnseite hatte er, wie es Brauch war, mit dem Monogramm Jesu Christi verziert. Und in das Fußende ein Pentagramm gestochen. Damit die Wiege Hexen und Teufel fernhielt.

Das Leben auf der Schwaige sah Cecilia jetzt mit anderen Augen. Nach der Geburt hatte sie Abstand zu vielen Dingen bekommen. Für die Albernheiten der Sennerin hatte sie wenig übrig. Bertas lautes Lachen und ihre ungenierte Art, sich bei Tisch lustvoll zu räkeln, dass ihr Busen fast aus dem Mieder platzte, fand sie abstoßend. Sie sagte sich, sie müsse sich eben damit abfinden, mit den Dienstboten an einem Tisch zu sitzen.

Hatte sie etwa einen Grund eifersüchtig zu sein? Nein, Christoff würde sie nicht betrügen. Oder doch? Mannsleute waren leicht verführbar. Wie sie Berta einschätzte, würde sie sich ihm bei der erstbesten Gelegenheit an den Hals werfen. Schöne Augen machte sie ihm allemal. Einmal hatte Berta morgens nackt in der Regentonne gebadet. Als sie sich die Bemerkung erlaubte, ob sie das nicht lieber abends nach der Arbeit tun könne, hatte ihr die Magd geantwortet:»Kümmere dich lieber um deinen Mann, Ronacherin. Dass er abends das kriegt, an was er morgens denkt, wenn er mich sieht.«

Lachend stieg die Magd aus der Tonne und trocknete sich ab. Die Worte waren so unverschämt, dass Cecilia die Luft wegblieb. Dieses Weibsstück war wie ein Wildbach. Ohne Wehr und Werch.

Berta spürte, dass die Hausfrau ihr aus dem Weg ging. Oder sie oft missbilligend ansah, wenn sie lauthals über einen Witz von Christoff lachte. Oder wenn sie in der Sonntagfrühe nach Hause kam, übernächtigt und mit roten Wangen, die nur von einem Mannsbild kommen konnten. Bald sang sie nicht, bald scherzte sie nicht mehr, wenn Cecilia in der Nähe war. Früher sei es lustiger gewesen, sagte die Sennerin, als sie mit Christoff allein im Stall war. Er nickte stumm. Da umschlang sie plötzlich seinen Hals und presste ihren heißen Leib gegen den seinen. Mit sanfter Gewalt schob er sie von sich.

»Sei vernünftig Berta, es geht nicht.«

»Aber ihr seid doch nicht verheiratet.«

»Muss man das sein, wenn man sich liebt?«

»So meine ich das nicht ...«

»Du meinst, dass man es mit der Treue nicht so wichtig zu nehmen braucht, wenn man nicht verheiratet ist«, erwiderte Christoff lächelnd. »Ist es das?«

Berta blickte beschämt zu Boden. Gegen Cecilia kam sie einfach nicht an.

Zu Weihnachten hatte Christoff eine Krippe geschnitzt. Mit Maria und Josef und dem Jesuskind, gebettet auf Moos, Ochs und Esel im Heu, den Hirten und den Heiligen drei Königen. Berta meinte in ihrer offenen Art, die Krippe sähe aus wie Schildschwaig. Darüber musste Christoff lachen. Er habe sich ein Vorbild aus der Umgebung genommen, sagte er verlegen. Wie der Stall von Bethlehem ausgesehen habe, könne er schließlich nicht wissen.

Cecilia lachte nicht. Berta hatte recht, Schildschwaig ist eine Herberge, wie die von Maria und Josef. Ein Schweifstern leuchtete nicht am Himmel. Es kamen auch keine Hirten zu ihnen. Es kam ihr vor, als hätte die Gemeinschaft sie ausgestoßen. Als hätte der Sündenfall, den sie in ihrem Stolz nicht bereuten, einen unsichtbaren Feuerring um sie gezogen. Nicht einmal Rupert und Magdalena kamen zu Besuch. Wenn Cecilia auf Tantzlehen war, ließen sie keine Gelegenheit aus, ihrer Tochter deutlich zu machen, wie sehr sie ihr Dasein missbilligten. Eines Tages war Cecilia nach einigen Besorgungen beim Krämer auf einen Sprung vorbeigekommen und zum Mittagsmahl geblieben. Da konnte der Ronacher sich nicht mehr beherrschen.

»Mit Fleiß und Geschick haben Generationen Tantzlehen zu dem gemacht, was es ist«, brach es aus ihm heraus. »Und was machst du? Du wirfst auf den Mist, was in Jahrhunderten gewachsen und gereift ist, um dich zur Dienstmagd zu machen. Ja, schlimmer noch, zur Beiwohnerin, zum Schlafweib eines gewissenlosen Habenichts und Herumstreuners. Schämst du dich nicht?«

»Schön, dass du endlich die Katze aus dem Sack lässt, Vater! Jetzt weiß ich, was ich bin und woran ich bin!«

Wutentbrannt warf sie die Serviette auf den Tisch, stand auf und knallte die Tür hinter sich zu.

Wochenlang sprach Cecilia kein Wort mehr mit dem Tantzlechner. Manchmal jedoch, wenn sie mutlos oder bedrückt war, dachte sie über seine Worte nach. Hatte ihr Vater nicht recht? War sie denn wirklich mehr als eine Dienstbotin? Nein, eher weniger. Die Mägde hatten wenigstens ihr Auskommen und im Fall, dass sie heirateten, erwartete sie eine eigene Hofstelle. Keine Dienstmagd, die sie kannte, lebte unverheiratet mit einem Mann zusammen.

Nach Neujahr, als die Arbeit auf den Wiesen ruhte, schnitten sie die Weiden am Ufer. Dieses Recht war ihnen verbrieft worden. Aus den einjährigen Schösslingen, die sie schälten, trockneten und in Wasser einlegten, damit sie beim Flechten geschmeidig waren, fertigten sie Korbwaren, die Cecilia auf dem Wochenmarkt in Mittersill verkaufte. Wenn sie mit ihren Waren auf dem Marktplatz stand, das Haar unter dem Kopftuch verborgen, musste sie manchmal an Martini denken. Nur wenige Schritte von hier entfernt hatte sie Christoff kennengelernt.

Am ersten Tag wagte sie es nicht, die Leute anzublicken, die an ihren Stand kamen. Am liebsten wäre sie vor Scham im Boden versunken. Aber was sollte sie tun? Sie brauchten dringend jeden Kreuzer. Die Schwaige warf weniger Gewinn ab, als Christoff und sie gedacht hatten. Was sie über den Zins hinaus erwirtschafteten, reichte kaum für das Nötigste. Den Vater um Geld zu bitten, weil sie nicht über die Runden kamen, kam für sie nicht in Frage.

Die meisten kauften ihre Körbe, weil sie das kunstvolle Geflecht bewunderten. Andere machten einen großen Bogen um ihren Stand. War das Sündhafte nicht ebenso ansteckend wie die Pest? Unverheiratete Burschen begutachteten ihre Ware, nur um Cecilia aus der Nähe zu sehen. Ein großer Kerl baute sich breitbeinig vor ihrem Stand auf und starrte sie besonders frech an.

»Was möchtest du kaufen – vielleicht einen Buckelkorb?«, fragte sie höflich.

Er schaute sich unschlüssig um. »Was kostet dieser da?«, fragte er mit lässiger Kopfbewegung, die Hände in den Taschen vergraben.

»Das ist ein Wäschekorb aus geschälter Weide. Kreuzgeflecht, mit Leinwand ausgelegt. Der kostet einen Gulden.«

Er nahm einen Korb in die Hand. »Und dieser hier?«

»Ein Einkaufskorb. Besonders fest und geschmeidig. Der macht fünfzig Kreuzer.«

Versonnen nahm er den Korb und stellte ihn wieder an seinen Platz. Mit seinen Gedanken schien er ganz woanders zu sein. Sie spürte, wie er sie musterte. Plötzlich trat er neben sie und ergriff ihren Oberarm.

»Auch du bist fest und geschmeidig, wie ich sehe«, flüsterte er ihr ins Ohr. »Wie teuer bist du, schöne Maid?«

Ohne zu erröten, erwiderte Cecilia: »Frag meinen Mann, der wird es dir sagen. Es ist noch nicht lange her, dass er eigenhändig einen Stier erschlagen hat. Damit du weißt, was dir blüht, wenn du dich hier noch einmal blicken lässt. Und jetzt schleich dich!«

Mit hochrotem Kopf stotterte der Kerl eine Entschuldigung und trollte sich.

Durchgefroren auf dem Kutschbock und oft nicht mehr als ein paar Kreuzer in der Tasche, begann Cecilia, mit ihrem Schicksal zu hadern. Manchmal überkam sie das Verlangen, die Last von ihren Schultern zu schütteln. So wie die Tanne den Schnee abschüttelt, wenn er zu schwer wird.

5
Nur ein Stück Fleisch

Schloss Hochneukirchen ist nicht das, was man einen repräsentativen Adelssitz nennt. Der über der Marktgemeinde thronende Kasten mit seinen gotischen Fenstern erinnert eher an ein Kloster oder ein Spital. An der südseitigen Front führt eine schmale Steintreppe zu einer Nebenpforte. Wer den Türklopfer betätigt, wird durch eine visierähnliche Öffnung kritisch beäugt. In das mit Eisenplatten beschlagene Hauptportal, zu dem man durch das Torhaus gelangt, ist eine kleinere Tür eingelassen, durch die wohl nicht nur Waren ihren Weg in das Haus fanden. Ein unterirdischer Gang soll das Schloss in früheren Zeiten mit dem Turm der Dorfkirche verbunden haben. Ein Fluchtweg bei drohender Feindesgefahr, vielleicht auch Notausgang bei heimlichen Liebschaften. Das ganze Haus erweckt den Eindruck, als sei es erbaut worden, um seine Bewohner vor der feindlichen Welt abzuschirmen. Dabei hatte sich das Böse längst in seinen düsteren Mauern eingenistet.

Seit Mariä Lichtmess stand Barbara Jenner, Christoffs Schwester, als Küchenmagd in den Diensten der gräflichen Familie Kuenburg. Über ihre Herrschaft konnte sie sich nicht beklagen. Mit einem Salär von zwanzig Gulden im Jahr zuzüglich Kleidung und vier Paar Schuhen wurde sie mehr als landesüblich entlohnt. Gräfin Ottilia, die der Bauerntochter mit zurückhaltendem Wohlwollen begegnete, lehrte sie die Kochkünste der gehobenen Küche und brachte ihr die Grundlagen der Etikette bei. Darüber hinaus hatte Barbara Besorgungen im Dorf zu erledigen und den Kräutergarten zu pflegen. Die beiden Töchter Beatrix und Sybilla waren nach auswärts verheiratet und kamen nur selten zu Besuch. Von den beiden Söhnen besuchte der sechzehnjährige Hans Ludwig, ein Nachzügler, die Rhetorica genannte sechste Klasse des Gymnasiums der Benediktiner Universität zu Salzburg. Sein älterer Bruder Carl Friedrich, Doktor der Jurisprudenz und Stammhalter des Hauses Kuenburg-Neukirchen, war für ein Jahr auf

Kavalierstour nach Italien gereist. Wie er zu den akademischen Weihen kam, war vielen, die sein wenig ausgeprägtes Interesse für die Wissenschaft kannten, ein Rätsel. Ein Gerücht besagte, dass er sich von der Benediktiner Universität gelegentlich von einer Geliebten namens Clara Buchmüller abholen ließ, derer er im Grunde überdrüssig war, die jedoch wiederum seinem Doktorvater Pater Frowin in angenehmer Weise auffiel. So habe sich ergeben, dass besagtes Mädel, eine Putzmacherin aus der Gstättengasse, in den Schoß der Kirche fand. Ob als reuige Sünderin, ist wenig wahrscheinlich. Froh darüber, dieses Weibsstück losgeworden zu sein, durfte sich der junge Graf ein halbes Jahr später mit dem Summa cum laude erworbenen Doktorhut schmücken.

Der im Dreißigsten stehende Junggeselle liebte alle Lustbarkeiten, besonders die Jagd, das Spiel und schöne Frauen. Letztere allerdings meist zum Leidwesen der Betroffenen. Carl Friedrich von Kuenburg war es auch, der Cecilia den Hof gemacht hatte, besser gesagt, ihr in aufdringlicher Weise nachgestiegen war, bevor sie Christoff kennenlernte. Mehr als einen flüchtigen Abschiedskuss nach gemeinsamem Tanzvergnügen hatte er der Bauerntochter allerdings nicht abringen können. Mit der Rückkehr dieses Weiberhelden und Windmachers, wie Cecilia ihn bezeichnete, begann das Unheil für die Jennertochter.

An Pfingsten reiste die Herrschaft nach Italien. Die Gräfin hatte ein rheumatisches Leiden, das sie an den warmen Quellen auf der Insel Ischia zu kurieren gedachte. Bis zur Erntezeit gegen Ende Juli würden sie wieder auf Hochneukirchen sein, sagte die Herrin beim Abschied zu Barbara. Hans Ludwig werde die Semesterferien bei Anverwandten in Kärnten verbringen. Im Fall dass Carl Friedrich vor ihnen zurückkäme, müsse sie sich – hübsch wie sie sei – wohl einen Leibwächter nehmen, meinte Graf Sigmund scherzhaft.

Einen Leibwächter hatte Barbara nicht, dafür aber einen Beschützer. Kilian Haslacher, groß, breitschultrig und gutaussehend. Als Adjunkt des Oberwaldmeisters im Oberpinzgau oblag ihm die Durchsetzung der Waldordnung in den Gräflich Kuenburgischen Wäldern und Jagdgründen zwischen dem Untersulzbachtal und der Wilden Gerlos.

Barbara hatte den Unterwaldmeister beim Maitanz kennengelernt. Sie war mit Christina auf den Dorfanger gegangen, wo der Maibaum aufgestellt war. Die Tochter des Schiedhofbauern Jakob Vorderegger und der Katharina Geislerin kam hin und wieder mit ihrem Vater nach Hochneukirchen. Barbara bewunderte das selbstbewusste Auftreten der Rosentaler Bauerndirn. Eine innige Freundschaft verband die beiden nicht. Dazu waren sie zu verschieden in Wesensart und Herkunft. Christina entstammte einem freieigenen Gut am Ausgang des Untersulzbachtales, älter und größer noch als der freie Herrensitz Bergern am Neukirchener Sonnberg. Der Hof, der von Abgaben und Steuern an die Kuenburgische Urbarverwaltung befreit war, warf genug ab, sodass die Haustochter es nicht nötig hatte, sich anderswo zu verdingen. Barbara fühlte sich zu der blondbezopften, immer zu Späßen aufgelegten Schiedhoftochter hingezogen. Diese wiederum zeigte sich gern mit Barbara, weil sie wusste, dass sich Schönheit potenziert, wenn sie als Doppelbild erscheint. Wo die beiden Mädchen auftraten, ob im Gasthaus zur Post oder beim Rosentalwirt, drehten die Burschen den Kopf nach ihnen um und scharrten unruhig mit den Füßen.

Die Frühlingssonne schien mild über den Festplatz, der, mit jungen Birken und bunten Wimpeln geschmückt, auf der Totenwiese lag. Dass auf dem Anger einst die Pesttoten verscharrt wurden, wussten nur die Älteren, die den Schwarzen Tod, der im Jahre 1635 über sechshundert Menschenleben dahingerafft hatte, miterlebt hatten. Über der Leichengrube, wo nur spärliches Gras wuchs, erhob sich an diesem Tag das Gerüst des Tanzbodens.

Barbara und Christina setzten sich an einen der Biertische, bestellten jeder ein Dunkelbräu und eine Brezel und schauten dem ausgelassenen Treiben auf der Festwiese zu. Sie hatten ihren Spaß, über Dinge zu lachen, die sie komisch fanden. Vor allem über Burschen, die mit ihnen anbandeln wollten. Wie sie über andere herzogen und herumalberten, traten zwei junge Männer, die sie des Längeren schon im Visier hatten, an ihren Tisch.

Der ältere der beiden verbeugte sich unbeholfen und fragte Barbara, ob sie mit ihm tanzen wolle.

»Ich bin es gewohnt, dass man sich erst einmal vorstellt, bevor man die Rede an eine Unbekannte richtet«, sagte sie mit gelangweiltem Augenaufschlag.

Der Bursche lief rot an und stotterte verlegen: »Kilian Haslacher – äh ... ich ... ich bin der neue Forstgehilfe im Waldmeisteramt.«

»Deswegen brauchst du nicht gleich rot anzulaufen wie ein Truthahn. Ich bin die Barbara Jenner, Kuchldirn auf Schloss Hochneukirchen. Also gehen wir.«

Erhobenen Hauptes schritt sie vor ihm zur Tanzfläche. Christina folgte mit dem anderen Burschen. Sie schien über ihren Tänzer nicht sonderlich begeistert zu sein.

Zur Musik der Schwegler und Fiedler und vierstimmigem Gesang tanzten sie einen Ländler. Der Unterwaldmeister war kein guter Tänzer. Seine Unsicherheit versuchte er mit grobem Gebaren zu überspielen. Er stampfte auf die Holzdielen, als würde man eine Herde Rinder über die Stadelbrücke treiben. Schlug mit Füßen und Händen aus wie ein wildgewordener Stier. Drückte Barbara in die Arme, dass ihr fast die Luft wegblieb. Drehte das Mühlrad mit ihr, als wäre sie ein Kreisel und schleuderte sie an seiner Hand von sich weg, um sie an sich zu reißen und wieder in die Arme zu nehmen, dass ihr heiß und schwindelig wurde. Es war ihr heiß und schwindelig von den wilden Schwenks und Drehungen, nicht weil sie den Tänzer aufregend fand.

Wie es Brauch war, folgte auf den ersten Tanz das Maibaumklettern. Die Burschen durften jeweils einen am Kranz befestigten Gegenstand herunterholen und ihrer Liebsten überreichen. Schnupftücher. Bänder. Schleifen. Haarspangen. Der Unterwaldmeister schaute nach oben.

»Was möchtest du haben, Barbara – ein Strumpfband?«

»Das du mir dann anziehst?«, lachte die Jennerin. »Soweit sind wir noch nicht, Haslacher. Hol mir die Haarspange! Auf Bäume klettern wirst du wohl können.«

»Und ob ich das kann!«

Mit geübten Griffen zog und schob sich der Unterwaldmeister an der Stange in die Höhe. Oben angelangt läutete er die Glocke und pflückte die aus Horn geschnittene Spange vom Kranz. Als er auf dem Boden stand, zögerte Barbara einen Augenblick. Wie es Brauch war, musste sie ihm jetzt einen Kuss geben.

»Ich danke dir – die Spange ist wirklich schön.« Flüchtig berührte ihr Mund seine erhitzte Wange.

»Was hast du am nächsten Sonntag vor?«, fragte der Haslacher, als er seine pechverklebten Hände mit Butterschmalz abrieb. Der Kuss der Küchenmagd hatte ihn zu mehr ermutigt.

»Nächsten Sonntag geht es nicht. Da bin ich bei meinen Eltern. Aber den übernächsten bin ich frei.«

»Wollen wir zur Hieburg gehen?«

»Wir beide ganz allein?«

Sie sah ihn prüfend von der Seite an.

»Einen Fehltritt kann ich mir nicht leisten«, lachte er gezwungen. »Sonst ist Schluss mit der Karriere.«

Erhitzt vom Tanzen setzte sich Barbara wieder an den Tisch.

»Na, wie war es mit dem feschen Forstmann?«, fragte Christina. Lächelnd sah sie Barbara zu, wie diese durstig das Glas leerte.

»Gut aussehen tut er. Und klettern kann er auch. Aber beim Tanzen fehlt ihm das Taktgefühl. Er hopst herum wie ein Jungbulle auf der Weide. Wie war deiner?«

»Ungehobelt. Allein wie der einen schon an Hand und Hüfte anfasst. Als hätte er ein Stück Scheitholz in der Hand.«

»Wer war es denn?«

»Der Lorenz. Ein Holzknecht von der Rosentalsäge. Ich schwöre dir, der wird jetzt überall erzählen, dass ihm die Schiedhoftochter schöne Augen gemacht hat.«

Der Festtag zog vorüber wie die Federwolken am blauen Himmel. Da die anderen Tänzer, wie sie feststellten, auch nicht besser waren, gingen sie bald nach Hause.

Am übernächsten Sonntag begegnete Barbara dem Unterwaldmeister auf dem Kirchplatz. Das selbstbewusste Auftreten der gräflichen Dienstbotin machte Kilian nervös. Auf dem Weg zur Hieburg redete er vor allem von Dingen, bei denen er sich auf sicherem Terrain fühlte. Und die ihn in seinen Augen wichtig erscheinen ließen. Vom Ärger mit den Holzknechten, die die Stämme einfach im Wald liegen ließen, anstatt sie auf den Ziehwegen an die Wasser zu bringen. Vom Kummer mit der ungezügelten Waldmast der Schweine. Vom Einfordern des Pechlerzinses der Harzsammler. Von der Zuweisung des Klaub- und Leseholzes an die Söllhäusler. Vom Eintrag der Servitutsrechte für den Bezug von Brenn- und Bauholz in das Kuenburgische Urbarium. Von den Waldstrafen für nicht genehmigte Feuerstätten und Hausbauten. Und von den auf Betreiben der Jägermeister eingeführten Strafen für das Schwenden von Hagebutte und Wacholder. Damit das Federwild für die Lustjagd der Herren nicht vergrämt würde.

»Warum erzählst du mir das?«, unterbrach sie den Forstbediensteten unwillig. »Glaubst du, eine Bauerntochter betrachtet den Wald als Baumgarten zum Lustwandeln?«

»Oh, entschuldige – ich dachte, es interessiert dich vielleicht, was ich mache«, entfuhr es Kilian, als sie am Fuß der Ruine Hieburg anlangten. »Du kannst ja von dir erzählen – hast du Geschwister?«

»Zwei Brüder«, erwiderte sie knapp. »Christoff wirtschaftet auf einer Schwaige bei Benkern. Georg macht in Liegenschaften – er kauft Hofstellen und Häuser.«

»Sind deine Brüder verheiratet?«

Eine dümmere Frage gab es nicht, dachte Barbara genervt.

»Nein. Der eine lebt mit seinem Weib auf einer Schwaige – verheiratet sind sie nicht. Der andere treibt sich in den Wirtshäusern herum. Ich weiß nicht, ob er gerade hinter einer Schürze her ist.«

»Ungewöhnliche Brüder hast du …«

»So gewöhnlich wie du sind sie nicht.«

Der Unterwaldmeister verstand die abfällige Bemerkung nicht.

»Bist du auch so – ungewöhnlich?«

»Das musst du schon selbst herausfinden«, erwiderte sie mit einem zweifelnden Seitenblick.

Vom Hieberghof, einem stattlichen Maierhof, nahmen sie den Pfad zur Burgruine. Im Erdgeschoss des Turms zeigte der Forstmann ihr die Überreste des ehemaligen Kerkers. Ein Brand hatte Türen und

Treppengeländer vernichtet. Mit Schaudern betrachtete Barbara die Eisenringe für die Fußketten im Felsstein und die schmalen Luken, durch die kaum ein Lichtstrahl fiel.

Als er ihr seine Hand bieten wollte, lehnte sie ab mit den Worten: »Ich bin keine Dame, und du bist kein Herr.« Buschwerk wucherte auf dem von Zinnen gesäumten Bergfried. Vor einer Schießscharte ließen sie sich nieder. Aus seiner Umhängetasche packte der Unterwaldmeister die mitgebrachte Wegzehrung aus. Brot. Selchfleisch. Graukäse. Und eine Flasche Wein. Ein Stück Speck kauend, deutete er auf die vergletscherten Gipfel der Tauern.

»Dort drüben liegt das Untersulzbachtal mit dem Großvenediger. Die Älteren nennen ihn Stützerkopf. Kein menschlicher Fuß hat den ewigen Firn jemals betreten. Die Spitze daneben ist der Keeskogel. Sieht der Gipfel nicht aus wie ein Zuckerhut?«

Was der nicht alles weiß, dachte Barbara gelangweilt, jetzt muss er auch noch den Fremdenführer spielen.

»Du bist so schlau wie dem Salomon seine Katze, die rückwärts den Baum hinaufgeht.«

Kilian verstand den Spott nicht. Er zeigte gegen den bewaldeten Bergkegel auf der anderen Seite der Salzach.

»Dort drüben liegt der Rabenkopf. An seiner Flanke erhob sich früher die Friedburg. Man kann die Ruine noch erkennen.«

»Das graue Gemäuer zwischen den Bäumen?«

»Ja. Kennst du die Sage vom Teufelsstein?«

»Nein. Was hat es damit auf sich?«

»Auf der Friedburg saß einst ein tapferer, aber wüster Kreuzritter namens Diether. Auf der Heimkehr von einem der Kreuzzüge sah er die erleuchteten Fenster der Hieburg und beschloss einzukehren. Der Burgherr bewirtete ihn mit allem, was Küche und Keller boten und hörte sich interessiert die Erzählungen aus dem Gelobten Land an. Dabei bekam Diether auch Judith, die schöne Haustochter zu Gesicht. Er entbrannte in heißer Liebe zu ihr. Wenige Tage später warb er um die Hand der Achtzehnjährigen. Der Jungfrau gefiel die Werbung des noch nicht dreißigjährigen Ritters. Der Vater aber, dem die zerrütteten Vermögensverhältnisse des Friedburgers hinreichend bekannt waren, verweigerte ihm die Hand seiner Tochter. Meiner verstorbenen Gemahlin habe ich versprochen, sagt er zu ihm, Judith nicht vor dem vierundzwanzigsten Lebensjahr zu verheiraten. Außerdem erwarte ich von meinem künftigen Schwiegersohn, dass er ein der Mitgift gleichwertiges Besitztum aufweist. Es steht Euch frei, die Werbung zu einem späteren Zeitpunkt zu wiederholen, wenn diese Bedingungen erfüllt sind.«

»Und – hat Diether die Brautwerbung wiederholt?«

Erfreut, das Interesse Barbaras geweckt zu haben, fuhr Kilian fort: »Der Friedburger stürzte sich aufs Neue in das Kriegsgetümmel. Bei der Eroberung von Padua machte Diether reiche Beute. Mit Schätzen beladen, kehrte er in seine Heimat zurück. In dem Glauben, dass er als Freier nun willkommen sei, ritt er zur Hieburg. Dort erfuhr er, dass Judith bereits Konrad von Velben versprochen war. In seinen Rachegelüsten warb er eine Rotte von Knechten an, um mit Gewalt zu nehmen, was er aus freien Stücken nicht bekam. Diethers Krieger erstiegen die äußeren Ringmauern, als der Velber mit seinen Scharen den Eindringling im Rücken angriff. Er wurde verwundet und musste das Feld räumen. Im Ahnensaal sann Diether darüber nach, wie er Judith in seinen Besitz bringen konnte. Dafür würde er sogar dem Teufel seine Seele verschreiben. In solch finstere Gedanken versunken, wurde ihm die Ankunft eines Ritters mit Namen Della Branca gemeldet. Bei einem Trunk Wein erzählte ihm der Friedburger von seinem Kummer. Kommt um Mitternacht nach Rosental, sprach der vornehm gekleidete Gast, und ruft dreimal meinen Namen. Er reichte dem Friedburger die Hand, die dieser schnell zurückzog, denn sie brannte wie Feuer. Dann verschwand der Fremde unter einem Gepolter, das sich wie Donner anhörte …«

»Das war bestimmt der Teufel«, sagte Barbara mit glänzenden Augen. »… hat der Friedburger seine Hilfe angenommen?«

»Um Mitternacht rief Diether dreimal den Namen Della Brancas. Sofort stand der Höllenfürst neben ihm. Die Jungfrau kann ich Euch nicht verschaffen, sagt er, aber wenn Ihr mir Eure Seele verschreibt, werde ich das Brautpaar, den Brautvater und die Hieburg vernichten. In seinem Hass ging der Friedburger auf den Handel ein. Am Tag der

Hochzeit zog ein Unwetter auf. Inmitten der Gewitterwolken schwebte ein ungeheurer Felsblock auf die Hauskapelle zu. Da ertönte das Glockengeläut, um den Bund der Ehe zu besiegeln. Erschrocken ließ der Teufel den Stein fallen – er stürzte genau auf Diether, der unterhalb der Burg gewartet hatte, um dem grausigen Schauspiel zuzusehen.«

»Gibt es den Teufelsstein noch?«

»Ja. Er liegt zwischen Büschen verborgen beim Rosentalschmied an der Landstraße.«

»Zu was einen die Liebe alles treiben kann«, sagte sie nachdenklich. Sie hatte dem Unterwaldmeister das Stichwort geliefert. Er pflückte eine dunkelviolette Blume und überreichte sie Barbara.

»Was soll ich damit!«, sagte sie schroff. »Das Zeug wächst wie Unkraut auf unserem Acker.«

»Ein Venusspiegel oder Frauenspiegel«, erklärte Kilian versonnen. »Es wundert mich, dass er jetzt schon blüht …«

»Venusspiegel?«, lachte Barbara. »Ich möchte wissen, welcher Narr sich diesen Namen ausgedacht hat. Da könnte man eine Jauchegrube auch Venusbad nennen.«

Sie warf die Blume achtlos weg. Die herzlose Geste übersah Kilian. Die Liebe hatte ihn blind gemacht.

Der Unterwaldmeister sah sie bewundernd an. »Manch eine ist auf dem Acker groß geworden und ist trotzdem schön wie eine Venus.«

»Du spinnst wohl!«, lachte sie. »Ich bin doch keine Göttin. Warum nimmst du mich nicht so wie ich bin?«

»Weil – weil ich dich liebe.« Mit treuherzigem Augenaufschlag sagte er: »Willst du mich heiraten?«

Barbara war sprachlos. Das Weib eines Unterwaldmeisters solle sie werden? Da könne sie auch gleich den Fuhrknecht heiraten.

Sie sah ihn mitleidig an. »Was verdienst du eigentlich?«

Verlegen senkte er den Kopf. »Sechzig Gulden – im Jahr. Hinzu kommt noch das Deputatholz und zehn Prozent vom Pechlerzins. Mit Fleiß kann ich es in ein paar Jahren zum Oberwaldmeister bringen. Dann bekomme ich zu meinem Gehalt den Anteil an den Gebühren beim Ausstellen der Schriftstücke. Außerdem brauche ich für die Dienstwohnung keinen Mietzins zu zahlen.«

»Sechzig Gulden!«, lachte sie. »Das hat meine Herrin kürzlich für ihre Reisegarderobe ausgegeben. Davon willst du eine Familie ernähren? Warten wir erst mal ab, bis du Oberwaldmeister geworden bist. Vielleicht bin ich dann noch zu haben.«

Trotz dieser wenig hoffnungsvollen Brautwerbung ließ Kilian nicht locker. Je mehr ihm Barbara die kalte Schulter zeigte, desto mehr entflammte seine Liebe zu ihr. Mit kleinen Aufmerksamkeiten gewann er ihr Vertrauen, wenn auch nicht ihr Herz.

Einer ihrer sonntäglichen Ausflüge führte sie in das nahegelegene Untersulzbachtal. Bei der Rast am Sulzbachfall machte der Forstgehilfe seiner Angebeteten ein ungewöhnliches Geschenk: eine Bezoarkugel. Die schwarzbraune Kugel, groß und hart wie eine Haselnuss, war in ein ledernes Tragband gefädelt. Stolz legte er ihr den Talisman um den Hals.

»Was ist das?«, fragte sie erstaunt.

»Der Magenstein eines Steinbocks. Er bildet sich aus dem Haar, das sich beim Belecken der Decke im Magen sammelt. Der Bezoarkugel werden Zauberkräfte zugeschrieben. Sie soll ihren Träger schwindelfrei und unverwundbar machen. Sie ist so teuer wie ein Goldklumpen. Besonders bei Wilderern ist sie begehrt.«

»Wo hast du die Kugel her?«

»Ich habe sie einem Jäger abgekauft, der sie im Habachtal einem Freischützen abgenommen hat. Den Mann hat man, soviel ich weiß, auf die Galeere nach Venedig gebracht.«

Dieses Schmuckstück hatte zwar nicht den Glanz eines Karfunkelsteins, dachte sie, dennoch war es etwas Besonderes, allein schon wegen seiner Herkunft. Der wild schäumende Wasserfall, dessen Gischtschleier in den Farben des Regenbogens sprühte, sowie die milde Frühjahrsluft stimmten sie weich. Verwirrt gab Barbara dem Haslacher einen Kuss auf den Mund. Da umschlang er sie mit beiden Armen. Sie ließ es geschehen. Mit heißem Verlangen nestelte er an ihrem Mieder und versuchte, die Schleifen zu lösen. Doch ein Widerwille, der tief aus ihrem Inneren kam, brachte sie zur Besinnung. Sie sei für diese Dinge noch nicht bereit, wehrte sie ihn ab. Auf dem Heimweg blieb sie einsilbig. Die Hand, die er ihr beim Abstieg von der Klamm bot, wies sie zurück.

Der Unterwaldmeister himmelte die Magd so sehr an, dass er nicht sah, dass sie ihm weniger Beachtung schenkte als anderen Männern. Einmal ließ sie ihn beim Reisigl, wie der Postwirt hieß, auf der Tanzfläche stehen, als ein großer Bauernbursche mit breitem Grinsen an Kilian herantrat und seine Gesellin mitten in der Musik abklatschte. Als Barbara den Forstgehilfen später mit erhitzten Wangen zur Rede stellte und ihn verächtlich fragte, weshalb er es zulasse, dass ein anderer sie ihm wegnehme, stotterte er verlegen, Raufhändel könne er sich in seiner Stellung keine erlauben; er werde bald verbeamtet. Wenn er auch nicht viel hermachte, sagte sie sich, war er zumindest ehrlich und anständig. Es schmeichelte ihr, einen Verehrer zu haben. Dies hob sie aus der Schar der Mauerblümchen heraus, von denen es in der Marktgemeinde genug gab.

Was die einen abschreckt, sei es aus Anstand oder Achtung, zieht die anderen an. Jene, die den Nebenbuhler als Dornenhecke betrachten, die sie mit aller Gewalt niederzureißen sich bemühen, um an die Frau des anderen zu kommen. Manche begehren am meisten das, was andere besitzen, weil dies den Wert des Objekts, um das sie kämpfen, in ihren Augen erhöht, und sie zudem als Sieger erscheinen lässt. Den Raubrittern der Liebe ist die Eroberung wichtiger als das Eroberte.

Carl Friedrich von Kuenburg war ein solcher Raubritter der Liebe. Am Tag nach Johanni war der Graf von seiner Italienreise zurückgekehrt. In den ersten Tagen bekam Barbara den jungen Herrn kaum zu Gesicht. Er schlief bis in den späten Vormittag hinein und pflegte dann im Speisesaal ein ausgiebiges Gabelfrühstück mit Spiegeleiern und Speck zu sich zu nehmen. Nach dieser Stärkung ließ er seinen Fuchs satteln und sagte zu ihr, sie solle mit dem Nachtmahl nicht auf ihn warten, er inspiziere die gutseigenen Lehen und käme erst spät nach Hause. Was er wohl des Nachts zu inspizieren hatte, wo die Bauern doch früh schlafen gingen, wunderte sich Barbara. Die Antwort entdeckte sie eines Morgens am Kleiderhaken. An seiner graugrünen Lodenjoppe hing ein langes blondes Haar. Da er dunkel war, überlegte sie, konnte es schlecht von ihm stammen. Er hatte wohl eine Geliebte. Bei adeligen Herren soll so etwas nicht ungewöhnlich sein. Nicht nur, wenn sie verheiratet waren.

Eines Abends kam der Graf früher als gewöhnlich von seinem Ausritt zurück. Missmutig erschien er in der Küche, wo Barbara gerade den Steinfußboden wischte. Er schaute ihr eine Weile sinnend zu, wie sie auf den Knien, die Ärmel hochgekrempelt, mit kräftiger Hand den Lappen im Wassereimer auswrang. Als sie den jungen Herrn erblickte, fuhr sie sich mit der Hand über die erhitzte Stirn.

»Wenn du mit deiner Arbeit fertig bist, Barbara, dann mach mir bitte eine Hühnerbouillon, mit ein paar Scheiben Weißbrot garniert. Das Gericht bring mir mit einer Flasche Nero d'Avola aus dem Weinkeller – den Jahrgang einundfünfzig bitte.«

»Jawohl, gnädiger Herr«, knickste sie verlegen. »Das kann ich mir gut merken – das ist mein Jahrgang.«

»Wie schön. Dann bist du also achtzehn. Das richtige Alter, nicht nur für einen guten Rotwein …«

Verlegen entfernte sich Barbara. Derartige Anzüglichkeiten war sie nicht gewohnt.

Die Gemächer des Grafen lagen im Obergeschoss und erstreckten sich über zwei ineinander übergehende Räume. Barbara brachte dem Graf das Gewünschte und wollte sich wieder entfernen, als dieser sie zurückrief.

»Komm, setz dich. Ich habe gern Gesellschaft beim Essen. Wie man mir sagte, bist du schon seit Lichtmess bei uns. Woher kommst du?«

Barbara erzählte. Von Fronleiten. Von ihren Eltern. Den Brüdern. Von der Magd Afra. Und dem Knecht Gilg. Eine leichte Röte huschte über sein Gesicht, als sie ihm erzählte, dass ihr älterer Bruder mit Cecilia auf einer Schwaige lebe.

»Es lief wohl nicht so, wie sie es sich vorgestellt hat?«

»Es ist einiges schiefgelaufen mit den beiden. Der Pfarrer hat ihnen den Trausegen verweigert. Sie hat ihm erzählt, dass sie schwanger ist. Der Kirchenbuße wollte sie sich nicht beugen. Als sie das Kind in das Geburtenregister eintragen lassen wollte, haben sie ein paar Tage später die Gerichtsdiener geholt – sie musste an den Pranger.«

»Die Ronacherin am Pranger?« Ungläubig fuhr sich der Graf durch seine schwarzbraunen Locken, die ihm wie eine Löwenmähne auf die Schultern fielen.

»Ja. Ich habe sie gesehen, wie sie in Mittersill auf der Schandbühne stand: In einem Kittel aus Sackleinen, den Kopf raspelkurz geschoren und mit einem Schild um den Hals. ›Ich liederliches Weib‹ stand darauf.«

»Da konnte sie die Welt von oben betrachten.«

»Die Suppe hat sie sich selber eingebrockt.«

Der Graf hatte seine Suppe ausgelöffelt und die Serviette auf den Tisch gelegt.

»Was hast du bisher von der Welt gesehen?«

»Nicht viel mehr als von den Krimmler Wasserfällen bis zum Zeller See«, erwiderte Barbara verlegen. »So eine Reise, wie Ihr sie gemacht habt, muss etwas Wunderbares sein.«

»Es kommt ganz darauf an, was man daraus macht. Erlebt haben wir einiges – die unglaublichste Geschichte widerfuhr uns in der Toskana, genauer gesagt in Perugia.«

»Erzählt Ihr sie mir, gnädiger Herr?«

»Nun, diese Anekdote ist eigentlich eher etwas für Herrenabende. Aber wenn du willst …«

Der Graf schenkte den Rotwein in die geschliffenen Kristallpokale. Im Licht der Kandelaber funkelte die sizilianische Rebsorte wie Granat.

»Wir kommen um Mitternacht in der Stadt an, finden jedoch kein Quartier«, begann er, das Glas zum Wohl erhoben.

»Alle Herbergen sind bereits geschlossen. Wir können es ja bei einem Kloster versuchen, sage ich zu meinem Begleiter. Gläubige Christen, die wir sind, wird uns gewiss niemand abweisen. Ein nächtlicher Herumtreiber zeigt uns den Weg zu einem Frauenkloster. Wir nehmen uns ein Herz und klopfen an die Tür. Es dauert eine Weile, bis sich das Fenster der Pforte öffnet. Eine schon etwas betagte Braut Christi fragt nach unserem Begehr. Nachdem wir uns vorgestellt und unsere missliche Lage erklärt haben, sagt sie, eigentlich würden sie keine Männer beherbergen, aber vertrauenserweckend wie wir aussähen, werde sie eine Ausnahme machen. Die Nonne weist uns zwei Zellen im Seitenflügel zu, und müde wie ich bin, schlafe ich sofort ein. Ein starker Harndrang weckt mich mitten in der Nacht. Schlaftrunken taste ich mich durch die finsteren Korridore. Auf dem Rückweg habe ich die Orientierung verloren und überlege, welches meine Kammer ist; denn ich habe vergessen, die Tür offen stehen zu lassen. Eine Zelle gleicht der anderen. Schließlich glaube ich, mein Gemach gefunden zu haben und schließe leise die Tür. Ich hebe die Decke und steige ins Bett. Da bemerke ich, dass das Lager bereits belegt ist. Da hat mir Gott der Allmächtige zu meinem Quartier auch noch eine Nonne, vielleicht eine Novizin, beschert, denke ich. Kaum habe ich den Leib des Frauenzimmers berührt, um zu fühlen, wer meine Bettgenossin ist, wacht die Nonne auf und schreit Santa Maria, il diavolo, il diavolo! in der Annahme, ich sei der Geschwänzte. Nun, ganz unrecht hatte sie nicht ...« Er lachte und leerte das Glas mit einem Schluck.»Ein Tumult erhebt sich ringsum. Die Kammertüren fliegen auf, und mit Kerzenlichtern in der Hand kommen die Nonnen herbeigeeilt, um zu schauen, wie der Teufel aussieht. Mein Entsetzen steigert sich, als ich an der Anrede höre, bei wem ich gelandet bin: Es ist die ehrwürdige Mutter Äbtissin. Hals über Kopf fliehen wir aus dem Kloster. Noch stundenlang haben wir über den wüsten Spaß gelacht.«

Auch Barbara musste lachen. Von der pikanten Anekdote gefesselt, blickte sie den Grafen neugierig an.

»Gab es nicht auch reizvollere Damen, denen Ihr auf der Reise begegnet seid?«

»Gewiss. Allerdings scheinen die jungen Italienerinnen hinter Klostermauern zu leben. Zumindest was die mütterliche Obhut anbelangt. Einer wunderschönen Dame bin ich im Giardino Boboli, dem Garten des Palazzo Pitti in Florenz begegnet. Ich überraschte sie beim morgendlichen Bad in der Grotte des Bernardo Buontalentis, umringt von künstlichen Stalaktiten und Wasserspielen, völlig nackt ...«

»Völlig nackt?«, rief Barbara.»Sie erschrak sicherlich, als sie Euch sah ...«

»Leider besaß die Dame derartige Empfindungen nicht. Es war die Badende Venus von Giovanni di Bologna. Auch eine andere Skulptur im Mittelpunkt der Grotte weckte meine Aufmerksamkeit: Paris raubt Helena, eine herrliche Figurengruppe von Vincenzo de Rossi.«

»Wie die badende Venus aussah, kann ich mir lebhaft vorstellen. Aber wie hat der Künstler die geraubte Helena dargestellt?«

»Ich werde es dir zeigen: Löse dein Haar und lass es über die Schultern fallen.«

Barbara wunderte sich über das ungewöhnliche Ansinnen des Grafen. Sie öffnete die Spange, die ihre kreisförmig um den Kopf gewundenen Flechten zusammenhielt, und ließ ihr hüftlanges goldblondes Haar zu beiden Seiten über die Schultern fallen.

»Ja, das sieht gut aus. Allerdings hatte Helena gelocktes Haar.«

»Und wie war sie sonst – ich meine, wie war sie bekleidet?«

»Willst du es wissen?«

Arglos nickte Barbara.

»Dann zieh dich aus!«

»Seid Ihr verrückt?«

Ungläubig starrte Barbara den Grafen an, der Unzüchtiges von ihr verlangte.

»Wieso? Du wolltest doch wissen, wie Helena aussah, als sie von Paris geraubt wurde.«

Die Augenbrauen fragend hochgezogen, blickte der Neukirchner sie spöttisch an. Zögernd knöpfte Barbara das blaukarierte Waschkleid auf. Stück für Stück fielen ihre Sachen zu Boden, bis sie nichts mehr am Leib hatte. Wie Flachsfasern umrahmte das blonde Haar ihre hohen festen Brüste. Schamhaft hielt sie die Hände vor den Schoß. Nur das Amulett mit der Bezoarkugel hatte sie anbehalten.

Der Graf nippte genüsslich an seinem Glas, wobei er das Mädchen von oben bis unten musterte.

»Mit deiner Figur könntest du jeder Helena Konkurrenz machen«, sagte er anerkennend.

»Und wo bleibt Paris?«

Barbara leerte ihr Glas mit einem Zug und blickte ihn herausfordernd an. Der Wein tat seine Wirkung. In dem Wissen um ihre körperlichen Reize, stemmte sie die linke Hand in die Hüfte und fuhr sich mit der rechten durch das Haar.

»Wie hat der Bildhauer ihn geschaffen?«

»So wie du, mit nichts am Leib. Ich weiß nicht, ob ich dabei eine so gute Figur abgebe.«

»Mitgehangen, mitgefangen!«, lachte Barbara und knöpfte sein mit Rüschen besetztes seidenes Hemd auf. Einen Augenblick zögerte sie, ehe sie den Gürtel seiner Hose öffnete. Er bemerkte ihre Unsicherheit und legte seine Beinkleider ab.

»So, jetzt hilf mir, den Spiegel herüberzufahren. Wir müssen uns als Figurengruppe doch schließlich sehen.«

Sie kippten den Ankleidespiegel in die richtige Position und stellten, auf der Bettkante sitzend, das Liebespaar des italienischen Bildhauers nach. Der Graf gab Barbara Anweisungen, wie sie die Figur darstellen sollte: Das Antlitz von ihrem Entführer abgewandt und mit der Linken in ihr Haar greifend, macht Helena eine abwehrende Geste, als wolle sie Paris, der sie auf seinen Schoß genommen hatte, von sich stoßen. Ihr verzückter Blick verrät jedoch, dass es nur halbherzig gemeint ist. Offensichtlich genießt sie es, von ihrem Geliebten geraubt zu werden. So betrachteten sie sich im Spiegel und lachten, dass ihnen die Tränen über die Wangen liefen.

Das Spiel war zu Ende.

Schweigend blickten sie sich an. Barbara befreite sich aus der Umarmung und setzte sich mit angezogenen Knien auf das Himmelbett. Carl Friedrich setzte sich neben sie. Sie sah, dass er erregt war. Kam jetzt das, was alle Männer wollten? Der Graf schien ihre Gedanken zu erraten.

»Wenn du willst, kannst du gehen. Ich möchte nicht den Eindruck erwecken, das Spiel sei bloß ein Vorwand – na, du weißt schon, was ich meine.«

Als Connaisseur der Damenwelt hatte er gelernt, sich in der Gewalt zu haben. Geduld ist die Tugend des Jägers. Und doch hatte er ihr das Stichwort gegeben.

Sie legte sich auf den Bauch, die Arme unter dem Kinn verschränkt, ein Bein übermütig in der Luft pendelnd.

»Ich glaube, ich bin ein wenig beschwipst – ach, ich könnte jetzt alles machen …«

Er beugte sich über sie und flüsterte ihr ins Ohr: »Dann machen wir doch alles, schöne Helena. Schon als ich dich das erste Mal sah, wusste ich, dass wir füreinander geschaffen sind.«

Zärtlich küsste er ihren Nacken, dass ein Schauer über ihren Rücken lief. Seine Hände strichen behutsam von den Schultern abwärts über ihr Gesäß. Unwillkürlich drehte sie sich auf den Rücken und stellte ein Bein auf. Als sie seine Hand zwischen ihren Schenkeln spürte, sanft und spielerisch, durchströmte ein Wonnegefühl ihren Körper, wie sie es noch nie erlebt hatte. Sie zog ihn an ihren Busen und bedeckte sein Gesicht mit Küssen. Er hatte sie auserwählt, dachte sie beglückt. Auserwählt aus Dutzenden von Jungmägden, die nach ihm schmachteten, von Bauerndirnen, die sich nach ihm verzehrten.

»Ja, gnädiger Herr, nehmt mich!«, flüsterte sie ihm ins Ohr.

Die Sterne funkelten durch die bleiverglasten Butzenscheiben. Klar und blau wölbte sich die Juninacht über der schwarzen Silhouette der Gebirgszüge. Carl Friedrich von Kuenburg wartete Barbara neun Mal auf. Jedes Mal anders. Jedes Mal nahm er ein neues Venushemdchen vom Nachttisch, hergestellt aus den Därmen und Blasen der Schafe und Schweine, das sie ihm überziehen musste. Das erste Mal schamhaft errötend. Das zweite Mal beherzt. Ab dem dritten Mal scherzend.

Er liebe die Abwechslung, nicht nur in der Küche, sagte er grinsend. Mit dem Rücken an das mit pikanten Schäferszenen bemalte Kopfteil gelehnt, befahl er ihr, sich auf seine Lenden zu setzen und ihn zu reiten, zuerst im Trab, wobei sie ihre Brüste halten musste, wie eine Ware, die man auf dem Markt feilbietet, später im Galopp, die Arme hinter dem Kopf verschränkt, dass ihre Brüste im Takt der Stöße tanzten. Er hob sie auf seinen Schoß und befahl ihr, sich nach hinten gebeugt auf die Hände zu stützen und den Kopf in den Nacken zu werfen, dass ihr Leib sich ihm aufreizend entgegen wölbte. Befahl ihr, sich auf die Bettkante zu setzen und ihn mit den Schenkeln zu umklammern, beim nächsten Mal sich auf den Rücken zu legen und die Beine in die Luft zu strecken. Befahl ihr, sich auf das Bett zu knien, mit einem Kissen unter dem Bauch, damit er besser von hinten in sie eindringen könne. Er machte es mit ihr nicht anders, als er es mit den anderen machte.

Barbara war es, als würde der leibhaftige Teufel mit ihr das Tanzbein schwingen. Ihr Wehklagen, als er das erste Mal in ihren Schoß drang und ihr Blut das Laken besudelte, steigerte seine Lust nur noch mehr. Als sie breitbeinig auf seinen Lenden saß, die Arme um seinen Hals geschlungen, und er sie, mit beiden Händen ihren Hintern umfassend, vor und zurück schob, klatschten ihre verschwitzten Leiber aufeinander, dass es ihr vorkam, als würde sie einen schnalzenden Teig auf dem Küchentisch kneten.

Einmal, in einer Kunstpause, strich er mit der Hand sinnend über ihr blond gekräuseltes Schamhaar.

»Morgen gehst du zur Baderin und lässt dir das Haar wegmachen – wegen der Flöhe und Läuse. Sie soll dir gleich ein paar Mittel zur Verhütung mitgeben – ich meine die Mittel für dich. Damit wir noch mehr Spaß miteinander haben.«

Der Morgen dämmerte grau, als die Bedürfnisse des Neukirchners endlich befriedigt waren. Fröstelnd zog Barbara die Decke über ihren Körper. Sie schloss die Augen und öffnete erwartungsvoll die Lippen. Bestimmt würde er ihr jetzt eine Liebeserklärung machen. Stattdessen fühlte sie, wie eine rohe Hand nach ihrem Anhänger griff.

»Von wem hast du die Bezoarkugel?«

Argwöhnisch betrachtete er das Amulett.

Barbara schwieg.

»Ich will es wissen!«, sagte er schroff.

»Der Unterwaldmeister zu Wald hat mir den Talisman geschenkt. Seid Ihr etwa eifersüchtig?«

Er überhörte ihre Frage. »Wie kommt der Haslacher zu einer Bezoarkugel?«

»Einem Jäger hat er sie abgekauft.«

»Der Jäger weiß genau, dass er die Magensteine auf dem Kellenamt in Stuhlfelden abzuliefern hat. Und der Forstgehilfe ebenfalls. Hattest du etwas mit ihm?«

»Nichts, was ich zu verschweigen hätte, gnädiger Herr. Wir gehen hin und wieder tanzen oder spazieren – das ist alles.«

»Ich muss dir die Kugel abnehmen, sie gehört der Hofkammer. Ich will nicht, dass du Schwierigkeiten bekommst.«

Widerwillig löste Barbara das Amulett. Der Neukirchner legte den Schmuck beiseite.

»Ab morgen übernimmst du den Dienst der Kammerjungfer. Ich möchte nicht, dass deine Hände rot sind, wenn du mich besuchst.«

»Gnädiger Herr, es ehrt Euch, dass Ihr so besorgt um mich seid. Aber eines wüsste ich gern …«

»Na, was denn?«

»Liebt Ihr mich überhaupt?«

Der Graf strich über ihr Haar. »Ich begehre dich – ist das wenig? Was ist die Liebe anderes, als der Eitelkeit zu schmeicheln – als das Feigenblatt unserer Begierden, ein bloßes Trugbild unserer Sinne?«

»Warum müsst Ihr alles in den Schmutz zerren?«, sagte sie den Tränen nahe. »Ich komme mir vor wie … weggeworfen.«

»Ich will jetzt meine Bettruhe haben«, sagte der Graf übelgelaunt. »Du kannst gehen. Gute Nacht.«

Das Haupt in ein schwarzes Wolltuch gehüllt, lief die Jennertochter nach Rosental. In einem nahe der Salzach gelegenen Söllhaus betrieb Euphrosina Canisius, Eheweib des Baders Theodorus Canisius, eine über die Dorfgemarkung hinaus gerühmte Bad- und Schönheitsstube.

Die Dienste der Baderin erstreckten sich nicht nur auf die Gebiete der Körper- und Schönheitspflege. Auch in verschwiegenen Angelegenheiten war ihr Rat willkommen. Etwa bei unfruchtbaren oder, im Gegenteil, mit ausufernder Kinderschar gesegneten Weibern. Besonders häufig wurde die Sina, wie sie genannt wurde, von Bauerndirnen aufgesucht, die, meist von ihren Burschen bedrängt, auf die vorehelichen Freuden nicht verzichten, aber dennoch den Jungfernkranz tragen wollten. Böswillige Zungen behaupteten, sie betätige sich darüber hinaus als Kupplerin. Dies aber waren Gerüchte, genährt durch die Gabe der grell geschminkten Rothaarigen, ihren Kundinnen vertrauliche Dinge zu entlocken.

Interessiert betrachtete Euphrosina das Mädchen, das vor ihrer Tür stand. Barbara erzählte, dass sie die neue Kammerjungfer auf Schloss Hochneukirchen sei und der junge Herr sie hergeschickt habe. Bei der

Erwähnung des Namens Kuenburg hellte sich das Antlitz der Baderin auf.

»Glaub nur nicht, du bist die erste, die der Kuenburg herschickt«, sagte sie lachend.

»Die erste nicht, aber die letzte«, sagte Barbara bestimmt.

»So. Wie willst du das wissen?«

»Ich weiß, dass der gnädige Herr mich bis zum Tod lieben wird. Er kann nicht von mir lassen.«

Ein kaltes Grausen überkam die Baderin. Die Weiber, die der Graf zu ihr schickte, hatten sich zwar Hoffnungen gemacht, aber keine war sich ihrer Sache so sicher.

Die Hände vor der Schürze ringend, trug Barbara ihr Begehren vor. Sie brachte es nicht fertig, sich klar und deutlich auszudrücken. Über solche Dinge zu reden, war sie nicht gewohnt.

»Du brauchst dich nicht zu quälen, Barbara«, sagte die Euphrosina. »Ich kenne die Vorlieben des jungen Herrn. Nebenan kannst du dich ausziehen. Zuerst wirst du ein Bad nehmen. Das öffnet die Poren und macht die Haut geschmeidig.«

Die Baderin legte heiße Steine, die sie aus dem Ofen geholt hatte, in den Holzzuber und goss Wasser darüber, dass es zischte und dampfte wie in einer Hexenküche. Als ihr das Wasser warm genug erschien, nahm sie die Steine mit der Zange heraus und ließ ihre Kundin in den Bottich steigen. Barbara genoss es, sich einseifen und den Rücken schrubben zu lassen. Lange war sie nicht mehr so verwöhnt worden.

»Soll ich es mit Krötenblut machen oder mit Bienenwachs? Das Blut von den Kröten macht das Haar abfallen und den Ort schön rein und glatt, aber es dauert ein paar Tage. Mit dem Wachs geht es schneller, dafür ist es schmerzhafter.«

»Mach es kurz und schmerzhaft«, antwortete Barbara entschlossen.

Nachdem die Baderin ihr Werk vollendet hatte, betrachtete sich Barbara im Spiegel. Das mit den Achseln ging ja noch. Aber zwischen den Beinen sah sie aus wie eine Nacktschnecke. Es kam ihr vor, als habe sie mit dem Haar auch die Scham verloren.

Danach führte sie die Euphrosina in eine Kammer. In Wandregalen und Schubladen, ähnlich der Einrichtung eines Krämerladens, befanden sich die unterschiedlichsten Flaschen, Tiegel und Dosen. Tücher und Binden. Dazwischen zerfledderte, vergilbte Bücher. Rezepturen, auf Pergament oder Papier gekritzelt. An der Tür hing eine mit astronomischen Zeichen und Zahlen versehene anatomische Darstellung der geheimen Teile des Weibes.

»Ein beliebtes Mittel bei den Weibern«, sagte die Baderin, »ist das Einführen in Essig getauchter Schwämme vor dem Verkehr. Davon kann ich nur abraten. Es ist schmerzhaft und zerstört die Schleimhäute. Weitaus verträglicher sind die pflanzlichen Mittel. Ich gebe dir ein Gebräu aus Gartenmelde, Hirtentäschel, Osterluzei und Wasserpfeffer. Die Kräuter mische ich mit Auszügen von Schafgarbe, Spitzwegerich und Pimpernelle. Mit dem Sud tränkst du das Leinen, das ich dir mitgebe, und formst Zäpfchen, die du vor dem Verkehr einführst. Dann gebe ich dir noch Saft aus den Blättern der Trauerweide mit, in den du eine Kugel aus Wolle tränkst, die du nach dem Verkehr einführst. Vergiss nicht den Faden, damit du das Knäuel hinterher herausziehen kannst. Für den Grafen gebe ich dir eine Dose Bleiweiß mit und ein Fläschchen Zedernöl. Er soll damit seinen Luststecken einreiben.« Mit flinker Hand mischte sie die Tinkturen und Essenzen. »Ich gebe dir noch ein Niespulver mit. Um den Samen auszutreiben, musst du heftig niesen. Auch sollst du rückwärts schüttelnde Bewegungen mit dem Becken machen.« Sie wackelte mit dem Hintern wie eine Ente mit dem Bürzel.

Beklommen machte sich Barbara auf den Heimweg. In welche Welt war sie geraten? Und wenn die Mittel nicht wirkten? Ach was, sagte sie sich, wenn man immer nur an Folgen denkt, kann man das Leben nicht genießen.

»Nun, lass dich ansehen. Ich bin gespannt, was die Sina aus dir gemacht hat«, sagte Carl Friedrich zu ihr, als sie ihn nach dem Abendbrot besuchte. Er streifte ihr Kleid von den Schultern und küsste zärtlich ihren Nacken. »Du duftest wie eine Lilie ...«

In dieser Nacht verschlang er sie mit Haut und Haar. Noch nie habe er ein Weib so sehr geliebt, raunte er ihr ins Ohr, als er ihr die Wäsche vom Leib riss und sie vor dem Ankleidespiegel auf seine Lenden hob.

Die Arme um seinen Hals verschränkt und mit den Schenkeln seine Hüften umklammernd, betrachtete sie mit Wohlgefallen ihr Ebenbild. Das goldene Haar, das über ihre Schultern fiel. Der gewölbte Bauch, der gegen seinen Bauch klatschte, jedesmal wenn er in ihren Schoß drang. Die hohen Brüste, die auf und nieder wippten, als er, mit den Händen ihr Gesäß umfassend, sie vor und zurück stieß wie auf einer Schaukel. Ja, wie auf einer Schaukel fühlte sie sich, emporgehoben über den Alltag.

Er sei besessen von ihrem Leib, sagte er, als Barbara erhitzt auf dem Bett lag. Es gelüste ihn, ein Bad in ihrer Venusgrotte zu nehmen und nach der Perle der Lust zu tauchen. Dem Wandschrank entnahm er zwei kräftige Stricke und band sie an den Bettpfosten fest. Daraufhin verband er ihr die Augen mit einer schwarzen Binde. Er berührte sie so zart, dass es ihr vorkam, als striche ein Nachtvogel über sie hinweg. Seine schulterlangen Locken streiften über ihren Leib, dass sie bis in die Zehenspitzen erschauerte. Dann begann er sie zärtlich zu küssen. Rasend im Überschwang der Empfindungen wand sich Barbara in ihren Fesseln. Von krampfhaften Zuckungen geschüttelt, bäumte sie sich auf, warf wie eine Irrsinnige den Kopf hin und her und stöhnte: »Komm zu mir, Liebster ... ich sterbe vor Verlangen!«

»Nein. Zuvor werde ich dich im Zeichen der Liebe tätowieren.«

Er nahm seinen Hirschfänger und ließ die Messerspitze über ihren Leib gleiten, vom Hals bis zu den Fußspitzen. Als der scharfe Stahl ihren Busen berührte, schrie sie auf.

Er schnitt ihr ein Herz in die linke Brust und saugte das Blut aus der Wunde.

»Hast du keine Angst, ich könnte dir das Messer ins Herz stoßen?«

»Nein, warum?«, erwiderte sie lachend. »Wenn du mich tötest, dann tötest du dich selbst. Ich bin dein Herz – ein eigenes hast du nicht.«

Darauf nahm er ihr die Augenbinde ab und schnitt ihre Fesseln auf. Mit einem Aufschrei warf sie sich auf ihn. Wie eine Wildkatze krallte sie ihre Hände in seinen Rücken, presste ihren Leib gegen den seinen, um sich ihm willenlos hinzugeben.

Als sie ihn fragte, ob sie gut gewesen sei, sagte er: »Bilde dir bloß nicht zu viel ein, du Biest. Du bist nicht mehr als ein Stück Fleisch!«

Da gab sie ihm eine schallende Ohrfeige.

Er rieb sich die Wange und grinste. »So mag ich die Weiber – stolz und leidenschaftlich.«

»Wer so redet, besitzt kein Herz!«

Wütend zog sie ihre Kleider an und knallte die Tür hinter sich zu. Als sie in ihrer Kammer lag und den Abend überdachte, erschrak sie. Sie hatte ganz vergessen, die Mittel zu nehmen, die ihr die Baderin mitgegeben hatte. Was wäre, wenn sie schwanger würde? Vielleicht würde es eine Missgeburt. Wer Unzucht wider die Natur beging, so stand es in den Beicht- und Bußbüchern, den strafte der Zorn Gottes. Beweise dafür gab es allerdings nicht.

Eines Morgens befahl der Graf dem Kutscher Rax, den Zweispänner fertig zu machen. Er wolle das gute Wetter zu einer Lustfahrt nutzen.

Der Kutscher schenkte der Dienstmagd einen abschätzigen Blick, als sein Herr ihr beim Torhaus in den Wagen half.

»Zur Schönmoosalm in der Krimml. Ich will nach der Jagdhütte sehen, ob sie den Winter gut überstanden hat. Vielleicht müssen wir die Futterraufen für das Rotwild erneuern.«

Barbara ließ sich in die weichen Lederpolster fallen und schloss die Augen. Es war ein herrliches Gefühl, sich einfach treiben zu lassen. Der Fahrtwind wehte lustig in ihrem Haar, das sie heute offen trug, lediglich von einem schwarzen Samtreif aus der Stirn gehalten. Der Graf war ausgesprochen gut gelaunt und ergriff zärtlich ihre Hand. Vielleicht sei es mit ihnen wie bei den meisten Eheleuten, dachte sie, wo die Liebe eher der schwelenden Glut als der hoch auflodernden Flamme gleicht.

Doch wie es im Juli häufig in den Bergen vorkommt, endet der Tag oft nicht so heiter wie er beginnt. Kurz bevor sie die Alm erreichten, türmten sich schwarze Gewitterwolken am Himmel auf. Windstöße, warm und trocken, wehten vom Zillertal über den Gerlospass, begleitet von drohendem Grummeln. Wenig später erhellte ein Blitz das Wageninnere, gefolgt von einem markerschütternden Donnerschlag. Carl Friedrich befahl dem Kutscher umzukehren. Vielleicht könnten sie es bis zum Gut Edenlehen schaffen. Soweit die Fahrstraße es erlaube, solle er die Rösser im Trab gehen lassen. Als der Kutscher gewendet hatte, fielen die ersten schweren Regentropfen. Der Graf klappte das Verdeck herunter.

In der Dämmerung des Wagens lehnte Barbara den Kopf an seine Schulter. Ein Prickeln lief über ihren Rücken. Es war das erste Mal, dass der gnädige Herr mit ihr ausfuhr. Und diese Ehre gedachte sie ihm mit den Waffen einer Frau reichlich zu entgelten. Sie hatte die Schuhe ausgezogen, die Strümpfe aber anbehalten und die Füße auf die Sitzbank gestellt, dass die Röcke über ihre Knie rutschten. Wie im Sommer üblich trug sie nur ein Unterhemd mit nichts darunter. Die angewinkelten Beine gespreizt, strich sie mit den Fingerspitzen über die Innenseite ihrer Oberschenkel und schob ihre Kleider hoch. Dabei blickte sie versonnen in die Ferne, als wäre sie mit ihren Gedanken ganz woanders. Der Teufel hatte sie geritten.

Der verführerische Anblick der Gespielin ließ den Grafen vergessen, wo er sich befand. Mit fiebrigen Händen löste er das Schnürmieder und streifte das Hemd von ihren Schultern. Hastig, als ob ihn jemand überraschen könnte, entledigte er sich seiner Beinkleider und hob sie auf seine Lenden. Als es ihm nicht gleich gelang, in ihren Schoß einzudringen, wurde er unwillig. So schnell gehe es nicht, sagte Barbara entschuldigend, er solle etwas zärtlicher sein, damit sie feucht werde. Darauf zog er sie an sich und bedeckte ihren Leib mit Küssen. Als sie so weit war, erhob sie sich, um sich mit ihm zu vereinen. Den Kopf in den Nacken geworfen, dass ihr goldenes Haar wie ein Wasserfall auf seine Knie fiel, hielt sie sich mit den Händen am Bügel des Stoffverdecks fest. Er umfasste ihr Gesäß und stieß sie vor und zurück, dass ihre Brüste auf und nieder wippten.

»Ich begehre dich, wie ich noch kein anderes Weib begehrt habe«, raunte er dunkel. »Wie Peleus komme ich in deine Lustgrotte geschlichen, schöne Thetis, und überrasche dich im Schlaf. Beiß mich, kratz mich, schlag mich, holde Nymphe, ich lasse dich nicht mehr los.«

»Ja, gnädiger Herr, ich will alles tun, was Ihr von mir verlangt. Ich gehöre Euch und keinem anderen.«

»Du gehörst mir, bis dass der Tod uns scheidet.«

Seine Worte hörten sich an wie das Ehegelöbnis vor dem Traualtar, dachte sie beglückt. Regenschauer drangen in das Wageninnere und peitschten ihre Haut, dass sie laut aufkreischte. Juhu, war das Leben nicht wunderbar!

»Mach schneller, ich habe es eilig!«, rief er laut, um das Donnern des Hochwetters zu übertönen.

Barbara gab sich alle Mühe, ihren Herrn zum Höhepunkt zu bringen. Sie küsste ihn voller Hingabe, handhabte gefühlvoll sein Geschlecht und flüsterte schmutzige Gassenwörter, die sie von ihm gelernt hatte. Doch zu dem erhofften Gipfel kam es nicht.

In dem Glauben, der Befehl gälte ihm, trieb Rax mit Hüa-Rufen und Peitschenknall die Pferde an. Plötzlich hörten die Liebenden ein lautes Fluchen. Ein heftiger Ruck erschütterte den Wagen, gefolgt von einem Krachen, als brächen sämtliche Speichen und Achsen, dass sie auf die vordere Sitzbank geschleudert wurden. Barbara schrie entsetzt auf und klammerte sich angstvoll an Carl Friedrich, der vergebliche Versuche machte, den Schlag zu öffnen.

Zu spät. In der nächsten Kehre hob der Wagen ab und flog durch die Luft, bis eine Fichtenschonung der himmlischen Fahrt ein jähes Ende setzte.

Wie durch ein Wunder blieben sie unversehrt. Als sie sich mühsam aus den Trümmern des Gefährts befreit hatten, erschauerten sie: Wenige Schritte vor ihnen gähnte der Blaubachgraben. Tief unten in der Schlucht hörten sie das Rauschen des Wildbachs.

Der Graf lachte wie ein Irrsinniger. »Die Schonung hat unser Leben geschont. Der Graf, die Geliebte und die Kutsche, die fliegen konnte – ein Liebestod, von dem man noch in hundert Jahren sprechen würde. Das wärs gewesen!«

»Dann hätte dich wenigstens der Teufel geholt«, erwiderte Barbara. Sie wollte einen Scherz machen. Aber der Schreck saß ihr in den Knochen, dass sie nicht lachen konnte. Auf Händen und Füßen krochen sie die Böschung zur Straße hinauf.

Von Regenschauern gepeitscht, erreichten sie gegen Abend das Gut Edenlehen. Mit zerfetzten Kleidern, zerschundenen Gliedern und nass bis auf die Haut.

In dem altehrwürdigen Gasthaus, das gern von Saumhändlern aufgesucht wurde, die über den Krimmler Tauern in das benachbarte Ahrntal zogen, nahmen sie Quartier. Der Wirt Andrä Hölzel grinste, als er das übel zugerichtete Liebespaar sah. Er überließ ihnen seine Schlafkammer und beschaffte ihnen trockene Kleider.

»Wir hatten einen Schutzengel«, sagte Barbara, als sie frierend und müde im Bett lag. »Um ein Haar wären wir in der Schlucht gelandet.«

»Die Liebe ist ein Spiel. Je höher das Risiko, desto größer der Reiz.«

»Dafür mein Leben aufs Spiel zu setzen, finde ich nicht reizvoll.«

»Aber du warst es doch, die mich verführt hat. Gegen den Zauber, den du auf mich ausübst, bin ich machtlos.«

Das Unwetter hatte sich verzogen. Ab und zu war in der Ferne ein Donnergrollen zu vernehmen. Als würde der Satan über einen wüsten Spaß lachen. Barbara öffnete das Fenster und atmete die frische Luft. Wetterleuchten flammte in Abständen am Horizont auf. Schwefelgelb wie das Leuchtfeuer der Hölle.

In der Gaststube saß der Kutscher Rax und gab seine Geschichte zum Besten. Von der gebrochenen Deichsel und dem abgestürzten Wagen. Was sich in seinem Inneren abgespielt hatte, wusste er nicht.

Der Saumhändler Simon Poyegger schüttelte ungläubig den Kopf.

»Hast du dich nicht gefragt, wo deine Fahrgäste geblieben sind?«

»Ich sah sie nicht und dachte, die sind im Blaubachgraben gelandet. Viel wäre an den beiden nicht verloren gegangen. Die Kuchldirn hat sich dem Hallodri an den Hals geworfen und macht sich Hoffnungen. Ich sage euch, sie wird enden wie die anderen.«

Zu Barbaras Aufgaben als Kammerjungfer gehörte das Staubwischen. Als sie einmal im Mädchenzimmer der Gräfinnen zu tun hatte, konnte sie der Versuchung nicht widerstehen, den Kleiderschrank zu öffnen. Staunend betrachtete sie die Garderobe. Noch nie hatte sie ein solches Gepränge gesehen. Luftige Sommerkleider aus Leinen oder Baumwolle. Winterkleider aus fest gewebtem Wolltuch. Mit goldenen Bordüren eingefasste Roben, die Dreiviertelärmel mit Spitzen besetzt. Festliche Gewänder aus Seide, die das Licht wirkungsvoll reflektierten. Weit ausgeschnittene Abendkleider aus nachtblauem oder rubinrotem Samt, der in seiner Weichheit das Fell eines Hasen übertraf. Ballkleider aus hauchzarten oder fließenden Stoffen, deren Namen sie nicht kannte. Niemals würde sie in den Genuss kommen, derartige Kleider tragen zu dürfen. Ein Leben lang wäre es ihr beschieden, in einfarbigen Woll- und Tuchstoffen herumzulaufen.

Die Verbote der Kleiderordnung hatten jedoch etwas Verlockendes. Wie jede Bauerndirn wusste Barbara, dass es ihrem Stand bei Geldstrafe oder im Wiederholungsfall sogar bei Arreststrafe verboten war, fremdländische Stoffe wie Seide, Samt oder Baumwolle zu tragen. Dass es ihrem Stand verboten war, Goldschmuck und Perlen zu tragen. Dass es den Weibern der Bauern, Knechte und Tagelöhner verboten war, mit Gold- und Silberstickereien verzierte Gewänder, weite Brustausschnitte oder mit Rosen bestickte Schuhe zu tragen.

Eines dieser prachtvollen Gewänder musste sie unbedingt anprobieren! Ein meergrünes Ballkleid aus anschmiegsamem Seidentaft gefiel ihr besonders gut. Sie nahm es vom Bügel und probierte es an. Die Größe schien richtig, aber an den Hüften war es zu weit, an der Taille zu eng und am Dekolleté schlug es Falten. Damit es richtig säße, müsste sie zwei oder drei Unterröcke und eine Schnürbrust aus Fischbein tragen. Sie wählte drei gesteifte Unterröcke aus, nahm eine Schnürbrust aus dem Schrank und probierte das Kleid noch einmal an. Nun fiel das Gewand glockenförmig auf den Boden, machte ihre Hüften breiter, die Taille schmaler und straffte den Busen, wie es sich sein Schneider gedacht hatte. Es fühlte sich an wie eine zweite Haut.

Selbstverliebt drehte und wendete sie sich vor dem Ankleidespiegel. Das Rauschen und Rascheln des Tafts erinnerte sie an sommerliche Lüfte, die durch Silberpappeln wehen. Das glatte, glänzende Gewebe schimmerte geheimnisvoll und hob die Falten und Drapierungen plastisch hervor. In Träumereien versunken, hörte sie nicht, wie die Tür aufging und der Graf das Zimmer betrat.

»Du kannst dir eines der Kleider aussuchen. Meine Schwestern tragen sie nicht mehr. Am Samstag gibt der junge Emslieb eine Maskerade auf Schloss Lichtenau. Ich will, dass du mich begleitest. Nimm eines der Karnevalskostüme von Beatrix – sie hatte etwa deine Figur.«

Missbilligend betrachtete der Graf ihre Haartracht.

»So kannst du nicht in Gesellschaft gehen. Geflochtenes Haar ist für Bauernweiber. Geh zur Baderin, sie soll dir das Haar färben und in Locken drehen.«

»Was, ich soll mein Haar färben und in Locken drehen – wer macht denn so etwas?«

»Die Hofdamen. Sie sind stolz auf das kaiserliche Luxuspatent, das es ihnen erlaubt, sich herausputzen zu dürfen.«

»Wie können sie in der Aufmachung ihrem Tagewerk nachgehen?«

»Tagewerk?«, lachte der Kuenburger. »Eine Prinzessin oder Comtesse arbeitet nicht.«

»Was machen sie dann den ganzen Tag?«

»Sie erhalten ihre Ausbildung.«

»Und wie sieht diese ... Ausbildung aus?«

»Am Vormittag kommt die Gouvernante und macht mit ihnen Konversation – Französisch oder Italienisch. Eine andere bringt ihnen die Etikette bei. Danach kommt der Musiklehrer und erteilt ihnen Unterricht am Cembalo oder auf der Flöte. Nach dem Mittagsmahl hüten sie eine Stunde das Bett oder machen einen Spaziergang im Lustgarten. Nach der Teestunde haben sie Reit- oder Tanzunterricht oder spielen mit ihren Freundinnen Pallamaglia.«

»Pallamaglia?«

»Man hat einen Schläger in der Art eines Holzhammers und muss versuchen, einen Ball aus Holz entlang der Bahn durch eiserne Reifen zu treiben. Wer die wenigsten Schläge benötigt, ist Sieger.«

Barbara blieb der Mund vor Staunen offen stehen.

»Die Glücklichen! Dann ist jeder Tag für sie Sonntag. Und was machen sie abends?«

»In den Abendstunden widmen sie sich der Lektüre oder sitzen am Stickrahmen, wenn sie nicht ihre Korrespondenz zu erledigen haben.«

»Sie haben doch sicherlich einen Verlobten, mit dem sie sich hin und wieder treffen ...«

»Wenn sie sich mit ihrem Verlobten treffen, dann in Gesellschaft, allenfalls zu einem Spaziergang im Park.«

»Dann können sie sich ja gar nicht lieben ...«

»Das Wort ›Liebe‹ kommt in der Ehefibel eines adeligen Fräuleins gewöhnlich nicht vor.«

»Und wenn die jungen Herren ihre Gelüste haben?«

»Dafür sind andere Weiber zuständig.«

Barbara blickte ihn argwöhnisch an. »Du meinst wohl Weibsbilder wie mich?«

»Entschuldige bitte«, sagte er mit einer verlegenen Handbewegung, »ich habe noch zu tun – es ist einiges liegen geblieben in letzter Zeit.«

Am nächsten Tag stand Barbara wieder vor der Haustür der Baderin. Sina erkundigte sich, ob ihre Mittel zufriedenstellend gewirkt hätten. Barbara erzählte, dass ihr von dem Bleiweiß so übel geworden sei, dass sie sich übergeben musste. Die Baderin konnte sich vor Lachen nicht halten. Sie habe ganz vergessen, ihr zu sagen, dass man die Deckfarbe nicht in den Mund nehmen dürfe.

»Auf ein Kostümfest will der Graf mit dir gehen? Da werde ich dich fein herausputzen.«

Sie betrachtete Barbara prüfend. »Setz dich, mein Kind. Zuerst die Augenbrauen. Ich werde sie zu einem dünnen Strich zupfen und mit einem schwarzen Stift nachziehen. Du wirst sehen, dein Gesicht wirkt offener.«

Die Baderin legte ihr ein mit kaltem Wasser gekühltes Kissen auf die Stirn und machte sich an die Arbeit.

»Nun zu deinem Haar. Man trägt das Haar jetzt hinten hochgesteckt, wie ein Bienenkorb, an den Seiten gekräuselt und bis auf die Schultern fallend. Die Farben der Saison sind Schwarz, Rot, Blau und Grauweiß. Ich würde Schwarz empfehlen. Das passt zu allem.«

Sie kam mit einem Tongefäß, in dem eine schwarze Brühe waberte.

»Was ist denn das?«, fragte Barbara ängstlich.

»Verweste Blutegel, eingelegt in Wein und Essig.«

Sie löste die goldblonden Flechten, deckte die Schultern mit einem Tuch ab und trug mit einer feinen Bürste den schwarzen Absud auf, bis auch die kleinste helle Strähne verschwunden war. Nachdem die Farbe getrocknet war, nahm sie einen Brennstab, den sie im Ofen erhitzt hatte, und drehte der Mode entsprechend Korkenzieherlocken in das Haar.

»Jetzt zu deinem Gesicht. In Frankreich und England tragen die Damen Gesichtsmasken, um das Sonnenlicht auf der Haut zu meiden. Die Italienerinnen benutzen Sonnenschirme. Die Farbe der Saison ist schwanenweiß. Ich werde eine Fettschminke anrühren. Die hält besser als Mehlpuder, und du bekommst sie leicht wieder ab.«

Sie schüttete Bleiweiß in einen Tiegel, träufelte geschmolzenen Lichttalg dazu und verrührte die Masse zu einem Brei, den sie mit einem hölzernen Spachtel auf Barbaras Gesicht auftrug. Mit feinen Pinseln setzte die Baderin ihr Verschönerungswerk fort. Zuletzt weitete sie die Pupillen, indem sie ihr einen Extrakt aus Tollkirsche in die Augen träufelte.

»Und jetzt zur Lippenschminke. Modefarben sind Ochsenblut und Koralle. Was soll ich nehmen?«

»Ochsenblut. Ich komme mir sowieso schon vor wie an die Schlachtbank geführt.«

Barbara erschrak, als sie sich im Spiegel erblickte.

»Ich sehe aus wie eine Leiche. Darf ich überhaupt noch lachen?«

»Ja. Aber nur hinter vorgehaltener Hand.«

Als Barbara im nachblauen, schulterfreien Seidenkleid in sein Zimmer rauschte, das rabenschwarze, mit roten Bändern verzierte Haar hochtoupiert, die Lider der geweiteten Augen schwarz umrandet und die Lippen im schwanenweißen Antlitz zu einem roten Kussmund geschminkt, fiel der Graf vor ihr auf die Knie. Ergriffen küsste er ihre Hand. »Du siehst bezaubernd aus! Die Mätresse Ludwig XIV. würde eifersüchtig werden, wenn sie dich sähe.«

Er griff in seine Rocktasche und überreichte ihr ein Samtkästchen. Ihre Hand zitterte, als sie die Schatulle öffnete: Ein Ring mit einem grünen Juwel, in Gold gefasst wie eine Krone, funkelte ihr entgegen.

»Was ist das für ein wunderschöner Stein?«

»Ein Smaragd.«

»War der Ring nicht sehr teuer?«

»Nicht so teuer wie du es für mich bist, Barbara. Ich liebe dich – willst du meine Frau werden?«

Die Stimme des Grafen dünkte ihr unsicher. Als ginge er das erste Mal im Winter über einen zugefrorenen See in der ständigen Angst, ob das Eis ihn tragen würde.

»Nicht wenige Mannsbilder machen Heiratsversprechen, um die Weiber rumzukriegen oder um sie sich warm zu halten ...«

»Ich meine es ehrlich – ich kann ohne dich nicht leben.«

»Wenn das so ist, könnt Ihr am nächsten Sonntag auf Fronleiten um meine Hand anhalten.«

»Wenn die Ernte eingebracht ist. Vorher komme ich hier nicht weg. Du musst verstehen, das Tagewerk geht vor.«

»Natürlich, ich verstehe, das Tagewerk geht vor«, erwiderte sie spitz. »Deshalb ist es besser, wenn wir uns eine Zeitlang nicht mehr sehen. Bis Euch wieder einfällt, wen Ihr vor Euch habt.«

Hoch erhobenen Kopfes drehte sie sich um und verließ das Zimmer.

Nach dem halbherzigen Antrag des Grafen Kuenburg hatte Barbara das starke Verlangen, Kilian zu sehen. Doch als sie am Sonntag in die Messe ging, blickte sie sich vergebens nach ihm um. Auf dem Kirchplatz fragte sie einen Holzknecht, was mit dem Unterwaldmeister sei. »Der Haslacher?«, grinste der Dautl. »Der ist letzte Woche versetzt worden. Nach Zell im Zillertal. Eine Bezoarkugel soll man bei ihm gefunden haben. In der Hofapotheke hat er sie gewiss nicht gekauft.«

Was der Holzknecht sagte, trieb Barbara die Zornesröte ins Gesicht. Der Neukirchner hatte ein übles Ränkespiel getrieben, um den Nebenbuhler loszuwerden.

Jetzt, wo Kilian nicht mehr da war, vermisste sie ihn.

6
Die unheimliche Herberge

Seit zwei Monaten hatte es im Oberland keinen Tropfen mehr geregnet. Die Zeit der Hochwetter, die in den Sommermonaten gewöhnlich für ergiebige Niederschläge sorgte, war noch nicht gekommen. Mensch und Tier litten unter der drückenden Hitze. Die Schwalben flogen hoch am Himmel, keine strich über die Wiesen. Kein Tau fiel in den schwülen Nächten. Das Gras auf den Wiesen dörrte gelb vor sich hin. Die Weideflächen waren hart wie Stein. Bei jedem Huftritt der Rinder stoben die Grassoden auf und hinterließen eine graue Staubwolke.

Hilflos musste Christoff mit ansehen, wie die Tiere immer magerer wurden. Die Kühe gaben so wenig Milch, dass die Sennerei den Tageszins von einem Handlaib Käse und einem halben Pfund Butterschmalz nicht mehr aufbringen konnte. Der Benkerbauer drohte mit dem Entzug der Schwaige. Er riet Christoff, das Laub von Esche und Ahorn zu brechen und damit das Vieh zu füttern. Der Jenner erwiderte, damit würden sie auf Fronleiten nicht einmal die Schweine füttern. Es stand schlimm um den Hof.

Eines Nachts lag Christoff längere Zeit wach. In der Kammer war eine stickige Hitze. Cecilia wälzte sich unruhig im Halbschlaf hin und her. Leise erhob er sich und ging vor die Tür. Über dem Gamskogel funkelten die Sterne wie glasklare Kristalle. Im Nordwesten aber, über dem Salzachgeier, schimmerte die Deichsel des Großen Wagen aus trübem Dunst. Auch hatte der zunehmende Mond, der tief im Westen stand, einen hellen Lichtkranz.

Christoff stützte sich auf die Brunnensäule der Tränke. Das Holzrohr fühlte sich kühl an, fast ein wenig nass. Er war ratlos. Kam die Feuchtigkeit aus dem Boden oder vom Himmel? Feldspitzmäuse huschten raschelnd um die Scheune. Sie schienen nicht zu wissen, wohin sie rennen sollten. Als ob sie fremd auf dem Hof wären. Darauf schritt er zur Gartenmauer. Hinter dem weißblühenden Holunderbusch, zwischen Steinbrech und Silberwurz, war ein großer Stein in die

Mauer eingefügt. Ein Basaltstein, glatt geschliffen in Jahrmillionen und blau gefärbt von Eisenoxyd und Phosphor aus Stallmist und Jauche. Man fand diese Steine auf den abgeernteten Feldern. Auch auf Fronleiten gab es einen solchen Stein. Sein Vater nannte ihn den Regenstein, weil er das Wetter ankündigte. Christoff befühlte seine Oberfläche. Sie war trocken. So wie seit Wochen. Er beugte sich nieder und hielt seine Stirn daran. Da war ihm, als spürte er ein Rieseln auf seinem Antlitz. Der Dunst, der Windhof, das Rohr, der Stein – das hatte etwas zu bedeuten. Das Wetter würde sich ändern. Kam endlich der lang ersehnte Regen? Die vielen Mäuse aber beunruhigten ihn. Sie waren die Vorboten von mehr als einem harmlosen Regenguss oder Gewitterschauer. Mäuse in solchen Scharen kündigten immer Unheil an.

Eine Woche vor der Sonnwende wuchsen Wolken über den Zillertaler Bergen. Mit scharfen Rändern und hoch wie Kochhauben. Im Mittagslicht leuchteten sie noch weiß. Später wurden sie finster und drohend. Auf Schildschwaig waren sie gerade bei der Heuernte. Cecilia und Berta zogen mit ihren Rechen die gemähten Zeilen zusammen. Christoff lud das Heu auf den Wagen und die Magd trat es mit den Füßen nieder. Unbarmherzig stach die Sonne. Die Bremsen und Mücken wurden aufdringlich. Windböen wirbelten durch die Heuzeilen und haschten nach den Kopftüchern der Frauen. Ein Fuder nach dem andern lud Christoff vor dem Stadeltor ab. Gemeinsam schöpften sie das Heu in die Scheune, bis die Dillen gefüllt waren. Und die Gesichter grau von Tennenstaub und zerriebenen Feldblumen. Nach der letzten Fuhre wurde der Boden gefegt. Rechen und Heugabeln hingen schon am Holzhaken, als es hinter den Gerlosspitzen bedrohlich zu grummeln anfing.

Das aufziehende Gewitter brachte Christoff nicht aus der Ruhe. Das Hochwetter war noch im Zillertal. Mindestens eine Stunde würde es dauern, bis es im Pinzgau angelangt war. Die unruhig gewordenen Rinder kamen allein von der Weide. Er öffnete ihnen den Stall und band sie an die Barrenringe. Cecilia und Berta hängten die Wäsche ab. Scherzworte wurden gewechselt. Jeder freute sich, dass es mit der Dürre bald ein Ende haben würde.

»Ich glaube, wir können uns den Waschzuber am Samstag sparen«,
lachte Berta.

Einmal bei einem Gewitterschauer hatte sich die Sennerin unter die
Regentraufe gestellt. Splitternackt.

Cecilia hatte sie missbilligend angesehen und gesagt:»Mich persönlich stört es nicht, dass du dein Bad im Freien nimmst. Aber ich
möchte nicht, dass mein Mann dich so sieht.«

Die Berta hatte frech gegrinst und geantwortet:»Mit den Augen
kann sich dein Mann vielleicht den Appetit holen. Für das Essen musst
du schon selbst sorgen.«

»Du hast gut reden, Berta. Bring erst mal ein Kind zur Welt. Dann
bleibt die Küche öfter mal kalt.«

Gegen Spätnachmittag, es war bereits stockdunkel, zuckte der erste
Blitz durch die Finsternis. Einen Augenblick lagen Berg und Tal im
grellen Licht. Kurz darauf krachte ein Donnerschlag und verhallte rol-
lend in den Bergen. Die ersten schweren Regentropfen fielen. Cecilia
trat vor die Tür und atmete tief die frische Luft ein. Es roch nach Erde.
Nach neuer Lebenskraft.

Das Unwetter brach herein, als ob die Hölle ihre neun Pforten geöffnet hätte. Blitze erhellten den pechschwarzen Himmel wie die
schwefelgelben Bäuche aufgescheuchter Ringelnattern. Hagelkörner,
groß wie Taubeneier, prasselten auf das Schindeldach. Regen und
Hagel ergossen sich in Kübeln über das ausgedörrte Land. Schauer
peitschten um das Gehöft, Sturmböen rissen an den Fensterläden und
Türangeln. Das Wasser suchte nach Wegen, aber der harte Boden
nahm nichts auf. Kein Tropfen versickerte. Die Berggipfel waren in
dunkle Wolken gehüllt, die sie mit weißen Hagelschauern überzogen.

Das Gewitter tobte die ganze Nacht und hinterließ eine Spur der Verwüstung. Gehöfte und Heuschupfen brannten. Ernten wurden vernichtet. Bäume umgestürzt. Die Wasser der Salzach stiegen unaufhörlich.

Am nächsten Morgen wollte es nicht hell werden. Eintönig rauschte
der Regen vom Himmel. Aus den Hohen Tauern schickten die Alteis-
bäche ihre Schmelzwasser zu Tal. Die Krimmler Ache führte Geröll
und Schutt von Felsabbrüchen und Steinlawinen aus dem Maurerkees

mit sich. Der Obersulzbach brachte das Alteis von der Türkischen Zeltstadt, den bizarren Eisgebilden in den Gletscherwelten des Großvenediger. Sein nicht minder ungezähmter Nachbar, der Untersulzbach, verwüstete Poch- und Waschwerk, Scheidstube und Schmiede des aufgelassenen Kupferbergwerks am Hochfeld und im Unterbach. Die Knappenstuben am Eingang des Erbstollens dagegen blieben verschont.

Schlimm traf es das Habachtal. Am Taleingang, beim Schönbachwald, kam es zu einem gewaltigen Bergrutsch. Haushoch stauten sich die Wildwasser des Gletscherbachs und wälzten sich in graubraunen Schlammfluten, vermischt mit Reisig, Nadeln und den Baumzapfen entwurzelter Tannen und Fichten, in Strudeln drehend und tosenden Stürzen zur Klause. Die rutschenden Erdmassen rissen mit sich, was sich ihnen in den Weg stellte. Buschwerk. Felsblöcke. Baumstämme. Wie ein vom Fleisch entblößter Knochen trat das Felsgerippe zutage. Der Gebirgsbach überflutete den Klausengasthof im Talgrund, umspülte die Grundmauern der ehemaligen Schmelzhütte am Wehr und riss das Mühlrad der Habachschmiede aus dem Wellbaum. Der Hollersbach toste und schäumte. Der Kratzenbergsee war übergelaufen. Die Flutwellen hatten talwärts mehrere Almhütten, Brücken und Stege fortgerissen. Auch der Karsee zwischen Elfer und Zwölfer war ausgebrochen und schwemmte dem Steinbachbauer Haus und Stall fort. Auf der Sonnseite ergriffen die Wasser des Mühlbachs das Ladholz der Herrenmühlsäge. Die aufgeschichteten Bretter und Balken trieben talabwärts, verhakten sich und bildeten Klausen. Mancher Bauernhof an den steilen Leiten versank unter Muren aus Geröll und Schlamm, die alles zerstörten und zudeckten, was seine Bewohner in mühseliger Arbeit dem Berg abgerungen hatten. Die Saumpfade und Steige an den Berglehnen waren immer wieder ausgesetzt und schnitten die Gehöfte von der Außenwelt ab.

Der Mensch wurde klein im Angesicht der Naturgewalten.

Christoff prüfte die Werchen an den Rändern der Ache. Noch hielten die hölzernen Uferschutzbauten. Am nächsten Morgen jedoch erstarrte er: Die Wassermassen, die er um sich herum erblickte, kamen nicht vom Himmel, sondern vom Fluss herüber. Die Salzach war aus ihrem Bett ausgebrochen und hatte die Auwiesen überschwemmt. Ein schwarzbrauner See breitete sich von der Schattseite bis zur Sonnseite aus. Der Fuhrweg war unter den Fluten verschwunden. Schmutzige übel riechende Wasser, Schlamm, Geröll und Treibholz mit sich führend, schwappten ihm entgegen. Wo das Flussbett war, trieben Bretter und Balken vorbei. Dazwischen schwamm Vieh und Hausgetier. Mit letzten Kräften hilflos rudernd. Oder aufgedunsen, die Augen glasig geöffnet. Ein Hasenstall, aus dem Todesschreie schrillten, verschwand gurgelnd in den Wogen. Schlangengewürm und Krötengezücht ergriffen in panischer Angst die Flucht aus Sumpf und Schilf. Das rettende Ufer zog sich mit jedem Viertelstundenschlag weiter vor den anschwellenden Fluten zurück. Wie das Ächzen und Stöhnen eines Siechen oder Sterbenden klang das Gurgeln der Wasserfluten.

Als Christoff triefend vor Nässe auf den Hof zurückkam, hatte Cecilia gerade Martin gewickelt und gefüttert. Jetzt krabbelte der Kleine zufrieden auf dem Boden in der Stube und schob ein hölzernes Pferdegespann auf Rädern über die Dielen. »Hü hott, hü hott«, quietschte er vor Freude. Atemlos betrat sein Vater die Stube.

»Es sieht schlimm aus – wir müssen sofort weg. Die Ache ist über die Ufer getreten. Die Auwiesen sind überschwemmt. Die Viehweiden auch. Bald werden die Fluten hier sein. Dann wird der Brunnen versanden. Ich hoffe, dass wir mit dem Wagen bis zur Straße kommen.«

Cecilia blickte ihn erschrocken an. Sie hatte von dem, was draußen geschah, nichts mitbekommen.

»Ich packe schon mal die Sachen. Geh und spann den Wagen an.«

Christoff eilte zu Berta. »Du kannst das Vieh aus dem Stall lassen und auf die Wiesen beim Unterweger treiben. Wenn wir gepackt haben, gehen wir nach Tantzlehen.«

Ein Wettlauf mit der Zeit begann. Christoff und Cecilia begannen Haus und Hof zu räumen.

Stube. Gaden. Schlafkammer. Küche. Machhütte. Scheune. Stall.

Alles aus der Scheune muss mit.

Sensen. Sicheln. Rechen. Heugabeln. Besen.

Aus dem Stall Mistgabeln. Schaufeln. Melkeimer.

Mit den Kälberstricken banden sie die Sachen auf dem Wagen fest.

Die Gerätschaften im Milchgaden.

Bottiche. Eimer. Schaff. Rahmspäne. Milchschüsseln. Seihen. Trichter. Rührkübel. Buttermodeln. Butterwaage.

Im Käsegaden das hölzerne Geschirr.

Käsereifen. Käsekessel. Käsebrett. Holzmesser. Schöpflöffel. Kellen.

Hinüber in die Machhütte.

Was ist mit der Werkbank?

Zu sperrig.

Das Werkzeug einpacken. Sägen. Schlägel. Hauen. Hacken. Hobel.

Bohrer. Stemmeisen. Wasserkratzen. Schnitzmesser. Schaber. Seile.

Schnüre. Ketten. Klammern. Nägel. Schrauben. Keile. Winkelmaß.

Die Dengelbank?

Bleibt hier.

Der Schlaghammer.

Zu schwer.

Hin zum Wagen.

Abladen.

Wieder zurück.

Hin und her.

Unzählige Male.

Die Küche.

Töpfe. Pfannen. Siebe. Krüge. Schüsseln. Teller. Trinkbecher. Esslöffel. Kochlöffel. Schöpfkellen. Nudelholz. Schnittbrett. Fleischmesser.

Was ist mit dem Waschzuber?

Nimmt zu viel Platz weg.

Nichts vergessen?

Die Schlafkammer.

Christoff, kannst du die Wäschetruhe und die Wiege mitnehmen?

Schneller. Die Wasser haben das Viehgatter erreicht.

Bettbezüge. Leintücher. Decken.

Bitte nur das Nötigste, Celia.

Unterwäsche. Strümpfe. Socken. Leibchen. Hosen. Röcke. Kleider.

Kittel. Schürzen. Jacken. Mäntel. Mützen. Hüte. Handschuhe. Holzschuhe. Stiefel.

Die Kindersachen von Martin?

Kommen mit.

Die Schmuckschatulle?

In der Wäschetruhe verstauen.

Die Schriftstücke. Pachtvertrag, Aufschreibbücher.

In einen Krug stecken und mit Wachs versiegeln.

In der Ecke. Spinnrad und Webrahmen. Passt noch.

Das Nähkästchen?

Kommt oben drauf.

Bibel. Rosenkranz. Marienbild. Krippenfiguren

Den gekreuzigten Heiland ließ Christoff hängen. Wer auf dem See Genezareth wandeln konnte, der würde in der Salzach nicht ertrinken.

Geschafft.

Sie schauten ein letztes Mal durch alle Räume, dann schlossen sie die Türen und Luken. Ein Haus, das man verlässt, kann man nicht offen stehen lassen. Auch wenn es leergeräumt ist.

Der vollbepackte Leiterwagen ächzte unter der Last, als würde er im nächsten Augenblick zusammenbrechen. Das Ross stand im Geschirr und scharrte ungeduldig mit den Hufen.

»Wir können fahren!«, drängte Christoff.

»Warte! Wir haben Martins Spielsachen vergessen«, erwiderte Cecilia. »Ich packe rasch alles ein.«

Christoff folgte ihr widerstrebend. »Dazu haben wir keine Zeit mehr. Die Sachen kann ich wiedermachen.«

Doch Cecilia war nicht von ihrem Vorhaben abzubringen. Die Spielsachen waren wahllos auf dem Boden verstreut. Sie nahmen eine Kiste und packten eilig ein, was sie finden konnten. Den Bauernhof mit den Tieren. Das hölzerne Pferdegespann. Die Bauklötze. Den Stoffhasen.

Zum Schluss schauten sie unter Tisch und Bank, ob sie nichts vergessen hatten. Nein, es war alles ausgeräumt. Als Letztes wollte Cecilia den Feldblumenstrauß im Herrgottswinkel mitnehmen. Den hatte ihr Christoff zum Einzug auf der Schwaige geschenkt. Doch als sie das Gebinde in die Hand nahm, fielen Blüten und Blätter ab. So dürr und trocken war der Strauß. Sie steckte ihn wieder an das Kruzifix.

Als Christoff mit der Spielkiste aus dem Haus trat, erstarrte er. Das Ross hatte sich aus dem Geschirr losgerissen und war davon gestürmt, jedoch in die falsche Richtung. Das Gatter hatte ihm den Weg an das rettende Ufer versperrt. Sie sahen das arme Tier mit erhobenem Kopf gegen die Fluten schwimmen, verzweifelt Halt unter den Hufen suchend und in hohen Tönen grauenhafte Todesschreie ausstoßend, als es die Salzach davontrug.

Die Wassergewalten hatten das Gehöft erreicht. Wie eine Insel lagen Haus und Hof inmitten eines schier unendlichen Sees. Sie hielten sich an den Händen und stiegen in die Fluten. Das kalte Wasser umspülte ihre Füße, dann Waden und Knie. Sie wussten nicht, wo sie hintraten. Der Boden war in der Schlammbrühe nicht mehr auszumachen. Jeder Schritt in dem aufgeweichten Gelände war ein Wagnis. Dennoch kamen sie gut voran. Bis das Wasser tiefer wurde. Hier musste der Entwässerungsgraben sein, fiel es Christoff ein. Drei, vier Schuh tief. In dem Augenblick, als er Cecilia zurufen wollte, sie solle vorsichtig sein, rutschte sie aus und glitt mit einem Schrei in den Graben. Verzweifelt versuchte sie, den Kleinen über Wasser zu halten.

»Nimm Martin!« schrie sie, bevor die Wellen über ihrem Kopf zusammenschlugen.

Mit einem Satz war Christoff bei ihr. Mit einer Hand das Kind auf der Schulter, mit der anderen Cecilia haltend, wateten sie vorsichtig weiter. Immer wieder glitten sie in Gräben oder Senken, stolperten über Geröll und Wurzeln, bis sie trockenen Boden unter den Füßen hatten. Keuchend vor Erschöpfung ließen sie sich auf einem Baumstamm nieder.

Die Sonne brach durch die Wolkendecke. Cecilia schloss die Augen.

»Weißt du, dass du Martin und mir das Leben gerettet hast?«

Christoff wischte sich die nassen Haarsträhnen aus der Stirn.

»Jeder hätte so gehandelt. Du hast mir auch das Leben gerettet …«

»Wie meinst du das?«

»Du hast mir gezeigt, wofür es sich zu leben lohnt.«

»Soll das etwa eine Liebeserklärung sein?«

»Schon möglich«, lächelte er und legte den Arm um ihre Schulter.

In der Ferne sahen sie Schildschwaig, umspült von den Fluten. Die

Sennhütte schien sich zu bewegen. Zitterte ein wenig, kippte zur Seite und drehte sich. Sie glaubten, ein mahlendes Geräusch zu vernehmen. Dann ein Ächzen. Die Hütte hatte sich von ihrem Fundament gelöst und schwamm davon. Der Leiterwagen war vom Wasser verschluckt. Beim Anblick der davontreibenden Spielzeugkiste brach Cecilia in Tränen aus. Sie wusste nicht, worüber sie mehr weinen sollte: dass Haus und Hof weg waren, oder die Aussichtslosigkeit, mit Christoff zusammenzuleben. Vielleicht war es Letzteres, worüber sie am meisten traurig war.

Zornig schleuderte Christoff einen Stein in die Fluten. »Das Glück hat sich gegen uns verschworen. Was wir anfangen, endet im Chaos.«

Cecilia lehnte den Kopf an seinen Nacken. »Alles im Leben hat seinen Sinn. Auf der Schwaige konnten wir beweisen, ob wir zusammenpassen. Die Schwaige war eine Prüfung.«

Christoff blickte sie zweifelnd an. »Mag sein. Wir haben vielleicht die Prüfung bestanden, aber wir wissen nicht, was wir anfangen sollen. Der einzige Weg, der uns übrig bleibt, ist der nach Fronleiten.«

»Nein. Ich möchte nach Hause«, sagte Cecilia bestimmt.

Doch der Weg nach Tantzlehen blieb ihnen verwehrt. Die Landstraße glich einem reißenden Fluss. Bis an die Mauern des Weyerhofs reichten die Fluten. So stiegen sie über Hohenbramberg zum Sonnberg nach Fronleiten. Als Elisabeth die beiden Unbehausten mit ihrem Kind an der Schwelle erblickte, durchnässt und frierend, wusste sie, wie es um die Schwaige stand. Wortlos ging sie in die Kammer und suchte nach Anziehsachen. Später erzählte ihnen die Fronleitnerin, auch sie hätten großen Kummer. »Georg hat vor kurzem den Hof verlassen. Er macht undurchsichtige Geschäfte. Barbara arbeitet seit Lichtmess auf Hochneukirchen. Seitdem ist sie eine andere geworden. Nun sind wir allein mit der Afra und dem Gilg.«

Christoff fand den Vater in der Machhütte. Der Alte stand am Amboss in der Werkstatt und dengelte eine Sense. Treffsicher zog er mit dem Hammer die Kante aus, um die Scharten aus der Klinge auszuarbeiten. Er hatte noch immer einen sauberen Schlag. Matthäus ahnte, was seinen Sohn bedrückte. Prüfend fuhr er mit dem Daumennagel über die Stahlklinge und stellte die Sense an die Wand.

»Du brauchst mir nichts zu erklären«, begann er mürrisch. »Wenn ihr wollt, könnt ihr erst einmal hierbleiben. Die Kinderstube steht euch frei. Seitdem Barbara aus dem Haus ist, kann Elisabeth gut jemand gebrauchen, der ihr zur Hand geht.« Der Fronleitner war noch nicht am Ende. Er holte tief Luft: »Den Hof kannst du dir an den Hut stecken. Den bekommst du erst, wenn du verheiratet bist. Sieh zu, dass du geordnete Verhältnisse schaffst. Was sollen die Leute denken: eine Jungbäuerin auf Fronleiten, die nicht im Brautwagen gekommen ist, und dazu mit einem Bankert am Rockzipfel. Nicht einmal übers Taufbecken wurde er gehalten.«

»Ist ein Kind mehr wert, nur weil ihm der Pfarrer den Grind nass gemacht hat? Was wir machen, weiß ich nicht. Aber eines weiß ich: Zu einem späteren Zeitpunkt werde ich den Hof nicht übernehmen. Von mir aus kannst du mit der Pflugschar auf dem Acker umfallen.«

»Auch wenn ich schon die Sechzig auf dem Buckel habe«, sagte der Alte mit bebender Stimme, »fühle ich mich noch nicht alt genug, um auf der Hausbank Kienspäne zu schnitzen oder meinen Leichladen zu hobeln.«

Er war einer vom alten Schlag. Herrschen und Teilen waren für ihn zwei paar Schuhe.

Nach dieser Aussprache verließen Christoff und Cecilia Fronleiten. Es war alles gesagt.

Vom Hörensagen kannte Christoff eine Herberge bei Hollersbach. Am nächsten Tag nahmen sie den Weg über die sonnseitigen Leiten nach Krammern. Mächtige, im Buschwerk liegende abgeschliffene Granitblöcke, von dünner Grasnarbe bewachsene Steinbänke und terrassenförmig aufgeworfene Schotterwälle, säumten den Gehsteig. Das Kind im Tragetuch auf dem Rücken, musste Cecilia immer wieder rasten. Sie war erschöpft und schlecht gelaunt.

»In welche Einöde führst du uns eigentlich?«

»Dahin, wo uns niemand vorschreibt, was wir zu tun und zu lassen haben«, erwiderte Christoff mürrisch.

»Wenn das alles ist, erwarte ich nicht viel.«

Sie behielt gern das letzte Wort.

In der von wenigen Gehöften, den Haiderlehen, besiedelten Gegend, wo kaum mehr als Gerste und Buchweizen auf den Feldern spross, befand sich eine Saumschänke. Das alte Einkehr- und Handelshaus, ein dreigeschossiges Holzgebäude, war für die Tiroler Händler, die über den Thurnpass kamen, eine beliebte Absteige nach beschwerlicher Reise.

Der Wirt, ein rotbärtiger Hüne, musterte die beiden abschätzig, als sie nach einem Quartier fragten.

»Die Fremdenzimmer sind alle belegt. Das einzige, was ich euch anbieten kann, ist eine Dachkammer. Hier könnt ihr vorläufig bleiben.«

»Bleiben möchten wir schon, aber bezahlen können wir nicht«, sagte Christoff.

»Mach dir darüber keine Gedanken. Einen kräftigen Burschen wie dich kann ich immer gebrauchen. Wenn es im Stall nichts zu tun gibt, kannst du die Stiefel putzen.«

Mit Wohlgefallen blieb sein Blick auf Cecilia haften.

»Und eine schöne Maid ist in der Schankstube allemal willkommen. Die Burgl wird dich morgen in die Arbeit einweisen.«

Den Kopf eingezogen, stapfte der Wirt die knarrende Stiege hinauf. Er schloss die Kammer auf. Im Licht der Dachluke tanzte der Staub. Spinnweben hingen im Gebälk. An die Wände hatte jemand mit Kreide seltsame Zeichen gekritzelt. Ein umgekehrtes Pentagramm. Und ein Henkelkreuz. Auf dem Waschtisch standen Krug und Schüssel. Eine Pritsche mit Strohsack war das Schlaflager.

»Liebeszauber besiegt Hexenzauber«, sagte Christoff und ritzte ein Herz an die Wand. Mit Initialen und Jahreszahl. Wie in dem Goldring, den er Cecilia geschenkt hatte.

Es war das Einzige, das sie anhatte, als er sie in seine Arme schloss.

Am folgenden Tag stand Cecilia hinter dem Schanktisch. Sie spülte. Zinnteller. Becher. Krüge. Die Burgl, eigentlich hieß sie Walburga, betrachtete bewundernd ihre schmalen Hände.

»So wie du aussiehst, wirst du nicht lange bleiben. In der Herberge der Hexen ist noch keiner alt geworden.«

»Wie meinst du das?«

Die Burgl blickte sich ängstlich um. »In eurer Kammer hausten einmal Hexen«, erzählte sie mit gedämpfter Stimme. »Der Tagelöhner Wolfgang Pluemb und sein Weib, die Anna Lanerin. Sie hatten eine verheiratete Tochter, die Luzia. Alle drei wurden bei lebendigem Leib auf dem Galgenrain verbrannt ...«

»Allmächtiger, erzähl!«, entfuhr es Cecilia.

Die Magd trocknete ein Glas ab und fuhr fort: »Die Luzia hat gesagt, dass sie mit einem Kraut Milchzauber gemacht hat. Beim Zaubern hat ihr der Teufel geholfen. Der Belzebub hat von ihr verlangt, neun Mal durch ihr Kammerfenster zu kommen, wenn ihr Mann nicht daheim war. Nach dem Geständnis hat das Gericht die Junge und die Alte in den Hexenturm werfen lassen. Damit der Teufel keine Macht mehr über sie ausüben konnte, hat man ihnen die Arme auf den Rücken gebunden und sie sechsmal am Seil hochgezogen.«

»Dass der Teufel dir in der Nacht nicht aufwartet, dafür sorge ich«, erwiderte Christoff lachend, als Cecilia ihm die Geschichte erzählte.

»Ich weiß nicht«, sagte sie ängstlich, »mir ist irgendwie unheimlich zumute.«

7
Die Nacht, als der Teufel kam

Er gab mir auch Ihren Brief vom 1.
März, und
ich freue mich über seinen Besuch und sein
Wissen, das er in einem gediegenen Vortrag
verriet, den er nach seinem Besuch der Salinen
von Hall und der Gruben von Schwaz hielt.
Nun erwarte ich auch, von den Smaragdgruben
zu hören, zu denen er sich begeben hat, um zu
sehen, was sich tun lässt.

Brief von Anna de' Medici an ihren Bruder
Ferdinand II. von Toskana, 16. Juni 1669

Es geschah in der Johannisnacht. Im ganzen Land wurden die Glocken geläutet. Die Anordnung hatte einst Erzbischof Paris Lodron getroffen, um die Macht der Hexen zu brechen. Das Geläut sollte nicht nur die Hexen abschrecken, sondern auch jene zur Besinnung rufen, die lasterhafte oder sündhafte Dinge im Sinn hatten. Denn in der Johannisnacht ereignen sich allerhand abergläubische und teuflische Dinge. In der Stunde vor Mitternacht blühen alle unterirdischen Schätze. Für den einen die Schätze der Habsucht, für den anderen die der Begierde.

Auf den Höhen loderten Sonnwendfeuer. Böller und Flintenschüsse krachten zwischen den Bergen. Von den Almen schallten die Jauchzer und Jodler der Burschen ins Tal. Die Jungdirnen, wie man die Bauerntöchter und Dienstmägde hieß, schlossen ängstlich ihre Kammern ab, damit der geschwänzte Teufel, in welcher Gestalt auch immer, ihnen nicht die Unschuld raube.

In der Gaststube der Herberge hatte sich an diesem Abend eine bunte Gesellschaft eingefunden. Tuchhändler aus dem Inntal, die Gespanne beladen mit der rauen Wolle des Steinschafs und wetterfestem Loden. Fuhrleute, die den Saumhandel über den Felbertauern betrieben, die Rösser und Maultiere mit Fuder Salz aus den Salinen von Hall beladen. Weinhändler, die von Windisch Matrei zurückkamen, mit Lageln aus den Keltereien im Friaul. Junge Burschen, meist Leinenweber, die Decken und Teppiche aus den Webereien in Defereggen oder Virgen bei sich hatten. Bauerndirnen, die über den Felbertauern gekommen waren und sich auf den Kornhöfen verdingten. Grattler, die ihren Handkarren mit Eisen- oder Töpferwaren beladen hatten. Hausierer aus dem Welschland, den Bauchladen bestückt mit Wunderelixieren, Pulvern und Salben. Und andere, die zu Fuß ein, zwei Fässchen Branntwein in der Kraxe über den Pass geschleppt hatten. Manche bei Nacht und Nebel in der Hoffnung, dass der Mautner sie nicht erwische.

Nicht nur Waren brachten diese Leute von ihren weiten Reisen mit. Auch Neuigkeiten aus der Fremde. Geschichten und Gerüchte, die sie bei einem Glas Lagreiner oder Weißterlaner gern zum Besten gaben. Wo sich ein Verdienst anbot. Oder wo sich ein guter Handel machen ließ. Wie sie den Wächter und Weinschreiber auf dem Thurnpass ausgetrickst hatten, um der Maut auf Wein und Branntwein zu entgehen. Und um welche Landstriche man einen Bogen machen musste, weil der Schwarze Tod, die Pest, seine furchtbare Geißel schwang.

Cecilia und Burgl standen hinter dem Tresen und kamen mit dem Ausschank von Bier und Wein kaum nach. Die Stimmung in der Gaststube stieg mit der Zahl der angeschriebenen Krüge. Ein Spielmann blies auf der Schwegel lustige Weisen, begleitet von einem Fiedler. Mit Getränken und Speisen beladen, bahnte sich Cecilia ihren Weg zwischen den Tischen hindurch. Wie es ihrer Art entsprach, schenkte sie den begehrlichen Blicken der Männer keine Beachtung. Anzügliche Bemerkungen quittierte sie schlagfertig, dass mehr als einer zu seinem Nachbarn sagte, mit der möchte er nicht verheiratet sein oder mit der gäbe es nicht viel zu lachen.

Die Stunde vor Mitternacht rückte heran, als ein Fremder, der allein in einer Ecke neben dem grün gekachelten Ofen saß, sie heranwinkte. Schon seit Längerem hatte sie bemerkt, dass seine Blicke sie unablässig verfolgten. Der Mann mochte in den angehenden Fünfzigern sein. Sein ergrautes Haar fiel ihm in Locken auf die Schultern.

Das feiste rote Gesicht glänzte wie eine Speckschwarte. Seine Kleidung entsprach dem Habitus eines reichen Handelsherrn. Das mit Goldborten verzierte Samtwams spannte sich über ein weißes Rüschenhemd mit Spitzenkragen. Ein breiter Ledergürtel mit silberner Schließe hielt seine gestreiften Pluderhosen. Die landsknechtartigen Stulpenstiefel reichten bis über die Knie. Ein federgeschmückter grüner Rubenshut lag neben ihm auf der Bank. Als Cecilia sich über den Tisch beugte und mit einem feuchten Lappen die von Branntwein und Bier verklebte Platte abwischte, fühlte sie, wie seine Augen auf ihren Ausschnitt starrten.

»Hat der Herr noch einen Wunsch?«, fragte sie ohne aufzusehen.

»Ja, einen, der nicht auf der Karte steht. Komm her, schöne Dirn!«

Gewaltsam zerrte der Fremde sie auf den Schoß, griff ihr ans Mieder und beugte sich über sie. Einen Augenblick war Cecilia wie gelähmt. Sie glaubte, ohnmächtig zu werden. Der Saal begann sich zu drehen. Immer schneller. Wie auf dem Karussell, das die neueste Attraktion auf der Kirchweih war. In weiter Ferne hörte sie Stimmen, Lachen und Musik. Sie sah sich in einem Spiegelkabinett, umgeben von widerlichen Fratzen, die sie mit Wollust und Begierde anstarrten. Spürte einen struppigen Bart an ihrer Wange. Und einen übel riechenden Mund, der sich auf ihre Lippen presste, dass es ihr fast den Atem raubte. Fühlte, wie sich eine grobe Hand in ihren Ausschnitt schob. Sie war so entsetzt, dass sie unfähig war, sich zu wehren.

»Eine Haut wie Samt und Seide hast du, schaumgeborene Aphrodite, und einen Busen wie die Venus von Urbino«, keuchte eine heisere Stimme. »Komm nach der Sperrstunde zu mir. Ich habe das Herrenzimmer im ersten Stock. Für deine Liebesdienste sollst du reichlich entlohnt werden. Wenn wir uns verstehen, nehme ich dich mit nach Innsbruck. Du wirst in einem Palast wohnen und die schönsten Kleider tragen, wirst mit Königen und Fürsten an reich gedeckten Tafeln speisen und wie eine Dame in einer zweispännigen Kalesche reisen. Na, was sagst du zu meinem Angebot?«

Das ist der Leibhaftige, der Teufel, dachte Cecilia, ich muss in der Hölle sein. Während der Handelsmann ihr in den schönsten Farben ausmalte, was sie alles erwarten würde, wenn sie seinem Begehren nachgäbe, spürte sie, wie eine Hand an ihre Brust fasste, und die andere ihren Kittel hochschob. Spürte, wie die Hand in ihr Unterbeinkleid kroch. Starr vor Angst und Entsetzen presste sie die Beine zusammen. Als sie die Hand zwischen ihren Schenkeln spürte, kam sie zur Besinnung.

»Lass mich los, du Dreckskerl!«

Mit einem Schrei befreite sie sich aus der Umarmung, zwängte sich zwischen den Tischen hindurch zur Tür und rannte aus der Gaststube. Hörte nicht das schadenfrohe Gelächter. Vernahm nicht den beißenden Spott. Spürte nicht die Hände, die sie begrapschten. Sie hörte noch, wie jemand dem Handelsherrn zurief: »Bei der hast du keinen Stich, Staudinger. Die hält sich für was Besseres.«

»Du bist halt nicht ihr Typ«, feixte ein anderer.

Christoff stand auf dem Hof im Schein der Laterne und schirrte gerade einen Kaltblüter ab. Als Cecilia schluchzend vor ihm stand, das Hemd von der Schulter herabhängend und mit zerzaustem Haar, wusste er, was die Stunde geschlagen hatte.

»Wer ist der Schuft?«

»Ein Handelsherr«, sagte sie mit tränenerstickter Stimme. »Er sitzt allein – in der Ecke neben dem Ofen.«

Christoff hob einen Hammer vom Boden auf, den der Hufschmied vergessen hatte. Er umklammerte ihn so fest, dass seine Knöchel weiß wurden. Doch dann besann er sich. Nein, er brauchte keine Mordwaffe, um mit dem Kerl abzurechnen. Er legte den Schlägel an seinen Platz. Mit festem Schritt betrat er die Gaststube.

Die Fäuste geballt, baute sich der Jenner groß und drohend vor dem Handelsherrn auf.

»Was hast du meinem Weib angetan?«

Der Kaufmann setzte seinen Bierkrug ab, wischte sich den Bart und starrte ihn mit glasigen Augen an. Dann griff er in seine Rocktasche und warf eine Münze auf den Tisch. Verächtlich grinsend sagte er mit schleppender Stimme: »Was willst du, Stallknecht! Man wird doch wohl ein wenig Spaß haben dürfen. Hier hast du einen Gulden. Überlass mir dein Weib für die Nacht. Sie soll auf meinem Besen reiten. Heute sind die Hexen los.«

Der Fremde lachte, dass ihm der Speichel aus dem Maul spritzte. Christoff wischte sich den Geifer aus dem Gesicht. Er betrachtete ihn voller Abscheu. Seine Stimme fuhr wie ein scharfes Schwert durch die Luft:»Du bist mir ein ehrbarer Kaufmann! Du glaubst wohl, dass du mit Geld alles kaufen kannst. Von Glück kannst du reden, dass du betrunken bist. Sonst würde ich dir jetzt die Zähne ausschlagen, dass du zum letzten Mal ein Stück Fleisch im Maul gehabt hast, vor allem jenes, das dir am liebsten ist.«

Bei den letzten Worten packte der Jenner den Kerl am Kragen und beförderte ihn an die frische Luft. Vom Kutschbock nahm er eine Peitsche, riss ihm das Hemd vom Leib und züchtigte ihn.

»Dies soll dir eine Lehre sein, die Weiber wie eine billige Kaufware zu behandeln.«

Dann nahm er den Zeter und Mordio schreienden Trunkenbold hoch und warf ihn in den Steintrog der Viehtränke, dass das Wasser bis an die Hauswand spritzte. Cecilia schaute zu, wie Christoff den Handelsherrn auspeitschte. Bei jedem Hieb, der auf seinen fettwanstigen Leib klatschte, spürte sie eine innere Genugtuung. Als Christoff den Heulenden hochnahm und in die Tränke warf, musste sie lachen. Das Lachen tat ihr gut. Anders als der unschuldige Stier hatte dieses Untier seine Strafe verdient. Seine gerechte Strafe aber, dessen war sie gewiss, würde der Lump dereinst von einem anderen Richter erhalten.

Prustend und schüttelnd stieg der Kaufmann aus dem Brunnentrog. »Das wird ein Nachspiel haben, Stallknecht!« Mit dieser Drohung verschwand er fluchend um die Ecke.

»Keinen Tag bleibe ich länger in dieser Kaschemme«, sagte Cecilia, als sie zurück in die Gaststube gingen. »Ich könnte sterben vor Scham. Sind wir Weiber denn Freiwild, nur weil wir nicht wie Klosterfrauen verschleiert sind?«

Mit fuchtelnden Händen und hochrotem Gesicht kam der Wirt auf den Hof gelaufen und hielt Christoff auf.

»Du Narr! Weißt du, wen du in die Viehtränke geworfen hast? Den Staudinger. Einen meiner Stammkunden. Ausgerechnet an dem hast du deinen Zorn ausgelassen. Der wird dir den Prozess machen, worauf du dich verlassen kannst!«

»Ich habe nur die Ehre meines Weibes verteidigt«, erwiderte Christoff seelenruhig. »Jeder kann bezeugen, was meiner Gefährtin Schändliches angetan wurde.«

»Du sprichst von Ehre?«, höhnte der Kramminger. »Was ist die Ehre einer Schankdirn wert! Deine Gesellin kann froh sein, dass ihr nichts Schlimmeres passiert ist. Morgen verschwindest du, bevor dich die Gerichtsdiener holen.«

Vielleicht hatte der Wirt nicht unrecht, überlegte Christoff. Morgen früh würden sie aufbrechen. Eine Sache aber musste er zuvor noch erledigen.

»Wie Diebesgesindel schleichen wir uns nicht davon«, sagte er zu Cecilia, die neben ihm stand. »Zuerst wollen wir den Zuschauern, oder besser gesagt den Wegschauern, zeigen, dass wir uns nicht einschüchtern lassen.«

Mit ruhigem Schritt, als ob nichts gewesen sei, betrat der Jenner die Gaststube und blickte sich um.

»Ist noch jemand da, der Lust hat, mit meinem Weib zu schäkern?«

Niemand wagte eine Bemerkung. Nicht einmal ein Räuspern war zu hören. Er nahm den Gulden des Kaufherrn und hob ihn hoch.

»Die Saalrunde kommt von einem großherzigen Spender, der sich für den netten Abend bedanken möchte. Der Herr lässt sich entschuldigen – er ist im Augenblick unpässlich.«

Dröhnendes Gelächter folgte seinen Worten.

Cecilia glaubte sich in einem anderen Wirtshaus. Die Gäste schienen wie ausgewechselt. Keiner wagte mehr eine anzügliche Bemerkung. Keiner gab ihr mehr einen Klaps auf den Hintern. Man machte ihr bereitwillig Platz, wenn sie sich zwischen den Tischen hindurchzwängte. Und manche Bestellungen wurden sogar von einem höflichen »bitte« begleitet.

Zwei Herren, die am Fenster saßen, baten Christoff, an ihrem Tisch Platz zu nehmen. Der größere der beiden, ein Mann Ende zwanzig, trug das graue Lodengewand der Jäger, jedoch mit dem Habitus eines Edelmannes. Der andere mochte einige Jahre älter sein, war jedoch, gemessen an ihm, von mittelgroßem Wuchs und schmächtiger Gestalt. Sein Antlitz, umrahmt von dunklen Locken, die ihm bis zu den Schultern reichten, zeichnete sich durch eine hohe Stirn, eine scharf geschnittene Nase und einen weichen Mund aus. Ein dünnes Bärtchen auf der Oberlippe verlieh dem Gesicht den Anschein von Männlichkeit. Am auffallendsten waren seine Augen. Sie schienen mit einem Blick alles zu sehen, was vor sich ging und noch mehr. Nach Art der Gelehrten trug er einen hochgeknöpften schwarzen Rock, der am Hals mit einem weißen Kragen abschloss. Die dünnen Beine steckten in schwarzen Kniehosen und ebensolchen Strümpfen. Auf der Bank neben ihm lagen ein breitkrempiger hoher Hut und ein schwarzer Überwurf nach italienischer Tracht. Mit leicht fremdländischem Akzent sagte er:»Niels Stensen, Medicus und Anatom aus Kopenhagen im Königreich Dänemark.« Und mit einer Handbewegung seinen Begleiter vorstellend:»Fortunat Freiherr von Hohenberg, Kämmerer und Antiquarius der Kunst- und Wunderkammer auf Schloss Ambras in der Grafschaft Tirol.«

»Die Freude ist ganz meinerseits. Wenn die Herren mit meiner Wenigkeit vorliebnehmen wollen: Christoff Jenner, studierter Masseur und Bademeister.«

»Ihr habt Witz und Humor«, lächelte der Gelehrte.»Wir waren Zeugen des Schauspiels, bei dem Ihr Mut und Ehrgefühl bewiesen habt.«

»Manche Herren glauben, sie können sich alles herausnehmen, wenn sie mit dem Geldbeutel klimpern.«

»Ja, das Geld regiert die Welt. Morgen werden wir zu einer Reise in das Heubachtal aufbrechen – eine rein wissenschaftliche Exkursion. Wir könnten einen ortskundigen Bergführer gebrauchen. Kennt Ihr die dortigen Smaragdgruben?«

»Vom Hörensagen kennt sie jeder, aber gesehen hat sie kaum einer. Das Heubachtal liegt auf der anderen Seite der Salzach, südwestlich von Bramberg, in den Hohen Tauern. Über Mühlbach sind es knapp drei Stunden zu Fuß. Das Habachtal, wie wir es im Pinzgau nennen, gehört zum Hofgejaid und …«

»Hofgejaid – was ist das?«, fragte der Gelehrte.

»So nennt man das hochfürstliche Steinwildrevier.«

»Ach, es gibt dort Steinböcke?«

»Ja. Aus diesem Grund ist das Habachtal für die Einheimischen gesperrt. Zutritt haben nur die Almhirten, Holzknechte und Wildhüter. Ich kam mehrere Male in die Gegend, wenn wir Hand- und Spanndienste für den Jagdherrn zu leisten hatten. Wenn Ihr wollt, führe ich Euch auf die Edelsteingrube. Allerdings ist der Weg kein Lustwandeln. Das Gelände ist schwierig und voller Gefahren ...« Er hielt einen Augenblick inne und musterte den Gelehrten prüfend. »Wie kommt es, dass sich ein dänischer Medicus für die Smaragdgruben interessiert?«

»Seine Durchlaucht Großherzog Ferdinand II. von Toskana, dessen Leibarzt zu sein ich mich rühmen darf, ist ein warmherziger Förderer meiner geognostischen Forschungen. Er empfahl mich seiner Schwester Anna de' Medici in Innsbruck, die mich beauftragt hat, die Smaragdgruben zu erkunden, um zu sehen, was sich tun lässt. Nun bin ich auf der Suche nach dem kostbarsten und seltensten aller Edelsteine, dem Silex Smaragdus, wie er in der Fachliteratur genannt wird.«

Der Gelehrte sprach schnell und lebhaft. Er pflegte seine Worte mit der rechten Hand zu untermalen, an der er, wie Christoff bemerkte, einen Siegelring mit dem Herz-Kreuz-Motiv trug. Er fuhr fort: »Bedauerlicherweise konnte mir Ihre Hoheit weder etwas über die Lage der Gruben noch über die Besitzverhältnisse und Abbautätigkeiten sagen. Sie meinte nur, ich solle mich im Pinzgau nach dem Heubachtal erkundigen. Signore Magliabechi, ein Goldschmied, dem die Aufsicht über die Bibliotheken der Medici in Florenz obliegt, vertritt die Ansicht, die Smaragdgruben im Tauerngebirge seien der einzige Fundort dieser Edelsteine in Europa.«

Der Doktor zog einen Samtbeutel aus seinem Rock und ließ einen ungeschliffenen Smaragd auf den Tisch rollen.

»Man erkennt sehr schön die sechseckige Kristallstruktur. Seht selbst ...«

Christoff nahm den Edelstein und hielt ihn gegen das Kerzenlicht. Er spürte, wie der Smaragd einen geheimnisvollen Zauber auf ihn ausübte. Als besäße der Stein eine innere Strahlkraft, die ihn mit magischer Gewalt anzog. Wie eine hübsche Dirn im richtigen Alter, die man auf der Gasse sieht. Erstaunt bleibt man stehen. Die möchte ich kennenlernen, denkt man. Kaum hat man sich nach ihr umgedreht, ist sie um die Ecke verschwunden. Das Bild jedoch geht einem nicht mehr aus dem Sinn.

»Woher kommt dieser Karfunkelstein?«, fragte Christoff mit heiserer Stimme.

»Aus der Neuen Welt, genauer gesagt aus dem Vizekönigreich Peru. Der Stein ist ein Geschenk Seiner Durchlaucht für meine Sammlung.«

»Ist der Stein schwarz, oder täusche ich mich?«

»Bei Kerzenlicht erscheint der Smaragd schwarz. Im Sonnenlicht funkelt er jedoch in einem tiefen Grün, ähnlich der Farbe des Meeres an südlichen Gestaden.«

»Eine schöne Smaragdstufe befindet sich auf Schloss Ambras«, ergriff sein Begleiter das Wort. »Sie wurde von meinem Ururgroßvater Erzherzog Ferdinand II., dem Begründer der Kunst- und Wunderkammer, gegen Ende des vorigen Jahrhunderts von den Spaniern erworben. Inzwischen birgt die Wunderkammer keine Wunder mehr. Bergkristall, Rauchquarz oder Amethyst, wie sie im Naturalienkabinett gezeigt werden, hat heutzutage jeder Mineraliensammler in seinem Felleisen. Das Publikum von heute erwartet Überraschungen. Etwas, das Staunen hervorruft. Das ist der Grund, weshalb ich den Doktor in das Habachtal begleite.«

»Unsere Aufgabe wird es sein«, sagte Stensen, wobei er die Steine in seinem Beutel verstaute, »die Smaragdgruben ausfindig zu machen, die Lagerstätte nach geognostischen Gesichtspunkten zu untersuchen und Gesteinsproben für mineralogische Studien mitzunehmen. Kurzum alles, was zu den üblichen Aufschlussarbeiten gehört. Vermutlich handelt es sich nicht um Freischürfe, sondern um gesetzeswidrige Einbaue heimischer Edelsteinsucher. Im Verzeichnis der österreichischen Berg- und Hüttenämter ist die Grube nicht aufgeführt.«

Christoff konnte keinen klaren Gedanken fassen. Die Worte des Naturforschers zogen ihn in ihren Bann.

»Wann fahren wir?«, stieß er mit heiserer Stimme hervor.

»Morgen früh bei Tagesanbruch. Ich werde Euch wecken.«

Cecilia war bereits zu Bett gegangen. Sie wollte an etwas Schönes denken. So wie sie es meistens vor dem Einschlafen machte. Die Maiandacht, die sie als Kinder vor dem Zubettgehen hielten, kam ihr in den Sinn. Eine Kiste, mit einem weißen Tuch ausgeschlagen, war der Marienaltar. Darauf standen das Bildnis der Muttergottes, eine Blumenvase und zwei Kerzenlichter, wie sie auf einem Geburtstagskuchen stecken. Im Nachthemd knieten sie vor dem Altar und sangen mit voller Inbrunst »Maria breit den Mantel aus, mach Schirm und Schild für uns daraus«. Oder wie sie am Samstagnachmittag im hölzernen Waschzuber saß, bis zu den Schultern im Seifenschaum, wenn die Gundl ihr den Rücken wusch. So ein Bad könnte sich jetzt gebrauchen, um den unsichtbaren Schmutz, der an ihr klebte, abzuwaschen.

Ihre beschaulichen Gedankenspaziergänge wurden jäh unterbrochen, als Christoff in die Kammer trat. Mit glänzenden Augen berichtete er von der Begegnung mit dem dänischen Gelehrten. Sie setzte sich auf, die Knie ans Kinn gezogen. Wie kam es, überlegte sie, dass er entgegen seiner Art von Dingen erzählte, die ihn früher nie interessiert hatten? Was hatte das Steckenpferd eines Gelehrten mit ihm zu tun? Sie wollte nicht einsehen, dass er sie nach den schrecklichen Ereignissen allein ließ.

»Nach allem, was geschehen ist, brauche ich dich jetzt mehr denn je. Was willst du mit einem Gelehrten, der jeden Stein drei Mal umdreht, aber nichts Gescheites daraus machen kann?«

»Warum ereiferst du dich? Ich begleite den Doktor als Bergführer. In ein paar Tagen bin ich wieder zurück, um ein paar Gulden reicher. Vielleicht finde ich einen Smaragd – dann sollst du ihn bekommen.«

Sie sah ihn abschätzig an. »Was soll ich mit einem Smaragd? Hast du dir einmal überlegt, wo wir hausen und wovon wir leben sollen? Nein, darüber denkst du nicht nach.«

Er blickte düster vor sich hin. Die Weiber waren doch alle gleich. Es zählten für sie nur die habhaften Dinge.

Cecilia überlegte einen Augenblick. Dann hellte sich ihr Gesicht auf. »Warum kommst du nicht mit nach Tantzlehen? Der Veit verlässt uns im nächsten Jahr. Er will heiraten und eine Hofstelle bewirtschaften. Du könntest seinen Platz als Bauknecht einnehmen. Sogar die Kirchenbuße würde ich auf mich nehmen, damit wir unter einem Dach leben können.«

»Ohne mich!«, erwiderte Christoff verächtlich. »Ich krieche nicht zu Kreuz für einen Trausegen. Noch weniger gehe ich durch den Seiteneingang in die Kirche, um ihn zu empfangen.«

»Ohne den Segen würden uns meine Eltern niemals auf Tantzlehen dulden.«

»Nach Tantzlehen bringen mich ohnehin keine zehn Pferde. Nichts weiter als ein Knecht wäre ich bei euch. Nein, mein eigener Herr will ich sein. Auf eigenem Grund und Boden.«

Cecilia ließ sich nicht beirren. »Von Träumen kann ich nicht leben. Bevor ich nach Tantzlehen gehe, möchte ich endlich wissen, wie du dir unsere Zukunft vorstellst.«

»Kommt Zeit, kommt Rat.«

»Eine bessere Antwort hast du nicht?«

Christoff schwieg. Er hatte keine Ziele und keine Vorhaben. Seine Vorstellungen waren verschwommen wie eine Landschaft im Nebel. Aber diese Dinge behielt er für sich. Er wollte Cecilia nicht wehtun. Sie würde ihn nicht verstehen. Weil seine Sehnsüchte, wie er glaubte, nichts mit ihr zu tun hatten.

Sie liebten sich ein letztes Mal. Mit Leidenschaft und Zärtlichkeit. Auf silbernen Schwingen flogen sie durch das Universum. Umkreisten sich wie Venus und Mars auf ihren Planetenbahnen, in Opposition und Konjunktion, nach den ewigen Gesetzen der Natur. Und verglühten am Himmel wie Meteore. Das Morgengrauen löschte die funkelnde Lichterkette der Milchstraße aus. Sie mussten lächeln. Neben ihnen schlief Martin in der Wiege, ruhig und und friedlich.

Das gleichmäßige Atmen ihres Kindes bescherte ihnen einen tiefen traumlosen Schlaf.

8
Jagdgesellschaft

Wenn eine Person durch Zauberei Schaden anrichtet,
ist dieselbe in Gefängnishaft zu nehmen, ihr Haus und
Wohnung zu durchsuchen, ob sie nicht verdächtige
zauberische Sachen bei sich trägt wie unbewährte
Salben, schädliche Pulver, Häfen mit Ungeziefer,
Menschenbeiner, mit Nadeln durchstochene Bilder,
Christallen, Wahrsagspiegel, Bündnisbriefe von bösen
Feinden, Zauberkunstbüchlein und dergleichen.

Von der Zauberey, Art. 60, Leopoldina 1675

In aller Herrgottsfrühe brach die Reisegesellschaft auf. Vor dem Gasthaus wartete der Kutscher mit dem offenen Zweispänner des Doktors. Christoff und Cecilia nahmen gegen die Fahrtrichtung Platz. Neben sich hatten sie das weidengeflochtene Tragebett, in dem ihr Sohn lag. Martin war wach und spielte, ab und zu vergnügte Laute ausstoßend, mit seinen Ringen und Rasseln, die an dem Bügel über ihm hingen.

»Fortunat von Hohenberg«, stellte sich der Kämmerer mit leichter Verbeugung vor, bevor er Cecilia gegenüber Platz nahm. »Seid Ihr nicht die Schankdirn, der gestern Abend so übel mitgespielt wurde?«

Cecilia blickte zur Seite und schwieg. Es war ihr peinlich, einem Zeugen dieses schändlichen Geschehens gegenüber zu sitzen.

»Cecilia – meine Gefährtin«, sagte Christoff gelangweilt.

Sie funkelte ihn böse an. »Erstens hättest du mich etwas früher vorstellen können. Und vielleicht auch mit meinem Familiennamen, wie sich das gehört. Und zweitens hättest du wenigstens ›mein Weib‹ sagen können, auch wenn wir nicht verheiratet sind. Gefährtin – wie sich das anhört! Wie eine Reisebegleitung – wenn es wenigstens so wäre.«

Dann wandte sie sich an ihr Gegenüber. »Cecilia Ronacherin, hochedler Herr. Ihr könnt mich ruhig duzen, ich bin nur eine Bauerndirn.«

»Mit Euch werde ich eine Ausnahme machen, Frau Ronacherin«, sagte der Freiherr, wobei er Cecilia galant die Hand küsste. »In solch reizender Gesellschaft zu reisen, ist mir ein ganz besonderes Vergnügen.«

Cecilia errötete. »Eine Frau bin ich nicht. Eine Bauerndirn wird ein Bauernweib. Da müsste ich schon einen Adeligen oder einen reichen Kaufherrn heiraten.«

»Eure Schönheit adelt Euch genug«, sagte Fortunat, als er neben dem Doktor Platz nahm.

»Ihr seid ein Schmeichler! Mit meinem Haar und den Lumpen am Leib sehe ich eher aus wie eine Abgehauste.«

»Ist es hierzulande Mode, dass man das Haar kurz trägt?«, fragte der Kämmerer höflich.

»Nein, Euer Hochwohlgeboren. Mein Haar wurde mir abgeschnitten. Unser Kind wurde unehelich geboren …«

»Oh, ich verstehe. Die Kirche. Tröstet Euch, das kommt in den besten Familien vor. Die Leidtragenden sind die Kinder, die verheimlicht werden und bei Pflegemüttern oder im Heim aufwachsen.«

Düster blickte Christoff in die Ferne. Nein, auf diesen aufgeblasenen Hanswurst konnte er nicht eifersüchtig sein. Andererseits, überlegte er, musste Cecilia auf Fremde nicht wie ein Stück Freiwild wirken? Jeder, der sie sah, wusste sofort, was für eine sie war.

Als der Kutscher die Zügel anhob und der Wagen sich in Bewegung setzte, erschien der Wirt in der Tür. Höhnisch grinsend rief er ihnen nach: »Passt auf, dass ihr auf eurer Reise nicht den Berggeistern begegnet. Mit denen wirst du nicht so leicht fertig, Jenner.«

»Sieh zu, Kramminger«, konterte Christoff, »dass du mit den Teufeln in deinem Wirtshaus fertig wirst. Die sitzen nicht nur im Branntwein, den du ausschenkst …«

Die Rösser brachten den Reisewagen rasch seinem Ziel näher. Auf der Landstraße entlang der Salzach fielen die Pferde in leichten Trab. Als sie sich der Siedlung Dorf näherten, bemerkten sie eine Veränderung der Umwelt. Auf den Feldern wuchs das Getreide spärlich und ungleichmäßig. Die Wiesen glichen Brachland. Dünne harte Seggen ragten gelblich aus nacktem Boden. Unkraut wucherte auf kahlen sandigen Flächen. Nicht minder traurig war der Anblick des Viehstands. Magere Ziegen und Schafe rupften die wenigen Kräuter. Den Milchkühen standen die Knochen im Kreuz ab, das Hungerloch darunter groß wie ein Waschbecken. Die Euter hingen abgezehrt und schlaff herab. Der Doktor schüttelte verwundert den Kopf.

»Was ist hier passiert? So unfruchtbar können die Böden in den Schwemmgebieten der Flusslandschaft doch nicht sein, dass kein Halm wächst.«

»Ursache ist der Kupferhandel zu Mühlbach«, antwortete Christoff. »Der Schwefelrauch, der bei der Verhüttung der Kupfererze entsteht, richtet schwere Flur- und Waldschäden an. Seitdem die Schmelzhütte von Wenns nach Mühlbach-Kronau verlegt wurde, beschweren sich die Bauern immer wieder. Sie verlangen, das Erzrösten zwischen Ruperti und Michaeli einzustellen. Der Bergverweser lehnte die Eingabe ab. Die Maßnahme hätte den Stillstand der Röste von März bis September bedeutet. Bei dem Rauchschadenprozess kam es zu einem Vergleich. Danach kann die Kupferschmelze das ganze Jahr in Betrieb sein. Der Steinrost aber darf sechs Wochen lang zwischen Aussaat und Getreideblüte nicht angezündet werden. Darüber hinaus wurden Hofkammer und Gewerkschaft verpflichtet, pro Hof eine Entschädigung von sechzig Gulden im Jahr zu zahlen. Den Gestank der Arsenik- und Schwefeldünste riecht man bei Südwind sogar droben am Sonnberg. Selbst bei schönem Wetter ist der Himmel oft diesig. Schlimmer ist es bei Nebel, wenn die Rauchschwaden nicht abziehen. Dann ist die Luft gelb wie der Pesthauch des Teufels.«

Der Doktor sog die Luft ein und verzog die Nase. »Auch die Erzeugung von Kupfervitriol fügt der Vegetation schweren Schaden zu. In Florenz sah ich Gärtner damit die Kieswege besprühen; sie benutzen die Lauge zur Unkrautvertilgung. Die Feuerwerksraketen hätten ihre blaue und grüne Farbe nicht ohne dieses Teufelszeug. Manche Ärzte nehmen es als Brechmittel bei Vergiftungen.«

»Vor Jahren schon mussten die Hausbrunnen mehrerer Höfe in der Nähe der Vitriolsiederei geschlossen werden, nachdem sich Kinder vergiftet hatten«, ergänzte Christoff. »Das Grundwasser im Umkreis einer Meile ist heute noch blau. Die Bauern müssen ihr Trinkwasser von den fließenden Gewässern ableiten, darauf hoffend, dass es nicht durch Stallmist oder Weidevieh verschmutzt ist.«

Nachdem sie den Weiler Dorf hinter sich gelassen hatten, überquerten sie die Brücke bei Mühlbach. Versonnen betrachtete Christoff die vereinzelten Gehöfte jenseits der Salzach.

»Erinnerst du dich noch an die Wennser Mühle? Wie du erschrakst, als sich das Räderwerk in Bewegung setzte, und wir in den Wald rannten, bis wir merkten, dass wir nichts anhatten.«

Cecilia verzog den Mund zu einem gequälten Lächeln und schwieg. Christoff wollte sie loswerden. Sitzen lassen. Sie verstand die Männer nicht.

Rechterhand tauchte der Sonnberg auf. Winzigklein erschien Christoff das Gut Fronleiten droben am Waldrand, mit seinen Wiesen und Feldern, schmal wie ein Handtuch und steil wie ein Hausdach. Was Vater und Mutter gerade machten? Er glaubte, eine Gestalt zu sehen. Das musste der Gilg sein. Er baute die Hifler für das Heu. In diesem Jahr waren sie spät dran mit der Mahd.

Der Wagen rasselte durch die Gassen von Bramberg. Die Glocken läuteten zur Frühmesse. Ältere Weiber, in schwarze Kopftücher gehüllt, eilten zur Kirche. Mit dem Brevier in der Hand kam Pfarrherr Ägidius Bannholzer mit würdevollen Schritten vom Widenhof. Besorgt schüttelte er den Kopf, als er Cecilia in Begleitung des Jenner und zweier Fremder sah. Als dächte er, an der ist Hopfen und Malz verloren.

Hinter dem Dorfbach erhob sich das Tantzlehengut, behäbig und strahlend im Licht der Morgensonne. Der Wagen hielt vor der Tür. Cecilia schlang die Arme um Christoff und drückte ihn an sich.

»Ich weiß nicht warum, aber ich habe ein merkwürdiges Gefühl – wie bei einem Abschied für lange Zeit.«

»Das kommt, weil wir uns so nahe sind. Da erscheinen drei Tage wie eine Ewigkeit.«

Sie bemühte sich, fröhlich zu sein. Doch es wollte ihr nicht gelingen.

»Pass auf dich auf, mein Liebster. Ich werde immer an dich denken, was auch kommen mag …«

Ihre Gesichtszüge verzogen sich schmerzhaft. Sie drehte sich rasch um und ging ins Haus.

In der Ferne glühte der siebenstöckige Weyerturm mit dem hölzernen Wehrgang in der Morgensonne. Die unterhalb liegende Wirtstaverne war von Baugerüsten umstellt.

»Das ist der Weyerhof«, erklärte Christoff. »Ein Herrensitz mit Meierei und Gastwirtschaft. Das Erbrecht wurde im Mittelalter mit der Bedingung vergeben, dass der Eigentümer dem Bischof von Chiemsee, wenn er auf die Jagd geht, ein Zimmer freihält und zwei bis drei Tage lang mit Bettwäsche, Licht, Heu und Brennholz versorgt. Früher hatte der Lehensherr im Weyerturm eine Wohnung, jetzt logiert er in der Wirtstaverne.«

»Und wem gehört der Weyerhof?«

»Dem Senninger. Durch Einheirat hat er die Wirtstaverne zum bestgeführten Gasthaus im Oberpinzgau gemacht. Seine Frau, die Maria Gratlin, ist die Witwe des früheren Besitzers Ambros Liebenberger.«

»Welchen Geschäften geht dieser ehrenwerte Mann nach?«, fragte der Doktor.

»Er ist Gastwirt, Saumhändler und Bierbrauer – ein Geschäftsmann durch und durch. Vor allem das Bier hat wesentlich zu seiner Beliebtheit beigetragen. Vor eineinhalb Jahrzehnten hat er in Bramberg eine Bierbrauerei gegründet. Den Bräuhof Senninger. Wir sind soeben daran vorbeigefahren. Er hat erkannt, dass die Durchreisenden und Einheimischen selten einen Trunk Wein nehmen, weil ihnen das Geld dafür fehlt. Sie verlangen meistens nach Bier. In Mittersill aber ist häufig kein Bier zu bekommen, weil es kaum Keller gibt und sie nicht auf Vorrat sieden können. Die Häuser haben keine Keller, da der Markt alle paar Jahre von der Salzach überschwemmt wird. So haben sie den Senninger gebeten, eine Bierbrauerei aufzumachen – der Pfleger, der Pfarrherr, der Kupferhandel zu Mühlbach, der Vikar in Neukirchen. Nur die Mittersiller waren dagegen.«

»Was sollten die Mittersiller gegen ein gutes Bier haben?«

»Sie fürchteten um ihre Marktprivilegien, nach denen nur ortsansässige Bürger ein Gewerbe ausüben dürfen. Der Pfleger hat schließlich dafür gesorgt, dass der Senninger die Konzession zum Bierbrauen erhielt. Das Bramberger Bier hatte bald einen so guten Ruf, dass es auch die Zeller und Taxenbacher haben wollten. Um dafür die Bewilligung zu bekommen, hat sich der Senninger im vergangenen Jahr in die Zeller Bürgerschaft eingekauft. Zuvor hat er Grundbesitz erworben und den Bürgereid geleistet. Als Marktbürger von Zell am See können sie ihm nichts mehr anhaben. Er kann jetzt überall sein Bier verkaufen.«

»Ein wahrhaft umtriebiger Mann, dieser Senninger. Halb Bramberg scheint ihm zu gehören.«

»In der Tat. Neben dem Weyerhof und dem Braugasthof besitzt er unzählige Lehen. Darüber hinaus betreibt er den Saumhandel über den Krimmler Tauern. Mit seinen Rössern holt er Wein aus dem Tiroler Unterland und liefert im Gegenzug Salz aus Hallein. Ob Bier, Wein oder Salz, alles, was er anfasst, wird zu Gold. Er ist der ungekrönte König des Oberpinzgaus.«

Beim Weyerhof verließen sie die Straße und bogen zur Salzach ab. Bevor sie die Achenbrücke überquerten, erblickte Christoff das Gut Schildschwaig. Schotter, Schlamm und Treibholz bedeckten die Weidegründe. In den binsenumwucherten Lacken schwammen Wildenten. Von dem Sennhof war nichts mehr zu sehen. Vereinzelte Zaunpfähle ragten aus den morastigen Wiesen wie bleiche Gerippe.

»Rechts liegt Schildschwaig. Ein Jahr lang haben wir den Hof bewirtschaftet. Das Hochwasser hat uns alles genommen. Unser ganzes Hab und Gut ging verloren.«

»Grämt euch nicht, Jenner. Auch ich habe in meinem Leben einiges verloren. Von meinem dritten bis zum sechsten Lebensjahr litt ich an einer schweren Krankheit. Mit den anderen Kindern durfte ich nicht spielen. Im Alter von sieben Jahren verlor ich meinen Vater. Zehn Jahre später erlebte ich in Kopenhagen die Pest. Ich verlor ein Drittel meiner Mitschüler, darunter viele Freunde. An einem einzigen Tag hatte die Schule sechzig Begräbnisse zu besorgen ...«

Nachdem sie die hölzerne Brücke über die Salzach überquert hatten, versank der Feldweg in den feuchten Schwemmgebieten der Achen. Die Speichenräder wirbelten bis zur Achse durch das Wasser.

Mühsam kämpften sich die Pferde ans andere Ufer. An den Häusern der Siedlung waren überall noch Spuren der Verwüstung zu sehen. Abgebröckelter Verputz. Versandete Hausgärten. Weggerissene Holzzäune. Der Habachschmied war mit mehreren Leuten damit beschäftigt, den Wellbaum seines Mühlrads wieder zu verankern.

Bald darauf erreichten sie das Habachtal, eingeschnitten zwischen steilen Felswänden und dunklen Fichtenwäldern. Der Gebirgsbach schäumte gletschergrün über ein Stauwehr. Nicht weit davon befand sich das Gasthaus zur Klause. Hier machten sie halt. Auf dem Anger standen verfallene Gebäude, die der Gelehrte mit Interesse betrachtete. »Das ehemalige Hüttenwerk«, erklärte Christoff. »Vor Zeiten wurden hier Silbererze und Bleiglanz vom Gamseck und dem Reintal geröstet. Ab hier müssen wir zu Fuß gehen.«

Stensen wies den Kutscher an, das Gepäck abzuladen und die Pferde abzuschirren. Sie bepackten das Maultier, das ihnen der Wirt zur Verfügung stellte.

»Stützpunkt unserer Exkursion ist das landesfürstliche Jagdhaus«, sagte der Doktor. »Es soll, wie mir Ihre Hoheit sagte, nicht allzu weit entfernt sein. Sie gab mir den Schlüssel mit für den Fall, dass die Hütte zugesperrt ist. Der Erzherzog war dort öfter zur Jagd.«

»Das Jagdhaus befindet sich auf der Mahdalm«, ergänzte Christoff. »Falls keine größeren Hindernisse den Weg versperren, werden wir es in drei bis vier Stunden erreichen.«

Ein Waldhüter, der sie darauf aufmerksam machte, dass der Weg ins Habachtal für Unbefugte gesperrt sei, ließ sie bereitwillig passieren, nachdem Stensen ihm das Akkreditiv der Erzherzogin gezeigt hatte, das ihn als Geognost und Mineraloge in offizieller Mission auswies.

Wild schäumend und grünlich weiß toste der Gletscherbach durch die Schlucht, flankiert von steil aufragenden Felswänden. Der Sonne gelang es nur selten, einen Strahl durch die hohen Tannen zu schicken. Schmutzig braune, von Nadeln und Baumzapfen bedeckte Schneefelder, Reste von Lawinen, säumten bisweilen das Ufer, scharfkantig an den gierig leckenden Wassern abbrechend.

Am Wegesrand erinnerte ein Marterl an einen Verunglückten. Auf der Bildtafel mit dem zierlichen Holzdach hatte der Dorfmaler das

Unglück dargestellt, wie er es sich vorstellte: Einen Kristall in der einen Hand, den Bergpickel in der anderen, stürzt der Mann kopfüber von der Felswand in den Wildbach, das schwarze Sterbekreuz auf der kranzgeschmückten Stirn. Der graue Hut mit dem Edelweiß ist ihm vorausgeflogen. Unter dem Namen und Todesdatum des Verunglückten stand der Vers:

Ich stürzte von der Felsenwand
ein Bergkristall in meiner Hand.
Aus Gottes steinernem Garten
brach ich die schönsten Arten.
ER strafte mich für mein Begehr
Euch allen sei dies eine Lehr!

»Droben in der Feschwand ist der Stiegler Josef abgestürzt«, sagte Christoff.»Ein Strahler. Steinersepp nannten sie ihn. Die schönsten Mineralien hat er gefunden. Reich ist er damit nicht geworden. Was ihm blieb, hat er im Wirtshaus gelassen. Man sagt, er ist abgestürzt, als ihn ein Jäger verfolgte.«

»Was ist das – ein Strahler?«, fragte der Doktor.

»Ein Kristallbrocker, ein Steinklauber.«

Verwundert betrachtete Fortunat die Totentafel.»Welcher Naturapostel hat diesen Vers gemacht?«

»Unser Messner, der Schullehrer Sebastian Farthofer. Die Strahler mag er nicht. Er behauptet, sie hätten keine Ehrfurcht vor der Schöpfung. Er sagt, eine Blume, die gepflückt wird, braucht einen Sommer, um nachzuwachsen. Ein Baum, der gefällt wird, ein Menschenleben. Ein Kristall, der gebrochen wird, aber ist für immer verschwunden.«

Der Forstweg durch den Nadelwald war lehmig und rutschte immer wieder in den Bach ab. Vor einem bucklig geschliffenen Granitblock, durchzogen von parallelen Rillen in Talrichtung, blieb Stensen stehen.

»Welches erdgeschichtliche Phänomen diesen Felsen so eigenartig geformt hat, vermag ich nicht mit Gewissheit zu sagen. Die Sintflut kann es nicht gewesen sein, sonst fänden wir Kalkstein und Fossilien.

Ich vermute, dass die Gletscher einstmals eine größere Ausdehnung hatten und mit ihrem Geschiebe diese Spuren hinterließen.«

Im Bachbett und Hochwald verstreut lagen gewaltige Granitblöcke. Als hätten Riesen sie im Spaß oder Zorn vom Berg heruntergeworfen. »Es muss an dieser Stelle ein Bergunglück gegeben haben«, stellte Stensen fest. »Wisst Ihr etwas darüber?«

»An den Nordosthängen des Gamsecks«, antwortete Christoff »hat es im vorigen Jahrhundert einen gewaltigen Bergsturz gegeben. Die Älteren meinen, dass ein Erdbeben den Berg ins Rutschen gebracht hat. Heute nimmt man eher an, dass ein massiver Holzeinschlag für den Grubenbau und der Verbrauch von Holzkohle für das Erzrösten die Ursache war. Auch ein Goldbergwerk wurde verschüttet. Auf der Reintalalm sieht man noch die Stolleneingänge der Grube.«

Nach der Graseckbrücke lichtete sich der Wald. Das Tal weitete sich zu einem Trog, begrenzt von himmelhohen Felswänden. Blaualgen hatten den Fels schwarz gefärbt. Gewaltige Felsblöcke, von schwefelgelben Leuchtflechten überzogen, lagen überall auf den Almwiesen. Einige Steine am Ufer des Bachs waren rostrot gefärbt. Stensen strich mit dem Finger darüber. »Eisenhaltiger Gneis.«

Enzianblau leuchtete der Himmel über dem Habachtal. In der Ferne gleißten die Gletscher der Venedigergruppe. Die Sonne über den glitzernden Eiszinnen blendete so sehr, dass der Gelehrte seine Augen mit der Hand schützte. Das Habachkees streckte seine weiße Zunge bis an den Felsabbruch in das Tal hinab. Sein grüner Schlund sperrte den Mund weit auf. Als wollte er Eisbrocken auf den Boden herab speien. Die bewaldeten Hänge der Habachspitze und des Leiterkogels lagen zur Hälfte noch im Schnee. Ein Steinadler schraubte sich in die Lüfte. Ohne Flügelschlag, nur vom Aufwind getragen.

»Über das Kees kommen im Sommer die Weber aus dem Pustertal«, sagte Christoff. »So ersparen sie sich den Umweg über den Felbertauern.«

»Mit den Stoffballen in der Kraxe?«, fragte Fortunat von Hohenberg.

»Nein. Es sind Wandergesellen, die als Tuchmacher auf den Höfen arbeiten.«

Auf der Wennser Alm, am Fuß der Fazenwand, machten sie Rast. Gelbes Johanniskraut, rote Lichtnelken und blauer Eisenhut setzten bunte Farbtupfer in die einmähdigen Wiesen. Den Hut über das Gesicht gezogen, lag der Kunstkämmerer ausgestreckt im Gras. Der Gelehrte stand am Ufer und spähte nach Mineralien. Ab und zu holte er einen Stein aus dem Wasser.

»Seht her, der Splitter eines Bergkristalls. Der blassblaue Kristall daneben ist ein Aquamarin. Der achteckige schwarze Kristall könnte Magneteisen sein. Die feine rotbraune Nadel ist ein Schörl – er sieht aus wie der Stachel eines Seeigels. Der messingfarbene Würfel, ein Pyrit, wird auch Narrengold genannt. Wahrhaft ein Narr ist, wer nur nach äußerem Glanz geht.«

Die Sonne war hinter den Gipfeln der Dreitausender verschwunden, als sie das Jagdhaus erreichten. Neben dem schlichten, aus Feldstein gemauerten Haus wehte die landesfürstliche Flagge am Fahnenmast. Links ein schwarzer Löwe auf Gold, rechts die rot-weiß-roten Farben Österreichs, als Krone ein Fürstenhut im Wappenschild.

Die Tür stand offen. Gedämpfte Stimmen drangen aus dem Inneren. Am Eingang begrüßte sie ein ausgestopfter Braunbär mit erhobenen Tatzen, den Rachen furchterregend weit geöffnet. Trophäen pflasterten die holzverschalten Wände. Gehörn vom Steinwild. Gamskrucken und Hirschgeweihe mit dem Todesdatum ihrer Träger. Ein Eberschädel mit riesigen gekrümmten Hauern. Ein balzender Auerhahn. Und ein struppiges, von Schusslöchern durchsiebtes Wolfsfell.

»Ein Wunderkabinett fröhlicher Waidmannslust«, bemerkte Stensen spöttisch.

Sie betraten die mit altertümlichen Jagdwaffen geschmückte Stube. Die Saufeder hing neben dem Hirschfänger. Die mit biblischen Motiven verzierte Hornbogenarmbrust über dem deutschen Kugelschnepper. Das Hifthorn neben Radschlossgewehr und Kugelbeutel.

Die drei Jäger, die auf der gepolsterten Eckbank saßen, waren nicht wenig erstaunt über den unerwarteten Besuch. Zwei von ihnen kannte Christoff. Der eine war Oberjägermeister Alois Lodenkämper. Neben seinem Jägerhut mit Gamsbart und Edelweiß hing ein Radschlossgewehr Typ Müllerbüchse mit Achtkantlauf und eisenverzierter Hahnschraube. Beim Anblick des anderen Jägers musste Christoff tief Luft holen: Carl Friedrich von Kuenburg. Der Weiberheld, wie ihn Cecilia bezeichnete.

Der Neukirchner drehte sich um. Er war jünger als die beiden anderen und fiel durch den modischen Schnitt seiner Jagdkleidung auf. »Was macht ihr denn hier?«, herrschte er sie an. »Wisst ihr nicht, dass das Habachtal jagdliches Sperrgebiet ist? Unbefugten ist das Betreten bei Strafe verboten.« Er wandte sich an seinen Nebenmann. »Sobald der Weg geräumt ist, Lodenkämper, muss die Schranke mit dem Sperrschild wieder her. Sonst können wir das Habachtal gleich zum Lustgarten erklären.«

»Gestatten, Niels Stensen, Medicus und Geognost. Zu meiner Linken: Geheimer Rat Fortunat Freiherr von Hohenberg, Kämmerer auf Schloss Ambras in der Grafschaft Tirol. Und dies ist Christoff Jenner, unser Bergführer. Mit Verlaub, hochedler Herr, unsere Bergfahrt ist rein wissenschaftlicher Natur. Im Auftrag von Erzherzogin Anna de' Medici wollen wir für ein paar Tage geologische Feldforschung auf der Smaragdgrube betreiben. Die Herren können gern das Beglaubigungsschreiben Ihrer Hoheit in Augenschein nehmen.«

»Nicht nötig. Wie Wildschützen seht ihr drei nicht gerade aus.«

Er lachte, als habe er einen guten Scherz gemacht. »Offenbar ist die Florentinerin wieder einmal auf der Suche nach einer ersprießlichen Geldquelle. Da fällt ihr die Smaragdgrube ein. Die kann sie sich an den Hut stecken.«

Mit lässiger Handbewegung stellte er den dritten Mann vor, einen Endvierziger, dessen Äußeres der Mode entsprach. Schulterlanges, in der Mitte gescheiteltes Haar, dünner, an den Enden nach oben gezwirbelter Oberlippenbart, ausrasiertes Kinn bis auf einen trichterförmigen, nach unten ziehenden Bartstreifen. An der rechten Hand trug er einen goldenen, mit einem Kreuz verzierten Rubinring, an seiner Linken einen Siegelring, dessen Wappen mit dem auf der Landesflagge identisch war.

»Seine Gnaden Erzbischof Max Gandolf Graf von Kuenburg. Und das hier ist Oberjäger Alois Lodenkämper. Wir sind auf Ausschau nach dem Bären, der vor kurzem ein Steinkitz gerissen hat und …«

Der Graf unterbrach seinen Satz.»Ach, Bergführer ist er jetzt!«, sagte er mit breitem Grinsen.»Bisher kenne ich dich nur als Jagdknecht.«

»Lieber Jagdknecht als Weiberknecht«, sagte Christoff trocken.

»Was sind die Weiberleute gegen die Hundemeute! Ich wusste gar nicht, dass du eine so hübsche Schwester hast, Jenner. Sie macht sich gut in der Küche und auch sonst …«

»Darin unterscheidet sie sich von dir, Jagdfreund«, entgegnete Christoff.»Über dich hört man nichts Gutes. Wir sind nicht erfreut darüber, dass Barbara auf Schloss Hochneukirchen arbeitet.«

»Das musst du ihr schon selbst überlassen. Sie ist schließlich kein Kind mehr.«

»Ich hoffe, du vergisst nicht, dass meine Schwester erst achtzehn ist …«

»Kehr vor deiner eigenen Tür, Jenner! Erst machst du Cecilia ein Kind und schaffst es nicht einmal, sie zu heiraten. Ziehst mit ihr auf eine abgewirtschaftete Schwaige, wo sie das Sumpffieber bekommt. Schaust tatenlos zu, wie sie an den Pranger gestellt wird und …«

»Hör auf, Kuenburg, sonst stopfe ich dir dein freches Maul! Du schäumst vor Eifersucht, weil du sie nicht bekommen hast.«

»Bildest du dir ein, sie gehört dir? Nicht lange, dann wird deine Gesellin entdecken, dass es Männer gibt, die ihr mehr bieten können.«

»Du bist und bleibst ein Narr! Geh lieber auf die Bärenjagd. Da richtest du nicht soviel Flurschaden an wie auf der Schürzenjagd.«

Der Erzbischof hob beschwörend die Hände.»Friede in meiner Hütte! Setzt euch erst einmal. Ihr werdet bestimmt Hunger haben. Wir haben noch Auerhahn-Pastete und Rauchfleisch vom Steinbock.«

Er bat die Gäste, Platz zu nehmen und sich an der Tafel zu bedienen.

»Zu meinem Leidwesen musste ich feststellen, dass der Weg bei der Klausenbrücke immer noch nicht geräumt ist. Ein Schlendrian ist das! Seit meinem Amtsantritt scheinen Kummer und Sorgen meine einzigen Begleiter zu sein.«

»Wie meinen Seine Hochfürstlichen Gnaden das?« fragte Stensen.

Der Hausherr griff zum Glas.»Der Große Glaubenskrieg im Reich, aus dem wir uns mit viel Geschick heraushalten konnten, hat eine mo-

ralische Wüste hinterlassen. Auch im Erzstift ist allerorten ein schlei-
chender Abfall vom Glauben zu beobachten. Da verteilen Lutherische
aus dem Defereggental, getarnt als Wanderhändler, häretische Bücher
und Schriften an den Haustüren und versprühen mit ihren geschick-
ten Reden geistiges Gift. In einem Hirtenbrief habe ich jüngst angeordnet, dass ab sofort alle Bücher und sonstigen Schriften der Kirche
abgeliefert und mit einem Vidi des Pfarramts versehen sein müssen.
Wer eines dieser ketzerischen Machwerke des Martin Luther besitzt
oder in das Erzstift einzuschmuggeln versucht, muss mit hohen Geldstrafen oder mit der Landesverweisung rechnen.«

Nachdenklich blickte der Fürst aus dem Fenster. Die Berge warfen
bereits lange Schatten in das Tal. Der Jäger legte ein paar Scheiter in
das Kaminfeuer, dass die Flammen hoch auflöderten und eine behagliche Wärme verbreiteten.

»Von Pater Athanasius Kircher in Rom habe ich erfahren, dass Ihr
zum katholischen Glauben konvertiert seid, Doktor Stenonis. Darf
man erfahren, welche Gründe Euch zu diesem mutigen Schritt bewogen haben? Konvertiten sind nicht selten Anfeindungen von vielerlei
Seiten ausgesetzt ...«

»Da Ihr mich so offen fragt, sollt Ihr eine ehrliche Antwort erhalten. Vor drei Jahren hatte ich ein Erlebnis, das mich zutiefst erschütterte. Ich befand mich am Johannistag zum Fronleichnamsfest in
Livorno. Als ich die Hostie mit so großer Prachtentfaltung durch die
Stadt getragen sah, stieg in mir der Gedanke auf: Entweder ist diese
Hostie ein einfaches Stück Brot und diejenigen sind Toren, die ihm so
viel Ehre erweisen, oder es ist der wahre Leib Christi, und warum ver-
ehre ich ihn dann nicht selbst? Da fragte ich mich, ob ein so großer
Teil der Christen sich irren könne ...«

Gelangweilt polierte Carl Friedrich von Kuenburg seine mit Gravu-
ren und kostbaren Einlegearbeiten verzierte Jagdflinte.

»Ist heute Sonntag?«, fragte er, ohne von seiner Tätigkeit aufzublicken. »Weckt mich, wenn der Pfaffe mit seiner Predigt fertig ist.«

Bei den letzten Worten hatte sich Stensen vom Stuhl erhoben. Die
Arme hinter dem Rücken verschränkt, schritt er in der Jagdstube auf
und ab.

»Danach vertiefte ich mich in das Studium der Kontroversfragen. Vor allem in die Bücher der Kirchenväter und der Magdeburger Zenturien. Großen Eindruck machte auf mich der Lebenswandel einiger katholischer Freunde in Florenz, die eine hohe Geisteskultur mit tiefem Glauben in sich vereinigen.«

»Vor allem um diese Gaben ist es im Erzstift schlecht bestellt«, sagte der Landesfürst. »Leider gibt es immer noch Geistliche, vom Vikar bis zum Landpfarrer, die weder ein Theologiestudium absolviert noch ein Priesterseminar besucht haben. Sie leben im Konkubinat mit ihren Weibern und können ihre Kinder oft nicht mehr zählen. Die sittliche Verwahrlosung, die sie bei anderen beklagen, führen sie selbst vor.«

Verstimmt bewegte der Fürsterzbischof seine Hand durch die Luft, als wolle er ein Buch zuklappen.

»Ein anderes Problem ist die erschreckende Zunahme von Bettlern. Anführer einer Bande von Bettelbuben ist ein gewisser Jakob Koller, genannt der Zaubererjackl ...«

Christoff horchte auf. »Der Zaubererjackl? Den Namen habe ich von unserer Magd gehört, als ein Betteljunge mit seiner Mutter an unsere Haustür kam. Was hat es mit dem auf sich?«

»Der Zaubererjackl ist der Sohn der Barbara Koller. Man heißt sie die Schinderbärbel. Sie stammt aus einer Werfener Abdeckerfamilie. Seit dem Tod ihres Ehemannes vor fünf Jahren, der als Henkersknecht nichts als Schulden hinterlassen hat, ziehen Mutter und Sohn bettelnd und stehlend durch die Lande, beschmieren Kruzifixe mit Kot, urinieren an Bildsäulen und rauben Opferstöcke aus. An die zweihundert Buben sollen es sein, die der Erzbösewicht mittlerweile um sich geschart hat. Da es sich in der Mehrzahl um Kinder oder Halbwüchsige handelt, sind uns rechtlich die Hände gebunden. Die Folter darf nicht zur Anwendung kommen, nur die Prügelstrafe. Wir überlegen derzeit, das Gesetz so zu ändern, dass wir die Kinder zu Zauberern und die Erwachsenen zu Hexen erklären können. Alsdann wird eine Leibesvisitation durch die Gerichtsdiener sehen lassen, ob die in Haft genommene verdächtige Person nicht an heimlichen Orten verborgene Sachen oder unnatürliche seltsame Zeichen an ihrem Körper hat.«

Die Dämmerung hatte sich wie schwarzer Samt über das Tal gelegt. Der Jägermeister legte noch einmal Holz nach. Der Feuerschein warf die Gesichter als übergroße Schatten an die Wände.

»Mit Verlaub Euer Gnaden«, sagte Stensen, »den Bettlern wird gern vieles angedichtet. Dabei sind sie Menschen wie jeder andere auch. Manche hat die Natur mit einem schwachen Willen ausgestattet. Viele von ihnen hat ein schweres Geschick aus der Bahn geworfen. Keiner wurde mit dem goldenen Löffel im Mund geboren. Müssen wir uns nicht fragen, ob Mord und Raub an unschuldigen Völkern in der Neuen Welt nicht schwerer wiegen als das Ausnehmen eines Opferstocks?«

»Gäben wir unser letztes Hemd her für die Armen«, sagte der Erzbischof mit erhobenen Brauen »müssten wir unsere Kirchen in Hütten verwandeln. Dann aber, wenn uns die Insignien der Macht fehlten, glaubte uns kein Mensch mehr, dass wir die Hirten des Herrn sind, und die Kirche Gottes wäre verwaist.«

»Um auf den Grund unserer Reise zurückzukommen, Euer Gnaden«, sagte Stensen »keine Enzyklopädie, keine mineralogische Monographie, kein Bergbuch der Berg- und Hüttenämter berichtet von einem Smaragdvorkommen im Habachtal. Es scheint, als sei der Mantel des Schweigens über den Fundort des seltensten und kostbarsten aller Edelsteine gebreitet ...«

»Wir hoffen, dass dies so bleibt«, antwortete der Fürsterzbischof. »Andernfalls wäre das Steinwild bald ausgerottet.«

»Den Königen der Berge werden regelrecht Zauberkräfte zugeschrieben«, sagte Fortunat von Hohenberg, wobei er eine Scheibe Graubrot mit Pastete bestrich. »In einer Apotheke in Innsbruck habe ich kürzlich ein Fläschchen mit pulverisiertem Steinbockhoden gesehen. In der Abteilung Liebeszauber neben Bibergeil und Fledermausblut ...«

»Manch einer wird es brauchen können, um seinen Mann zu stehen«, grinste Graf Kuenburg.

Christoff bemerkte, wie der Kämmerer errötete.

Peinlich berührt polierte der Erzbischof mit dem Schnupftuch seinen goldenen Siegelring.

»Die Teile des Steinbocks, die wir in der Hofapotheke zu Salzburg verkaufen, gelten als Heilmittel für eine Vielzahl von Krankheiten und Gebrechen. Seit alters her gilt das Hodenpulver als wirksames Mittel zur Stärkung der Manneskraft. Das Blut verleiht Kraft und Stärke und ist gut gegen Blasensteine. Der Kot hilft gegen die Schwindsucht. Das Horn beseitigt Koliken und Vergiftungen. Dem Herzkreuz werden magische Kräfte zugeschrieben. Die Bezoarkugeln sollen ihren Träger schwindelfrei und unverwundbar machen. Deshalb sind sie besonders bei Wilderern beliebt.«

»Das Steinwild ist so hoch in der Schätzung, dass wir auf Wilddiebstahl die Galeerenstrafe verhängt haben«, ergriff der Oberjägermeister das Wort. »Auf vermummte oder geschwärzte Wildschützen darf neuerdings ohne Anruf geschossen werden. Das Wildern ist jedoch nur eines der Übel, mit denen wir zu kämpfen haben. Großen Verdruss bereiten uns die Smaragdgräber. Sie treiben Stollen in den Berg, sprengen mit Schießpulver und werfen das Gestein unter lautem Gepolter in den Graben. Mit allen Mitteln haben wir versucht, ihnen beizukommen. Doch sie lachen uns frech ins Gesicht, weil sie wissen, dass wir die Hunde nicht auf sie hetzen können. Sonst wäre das Steinwild bald über alle Berge.«

»Mein Vorgänger hat eine Reihe von gesetzlichen Maßnahmen zum Schutz des Steinwilds erlassen«, resümierte der Fürst betrübt. »So ist das Betreten des Jagdreviers ohne Sonderbewilligung strikt untersagt. Den Hirten ist das Halten von Hunden und das Pflücken von Beeren verboten. Den Bauern ist es verboten, dem Vieh Grasglocken umzuhängen. Selbst das Jauchzen und Jodeln auf den Almen ist verboten. Aber gegen die neuen Pirschbüchsen können wir nichts ausrichten. Reichweite tausend Schuh bei zwanzig Prozent Treffsicherheit. Nun, ich hoffe, dass mein Logenplatz in diesem Theater geräumt ist, bevor der letzte Steinbock verschwunden ist.«

Der Oberjäger schlug mit der Faust auf den Tisch. »Mit Stumpf und Stiel ausrotten sollte man das gottlose Gesindel! Ich habe den Verdacht, dass sie unsere Jagdaufseher mit Edelsteinen bestechen, damit sie ihrem frevlerischen Tun ungestört nachgehen können. Die Ehewirtin des Bachhüters Kröndl wurde auf der letzten Hubertusmesse mit

Smaragdschmuck gesehen. Da muss man sich doch die Frage stellen, wie diese Weibsperson zu dem Zierat gekommen ist.«

»Wir möchten dennoch einen Blick auf die Smaragdgruben werfen«, sagte Stensen. »Könnt Ihr uns den Weg zu den Gruben beschreiben?«

Der Oberjäger trat an das Fenster. Wie zottelige Eisriesen erhoben sich die Gletschergipfel vor dem nächtlichen Himmel. Eine silberne Sichel tauchte die Almböden in zauberisches Licht.

»Der Jägersteig beginnt gleich hinter dem Haus. Der Pfad führt über den Leckbach und windet sich dann in Serpentinen auf die Söllalm, auch Sedelalpe genannt. Dort gibt es eine Almhütte, wo ihr die Nacht verbringen könnt. Richtet den beiden Hirten, dem Naz und der Hesel, einen schönen Gruß aus. Von der Söllalm folgt ihr der Leckbachrinne an der Flanke des Graukogels. Der Steig ist ausgesetzt und von Steinschlag bedroht. Größte Gefahrenstelle ist ein abschüssiges Firnfeld.«

»Steinschlag und Firnfelder schrecken mich nicht«, sagte Stensen. »Halb Europa habe ich zu Fuß bereist. Auf Wegen, an denen größere Gefahren lauerten … Zweifel der Erkenntnis, Einsamkeit des Herzens und Versuchungen des Teufels.«

»Ich kann von diesem Vorhaben nur abraten. Der Zustand der Gruben ist lebensgefährlich. Das Wasser steht knöcheltief in den Stollen. Der Ausbau ist lückenhaft und morsch. Außerdem ist mit einem Wettersturz zu rechnen. Heute habe ich keine einzige Biene gesehen. Ein untrügliches Zeichen für einen bevorstehenden Kälteeinbruch.«

»Der Bruder der Erzherzogin, Seine Durchlaucht Großherzog Ferdinand von Toskana, ist mein Mäzen. Ihr werdet verstehen, dass ich weder ihn noch seine Schwester enttäuschen kann, die mir meinen Aufenthalt in Innsbruck aufs angenehmste gestaltet haben. Gute Nacht!«

»Wie denkt Ihr über die Steinbockmedizin?«, fragte Christoff den Gelehrten, als sie auf ihrer Kammer waren.

»Wenn das Steinwild jene Zauberkräfte besäße, die ihm zugeschrieben werden, müsste ein Großteil der Salzburger aus Hundertjährigen bestehen oder sich zumindest einer besseren Gesundheit erfreuen als die Menschen in anderen Fürstentümern. Da dies aber nicht der Fall ist, komme ich zu dem Schluss, dass die Steinbockmedizin – einige schmerzlindernde Salben ausgenommen – auf Aberglauben beruht. Aber der Glaube versetzt ja bekanntlich Berge ...«

Das Haupt auf die Brust gesenkt, war Stensen bald auf dem Stuhl eingenickt.

Christoff öffnete das Fenster. Die Sterne funkelten kalt und klar über dem Gebirge. Im Mondlicht schimmerten die Gletscher wie Kristalle. Von den Almwiesen und Hochwäldern zog ein würziger Duft herüber. Es schien ihm, als rieche die Luft anders als die Luft auf Fronleiten. Nicht nach Heumahd und Holzarbeit, sondern nach Freiheit und Abenteuer. Eine Weile noch lauschte er dem gleichmäßigen Zirpen der Grillen. Ein köstliches Gefühl der Unbeschwertheit und Erwartung überkam ihn.

9

Die Smaragdgrube

*Schmaragd, Silex Smaragdus, ist bis itzt
nur noch im Heubachthale im Pinzgau
gefunden worden.*

C. M. B. Schroll, Grundriss einer
Salzburgischen Mineralogie, 1796

Die Morgensonne war noch nicht über den Habachkamm gestiegen, als die drei Berggeher zu der geheimnisumwitterten Edelsteingrube aufbrachen. Der Beschreibung des Oberjägers gemäß, passierten sie das Gatter zu den Almböden, folgten dem kaum erkennbaren Pfad über die von Geröll übersäte Hochweide, überquerten den aus einer bewaldeten Klamm stürzenden, zwischen mächtigen Schutthalden dahinrauschenden Bach, bahnten sich einen Weg durch das von Disteln und Ampfer verkrautete Gelände, bis sie auf einen Steig kamen, der sich in schier endlosen Serpentinen die Berglehne emporwand.

Nur mühsam kamen sie voran. Anfangs war der Pfad von den Hufen des Weideviehs ausgetreten, weiter oben bedeckte taunasses Felsgestein den Weg. In der Nähe des Leckbachgrabens, begünstigt durch feuchte Dämpfe, wucherte Rote Pestwurz, in deren giftgrünem Blattwerk sich ihre Füße verhedderten.

Christoff ging mit dem Maultier voran. Als die Sonne herüberkam, setzte eine drückende Hitze ein. Christoff hatte Mühe, das von Bremsen und Fliegen umschwirrte Packtier festzuhalten. Durch den lichten Hochwald, bestanden mit Lärchen, Zirben und buschartigen Grauerlen, zeigte sich auf der anderen Talseite die verschneite Spitze des Leiterkogels. Wasserfälle stürzten von den Felswänden des Mahdegg und der Kesselalm schäumend in die Tiefe, gespeist vom Schmelzwasser der schneebedeckten Gipfel.

»Mit jedem Schritt fühlt man sich dem Himmel ein Stück näher«, sagte Stensen, überwältigt vom Anblick des Hochgebirges.

»Diese Ansicht kann ich nicht teilen«, stöhnte der Freiherr und wischte sich die Stirn. »Wie gern würde ich auf dem Rücken eines Tragtieres sitzen.«

»Ein Ziel, an das man getragen wird, taugt nicht viel«, sagte der Doktor in seiner belehrenden Art.

Nachdem sie die Waldgrenze erreicht hatten, gabelte sich der Weg. Links schlängelte sich ein in Erlengestrüpp und Pestwurz verschwindender Pfad in den Leckbachgraben hinunter. Der nach rechts abzweigende Steig, den sie einschlugen, führte zwischen Latschenkiefern ein Stück bergan und senkte sich dann in eine ausgedehnte Mulde. Vor langer Zeit musste ein gewaltiger Bergsturz auf das Plateau niedergegangen sein. Schieferplatten lagen kreuz und quer im Gelände. Wie Grabsteine, die ein unruhiger Geist angehoben hatte. Dazwischen blühte flammendroter Almrausch. Am Rand der Hochweide, auf der vereinzelt Schafe und Bergziegen Kräuter rupften, leuchteten die gelben Pantoffeln des Frauenschuh neben blauen Enzianglocken und neigten Türkenbundlilien ihre purpurfarbenen Häupter, als ob sie sich ihrer Schönheit schämten. Über einer Geröllwüste erhob sich der schroffe Gipfel des Graukogels. Söllalm oder Sedelalpe nannten die Bauern diesen Platz, da hier das Almvieh Tag und Nacht auf der Weide stand und lagerte.

»Dort drüben ist die Hochlägerhütte«, sagte Christoff, indem er auf eine niedere Steinhütte deutete.

Die zwischen Felsblöcke geduckte Almhütte war eine Behausung, wie sie Hirten auf der Sommerweide bewohnen. Feldsteingemäuer, offene Luken und mit Klaubsteinen beschwertes Fichtenrindendach. Aus dem Rauchfang kräuselte sich eine dünne Wolke in den Himmel. Vor der Tür, die windschief in den Angeln hing, erblickten sie einen hageren graubärtigen Mann.

»Du bist bestimmt der Naz«, begrüßte ihn der Kämmerer. »Wenn du erlaubst, werden wir uns für ein paar Tage bei dir einquartieren. Kost und Logis werden wir euch entgelten.«

»Wenn ihr euch mit dem Wenigen zufrieden gebt, was wir besitzen, könnt ihr bleiben, solange ihr wollt. Wanderer, die uns von der Welt da draußen erzählen, sind immer willkommen. Mein Weib wird euch ein Lager bereiten.«

»Ansprüche stellen wir keine«, sagte der Doktor. »Wie ist der Weg zu den Smaragdgruben?«

Der Hirte deutete zum Graukogel. »An der Nordflanke oberhalb des Blockschutts liegen noch Schneefelder. Sie ziehen sich bis in die Rinne hinunter. Solange die Sonne nicht über dem Berg ist, sind die Firnfelder hart und spiegelglatt. Das Felsenband im letzten Abschnitt ist schmal und ausgesetzt. Besonders in der Mittagshitze kann es im Gewände zu Steinschlag kommen.«

»Na, das sind ja erfreuliche Aussichten«, sagte Fortunat missmutig.

Nach kurzer Rast machten sie sich an den Aufstieg. Die Hitze schien auch mit der Höhe nicht abzunehmen. Von Westen her zogen wattige Streifen über den blauen Himmel. Nachdem sie das Plateau hinter sich hatten, schlängelte sich der kaum erkennbare Steig an der Flanke des Graukogels entlang, hoch über dem Leckbachgraben. Bemooste Felsblöcke, von krautigen Stauden umwuchert, täuschten eine Wiese vor. Der Doktor und der Kämmerer, mit derartigem Gelände nicht vertraut, glitten immer wieder ab, wobei sie mehr als einmal bis zu den Hüften in dem Strauchwerk versanken. Im Blockschutt des Gneisgesteins entdeckte Stensen grünen Serpentin und milchig weiße Quarztrümmer, manche sechsseitig oder zackig geschichtet. Auf manchen Steinen hatten sich grobsträhnige Asbestfasern gebildet, die wie Walrossbärte aussahen.

Der gellende Pfiff eines Murmeltiers unterbrach die Stille. Kurz darauf ein hoher quiekender Aufschrei. Das Tier hatte die Wanderer bemerkt, dabei aber seinen wahren Feind übersehen. Ein Steinadler hatte die Gelegenheit wahrgenommen und Beute gemacht. Nun hüpfte der König der Lüfte auf dem Felsen im Kreis, wobei er sich mit den gespreizten Federn seiner mächtigen Schwingen im Gleichgewicht hielt, und hackte mit dem Schnabel auf das zappelnde Fellknäuel ein. Das blutige Bündel in den Fängen, flog der Adler nach einigen Sprüngen mit langsamen wuchtigen Schwüngen davon.

»Die Großen fressen die Kleinen«, sagte Fortunat trocken.

»Oder die Schnellen die Langsamen«, bemerkte Christoff.

»Und die Wissenden die Unwissenden«, lächelte Stensen.

Vom Blockfeld verlief die Strecke über einen Schottergrat und bog dann zu den grasigen, von tiefen Runsen und Schründen durchzogenen Steilhängen des Leckbachgrabens ab. Auf der Nordseite lag ein abschüssiges Firnfeld, das sich bis an den Rand des Grabens erstreckte. Der Schnee war teils sulzig, teils verharscht. Die Schuhe versanken bis zu den Knöcheln im Firn. Es hörte sich an, als ob sie über gemahlenes Glas schritten.

»Seht da droben!«, flüsterte Stensen und zeigte auf eine Felsplatte. Ein Steinbock mit mächtigem Gehörn zeichnete sich scharf gegen den Himmel ab. Um den König des Hochgebirges besser sehen zu können, trat der Gelehrte einen Schritt zurück. Dabei glitt er auf einer Eisplatte aus. Mit einem unterdrückten Schrei rutschte er dem Abgrund entgegen. In letzter Sekunde gelang es ihm, sich mit dem Bergeisen im hartgefrorenen Schnee festzukrallen. Blitzschnell warf Christoff dem Doktor ein Seil zu und zog ihn hoch.

»Das war knapp!«, keuchte Stensen, wobei er seine zerschundenen Hände betrachtete. »Ich hörte schon die Engel im Himmel singen.«

Das Schneefeld endete an einer hoch aufragenden Felswand. Der Pfad lief über ein schmales, von menschlicher Hand bearbeitetes Felsenband, ausgespült von Querrinnen, in denen Schmelzwasser lief. Das schwarze schiefrige Gestein war glitschig. Linkerhand brach die Wand über hundert Schuh senkrecht in die Tiefe ab. Der Geheime Rat blickte schaudernd in den Abgrund.

Schritt für Schritt drückte sich die Seilschaft an der Wand entlang. Bei überhängenden Felsen krochen sie auf den Knien. Als das Band weniger als zwei Schuh schmal wurde, mussten sie seitwärts gehen und ihre Felleisen abschnallen, um das Gleichgewicht nicht zu verlieren.

Nach einer Biegung blieben sie erstaunt stehen. Einen Schritt vom Abgrund entfernt war eine Bretterbude in die natürliche Felsnische gebaut. Ein Blick durch die Luken zeigte, dass die Hütte bewohnt war. Auf dem Tisch eine ausgekratzte Pfanne. Daneben Becher und Holzlöffel. Auf der Bank ein paar Kleidungsstücke. In der Ecke eine Packung Schießpulver und eine Rolle Zündschnur.

Ungläubig schüttelte Christoff den Kopf. »Ein Fehltritt, und man ist ein Fressen für die Geier.«

»Gier kennt keine Gefahr«, bemerkte der Doktor.

Nachdem sie sich an der Behausung vorbeigezwängt und über grob zusammengelegte Steinplatten den Rinnenabbruch überquert hatten, erblickten sie hinter einem Felsriegel das Mundloch eines Stollens. Wie eine Grotte lag der Eingang des Smaragdbergwerks im überhängenden Blockschutt. Das Trümmerfeld der Bachrinne, dessen Wasser aus verborgenen Quellen kam und unsichtbar unter dem Geröll dahinfloss, erhob sich wie ein Bollwerk. Mächtige Felsquader türmten sich bedrohlich, bereit, bei der geringsten Erschütterung zu Tal zu donnern. Dunkle Wolkenschwaden zogen aus dem Tal herauf und verhüllten den Gipfel des Graukogels.

Ängstlich blickte der Geheime Rat zu den Felswänden hoch.

»Die schroffen Felszacken und zerklüfteten Kare sehen aus, als ob ein vom Wahnsinn gepackter oder vom Grauen geschüttelter Künstler sie mit zittriger Hand entworfen hätte.«

»Der Künstler seid wohl Ihr«, spottete der Doktor. »Nachdem Euch, wie wir gerade sahen, an der Felskante das Grauen geschüttelt hat, hoffe ich, dass Euch nicht auch noch der Wahnsinn packt.«

Nach wenigen Schritten standen sie vor dem Mundloch des Stollens. Die mit Eisenbändern beschlagene und schweren Riegeln versehene Tür stand offen. Zerkleinertes Schiefermaterial bedeckte den Boden. Ein Stapel Rundhölzer lag aufgeschichtet neben Brettern. Daneben verschiedene Werkzeuge. Bergeisen. Keilhauen. Treibefäustel. Ein Bretterkanal leitete das Grubenwasser über mehrere Plattformen in die Rinne des Leckbachs. Tief unten im Geröll, sahen sie einen Mann mit zottelig verfilztem Haar. Er stand über ein Sieb gebeugt und schien sie nicht zu bemerken.

»Diese Konstruktion eines Waschwerks habe ich noch nie gesehen«, sagte der Doktor. »Offenbar ein Eigenbau.«

Bei diesen Worten vernahmen sie ein Poltern auf den Bretterbohlen. Ein kahlgeschorener Schädel kam mit einem Schubkarren aus dem Stollen. Den Inhalt, tiefschwarze und schwarzbraune Gesteinsbrocken, schüttete er vor dem Eingang aus. Den ungebetenen Besuch würdigte er keines Blickes. Mit einem Eisenschlägel begann er, das Material zu zerkleinern und in den Holzkanal zu schaufeln. Dann verschwand er wieder. Der Filzkopf zog mit einem Schieber das vom Fließwasser gespülte Gesteinsmaterial über ein Eisensieb. Einmal hielt er einen Stein gegen das Licht und legte ihn behutsam in ein Gefäß. Nach einer Weile kam der Kahle wieder aus der Grube. Missmutig setzte er seine Fuhre ab.

»Was gibts da zu glotzen! Macht, dass ihr fortkommt, oder habt ihr Eintrittskarten?«

»Sieh einer an, der Planck!«, erwiderte Christoff spottlustig. »Früher hattest du Stallmist in deiner Karre. Heute schiebst du Smaragdstufen. Eine glänzende Karriere!«

»I bin i und mia san mia«, knurrte der Kahle.

»Was heißt das?«, wandte sich Stensen an Christoff.

»Rutsch mir den Buckel runter.«

Der Jenner blickte auf den Inhalt des Schubkarrens. »Schon was gefunden heute?«

»Reden ist Silber, Schweigen ist Gold.«

»Und grün ist die Hoffnung.«

»Stensen, Medicus und Geognost des Großherzogs von Toskana«, sagte der Doktor mit leichter Verbeugung. »Wir sind im Auftrag der Erzherzogin von Österreich-Tirol hergekommen, um die Gruben zu inspizieren. Ich bitte die Herrschaften, uns den Zugang zum Stollen nicht zu verwehren.«

»Habt ihr das gehört, Kumpel? Er ist im Auftrag der Erzherzogin von Österreich-Tirol hergekommen, um die Gruben zu inspizieren. Warum nicht gleich der Kaiser von China, du Klugscheißer!«

Inzwischen hatte sich auch der Filzkopf genähert. Ein dritter Mann mit dunklem Vollbart und schwarzem Hut kam aus dem Stollen. Er hielt ein Gewehr im Anschlag, seine Augen flackerten wie Irrlichter.

»Noch irgendwelche Fragen? Schleicht euch, ihr Schießbudenfiguren!«

Christoff grinste. »Sieh einer an! Auch der Habiger und der Kümbel sind unter die Bergmänner gegangen. Euch habe ich bisher immer nur beim Dorferwirt gesehen. Ich wusste gar nicht, dass ihr arbeiten könnt. Schau erst mal nach, Habiger, ob das Pulver auf der Pfanne nicht nass geworden ist in eurer Tropfsteinhöhle.«

»Das Pulver ist so trocken wie dein Humor«, sagte der Bärtige.

»Ihr wisst, dass die Grube illegal ist. Eine Schürfbewilligung vom Bergamt besitzt ihr nicht. Ihr wisst auch, dass das Betreten des Steinwildreviers verboten ist. Passt auf, dass der Jäger nicht mal einen von euch mit einem Bock verwechselt.«

»Legal oder illegal – uns ist das scheißegal«, höhnte der Filzkopf. Der Bärtige fuchtelte mit seiner Flinte. »Macht euch vom Acker! Sonst gibt es einen Satz Bohrlöcher in die Birne, dass ihr die Radieschen von unten anschaut.«

»Schieß doch, Habiger. Dann hat der Pfleger einen Grund, die Grube zu schließen. Du aber wirst einen Ausflug auf den Galgenrain machen, von dem du einen Kopf kürzer zurückkommst.«

»Mach keinen Spauz, Vinz!«, beschwichtigte ihn der Kahle. »Die sind so harmlos wie Alpenveilchen. Wir sollten ihnen ihr Begehren nicht abschlagen. Sonst gibt es Ärger mit der Obrigkeit. Und sie mauern uns wieder die Grube zu. Die neunmalkluge Schwarzwurzel hat offenbar Beziehungen.«

»Ob es euch passt oder nicht, wir gehen jetzt auf die Grube«, sagte der Jenner, im Begriff das Bergwerk zu betreten.

Der Kahle und der Filzkopf blickten unschlüssig auf ihren Wortführer.

»Hier können wir euch nicht reinlassen«, brummte der Bärtige. »Wir bereiten eine Sprengung vor.« Er wies mit der Hand den Hang hoch. »Von mir aus könnt ihr in den Oberstollen. Auf eigene Verantwortung. Wenn von den Firsten Material runterbricht, seid ihr lebendig begraben.«

»Was bedeutet eigentlich Spauz?«, fragte der Doktor. »Dieses Wort habe ich noch nie gehört.«

»Es hat verschiedene Bedeutungen«, sagte der Geheime Rat. »In der Bergmannssprache ist es das ausbrechende Gestein, das den gezimmerten Ausbau beschädigt hat.«

Mühsam stiegen sie die Geröllhalde hinauf. Die häufig mit winzigen Pyritwürfeln gespickten Talkfelsen waren feucht und glatt. Mit den Händen zogen sie sich an riesigen Gneisquadern hoch, setzten über mannshohe Spalten, ständig in der Angst, das im lockeren Verbund befindliche Blockfeld könnte ins Rutschen kommen und sie in die Tiefe reißen. Geröll löste sich unter ihren Tritten und polterte in den Graben. Soweit das Auge reichte nichts als Blockschutt und Felstrümmer. Eine Steinwüste. Den Stollen konnten sie nur anhand des Abraumschutts ausmachen. Der höhlenartige Eingang lag versteckt im Trümmerfeld. Das Mundloch war stark verschüttet, sodass sie auf dem Bauch in den Einbau kriechen mussten. Schon nach wenigen Schritten umhüllte sie völlige Dunkelheit. Im Schein der Kienfackeln tasteten sie sich langsam vorwärts. Mehr als einmal glitten sie auf den schlüpfrigen Holzplanken aus, die von knöcheltiefem Sickerwasser bedeckt waren.

»Im Eingangsbereich des Stollens erkennen wir eine mehr oder weniger stark ausgeprägte Wechsellagerung aus Gneisen und verschiedenen Schieferarten«, erklärte Stensen.

In gebückter Haltung schritten sie durch den Ausbau der Eingangsstrecke. Die Stempel waren morsch, die Kappen und Läufer teilweise verbrochen. Ein Dutzend Schritte vom Mundloch entfernt zweigte ein Aufbruch, unschwer als Fluchtstollen zu erkennen, nach rechts ab, machte einen Knick und endete an einem Verbruch. Interessiert besah sich Stensen die Wände.

»Wie wir an diesem Abschnitt sehr schön erkennen können, setzen die mit Glimmer und Feldspat eingesprengten Gneise aus. Es folgen plattenförmige schiefrige Gemenge, unter anderem aus Hornblende und Granat, die von hellen feinkörnigen Quarzgneisen durchzogen sind, wie sie auch über Tage auftreten.«

»Wie erklärt Ihr Euch«, fragte der Hohenberg »dass der Smaragd sich gerade an diesem Ort bilden konnte und, soweit wir wissen, nirgendwo sonst in Europa anzutreffen ist?«

»Um diese Frage zu beantworten, müssten wir wissen, wie das Gebirge entstanden ist. Im Gegensatz zu vielen meiner Zeitgenossen, die meinen, dass die Berge bereits seit der Erschaffung der Erde bestehen oder wie die Pflanzen wachsen, nehme ich an, dass Zusammenbrüche im Erdinnern durch Feuerausbrüche sowie Erosionen durch fließende

Gewässer zu einer Veränderung der Gesteinsschichten geführt haben. Was die Entstehung der Mineralien betrifft, müssen sie sich nach der Entstehung der Steine gebildet haben, verursacht durch die Explosion unterirdischer Gase und Dämpfe. Die Bildung der Smaragdkristalle verdankt sich vermutlich einem Zusammenspiel von festen Körpern, Flüssigkeiten und Dämpfen.«

Nach fünfzig Schritt bog der mit Bohlen belegte Gang querschlägig nach links ab und endete an einem Verbruch.

»Ein ehemaliger Verbindungsschacht zu einem darunter liegenden Arbeitsstollen«, stellte der Doktor fest.

Davor öffnete sich ein steil nach oben führender Schacht. Über das grobe Schottergestein rann Sickerwasser.

Er hielt die Kienfackel gegen die Firste. »Wir befinden uns im Bereich der Abraumhalde. Über diesen Sturzschacht wurde wahrscheinlich das smaragdführende Gestein aus dem Abbaubereich heruntergeschwemmt und geschoben. Abgesehen von einer Wechselfolge aus Schiefer und Gneis kann man auch noch Einlagerungen aus milchig weißem Gangquarz und Rauchquarz erkennen.«

Der Aufstieg durch den steilen engen Abraumschacht war mühselig. Einst musste es noch einen anderen Zugang zu den höher gelegenen Stollen und Schächten gegeben haben. Dieser war unauffindbar. Auf dem Bauch krochen und schoben sie sich über Gesteinsstrümmer und Schutt in die Höhe, weniger als eine Handbreite Luft über dem Kopf. Eiskaltes Grubenwasser strömte ihnen ins Gesicht und floss durch Kragen und Wams bis in die Beinkleider und Stiefel. Oberhalb des Sturzschachts teilte sich der Stollen in mehrere kurze, teilweise verbrochene Querschläge. Nur Kinder oder Kleinwüchsige konnten hier noch aufrecht gehen.

»Über uns muss ein Wetterschacht sein, der früher den Abbauraum belüftet hat«, sagte Stensen. »Bei Regen möchte ich nicht in diesem Teil des Stollens sein. Wo Luft hereinkommt, wird auch Wasser unschwer seinen Weg finden.«

In der Hocke schlug der Doktor ein Stück schwarzgraues Gestein aus dem Fels, auf dessen Oberfläche winzige silbrig glitzernde Einsprengsel saßen.

»Glimmerschiefer – das smaragdführende Trägergestein in einer Wechsellagerung verschiedener anderer Schieferarten. Ich schlage vor, wir gehen die Querschläge des Stollens ab und verteilen uns so, dass jeder einen Abschnitt untersucht.«

Mehrere Schläge zweigten nach links ab und endeten nach wenigen Schritten vor einem verbrochenen Verbindungsstollen. Den einzigen in südliche Richtung verlaufenden Schlag, in unmittelbarer Nähe des Wetterschachts, verließ der Gelehrte nach einigen Gesteinsproben.

»In diesem Bereich brauchen wir nicht weiter zu suchen; er enthält nichts weiter als Grünschiefer, Hornblende, Feldspat und Gangquarz. Nur taubes Gestein.«

Nach diesem entmutigenden Ergebnis verteilten sie sich auf die verbliebenen Querschläge. Stensen zwängte sich in den Stollen und begann mit der Spitzhaue den Glimmerschiefer aus den Wänden und Stößen zu brechen. Es mochte keine halbe Stunde vergangen sein, als er mit einem faustgroßen Stein in der Hand zu den anderen geeilt kam. Zwei schmale sechseckige Säulen funkelten dunkelgrün im Schein der Kienfackel.

»Smaragd – ein Wunder der Schöpfung!«, rief er begeistert aus. »Schön ist, was wir sehen. Schöner, was wir wissen. Am schönsten aber ist das, was wir nicht kennen. Diese Kristalle sind unfassbar in ihrer Schönheit.«

Das Fieber hatte sie gepackt. Mit Schlägel und Eisen brachen sie den Glimmerschiefer aus den Wänden. Steinstaub schwärzte Gesicht und Hände, rieselte über Kleider und Schuhe. Sie achteten nicht darauf.

Mit einem Freudenschrei eilte der Kämmerer zu den anderen. In der Hand hielt er eine mit grasgrünen Kristallnadeln gespickte Smaragdstufe.

»Es wird das Prunkstück der Wunderkammer, die Sensation von Schloss Ambras!«

Bewundernd ließen sie das Fundstück von Hand zu Hand gehen.

Christoff ärgerte sich; er war bisher glücklos geblieben.

Wie lange sie gearbeitet hatten, wussten sie nicht. Plötzlich erschütterte ein gewaltiger Ruck den Berg. Wie der Stoß eines Rammbocks. Einen Herzschlag später ein zweiter, dann ein dritter. Ein Dutzend weiterer Detonationen folgte. Als ob eine Batterie Kanonen hintereinander gezündet wurde. Sie kauerten sich auf den Boden, zogen ihre Joppen über den Kopf. Gestein rieselte von den Firsten. Der Boden erbebte. Dann Stille.

»Der Schießmeister scheint Erfahrung zu haben«, stellte Stensen fest. »Er hat die Ladungen fachmännisch in kurzen Abständen gezündet, damit der Stollen nicht unter den starken Schwingungen einstürzt. Ich denke, wir sollten den Rückweg antreten. Wir haben genug Musterstücke, die beweisen, dass wir auf der Smaragdgrube waren.«

»Ich gebe nicht auf – ich komme nach«, sagte Christoff.

Von dem festen Willen beseelt, die Grube nicht mit leeren Händen zu verlassen, arbeitete er wie ein Besessener. Doch alles Gestein, das er herausbrach, war taub. Die Gier machte ihn schließlich unachtsam. Er stieß mit dem Fuß gegen die Kienfackel. Das Licht erlosch. Er war im Dunkeln.

Höllteufel, wie konnte er nur so ungeschickt sein! Er versuchte, die Fackel wieder anzuzünden. Immer wieder schlug er die Feuersteine gegen das Werg aus Baumbart. Doch der Zunder brannte nicht. Wie sollte er ohne Licht den Ausgang finden? Vorsichtig tastete er sich an den Wänden entlang. Der Querschlag bog nach rechts ab und endete an der Ortsbrust. Er drehte um und gelangte in einen anderen Schlag. Dieser endete nach wenigen Schritten an einem Verbruch. Er kehrte wieder um und versuchte, sich an dem Gewölbe zu orientieren. Er befühlte die Firste. Die Decke war rissig. Über ihm musste sich ein verbrochener Wetterschacht befinden. Vermutlich ging draußen ein Regenschauer nieder. Das Sickerwasser bildete Pfützen und umspülte seine Füße. Er tauchte seine Hände in das Wasser und versuchte, die Fließrichtung zu erspüren. Vergeblich. Das Rinnsal floss zu langsam. Noch einmal lief er durch das Gewirr der Gänge. Und kehrte wieder um. Einmal, zweimal, er wusste nicht wie oft. Einige Fürsten bauten, wie er gehört hatte, in ihren Parks Irrgärten. Abgeschirmte Orte für Lustspiele aller Art. Treffpunkte für galante Abenteuer oder diskrete Aussprachen. Den Damen und Herren hätte er gewünscht, in diesem Labyrinth zu sein. Er lehnte sich an die Wand. Plötzliche Müdigkeit erfasste ihn. Sein Kopf sank auf die Brust.

Wie lange er geschlafen hatte, wusste er nicht. Ein Licht blendete ihn. Wie das grellweiße Licht von brennenden Magnesiumbändern. Das Licht schien jedoch keine Quelle zu haben. Es verwandelte die Grube in eine kuppelförmige Halle. An den Wänden funkelten Smaragde grünen Leuchtkäfern gleich. Aus dem schwarzen Marmorboden züngelten rote Flammen, rauchten gelbe Schwefeldämpfe. Engelschöre, begleitet von Posaunen, Zimbeln und Harfen, erfüllten die Halle mit festlichen Klängen.

Als sich seine Augen an die Helligkeit gewöhnt hatten, glaubte er, die Umrisse einer Engelsgestalt zu erkennen. Ein Jüngling mit blonden Locken, dessen Mantel mit Edelsteinen reich bestickt war. Seine Füße schienen den Boden nicht zu berühren. Wie Feuerfunken blitzten Diamanten, Saphire, Rubine und Smaragde auf dem roten Umhang. Auf dem Haupt trug er eine spitze, mit Edelsteinen gefasste Krone aus purem Gold. In der Rechten hielt er ein umgekehrtes Zepter, in der Linken ein weißglühendes Flammenschwert. Aus grün funkelnden Augen durchbohrte ihn ein stechender Blick.

Geblendet von dem gleißenden Licht, schirmte Christoff die Augen mit dem Handrücken ab.

»Wer bist du, aufgeputzter Faschingsprinz?«

»Man nennt mich Luzifer«, sprach die Erscheinung mit metallischer Stimme. »Mein Name bedeutet Lichtbringer. Der Lieblingsengel Gottes war ich einst. Weil ich die Menschen in ihrer Unvollkommenheit verachtete, strafte mich Gott und stieß mich und mein Gefolge in die Schattenwelt. Bei dem Kampf riss Erzengel Michael meine Krone vom Haupt, dass ein Smaragd heraussprang. Der Stein zersplitterte in abertausend Stücke; sie sind in diesem Berg verborgen.«

»Was willst du von mir?«

»Dein Schicksal rührt mich. Die Frau, die du liebst, wurde nicht dein Eheweib. Der Sohn, den du gezeugt hast, trägt nicht deinen Namen. Den Hof, der auf dich wartet, hast du in deinem Hochmut verschmäht. In deinem Zorn hast du einen betrunkenen Handelsherrn gezüchtigt. Du drehst dich im Kreis und verschwendest sinnlos deine Kräfte.«

»Mir kommen gleich die Tränen.«

»Es gibt nur zwei Wege, auf redliche Weise Reichtum zu erwerben: Entweder der Erste oder der Beste zu sein. Nicht einmal der Himmel ist deine Grenze!«

Bei den letzten Worten verschwand die Lichtgestalt.

Im gleichen Augenblick flammte die Fackel auf. Christoff wusste nicht, ob er alles nur geträumt hatte. Doch was er sah, war kein Traum: Aus dem Schiefergestein funkelten Smaragdkristalle von unfassbarer Schönheit.

Fieberhaft schlug Christoff das Edelgestein aus Wänden und Stößen, bis sein Beutel gefüllt war, und begab sich zum Ausgang der Grube. Mit einem Jauchzer, der von den Felswänden widerhallte, lief er den Berg hinunter.

Auf der Bank vor der Hochlägerhütte saßen der Naz und sein Weib Hesel. Stensen kratzte mit dem Messer einen Smaragdkristall aus dem Glimmer. Als er Christoff heraneilen sah, erhob er sich erfreut.

»Ich dachte schon, Ihr würdet auf der Grube übernachten.«

»Es wäre beinahe so gekommen. Mein Licht ist erloschen, und der Zunder brannte nicht. Ich weiß nicht, wie lange ich in der Dunkelheit saß.«

Voller Bewunderung betrachtete der Gelehrte die grünglitzernden Kristalle in Christoffs Händen.

»Die Smaragde sind von außergewöhnlicher Schönheit und Größe. In Wien kenne ich einen Steinhändler, mit dem ich Euch in Verbindung bringen kann. Er gehört zu den Hoflieferanten des Großherzogs von Toskana.«

»Wie soll ich nach Wien kommen?«

»Wenn ich der Erzherzogin in Innsbruck meinen Bericht vorgelegt habe, werde ich nach Wien reisen. Man hat mich gebeten, einen Vortrag an der Universität zu halten. Wenn Ihr wollt, fahren wir gemeinsam.«

Der Plan schien Christoff verlockend. In Wien hätten die Häuser fünf Stockwerke und die Straßen vier Fahrbahnen, erzählte man sich. Und die Paläste des Adels seien bis spät in die Nacht hell erleuchtet. Die Lustschlösser hätten Baumgärten, in denen die Fürsten Hirsche jagten. Und die vornehmen Damen gingen im Sommer mit Sonnenschirm und Handschuhen spazieren, damit ihre Haut schwanenweiß blieb.

Ein Schrei riss den Jenner aus seinen Träumen. Mit schmerzverzerrter Miene kam der Geheime Rat zur Hütte gehumpelt. Keuchend deutete er auf sein rechtes Bein. Zwei rote Punkte waren an der Wade zu sehen.

»Eine Schlange! Ich war so vertieft in meine Zeichnung, dass ich dachte, es sei eine Wurzel und habe sie mit dem Fuß weggestoßen. Daraufhin hat sie zugebissen.«

Besorgt betrachtet Hesel das Bein. Die Wade hatte sich inzwischen bläulich verfärbt und war stark angeschwollen.

»Wie sah das Viechzeug aus?«

Obwohl ihr Haar unter dem blaukarierten Kopftuch kaum weiße Fäden zeigte, mochte die Hirtin die Siebzig überschritten haben.

»Schwarz und schuppig wie Schiefer, dick wie ein Daumen und lang wie ein Arm.«

»Eine Höllenotter«, sagte Hesel. »Heroben gibt es viele Vipern; sie legen sich bei Sonne gern auf die Steinplatten. Tödlich ist der Biss nur für geschwächte oder gebrechliche Menschen. Ich bringe Euch einen Heiltrunk.«

Mit einem Becher, in dem eine schwärzliche Flüssigkeit schwappte, kam die Hirtin wenig später aus der Hütte geeilt.

»Nehmt dieses Elixier. Der Absud aus den Blättern des Wacholders, mit Wein getrunken, ist gut gegen den Schlangenbiss. Auch der Tee aus den Blättern des Bergthymians, den ich aufgesetzt habe, wird das Gift aus dem Körper treiben.«

Vor der Hütte hatte Naz ein Feuer angefacht. Die Flammen loderten hoch in den purpurroten Abendhimmel. Über dem Dreibein hing ein Kessel, in dem Hesel das Nachtmahl zubereitete.

Reihum tauchte jeder seinen Holzlöffel in das dampfende goldgelbe Melchermus.

»Solange es weder Beeren noch Pilze gibt, essen wir jeden Tag das Gleiche. Milch holen wir von den Ziegen. Mehl und Schmalz bringt uns der Hüterbub von der Wenner Alm herauf. Wenig haben wir hier und doch ist es viel.«

Erschöpft von den Anstrengungen des Tages löffelten sie die Mehlspeise. Gedanken stoben wie die Funken des Feuers in den Himmel. Christoff musste von seinem Erlebnis auf der Grube berichten. Die Hirtin schaute besorgt in das prasselnde Feuer. Die grünlichen Flammen des Birkenholzes tauchten die Gesichter in gespenstisches Licht. »Glaub ja nicht, dass du die Smaragdschätze geschenkt bekommst. Der Smaragd frisst die Seele auf.«

»Du hättest lieber Wahrsagerin werden sollen, als Kälber zu hüten«, spottete der Jenner. »Ich glaube, die Einsamkeit macht die Menschen empfänglich für abergläubische Gesichter.«

Das Feuer war niedergebrannt. Naz legte ein paar Reiser nach und räusperte sich.

»Mein Weib sieht vieles, was andere nicht sehen. Ich brauche mir nur die Smaragdgräber anzuschauen, dann weiß ich Bescheid. Noch tragen sie keine goldenen Spangen an den Schuhen wie die Knappen vom Gamskogel.«

»Was hat es denn damit auf sich?«, fragte der Doktor.

Der Alte stocherte in der Glut, dass die Funken zum Himmel stoben. Wie ein schwarzer Vorhang zog sich die Nacht über dem Hochgebirge zu, von keinem Gestirn erhellt. Ein kühler Fallwind kam vom Berg. Fortunat hatte sich zu den anderen gesetzt. Fröstelnd hielt er die Hände über die glühenden Scheiter.

»Der Sage nach gab es am Gamskogel einst ein Goldvorkommen«, erzählte der Hirte. »Es entwickelte sich bald ein blühender Bergbau. Infolge des ungeheuren Reichtums trugen die Knappen goldene Fußspangen und goldenes Geschmeide. Da sie in ihrer Hoffart schon das Paradies auf Erden wähnten, kümmerten sie sich wenig um den Allmächtigen. Während ihre Weiber in die Christmette gingen, feierten die Männer die Weihnacht auf ihre Weise. Sie veranstalteten ein wüstes Gelage in der Knappenstube. Es dauerte nicht lange, da brach das Strafgericht über sie herein. Ein Erdbeben erschütterte den Berg. An der Nordostflanke des Gamskogels spaltete sich eine riesige Felswand ab, die unter furchtbarem Krachen in die Tiefe stürzte. Dabei wurde das Bergwerk mitsamt der Knappenstube verschüttet. Die Weiber sind alle Witwen geworden.«

»Dann sind die Granitblöcke, die im Wald verstreut liegen, Überreste von dem Bergrutsch?«

»Ja, so sagt man. Den Bergsturz soll es tatsächlich gegeben haben – in den dreißiger Jahren des vorigen Jahrhunderts.«

Während der Erzählung des Hirten hatte sich die schwelende Glut in weiße Asche verwandelt. Ein wechselnder Wind trieb den Rauch in die Gesichter, dass die Augen tränten. Die Männer besprachen ihre Vorhaben für den nächsten Tag. Der Kämmerer sagte, er müsse sein Bein schonen. Stensen wollte einige Gesteinsproben auf der Grube nehmen. Christoff sagte, er würde gern die anderen Stollen erkunden. Von den Mächten der Finsternis verriet er nichts. Je länger er darüber nachdachte, desto unwahrscheinlicher kam ihm die Erscheinung Luzifers vor. In seiner Erschöpfung und Verzweiflung hatte er wohl alles nur geträumt. Wie aber war er dann zu den Smaragdkristallen gekommen? War nicht alles ein Wunder?

Doch das Wetter machte ihre Pläne zunichte. Als sie am nächsten Morgen durch die Luken blickten, war die Welt weiß. Es schneite in dichten Flocken. Der Schnee deckte alles zu, was grünte und blühte. Selbst die Schieferplatten waren nur noch schemenhaft zu sehen. Die Berge waren in dichte Wolken gehüllt. Nebelschwaden stiegen vom Tal auf und begrenzten die Sicht auf wenige Schritte. Vor der Hüttentür schaufelte Naz den Schnee von der Schwelle. Hesel fütterte die Ziegen und Schafe, die sich ängstlich in den Stall drängten.

»Wir müssen so schnell wie möglich ins Tal hinab«, riet Christoff. »Sonst wird das Maultier den Abstieg nicht mehr schaffen.«

Eilig packten sie die Satteltaschen. Mit einem Zehrpfennig für Kost und Logis verabschiedeten sie sich. Dann machten sie sich auf den Weg. Stellenweise war der Steig nur noch zu erahnen. Schon nach wenigen Schritten klagte der Kämmerer über Schmerzen im Bein. Christoff hob den Kranken auf das Maultier, das sich, über seine zusätzliche Last nicht erfreut, widerspenstig im Kreis drehte. Für das Lasttier und seinen Träger wurde der Abstieg zu einer Rutschpartie.

»Nun ist Euer Wunsch doch noch in Erfüllung gegangen«, spottete der Jenner. »Ich hoffe, Ihr erfreut Euch der Annehmlichkeit des Rittes und genießt die herrliche Aussicht.«

»Gern würde ich mit Euch tauschen«, jammerte Fortunat. »Das Bein ist so stark geschwollen, dass ich einen Medicus aufsuchen muss.«

»Einen Medicus haben wir in Bramberg nicht, aber einen Wundarzt. Im vorigen Jahr hat er mein Weib vom Sumpffieber geheilt. Ich werde Euch zu ihm bringen.«

Nach mühevollem Abstieg erreichten sie schließlich den Talboden. Hier lag der Schnee nicht mehr so hoch. Dafür war jeder Schritt in dem pappigen Gewate beschwerlich. Mit seinen geschlossenen Fensterläden machte das Jagdhaus einen abweisenden Eindruck. Danach kamen sie besser voran. Allmählich ging der Schnee in Regen über. Nebel verhüllte die Berge.

Bis auf die Haut durchnässt und durchgefroren betraten die Reisenden die Gaststube.

Christoff war gerade im Begriff, seinen triefenden Wetterfleck an den Haken zu hängen, als sich zwei Männer vom Tisch erhoben und an ihn herantraten.

»Christoff Jenner aus Bramberg?«, fragte der ältere der beiden.

»Ja, warum?«

»Im Auftrag des Landgerichts sind wir angehalten, Euch zu verhaften.«

Ohne ein Wort packten ihn die Männer und legten ihm die Eisen an.

»Was liegt gegen diesen Mann vor?«, empörte sich Stensen.

»Das fragt am besten beim Gericht an«, grinste der ältere der beiden.

»Das ist keine Antwort!«

»Wenn Ihr es genau wissen wollt: Es liegt eine Anzeige gegen ihn vor.«

»Anzeigen sind unbewiesene Behauptungen. Das ist noch lange kein Grund, eine Person festzunehmen.«

»Nach der Gerichtsordnung ist eine Person geringen Standes oder die herumstreicherisch oder fremd ist, unabhängig von der Größe und Art des Verbrechens, gefangenzunehmen, wenn der Verdacht der Entweichung besteht und dieser Verdacht nicht hinreichend entkräftet werden kann, damit dieselbige nicht das Gerichtsverfahren vereitelt.«

»Habt Ihr einen Haftbefehl?«, fragte der Geheime Rat entrüstet.

»Bitte sehr!«

Der Gerichtsknecht zeigte ihm den Verhaftungsbrief. Christoff wehrte sich verzweifelt. Doch die Griffe der Häscher waren beinhart. Sie zogen ihm eine Kapuze über den Kopf und schleppten ihn zu einer geschlossenen Kutsche. Dort stießen sie ihn in den Wagen. Unter Peitschenknall setzten sich die Pferde in Bewegung. Bald hatte die Dämmerung das Gefährt verschluckt.

10
Venus im Spiegel

Du siehst, wohin du siehst, nur Eitelkeit auf Erden.

Andreas Gryphius

Nach der Verhaftung ihres Bergführers fuhren Niels Stensen und Fortunat von Hohenberg nach Bramberg. Beim Baderhaus unterhalb des Schwabenhauses ließ sich der Kranke absetzen. Stensen drückte dem Reisegefährten die Hand.

»Der Wundarzt wird Euch tüchtig quälen. Mit Aderlass, Schröpfen und scheußlichen Arzneien. Mal sehen, was ich tun kann, um unseren Freund aus dem Kerker zu holen oder, falls das nicht möglich ist, dafür zu sorgen, dass er wenigstens ein gerechtes Verfahren bekommt.«

»Wir sehen uns in Innsbruck«, erwiderte der Geheime Rat. »In einigen Tagen werde ich hoffentlich soweit wiederhergestellt sein, dass ich reisen kann.«

In diesen Tagen jedoch sollten sich Dinge ereignen, die das Leben des Kunstkämmerers gehörig aus den Fugen brachten.

Fortunat lag auf dem Schragen und stöhnte. Thaddäus Zipperle desinfizierte die Wunde mit Kupfervitriol. Anschließend behandelte er den Schlangenbiss, ähnlich wie die Hirtin, mit Elixieren und Salben auf der Basis von Heilkräutern.

»Den Umschlag mit Odermennig«, belehrte ihn der Bader, als er das Bein mit nassen Tüchern umwickelte, »müsst Ihr jeden Abend wechseln und die Prozedur drei Tage lang wiederholen. Das Bein sollte auf alle Fälle geschont werden. Weite Fußwege oder längere Fahrten sind unbedingt zu vermeiden.«

»Dann muss ich wohl ein paar Tage in diesem Kaff hier aushalten«, sagte Fortunat.

»Wohl oder übel, Euer Hochwohlgeboren. Das wirksamste Heilmittel ist der Smaragd. Als Pulver in Wein getrunken oder am Körper getragen, ist er gut wider das Gift. Leider besitze ich keinen dergleichen. Diesen Edelstein soll man nur im Habachtal finden …«

Der Hohenberg griff in seine Rocktasche. »Von daher komme ich gerade. Tut es dieser?«

Die Augen des Baders weiteten sich. »Wo habt Ihr den herrlichen Kristall her? Ich kaufe ihn Euch sofort ab.«

»Der Smaragd ist unverkäuflich. Er soll das Naturalienkabinett von Schloss Ambras bereichern.«

»Tragt diesen Heilstein bei Euch und Ihr werdet in drei Tagen gesund sein.«

Die beste Adresse für einen angenehmen Aufenthalt in Bramberg, sagte der Wundarzt beim Abschied, sei der Weyerhof, eine alteingesessene Wirtstaverne mit ausgezeichneter Küche. Der Gasthof werde allerhöchsten Ansprüchen gerecht. Fortunat erklärte sich mit dem Vorschlag einverstanden, und der Bader ließ es sich nicht nehmen, seinen Patienten persönlich zum Weyerhof zu kutschieren.

Das an der Gerlosstraße gelegene Haus war von Gerüsten umstellt. Maurer verputzten das aus Feldstein gemauerte Gebäude mit Mörtel. Stuckateure brachten bogenförmige Verdachungen und Gesimse an den Fenstereinfassungen an. Ein Maler setzte über dem Eingang die Jahreszahl 1669 unter das Familienwappen. Gastwirt Severin Senninger führte Fortunat über den Hof der Meierei und zeigte ihm die Umbauarbeiten seines traditionsreichen Wirts- und Einkehrhauses.

»Wir haben aus dem Maierhof ein Gasthaus gemacht, das höchsten Ansprüchen genügt. Man muss mit der Zeit gehen. Neuerdings kommen viele Kaufleute aus Tirol herüber. Einmal im Jahr, zur Jagdsaison, logiert auch der Bischof von Chiemsee bei uns. Er hat ein verbrieftes Wohnrecht seit alters her. Wir haben zwei Prunkzimmer, wie man sie im Pinzgau kein zweites Mal findet.« Mit einem Seitenblick auf den Kämmerer fügte er hinzu: »Selbstverständlich stehen sie auch anderen erlauchten Gästen zur Verfügung.«

Als Fortunat den Grund seines unfreiwilligen Aufenthaltes berichtete, versprach ihm der Gastgeber, eine Dienstmagd zu schicken.

»Wollen der hochwohlgeborene Herr sich vielleicht frisch machen? Die Fürstenzimmer sind eigens mit einem Badekabinett ausgestattet.

Wir sind der einzige Gasthof im Oberpinzgau, der seinen Gästen diesen Komfort bieten kann.«

Das Gemach gereiche jedem Fürsten zur Ehre, dachte Fortunat, als er sich in seiner Unterkunft umblickte. Der Türrahmen war von geschwungenen Säulen flankiert, die Decke mit Kassetten profiliert. Zwischen den Türen erhob sich ein weiß gekachelter Stuckofen auf Löwenfüßen mit verzierter Krone. Ein Bett mit scharlachrotem Baldachin und gedrechselten Pfeilern nahm die Stirnseite des Raumes ein. In die Fensterscheiben waren die Wappen der Gewerken von Brenntal und Gamseck eingelassen. Auf der Glasmalerei eines Bullenbeißers mit hechelnder Zunge verweilte sein Blick etwas länger. Betrachtete der Gewerke sein Bergwerk als Pforte zur Unterwelt, dass er sich einen Höllenhund als Wappentier ausgesucht hatte?

Er war im Begriff, seine Sachen auszupacken und in dem mächtigen Doppeltürkasten zu verstauen, als es zaghaft an der Tür klopfte. Eine Kammerjungfer betrat das Zimmer, einen Eimer Wasser in der Hand. Sie sei beauftragt, sagte sie höflich knicksend, den Behälter des Lavabos aufzufüllen, und dem Herrn, falls erwünscht, zur Hand zu gehen. Sie mochte nicht viel älter als achtzehn sein und trug ein himmelblaues, an den Hüften leicht aufgebauschtes Kleid mit weißer Schürze. Ihr Haupt bedeckte eine weiße Haube, die wie ein Turban gewickelt war. Nur ein paar flachsgelbe Strähnen, die unter dem Tuch hervorquollen, und ihre sanft geschwungenen Augenbrauen verrieten ihre Haarfarbe. Am meisten wunderte sich Fortunat über ihre aufrechte Haltung, die ihr etwas Selbstbewusstes verlieh und, vielleicht nicht ohne Absicht, ihren wohlgeformten Busen betonte. Den Gast würdigte sie kaum eines Blickes. Als sie den Behälter aufgefüllt hatte, sagte sie mit gleichgültiger Miene, sie käme gleich noch einmal, um die Handtücher zu bringen. Ihr ebenmäßiges rosiges Antlitz kam ihm irgendwie bekannt vor. Den gleichen Blick, das gleiche Lächeln hatte er schon einmal gesehen. Die gleiche, von der derben Mundart der ansässigen Bauern abgehobene Sprechweise schon einmal gehört. Aber wo und bei wem, wollte ihm nicht einfallen.

Ein Badetuch um die Lenden geschlungen, stand Fortunat am Lavabo und wusch sich. Das Zimmermädchen hatte die Handtücher über den Halter gelegt und war mit dem Beziehen des Bettes beschäftigt.

»Wie heißt du, holde Jungfer?«, fragte er durch die offene Tür.

»Susanna, Euer Hochwohlgeboren.«

»Lass das mit dem Hochwohlgeboren! Ich hasse dieses untertänige Gehabe. Haben nicht die Bauern im Gebirge diese Anrede verdient? Sie sind diejenigen, die wohl hoch geboren wurden.«

Mit weit ausholender Geste machte er eine Verbeugung. »Geheimer Rat Fortunat Reichsfreiherr von Hohenberg, kaiserlicher Kämmerer und Antiquarius auf Schloss Ambras in der Gefürsteten Grafschaft Tirol.«

Die Dienstmagd hielt sich die Hand vor den Mund, so musste sie lachen. »Wir haben Anweisungen, unsere Gäste nicht zu duzen – es könnte zu Missverständnissen führen.«

»Dann komm mal rüber, Susanna, und trockne mich ab. Es erinnert mich an meine Kindheit. Zu Hause hat das immer die Rosa gemacht. Wir waren vier Geschwister. Am Samstag war Badetag. Da musste die Gute uns einseifen, abschrubben und abtrocknen – wir standen da wie die Orgelpfeifen.«

Verlegen nahm die Dienstmagd das Handtuch und rieb Schultern und Rücken des Gastes trocken.

»Wie lange bist du schon auf dem Weyerhof?«

»Ein Jahr, gnädiger Herr. Meine Eltern meinten, es sei gut für ein Mädchen, etwas von der Hauswirtschaft zu verstehen.«

»Damit tun sie deinem künftigen Ehemann einen großen Gefallen.«

»Daheim habe ich solche Dinge auch nicht gelernt«, sagte sie, ohne auf die Anspielung einzugehen. »Wir haben dafür unsere Dienstboten. Mein ganzes Leben möchte ich diese Arbeit nicht machen.«

»Nein? Dann musst du einen Edelmann oder einen Handelsherrn heiraten. Schön wie du bist, dürfte dir das nicht allzu schwer fallen. Dein Arbeitsplatz bietet ja reichlich Gelegenheit für Bekanntschaften.«

Susanna errötete. »Meine Schwestern sagen, der Mann, den du einmal heiratest, muss erst noch geboren werden. Dir ist keiner gut genug.«

»Und haben sie recht?«

»Es ist immer das Gleiche. Zuerst geben die Mannsbilder damit an, welchen Preis sie für einen dreijährigen Hengst auf dem Rossmarkt herausgeschlagen haben. Dann erzählen sie Geschichten, dass sich die Balken biegen. Und wenn ihnen nichts mehr einfällt, raspeln sie Süßholz und machen verliebte Hundeaugen. Dabei wollen sie alle nur das eine …«

Fortunat lachte gekünstelt. »Wovon sollen sie deiner Ansicht nach denn reden?«

»Von Dingen, die meine Fantasie anregen.«

»Diese Gaben wirst du nur bei einem Künstler finden. Und mit dem wirst du dich jeden Tag zanken. Entweder weil er eine neue Muse hat, die ihm Modell steht, oder weil er kein Geld nach Hause bringt. Oder weil er nicht mal einen Nagel in die Wand schlagen kann.«

Beide mussten lachen. Bevor Susanna das Zimmer verließ, fragte sie, ob der gnädige Herr noch einen Wunsch habe.

»Du könntest mir einen Umschlag mit Odermennig machen. Aus der Dose mit den Kräutern auf dem Nachttisch nimmst du zwei gehäufte Löffel, schüttest sie in einen Topf, übergießt sie mit kaltem Wasser, kochst sie kurz auf und seihst die Brühe ab. Dann kommst du wieder und bringst Tücher mit.«

Fortunat hatte es sich im Morgenrock auf dem Bett bequem gemacht, neben sich mehrere Ausgaben der Wiener Ordinari Reichs-Zeitung. Susanna war damit beschäftigt, feuchte Tücher um sein geschwollenes Bein zu wickeln. Gelangweilt blätterte er unterdessen in den Wochengazetten.

»Mal sehen, was es Neues gibt – Seine Kaiserliche Majestät Leopold I. und Ihre Kaiserliche Hoheit Margarita Theresa sind in die Sommerresidenz Schönbrunn abgereist – (jedes Jahr das Gleiche) – der spanische Botschafter Marques de los Balbades hat bekanntgegeben, zu Ehren der Kaiserin eine Theateraufführung in spanischer Sprache organisieren zu wollen. Gedacht ist an das Drama des Hofdichters Calderon de la Barca mit dem Titel ›El secreto a vos – Das laute Geheimnis‹ – (seine Stücke haben Witz und Humor) – Erbprinz

Ferdinand Maximilian von Baden verstarb nach einem Jagdunfall bei Heidelberg. Nach Augenzeugenberichten ging in der Enge des Jagdwagens, in dem sich auch Kurfürst Karl Ludwig von der Pfalz sowie der Bruder und der Vater des Erbprinzen befanden, eine Flinte los und zerschmetterte die Hand des Vierundvierzigjährigen. Wenige Tage darauf erlag der Erbprinz dem Wundbrand – (ja, die Jagd geht eben nicht immer nur auf Vierbeiner) ...« Er griff zur nächsten Ausgabe. »Hier steht etwas Interessantes: Niagarafälle in Nordamerika entdeckt. In der Nähe des Ontario Sees wurden gewaltige Wasserfälle entdeckt. Sie werden von den dort ansässigen Indianerstämmen Niagara, donnerndes Wasser, genannt. Das Land an den Großen Seen ist derzeit noch im Besitz der Huronen und Irokesen – (ich fürchte, die Tage der Ureinwohner sind gezählt) – in South Carolina ist die Sklaverei der verschleppten Afrikaner durch den Großen Rat legitimiert worden – in Virginia dürfen Sklaven, die sich den Befehlen ihrer Herren widersetzen oder rebellieren, ohne Gerichtsurteil getötet werden ...«

»Das Bein sieht ja bös aus!«, unterbrach Susanna den Zeitung lesenden Fortunat. »Was ist Euch passiert?«

»Eine Höllenotter hat mich gebissen. Auf der Söllalm im Habachtal. Ich saß auf einem Stein und war dabei, eine Skizze anzufertigen.«

»Der Geheime Rat ist Künstler?«

»Sagen wir lieber Dilettant. Ich male und zeichne. Meine Vorbilder sind die italienischen Meister unserer Zeit. Tintoretto. Caravaggio. Tizian. Durch Empfehlung meiner Tante Anna, deren Bruder der Großherzog von Toskana ist, hatte ich im vorigen Jahr Gelegenheit, die Palatina in Florenz zu besichtigen ...«

»Wer ist denn die Tante Anna?«

»Die Erzherzogin Anna de' Medici.«

»Aber in der Grafschaft Tirol gibt es doch gar keine Erzherzöge mehr!«, lachte Susanna.

»Da hast du recht. Seitdem Wien vor vier Jahren die Regierungsgeschäfte in Tirol übernommen hat, trägt sie nur noch diesen Titel.«

»Dann werde ich beim nächsten Mal einen tiefen Knicks machen.«

»Keine Ehrerbietung wäre mir lieber!«

Interessiert sah er Susanna zu, wie sie den Verband um sein rechtes Bein wickelte. Sie hatte sich vornüber gebeugt, sodass sein Blick auf ihren Ausschnitt fiel. Der Anblick der Busenfalte nahm ihn gefangen, da sie, ohne allzu viel zu offenbaren, der Fantasie reichlich Spielraum bot.

»Sag mal«, sagte er sinnend, »hast du Lust, mir Modell zu sitzen?«

»Wenn das kein Vorwand ist, mich zu verführen«, sagte die Magd, die Träger ihres Kleides hochziehend. »Es gehen hier etliche Herren ein und aus, die glauben, wir Zimmermädchen seien im Preis inbegriffen.«

»Ist denn das Modell im Preis inbegriffen?«, fragte Fortunat spöttisch.

Susanna blickte ihn prüfend an, als wollte sie in seinen Augen lesen, wie er das gemeint hatte.

»Hm – morgen könnte ich mir vielleicht freinehmen. Wir hatten am Wochenende eine Gesellschaft.«

»Dann beginnen wir nach dem Frühstück, sagen wir um neun Uhr. Ach, da fällt mir ein, morgen Mittag wollte ich nach Tantzlehen. Ich habe dort etwas auszurichten.«

»Kann ich das nicht für Euch erledigen?«

»Nein, das muss ich der Haustochter schon selbst sagen.«

Erstaunt blickte sie auf. »Dann seid Ihr es also, der mit Christoff und dem dänischen Gelehrten im Habachtal war?«

»Ja – woher weißt du das?«

»Von meiner Schwester – ist etwas mit Christoff passiert?«

»Cecilia ist also deine Schwester – ich hätte es mir denken können. Was Christoff betrifft, wurde er auf der Rückreise aus dem Habachtal verhaftet. Die Gerichtsknechte werden ihn nach Mittersill gebracht haben.«

»Das geschieht ihm ganz recht«, sagte Susanna ungerührt. »Warum musste er Cecilia auch in diese Spelunke schleppen. Keine in unserer Familie hat sich bisher als Schankdirn verdingen müssen. Er hat ihr und uns schon genug Schande und Ungemach bereitet.«

»Ich würde diese Dinge deiner Schwester gern persönlich mitteilen. Kannst du mich morgen Mittag nach Tantzlehen begleiten?«

»Ja, wenn der Herr es wünschen. Für Cecilia wird es schwer sein, die Nachricht zu verarbeiten …«

»Deine Schwester gehört, wie mir scheint, nicht zu den Frauen, die sich den Männern unterordnen.«

»Nein, zu dieser Sorte gehört sie nicht – ich übrigens auch nicht.« Mit hoch erhobenem Kopf schritt sie aus dem Zimmer. Dass der Herr sich für ihre Schwester interessierte, machte sie ein wenig eifersüchtig.

An einem Tisch, den sie an das Bett rollte, servierte Susanna dem Geheimen Rat am nächsten Morgen das Frühstück.

»Der Senninger hat mir freigegeben. Ich sagte, ich müsste Euch nach Tantzlehen bringen, Ihr wärt noch nicht in der Lage, allein zu gehen.«

»Das hast du gut gemacht! Komm in einer Stunde wieder. Dann fangen wir mit der Arbeit an.«

Vor den weit geöffneten Fensterflügeln, im Licht der Morgensonne, das durch das Baugerüst fiel, hatte Fortunat seine Staffelei aufgebaut, das Gesims mit Farbtöpfen, Tiegeln, Pinseln und Spachteln belegt. Er war im Begriff, die Leinwand in den Rahmen zu spannen, als Susanna das Zimmer betrat. Die Dienstkleidung hatte sie gegen einen enzianblauen Leinenrock mit rotem Mieder und ein weit ausgeschnittenes kurzärmeliges Hemd getauscht. Das goldblonde Haar trug sie hochgesteckt, nur von einer Hornspange gehalten. Bis auf ein goldenes Ohrgehänge hatte sie keinen Schmuck.

»Ich hoffe, ich bin richtig gekleidet. Ich hatte keine Zeit mehr, nach Hause zu gehen, um mich umzuziehen«, sagte sie zu ihm aufblickend.

»Wieso umziehen? Eigentlich dachte ich weniger an ein Porträt als an einen … liegenden Akt.«

»Ein liegender Akt?«, rief sie empört. »Für wen haltet Ihr mich! Meine Lehrstelle wäre ich los, und alle würden mit dem Finger auf mich zeigen. Nein, sucht Euch ein anderes Modell.«

»Wenn das deine einzige Befürchtung ist, kannst du mir ja den Rücken zuwenden. Dann male ich dich als Venus mit dem Spiegel … in der Art von Velázquez.«

»Was, ich soll auf dem Bett liegen mit einem Spiegel in der Hand?«

»Nein, den Spiegel hält ein Cupido, ein kleiner Liebeseinflüsterer. Man nennt ihn auch Amor.«

»Das mit dem Spiegel könnt Ihr Euch abschminken. Dann sieht man mein Gesicht…«

»Dann hält Cupido den Spiegel eben so, dass man dein Gesicht nicht sieht.«

Argwöhnisch zog sie die Brauen hoch. »Was zeigt der Spiegel dann?«

»Deinen Körper.«

Gedanken wirbelten durch ihren Kopf. Warum sollte sie sich nicht in ihrer ganzen Schönheit zeigen? In einigen Jahren wäre ihr Leib unförmig von den vielen Kindern, in einigen Jahrzehnten schlaff und dürr von Alter oder von Krankheit ausgezehrt. Kein Künstler würde sie dann noch malen. Zumindest nicht als Venus.

»Meinetwegen«, sagte sie, den Mund zu einem gequälten Lächeln verzogen. »Gebt mir ein Buch zu lesen, damit mir nicht langweilig wird. Ich habe keine Lust, untätig auf den Kissen zu liegen.«

»Auf dem Nachttisch liegen einige Bücher.«

Sie ging zur Tür und drehte den Schlüssel zweimal um. »Für alle Fälle … damit uns niemand stört.«

»Hinter dem Paravent kannst du dich ausziehen«, sagte Fortunat, als er die Staffelei aufbaute.

Sie trat hinter die Spanische Wand, löste die Bänder ihres Mieders und Schleifen des Rocks. Nach kurzem Zögern streifte sie ihr Hemd über den Kopf und schlüpfte aus der Leibwäsche. Sorgfältig legte sie die Sachen über den seidenbespannten, mit Pfauen und Rosenranken bemalten Wandschirm.

Fortunat beachtete sie nicht. Er war mit Vorbereitungen beschäftigt, dass er nicht bemerkte, wie sie vor ihm stand. Nackt bis auf den zierlichen goldenen Ohrschmuck.

»Ich bin fertig.« Schamhaft hielt sie das Unterhemd vor die Brust. »Ich hoffe, ich bin als Modell geeignet.«

Er betrachtete sie voller Bewunderung. »Du bist schön wie … wie die Maria Magdalena von Cagnacci. Für Rubens wärst du zu schlank, der liebt Speckfalten. Aber für Tizian oder Velázquez wärst du genau die Richtige.«

»Eure Schmeicheleien sind süß wie Zuckerkrapfen. Das zieht bei mir nicht.«

Susanna nahm das Buch zur Hand, das auf dem Nachttisch lag, und ließ sich auf der Bettstatt nieder. Wie er es wünschte, hatte sie ihm den Rücken zugewandt. Damit sie bequemer lesen konnte, hatte sie ein Kissen unter den Oberkörper geschoben. Den Arm aufgestützt, die Beine leicht angewinkelt, begann sie zu lesen.

»Die Tagesdecke wirf zurück, dass man die weißen Bettlaken sieht. Das gibt einen schönen Kontrast.«

Fortunat nahm einen Kohlestift zur Hand. Wie eine Meereswelle erschien ihm ihr Körper. Eine geschwungene Linie von Kopf bis Fuß. Lichtflecken spielten in den gekräuselten Haaren ihres Nackens und huschten, von leichten Sommerwolken gejagt, über ihre glatte Haut. Zu verschiedenen Pinseln greifend und die Farben auf der Palette mischend, begann Fortunat zu malen.

»Ich bitte dich, den Spiegel in die Hand zu nehmen ... etwas mehr zur Seite ... nein, nicht so ... mehr nach links ... ja, und jetzt etwas mehr nach unten ... ja, so ist es gut.«

»Euer Cupido ist ein Schelm. Er zeigt die verborgenen Körperteile des Weibes. Es ist ein lüsterner Blick ... wie durch das Schlüsselloch. Seht Ihr die Frauenzimmer auch so?«

Fortunat nahm den Pinsel von der Leinwand. »Im Augenblick denke ich daran, wie ich die gespiegelten Körperteile darstelle, dass sie nicht verzerrt erscheinen. Das Spiegelbild werde ich etwas verwischen, damit es nicht so ... lüstern aussieht.«

Der Maler war so in seine Arbeit vertieft, dass er den Zimmermann auf dem Gerüst nicht wahrnahm, der durch das offene Fenster spähte.

»Dieses Bild wird eine neue Epoche der Kunstgeschichte einläuten«, schwärmte er, den Handspiegel mit zarten Pinselstrichen konturierend. »Die unverkleidete Schönheit. Keine Allegorie, keine Mythologie. Keine Susanna im Bade ...«

»Wie wurde die Susanna im Bade gemalt?«

»Bei Tintoretto sitzt Susanna unbekleidet am Beckenrand. Versonnen betrachtet sie ihren Körper im Spiegel, während die beiden alten Richter sie heimlich beobachten. Artemisia Gentileschi lässt ihre Susanna nackt am Wasserbecken sitzen. Verzweifelt wehrt sie die beiden Männer ab, die sie zwingen wollen, mit ihnen zu schlafen. Man hat Mitleid mit der verheirateten jungen Frau, die mit der Lüge erpresst wird, sie habe Ehebruch begangen, und wenn sie ihnen nicht zu Willen sei, würde sie vor Gericht gestellt. Susanna aber bleibt standhaft.«

»Ich hoffe, ich bleibe auch so standhaft wie die Susanna im Bade«, lachte sie und las mit heller Stimme: »Von den gefangenen Weibern, Mägden und Töchtern weiß ich sonderlich nichts zu berichten, weil mich die Krieger nicht zusehen ließen, wie sie mit ihnen umgingen: Das weiß ich noch wohl, dass man teils hin und wieder in den Winkeln erbärmlich schreien hörte, schätze wohl, es sei meiner Mutter und unserem Ursele nicht besser ergangen als den anderen. Mitten in diesem Elend wendete ich Braten, und half nachmittags die Pferde tränken, durch welches Mittel ich zu unserer Magd in den Stall kam, welche wunderlich verstrubbelt aussah, wie ich sie nicht kannte, sie aber sprach zu mir mit kränklicher Stimme: ›O Bub, lauf weg, sonst werden dich die Reiter mitnehmen, guck dass du davonkommst, du siehst wohl, wie es so übel.‹ Mehreres konnte sie nicht sagen …«

Sie legte das Buch aus der Hand und drehte sich um. Das Bettlaken über ihre Blöße ziehend, blickte sie Fortunat fragend an.

»Was haben die Soldaten mit den Weibern getrieben?«

»Sie haben sie vergewaltigt, wie es im Krieg Brauch ist.«

»Was ist das für ein schreckliches Buch?«

»Es ist ›Der Abenteuerliche Simplicissimus‹. Der Roman ist im letzten Jahr erschienen und hatte auf Anhieb Erfolg. Sein Verfasser nennt sich German Schleifheim von Sulsfort – vermutlich ein Pseudonym. Schrecklich ist nicht das Buch, sondern der Krieg, dessen Gräuel wahrhaftig geschildert werden. Nach seiner Lehrzeit erlebt der Held auch allerhand lustige Dinge.«

Zufrieden betrachtete der Kämmerer sein Werk.

»Wir sind fertig, Susanna. Du kannst dich anziehen.«

Als sie sich angekleidet hatte und im Spiegel betrachtete, erschrak sie. »Ein Ohranhänger ist mir abgefallen. Ich muss ihn wohl im Bett verloren haben.«

Sie durchwühlte Decken, Laken und Kissen. Suchte in Ritzen und Ecken. Doch der Schmuck war nirgends zu finden.

»Seht bitte heute Abend noch einmal nach. Wenn ihr den Anhänger findet, gebt ihn nicht im Haus ab, es könnte Gerede geben. Am besten Ihr behaltet ihn … als Erinnerung. Oder gebt ihn mir ein anderes Mal.«

Skeptisch betrachtete sie das Gemälde. »Habe ich wirklich einen so dicken Hintern?«

»Ich habe dich so gemalt, wie ich dich sehe. Ein anderer würde dich anders malen. Aber eines ich kann dir versichern: Ein Hungerrechen bist du nicht.«

»Nein, ein Hungerrechen bin ich wirklich nicht«, lachte sie. »Sogar die Fastenzeit geht spurlos an mir vorüber.«

Gegen Mittag begleitete Susanna den Geheimen Rat nach Tantzlehen. Das Gut lag keine halbe Gehstunde vom Weyerhof entfernt. Auf dem Hof begegneten sie Rupert Ronacher, der sich mit dem Hufschmied unterhielt.

»Herr von Hohenberg«, stellte Susanna ihrem Vater Fortunat vor. »Der Geheime Rat war mit Christoff im Habachtal. Er möchte Celia gern eine Nachricht überbringen.«

Der Tantzlechner beäugte ihn mit scheelem Blick. »So. Eine Nachricht möchte der Herr überbringen? Gutes wird es gewiss nicht sein, wenn es den Fronleitner betrifft.«

Seit der Heimkehr seiner Tochter, die er als Beweis für das Scheitern ihrer Beziehung ansah, nahm er den Namen Jenner nicht mehr in den Mund.

Der Würde des Gastes entsprechend, ließ es sich Rupert Ronacher nicht nehmen, den Geheimen Rat über den Hof zu führen. Als der Ronacher ihm auch noch die Dreschtenne zeigen wollte, lehnte Fortunat höflich ab. Er habe dringend mit Cecilia zu sprechen. Seine Tochter sei gewiss in der Küche, sagte der Großbauer und führte ihn ins Haus.

Der stattliche Gutshof verfehlte seine Wirkung auf Fortunat nicht. Bewundernd betrachtete er die Ahnentafel in der Diele.

»Euer Stammbaum kann sich mit dem einer Adelsfamilie messen.«

»In sieben Jahrhunderten ist einiges zusammengekommen. Es war ein ewiges Auf und Ab. Nicht nur in der Wirtschaft. In letzter Zeit tanzt allerdings einiges aus der Reihe …«

»Ihr meint wohl Eure älteste Tochter?«

»Ja. Sie bereitet uns großen Kummer …«

In diesem Augenblick erschien Cecilia. Sie wischte sich die Hände an der Schürze ab.

»Entschuldigt meinen Aufzug. Ich habe mit Mutter gerade das Mittagsmahl vorbereitet. Ihr bleibt doch zum Essen?«

Cecilia blickte ihren Vater fragend an.

»Selbstverständlich gibt der hochedle Herr uns die Ehre, nicht wahr?«, erwiderte der Ronacher.

»Sehr liebenswürdig«, erwiderte Fortunat, »aber ich bin bereits im Weyerhof für den Mittagstisch vorgemerkt.«

Als der Ronacher sich entfernt hatte, nahm er Cecilia beiseite und sagte: »Ich habe Euch etwas mitzuteilen, das von großer Wichtigkeit ist.«

»Wir gehen am besten in den Kräutergarten.«

Cecilia führte ihren Gast um das Haus. Hinter dem Zaun aus schräg gestellten Stecken wuchsen Gemüse, Kräuter und Beeren. Dazwischen blühten Rittersporn, Nelken und Ringelblumen. Sie setzten sich auf eine Bank an der Hauswand. Die Sonne stand hoch über den Tauern.

»Ich habe jeden Tag in das Habachtal hinübergeschaut und mir vorgestellt, was ihr wohl macht. Wie war die Smaragdreise?«

»Abenteuerlich! Christoff hat eine Handvoll wunderschöner Smaragde gefunden.«

»Schön für ihn!« Plötzlich weiteten sich ihre Augen voller Angst. »Wo ist Christoff?«

»Er wurde verhaftet. In der Habachklause. Die Gerichtsknechte haben ihn abgeholt.«

Cecilia verbarg ihr Gesicht in den Händen. »Oh mein Gott! Ich kann mir denken, was passiert ist … der Staudinger.«

»Ja. Er wird ihn angezeigt haben.«

»Was können wir tun?« Ihre Stimme klang verzweifelt.

»Stensen und ich werden uns bemühen, günstig auf das Landgericht einzuwirken. Auch wollen wir den Termin der Verhandlung in Erfahrung bringen, um als Zeugen aufzutreten.«

»Wie kommt es eigentlich, dass Euch meine Schwester hierhergeführt hat? Sie lässt sich doch sonst nicht mit Gästen ein.«

»Nun«, sagte Fortunat spöttisch, »sie hat mir den Verband angelegt und gewechselt … eine Höllenotter hat mich im Habachtal gebissen. Dabei kamen wir ins Gespräch.«

»Und hat sie sich gut angestellt … ich meine, beim Verbinden Eures Beins?«

»Oh ja! Sie hat durchaus das Zeug zur Krankenschwester.«

Cecilia bemerkte den Schalk in seinen Augen. »Keine Sorge, Herr. Susu wird bestimmt nicht den Schleier nehmen und zu den Barmherzigen Schwestern gehen. Sittsamkeit und Demut zählen nicht gerade zu ihren Tugenden.«

»Welches sind denn ihre Tugenden?«

»Das müsst Ihr schon selbst herausfinden«, lachte Cecilia, als sie ihn auf die Gasse begleitete.

Nachdenklich blickte sie ihm nach. Sollte sich dieser Salontiroler in Susu verguckt haben? Schlecht sah er nicht aus. Und witzig war er auch. Aber kein Mann. Stelzbeinig wie ein Storch kam er daher. Allein sein gespreiztes Gehabe. Und die Wehleidigkeit wegen einer Wunde. Nein, sie konnte sich nicht vorstellen, dass dieser Schönling das Herz ihrer Schwester gewinnen würde.

11
Das Geheimnis des Nähkastens

Wenn Cecilia eine Besorgung im Dorf oder in Mittersill zu erledigen hatte, gab sie ihren Sohn zuweilen in die Obhut ihres Vaters. An diesem Morgen, einen Tag nach dem Besuch des Tirolers, hatte Rupert nichts zu tun. Mit der Kornernte hatte es noch seine Zeit, und das Gesinde war beim Heumachen auf den Wiesen. Cecilia war nach Mittersill gefahren. Sie wollte ein paar Sachen beim Krämer einkaufen und hatte ihren Vater gebeten, auf Martin aufzupassen.

Der Ronacher saß in der Kinderstube und spielte mit dem Kleinen. Rupert hatte einen Narren an seinem Enkelkind gefressen. Wohl deshalb, weil Magdalena ihm nicht den männlichen Hoferben geschenkt hatte, den er sich immer gewünscht hatte. Besonders gern hatte es Martin, wenn sein Großvater mit ihm Hoppe-hoppe-Reiter spielte. Dann quietschte der Kleine vor Vergnügen.

Magdalena trat in das Zimmer. Sie hatte nichts dagegen, dass ihr Näh- und Ankleidezimmer zweckentfremdet wurde.

»Wie ich sehe, gibst du Martin schon Reitunterricht?«, sagte sie lächelnd. »Ich glaube, wir werden ihm ein Schaukelpferd zum Geburtstag schenken müssen. Übrigens, der Bauknecht wartet unten auf dich. Es gebe etwas wegen der neuen Korntruhen zu besprechen, meinte er.«

»Kannst du so lange auf Martin aufpassen, bis ich wiederkomme? Ich möchte ihn ungern allein lassen.«

»Ich werde es versuchen. Sonst setz ich den Bub in den Laufstall.«

Mit einem Wollknäuel, das Magdalena ihrem am Boden sitzenden Enkelsohn zurollte, vertrieben sie sich die Zeit. Dann wurde sie von einer Magd in den Kuhstall gerufen. In der Eile vergaß sie, Martin in den Laufstall zu setzen.

Voller Abenteuerlust untersuchte der Kleine das Zimmer. Vor einer Woche erst hatte er laufen gelernt. Noch reichlich wackelig auf den Beinen, hielt er sich an Schrank und Kommode fest. Die Knöpfe der Schubladen weckten sein Interesse. Doch seine Kräfte reichten nicht aus, die schweren Laden herauszuziehen. Der Toilettentisch versprach mehr Abwechslung. Unbeholfen griff er nach Bürsten und Kämmen und allem, was er noch finden konnte. Schüttelte die Puderdose, dass sein blauer Strampelanzug weiß wurde. Beschmierte den Spiegel mit Schminke. Und fegte zum Schluss alles mit einem Schwung auf den Boden.

Von dem Erfolgserlebnis beflügelt, entdeckte Martin den Nähkasten. Ein altertümliches Möbelstück mit gedrechseltem Dreibein, das ihm gerade bis zur Stirn reichte. Die Klappe konnte er nicht heben. Deshalb beschloss er, das Ganze umzuwerfen. Er ruckelte so lange an dem Stehfuß, bis das Kästchen umstürzte. Der Spiegel auf der Innenseite zersplitterte. Der Einsatz mit den Fächern fiel heraus. Mit Eifer machte er sich daran, den Inhalt zu untersuchen. Da gab es Nähnadeln auf Nadelkissen. Wollknäuel und Garnrollen. Und Dinge, die man in den Mund nehmen konnte. Die Fingerhüte und Knöpfe schmeckten nicht. Er spuckte sie wieder aus.

Und noch etwas lag am Boden. Ein Bündel Briefe, verschnürt mit einer rosa Schleife. Martin zog an der Schleife und faltete einen Briefbogen auseinander. Er zerriss das Papier in kleine Schnipsel. Mehr konnte man offenbar nicht damit anfangen. Verwundert betrachtete er die Scherben, die sein Spiegelbild zeigten. Wie er nach einer Scherbe griff, schnitt er sich in den Finger. Blut tropfte auf den Boden. Martin schrie aus Leibeskräften.

Rupert hörte das Geschrei als erster. Nichts Gutes ahnend, stürzte er in die Kinderstube. Entsetzt bedeckte er das Gesicht mit den Händen, als er das Chaos sah.

»Großer Gott, was hast du angestellt, Martin!«

Er nahm den Kleinen auf den Arm und ging in die Küche, um die blutende Wunde auszuwaschen.

»Da braucht man dich nur fünf Minuten allein zu lassen, und schon haben wir die Bescherung! Du kommst ganz auf deinen Vater raus.«

Damit Martin nicht noch andere scharfe oder spitze Gegenstände in die Finger bekam, überlegte der Tantzlehenbauer, sollte er seinen Enkelsohn lieber in den Laufstall setzen. Da erblickte er die auf dem Boden verstreuten Briefe. Seine Stirn zerfurchte sich. Seit wann bewahrte Magdalena Post in ihrem Nähkasten auf? Der Ronacher besah sich das leere Kästchen. In dem mit Samt ausgelegten Boden befand sich eine Vertiefung. Das geheime Fach, dessen Deckel aufgesprungen war, hatte die Größe eines Briefbogens. Darin also hatte sein Weib die Briefe versteckt. Er zögerte, ob er sie lesen sollte. Doch die Neugier war stärker. Er nahm eines der mit verschnörkelter Schrift beschriebenen Blätter, trat ans Fenster und las:

Mein allerliebster Engel,
die Königin der Nacht hat wieder einmal den blauen Sternenmantel der Verschwiegenheit über uns gebreitet. Ich preise mich überglücklich, in dem tiefen Meere meiner Unwürdigkeit die Perle der Lust in deiner Venusgrotte gefunden zu haben. Der Preis meines Glücks ist mir nicht zu gering, um mit Dir, mein Engel, die Wonnen der Sünde zu genießen. In der Feuersbrunst der Liebe verzehre ich mich danach, holdselige Najade, deinen Korallenmund an den meinen zu drücken und deinen himmlischen Alabasterleib mit abertausend Küssen zu bedecken. Meiner ergebensten Hoffnung will ich Ausdruck verleihen, dass du mir ein Zeichen gibst, wann die Pforten des Paradieses geöffnet sind.
Dein dich liebender Matthäus.

P.S.: Wie immer mit einer Rose am Votivbild des Guten Hirten in der Haslachkapelle am Sonnberg.

Rupert versuchte das Datum zu entziffern. Tag und Monat waren verwischt. Lediglich die Jahreszahl 50 war zu lesen. Drei Jahre nach ihrer Hochzeit – ein Jahr nach der Geburt von Cecilia und ein Jahr, bevor Susanna auf die Welt kam. Hastig griff er zum nächsten Brief.

Geliebte Magdalena,
das Geständnis deines gesegneten Leibes hat den Schleier der Liebe mit roher Hand zerrissen. Wie Adam und Eva nach dem Sündenfall stehen wir da im Bewusstsein unserer Schuld. Der Verzicht auf das Glück ist das Opfer, das wir der gottgegebenen Ordnung der Dinge schulden.

So bleibt uns von dieser Begegnung nicht mehr als die Erinnerung an einen wundersamen Sommertraum. Und ein Kind, das vielleicht niemals erfahren wird, wer sein ...

Hier wurde die Schrift unleserlich. Als ob Tränen die Buchstaben verwischt hätten.

Rupert musste sich am Fenstersims festhalten. Vor seinen Augen flimmerte es. Wie ein reifes Kornfeld in der Gluthitze des Sommers. Er schaute auf den Hof. Doch er nahm nichts wahr. Magdalena und Matthäus Jenner. Er versuchte sich an den Sommer 1650 zu erinnern. Richtig, er war damals viel auf Reisen. Meist auf anderen Höfen, um den Zehenten einzutreiben. Oder auf Viehmärkten. Hatte die Abende in Wirtshäusern verbracht, mit Bauern und Händlern fröhlich gezecht. Hatte geglaubt, sein Weib wäre mit der einjährigen Cecilia ausgefüllt. Die Briefe belehrten ihn eines Besseren.

Wie er so grübelte, ging die Tür auf. Magdalena erschien.

»Ach, ich hatte ganz vergessen, Martin in den Laufstall zu setzen. Es ist ihm doch hoffentlich nichts passiert?«

Sie schlug die Hände zusammen, als sie die Unordnung erblickte.

»Ach, du meine Güte, wie sieht es denn hier aus?! Als hätte eine Räuberbande gehaust ... oh, mein Frisiertisch ... und der Nähkasten. Was hast du Rupert? Du siehst so blass aus ... ist dir nicht gut?«

Bebend vor Zorn und aschfahl im Gesicht hielt der Ronacher seinem Weib die Liebesbriefe vor die Nase.

»In deinem Nähkasten war mehr als Nadel und Faden. Welcher Schelm hat dieses schamlose Bettgeflüster geschrieben? Perle der Lust ... Venusgrotte ... Korallenmund ... Alabasterleib. Hast du mir vielleicht etwas zu sagen?«

Magdalena erschrak. Hatte sie nicht die Briefe vernichten wollen? Sie musste es vergessen haben über ihrer Schwangerschaft. Da vergisst man manches, was einem unwichtig erscheint.

»Nicht mehr als das, was du gelesen hast. Das ist zwanzig Jahre her. Eine Sommerromanze. Nicht mehr.«

»Eine Sommerromanze nennst du das? Ich pflege den Dingen ihren richtigen Namen zu geben und nenne es Ehebruch. Weißt du, wie das

Gesetz den doppelten Ehebruch nennt? Nein? Dann will ich es dir sagen: Eine Oberhurerei! Und Susanna, ist die das Erzeugnis dieser … Sommerromanze?«

»Ja. Du bist nicht ihr Vater. Es ist Matthäus Jenner, der Fronleitner.«

»Ein Kukucksei hast du mir ins Nest gelegt!« Der Ronacher schlug sich mit der Faust an die Stirn. »Was war ich für ein Narr! Mein Vater hat immer gesagt: Heirate mit dem Kopf und nicht mit dem Schwanz.«

»Nun, der hat uns immerhin drei hübsche Töchter beschert, auch wenn nur zwei von dir sind. Warum quälst du dich mit der Vergangenheit, Rupert? Wir sollten lieber über die Gegenwart sprechen. Wie denkst du darüber?«

Der Ronacher überlegte hin und her. Allmählich kam er zur Ruhe.

»Wir sollten Susanna die Wahrheit sagen, bevor es andere tun. Sie hat ein Recht darauf zu wissen, wer ihr leiblicher Vater ist.«

»Von diesem Ansinnen kann ich nur abraten«, sagte die Kammerlanderin. »Wenn Susanna die Wahrheit erfährt, wird sie dich künftig nur noch als Vormund betrachten. Ich denke, es ist das Klügste, wir lassen alles so, wie es sich bewährt hat. Ich werde die Briefe dem Feuer übergeben.«

»Du kannst die Briefe verbrennen, aber deine Vergangenheit kannst du nicht verbrennen. Und die Erinnerung daran auch nicht. Was Susanna angeht, werde ich mich bemühen, ihr weiterhin ein guter Vater zu sein.«

»So einfach wird die Sache nicht ausgehen, Rupert. Die Wahrheit ist wie die Pfette. Das ganze Haus wird zusammenbrechen, wenn wir den Tragebalken herausnehmen. Manchmal ist es besser, die Dinge im Verborgenen zu lassen. Die Sache wird zu viel Staub aufwirbeln.«

»Staub aufwirbeln? Du meinst wohl den Schmutz, den du verbreitet hast.«

Rupert und Magdalena stritten hin und her, ob sie ihrer Tochter die Wahrheit sagen sollten oder nicht. Bevor sie eine Entscheidung trafen, ging die Tür auf, und Susanna kam herein.

»Was ist denn hier los? Den Lärm hört man ja im ganzen Haus.«

Sie sah die Briefe auf dem Boden.

»Mama, seit wann bewahrst du deine Post zwischen Wolle und Garn auf?«

»Martin hat den Nähkasten umgeworfen. Dabei sind ein paar alte Briefe herausgefallen ... ich hatte sie ganz vergessen.«

»Sie scheinen zumindest so interessant zu sein, dass ihr euch darüber streitet. Von wem sind sie?«

Susanna bückte sich und nahm einen Brief in die Hand. Es dauerte eine Weile, bis sie die Schrift entziffert hatte. Zwischen ihren Augenbrauen bildete sich eine steile Falte. »Matthäus ... welcher Matthäus?«

»Der Fronleitner hat sie mir geschrieben«, sagte Magdalena betreten. »Du warst damals noch nicht auf der Welt.«

»Wie kommt der Fronleitner dazu, dir zu schreiben. Dass er überhaupt schreiben kann, wundert mich.«

»Wir hatten eine kurze Affäre ... zwischen Heu und Grummet.«

»Wie soll ich das verstehen? Warst du in diesem Sommer nicht mit mir schwanger?«

Sie wartete die Antwort ihrer Mutter nicht ab. Neugierig öffnete sie den nächsten Brief. Ihre Augen weiteten sich. »Er schreibt, dass er es nicht fertig brächte, dich nicht mehr zu sehen, so sehr liebe er dich. Zum Schluss schreibt er, dass er sich um das Kind kümmern würde, falls dir etwas zustoßen sollte ...«

Sie machte eine Pause.

»Was für ein Kind?«

Mit stummer Gebärde forderte Rupert sein Weib auf, das Geheimnis zu lüften.

»Susu, du bist jetzt alt genug, um die Wahrheit zu erfahren«, begann die Kammerlanderin. »Damals war dein Vater viel auf Reisen und ich ... ich bin dem Matthäus begegnet. Da ist es dann passiert.«

»Was ist dann ... passiert?«

»Das, was meistens passiert, wenn man sich liebt.«

Die Augen vor Entsetzen aufgerissen, blickte Susanna ihren Vater an. »Dann ... dann bist du also gar nicht mein Vater?«

Der Ronacher blickte aus dem Fenster. »Nein. Ich bin es nicht ... nicht im leiblichen Sinne. Ich weiß es auch erst seit gerade eben.«

»Warum hast du mir das verschwiegen, Mutter?«

»An den Pranger hätten sie uns gestellt. Mehr als das habe ich befürchtet, von Tantzlehen verstoßen zu werden. Und auch wenn es nicht so gekommen wäre, hätte das Vertrauen zu mir und zu deinem Vater – ich meine zu Rupert – Schaden gelitten. Glaub mir, es war besser so.«

»Ein Kuckuckskind bin ich, gewickelt in den Windeln der Lüge!«, schrie Susanna fassungslos. »Lange halte ich es unter diesem Dach nicht mehr aus!«

Zornig knallte sie die Tür hinter sich zu und lief zum Weyerhof.

Magdalena hatte sich im Schlafzimmer eingeschlossen. Rupert stand allein im Kinderzimmer. Müde von den aufregenden Erlebnissen lag Martin in der Wiege und schlief. Ab und zu bewegten sich seine kleinen Hände auf der Häkeldecke. Als ob er nach den vielen aufregenden Dingen greifen wollte, die ihm im Traum erschienen.

Der Ronacher ging in die Küche, um nach etwas Essbarem zu suchen. Gundl war gerade beim Gemüseputzen. Unter dem Wasserhahn säuberte sie einen Bund Möhren. Mit kräftiger Hand betätigte sie den Pumpenschwengel, dass das Wasser in dem Steintrog spritzte.

»Gib mir eine Karotte, Gundl, das Mittagsmahl ist ausgefallen.«

Herzhaft biss Rupert in die Rübe, dass es knackte. Wohlgefällig ruhte sein Blick auf der Küchenmagd. Mit ihren ebenmäßigen Gesichtszügen und, wie er mit Genugtuung feststellte, nicht geringen weiblichen Reizen, musste man sich wundern, dass sie nicht längst unter der Haube war. Im richtigen Alter war sie jedenfalls, um zu wissen, was ein Mann will. Hatte sie nicht mal etwas mit dem letzten Bauknecht gehabt? Eine Ewigkeit musste das her sein. Auf dem letzten Erntefest hatte sie ein paar Mal mit dem Jörg getanzt, dem Wagenschmied. Mehr wusste er nicht von ihr.

»Sag mal Gundl, wie lange bist du jetzt bei uns?«

»Zwölf Jahre, Bauer. Mit sechzehn bin ich nach Tantzlehen gekommen.«

»Und warum hast du noch keinen Mann gefunden … so hübsch wie du bist?«

Die Magd errötete bis zu den Haarspitzen. Sie wischte sich die Hände an der Schürze ab.

»Einen hab ich geliebt ... den Bertl Achrainer.«

»Der letzte Bauknecht?«

»Ja. Er hat gesagt, er würde mich heiraten. Dabei hat er mich benutzt wie einen Scheuerlappen. Ich bekam ein Kind von ihm ...«

»Ein Kind von dem Bertl?«

»Ja.«

»Und ... was hast du mit dem Kind gemacht?«

»Ich habe es wegmachen lassen ... beim Sauschneider. Ich war damals noch keine neunzehn.«

»Mein Gott, warum hast du uns das nicht gesagt? Es gibt immer einen Weg, ein Kind großzuziehen.«

»Ich habe diesen Schelm gehasst. Wie hätte ich das Kind von ihm lieben können?«

»Und nach dem Achrainer ... gab es da keinen mehr?«

»Was man braucht, das holt man sich«, sagte sie mit listigem Seitenblick. »So macht ihr Mannsleute es doch auch. Oder nicht?«

Rupert trat näher an sie heran. Er sah ihr zu, wie sie die Karotten schnitt, schnell und gleichmäßig. Er legte seine Hand auf ihre Schulter. Als brauche er eine Stütze. Sie blickte nicht von ihrer Arbeit auf. Rupert sah, wie sie errötete. Er wusste, sie hatte ihn immer bewundert. Nicht nur als ihren Brotgeber. Sich an den Dienstboten zu vergreifen, wäre ihm nie in den Sinn gekommen. Dies galt als ein ungeschriebenes Gesetz auf Tantzlehen. Sein Vater hatte ihm den Rat gegeben: Lass dich meinetwegen verführen, solange du Knecht bist, aber verführe keine, wenn du Bauer bist. Er wollte nicht in Teufels Küche kommen, mochte sein Weib treiben, was es wolle. Aber heute, nach diesem Schock, war er gefühlsselig und willensschwach. Hatte ihm Magdalena nicht gerade vorgeführt, was ein Eheversprechen taugt? Wozu sollte er sich nicht das gleiche Recht herausnehmen?

»Gundl, bevor du es hinten herum erfährst: Eine schlimme Sache ist geschehen. Martin hat den Nähkasten umgeworfen ...«

»Na und ... was ist daran so schlimm? Das Teil war sowieso schon alt und wurmstichig.«

»Magdalena hatte darin ihre Liebesbriefe versteckt. Sie sind von Matthäus Jenner. Der Fronleitner ist der Vater von Susanna. Nichts als Unheil kommt von diesem Hof.«

Über das Gesicht der Magd huschte Häme. »Mich wunderts nicht nach dem, was die Bäuerin sich alles herausnimmt. Mannstoll war sie schon immer. Weiß es Susanna schon?«

Der Ronacher strich sich über den Bart. »Sie kam zufällig ins Zimmer und wusste sofort Bescheid.«

»Und was ist mit der Bäuerin? Wie hat die es aufgefasst?«

»Magdalena ist nicht ansprechbar. Sie hat sich im Schlafzimmer eingeschlossen … ja, ein rauer Wind weht um Tantzlehen«, seufzte er bekümmert. »Zuerst bekommt Cecilia ein Strauchbalg von dem Fronleitner. Und jetzt muss ich erfahren, dass mein Weib mir ein Kind von seinem Vater untergejubelt hat. Ich bin mit den Nerven am Ende. Ich weiß nicht mehr ein noch aus …«

Rupert war schwindelig geworden. Er musste sich am Spülbecken festhalten.

»Ich habe mich immer gefragt, wie du es mit der Bäuerin aushältst«, sagte die Magd mit gespieltem Mitleid. »Du hast ihr viel zu viel durchgehen lassen. Ein anderer hätte sie längst vom Hof gejagt.«

»Wenn mein Weib jemals vom Hof geht, freiwillig oder nicht, dann sollst du Bäuerin auf Tantzlehen werden, Gundl. Das verspreche ich.«

Es war ihm so herausgerutscht. In einem Anflug von Gefühlsduselei. Der Rausch der Begierde erzeugt so manches Versprechen, dem später die Reue folgt.

Die Magd sah den Ronacher mit leuchtenden Augen an. Sie wusch sich die Hände mit Seife und trocknete sie langsam an der Schürze ab. Ein Lächeln umspielte ihren Mund. Erwartungsvoll öffneten sich die Lippen. Da riss er sie an sich und küsste sie. Herrisch, wie es seine Art war. Er sehnte sich nach Wärme und Liebe. Nach etwas, das ihn wieder aufbaute. Auf die Jagd konnte er nicht gehen. Es war Schonzeit. Heute musste er auf ein anderes Wild ansetzen. Da kam ihm die Magd gerade recht.

»Komm, zieh deine Leibwäsche aus und setz dich auf den Tisch!«
Seine Stimme klang dunkel und rau.

»Es geht nicht ... ich habe meine Tage.«

»Umso besser, dann kann nichts passieren.«

»Und wenn doch was passiert?« Ängstlich schaute sie zu ihm auf.

»Dann bekomme ich den Sohn, auf den ich immer gewartet habe«, lachte der Ronacher.

Die Magd hob den Rock und schlüpfte aus ihrem Unterbeinkleid. Dann löste sie die Bänder ihrer Schnürbrust, dass ihr Busen durch das dünne weiße Hemd schimmerte, und setzte sich auf den Küchentisch. Der Anblick ihrer festen Oberschenkel ließ den Ronacher vergessen, wo er war. Mit fiebrigen Händen schob er Hemd und Leibchen hoch und umfasste ihre Brüste. Sie roch etwas streng. Schwamm drüber. Man muss es nehmen, wie es kommt.

Sie löste den Lederriemen und griff in seine Hose.

»Höllteufel, hast du kalte Hände, Gundl!«

»Sie sind nur so kalt wie das Wasser im Hausbrunnen.«

Die Arme um seinen Hals geschlungen, den Kopf zurückgeworfen, umklammerte ihn die Magd mit ihren Oberschenkeln.

»Auf die Stunde habe ich zwölf Jahre gewartet. Ich habe dich immer geliebt.«

Den prallen Hintern der Magd mit beiden Händen umfassend, drang Rupert in ihren Schoß. Dabei hatte er jedoch die Standfestigkeit des Küchentischs überschätzt. Unter den ruckartigen Bewegungen begann das Möbelstück auf den Steinfliesen zu wandern. Ein schleifendes Kratzen. Wie der Fingernagel eines Lehrers auf der Schiefertafel, bei dem die Schüler »iiih« schreien und sich die Ohren zuhalten. Nur noch lauter. Sehr laut sogar.

»Ich habe dich auch immer geliebt, Gundl«, keuchte der Ronacher. Schweißperlen traten ihm auf die Stirn. Er hatte Angst, dass Magdalena die Küche betreten würde. Warum musste der verdammte Tisch so einen Heidenlärm machen?

Skrupel überkamen ihn. War er irrsinnig geworden? Warum musste er die Dienstbotin ausgerechnet hier verführen? Er dachte an die Briefe. Sie lasteten auf ihm wie Bleigewichte und zogen ihn hinunter. Er wollte die trübseligen Gedanken wegwischen. Aber sie klebten an ihm wie Spinnweben. Und nahmen ihm seine Manneskraft.

»Ich konnte nur nicht so, wie ich wollte … wegen Magdalena. Und jetzt ergeht es mir ebenso.«

Er hatte sie losgelassen und stand vor ihr. Bekümmert blickte er an sich herunter. Die Hose war ihm bis zu den Waden heruntergerutscht. Seine Männlichkeit hing schlapp zwischen den Beinen. Wie das Gewicht einer stehengebliebenen Pendeluhr.

»Ich bin eine Gärtnerin … unter meinen Händen wächst alles.«

»Es klappt nicht … du bist nicht feucht genug.«

»Dann mach mich eben feucht!«

Sie nahm seine Hand und führte sie zwischen ihre Beine.

»Au, nicht so grob, du tust mir weh!«, sagte sie. »Ja, so ist es gut … ich spüre schon was … versuch es nochmal. Jetzt müsste es gehen.«

Rupert drang erneut in ihren Schoß.

»Ich glaube, es wird doch noch was mit uns beiden.«

»Ja, ich spüre es … du wirst groß und fest … los, mach weiter so!«, stöhnte sie.

Sie lag auf dem Tisch, die Beine auf seinen Schultern, und hielt sich mit den Händen an der Kante fest. Rupert stand vor ihr. Keuchend vor Anstrengung und mit hochrotem Kopf stieß er sie vor und zurück. Der Küchentisch begann wieder zu wandern, schleifend und polternd. Der Krach hallte durch das ganze Haus und zerriss die Stille der Mittagszeit. In ihrer Leidenschaft hörten und sahen die beiden nichts.

Auch nicht, dass sich die Küchentür öffnete.

»Lasst euch nur nicht stören! Ich sehe, du schälst die Möhren, Gundl. Und du, Rupert, gehst ihr dabei zur Hand.«

Magdalena stand in der Tür, wild auflachend vor Hohn. Mit einem Schrei sprang die Magd auf den Boden. Voller Abscheu betrachtete die Tantzlechnerin das blutbefleckte Unterbeinkleid auf den Fliesen.

»Deine Tage hast du auch noch, wie ich sehe … heilig war dir noch nie etwas. Weder mein Küchentisch noch mein Ehemann.«

»Das musst gerade du sagen, Bäuerin! Die Spatzen pfeifen es von den Dächern, dass du fremdgehst.«

»Du hast mir überhaupt nichts zu sagen, schamloses Weibsstück!«, schrie die Tantzlechnerin. »Für dich ist Matthäi am Letzten. Der Bauer wird dich morgen auszahlen.«

Mit Verachtung schaute sie zu, wie Rupert die Hosentür zuknöpfte, hochrot im Gesicht.

»Mit dir werde ich später abrechnen! Dein Zahltag kommt noch. Das lasse ich nicht auf mir sitzen.«

Das Künstlerbarett schräg in die Stirn gezogen, stand Fortunat an der Staffelei. Er vervollständigte das Gemälde mit einem dünnen Pinsel. Das Handgelenk, mit dem Susanna ihren Kopf stützte, gefiel ihm nicht recht. Die Darstellung von Händen und Füßen war ihm nie leicht gefallen. Er wusste, dass sich an diesen Dingen die handwerkliche Begabung zeigte. Auch bei der Verteilung von Licht und Schatten musste man noch etwas machen. Tagesdecke und Bettlaken hatten zu wenig Falten. Den aufgestützten Unterarm und die obere Kniekehle könnte er etwas dunkler machen. Der Rücken verdiente mehr Konturen, er war zu glatt. Schulterblätter und Wirbelsäule mussten stärker betont werden, ohne dabei knöchern zu wirken. Auch die Form des Gesäßes erschien ihm nicht der Lage zu entsprechen. Der Po erinnerte an einen Pudding. Man musste ihm etwas mehr Körperspannung geben. Wie sollte er den Hintergrund gestalten? Das Zimmer so zeigen, wie es war? Nein, das würde den Blick auf Nebensächliches lenken. Er entschied sich, den Fond wie bei Velázquez mit einem roten Baldachin abzuschließen. Nachdem auch diese Aufgabe erfüllt war, signierte er das Gemälde. Auf die Rückseite des Rahmens schrieb er mit schwungvoller Hand ›Der Venusspiegel‹. Zufrieden betrachtete er sein Oeuvre. Es war ihm sogar gelungen, den huschenden Sonnenstrahl, der das hochgesteckte Haar seines Modells in goldenes Licht tauchte, auf die Leinwand zu bannen.

Ein Klopfen riss ihn aus seinen Gedanken. Mit glühenden Wangen und verweinten Augen betrat Susanna das Zimmer. Sie setzte sich auf die Bettkante und blickte ins Leere.

»Was ist los? Du siehst ja aus wie drei Tage Regenwetter …«

»Etwas Furchtbares ist geschehen«, sagte sie außer Atem. »Martin hat den Nähkasten umgeworfen. Es waren Briefe darin …«

»Was ist daran so schlimm?«

»Es sind Liebesbriefe …«

»Von deinem Vater?«

»Nein ... ja. Von Matthäus Jenner, dem Fronleitner. Mein Vater ist nicht mein Vater ... ich meine, nicht mein leiblicher ... meine Schwestern sind nur meine Halbschwestern ... und Christoff ist mein Halbbruder. Verstehst du, was das bedeutet?«

»Ich kann es mir lebhaft vorstellen.«

Zusammengesunken, immer wieder von Weinkrämpfen geschüttelt, erzählte sie, was passiert war. Fortunat unterbrach sie nicht. Er hatte sich neben sie gesetzt. Als sie geendet hatte, hielt sie ihren Kopf in den Händen, die Arme auf die Knie gestützt.

»Es ist das nackte Chaos! Am liebsten würde ich fortlaufen. Was soll ich tun?«

»Rede mit deinem Vater ... ich meine, mit dem leiblichen.«

»Und was geschieht mit uns?«

»Ich komme wieder ... im Triumphwagen des Apollon.«

»Wer ist Apollon?«

»Der Gott der schönen Künste.«

Er fasste sie an den Hüften und drehte sich mit ihr im Kreis, immer schneller. Dabei schmetterte er wie ein Opernsänger:

Perché non volate
oziosi momenti?
D'amor i contenti
tardando fermate ...

Erhitzt und lachend fielen sie beide auf das Himmelbett. Fortunat wollte sie küssen. Aber sie schüttelte den Kopf und tippte mit dem Finger auf seine Nasenspitze.

»Ich verstehe nichts außer amor.«

»Das genügt doch, oder nicht?«

Ein Lied vor sich hinträllernd, lief sie nach Hause. Die Sache mit den Vätern war ihr plötzlich nicht mehr so wichtig.

Am nächsten Morgen reiste der Kämmerer ab. Ein Fuhrknecht, der einige Fässer Bier ins Zillertal liefern musste, hatte ihm eine Mitfahrt nach Mayerhofen angeboten. Fortunat nahm das Angebot gern an.

Das Gemälde hatte er sorgsam in einem Kasten verpackt, den er mitsamt der Staffelei und dem Reisegepäck auf das Gespann lud.

»Was habt Ihr denn da drin?«, fragte der Fuhrmann neugierig.

»Ach, nur ein Bild ...«

»Was zeigt es?«

»Eine schöne Pinzgauerin.«

Als Susanna am nächsten Morgen ihren Dienst antreten wollte, kam Severin Senninger auf sie zu. In der Hand hielt der Gastwirt ein goldenes Ohrgehänge. Er sah missvergnügt aus.

»Diesen Anhänger hat die Clara heute früh im Bett des Freiherrn von Hohenberg gefunden. Weißt du, von wem der Schmuck ist?«

»Ich muss ihn beim Bettenbeziehen verloren haben«, antwortete sie mit Unschuldsmiene.

Der Wirt blickte sie argwöhnisch an. »Seit wann trägt mein Personal Goldschmuck bei der Arbeit? Bezahle ich euch zu gut? Oder hast du den von den Gästen bekommen? Gestern war doch dein freier Tag ... was hast du dann hier im Haus gemacht?«

»Ich brachte dem edlen Herrn das Frühstück auf das Zimmer.«

»Wie kommst du dazu?«

»Ich habe Euch doch gesagt, dass ich den Herrn nach Tantzlehen begleiten werde. Da dachte ich, ich könnte ihm auch das Frühstück bringen ... es stand fertig in der Küche.«

»Und dabei hast du deinen Ohrschmuck verloren ...«

»Er muss mir beim Servieren runtergefallen sein ... der Herr wollte im Bett frühstücken.«

»So. Im Bett wollte der Herr frühstücken ... ich möchte nicht wissen, was du ihm noch serviert hast. Du weißt, dass es dem Gesinde verboten ist, sich mit den Gästen einzulassen. Normalerweise wäre für dich heute Zahltag. Aber mit Rücksicht auf deine Eltern will ich ein Auge zudrücken. Hier hast du deinen Schmuck.«

Der Gastwirt überreichte Susanna das zierliche Ohrgehänge mit dem goldenen Kammrad.

Das Zimmermädchen Clara machte sich wichtig. Wie ein Gewürm mit tausend Ohren verbreitete sich das Gerücht, die Kammerjungfer sei mit dem Hohenberg ins Bett gegangen. Verdorbener noch als ihre Schwester sei sie. Der Pinselkünstler habe sie verführt. So wie Maler es immer mit ihren Modellen machen. Kein Wunder, in Tirol waren die Sitten schon immer etwas lockerer. Man denke nur an Erzherzog Ferdinand und Philippine Welser. Mal sehen, wann das erste Kind auf den Stufen von Schloss Ambras liegt. So oder ähnlich wurde geredet.

Schneller als gedacht kam das Gerücht nach Tantzlehen gekrochen. Die Gundl hatte es von Clara erfahren, als sie beim Senninger eine Lagel Bier holte. Die Geschichte kam ihr gerade recht. Damit würde sie sich einen wirkungsvollen Abgang verschaffen. Nachdem sie das Fässchen in den Keller gestellt hatte, ging sie in das Kontorzimmer. Der Ronacher saß über dem Botenlohnregister und rechnete. Hilflos hob er die Schultern, als sie eintrat.

»Es tut mir leid für dich, Gundl. Du warst uns all die Jahre eine große Hilfe. Aber in dieser Angelegenheit kann ich nichts machen. Die Bäuerin hat das Sagen in der Küche. Wärst du Schnitterin oder Stallmagd, würde ich dich behalten. Komm, nimm Platz.«

Die Magd setzte sich und nahm ihre Haube ab, dass ihre blonden Flechten glänzten. »Schon gut, Ronacher. Ich werde mich auf Schloss Hochneukirchen vorstellen. Die Herrschaften suchen zu Lichtmess eine neue Küchenmagd. Bis dahin arbeite ich beim Rosentalwirt.«

»Von wem hast du das gehört?«

»Von der Barbara, der Jennertochter.«

»Nun, dann sehen wir uns spätestens am Stephanstag, wenn du die Gans aufträgst.«

Der Ronacher öffnete eine Schatulle und entnahm ihr eine Handvoll Silbermünzen, die er auf dem Kontortisch abzählte.

»Ich habe deinen Lohn ausgerechnet und noch etwas aufgerundet. Dazu gebe ich dir für jedes Dienstjahr einen Gulden. Du wirst das Geld brauchen können. Und was die Kündigung angeht, Gundl, da hab keine Sorge, ich werde mir schon etwas einfallen lassen. In deinem Verdingbuch wird jedenfalls nur das Beste stehen. Wir wollen dir schließlich keine Steine in den Weg legen ...«

»Ich danke dir, Ronacher. Du warst immer gut zu mir. Ich vergesse nicht, was du mir versprochen hast ...«

Als ob sie ihn an die Schäferstunde erinnern wollte, rückte sie ihr Mieder zurecht, dass sich ihr Busen straffte.

Sinnend starrte Rupert auf ihren Ausschnitt. Dann erhob er sich und reichte ihr die Hand.

»Wir können uns ja weiterhin treffen. Neukirchen ist nicht aus der Welt. Gib mir Nachricht, wann du deinen freien Tag hast. Auf den Rosentalwirt, den Seereither, kann ich mich verlassen. Er steht bei mir in der Kreide ...«

»Das muss ich mir noch überlegen ...«

Die Magd eilte in den Ostflügel des Hauses, wo die Küche lag. Die Kammerlanderin schnitt Karotten. Mit Genugtuung betrachtete sie den Blutfleck auf dem Küchentisch.

»Sei mir nicht bös, Gundl, dass ich gestern so heftig reagiert habe«, sagte die Bäuerin scheinheilig. »Du kennst mich ja, wir haben uns immer gut verstanden. Aber in letzter Zeit ist einfach zu viel über mich hereingestürzt.«

»Du hättest mich ja nicht gleich wegschicken müssen, Ronacherin. Aber vielleicht ist es besser so. Man kann nie wissen, was dem Bauer noch alles einfällt. Und mit einem unehelichen Kind wie die Cecilia möchte ich nicht herumlaufen ...«

»Umso besser für uns alle, Gundl, machs gut«, erwiderte Magdalena und fuhr in ihrer Arbeit fort.

Unschlüssig, wie sie beginnen sollte, stand die Magd neben ihr.

»Heute Morgen war ich auf dem Weyerhof ... ich wollte fragen, ob sie eine Küchenmagd brauchen. Da kam mir etwas Merkwürdiges zu Ohren: Die Clara, das neue Stubenmädchen, hat einen Ohranhänger gefunden ... er soll Susanna gehören.«

»Na und, was ist daran Besonderes? Susanna macht doch ihre Lehre auf dem Weyerhof.«

Die Magd holte zum entscheidenden Schlag aus. Sie ließ jedes ihrer Worte auf den Lippen zergehen.

»Den Anhänger hat sie im Bett von diesem ... Edelmann gefunden, der gestern bei uns war«, frohlockte sie. »Das Merkwürdige ist, dass sie ihren freien Tag hatte. Da hat sie bestimmt keine Betten gemacht. Gewöhnlich trägt man bei der Arbeit keinen Ohrschmuck ...«

Magdalena drehte sich um und blickte sie scharf an. »Das soll mir der Senninger selbst erzählen. Vorher glaube ich es nicht. Von dir schon gar nicht, du verkommenes Weibsstück!«

»Frag den Senninger«, entgegnete die Gundl ungerührt. »Der hat ihr den Anhänger zurückgegeben. Was er sich dabei gedacht hat, kannst du dir denken ...«

»Was sollte Susanna auf dem Zimmer des Tirolers gemacht haben? Weißt du das auch?«

»Wenig wird es nicht gewesen sein. Ein seltsamer Zufall, dass das Schmuckstück ausgerechnet in sein Bett gefallen ist ...«

Ein vieldeutiges Lächeln umspielte ihre Mundwinkel. Das Triumphgefühl der Rache auskostend, verließ sie mit hoch erhobenem Kopf die Küche. Danach ging sie auf die Kammer und packte schluchzend ihre Sachen zusammen.

Am Spätnachmittag, als Susanna von der Arbeit nach Hause kam, stellte Magdalena ihre Tochter zur Rede.

»Stimmt das, was man sich von dir erzählt? Du sollst dein goldenes Ohrgehänge im Zimmer des Herrn von Hohenberg verloren haben. Was hattest du bei ihm zu suchen? Ich erwarte eine Erklärung!«

Susanna hob gleichgültig die Schultern. »Warum regst du dich auf? Er hat mich gemalt. Dabei habe ich den Anhänger verloren.«

»Ich habe noch nie gehört, dass man seinen Schmuck verliert, wenn man gemalt wird.«

Argwöhnisch schaute Magdalena ihre Tochter an. »Wie hat er dich denn gemalt, dieser ... Pinselkünstler?«

»Nackt, wenn du es genau wissen willst. Nicht anders als dich deine Sangesbrüder sehen, bei denen du im Bett oder sonstwo liegst.«

»Eine Ohrfeige hättest du verdient für diese unverschämte Antwort! Aber eines will ich noch wissen: Ist etwas passiert zwischen euch?«

»Beruhige dich, Mama. Ich bin immer noch Jungfer, wenn du das meinst.«

Auf der Hausbank erzählte Magdalena ihrem Ehewirt die Geschichte von dem verlorenen Schmuck und der unzüchtigen Entblößung ihrer Tochter vor diesem Möchtegernkünstler, wie sie genüsslich betonte. Nach der Enthüllung der Vaterschaft ergötzte sie sich an den Schwächen und Fehltritten anderer. In ihrer Hochstimmung schmiegte sie sich zärtlich an seine Schulter.

»Jetzt, wo sie weiß, dass du nicht ihr Vater bist, glaubt sie offenbar, sich alles herausnehmen zu können.«

Rupert war in sich zusammengesunken, grau vor Gram. Den Blick teilnahmslos auf das im Abendrot glühende Tauerngebirge gerichtet, sagte er mehr zu sich selbst: »Ein Unglück zieht oft das nächste an.«

12
Der Keuchenkrott

Das düstere Kerkergewölbe erinnerte Christoff an die Smaragdgrube. Doch diese Behausung hier erschien ihm um einiges behag-
licher. In der sommerlichen Hitze, die den Wettersturz abgelöst hatte,
war das Gemäuer angenehm kühl. Kein Wasser tropfte von der Decke,
die so hoch war, dass er sie selbst auf Zehenspitzen nicht berühren
konnte. Als seine Augen sich an das Dämmerlicht gewöhnt hatten,
konnte er die Gegenstände in seiner Zelle unterscheiden. Ein Bündel
Stroh auf dem Boden. In der Ecke gegenüber ein Holzkübel. Das Stroh
roch muffig. Auf dem Lager hatten sich offenbar schon andere gewälzt. Er hob den Deckel des Kübels. Ein übler Geruch schlug ihm
entgegen. Zweifellos der Abtritt.

Er ging auf und ab und sprach mit sich selbst: Der Allmächtige hat
dir eine Prüfung auferlegt. Du musst dein Geschick auf dich nehmen.
Du darfst die Schuld nicht bei anderen suchen. Denn unschuldig bist
du nicht. Du darfst dich nicht als Opfer betrachten. Damit gestehst du
nur deine Ohnmacht ein. Zu irgendetwas ist jede Erfahrung gut, auch
eine noch so schreckliche.

Die Luke war nicht vergittert. Es war auch nicht nötig, sie zu ver-
gittern. Eine Katze hätte Mühe, sich durch die schießschartengroße
Öffnung zu zwängen. Nur die Sonne würde dies schaffen, wenn es
hochkäme einen Viertelstundenschlag. In die Mauern waren Arben
eingelassen, an die Gefangene geschmiedet wurden, die mehr auf dem
Kerbholz hatten als er. Die Klappe in der mit Eisenbändern beschla-
genen Kerkertür, groß genug um einen Essnapf durchzureichen oder
zu schauen, ob der Insasse sich noch regte, konnte nur von außen geöffnet werden. Der Lehmboden war hart wie Mörtel. Festgetreten von
zahllosen Gefangenen. Sechs Schritte hin, sechs Schritte her. Was sollten sie auch anderes machen den ganzen Tag.

»Wo habt ihr mich hingebracht?«, war seine erste Frage, als der Gerichtsknecht ihm die Binde von den Augen nahm und ihn in den Kerker stieß. In den Hungerturm auf Schloss Mittersill«.

»So behaglich habe ich mir den Amtssitz des Pflegers nicht vorgestellt. Vielleicht ist das der Grund, weshalb er es vorzieht, auf seinem Schloss in Stuhlfelden zu hausen.«

Der Gerichtsknecht sah ihn an. »Dein Humor wird dir schon noch vergehen. Am Anfang spuckt ihr große Töne, am Ende winselt ihr um Gnade.«

Ein Riegel wurde zurückgeschoben. Die Tür öffnete sich knarrend. Ein Kerkerknecht brachte einen Krug Wasser und einen halben Laib Brot. Den Kanten warf er neben den Krug auf den Boden. Dem Geräusch nach zu urteilen, unterschied sich der Brotlaib nicht von einem Stein. Im Gürtel des Gefängniswärters steckten Kurzschwert und Knüppel.

»Dein Frühstück, Bramberger. Damit du dich schon mal darauf einstellen kannst: Es gibt zwei Mahlzeiten am Tag. Morgens einen Kanten Graubrot, abends einen Napf Hafergrütze. Dazu jeweils einen Liter Wasser. Bei guter Führung, versteht sich. Ich hole dir jetzt deine Kleidung. Deine Reisegesellen haben ein gutes Wort für dich eingelegt. Sonst würde man dich in Ketten legen.«

»Hast du auch einen Namen, Grottenolm? Ich habe es immer gern, wenn man sich erst einmal vorstellt, bevor man das Maul so weit aufreißt.«

»Namen sind was für Grabsteine.«

»Am besten, du wirst Totengräber. Dann fällt dir dein Name vielleicht wieder ein.«

»Meine Mutter gab mir den Namen Kajetan. Andere nennen mich den Keuchenkrott.«

Der Gefängniswärter kam mit einem Stapel Sträflingskleidung zurück. Mit verächtlichem Blick zog Christoff das rupfene graue Hemd und die Hose aus Sackleinen an. Der Kerkerknecht betrachtete den muskulösen Körper des Gefangenen.

»So kräftig wie heute wirst du bald nicht mehr aussehen, Bursche. Deine Sachen nehme ich mit. Sie werden verwahrt, bis du wieder frei bist. Andernfalls kann dein Weib sie abholen. Wie ich gehört habe, sollst du einen Handelsherrn verprügelt haben. Auf Wirtshausschlä-

gereien stehen bis zu drei Jahre Schanzarbeit oder die Landesverweisung.«

»Man sollte nur von Dingen reden, von denen man etwas versteht«,
erwiderte Christoff.

Der Wärter sah den prallen Lederbeutel und öffnete ihn neugierig.
Seine Augen wurden groß und glänzend, als er die Smaragdkristalle
erblickte. Christoff sah, dass an seinem rechten Zeigefinger zwei Glieder fehlten.

»Höllteufel, wo hast du die Edelsteine her?«, stieß er mit heiserer
Stimme hervor.

»Gefunden.«

»Sag bloß! Sie sind grün wie die Augen einer Katze ...«

»Es sind Smaragde, wenn du es genau wissen willst.«

Der Kerkerknecht schüttete einige Kristalle in die Hand. Seine
Augen verengten sich zu schmalen Schlitzen.

»Die Steine muss ich dir leider abnehmen. Aus Sicherheitsgründen.
Du könntest dich daran verschlucken ...«

Ein hinterlistiges Lächeln huschte über sein Gesicht. »Wie willst du
eigentlich beweisen, dass die Smaragde nicht gestohlen sind?«

»Dümmere Frage hat mir noch keiner gestellt. Wenn sie gestohlen
wären, würde sie doch einer vermissen und Anzeige erstatten ... sofern er sie rechtmäßig erworben hat.«

»Es könnte sie auch einer vermissen, dem sie gar nicht gestohlen
wurden. Das lässt sich leicht machen. Wenn du sie mir anvertraust,
würde ich den Mund halten. Auch würde der Speisezettel vielleicht
etwas abwechslungsreicher ausfallen ...«

»Auf diesen Handel lasse ich mich nicht ein. Die Smaragde sind
mein Eigentum. Meine Reisegesellen und die Hirten im Habachtal
sind Zeugen.«

»Deine Zeugen sind über alle Berge. Und ob die Hirten sich an deine
Smaragde erinnern, wenn ich sie besuche, möchte ich bezweifeln.«

Versonnen hielt er einen Stein gegen das Licht. »Ich will dir einen
Vorschlag machen: Wir machen halbe-halbe, und ich verhelfe dir zur
Flucht. Dir bleibt immer noch so viel, dass du dir in der Fremde einen
schönen Lenz machen kannst.«

Christoff betrachtete den Kerkerknecht abschätzig. »Wie stellst du dir das vor?«

»Eines Nachts werde ich zu dir kommen und dir ein Zeichen geben. Du wirst mich zum Schein überwältigen und niederschlagen. Natürlich nur so stark, dass es wie ein Kampf aussieht. Eine Schramme im Gesicht. Mehr nicht. Dann wirst du ein neues Gewand anziehen, das ich dir mitbringe. Zuvor zeige ich dir den Fluchtweg. Es gibt zwei unterirdische Ausgänge … einen gegen Burk, den anderen in den Keller des Außerbräu. Am besten du gehst über den Tauernpass nach Matrei. Von dort kommst du leicht nach Tirol oder Kärnten.«

»Damit die Landprofossen mich drei Tage später aufgreifen? Nein, Keuchenkrott, schlag dir deine krummen Gedanken aus dem Kopf. Du wirst den Beutel der Asservatenkammer abliefern. Mit einer Quittung, auf der Gesteinsart und Stückzahl vermerkt sind. Wenn du es wagst, mich zu hintergehen, werde ich dein Weib zur Witwe machen.«

»Heute noch auf hohen Rossen, morgen durch die Brust geschossen«, höhnte der Wärter. »Glaube mir, Bursche, der Kerker bricht mit der Zeit jeden Stolz. Und wenn nicht, haben wir noch andere Mittel. Gegen die anderen Kerker ist der Hungerturm ein Fürstengemach. Im Faulturm werden die Malefikanten am Strick ins Loch gelassen. Das unterirdische Gewölbe ist die bevorzugte Heimstätte für Aufrührer. Landstörzer. Lutherische Prädikanten. Einzige Aussicht ist der vergitterte Boden in der Decke. Nach wenigen Tagen bist du so bleich wie die Gebeine, die dort unten liegen. Niemand macht sich die Mühe, die Knochen wegzuräumen. Der Totenbrunnen ist unser gemütlichstes Verließ. In die Wände sind scharfe Messer eingepflanzt. Etwas rostig sind sie mit der Zeit geworden. Früher lag der Totenbrunnen unter der Küche des Pflegers. Aber die Köche sollen sich beschwert haben über das ewige Stöhnen und Jammern. Für Wettermacher und Zauberer haben wir den Hexenturm unter der Kapelle. Neununddreißig Stufen führen da hinunter. Die Folterkammer liegt gleich neben dem Gericht, komplett ausgestattet mit Streckbank, Spanischem Stiefel und Zangen. Vielleicht überlegst du dir mein Angebot …«

Verächtlich spuckte der Jenner auf den Boden, haarscharf am Stiefel des Kerkerknechts vorbei.

»Gib acht, Gruftwächter, dass die Abgründe, in die du blickst, nicht auch in dich hineinblicken.«

»Narrenweisheit«, murmelte der Keuchenkrott und entfernte sich.

Unendlich langsam schlich die Zeit. Wenn er des Auf-und-ab-Gehens müde war, kroch er in die schräge Fensterbrüstung und besah sich die Landschaft. Was er sehen konnte, war nicht viel. Über die Bäume des Schlossgrabens hinweg ging der Blick auf die Passstraße. In der Ferne sah er Schloss Einödberg. Wenn er ein Fuhrwerk erblickte, versuchte er anhand der Art des Gespanns und der Ladung herauszufinden, woher es kam und welche Fracht es beförderte. War Christoff dieser Gedankenspiele überdrüssig, begann er Mauerwerk und Fußboden nach Ungeziefer abzusuchen. Als er den Wärter um Papier und Feder bat, fragte dieser: »Willst du Kassiber aus dem Kerker schmuggeln?«

»Nein, ich wollte deine dreckige Fresse zeichnen.«

Der Keuchenkrott griff zu seinem Knüppel und schlug Christoff mit aller Gewalt auf den Rücken, dass er halb ohnmächtig in die Knie sank.

»Das nächste Mal zeichne ich dir mit dem Schwert dein Gesicht, dass deine Mutter dich nicht mehr wiedererkennt.«

Mit einem Splitter des Mauerwerks zerlegte Christoff das Kleingetier. Flügel. Kopf. Beine. Leib. Die Körperteile ordnete er nebeneinander und verglich sie. Wenn eine Milbe oder Assel andere Kauwerkzeuge hatte als die Schabe oder Spinne, überlegte er, mussten auch ihre Essgewohnheiten andere sein. Er untersuchte die Mägen und Därme der Käfer und Insekten, um herauszufinden, wovon sie sich ernährten. Einmal beobachtete er eine Kreuzspinne beim Bau ihres Netzes, wie sie flink die Fäden spann. Nach einem System, dem Wissen und Erfahrung von Jahrmillionen zugrunde lagen. Er bewunderte den Lebenswillen dieser Geschöpfe, die sich den widrigsten Umständen anzupassen verstanden.

Wenn er das Glück hatte, zwei Tiere der gleichen Gattung zu finden, brachte er sie zusammen, um herauszufinden, wessen Geschlechts sie waren. Er versuchte Männchen und Weibchen zur Paarung zu bringen. Dies gelang ihm allerdings nur ein einziges Mal. Gewöhnlich studierte er die Fortpflanzungsorgane, um die Art der Begattung zu erforschen. Eine Ratte, die sich im Stroh versteckt hatte, schleuderte er gegen die Kerkertür und zog ihr das Fell ab. Einen ganzen Tag lang studierte er ihren Knochenbau. Wie würde ein Anatom vorgehen? Niels Stensen hatte gesagt, so wie man vom Äußeren auf das Innere, vom Großen auf das Kleine schließen könne, gelte dies auch umgekehrt.

Abends auf dem Strohlager überkam ihn oft eine weiche Stimmung. Er dachte an die letzte Nacht mit Cecilia. Mit Haut und Haar hatte sie sich ihm hingegeben. Er sah sie vor sich, wie sie sich über ihn beugte. Wie ihre Lippen seine Stirn, seine Wangen, seinen Hals mit hauchzarten Küssen bedeckten. Spürte, wie ihre Hände über seinen Körper glitten, zärtlich und sanft. Spürte, wie ihr warmer, weicher Leib sich gegen den seinen presste. Roch den köstlichen Duft ihrer Haut. Und den süßlich herben Geruch, der ihrem Schoß entströmte, wenn sie erregt war. Sie stöhnte nicht, stieß keine Schreie aus und flüsterte ihm auch keine unanständigen Dinge ins Ohr wie die anderen Weiber. Sie drückte ihre Lust anders aus. Auf eine Art, die nicht weniger erregend war. Mit der Innigkeit der Gefühle, die sie mit ihrer ganzen körperlichen Hingabe zum Ausdruck brachte. Mit dem rätselhaften Zauber, den ihre Gegenwart auf ihn ausübte und ihn entrückte. Der Gedanke wühlte das Blut in ihm auf. Der Schmerz, nicht bei ihr sein zu können, zerriss ihm das Herz. Manchmal schlief er erst ein, wenn der Morgen graute.

Am sechsten Tag seines Kerkerdaseins geschah etwas Merkwürdiges. Er saß auf dem Strohlager und sezierte einen Nachtschwärmer, als er ein Geräusch neben sich hörte. Auf dem Boden lag der Pfeil einer Armbrust. Um den Schaft war ein Papier gewickelt. Verwundert löste er die Verschnürung. Das Papier war so dicht beschrieben, dass er an die Luke treten musste, um die Wörter zu entziffern:

Herzallerliebster,
  gestern war Fortunat auf Tantzlehen. Seine Verletzung ist soweit geheilt, dass er morgen nach Innsbruck reisen kann. Er berichtete mir

von deiner Verhaftung. Du Armer, was musst du alles durchmachen! Wenn ich an all das Unheil denke, das durch meine Schuld über dich hereingebrochen ist, könnte ich abergläubisch werden. Ein Gerichtsbote brachte mir die Vorladung zu der Untersuchungsverhandlung: Termin ist der 18te Juli. Der Pfleger wird den Vorsitz führen, er gilt als ein um Ausgleich bemühter Richter. Diesmal werde ich für deine Ehre kämpfen, so wie du für die meine gekämpft hast …

Christoff ließ die Hand sinken und rechnete. Vierzehn Tage bis zur Verhandlung. Dann las er weiter. Seine Augen weiteten sich, als Cecilia ihm von dem Vorfall mit dem Nähkasten und den Liebesbriefen berichtete.

Jetzt weißt du es: Dein Vater ist der Vater von Susu. Meine Schwester ist nur meine Halbschwester. Und du bist ihr Halbbruder. Ist dein Vater nun mein Onkel? Und was bist du für mich? Ach, es ist ein einziges Chaos!

Stell dir vor, Georg ist jetzt Gastwirt. Den Dorferwirt soll er gekauft haben. Das Geld hat ihm eine reiche Witwe aus Hollersbach geliehen. Er hat es mir erzählt, als ich ihm auftrug, dir den Brief zu übermitteln.

So, mein Lieber, nun weißt du alle Neuigkeiten. Ich wünsche dir Mut und Kraft, diese schwere Zeit durchzustehen und umarme dich mit 1000 Küssen,
Deine dich über alles liebende Celia.

Ungläubig starrte Christoff auf den Brief. Am Rand des Schreibens waren zahllose Kussmünder abgebildet. Er musste lächeln. Er hielt den Brief an die Nase. Die Lippenschminke roch nach wilden Rosen. Von Hunger und Entbehrungen geschwächt, war seine Einbildung so stark, dass er glaubte, ihre roten Lippen zu küssen. Ein warmes Gefühl durchrieselte ihn.

Damit der Wärter den Brief nicht in die Hand bekam, beschloss er, ihn zu vernichten. Entschlossen knüllte er das Papier zusammen und steckte es in den Mund. Es schmeckte köstlich. Vielleicht lag es an den Küssen, die nach wilden Rosen dufteten.

Um das Zeitgefühl nicht zu verlieren, machte Christoff jeden Morgen einen Strich an die Kerkertür. Viele seiner Vorgänger hatten sich in dem Eichenholz verewigt. Einer hatte mit Kreide geschrieben:
Die Vergangenheit verwirrt mich,
die Gegenwart verfolgt mich,
die Zukunft macht mir Angst.
Ein anderer hatte mit einem Nagel in den Eisenbeschlag geritzt:
Die Wahrheit wird dich frei machen.
Dieser Spruch gefiel ihm schon besser. Er machte wenigstens Mut. Mut für den Prozess, der die Wahrheit ans Tageslicht bringen würde. Wiederum andere hielten die Hoffnung mit Kritzeleien und Zeichen aufrecht. Herzen oder weniger poetische Symbole der Sehnsucht.

Seine Studien an Insekten, Kerbtieren, Vögeln und Nagetieren hatte er eingestellt. Er zerlegte und analysierte seine Studienobjekte nicht mehr. Er aß sie. Sein Hunger trieb ihn dazu, Mäuse und Ratten anzulocken, indem er das Essgeschirr neben sich auf den Boden stellte und ihnen in der Nacht auflauerte. Machte sich ein Tier am Blechnapf zu schaffen, packte er es blitzschnell, brach ihm das Genick und nagte es bis auf die Knochen ab. Eine Fledermaus, die sich verflogen hatte, verschlang er mit Haut und Haar. Er tröstete sich mit der Erzählung des Hauptmanns aus dem Großen Krieg. Gott sei dank musste er kein Menschenfleisch essen.

Der Schlaf gebiert Ungeheuer, gegen die die Vernunft machtlos ist. Im Traum erschienen ihm die Lebewesen, die er seziert oder gegessen hatte. Ratten, groß wie Kaninchen, rissen ihm mit spitzen Zähnen die Eingeweide aus dem Leib. Riesenspinnen spulten in Windeseile ihre Netze über ihm ab, dass die klebrigen Fäden ihn wie Fesseln umgarnten. Blutgierige Bettwanzen liefen über seinen Körper, krallten sich an seiner Haut fest, den Saugrüssel zum Stich ansetzend. Bleiche Mehlwürmer krochen aus dem Brotlaib und ringelten sich auf dem Boden.

Die Mehlwürmer waren kein Traumgespinst. Das Brot hatte er gestern gegessen. Den Laib hatte er am Abtritt abgeschlagen, damit die Würmer herausfielen. Nicht dass er etwas gegen die Würmer gehabt hätte. Aber den Fraß empfand er als Beleidigung. Er wusste, der Kerkerknecht wollte sich an ihm rächen, weil er den Handel mit den Smaragden ausgeschlagen hatte. Wütend hatte er dem Keuchenkrott den Brotkanten ins Gesicht geschleudert. Aufheulend vor Schmerz stieß der Wärter mit dem Fuß gegen den Abtritt, dass die Brühe über den Boden schwappte.

»Hol dich der Henker! Von mir aus kannst du in deiner Scheiße verrecken, du Höllenhund!«

Zehn Tage waren vergangen, als der Gefängniswärter mit Handtuch, Seife und Bürste erschien.

»Heute ist Badetag. Du hast Glück, die Sonne lacht. Frische Wäsche gibt es in der Kleiderkammer.«

In einer Reihe standen die Sträflinge vor dem Ziehbrunnen im Hof. Der Reihe nach entledigten sie sich ihrer Kleidung und gossen sich gegenseitig Wasser über den Körper. Einige waren von der Haft so geschwächt, dass sie es kaum schafften, die Kurbel zu betätigen und den Holzkübel an der Kette hochzuziehen. Beim Einseifen und Abtrocknen scherzten die meisten oder sangen fröhliche Lieder, als wären sie daheim in der Badstube. Greise mit eingefallener Brust und dürren Beinen standen neben hageren jungen Burschen. Diebe oder Streuner, halbe Kinder noch. Männer, denen man die Entbehrungen der Haft ansah. Und andere mit wohlgenährtem Bauch, als wäre jede Woche Schlachtfest. Die lassen sich ihr Essen vom Außerbräu bringen, dachte Christoff. Wenig wird es nicht sein, was sie den Wärtern für die Extrakost zahlen.

Vor allem die Jüngeren hatten Hemmungen, sich zu entblößen, und wuschen sich hastig. Andere ließen sich Zeit und genossen den kalten Schwall auf der Haut. Ein Kranker, der mit fahlem Gesicht auf der Bahre lag, wurde von einem Häftling mit Essigwasser abgerieben, dass er vor Schmerzen stöhnte. Scherzend und lachend seiften sich zwei Männer gegenseitig ein, auch an den Körperteilen, wo fremde Hilfe nicht nötig war, bis der Aufseher dem losen Treiben mit einem Kübel Wasser ein Ende bereitete.

Christoff betrachtete seinen Vordermann, dessen Schädel kahl geschoren war.

»Was hast du gemacht, Glatzkopf?«

Der Mann drehte sich um und grinste. Vier schwarze Zähne standen in seinem Mund, wie verkohlte Baumstümpfe nach einem Waldbrand.

»Mein Weib habe ich getötet«, sagte der Mann. Reue lag nicht in seinen Worten.

»Hat sie dir die Suppe versalzen?«

»Ja. Das Luder hat es mit einem anderen getrieben.«

Die Umstehenden lachten.

»Wenn alle ihre Weiber deswegen umbrächten, gäbe es bald keine mehr auf der Welt«, grinste sein Nebenmann.

»Warum hast du nicht den Rammler erschlagen?«

»Dann hätte ich die falsche Sau geschlachtet.«

»Was haben sie dir dafür aufgebrummt?«

»Acht Jahre. An Michaeli ist Halbscheid.«

»Warum hat dich dein Weib betrogen?«

Der Kahlköpfige zuckte die Schultern. »Weil sie den Teufel im Leib hat.«

Ein Mann mit Brille, der hinter Christoff stand, sagte: »Hast du dir einmal überlegt, ob sie vielleicht bei anderen suchte, was du ihr nicht geben konntest? Hast du sie geliebt?«

»Ja, natürlich ... was soll die Frage?«

»Nein, du hast sie nicht geliebt!«, erwiderte der Mann mit der Brille. »Liebe, die weder verstehen will noch verzeihen kann, ist keine Liebe. Du hast vielleicht das Bild geliebt, das du dir von ihr gemacht hast. Aber als Mensch mit all seinen Fehlern und Schwächen hast du sie nicht geliebt.«

»Du redest wie ein Pfarrer auf der Kanzel, der nicht weiß, wovon er spricht.«

»Eine Kanzel gibt es in diesem Land nicht für unseren Glauben. Ich predige die Lutherische Lehre. Und wovon ich rede, Bruder, weiß ich auch. In den Kerker haben sie mich geworfen, weil ich auf dem Markt heimlich die Lutherbibel verbreitet habe und meinem Glauben nicht abschwören wollte. Jetzt warte ich auf meine Ausweisung. Nach Siebenbürgen wollen sie mich schicken. Tausend Meilen weit weg. Mein Weib darf ich mitnehmen und drei von unseren fünf Kindern. Die beiden Kleinen müssen wir hierlassen. In ein Waisenhaus wird man sie stecken. Um gute Menschen aus ihnen zu machen, hat die Kommission gesagt. Wer weiß, ob wir sie jemals wiedersehen …«

Ein grässlicher Schrei hallte über den Schlosshof. Einer der Gefangenen weigerte sich, in den Kerker zurückzugehen. Drei Kerkerknechte hielten ihn fest und legten ihm die Eisen an. Der Mann wehrte sich mit Händen und Füßen. Dabei brüllte er wie ein verwundeter Stier: »Ich will nicht sterben … ich bin unschuldig. Warum glaubt mir das keiner? Wisst ihr, wer schuld ist? Meine Mutter. Mit einem Kreuzer habe ich angefangen. Als ich den ersten Kreuzer gestohlen habe, hat meine Mutter mich nicht gestraft, wie es mir gebührt hätte. Dann hat mich die Leidenschaft erfasst. Ich habe es nicht mehr lassen können. Habe immer mehr und größere Sachen gestohlen. Jetzt muss ich es mit dem Tode büßen.«

»Was ist denn das für ein Irrer?«, fragte Christoff die Umstehenden.

»Das ist der Kreuzer«, sagte sein Vordermann. »Wir nennen ihn so, weil er immer die gleiche Geschichte erzählt. An allem, was er verbrochen hat, ist seine Mutter schuld. Dabei ist sie seit zehn Jahren tot. Morgen kommt er auf den Galgenrain.«

Als Christoff in seiner Kerkerzelle war, dachte er über die Dinge nach, die er gesehen und gehört hatte. Wie ein Raubtier im Käfig lief er hin und her und sprach zu sich: Wodurch wird unser Denken und Handeln bestimmt? Wer steuert unsere Wahrnehmung, unsere Empfindungen und Gefühle? Bestimmen nicht fremde Mächte unser Streben und Trachten? Wünsche. Sehnsüchte. Begierden. Mächte in den Tiefen der Seele. Herausgeschleudert wie die Lava aus den feuerspeienden Vulkanen, von denen Stensen erzählt hatte. Was heißt mit eigenen Augen sehen, mit eigenen Ohren hören? Wer spricht, wenn ich den Mund aufmache? Bin ich es, oder ist es ein anderer?

Das Grauen überkam Christoff. Hatte der Kerker ihn schon verrückt gemacht? Oder war es der Einfluss des Dänen? Der Gelehrte, der alles hinterfragte, der an allem zweifelte.

Was war mit ihm geschehen, dass er über Dinge nachdachte, die für ihn früher nie existierten? Früher war etwas richtig oder falsch. Gut oder schlecht. Jetzt konnte er das eine nicht mehr vom anderen unterscheiden. Wahrheiten lösten sich auf und bildeten neue Wahrheiten. Wie gewittriges Gewölk. Der Boden unter seinen Füßen gab nach. Nichts war sicher, nichts gewiss. Gestern drehte sich die Sonne um die Erde. Heute bewegt sich die Erde um die Sonne. Morgen wird vielleicht gelehrt, dass es noch andere Welten mit anderen Sonnen gibt. Dann weiß man nicht mehr, wer sich um was dreht.

Er kroch auf die Brüstung und schrie durch die Luke: »Ich will hier raus! Kettet mich an die Schanzkarre! Macht mich einen Kopf kürzer! Hängt mich an den Galgen! Aber lasst mich hier raus!«

Im Schlossgraben liefen zwei Posten Wache. Sie blickten zum Turm hoch.

»Da dreht schon wieder einer durch«, sagte der eine.

»Ist das nicht der Bursche, der den Staudinger gezüchtigt hat?«, fragte der andere.

»Ja. Der Kaufherr soll sich an seinem Weib vergriffen haben. Sie war Schankdirn im Wirtshaus zu Krammern.«

»Dann ist er also unschuldig?«

»Ein Narr bist du! Sein Weib ist seine Gesellin … eine Liederliche. An den Pranger hat man sie gestellt. Mit dem Strohkranz auf dem Strubbelkopf musste sie die Mistkarre durch die Gassen schieben.«

»Und … wie sah sie aus?«, fragte der andere.

»Schön wie eine Venus! Der Hals wurde mir trocken, als ich sie sah. Nächste Woche ist Verhandlung. Wenn der Kerl Pech hat, wird er des Landes verwiesen. Dann ist er sein Weib los. So wie die aussieht, wird sie sich schnell einen anderen anlachen.«

»Wenn sie klug ist einen, der mehr hermacht.«

»Einen, der sie auf Rosen bettet.«

»Davon träumst du wohl.«

Die Wächter lachten und gingen weiter.

13
Liebe hat viele Gesichter

Am Sonntag beschloss Susanna, nach Fronleiten zu gehen. Es war ihr freier Tag und der einzige, an dem die Arbeit auf den Berghöfen ruhte. An der Tür sagte Magdalena zu ihrer Tochter, sie möge den Matthäus schön grüßen. Jetzt, da alle Geheimnisse offen auf dem Tisch lägen, könne er bei Gelegenheit gern vorbeischauen. Bestimmt wolle er seinen Enkelsohn sehen, groß und kräftig wie der geworden sei. Die Augen der Tantzlechnerin glänzten.

Susanna war zeitig aufgebrochen. Der Tag versprach, heiß zu werden. Sie hatte einen Korb mitgenommen. Vielleicht fand sie unterwegs ein paar Heilkräuter. Nach einer knappen Wegstunde erreichte sie Fronleiten. Cecilia hatte ihr erzählt, wie armselig es da droben zuging. Susanna sah das Bauernlehen mit anderen Augen. Sollte sie diese Hofstelle geringschätzen, nur weil seine Bewohner nicht mit der Kutsche zur Kirche fuhren? Oder weil sie am Sonntag keinen Braten auf dem Tisch hatten? Vielleicht, überlegte sie, sah sie Fronleiten deshalb mit anderen Augen, weil sie wusste, dass sie von ihm abstammte. Auch wenn es nur zur Hälfte war.

Bewundernd betrachtete sie den schwarzgebräunten Söllerumgang. Rosmarin und Brennende Liebe blühten in den Blumenkästen. An einer Leine hingen graue, an den Fersen geflickte Wollsocken. Der Hof schien verwaist. Nur eine Katze schlich lautlos um das Haus.

Da vernahm sie ein Hämmern. Sie ging hinüber zur Machhütte. Am Amboss stand Matthäus und dengelte eine Sense. Vertieft in seine Arbeit, bemerkte er sie nicht. Es fiel ihr auf, wie sehr er Christoff glich. Jetzt, wo sie ihn sah, beschlich sie eine Scheu. Wie würde er auf die Neuigkeit reagieren?

»Grüß dich, Fronleitner«, sagte sie leichthin, »in der Kirche bist du nicht, wie ich sehe.«

Erstaunt legte der Alte den Dengelhammer beiseite.

»Nein. Ich gehe nur mehr selten in die Kirche. Hier oben bin ich dem Herrgott näher. Aber sag, was führt dich zu uns herauf?«

Der Fronleitner und die Tantzlehentochter setzten sich auf die Bank. Susanna überlegte, wie sie am besten beginnen sollte. Das also war ihr Vater, vielmehr ihr Erzeuger. Für sein Alter sah er noch ziemlich gut aus. Drahtig, muskulös und braungebrannt. Das ergraute Haar umwehte sein scharf geschnittenes wettergegerbtes Antlitz. Ein Gesicht wie in Granit gemeißelt. Seine tiefliegenden Augen unter den buschigen Brauen hatten etwas Forschendes. Wie ein Adler, der nach Beute späht. Das kragenlose weiße Hemd war offen bis zur Brust. Ein mit Gänsefederkielen bestickter breiter Gurt hielt die wildlederne Kniehose. Solche Mannsbilder gab es drunten im Tal nicht. Jetzt konnte sie ihre Mutter verstehen. Der Jenner musste auf sie wirken wie einer, der nach seinen eigenen Gesetzen lebt. Wie ein Freibeuter auf den sieben Weltmeeren. Furchtlos und unbeugsam.

»Ich soll dir schöne Grüße von Mutter auftragen. Du sollst dich bei Gelegenheit mal auf Tantzlehen blicken lassen.«

»Danke, das ist sehr freundlich. Ich habe Magdalena schon lange nicht mehr gesehen. Auch deinen Vater nicht … zu einer Hochzeit ist es ja leider nicht gekommen zwischen Christoff und Cecilia.«

»Die beiden haben selbst Schuld. Sie glaubten, sie könnten mit dem Kopf durch die Wand, dabei haben sie ein Brett vor dem Kopf.«

Der Fronleitner lachte. »Da hast du nicht unrecht, Susanna. Ich hoffe, du machst es besser.« Einen Augenblick schien er zu überlegen, dann blickte er sie scharf an. »Sprich, was führt dich zu uns herauf?«

»Es ist etwas geschehen, das uns beide betrifft …«

Sie zögerte einen Augenblick, unsicher wie sie das Ungeheuerliche ausdrücken sollte.

»Mein Vater hat die Briefe entdeckt, die du Mutter geschrieben hast. Nun weiß ich, dass du mein leiblicher Vater bist.«

Der Fronleitenbauer starrte seine Tochter an, als sei sie eine Wundererscheinung.

Ungläubig fuhr er sich mit der Hand durch das Haar. »Die Briefe hat sie also noch aufbewahrt …«

Susanna schaute zum Söller hinüber, wo die Wäsche auf der Leine lustig im Wind flatterte.

»Wie kam es zu der … Affäre?«

Susanna hatte schon befürchtet, der Fronleitner würde aus der Haut fahren. Doch die Augen des Alten bekamen einen seltsamen Glanz.

»Zu der Zeit, als ich Magdalena begegnete, war Elisabeth schwanger. Barbara war nicht gewollt. Nach zwei Geburten, an denen sie schwer zu tragen hatte, wollte sie kein drittes Kind mehr. Es war keine gute Zeit für uns. Eines Tages ging ich nach Tantzlehen, um Saatgut einzukaufen. Da begegnete ich deiner Mutter. Sie sah mich an mit einem Blick, dass ich dachte, die liegt bestimmt nicht wie ein Brett neben ihrem Mann und macht das Kreuzzeichen, wenn die Lust über ihn kommt. Ich hatte mich nicht getäuscht. Immer, wenn der Ronacher auf Handelschaft war, haben wir uns getroffen. So ging das einige Wochen. Als sie schwanger wurde, erkannten wir, wie gefährlich das Spiel war, das wir trieben.«

»Wusste Elisabeth davon?«

»Sie wusste von der Liebschaft, aber nicht von den Folgen. Ich muss ihr heute die Wahrheit sagen. Es wird ein schwerer Gang ... du bleibst doch zum Mittagsmahl?«

»Wenn es dir recht ist, gern. Hast du mich denn überhaupt gekannt?«

»Ich sah dich immer an Heiligabend in der Kirche. Du bist mit deinen Schwestern in der ersten Reihe links gesessen. Deine blonden Zöpfe glänzten im Licht der Kerzen und ich hörte deine schöne Stimme. Es gab mir jedes Mal einen Stich ins Herz.«

Susanna ergriff seine Hand. »Fronleitner ... muss ich jetzt Vater zu dir sagen?«

Matthäus schüttelte den Kopf. »Dass ich das noch erlebe ... das hätte ich nie geglaubt. Es kommt mir vor wie ein Wunder.« Er schnäuzte geräuschvoll in sein Schnupftuch. Seine Augen füllten sich mit Tränen.

Susanna blickte ihn prüfend an. »Sag mal, wie viele Jahre hast du die Dorfschule besucht?«

Matthäus kratzte sich am Kopf. »Vier Jahre waren es wohl. Dann musste ich auf dem Hof mithelfen. Wieso fragst du?«

»Ach, ich habe mich nur gefragt, wer dir das Schreiben beigebracht hat. Ein wenig schwülstig sind die Briefe, aber von geübter Hand und ohne Fehler. Ein Bauer, der so schreiben kann, muss ein wahres Genie sein …«

In den Augen des Fronleitners blitzte der Schalk. »Ein Geheimnis darf man doch haben dürfen, oder nicht?«

»Vielleicht weiß es ja der Gemeindeschreiber«, lachte Susanna.

Beide drehten sich fast gleichzeitig um. In der Ferne gewahrten sie eine Figur. Eine weibliche Gestalt. Sie kam langsam den Berg herauf. Die Art ihres Ganges hatte etwas Tändelndes an sich. Den Kopf erhoben, blickte sie unstet nach links und rechts. Wie eine lustwandelnde Dame auf der Promenade. Nachdem sie die letzte Wegbiegung genommen hatte, konnte man sie besser erkennen.

»Höllteufel, was will die denn hier?«, entfuhr es dem Alten. »Eine solch merkwürdige Erscheinung hab ich mein Lebtag nicht gesehen. Sucht die hier droben den Lustgarten oder das Ballhaus?«

»Sie scheint nicht von hier zu sein. Vielleicht hat sie sich verlaufen«, mutmaßte Susanna.

Die Dame trug ein nilgrünes, mit talergroßen weißen Totenköpfen bedrucktes Trägerkleid aus hauchdünnem Musselin. Die schwarzen hochhackigen Lederschuhe reichten ihr bis zu den Knöcheln. In der rechten Hand, von einem blütenweißen, mit Spitze durchbrochenen Handschuh bedeckt, hielt sie einen gelben Sonnenschirm. Das Auffallendste aber waren Frisur und Antlitz. Das pechschwarze, von roten Bändern durchflochtene Haar trug sie zu einem Nest hochgesteckt, an den Seiten in krausen Locken herabhängend. Das Gesicht war schwanenweiß gepudert. Wie die beiden jetzt erkennen konnten, waren ihre Augenhöhlen schwarz umrandet und die Lippen blutrot geschminkt. Ein schwarzes Schönheitspflaster von der Größe einer Fliege klebte auf ihrer Wange. An ihrem Stoffgürtel trug sie eine Taschenuhr mit goldenem Sprungdeckel und einen zierlichen Handspiegel. Leicht echauffiert und außer Atem betrat das Fräulein den Hof.

Matthäus hielt sich am Amboss fest um zu spüren, dass er nicht träumte. Er glaubte, ein Gespenst zu sehen: Barbara, seine Tochter.

Der Alte konnte sich nicht beherrschen. »Du wagst es, in diesem Aufzug zu erscheinen! Willst du dich als Vogelscheuche auf den Acker stellen oder hast du Fronleiten mit einem Freudenhaus verwechselt?«

Unbeeindruckt zuckte Barbara die Schultern. Sie blickte ihn mitleidig an.

»Ach, Vater, was weißt du schon von der Welt! In besseren Kreisen trägt man das jetzt. Glaubst du, ich bin die einzige, die sich schminkt? Blond war gestern, und braun ist die Haut der Bauern.«

»Du siehst aus wie eine Hure … ich hoffe nur, du bist noch keine!«, stieß der Fronleitner bebend vor Zorn hervor.

»Ein alter Griesgram bist du geworden. Kein Wunder, denn Freude sprießt keine auf deinen Feldern.«

»Das Leben ist nunmal kein Freudenfest, zumindest nicht hier oben. Aber davor ergreift ihr ja alle die Flucht, der eine wie der andere.«

»Denk, was du willst. Die Zeiten sind gottlob vorbei, dass ich auf dem Melkschemel hocke, bis die Hände rot sind. Oder den Stall ausmiste, dass ich den ganzen Tag danach stinke.«

Unwillkürlich trat Susanna einen Schritt zurück. Eine Duftwolke quoll aus dem Dekolleté der Jennertochter.

Angewidert rümpfte Matthäus die Nase. »Es ist traurig genug, dass meine Tochter ihre Herkunft verleugnet. Wenn du uns Bauern jedoch schmähen willst, dann geh lieber zu deinen gepuderten Lackaffen.«

Die Worte ihres Vaters beeindruckten Barbara nicht. Erstaunt betrachtete sie die Tantzlehentochter.

»Was machst du denn hier oben, Susanna?«, sagte sie herablassend. »Wie ich höre, bist du jetzt auf dem Weyerhof. Machst du es deiner Schwester nach und arbeitest als Schankdirn?«

Susanna hatte nicht vor, ihre Neuigkeiten zwischen Tür und Angel auszuplaudern. Auch wollte sie dem Geständnis von Matthäus nicht vorgreifen.

»Nein, als Zimmermädchen, wenn du es genau wissen willst. Was ich hier oben mache? Ich war auf der Suche nach Heilkräutern und dachte, ich könnte bei der Gelegenheit mal bei euch reinschauen. Wir sind doch immerhin so gut wie verschwägert.«

»Kräuter sehe ich aber keine in deinem Korb.«

»Es war kein Tau in der Frühe. Deshalb taugten sie nicht zum Sammeln.«

Mittlerweile waren Elisabeth und Georg vom Kirchgang zurückgekommen. An der Brunnenstube wuschen sie sich die Hände, bevor sie das Haus betraten. Verwundert betrachtete Susanna die niedrige Stube. Die mit Hornscheiben verblendeten Fenster tauchten den Raum in schummeriges Licht. Afra hatte eine Griesnockerlsuppe aus gemahlenem Weizen mit reichlich Schnittlauch zubereitet. Sie kam mit der Suppenschüssel in die Stube, als sie Barbara erblickte.

»Jesus Maria!«, rief sie erschrocken. »Jetzt kommt der Tod schon im Faschingskostüm.«

Eine Zeitlang löffelten sie schweigsam die goldgelbe Gemüsesuppe. Ob das die Vorspeise war oder schon das Hauptgericht, überlegte Susanna. Elisabeth schien ihre Gedanken zu lesen.

»Du kannst ruhig nachnehmen, Susanna. Mehr gibt es heute nicht. Mit deinem Besuch habe ich nicht gerechnet. Sonst hätte ich etwas anderes zubereitet. Hast du Nachricht von Christoff? Seitdem er mit Cecilia nach Krammern gegangen ist, haben wir nichts von ihm gehört.«

»Oh, das wisst ihr noch nicht … Er wurde verhaftet, er soll einen Handelsherrn gezüchtigt haben, der Celia an die Wäsche ging. Sein Reisegefährte hat es mir erzählt. Jetzt sitzt er wohl im Hungerturm zu Mittersill und wartet auf seine Verhandlung.«

Elisabeth erbleichte. »Christoffel im Kerker … eine Schande ist das! Der Bub macht uns nichts als Kummer. Er weiß genau, dass Raufereien in Wirtshäusern neuerdings streng bestraft werden. Wer sich anmaßt, nach seinem eigenen Gesetz zu leben, versündigt sich an Gottes gerechtem Willen.«

»Das kannst du nicht behaupten, ohne die Hintergründe zu kennen«, griff Matthäus in das Gespräch ein. »Wie ich Christoff kenne, bricht er keinen Streit ohne Grund vom Zaun. Manchmal freilich überspannt er den Bogen. Was hatte er auch in dieser Kaschemme zu suchen.«

»Du hast ihn vertrieben mit deinem Starrsinn«, ereiferte sich Elisabeth. »Hättest du ihm den Hof überschrieben, wäre das nicht passiert. Aber es muss immer alles nach deinem Willen gehen.«

Matthäus blickte düster vor sich hin. Ihm war ungemütlich zumute. Wie gering war diese Schuld gegenüber der anderen, die er jetzt offenbaren musste? Mit einem Blick, der Susanna streifte, blickte er in die Runde und holte tief Luft.

»Welche Folgen unsere Taten haben, bedenken wir nicht immer. Das ist auch gut so. Sonst würden wir aus Furcht nicht mehr handeln. Jede Tat birgt den Irrtum oder Fehltritt in sich. Einen Fehltritt habe ich in der Tat begangen. Vor neunzehn Jahren. Aber bereuen kann ich ihn nicht. Ein schöneres Gesicht kann die Sünde nicht haben …«

Matthäus ergriff lächelnd die Hand der Tantzlehentochter. »Susanna ist meine Tochter. Und ihr, Georg und Barbara, dürft sie als eure neue Schwester begrüßen.«

Ein Raunen ging durch die Runde. Barbara umarmte die neben ihr sitzende Halbschwester mit gespielter Herzlichkeit. Georg stand auf und schüttelte Susanna erfreut die Hand.

»Ich bin froh, dass du meine Schwester bist. Sonst wäre ich vor dir nicht sicher, hübsch wie du bist.«

Mit einem Blick, der durch die Ronachertochter ging, sagte Afra: »Ich habe mich schon immer gewundert, wie wenig Ähnlichkeit du mit deinen Schwestern hast. Du schienst mir immer etwas fester auf der Erde zu stehen als die anderen beiden.«

Elisabeth hatte das Gesicht in den Händen verborgen. Als sie bemerkte, dass alle Augen auf sie gerichtet waren, sagte sie mit bebender Stimme: »Dein Maß ist voll, Bauer! Wundere dich nicht, wenn eines Tages das Bett neben dir leer ist. Dann kann die Tantzlechnerin einziehen. Aber hier droben wird sie es nicht lange aushalten. Da müsste sie anders arbeiten.«

»Warum regst du dich auf?«, suchte Matthäus die Wogen zu glätten. »Das ist bald zwanzig Jahre her. Glaub mir, ich habe meine Sünden genug gebüßt. Schwer genug war es für mich, mit der Wahrheit hinter dem Berg zu halten. Besonders, wenn ich Susanna im Dorf sah und wusste, ich durfte mich nicht zu erkennen geben.«

»Ach ja, wie schwer war alles für dich! Ich war damals mit Barbara schwanger und wusste, dass du mich betrügst. Die Folgen konnte ich aber nicht ahnen. Wiegt das etwa weniger schwer? Du hattest dein Vergnügen, während ich im Wochenbett lag und nicht wusste, ob die Mutter vor dem Kind oder das Kind vor der Mutter sterben würde.«

Erleichtert, dass die Wahrheit ausgesprochen war, sagte Matthäus: »Lasst uns nicht in der Vergangenheit wühlen wie die Maulwürfe im Erdboden. Es ist Gras über die Sache gewachsen. Freuen wir uns, dass unsere Familie, die mit nicht so vielen Kindern gesegnet ist wie anderswo, größer geworden ist. Susanna werde ich freudigen Herzens in unsere Familie aufnehmen. Von dir, Elisabeth, wünsche ich mir, dass du wie eine Mutter zu ihr sein wirst.«

Zögernd trat Elisabeth auf die Ronachertochter zu und umarmte sie. »Du kannst schließlich nichts dafür.«

»Was ist eigentlich mit dir, Georg?«, sagte Matthäus erleichtert. »Man hört, du sollst der Ottacherbäuerin zur Hand gehen, seitdem sie Witwe ist. Oder steckt mehr dahinter?«

Gierig spähte Georg nach den Griesnocken in der Suppenterrine. Nach einigem Herumrühren wurde er fündig.

»Im Gegensatz zu anderen hier am Tisch«, sagte er, wobei er seinen Vater mit einem geringschätzigen Blick streifte, »habe ich nichts zu verheimlichen. Wie ihr vielleicht wisst, segnete der Ottacherbauer im Februar das Zeitliche. Die Ehrentraud bat mich, in der Buchhaltung ein wenig nach dem Rechten zu sehen … mit den Zahlen hat sie es nicht so. Neben dem Ottacherlehen hat sie noch das Pluembgut von ihren Eltern und die Pfister. Zwei Kinder hängen ihr am Rockzipfel. Es wächst ihr alles über den Kopf.«

Ein spöttisches Lächeln umspielte den Mund des Alten. »Wirst du als Verweser entlohnt oder verrechnet ihr das anders?«

»Darauf erwartest du doch keine Antwort, oder?«

»Hoffentlich weißt du, was du tust. Wenigstens bist du kein Träumer wie dein Bruder, der alles, was er anfasst, bloß zur Halbscheid macht. Was habt ihr für Pläne?«

»Wir wollen auf das Pluembgut und die Pfister eine Grundschuld aufnehmen, um einige Güter zu erwerben. Es stehen in Dorf etliche Hofstellen zum Verkauf. Es sitzen Lutherische drauf, die demnächst auswandern müssen. Ich werde sie wohl günstig bekommen. Darüber hinaus wird für die Ehetaverne ein neuer Pächter gesucht. Der Senninger will den Dorferwirt abstoßen. Nächste Woche werde ich mit ihm über den Preis verhandeln.«

»Dann hast du deine Goldgrube, von der du immer geträumt hast«, bemerkte Matthäus bissig.

Neugierig betrachtete Susanna den goldenen Reif mit dem eingelegten Smaragd, den Barbara am linken Ringfinger trug.

»Was ist das für ein grüner Stein, der wie ein Tautropfen am Grashalm funkelt?«

»Ein Smaragd«, sagte Barbara, wobei sie der Ronachertochter keine Beachtung schenkte. »Den Ring bekam ich von meiner Herrschaft.«

»Von deiner Herrschaft hast du einen Ring bekommen … einfach so am hellichten Tag?«, stieß Matthäus zornig hervor. »Sag die Wahrheit, von wem ist der Fingerreif?«

»Der junge Graf hat ihn mir geschenkt.«

»So. Der junge Graf ihn dir geschenkt! Welche Gunst hast du ihm dafür erwiesen?«

»Wir sind verlobt«, sagte sie gleichgültig.

Der Fronleitenbauer wurde aschfahl. »Zu meiner Zeit war es üblich, dass der Verspruch in der Familie der Braut gefeiert wurde. Bei euch aber scheinen Sitte und Brauch so viel zu gelten wie faule Äpfel. Faul scheint mir auch deine Verlobung zu sein. Hat der Graf keinen Mumm in den Knochen, dass er es nicht wagt, beim Brautvater um die Hand der Haustochter anzuhalten?«

»Er hat keine Zeit. Wenn das Korn in den Truhen liegt, will er nach Fronleiten kommen.«

»Wer's glaubt, wird selig!«, höhnte der Fronleitner. »Das sieht doch ein Blinder, dass er ein unzüchtiges Spiel mit dir treibt.«

»Nenn es wie du willst, Vater, ich nenne es Liebe«, sagte sie mit gelangweiltem Augenaufschlag.

Mit steinerner Miene, grau wie Granit, blickte Afra auf den Ring.

»Der Stein ist grün wie die Schlange, die Eva im Paradies verführte. Aus dem Reich der Finsternis kommt dieser Stein, der aus der Krone Luzifers fiel, als Gott ihn für seinen Hochmut strafte. Für diejenigen, die einen kühlen Kopf haben, mag das Grüne Feuer Medizin sein. Für Weichherzige jedoch, die ihrem Gemüt ausgeliefert sind, ist er Gift. Du irrst durch eine Traumwelt, Barbara, und siehst nicht, dass du in dein Verderben rennst.«

»Mit deinem Aberglauben, Afra, konnte ich noch nie etwas anfangen. Du dichtest immer viel in die Dinge hinein. Noch nie besaß ich solchen Schmuck. Warum gönnst du ihn mir nicht? Der Ring ist ein Liebesbeweis ...«

»Ein Liebesbeweis soll der Ring sein?«, stieß Matthäus hervor. »Ich glaube eher, ein Liebeslohn. Sag, hast du dich an ihn weggeworfen?«

Unbeeindruckt von den Vorhaltungen ihres Vaters holte Barbara eine perlmuttbesetzte Schminkdose aus ihrer Handtasche und zog, den Spiegel in der linken Hand, mit einem feinen Pinsel die Lippen nach. Gramvoll blickte Matthäus auf das Kruzifix im Herrgottswinkel.

Georg tauchte seinen Löffel in die Suppenschüssel. Ohne seiner Schwester einen Blick zu gönnen, sagte er: »Ich kenne nur zwei Sorten von Weibern, die sich schminken und aufputzen: Komödiantinnen und Kurtisanen. Zur ersten Sorte gehörst du, so viel ich weiß, nicht.«

»Von der zweiten Sorte träumst du wohl, wenn du bei der Ottacherbäuerin liegst«, entgegnete Barbara ungerührt. »Aber so weit wirst du es nie bringen, auch nur eine von ihnen von hinten zu sehen. Vielleicht wisst ihr es noch nicht: Es ist jetzt Mode am Hof, sich so zu schminken und zu frisieren.«

Der Fronleitner verlor die Beherrschung. »Das sage ich dir ein für allemal: Auf unseren Hof kommst du nicht mehr in diesem Aufzug. Zum Gespött lassen wir uns nicht machen. Lieber habe ich keine Tochter als so eine!«

»Sag Barbara, gibt es etwas, das wir wissen sollten?«, fragte Elisabeth beschwichtigend. »Wir wollen doch nur verhindern, dass du blind in dein Unglück rennst.«

Zornig erhob sich die Jennertochter. »Warum akzeptiert ihr nicht, dass ich mir ein anderes Leben gewählt habe? Soll ich es euch sagen? Weil ihr alles hasst, was sich eurer Ordnung nicht fügen will. Und soll ich euch sagen, warum? Weil ihr Angst habt, in den Spiegel zu schauen und euch zu fragen, ob euer Dasein die Strafe des Allmächtigen ist oder die Ausgeburt eurer Trägheit und Furchtsamkeit. Das Leben hier droben ist so hart und trocken wie ...«, sie blickte sich nach einem Vergleich um, bis sie etwas entdeckt hatte. »... wie der Laib in den Sprossen des Brotrahmens.«

Sie lief aus der Stube, die Tür offen lassend. Susanna erhob sich und eilte hinter ihr her. Auf dem Pfad durch die Wiesen, kurz vor dem Heustadel, hatte sie Barbara eingeholt.

»Warte, Barbara, ich muss mit dir reden.«

Atemlos blieb sie vor der Jennertochter stehen.

»Was gibt es noch zu reden! Kehr besser vor der eigenen Haustür. Da liegt genug Schmutz.«

Susanna ging auf den Hohn nicht ein. Beschwörend hob sie die Hände.

»Nimm dich in acht vor dem Neukirchner. Er ist ein Schürzenjäger. Ein Weiberheld, wie er im Buch steht. Cecilia kann ein Lied davon singen. Frag sie selbst.«

»Ausgerechnet Cecilia soll ich fragen!«, lachte Barbara höhnisch. »Die vor meinem Bruder die Röcke gehoben hat. Mit eigenen Augen habe ich sie gesehen, wie sie am Pranger stand mit einem Schild um den Hals: Ich liederliches Weib. Ausgerechnet die soll ich fragen!«

Wie sollte sie es anfangen, überlegte Susanna, dass sich Barbara ihr offenbarte? Am besten sie begann mit einer unverfänglichen Frage.

Die Mädchen hatten sich auf eine Bank gesetzt, die ein Jenner an die Südwand des Heustadels gezimmert hatte. Die Sonne stand hoch über den weißen Gletscherzungen der Tauern. Die Firngipfel der Venedigergruppe strahlten in gleißendem Licht. Doch für die Schönheiten des Eisgebirges hatten die beiden Dienstmägde keinen Blick.

»Arbeitest du noch als Kuchldirn?

»Nein. Seit Mai bin ich Kammerjungfer.«

Susanna blickte sie erstaunt an. »So, wie kommt das?«

»Carl Friedrich meinte, meine Hände wären immer so rot und mein Haar würde nach Küche riechen ...«

»Der Graf scheint ja sehr um dein Wohlergehen besorgt zu sein ...«

Gedankenverloren riss Barbara die Blütenblätter einer Blume ab.

»Willst du wissen, wie es dazu kam?«

Susanna nickte.

»Im Mai kam der Graf von seiner Reise zurück. Eines Abends bat er mich, ihm Gesellschaft zu leisten. Wir waren lustig und tranken Wein. Du kannst dir denken, was dann kam ...«

»Hat er dich gegen deinen Willen genommen?«

»Nein. Ich wollte es so. Mit achtzehn ist man schließlich alt genug für die Liebe. Oder nicht?«

»Kommt darauf an, was man unter Liebe versteht.«

Verlegen rang Barbara die Hände im Schoß. »Ich weiß jedenfalls, dass er mich begehrt.«

Susanna blickte sie zweifelnd an. »Und das genügt dir?«

»Es ist der Schlüssel zum Schloss ...«

»Und jetzt übst du schon mal die künftige Herrin von Neukirchen. Willst du dich und deine Herkunft mit diesem Aufputz verleugnen?«

»Verleugnen?« Barbara lachte hell auf. »Habe ich mir dieses Dasein ausgesucht? Das Haar geflochten wie ein Kälberstrick. Die Haut braun wie ein Zigeunerweib. Die Hände rau wie Baumrinde. Wie ich dieses Leben hasse!«

»Du wirfst vieles weg. Pass auf, dass du dich am Ende nicht selbst wegwirfst. Wenn der Kuenburg genug von dir hat, wird er dich an den nächsten Grafen oder Freiherrn weiterreichen. Eines Tages stehst du am Spittelberg in Wien und wartest auf die alten Hurenböcke. Wenn dich bis dahin nicht die Franzosenkrankheit ins Grab gebracht hat.«

»Was redest du für Unsinn! Carl Friedrich wird nie genug von mir haben. Ich werde die Letzte für ihn sein. Er ist verrückt nach mir.«

»Gib acht, dass der Bauch nicht vor dem Brautkranz kommt. Ich wünsche dir nicht, dass es dir so ergeht wie meiner Schwester.«

»Da brauchst du dir keine Sorgen zu machen. Ich kenne die Mittel, mit denen eine Frau sich vorsieht.«

»Eine Frau bist du also auch schon. Wer hoch hinaus will, kann tief fallen.«

»Da gebe ich dir recht. Tiefer als deine Schwester kann man nicht fallen. Und von dir erzählt man sich auch so einiges ...«

»Da bin ich aber gespannt.«

»Dass dein Maler dich nicht nur gemalt hat ... deinen Ohrschmuck hat die Clara in seinem Bett gefunden. Und das an deinem freien Tag. Das sagt ja wohl alles.«

»Du musst es ja wissen.«

Susanna erhob sich. Sie wollte mit der Welt der Jennertochter nichts zu schaffen haben. Diese Welt war ihr ferner als die Hohen Tauern, deren Eiszinnen im Abendrot glühten. Ohne ein Wort des Abschieds gingen die beiden ihrer Wege.

Auf dem Heimweg dachte Susanna über die Fronleitentochter nach. Die gleiche Klasse hatten sie besucht. Aber befreundet waren sie nie. Barbara war schon immer etwas anders. Seilhüpfen oder Ringelreihen auf dem Schulhof waren ihr zu kindisch. Nur sonderbare Geschichten wollte sie hören. Schauergeschichten wie sie auf den Jahrmärkten erzählt wurden. Von Weibsteufeln, die den Mannsbildern schöne Augen machen. Von Hexen, die Buhlschaften mit dem Geschwänzten haben. Und Hirten, die sich bei Vollmond in jungfernschändende Werwölfe verwandeln. Von denen konnte sie nicht genug kriegen. War sie nicht eine Figur ihrer Fantasiewelten?

Barbaras schonungslose Worte hatten Matthäus ins Mark erschüttert. Zu Elisabeth sagte er: »Heute habe ich eine Tochter gewonnen, aber eine andere, die mir näher steht, verloren. In Barbara erkenne ich nicht mehr mein eigen Fleisch und Blut. Da haben wir uns achtzehn Jahre bemüht, etwas Anständiges aus ihr zu machen. Und was ist dabei herausgekommen? Nichts als eine Kurtisane … die Konkubine eines Grafen. Wenn sie so weitermacht, wird sie noch als Hure enden. Womit haben wir das verdient …«

Elisabeth erwiderte nichts. Ihre Gesichtszüge waren eingefallen und aschfahl.

Afra hatte die Stube betreten. Sie trat so leicht auf, dass man ihre Schritte nicht hörte.

»Ich stimme dir zu, Bauer. Hast du dir Barbaras Augen angeschaut? Da ist kein Strahlen mehr so wie früher. Ihre Augen sind leer und ausdruckslos. Als hätte das Leben keine Freuden zu bieten. Ich denke, auf eine Hochzeit brauchen wir uns nicht einzurichten. Eher auf eine Leichenfeier.«

»Wenn du weiterhin das Unheil an die Wand malst, Afra, jage ich dich vom Hof«, schrie der Alte außer sich vor Zorn. »Und zwar noch vor Lichtmess!«

Die Drohung des Fronleitenbauers ließ die Magd unbeeindruckt.

»Du kannst mich vom Hof jagen, Fronleitner. Am Geschick deiner Tochter wird das nichts ändern. Es rührt mich nicht weniger als dich. Wie du weißt, habe ich Barbara schon in der Wiege geschaukelt. Sie war für mich immer wie ein eigenes Kind – jetzt rede ich schon, als wäre sie tot.«

»Gott bewahre, dass es soweit kommt.«

14
Tanz aus der Reihe

Ist ein Künstler, der die Menschen zu Gott führen und
in seinem Glauben bestärken sollte, ohne Tugend, soll
man ihn ausrotten und mitnichten in den Städten noch
an anderen ehrlichen Orten leiden, sondern zu den
Türcken, Heiden und dergleichen Gelichter hinschicken.

Hippolytus Guarinonius, Die Greuel der
Verwüstung menschlichen Geschlechts, 1610

Anna de' Medici, Tochter des Großherzogs Cosimo II. und der
Maria Magdalena von Österreich, war eine gebildete und kunstsin-
nige Frau. Aufgewachsen in Florenz, war die Schwester des Großherzogs Ferdinand II. von Toskana in ihrer Jugend eine vielumworbene
Schönheit. Der Vater, ein warmherziger Förderer von Wissenschaft
und Kunst, zeichnete sich durch sein mutiges Eintreten für seinen Lehrer Galilei aus, den er zum Hofmathematiker ernannt hatte und gegen
die päpstliche Inquisition in Schutz nahm. Die früh verwitwete Mutter hingegen war eine religiöse Eiferin. Sie hatte nichts Besseres zu tun,
als mit maßlosen Schenkungen an die Kirche die Staatsschatulle zu
plündern, was das Großherzogtum an den Rand des Ruins brachte.
Als die Herzogin von Florenz ihrem Sohn Ferdinand nach seinem Re-
gierungsantritt im Jahre 1628 eine Namensliste stadtbekannter Sodo-
miten vorlegte, womit sie die Homosexuellen meinte, deren Feuertod
sie verlangte, setzte dieser vor den Augen der schockierten Mutter seinen eigenen Namen auf das Papier und warf es mit den Worten »Ihr
seht, Signora, Euer Urteil ist bereits vollstreckt!« in das Kaminfeuer.

Mit den Jahren war Anna de' Medici etwas stark geworden, was
mit ihrer Schwäche für die Freuden der Tafel zusammenhing, deren
Ursache nicht selten der Kummer ist. Erzherzog Ferdinand Karl von
Österreich-Tirol, ihr um zwölf Jahre jüngerer Gemahl, ein Cousin
zweiten Grades, war vor sieben Jahren den Folgen eines Jagdunfalls

erlegen. Im Januar erst war ihre jüngste Tochter, die zwölfjährige Maria Magdalena, an den Pocken gestorben. Ein anderes Kind hatte sie nach der Nottaufe verloren. Nun blieb ihr nur noch die sechzehnjährige Claudia Felicitas. Ein weiterer Anlass für die Leidgeprüfte, nicht nur in der Öffentlichkeit Schwarz zu tragen.

Mit der Rückkehr des dänischen Gelehrten Niels Stensen aus dem Habachtal verband Anna de' Medici die Hoffnung auf eine neue Einnahmequelle. Denn mit den Finanzen der Hofkammer stand es nicht zum Besten. Nachdem Wien 1665 die Regierungsgeschäfte in Tirol übernommen hatte, musste die Erzherzogin jeden der 60 Kreuzer, die einen Gulden ausmachten, zweimal umdrehen. Neben der 18 Mann starken Hofkapelle verblieben ihr, wie Erbprinz Cosimo anlässlich eines Besuchs bei seiner Tante mitleidsvoll feststellte, gerade noch 8 Kavaliere, 9 Damen, 3 Matronen, 6 Pagen, 16 Hellebardisten, 10 Diener, 6 Gespanne, 12 Sattelpferde und 4 Sänften samt Knechten.

Eines Abends meldete Obersthofmeister Graf Ferrari die Ankunft des großherzoglichen Naturforschers. Die Erzherzogin ließ alles stehen und liegen und gab ihrem Küchenmeister Carlo Caraffa Anweisungen, eine Blätterteigpastete, gefüllt mit pochierten Krammetsvögeln und Wachteln, vorzubereiten. Das Dessert, eine Mandeltorte nach Florentiner Art, ließ sie in der Küche ausrichten, werde sie selbst zubereiten. Sie gedachte, dem Doktor alle Ehren der Gastfreundschaft zuteil werden zu lassen, in der Erwartung auf einen günstigen Bericht von den Smaragdgruben. Zu dem in aller Eile arrangierten Nachtmahl hatte sie, abgesehen von ihrer Tochter Claudia Felicitas und der Gesellschafterin Agostini, den Bergmeister und Obermarkscheider der Erzgruben zu Schwaz, Andreas Oberkogler, eingeladen.

»Nun erzählt uns, Doktor Stenonis, was Ihr auf Eurer Smaragdreise erlebt habt«, begann Anna de' Medici, kaum imstande ihre Neugier zu zügeln. »Weshalb ist mein Neffe nicht mit Euch zurückgekommen? Es ist ihm doch hoffentlich nichts zugestoßen?«

Niels Stensen, kein besonderer Freund des Weins, der in seinen Augen das Gehirn benebelte, jedoch im Gegensatz zum Bier den Durst nicht löschte, nippte an seinem Glas. Bedächtig nahm er die Serviette aus dem monogrammierten Silberring und wischte sich den Mund. Er war noch etwas benommen von der viertägigen Kutschfahrt und steif an den Gliedern.

»Ich kann Ihre Hoheit beruhigen. Herrn von Hohenberg ist nichts widerfahren, was zu ernsthaften Befürchtungen Anlass geben könnte. Am zweiten Tag unseres Aufenthalts im Habachtal wurde der Geheime Rat von einer Höllenotter gebissen und musste sich in die Obhut des ortsansässigen Wundarztes begeben. Eine harmlose Bisswunde, die der fachkundigen Pflege und der Schonung bedarf. Ich bin davon überzeugt, dass Euer Neffe in einigen Tagen reisefähig ist. Weniger dieser Vorfall als ein Kälteeinbruch mit heftigem Schneefall machte uns einen Strich durch die Rechnung, sodass wir die Exkursion vorzeitig abbrechen mussten.«

»Eine Höllenotter … oh, wie ekelhaft!«, kreischte Claudia Felicitas. »Das sind doch diese schwarzen Schlangen, die sich zwischen den Stauden der Alpenrosen verstecken oder auf den Felsen sonnen. Mir ist solches Viechszeug einmal auf der Pirschjagd in der Martinswand begegnet. Ich wäre vor Schreck beinahe in Ohnmacht gefallen.«

»Nun, dass du gern in Ohnmacht fällst, das wissen wir, mein Kind«, sagte Anna de' Medici ungeduldig. »Es beruhigt mich indes zu hören, dass sich mein Neffe auf dem Weg der Genesung befindet. Doch jetzt möchte ich einen ausführlichen Bericht von den Smaragdgruben hören. Ihr seid doch vor Ort gewesen?«

»Gewiss, so kann man sagen, wenn ich Ihrer Hoheit den Beweis zeigen darf.«

Er griff in seine Rocktasche und überreichte der Erzherzogin eine mit mehreren schönen Kristallen gespickte Smaragdstufe.

»Ein Geschenk für Ihre Hoheit, die mir diese Reise ermöglicht und meinen Aufenthalt in Innsbruck auf liebenswürdigste Weise gestaltet haben. Auch für Euch, Prinzessin, habe ich ein Souvenir mitgebracht.«

Voller Bewunderung hielt Claudia Felicitas den grünen Kristall gegen das Licht.

»Ich nenne ihn Meerstern, denn er leuchtet wie ein Stern, der ins Meer gefallen ist.«

»Entschuldigt«, fuhr Stensen fort, »aber von Gruben im Plural zu sprechen ist angesichts der Bescheidenheit dieser Baue übertrieben. Die nur einigen Jägern und Einheimischen bekannte Edelsteingrube befindet sich an der Ostflanke des Heubachtals, von den Pinzgauern Habachtal genannt, einem unbesiedelten Seitental im Tauerngebirge. Der Reiseempfehlung Ihrer Hoheit, die Zillertal-Route in den Pinzgau zu wählen, konnten wir leider nicht nachkommen, da der Gerlospass, wie wir in der Ortschaft Zell erfuhren, immer noch nicht schneefrei ist.«

»Sagen wir lieber, noch nicht geräumt ist. Das Erzstift war schon immer bekannt für einen gewissen Schlendrian im Verkehrswesen. Aber ich wollte Euch nicht unterbrechen …«

»Bei der Smaragdgrube handelt es sich um zwei, möglicherweise auch drei Einbaue. Mit einfachsten Mitteln in den Berg getrieben und mehr schlecht als recht ausgebaut. Die Mundlöcher der Stollen liegen im Blockschutt einer steil ansteigenden Rinne, aus der ein Gewässer austritt, das sich im Talgrund mit dem Habach vereinigt. Auf der Grube arbeiten drei Einheimische, die auf mich den Eindruck machten, als scherten sie sich einen Teufel um geltende Gesetze. Sie verwehrten uns den Zugang zu ihrem Arbeitsstollen, da sie gerade eine Sprengung vorbereiteten. Als ich ihnen erklärte, in wessen Auftrag wir hier seien, erlaubten sie uns, den Oberstollen zu besichtigen. Unter Gefahr an Leib und Leben wagten wir uns in das Labyrinth von unausgebauten, teilweise verbrochenen Schlägen und Schächten.«

»Was heißt hier erlauben!«, empörte sich die Erzherzogin. »Haben diese Kerle das Bergwerk gepachtet, besitzen sie die Schürfrechte?«

»Weder das eine noch das andere. Das Habachtal ist, wie uns Erzbischof Max Gandolf erklärte, als jagdliches Sperrgebiet ausgewiesen. Der Zutritt zur Smaragdgrube ist für Unbefugte verboten.«

»Ach, Ihr seid Max begegnet?«

»Seine hochfürstlichen Gnaden hielten sich zufällig im Jagdhaus auf – in Begleitung seines Neffen Graf Kuenburg und des Oberjägermeisters Lodenkämper. Übrigens ein äußerst anregender Abend …«

»Ich frage mich, weshalb das Erzstift nicht an der Grube interessiert ist«, mischte sich Bergmeister Oberkogler in das Gespräch. »Steinwild gibt es doch auch in der salzburgischen Probstei Zillertal, einer alten Domäne des Erzstifts. Der Bestand soll an die hundertsechzig Stück im Bereich der Floite und Gungl betragen.«

»Im Habachtal hat das Steinwild offenbar günstigere Lebensbedingungen. Der Talboden ist unbesiedelt, von einigen Almen abgesehen. Auch soll die Hege, wie man uns erzählte, weniger Schwierigkeiten und Kosten verursachen. Um auf Eure Frage zurückzukommen, Herr Bergmeister: Nach meiner Einschätzung wird Salzburg erst dann an eine Ausbeutung des Smaragdvorkommens denken, wenn das letzte Stück Steinwild erlegt oder in andere Regionen abgewandert ist.«

»Geben denn die geognostisch-mineralogischen Erkundungen Anlass zu der Hoffnung, dass die Grube einen Abbau lohnenswert erscheinen lässt?«

»Diese Frage kann ich absolut bejahen. Im hinteren Teil der Grube fanden wir einige ertragreiche Streichen von feingemengtem Glimmerschiefer, dem Trägergestein des Smaragds. Bei den smaragdführenden Schieferserien handelt es sich um Tonsteine, die in nordwest-südöstlicher Streichrichtung verlaufen. Besonders reich an Smaragd ist der Dunkelglimmer, ein fettglänzender Tonstein von dunkelbrauner bis anthrazitschwarzer Farbe, der Spuren von Eisen und ...«

»Schon gut, lieber Stenonis, davon verstehe ich nichts«, fiel ihm die Erzherzogin ins Wort. »Wie verhält es sich mit den Einbauten?«

»Der Stollen«, fuhr Stensen fort, »war lediglich im Eingangsbereich notdürftig ausgezimmert. In die hinteren Einbauten kamen wir über einen steilen, von Grubenwasser überspülten Abraumschacht. Durch liegengebliebenes Haufwerk und Verbrüche war in den niedrigen Querschlägen ein Arbeiten kaum möglich. Der Wetterschacht war verbrochen. Ebenso ein Verbindungsschacht nahe der Abraumhalde. Insgesamt war die Erkundung der Smaragdgrube ein waghalsiges Unterfangen.«

»Das hört sich ja abenteuerlich an!«, rief die Hofdame Agostini begeistert aus.

»Ich bitte die Herrschaften sich vorzustellen, dass sich die Lagerstätte in einer Höhe von siebentausend Schuh befindet ...«

»Siebentausend Schuh!«, rief die Erzherzogin erstaunt. »Ich kann mir vorstellen, dass der Aufstieg kein Lustwandeln war ...«

»Beileibe nicht! In die zerklüftete Gebirgswelt führt ein wenig begangener Jägersteig. Zuerst über die Hochalm, wo wir unser Quartier hatten, dann über Geröllhalden und abschüssige Schneefelder, auf denen jeder Tritt die Gefahr des Absturzes birgt, vorbei an schwindelerregenden Abgründen, wo der Pfad nicht mehr als zwei Schuh breit ist, bis man nach zweistündigem Aufstieg endlich die Grube erreicht. Einen geregelten Bergbau in diesem unwegsamen und gefahrvollen Gelände kann ich mir schwerlich vorstellen.«

»Das sind freilich schwerwiegende Argumente, lieber Doktor. Dann kann ich meine Hoffnungen wohl begraben«, seufzte die Erzherzogin. Zu ihrer Tochter gewandt sagte sie: »Claudia, willst du uns zum Abschluss ein Lied vortragen? Unterdessen können wir uns ja der Mandeltorte widmen.«

Die Prinzessin von Tirol, äußerlich eher von geringen Reizen, besaß einiges musikalisches Talent und darüber hinaus eine schöne Stimme. Während die Erwachsenen sich die Mandeltorte, veredelt mit einem Schuss Marsala, munden ließen, griff die Prinzessin in die Saiten und sang mit schmelzender Stimme Lieder von der Vergänglichkeit und Nichtigkeit alles Irdischen. Vielleicht schlummerte in der Tiefe ihrer Seele eine Ahnung, dass ihr an der Seite von Kaiser Leopold in nicht allzu ferner Zukunft ein ähnliches Schicksal wie Margarita Theresa beschieden sein würde. Die Ahnung, dass der Tod mit frechem Grinsen die Herzurne der 22-jährigen Kaiserin in die Kapuzinergruft stellen würde, nachdem er ihr die beiden Töchter geraubt hatte.

Zum Schluss bat die Erzherzogin ihre Gesellschafterin, einige Späße zum Besten zu geben. Die Hofdame Agostini verstand es glänzend, das jede Etikette missachtende burschikose Auftreten der Schwedenkönigin Christina täuschend echt nachzuahmen, dass sich Bergmeister Oberkogler den Bauch vor Lachen hielt.

Die Kerzen in den Kandelabern waren niedergebrannt. Anna de' Medici erhob sich und öffnete die Flügeltüren des Speisesaals zum Hofgarten. Ein warmer Wind rauschte in den Blättern der alten Platanen. Schwarze Wolken trieben um den Mond.

Die Uhr der Franziskanerkirche schlug elf. Sie traten auf die Terrasse. Versonnen stützte sich die Erzherzogin auf die steinerne Balustrade.

»Wohin gedenkt Ihr Eure Schritte als nächstes zu lenken, Doktor? Werden die geognostischen Studien in diesem Jahr Vorrang vor den anatomischen haben?«

»Meine nächste Reise wird mich zu den Silbergruben nach Oberungarn führen, genauer gesagt nach Schemnitz und Kremnitz. In Wien wurde ich gebeten, mein neuestes Werk, den Prodromus, der Fachwelt vorzustellen. Im Anschluss daran gedenke ich über Prag und Karlsbad nach Holland zu reisen …«

»Von der Drucklegung Eures Traktats über ›Das Feste im Festen‹ erzählte mir mein Bruder. Wollt Ihr mir verraten, was einen Geognosten nach Holland führt? Gewiss keine Erz- oder Edelsteingruben …«

»Ich möchte Freunde besuchen, unter anderem den Anatom und Insektenforscher Jan Swammerdam. Wie Ihr vielleicht wisst, war Euer Bruder im vorigen Jahr in Amsterdam. Auf meine Anregung hin ließ er sich das Kuriositätenkabinett Swammerdams des Älteren sowie die Naturaliensammlung seines Sohnes zeigen. Seine Durchlaucht erzählte mir, die naturwissenschaftliche Sammlung habe ihn so beeindruckt, dass er Swammerdam zwölftausend Gulden bot unter der Bedingung, dass der Gelehrte sie nach Florenz bringen und dort seine Studien fortsetzen werde. Er bat mich, meinen Einfluss geltend zu machen. Ich habe aber Zweifel, ob meine Mission von Erfolg gekrönt sein wird.«

»Habt Ihr in Amsterdam ein Quartier?«

»Man hat mir die Residenz der Medici an der Kaisersgracht angeboten.«

»Das hätte ich auch vorgeschlagen. Derzeit wird das Haus nur von unserem Agenten, dem florentinischen Kaufmann und Bankier Francesco Ferroni bewohnt, ein äußerst gebildeter und charmanter Mann. Er wird sich gewiss über Eure Gesellschaft freuen.«

Einen Augenblick dachte die Erzherzogin nach. »Ihr werdet doch bestimmt durch Augsburg kommen. Ich könnte Euch eine Empfehlung an die Gräfin Maria Anna von Hundbiss zu Waltrams mitgeben. Ihr Gemahl Leopold Fugger war einst Hauptgewerke der Silbergruben zu Schwaz und ein Jagdfreund meines verblichenen Eheherrn.«

»Vielen Dank für Eure Güte. Aber ich werde über Salzburg reisen. Ich habe in Mittersill noch eine Sache zu erledigen.«

»In Mittersill?«, fragte die Erzherzogin verwundert.

»Ja. Es gab leider einen betrüblichen Vorfall. Auf der Rückkehr von der Smaragdfahrt wurde unser Bergführer verhaftet. Er sitzt im Kerker auf Schloss Mittersill. Ich möchte bei der Verhandlung zugegen sein, um als Zeuge für ihn auszusagen.«

»Was hat dieser Mann verbrochen, dass man ihn einsperrt? Perger von Emslieb schickt doch sonst nicht bei jeder Kleinigkeit die Gerichtsknechte los.«

»Ein Handelsherr aus Innsbruck hat sich an seinem Weib vergriffen. Sie hat als Schankdirn in dem Gasthaus gearbeitet, wo wir Quartier nahmen. Daraufhin hat ihr Gefährte – verheiratet sind die beiden nicht – den Mann gezüchtigt. Vielleicht hat er es ein wenig zu arg getrieben. Offenbar hat der Herr Anzeige erstattet.«

»Wie heißt dieser Lüstling?«

»Staudinger ist sein Name. Er soll ein Fuhrunternehmen besitzen.«

»Der Staudinger?«, sagte die Erzherzogin erstaunt. »Wahrscheinlich hat er wieder mal zu tief ins Glas geschaut. Ich werde mich der Sache annehmen und in Erfahrung bringen, wann der Prozess stattfindet.«

Da vernahmen sie den Ruf einer Nachtigall. Ergriffen von den süßen Lauten des Nachtvogels, legte die Erzherzogin ihre Hand auf den Arm des Doktors und sagte: »Der Gesang der Nachtigall klingt wie der Urquell des Lebens. Der Lockruf der Liebe. Was sind schon Smaragde. Was ist die ganze glitzernde Pracht, mit der wir uns behängen, gegen das Leben. Ich würde alles auf der Welt hergeben, könnte ich meine Jüngste wiederhaben.«

Drei Tage später traf auch Fortunat von Hohenberg in Innsbruck ein. Sein erster Gang führte ihn zur Adresse des Hofjuweliers Hainbacher. Dem Goldschmied überreichte er den schönsten seiner Smaragdfunde mit dem Auftrag, den Stein zu facettieren und in einem Fingerreif zu fassen. Für ein junges Fräulein mit zarter schmaler Hand, wie er stolz betonte. Danach ging er in die Hofburg und berichtete seiner Tante, der Erzherzogin, was ihm im Habachtal widerfahren war. Anschließend fuhr er zu seiner Dienstwohnung auf Schloss Ambras. Er hatte große Pläne. Eine Ausstellung zum Thema Aktmalerei wollte er machen. Mit alten und neuen Meistern aus dem Bestand. Und natürlich seinem neuen Opus. Auch einen griffigen Titel hatte er sich schon ausgedacht: Venus im Spiegel – das Weib in der Kunst.

Mit Eifer begab sich Fortunat an die Arbeit. Aus dem umfangreichen Fundus der Kunstkammer suchte er jene Werke aus, die mehr oder minder bekleidete Schönheiten zeigten, darunter Tintorettos »Susanna im Bade«, Tizians »Nymphe mit Schäfer« sowie Hans von Aachens »Bacchus, Ceres und Amor« mit dem schönen Sinnspruch von Terenz »Ohne Brot friert die Liebe«. Ein Dutzend Gemälde hatte er schon zusammengetragen, größtenteils Erwerbungen von Erzherzog Ferdinand II., aber auch einige Stücke aus der Prager Sammlung Kaiser Rudolfs II.

In einer Abstellkammer zwischen zahllosen zweit- und drittklassigen Arbeiten, meist Probestücke von Malern zur Erlangung der Meisterwürde, die ehemals in den Amtsstuben der Rathäuser verstaubten, entdeckte er zwei Gemälde, die sein Vorgänger aus unerfindlichem Grund versteckt hatte. Eines davon war das »Das Pelzchen« von Peter Paul Rubens. Er war kein Bewunderer der speckfaltigen Fleischberge des flämischen Meisters. Doch der anrührende Blick und die Grazie, mit der Helene Fourment, die junge Ehefrau des Künstlers, ihre Blöße bedeckte, erinnerte ihn an die Frauenbildnisse des Vermeer van Delft. Als letztes Meisterwerk wählte er das »Bildnis einer jungen Frau« des Renaissancekünstlers Giorgio da Castelfranco. Die nackte Dame im roten Mantel war, wie man munkelte, die Geliebte Laura des italienischen Dichters Petrarca. Als letztes Bild im Reigen nackter Schönheiten hängte der Kämmerer sein eigenes Werk auf.

Um die Bedeutung der Ausstellung zu unterstreichen und, nicht zuletzt, sich selbst eine gute Presse zu bescheren, trug er sich mit dem Gedanken, Persönlichkeiten von Rang und Namen zu der Vernissage einzuladen. Doch die meisten Vertreter des Adels wie des gehobenen Bürgertums waren, wie er zu seinem Leidwesen erfahren musste, bereits in der Sommerfrische. Cosimo, der Sohn des Großherzogs von Toskana, war auf Reisen in England und Frankreich. Den gebildeten, aber wie sein Vater mit wenig Neigung für das weibliche Geschlecht ausgestatteten Erbprinzen kannte er von seinen Aufenthalten in Florenz. Mit Sigmund Alfons Graf Thun, Fürstbischof von Brixen, hatte er mehr Glück. Der Oberhirte der Diözese Brixen, die dem Erzstift Salzburg unterstand, war von seinen Südtiroler Weingütern zurückgekehrt und hielt sich zufällig in Innsbruck auf. Auch von Giovanni Andrea Moniglia, Medicus und Dichter, der unter anderem das Libretto für die Oper »La Semiramide« von Antonio Cesti verfasste, erhielt er eine Zusage. Ebenso von dem in Innsbruck ansässigen Hofkämmerer und Geheimen Rat Christoph Franz Graf von Wolkenstein aus der Linie Rodenegg, einem Neffen des Präsidenten des Oberösterreichischen Landesregiments. Wolkenstein versprach, mit seiner Gemahlin Katharina Gräfin Spaur der Einladung Folge zu leisten. Eine große Ehre für Fortunat war die Zusage des Oberstkämmerers der kaiserlichen Schatzkammer zu Wien, Rudolf Czernin von Chudnitz. Eine positive Antwort beschied ihm auch Pater Clemens vom Orden Societas Jesu, der sich als Lehrer am Akademischen Gymnasium besonders um die Schulbühne verdient gemacht hatte und Hoffnung auf eine Dozentur im Fach Ethik an der künftigen Universität Innsbruck hegte. Von der Wiener Ordinari Reichs-Zeitung hatte der Tiroler Korrespondent Wendelin Dschulnigg sein Erscheinen zugesagt. Nicht zuletzt versprachen Erzherzogin Anna de' Medici in Begleitung ihrer Tochter Claudia Felicitas und des dänischen Gelehrten Niels Stensen ihr Kommen.

In der Nacht wälzte sich Fortunat unruhig auf seiner Bettstatt. Er träumte von Susanna. Sie hatte ihn in ein unwegsames Gebirgstal gelockt. Wie eine Gämse sprang sie vor ihm her. Er versuchte sie einzuholen, aber es gelang ihm nicht. Immer war sie um einige Schritte voraus. Das Tal verengte sich zur Klamm. Schroffe Felswände erhoben sich zu beiden Seiten. Der Gebirgsbach schäumte über große Steinblöcke. Keuchend hastete er am Ufer entlang, von Angst beseelt, sie aus den Augen zu verlieren. Nach einer Biegung erblickte er einen schäumenden Wasserfall. Susanna war die Böschung hinaufgeklettert und stand auf einem Felsvorsprung. Er sah, wie sie sich ihrer Kleider entledigte und unter die brausende Gischt stellte. Jauchzend und kreischend vor Lust streckte sie die Arme hoch, dass der Sprühschleier ihren Körper verhüllte. Mit letzter Kraft versuchte er die Klippen zu überwinden. Endlich hatte er die Felsplatte erreicht. Doch wie er die Hand nach ihr ausstrecken wollte, glitt er aus und stürzte in die Tiefe. Er war aus dem Bett gefallen. Sein Kopf schmerzte. Am Hinterkopf fühlte er eine Beule. Er lief in die Küche, um sich Eis zum Kühlen zu besorgen. War dieser Albtraum ein Vorbote künftiger Ereignisse, überlegte er, als er im wehenden Morgenmantel durch die Flure eilte?

Der Tag der Wahrheit war gekommen. Entweder man würde ihn als eine Koryphäe der naturgetreuen Malerei nach Art des Diego Velázquez auf den Göttersitz des Olymp heben oder aber – daran wagte er nur mit Schaudern zu denken – voller Hohn oder Zorn in den Orkus der Verdammnis stürzen.

Gegen halb sechs Uhr am Nachmittag strömten die ersten Besucher in das Schloss. Eine halbe Stunde später drängte sich das Publikum so zahlreich in das Kunstkabinett, dass der Saaldiener nur noch die geladenen Gäste einließ.

Pünktlich um 18 Uhr betrat Fortunat den Saal. Das Manuskript lässig zusammengerollt, trat er vor das Publikum. Dem Mutigen gehört die freie Rede, dachte er und wandte sich mit leichter Verbeugung an seine Zuhörer.

»Seine Exzellenz Fürstbischof Graf Thun, Ihre Hoheit Erzherzogin Anna de' Medici, meine hochverehrten Damen und Herren! Auf die Frage, ob Hieronymus Boschs bildgewaltiges Triptychon ›Die Versuchungen des heiligen Antonius‹ Kunst ist oder dem kranken Hirn eines Irren entstammt, antwortete Johann Lipsteinsky von Kolowrat: Kunst darf alles machen, sie muss es nur gut machen. Übertragen wir dieses Bonmot auf die Aktmalerei, sind wir schnell bei der Frage des sittlichen Empfindens beim Anblick nackter Schönheiten. Hier scheiden sich gewöhnlich die Geister. Bevor wir ein Urteil fällen, ob ein Aktbild gut oder schlecht ist, sollten wir darüber nachdenken, weshalb wir es bejahen oder ablehnen.«

Bei der Erwähnung des Namens Lipsteinsky von Kolowrat ging ein anerkennendes Raunen durch den Saal. Es war bekannt, dass Erzherzog Ferdinand II. seinen Kunstkämmerer und Antiquarius so sehr schätzte, dass er zu dessen Hochzeit mit Katharina von Payrsberg, der

Hofdame von Philippine Welser, ein prunkvolles Fest gegeben hatte, bei dem er höchstpersönlich als Jupiter im Sonnenwagen aufgetreten war.

»Meine Damen und Herren«, fuhr Hohenberg fort, »der weibliche Akt hat in jüngster Zeit eine tiefgreifende Veränderung erfahren. In früheren Zeiten vom Heiligen Stuhl nur in mythologischer oder biblischer Verkleidung geduldet, hat sich die Aktmalerei in unserem Jahrhundert vom Symbol und der Allegorie emanzipiert. Wir sehen die Schönheit nicht mehr im Gewand der Kleopatra, Diana oder Susanna. Wir sehen sie als Helene Fourment, der zweiten Ehefrau von Rubens – das drittletzte Bild der Reihe – oder daneben, als zu vermutende Laura de Noves, der von Petrarca zeitlebens verehrten Gemahlin des Grafen Hughes de Sade. Der Künstler macht uns damit zum Teilhaber seines Privatlebens.«

»Die könnte ja seine Tochter sein«, sagte Claudia Felicitas bei der Erwähnung der Helene Fourment.

»Sie war so alt wie du, als Rubens sie geheiratet hat ... sechzehn«, antwortete ihre Mutter. »Sie gilt als die schönste Frau in Flandern.«

»Aktbilder sind Spiegelbilder«, setzte Fortunat mit verklärtem Blick seine Rede fort, »Projektionsflächen unserer Wünsche und Ängste. Die Herren der Schöpfung werden sich im Spiegel ihrer Begierden und Fantasien sehen, die Damen im Spiegel ihrer Schönheit und Tugend. Der langen Rede kurzer Sinn: Wenn Sie die Bilder betrachten, forschen Sie zugleich in Ihr Innerstes, was es bei Ihnen auslöst und versuchen Sie herauszufinden, warum dies so ist. Dann ist die Venus im Spiegel auch ein Spiegel Ihrer Seele.«

Verhaltener Beifall folgte seinen Worten. Einige Zuhörer schüttelten den Kopf, andere murmelten Worte des Befremdens. Mit einer Handbewegung erbat sich Fortunat Ruhe.

»Abschließend darf ich auf eine Neuerwerbung der Wunderkammer hinweisen. Es handelt sich um eine Smaragdstufe aus dem Erzstift Salzburg, genauer gesagt aus dem Habachtal in den Hohen Tauern. Das Fundstück ist der Beweis, dass das Vorkommen dieses Edelsteins sich nicht, wie man bisher annahm, ausschließlich auf die Neue Welt beschränkt. Ein Besuch des Mineralienkabinetts wird Sie von der einzigartigen Schönheit der Smaragdkristalle überzeugen. Ich danke Ihnen für Ihre Aufmerksamkeit und wünsche Ihnen viel Vergnügen!«

Zufrieden mit seiner Rede mischte sich Fortunat unter die Besucher. Er hatte sich lebhafteren Applaus gewünscht. Zweifel kamen ihm, ob er sein Publikum, vor allem die Geistlichkeit und die Damenwelt, mit dieser Thematik nicht überfordere. Er beobachtete, dass die Gemälde von Rubens und Castelfranco das größte Interesse auf sich zogen. Aber auch vor seinem Bild, stellte er mit Genugtuung fest, drängten sich die Besucher.

Mit einer Mischung aus Neugier und Abscheu betrachtete Claudia Felicitas das Gemälde.

»Das soll eine Venus sein? Einen Hintern wie ein Droschkengaul hat diese Person. Und wenn ich recht sehe, was der Spiegel zeigt, einen Busen wie eine Amme. Die meisten Weiber sehen angezogen vorteilhafter aus, als wenn sie einem Künstler nackt Modell stehen müssen. Wozu tragen wir Kleider?«

»Aber Kind, wie kannst du dich mit dieser Weibsperson vergleichen. Sie wird eine Kokotte sein, für ein paar Kreuzer von der Gasse geholt. Oder eine Kurtisane, die ein Fürst dem Künstler ausgeliehen hat. Ich möchte bloß wissen, wer dieses schamlose Bild gemalt hat.«

Die Erzherzogin wandte sich zu Fortunat, der den Bemerkungen von Mutter und Tochter mit gemischten Gefühlen zugehört hatte.

»Mein lieber Neffe, mit deiner Rede hast du es geschickt verstanden, die sittliche Verantwortung des Künstlers auf das Publikum zu lenken. Nun, man mag darüber denken, wie man will, dieses Bild scheint mir die Grenzen des guten Geschmacks bei Weitem zu überschreiten. Willst du mir verraten, wer sich hinter den Initialen F.H. verbirgt?«

Unterdessen hatten sich noch mehr Leute vor dem Bild versammelt. Alle warteten gespannt auf eine Erklärung des Kämmerers. Fortunat schluckte.

»Dieses Gemälde ist ein Werk … von … von eigener Hand.«

Man hätte eine Stecknadel fallen hören, so still war es plötzlich. Alle starrten den Geheimen Rat an. Aus einigen Augen blickte Befremden, aus anderen peinliche Berührung oder blankes Entsetzen.

»Lieber Fortunat«, brach Graf Czernin vernehmbar das Schweigen. »Nichts gegen dein Gemälde. In den Privatkabinetten der böhmischen und italienischen Fürsten habe ich ähnliche Erotica gesehen. In Überschätzung deiner künstlerischen Fähigkeiten aber hast du es gewagt, dich gleichrangig neben die großen Meister zu stellen. Dieses Werk ist mehr als eine Verhöhnung des Velázquez, den du parodieren wolltest. Es ist eine Verhöhnung unseres Kulturerbes.«

Er drehte sich wortlos um und verließ den Saal.

Fortunat war wie erstarrt.

Gräfin Spaur, die junge Gemahlin des Grafen Wolkenstein, trat an ihn heran. »Mich jedenfalls spricht das Bild in seiner Ausdruckskraft an. Es erweckt den Eindruck, als habe sich der Maler in sein Modell verliebt, oder täusche ich mich?«

Der Kämmerer errötete. »Ich war offenbar nicht ganz Herr meiner Sinne, als ich die Bauerndirn malte …«

»Wer ist das liebreizende Mädchen, wenn ich fragen darf?«

»Die Tochter eines reichen Kornbauern aus dem Pinzgau. Sie arbeitet als Zimmermädchen in einer Wirtstaverne und heißt Susanna …«

»Ich glaube, diese Susanna hat deine Sinne so sehr verwirrt, lieber Fortunat, dass du die Ausstellung nur gemacht hast, um sie zu zeigen. Das war ein Fehler. Ich kann dir nur eines raten, mach es wie Rubens: Heirate sie!«

Der Fürstbischof von Brixen, Graf Thun, Zeuge dieser Unterhaltung, trat an ihn heran. Sein Gesicht erweckte den Eindruck, als habe er seit drei Tagen keine Verdauung.

»Ihr wisst, Hohenberg«, begann er in herablassendem Ton, »dass die Diözese Innsbruck zum Bistum Brixen gehört und Letzteres wiederum zur Erzdiözese und Erzbistum Salzburg. Das heißt, dass mir als Oberhirte des Dekanats die Aufsicht über die kulturellen Manifestationen der Landeshauptstadt obliegt. Als Vertreter unseres Heiligen Vaters Clemens IX. kann ich die Ausstellung in keiner Weise verantworten. Diese schamlose Schmiererei im Rahmen der großen Meister zu zeigen, ist ein übler Schelmenstreich. Ich sehe mich gezwungen, eine Inquisitionskommission einzuberufen, die sich mit dem Fall befassen wird. Guten Abend!«

Mit diesen Worten drehte sich der Bischof um und verließ den Saal. Pater Clemens, der neben ihm gestanden hatte, näherte sich dem Bild mit seiner Lorgnette. Fortunat beobachtete, wie die Augen des Geistlichen über den Frauenleib wanderten, als wollten sie ihn verschlingen. Bei der Betrachtung des Spiegels rötete sich sein Gesicht.

Bevor Anna de' Medici mit ihrer Tochter den Saal verließ, drehte sie sich zu ihrem Neffen um.

»Wie konntest du uns das antun!«, sagte sie enttäuscht. »Wie gut, dass der selige Erzherzog diesen Skandal nicht mehr erleben musste. Deine Karriere hast du verspielt.«

Beim Hinausgehen sagte sie zu Claudia Felicitas: »Ich hatte gehofft, mit dieser Stellung seinen labilen Charakter zu stabilisieren. Dies war augenscheinlich ein Trugschluss. Er schafft es einfach nicht, den Erwartungen gerecht zu werden. Kein Wunder bei seiner Herkunft. Über die Familie seiner Urgroßmutter, eine außereheliche Beziehung des Markgrafen Karl von Burgau, weiß man so gut wie nichts. Eine Dienstmagd soll sie gewesen sein. Jung und schön. Nun, mit siebzehn ist selbst der Teufel schön.«

Ein blasser junger Mann trat an Fortunat heran und zückte Federkiel und Aufschreibheft.

»Dschulnigg von der Wiener Ordinari Reichs-Zeitung. Wenn ich mir erlauben darf, Eure Zeit für eine Minute in Anspruch zu nehmen: Was sagt Ihr zu den Reaktionen auf Euer Werk?«

»Die Obwalter der Kunst haben die Intention der Ausstellung nicht begriffen. Ein einziges Werk hat den Kanon der Kunst infrage gestellt. Den Vertretern der Kirche, die glauben, ein Werk entdeckt zu haben, an dem sie ihre Macht demonstrieren können, gebe ich den guten Rat: Sie mögen die weibliche Schönheit mit eigenen Augen betrachten anstatt durch die Brille ihrer vergilbten Bücher.«

»Besten Danke, das genügt.« Der Zeitungskorrespondent entfernte sich mit einem Bückling.

Der Saal leerte sich.

Wehmütig betrachtete Fortunat sein Gemälde. Dieses Mädchen musste ihn behext haben. Er hatte die Distanz zu seinem Werk verloren. Und sich als Künstler auf das Podest stellen wollen. Bei einem

Rembrandt oder Velázquez wäre die Kritik verstummt. Aber er war eben nur ein Beamter.

Drei Tage später erschien Fortunat in der Hofburg. Als er den Saal betrat, glaubte er sich in einer Gerichtsverhandlung. Am Tisch, der wie ein Richtertisch mit rotem Tuch ausgeschlagen war, saßen der Fürstbischof Graf Thun, neben ihm Pater Clemens, Oberstkämmerer Graf Czernin, Graf Wolkenstein sowie Stadtschreiber Schüblin als Protokollant der Sitzung. Als Vorsitzender der Kommission eröffnete der Fürstbischof von Brixen die Verhandlung.

»Wir haben es heute mit einem in der hundertjährigen Geschichte der Kunstkammer von Schloss Ambras beispiellosen Fall zu tun. Beispiellos, da meines Wissens noch nie ein Kunstwerk hierzulande Anlass zu Kritik geboten hat. Die Indexkongregation des Heiligen Stuhls lässt bisweilen Druckerzeugnisse beschlagnahmen und verbieten, tritt aber, was die Schönen Künste betrifft, bewusst zurückhaltend auf. Nichts gegen die Aktmalerei der großen Meister. Sie stellen das Weib auf das Postament der gottgegebenen Schönheit, ohne die Fruchtbarkeit nicht möglich wäre. Ihr dagegen habt das Weib zu einer Bettgesellin erniedrigt und, als Gipfel der Schamlosigkeit, dem frechen Blick der Wollust preisgegeben. Selbst bei den Nuditäten eines Tizian drücken wir ein Auge zu, ist doch jedem seiner Werke ein hoher sittlicher Anspruch abzulesen. Diesen Anspruch erfüllt Euer Gemälde in keiner Weise. Im Gegensatz zu Tizian oder Velázquez benutzt Ihr den Spiegel nicht als Sinnbild, sei es der Eitelkeit oder der Vergänglichkeit alles Irdischen. Euer Spiegel dient nur der Befriedigung unzüchtiger Schaulust und der Erzeugung hurerischer Gedanken. Habt Ihr etwas dagegen zu setzen?«

Den Krummstab würde er mit keinem noch so vernünftigen Argument überzeugen können, überlegte Fortunat. Angriff war in diesem Fall die beste Verteidigung.

»Eure Bischöflichen Gnaden, ich kann sehr wohl nachvollziehen, dass Ihr verteufelt, was Euch der Zölibat verwehrt, nämlich das Begehren und der Besitz eines Weibes. Aber dass die Kirche sich die Deutungshoheit über die Welt anmaßt, als Hüter der Wahrheit, als Richter über Gut und Böse, dagegen wehre ich mich entschieden. Wollt Ihr das Bildnis eines unschuldigen Mädchens mit den von der Indexkongregation beschlagnahmten Werken vergleichen, die in den Geheimarchiven des Vatikans lagern, wo sie ihre Liebhaber finden? Jeder, der dieses Gemälde als unzüchtig bezeichnet, hat sich die Frage zu stellen, ob er nicht Dinge in das Bild hineindichtet, die nichts als Ausgeburten seiner verirrten Seele sind.«

Pater Clemens blätterte in einem dicken ledergebundenen Folianten. Ohne Fortunat anzublicken, sagte er:»Wir wollen kein Werk auf den Index setzen, Herr von Hohenberg. Wir sind zusammengekommen um zu beraten, ob Ihr Eurer Aufgabe als Kämmerer und der mit diesem Amt verknüpften Würde und Verantwortung gewachsen seid. Mit dieser Nuditäten-Ausstellung erhebt Ihr also den Anspruch, das Bewusstsein zu schärfen über die Wirkung der Kunst. Da müsstet Ihr doch eigentlich die Schrift des Haller Stiftsarztes und Stadtphysikus Guarinonius ›Vom Greuel der Belustigung aus den unzüchtigen Gemälden‹ kennen …«

»Ich danke Euch, Pater, dass Ihr den Herrn Guarinonius erwähnt«, sagte der Bischof.»Gerade diese Schrift des Doktors der Medizin und Doktors der Schönen Künste sollte dem Kämmerer klarmachen, dass er sich mit seinen Ansichten auf dem Irrweg befindet.«

»Guarinonius erzürnt sich über jene Gemälde«, fuhr Pater Clemens fort,»denen Ihr eure Ausstellung widmet: den gottlosen, hurerischen, entblößten Venus- oder Weibsbildern.« Er schlug eine Stelle auf, in die er ein Heiligenbildchen als Lesezeichen gelegt hatte, und zitierte:»Unzüchtige Gemälde ist der Räter ebenso wie der Täter oder das Werk und ebenso wenig oder billig ein schamloses Gemälde mit viehischer Lust anzusehen als ein schamloses Werk zu vollbringen. Wer Akte malt, zeigt ebenso wie derjenige, der sie anzusehen liebt, seine innere Verderbtheit. Das Anschauen derartiger Bilder führt den Betrachter in einen Teufelskreis: Er wird zu unkeuscher Lust erregt, er ist fortan unkeusch und lehnt daraufhin die keuschen Gemälde ab, er ist von krankhafter Unmoral infiziert. Ebenso gilt: Was jemand denkt und empfindet, zeigt sich in seinen Werken.«

Er klappte das Buch zu. Ein siegesbewusstes Lächeln umspielte seine Mundwinkel.

Fortunat musste sich zusammenreißen, um nicht aus der Haut zu fahren. Der Traktat galt in klerikalen Kreisen immer noch als Bibel der Kunstbetrachtung.

»Ehrwürdiger Pater, Ihr habt aus einer Schrift zitiert, deren Verfasser seit einem Vierteljahrhundert in der Karlskirche zu Volders ruht. Ich weiß, dass Guarinonius Eurem Orden besonders nahe stand, trug er doch als Seuchenarzt den Ärmel des Gewandes des Jesuitenpaters Petrus Canisius als Wundermittel gegen die Pest. Trotz eines Jahresgehalts von hundert Gulden ließ sich er sich als Stiftsarzt von Schwaz nicht blicken, als 1611 die Herzbräune ausbrach und zahlreiche Todesopfer unter den Bergknappen forderte. Aus Angst um sein Leben vergaß er den Eid des Hippokrates. Dem menschlichen Körper stand er feindselig gegenüber. Selbst das Entblößen beim häuslichen Baden erschien ihm noch unziemlich. Ich frage mich, wie er die Schwestern Ferdinand II., deren Leibarzt er im Adeligen Damenstift zu Hall war, bei seinen Visitationen zu Gesicht bekommen hat.«

Verlegen legte der Ordensbruder die Schrift aus der Hand.

Unbeeindruckt fuhr der Kämmerer fort: »Dieser Mann, auf den Ihr Euch beruft, bezeichnete die Juden als Vettern des Teufels und die evangelischen Kirchen als prädikantische Synagogen, in denen man bestenfalls seine Notdurft verrichten könne. Und diesen aufgeblähten geifernden Popanz schickt Ihr als Kronzeugen gegen mich ins Feld!«

Der Bischof, um Fassung bemüht, räusperte sich. »Nachdem der Beschuldigte uns den Beweis seiner Unbelehrbarkeit geliefert und darüber hinaus den Medicus Guarinonius, Ritter vom Goldenen Sporn des Heiligen Stuhls, in übelster Weise verunglimpft hat, erübrigen sich weitere Kommentare. Ich gebe das Wort an Graf Czernin aus Wien.«

Fortunat schätzte den Oberstkämmerer der Schatzkammer Wien als sachkundigen Kollegen. Sie hatten hin und wieder miteinander zu tun. Etwa beim Ankauf eines Werkes oder Auftrag für einen Künstler, wobei sich Czernin als ebenso kluger Kopf wie als kühler Rechner zeigte. Das gegenseitige Duzen war kein Ausdruck freundschaftlicher Verbundenheit, sondern eine Gepflogenheit des österreichischen Adels.

»Die Rolle, die mir heute zukommt, Hohenberg, fällt mir schwer«, begann Graf Czernin. »Ich habe dich stets geschätzt als einen Kenner der alten und neuen Meister und engagierten Förderer junger Talente. Ich weiß auch von deiner Liebhaberei, der Malerei, der du dich befleißigst. Eingestanden, für einen Dilettanten ist dieses Bild nicht schlecht gemalt. Aber, und nun komme ich auf den wesentlichen Punkt: Wie konntest du dir anmaßen, dieses Bild in eine Reihe mit den großen Meistern zu stellen? Neben Tizian, Tintoretto, Correggio, Rubens und anderen. Was würdest du sagen, wenn der Regisseur eines Calderon-Stückes eine selbst verfasste Narrenposse als Dreingabe auf die Bühne brächte? Wenn wir nicht mehr wissen, was Kunst ist, werden Tür und Tor für Scharlatane und Schelme geöffnet, die behaupten, sie machten Kunst, indem sie jedem Pinselstrich oder Farbklecks eine Bedeutung oder Aussage andichten.«

Ungläubig schüttelte Fortunat den Kopf. »Meine Herren, Ihr alle, die Ihr vor mir sitzt, habt Angst. Angst, Eure Ämter und Pfründe zu verlieren. Angst, Eurer angestammten Privilegien verlustig zu gehen. Ihr denkt nur an das, was Ihr einbüßt, wenn Ihr Euch dem allgemeinen Kanon der Kunst nicht beugt.«

»Er ist unbelehrbar, dieser Hohenberg«, sagte Bischof von Thun zu Pater Clemens. »Als Vertreter des Rates der Stadt Innsbruck erteile ich jetzt Graf Wolkenstein das Wort.«

»Die Worte meiner Vorredner bestätigen mich in der Annahme, dass hier ein Exempel statuiert werden soll, um die Macht der Kirche als Obwalterin der Moral zu festigen«, sagte der Graf mit lässiger Geste. »Denjenigen, die in dem Bild mehr sehen wollen als die naturgegebenen Reize eines hübschen jungen Mädchens, möchte ich sagen, dass sie mehr über ihre geheimen Wünsche reden als über das Werk selbst. Ich sehe keinen Grund, Herrn von Hohenberg mein Vertrauen nicht auszusprechen.«

»Nachdem Graf Wolkenstein als letzter das Wort hatte, wird sich die Kommission zur Beratung zurückziehen«, sagte der Bischof. »Ich bitte den Beschuldigten draußen zu warten, bis wir über das Ergebnis entschieden haben.«

Durch die hohen Bogenfenster schaute Fortunat auf den Hofgarten. Die Sonne brannte auf den Sandplatz. Vor dem Schilderhaus stand ein Wachposten. Heiß musste er es haben unter seinem gefiederten

Helm. Wache schieben. Salutieren. Stechschritt. Welche Konsequenzen würde es nach sich ziehen, wenn er seinen Helm abnähme oder die Knöpfe seines Rocks öffnete?

Auf der Reitbahn trabte ein höfisch gekleideter Mann auf einem Neapolitaner. Das Schweifhaar des Rappen war mit bunten Bändern geflochten. Das musste Giovanni Riccio sein, der Tanzlehrer von Claudia Felicitas. Begleitet von Spinett oder Cembalo, brachte er der Prinzessin artige Schritte bei. Geometrische Figuren, mit Händen und Füßen in die Luft gemalt. Was würde der Ballettmeister sagen, wenn seine Schülerin plötzlich wilde Sprünge und Hopser vollführte wie bei einem Bauerntanz? War nicht auch er aus der Reihe getanzt?

Die Tür hinter ihm öffnete sich. Die Hände vor dem Ordensgewand gefaltet, trat Pater Clemens auf ihn zu.

»Es sieht nicht gut für Euch aus, Hohenberg. Wenn Ihr keine Reue zeigt, werdet Ihr diesen Saal nicht als kaiserlicher Bediensteter verlassen.«

Der Pater senkte seine Stimme. »Ich sehe allerdings eine Möglichkeit, die meine Meinung positiv auf die Kommission beeinflussen könnte ...«

»Und die wäre?«

»Wer ist die Weibsperson, die Ihr gemalt habt? Ich meine ... verfügt sie über Kochkünste?«

»Ist das wichtig für die Inquisition?«

»Die Frage war eher privat gemeint. Ich könnte eine neue Haushälterin gebrauchen ...«

»Ach so ist das! Nein, was dieses Bild alles aufrührt! Der Geist ist willig, aber das Fleisch ist schwach.«

Mit gesenktem Kopf begleitete der Pater den Kämmerer in den Saal. Fortunat ging an seinen Platz. Der Kommission, die sich erhoben hatte, war das Ergebnis der Beratung nicht abzulesen. Fürstbischof Graf Thun verlas die Anklageschrift: »Angeklagt ist der Kämmerer und Antiquarius der Kunst- und Wunderkammer von Schloss Ambras, Fortunat Freiherr von Hohenberg, wegen Verletzung der sittlichen Ordnung. Die Kommission ist zu dem Ergebnis gekommen, dass Herr von Hohenberg mit der Ausstellung die Werke der alten und neueren

Meister der Kunst verhöhnt, indem er ihnen ein hurerisches Venus-
und Weibsbild von eigener Hand beigesellte, das darauf abzielt, unzüchtige Gedanken zu erzeugen und viehische Lüste zu befriedigen.
Aus Respekt vor dem Begründer und Förderer der Kunstkammer Erzherzog Ferdinand II., dessen Ururenkel der Beschuldigte ist, will die
Kommission Gnade vor Recht ergehen lassen und auf eine Amtsent-
hebung verzichten unter der Voraussetzung, dass der Beschuldigte seinen gotteslästerlichen Frevel einsieht und Reue zeigt.«

Hilflos hob Fortunat die Hände. »Hurerisch, viehisch, gottesläster-
lich ... müsst Ihr das in den Schmutz ziehen, was Euch verwehrt ist?
Nein, Hohe Kommission, ich kann nicht von dem abschwören, was
mir das Liebste ist.«

Der Bischof faltete die Hände wie zum Gebet. »Da der Beschuldigte
sich offenkundig als unbelehrbar erweist, sehen wir uns gezwungen,
ihn mit sofortiger Wirkung seines Amtes zu entheben. In Werk und
Worten hat der Beschuldigte bewiesen, dass ihm die sittliche Reife für
diese Aufgabe fehlt. Das Gehalt für das laufende Jahr zahlt die
Hofkammer. Anspruch auf ein Gnadengehalt, wie es pensionierten Beamten zusteht, besteht nicht. Der Titel Geheimer Rat wird ihm aberkannt. Das Corpus delicti wird konfisziert.«

Bei den letzten Worten verlor Fortunat die Beherrschung. »Dieses
Urteil liefert den Beweis«, schrie er aufgebracht, »dass Kunst nichts
anderes ist als eine Kurtisane der Herrschenden, ja, eine Liebesdienerin der Macht. Denn in Wahrheit geht es Euch nur um die Erhaltung
der Macht.«

Wie benommen torkelte Fortunat ins Freie. Beinahe wäre er von
einem Reiter erfasst worden, der im Galopp an ihm vorbeipreschte. Er
nahm nichts mehr wahr. Und wurde auch nicht mehr wahrgenommen.
Nicht einmal der Wachposten vor dem Schilderhaus drehte sich nach
ihm um.

Am Abend beschloss Fortunat, in das Komödienhaus am Rennweg
zu gehen. Es verlangte ihn nach Zerstreuung. Eine Schauspieltruppe
spielte Calderons »El secreto a voces«. Im Vorspiel erschienen ein Zie-
genhirte und eine Schafhirtin, jeder auf einem Hügel, dazwischen – an-
gedeutet im Bühnenprospekt – ein Tal, in dem das Dorf Anchuelo lag.

Die beiden riefen sich von Hügel zu Hügel zu, wie sehr sie sich liebten und gelobten einander, ihre Liebe geheim zu halten. Da öffneten sich auf einen Schlag alle Türen, und die Leute rannten aus ihren Häusern um zu hören, was sich der Hirte und die Hirtin zuriefen. Sie lachten über deren Einfalt und nannten sie die Narren von Anchuelo.

Am Tag der Abreise saßen der Edelmann und der dänische Gelehrte am Frühstückstisch. Die Erzherzogin hatte sich entschuldigen lassen. Auf dem Tisch lag die neueste Ausgabe der Wiener Reichs-Zeitung. Hastig schlug Fortunat die Zeitung auf.

»Was gibt es Neues?«, fragte Stensen, als er eine Scheibe Weißbrot mit Marillenkonfitüre bestrich.

»So eine Frechheit!« Fortunat setzte die Porzellantasse ab und las: »… der Kämmerer und Antiquarius der Kunst- und Wunderkammer hatte sich erdreistet, ein an Schamlosigkeit nicht zu überbietendes Aktbild von eigener Hand neben die Werke alter und neuer Meister zu platzieren. Angesichts dieses üblen Schelmenstreichs verließen Seine Bischöflichen Gnaden Sigmund Alfons von Thun empört den Saal. Die sechzehnjährige Prinzessin Claudia Felicitas, Tochter der Erzherzogin Anna de' Medici, erlitt einen Schock …«

»Soso«, sagte Stensen versonnen. »Was ist die Medizin anderes als die Kunst, mit gerunzelter Stirn Nichtigkeiten vor dem Kranken auszubreiten und unsichere Heilmittel anzuwenden, um damit Trübsal und Leid einigermaßen fernzuhalten, und die Wiederherstellung der Gesundheit mithilfe der Natur oder den Tod auf den Schwingen des Schicksals zu erwarten.«

Die Kutsche rasselte über die Zugbrücke von Schloss Mittersill. Jenseits des Wassergrabens versperrte ihnen eine Schranke die Weiterfahrt. Stensen wies den Kutscher an, bei den Rössern zu bleiben. Was es da oben zu sehen gäbe, fragte Fortunat eine Schar Halbwüchsiger, als sie sich dem Haupttor näherten.

»Wenig wird es nicht sein, wenn das Gericht die Bühne aufbaut«, grinste ein junger Bursche.

15
Eine Malefizsache

Zwanzig Striche, in Fünfergruppen geordnet, vier senkrecht und einer waagrecht, hatte Christoff mit einem scharfen Stein an die Tür geritzt. Wie jeden Morgen war er damit beschäftigt, die Tage seiner Gefangenschaft zu zählen. Eben hatte er den einundzwanzigsten Strich eingekerbt, als der Kerkerknecht die Zelle betrat. Er hatte einen Stoß frischer Wäsche auf dem Arm.

»Zieh dich um, Jenner, heute ist dein Gerichtstag«, grinste Kajetan. »Sehen werden wir uns nicht mehr: Wenn du Glück hast, schicken sie dich auf die Schanze nach Wien oder verweisen dich des Landes. In jedem Fall lernst du die Welt kennen.«

Christoff spuckte verächtlich auf den Boden. »Hauptsache, ich muss deine dreckige Fresse nicht mehr sehen, Keuchenkrott.«

»Für deine Antwort hättest du Hiebe verdient. Aber die bekommst du noch früh genug. Draußen auf dem Hof haben sie die Zuchtbühne aufgebaut. Extra für dich.«

Ein Diener führte den Jenner in Handschellen in die Gerichtsstube. Cecilia schenkte ihm einen Blick, der wie warmes Wasser über seine Haut rieselte. Neben ihr erkannte er Burgl. Auch der Kramminger, breitbeinig und ungeschlacht, war erschienen. Die anderen Männer im Zeugenstand kannte er nicht. Auch nicht die Puderperücke in der ersten Reihe. Der Kläger Ambrosius Staudinger war nicht erschienen.

In rotes Amtsornat gekleidet, betrat Kammerrat Georg Thomas Perger von Emslieb den Saal. Seit 1656 Pfleger von Mittersill und damit Statthalter des Landesfürsten im Regierungsbezirk Oberpinzgau, stand er seinem Vater, dem Unterhofmarschall Thomas Perger von Emslieb, an Talent und Ehrgeiz in nichts nach. Nach dem frühen Tod des Vaters – jenes Mannes, der die Ausweisung von 218 Gasteiner Lutheranern 1615 in einem Schreiben mit den Worten begrüßte, es sei gut, dass dies Unkraut außer Landes komme – hatte er das Amt des Erbausfergen übernommen, das ihm das Schiffsherrenrecht bei der Salzausfuhr von Hallein nach Laufen verbriefte. Darüber hinaus bekleidete er als Bürger von Stuhlfelden das Amt des Urbarprobstes des Kellenamtes, zu dessen Obliegenheiten die Einhebung des Zehenten der landesfürstlichen Güter und anderer Giebigkeiten gehörte. Als Adeliger, dessen Familie sich um das Erzstift verdient gemacht hatte, und Eigentümer eines Ansitzes mit mehreren Türmen sowie jährlichen Einkünften aus Grundbesitz von mehr als 150 Gulden, war er zudem Landmann, das heißt Mitglied der Landschaft. Die Aufnahme in die Landmatrikel war ihm gewährt worden, nachdem er fünf Prozent seines Vermögens als Steuer gezahlt, den Eid auf den silbernen Marschallstab abgelegt und den Rocksaum des Fürsterzbischofs geküsst hatte.

Mit gequältem Gesichtsausdruck legte Georg Thomas Perger von Emslieb seinen Richterstab auf den schwarz ausgeschlagenen Tisch.

»Zur Verhandlung steht die Malefizsache Staudinger gegen Jenner. Ich bitte, dem Angeklagten die Eisen abzunehmen.«

Nachdem ein Gerichtsknecht Christoff von seinen Handschellen befreit hatte, fuhr er fort: »Die Zeugen weise ich darauf hin, dass Meineid mit der Abtrennung der Schwurfinger bestraft wird. Bei Aussageverweigerung kommt die Folter zur Anwendung. Zur Vereidigung bitte ich die Zeugen und den Sachverständigen sich zu erheben und mir nachzusprechen: Ich gelobe und schwöre bei Gott dem Allmächtigen, dass ich die Wahrheit sage, nichts als die reine Wahrheit, und nichts verschweige, was der Wahrheitsfindung dient.«

Cecilia blickte dem Richter offen ins Gesicht, als sie die Schwurfinger, wie bei den Frauen üblich, auf die Brust legte. Dem Zeugen neben ihr trat der Schweiß auf die Stirn, als er die Hand hob.

»Ich bitte die Herrschaften, sich zu setzen. Der Angeklagte bleibt stehen. Die Handeisen sind ihm wieder anzulegen.«

Der Richter kramte in den Prozessakten, bis er das entsprechende Schriftstück gefunden hatte.

»Angeklagt ist der Bauernknecht und Tagelöhner Christoff Jenner, geboren im Jahre 1637 auf dem Lehensgut Fronleiten zu Bramberg, Sohn des Matthäus Jenner und seines Eheweibes Elisabeth Mayerhoferin. Der Beschuldigte ist Vater eines nicht eheleiblichen Kindes. Aktenkundig ist eine Geldstrafe wegen Unzucht mit der Weibsperson

Cecilia Ronacherin, Tochter des Rupert Ronacher und der Magdalena Kammerlanderin vom Zehenthof Tantzlehen in der gleichen Kreuztracht. Darüber hinaus hat ein Militärgericht die unehrenhafte Entlassung des Beschuldigten aus dem Salzburger Infanterieregiment verfügt.«

Christoff verzog den Mund. »Glaubt Ihr, ich habe am Türkenkrieg teilgenommen, um Wehrlose und Flüchtige auf die Schlachtbank zu treiben?«

»Der Krieg ist nun mal kein fröhlicher Pirschgang, wie Er sich das vielleicht vorgestellt hat.«

Mit vernehmlichem Räuspern setzte der Richter seine Lektüre fort. »Dann können wir jetzt zur Anklage übergehen. Dem Beschuldigten wird vorgeworfen, am 24. Juni zwischen elf und zwölf Uhr nachts in der Wirtsschänke zu Krammern in Hollersbach den Handelsherrn Ambrosius Staudinger, wohnhaft in Innsbruck in der Grafschaft Tirol, ohne Grund angegriffen und gezüchtigt zu haben. Die Anklage lautet auf versuchte Entleibung. Ich bitte Herrn Doktor Maulbeer, der den Kläger vertritt, um eine Schilderung des Vorfalls.«

Servatius Maulbeer, ein hagerer Mann, dessen scharf gebogene Nase wie der beutegierige Schnabel eines Habichts aus dem Gesicht sprang, erhob sich von seinem Stuhl.

»An besagtem Abend war mein Mandant, Herr Staudinger, zu Gast im Wirtshaus zu Krammern am Jochberg oberhalb Hollersbach. Herr Staudinger hatte einen guten Abschluss getätigt und gedachte diesen Erfolg in aller Stille zu begießen. Der Schankdirn Cecilia Ronacherin gab er den Auftrag, ihm einen Krug Wein zu bringen. Er wechselte mit der Dirn einige scherzhafte Worte, wobei er sie ein wenig geherzt und gebusserlt hat, wie es zu vorgerückter Stunde nicht unüblich ist. Die Magd wurde von einem anderen Gast gerufen und entfernte sich. Kurz darauf trat der Stallknecht an den Tisch meines Mandanten und sagte, er solle die Finger von seinem Weib lassen. Ohne die Antwort abzuwarten, schleifte der Knecht Herrn Staudinger auf den Hof, riss ihm Wams und Hemd vom Leib und malträtierte ihn mit einer Peitsche, dass der solchermaßen Attackierte halb ohnmächtig auf die Erde niedersank. Der Rasende ließ nicht von ihm ab und schleppte ihn an den

Brunnentrog, wo er seinen Kopf unter Wasser drückte. Wäre ihm nicht rechtzeitig sein Kutscher zu Hilfe geeilt, hätte mein Mandant diesen Akt roher Gewalt nicht überlebt.«

»Macht der Kläger eine Aussage, was er unter Herzen und Busserln versteht?

»Zu diesem Punkt möchte ich eine Erklärung meines Mandanten verlesen«, sagte Servatius Maulbeer, wobei er seine goldumrandete Klemmbrille auf die Nase setzte.

»Ich, Ambrosius Staudinger, Handelsherr zu Innsbruck, versichere, dass ich an besagtem Abend keinen Anlass bot, der das rohe Verhalten des Stallknechts gerechtfertigt hätte. Ich räume ein, die Schankdirn, die mir ihre weiblichen Reize in recht offenherziger Weise darbot, auf den Schoß genommen und ein wenig geherzt und gebusserlt zu haben. Ich gestehe, dem Wein etwas über den Durst zugesprochen zu haben. Sollte ich die Dienstmagd unsittlich belästigt haben, bitte ich dieselbe vielmals um Entschuldigung.«

»Nun, Herr Staudinger entschuldigt sich bei der Schankdirn Cecilia Ronacherin – eine noble Geste, die allen Respekt verdient. Ich bitte jetzt die Hauptzeugin um ihre Aussage.«

»Hohes Gericht«, sprach Cecilia mit fester Stimme, »nachdem wir durch die Hochwasser unserer Existenz beraubt wurden, nahmen mein Mann und ich Mitte Juni Quartier im Wirtshaus zu Krammern. Christoff arbeitete als Stallknecht, ich als Schankdirn in der Gastwirtschaft. Wie ich sehr bald feststellen musste, herrschten unter den Gästen recht rohe Sitten. Gewisse Anzüglichkeiten, belehrte mich der Wirt, hätte ich in Kauf zu nehmen. Was ich am Abend des Johannistages erlebte, war jedoch nicht vergleichbar mit dem allgemein üblichen Schäkern. In der Ecke saß ein Mann allein am Tisch, der mich seit längerem unentwegt anstarrte. Als ich ihn fragte, ob er noch einen Wunsch habe, sagte er: Ja, einen, der nicht auf der Karte steht … komm her, schöne Dirn! Darauf zog er mich gewaltsam auf seinen Schoß und versuchte mich zu küssen. Dabei griff er mir in den Ausschnitt und unter die Röcke. Einen Augenblick war ich vor Entsetzen wie gelähmt. Dann gelang es mir, mich aus seinen Händen zu befreien. Ich rannte auf den Hof. Dort traf ich meinen Mann und erzählte ihm, was passiert war.«

Zwischen den Augenbrauen des Richters bildete sich eine steile Falte. »War der Herr, der Sie angeblich belästigt hat, im Vollbesitz seiner Sinne?«

»Ja und nein, hochfürstlicher Kammerrat. Einerseits hatte er einen glasigen Blick, sein Atem roch nach Wein. Auch sprach er mit schleppender Stimme. Andererseits schien er sehr gut zu wissen, was er tat.«

»Was will Sie damit sagen?« Der Richter beugte sich wissbegierig über den Tisch.

»Wenn mir einer sagt, er habe noch einen Wunsch, der nicht auf der Karte steht, kann er nicht völlig betrunken sein. Noch weniger, wenn er mir sagt, ich solle nach der Sperrstunde auf sein Zimmer kommen, er würde mich für meine Liebesdienste reichlich entlohnen.«

»Nun, ein unsittliches Angebot, besonders in einem Wirtshaus zu später Stunde, ist kein hinreichender Straftatbestand. Ich glaube, damit können wir, was die Hauptzeugin betrifft, den Fall abschließen. Nimmt Sie die Entschuldigung des Herrn Staudinger an?«

»Mit einer Entschuldigung wollt Ihr diesen Dreckskerl aus der Verantwortung entlassen? Er hat mich behandelt wie ein Huhn, das man schmatzend in den Fingern hält und abnagt. Dieses Scheusal gehört auf die Anklagebank, nicht mein Mann, der nichts weiter getan hat, als meine Ehre zu verteidigen.«

»Wenn Ihr die Ehre so sehr am Herzen liegt«, sagte der Richter mit spöttischem Lächeln, »hätte Sie ja bis zu den Hochzeitsglocken warten können mit den Dingen, die Eheleute für gewöhnlich tun«.

Bei diesen Worten brach Cecilia in hemmungsloses Schluchzen aus. Burgl, die neben ihr saß, nahm sie in den Arm und versuchte sie zu trösten.

Der Assessor, ein schmaler junger Mann, bat um das Wort.

»Erlauben der Herr Vorsitzende, dass ich eine Frage an die Hauptzeugin richte?«

»Die Frage wird genehmigt, Herr Beisitzer.«

»Hat der Kläger Ihr das Hemd von der Schulter gerissen?«

»Nein, Herr Adjunkt.«

»Wie konnte er dann in ihren Ausschnitt greifen?«

»Ich trug ein schulterfreies Hemd aus einfädigem Leinen.«

»Ein schulterfreies Hemd … und wie sah der Kittel aus?«

»Ich trug einen kurzen Kittel, der knapp bis über das Knie reichte. Darüber trugen wir eine Schürze. Es war unsere Dienstkleidung.«

»Danke, das genügt«, sagte der Beisitzer.

Der Richter wandte sich an Burgl. »Sie war doch die Kollegin der Cecilia Ronacherin. Stimmt das, was die Hauptzeugin erzählt?«

»Ja. Wir mussten diese Bekleidung in der Schankstube tragen.«

An den Wirt gewandt, sagte der Richter mit mahnender Stimme: »Er weiß doch, Kramminger, dass das Tragen von ausgeschnittenen oder schulterfreien Hemden sowie Kitteln, die nicht über die Waden reichen, in den Wirtshäusern und Schankstuben verboten ist. Wie stellt Er sich dazu?«

Eine Prise Schnupftabak in die Nase ziehend, erhob sich der Wirt umständlich. »Wenn ich mich an die Kleidervorschrift halten würde, könnte ich meinen Laden gleich dichtmachen. Gewöhnlich weiß eine Schankdirn, auf was sie sich einlässt. Besonders in einer Saumschänke, wo die Sitten etwas lockerer sind als anderswo.«

»Wenn Er das so sieht, werden wir Sein Etablissement künftig etwas genauer unter die Lupe nehmen. Ist Sein Wirtshaus vielleicht nebenbei noch ein Hurenhaus?«

»Das kann jede meiner Dienstmägde bei allen vierzehn Nothelfern beschwören, dass das nicht der Fall ist«, jammerte der Wirt. »Ich flehe Euch an, Euer Hochwohlgeboren, mir meine Existenz nicht zu vernichten.«

»Wir werden eine gründliche Inspektion in seinem Gasthaus durchführen. Über eine Strafe wegen Verstoßes gegen die Kleiderordnung werden wir später verhandeln.« Der Richter blickte suchend in die Runde. »Um die Aussage zu diesem Punkt abzuschließen, möchte ich wissen, ob es Zeugen für den von der Hauptzeugin erhobenen Vorwurf der unsittlichen Belästigung gibt?«

Als einzige Zeugin hob Burgl die Hand. »Ich habe nur gesehen, wie Cecilia weinend aus der Gaststube lief. Da konnte ich mir denken, was passiert war …«

»Und was ist mit euch beiden da vorne?«, fragte der Richter die Zeugen. »Was habt ihr gesehen?«

Ein Mann erhob sich. »Mein Name ist Lederer, Gerber zu Mittersill. Ich saß am Tisch neben dem Herrn …« Der Mann kratzte sich am Kopf. »… dem Herrn Staudinger. So viel habe ich mitbekommen, dass der Herr mit der Schankdirn schäkerte. Ich hatte nicht den Eindruck, dass ihr das unangenehm war …«

»Eine Lüge ist das!«, schrie Cecilia. »Warum habe ich mich dann von diesem Untier gewaltsam befreit, kannst du mir das erklären?«

»Ein Gast hat dich gerufen.«

»Kannst du mir sagen, wer dieser Gast war?« rief Cecilia wutentbrannt.

Der Gerber blickte verlegen zu Boden.

Der Gerichtsherr ließ den Hammer dreimal auf den Tisch sausen.

»Es ist den Zeugen untersagt, während der Verhandlung miteinander zu reden.«

»Es ist wahr, was der Lederer erzählt«, erhob sich sein Nachbar. »Sie wurde von einem anderen Gast gerufen.«

»Auch dich hat er gekauft!«, tobte Cecilia. »Ein feiner Handelsherr ist das, der sich hinter gekauften und erpressten Zeugen versteckt.«

»Einspruch, hohes Gericht!«, erhob sich der Anwalt. »Diese unverschämte Weibsperson bitte ich, aus dem Saal zu weisen. Sie beleidigt fortwährend meinen Mandanten.«

»Einspruch abgelehnt, Herr Advocatus. Diese Person brauchen wir noch als Zeugin.«

»Dann beantrage ich, dieses Weibsbild wegen Befangenheit von der Verhandlung auszuschließen.«

»Antrag abgelehnt. Ein Zeuge ist immer in irgendeiner Weise befangen, besonders wenn er in einem familiären oder freundschaftlich gearteten Verhältnis zu dem Angeklagten steht. Ob die Zeugin die Wahrheit sagt, hat das Gericht zu klären. Die Rechtsordnung solltet Ihr eigentlich kennen, Herr Advocatus.«

»Eine Frage, Zeuge Lederer«, sagte der Beisitzer. »Wenn die Hauptzeugin sich nur deshalb aus den Armen des Herrn Staudinger befreit hat, um einen Gast zu bedienen, weshalb ist sie dann weinend aus der Gaststube gelaufen, wie die Zeugin Höllriegl berichtete?«

Der Mann senkte den Kopf und schwieg.

»Auf Meineid stehen vier Jahre Kerker oder Schanzarbeit«, sagte der Richter. »Hat Ihn der Herr Staudinger für seine Aussage bezahlt, wie die Hauptzeugin vermutet?«

»Ja, er hat mir Geld gegeben.« Der Mann schlotterte vor Angst. »Ich habe eine kranke, bettlägerige Frau daheim und fünf Kinder.«

»Jetzt, wo es Ihm an den Kragen geht, ist Er ehrlich, der Nichtnutz. Über seine Strafe werden wir später entscheiden. Und was ist mit dem Genossen neben Ihm?«

»Mein Name ist Anton Walz, Kutscher des Herrn Staudinger.«

»Kann Sie sich, Zeugin Höllriegl, an ihn erinnern?«

»Ja. Dieser Mann kam wenig später nach dem Herrn Staudinger in die Schankstube und setzte sich an den Kutschertisch.«

»Wo steht der Kutschertisch?«

»Rechts neben dem Eingang.«

»Kann man vom Kutschertisch aus den Tisch sehen, an dem Herr Staudinger saß?«

»Nein, der Stubenofen steht dazwischen.«

Zu Cecilia gewandt fragte der Richter: »Kann Sie das bestätigen?«

»Ja, so ist es. Außerdem war die Schankstube voller Tabakrauch, dass man kaum drei Schritte weit sehen konnte.«

»Dann konnte Er gar nicht sehen, was sein Herr mit der Schankdirn getrieben hat?«

Der Kutscher blickte beschämt zu Boden.

»Hat Er auch eine kranke Frau und fünf Kinder zu versorgen?«

»Nein, Euer Hochwohlgeboren«, erhob sich der Kutscher verlegen. »Mein Dienstherr hat mir gedroht, mich zu entlassen, wenn ich nicht für ihn aussage. Ich bin nicht mehr der Jüngste. Ab fünfzig gehört man in diesem Beruf zum alten Eisen.«

»Auch dies werden wir bei der Verhängung der Strafe des Meineids gegen Ihn berücksichtigen.«

Der Vorsitzende wandte sich an Christoff. »Kann Er mir erzählen, was sich vor der Gewalttat abgespielt hat? Der Angeklagte hat das Wort.«

»Mein Weib kam auf den Hof gelaufen. Ich wusste sofort Bescheid. Ich trat an den Tisch des Handelsherrn und fragte ihn, was er Cecilia angetan habe. Darauf warf er einen Gulden auf den Tisch und sagte, ich solle ihm mein Weib für die Nacht überlassen; sie solle auf seinem Besen reiten, heute seien die Hexen los.«

»Kein schlechter Liebeslohn!«, lachte der Kramminger.

»Wie hat Er darauf geantwortet?«, fragte der Richter

»Ich habe gesagt, du glaubst wohl, mit Geld alles kaufen zu können. Du kannst von Glück reden, dass du betrunken bist. Sonst würde ich dir deine dreckige Fresse polieren. Etwas in der Art habe ich gesagt. Darauf packte ich den Kerl am Kragen und beförderte ihn an die frische Luft.«

»Gibt es Zeugen für den Wortwechsel zwischen dem Kläger und dem Beschuldigten?«

Der Gerichtsherr blickte sich fragend um. »Nein? Dann kommen wir zum eigentlichen Anklagepunkt: Was hat sich nach dieser Szene auf dem Hof abgespielt?«

Der Advokat hob die Hand. »Hohes Gericht, wenn Ihr erlaubt, verlese ich zu diesem Punkt eine Erklärung meines Mandanten.«

»Dem Antrag wird stattgegeben.«

Der Anwalt rückte seine weißgepuderte Amtsperücke zurecht und nahm ein fein säuberlich beschriebenes Pergamentpapier zur Hand.

»Wenn ich, Ambrosius Staudinger, mich auch nicht an alle Einzelheiten in der Schankstube erinnern kann, so verdanke ich es wohl der frischen Luft, dass ich alles, was danach geschah, in bester Erinnerung habe. In unbändigem Zorn zerrte mich der Stallknecht auf den Hof, riss mir das Hemd vom Leib und peitschte mich, dass ich halb ohnmächtig vor Schmerz darniedersank. Danach packte er mich und warf mich in die Viehtränke. Auch da ließ der Wüterich nicht von mir ab und drückte in ungezügelter Mordlust meinen Kopf unter Wasser, sodass ich knapp vor dem Ertrinken war. Einzig dem beherzten Eingreifen meines Kutschers, der mich aus den Händen dieser Bestie befreite, verdanke ich es, dass ich noch am Leben bin. Meine Verletzungen waren indes so schlimm, dass ich mich in ärztliche Behandlung begeben musste. Darüber hinaus musste ich meine Kleidung neu beschaffen. Der materielle Schaden wiegt jedoch wenig im Vergleich zu der Beschädigung meiner Reputation. Ich bitte das hochfürstliche

Gericht, dies bei der Urteilsfindung in besonderem Maße zu berücksichtigen.«

Der Anwalt nahm seine Augengläser ab und legte das Schriftstück beiseite.

»Bevor ich dem Angeklagten das Wort erteile«, sagte der Richter, »möchte ich den Wirt dieses ehrenwerten Hauses fragen, was er zu dem Geschehen zu sagen hat.«

Verlegen rieb sich der Kramminger die Nase. »An dem Abend war ich meistens in der Küche beschäftigt. Um Mitternacht kam die Burgl zu mir und erzählte, was passiert war. Im Schein der Stalllaterne sah ich, wie der Staudinger aus der Viehtränke stieg. Er fluchte und rief dem Stallknecht etwas nach, was ich nicht verstand. Danach ging er auf sein Zimmer …«

Der Richter blickte erstaunt. »Er konnte also noch auf sein Zimmer gehen? Wo lag dieses Zimmer?«

»Im ersten Stock.«

»Dann können seine Blessuren so schwer wohl nicht gewesen sein. Hat Er den Kutscher des Herrn Staudinger an der Tränke gesehen?«

»Nein, den sah ich nicht, Euer Hochwohlgeboren.«

»Dann stimmt die Aussage des Klägers also nicht, dass sein Kutscher ihn aus den Händen des Angeklagten befreit hat. Dazu würde mich interessieren, wie der Angeklagte die Tat sieht.«

»Als mein Weib mir berichtete, was der Kaufherr ihr angetan hatte, nahm ich eine Peitsche und verpasste ihm ein paar Hiebe. Darauf warf ich ihn in den Brunnen. Seinen Kopf habe ich nicht untergetaucht. Ich sah noch, wie er aus der Tränke stieg und mir nachrief: Das wird ein Nachspiel haben, Stallknecht, wir sehen uns wieder!«

»Die Frage ist, ob die Verletzungen des Klägers den Schluss zulassen, dass es sich bei der Gewalttat um versuchten Totschlag handelt. Ich bitte um das Gutachten des Medicus Doktor Sarenzano.«

Der Beisitzer trug das Schriftstück vor. »Ich besuchte Herrn Staudinger am Vormittag des achtundzwanzigsten Juni in seinem Haus. Am Rücken waren verkrustete Striemen zu sehen. Das Gesicht wies einige Schürfwunden auf, die Stirn eine nicht aufgeplatzte Beule. Das linke Handgelenk war geringfügig verrenkt. Sonstige Verletzungen konnte ich keine feststellen. Der seelische Zustand des Patienten lässt sich am besten mit der Vokabel ›niedergeschlagen‹ beschreiben.«

Christoff verspürte starken Hunger. Sterne tanzten vor seinen Augen. Ein plötzlicher Schwindel ergriff ihn. Er hörte noch, wie der Gerichtsdiener sagte: »Man hätte ihm etwas zu essen geben sollen.« Dann sank er zu Boden.

Der Landrichter blickte besorgt über den Rand seiner Brille. »Saaldiener, gehe Er in die Küche und bringe dem Angeklagten ein Stück Brot. Die Eisen sind ihm für den Schwur abzunehmen.«

»Zeuge Kramminger, wie tief ist eigentlich der Brunnentrog?«

»Die Viehtränke ist so flach, Herr Richter, dass weder Rind noch Ross ihren Schädel darin untertauchen können.«

»Dann kann ein Mensch darin nicht ertränkt werden?«

»Zumindest keiner wie der Staudinger.«

Die Worte des Wirts erregten allgemeine Heiterkeit.

»Bevor sich das Gericht zur Beratung zurückzieht, gebe ich dem Angeklagten Gelegenheit, seine Missetat zu bereuen. Auch ein Wort des Bedauerns oder der Entschuldigung gegenüber dem Opfer scheint mir angezeigt.«

Christoff ballte die Fäuste in den Handeisen. »Hochfürstliches Gericht, meine Tat kann ich nicht bereuen, da ich jederzeit wieder so handeln würde. Ich werde mich auch nicht entschuldigen, um mir den Vorteil eines milderen Urteils zu verschaffen. Hätte der Staudinger sich an einem anderen Weibsbild vergriffen, beispielsweise einer ehrbaren Jungfer oder einem Eheweib, säße er auf der Anklagebank und nicht ich.«

»Mit dem Schlusswort des Angeklagten beende ich die Beweisaufnahme. Der Angeklagte ist abzuführen.«

Der Gerichtsdiener führte Christoff in die Arrestzelle. Heißhungrig biss er in den Brotkanten. Die Strafe, gleich wie sie ausfiel, schreckte ihn nicht, nur die Vorstellung, auf Monate, wenn nicht Jahre von Cecilia getrennt zu sein. Die Schritte des Gerichtsknechts rissen ihn aus seinen Gedanken.

Mit einer Handbewegung bat der Landrichter die Anwesenden sich zu erheben.

»Im Namen Gottes, des Allmächtigen, verkünde ich das Urteil in der Sache Staudinger gegen Jenner. Wegen Meineids durch Bestechung wird der Zeuge Josef Lederer mit der Abtrennung der Schwurfinger auf der Fleischbank bestraft. Da es sich bei dem Meineid des Zeugen Anton Walz um eine Nötigung handelt, erhält der Zeuge zwei Jahre Schanzarbeit an der Karre. Der Gastwirt Kilian Kramminger erhält eine Geldstrafe von dreißig Gulden wegen Nichtbeachtung der Kleiderordnung für das Dienstpersonal. Zudem bleibt sein Gasthaus geschlossen, bis eine Kommission sein Haus auf eventuelle gewerbsmäßige Unzucht untersucht hat ...«

Während der Lederer seine Hand anstarrte, an der bald zwei Finger fehlen würden, raufte sich der Kutscher die Haare. Der Wirt verbarg sein Gesicht in den Händen und heulte hemmungslos. Der Richter bat um Ruhe und fuhr fort:

»Nun komme ich zu dem Angeklagten. Der Knecht und Tagelöhner Christoff Jenner konnte glaubhaft machen, dass er das Gewaltdelikt einzig zugunsten seiner Gesellin beging. Das Gericht ist zu der Auffassung gekommen, dass das Tatmotiv der vorsätzlichen Entleibung nicht gegeben ist. Demgegenüber ist der Tatbestand der vorsätzlichen Körperverletzung erfüllt. Die Verletzungen, die Herr Staudinger erlitt, waren so schwerwiegend, dass er sich in ärztliche Behandlung begeben musste und, bedingt durch die Vernachlässigung seiner Geschäfte, finanzielle Einbußen erlitt. Zu dem materiellen Schaden gehört auch der Verlust seiner Kleidung. Dem Angeklagten ist zugute zu halten, dass er sich zu seiner Tat bekennt. Allerdings zeigt er keinerlei Reue. Selbst zu einem Wort des Bedauerns gegenüber dem Opfer ist er nicht bereit. Strafmildernde Umstände sind die beim Gericht eingegangenen Gnadenbitten Ihrer Hoheit Anna de' Medici und des hochgelehrten Herrn Stensen.«

Es dauerte eine Weile, bis der Richter in einem Berg von Schriftstücken den gesuchten Gesetzestext gefunden hatte.

»Gemäß Landesverordnung vom 18. August 1668 zur Gewährleistung der öffentlichen Sicherheit auf den Gassen und in den Gaststuben heißt es: ›Wer jemandem mutwillig einen Stoß, Schlag, Hieb oder dergleichen versetzt, ungeachtet vorausgegangener verbaler oder anderweitiger Auseinandersetzungen, soll, wenn er Student ist, relegiert, wenn er Domkapiteldomestique ist, seines Dienstes entlassen und wenn er Hausknecht oder Handwerksbursche ist, gänzlich aus dem Lande geschafft werden.‹ Das Gericht sieht den Straftatbestand der tätlichen Gewalt erfüllt und verhängt gegen den Angeklagten die Strafe des Staupenschlages und der Landesverweisung. Der Malefikant hat danach das Erzstift und Reichsfürstentum Salzburg für immer und ewig zu verlassen. Jede Zuwiderhandlung wird mit Arbeitshaus von mindestens fünf Jahren bestraft. Die Sitzung ist hiermit beendet.«

Inmitten des Schlosshofs war die Gerichtsbühne aufgebaut. Auf der Plattform wartete der Zuchtmeister. Eine neunschwänzige Zuchtrute lag zu seinen Füßen. Christoff war so von Kräften, dass er auf jeder Sprosse eine Pause machen musste. Kaum hatte er die Bühne erreicht, riss ihm der Peiniger das Hemd vom Leib. Seine Eisen wurden ihm abgenommen, die Hände über seinem Kopf an den Pfahl gebunden. Er sah noch, wie sich Cecilia und Burgl durch die Schaulustigen nach vorne drängten. Dann sauste der erste Streich auf seinen Rücken. Wie glühende Eisen spürte er die geflochtenen Lederriemen auf der Haut. Beim zweiten Hieb glaubte er, ohnmächtig zu werden. Beim dritten Hieb spürte er etwas Warmes. Der vierte Rutenhieb war so stark, dass er in die Knie sank. Ergebungsvoll wartete er auf den nächsten Schlag. Doch der kam nicht. Christoff hob den Kopf.

Der Landrichter kam aufgeregt auf den Hof gelaufen. In der Hand hielt er eine Schriftrolle.

»Haltet ein! Ich habe eine amtliche Mitteilung zu verlesen!«

Er bahnte sich einen Weg durch die Menge und trat vor die Bühne.

»Soeben erreicht uns die Nachricht, dass es in der Residenzstadt Salzburg in der Nacht des 16. auf den 17. Juli zu einem schrecklichen Bergsturz in der Altstadt gekommen ist. Ein großer Felsbrocken des Mönchsbergs hat sich abgespalten und ist auf die Gstättengasse niedergegangen. Mehr als zweihundert Menschen fanden dabei den Tod. Unter den identifizierten Leichen befand sich auch der Handelsherr und Fuhrunternehmer Ambrosius Staudinger ...«

Christoff glaubte seinen Ohren nicht zu trauen. Erregte Stimmen wurden laut. Schreie des Entsetzens mischten sich mit Hurra-Rufen.

»Der Allmächtige hat dem Lüstling die gerechte Strafe verpasst!«, rief ein junges Weib.

»Der Teufel hat sich seiner Seele bemächtigt, wie er es verdient hat!«, pflichtete ihr die Nachbarin bei.

»Jesus Maria, hoffentlich ist meinem Neffen nichts passiert!«, jammerte eine Alte. »Er ist bei den Barmherzigen Brüdern in der Gstättengasse.«

Mit einer Handbewegung sorgte der Richter für Ruhe und Aufmerksamkeit. »Nullo actore, nullus iudex. Der Tod des Klägers hebt den Schuldspruch auf. Die Strafen wegen Meineids werden vollstreckt. Ebenso das Bußgeld und die Beschlüsse gegen den Gastwirt Kilian Kramminger. Christoff Jenner ist ein freier Mann, sobald er die Urfehde geschworen hat. Ich bitte darum, dem Freigesprochenen die Fesseln abzunehmen.«

Christoff rieb seine Handgelenke. Seine Finger fühlten sich taub an. Vor seinen Augen flimmerten Sterne, dass er sich festhalten musste. Die Gesichter, die ihn anstarrten, erschienen ihm wie wild tanzende Faschingslarven. Sein Rücken schmerzte, als hätte man ihn auf einen glühenden Rost gelegt.

»Er möge die Hand zum Schwur erheben und mir nachsprechen: Ich schwöre bei Gott dem Allmächtigen, dass ich meine Gefangenschaft und nachmalige Bestrafung weder an einem Hoch Edlen und Hoch Weisen Rat, noch an deren Befehlshabern, Bürgern und Inwohnern noch an deren Häusern und Grundstücken, oder Hab und Gut noch sonst mit Worten und Werken, heimlich oder öffentlich, nicht nur auf keinerlei Weise und Wege, sei es durch mich selbst oder durch andere, mit meinem Wissen, Willen und Geheiß rächen will.«

Die rechte Hand zum Schwur erhoben, sprach Christoff die Worte nach. In der Asservatenkammer wurden ihm seine Sachen ausgehändigt. Fieberhaft griff er in den Lederbeutel und zählte die Smaragde. Schweiß trat auf seine Stirn: Die Hälfte der Steine fehlte.

Auf dem Schlosshof kamen ihm Cecilia und Susanna entgegen. Cecilia umarmte ihn stürmisch. »Mein Gott, wie bist du mager geworden! Auf Tantzlehen wirst du dich erst einmal tüchtig sattessen. Du wirst staunen, wie groß Martin geworden ist.«

»Und offenbar so stark, dass er einen Nähkasten umwerfen kann«, lächelte Christoff. Erstaunt betrachtete er ihren kirschroten Mund.

»Seit wann schminkst du dich?«

Sie lachte. »Ich war auf einem Sommerfest. Paul Hacksteiner vom Gut Schiltern hat die Hofübergabe gefeiert. Da hatte ich einfach Lust, mich zu schminken.«

»Auf einem Sommerfest warst du? Aus solchen Vergnügungen hast du dir doch sonst nie viel gemacht.«

»Vielleicht hängt es damit zusammen, dass man uns nie eingeladen hat.«

Seine Augenbrauen zogen sich zusammen. »Und … hast du deine alten Verehrer wieder getroffen?«

»Bin ich dir Rechenschaft schuldig, mit wem ich mich amüsiere?«, sagte sie hart.

»Es ist das letzte Mal, dass ich mit Celia auf ein Sommerfest gehe«, sagte Susanna lachend. »Sie macht mir alle Burschen abspenstig.«

»Nun übertreib mal nicht! Du hattest doch nur Augen für den Simon Scharler.«

Christoff drehte sich um. Beim Burgtor standen zwei Männer neben einer Kutsche. Der eine im schwarzen Gewand des Gelehrten, der andere in der farbenprächtigen Tracht des italienischen Adels.

»Wir wollten zu deiner Verhandlung erscheinen, wurden jedoch am Pass Thurn aufgehalten«, sagte Niels Stensen. »Da Ihr nun ein freier Mann seid, können wir gemeinsam nach Wien reisen.«

Für einen Augenblick herrschte Schweigen. Cecilia blickte Christoff entgeistert an.

»Was – du willst nach Wien reisen?«

»Ich will die Smaragde verkaufen. Nur in Wien sitzt die Kundschaft, die diese Steine kaufen kann und tragen darf.«

Der Doktor fasste in seine Rocktasche und zählte einige Gulden ab. »Für Eure Dienste als Bergführer, Jenner. Was Ihr jetzt braucht, ist eine kräftige Mahlzeit. Ich erlaube mir, euch zum Essen einzuladen.«

Fortunat von Hohenberg trat auf Susanna zu und küsste ihre Hand.

»Du siehst bezaubernd aus, Susanna! Ich konnte es kaum erwarten, dich wiederzusehen.«

»Danke für das Kompliment«, sagte sie errötend. »Aber einen Handkuss brauchst du mir nicht zu geben. Wie erging es dir in Innsbruck?«

»Das erzähle ich dir später...«

»Du kannst es mir ja am Samstagabend erzählen. Ich bin ich zu einem Kostümfest eingeladen. Da könnten wir zusammen hingehen.«

Im Zweispänner des Doktors fuhren sie zum Gasthaus Bräurup in der Kirchgasse. Der Gastwirt und Brauer Christian Altherr bedauerte, kein Bier ausschenken zu können.

»Zwischen Christi Himmelfahrt und Michaeli können wir kein Bier sieden. In der Zeit stehen die Keller oft unter Wasser. Wenigstens ist die Gaststube wieder trocken.« Der Wirt zeigte auf die Hochwasserschäden. »Vor drei Wochen stand das Wasser so hoch, dass hier sogar Fische schwammen.«

»Ich hoffe, Ihr habt noch etwas anderes in der Pfanne als die Fische aus Eurer Gaststube«, sagte Stensen.

»Meine Herrschaften, wir sind das erste Haus in der Marktgemeinde! Im Gästebuch stehen die Namen von Erzbischöfen und Fürsten. Sogar Hoheiten des Kaiserhauses haben bei uns schon gespeist und logiert.«

»Schon gut!«, erwiderte der Doktor. »Was hat Eure Küche an Köstlichkeiten zu bieten?«

»Sehr zu empfehlen ist das Menü auf unserer Tageskarte, bestehend aus drei Gängen. Als Vorspeise haben wir eine Königinsuppe aus pürierter Hühnerbrust und Fleisch vom Rebhuhn mit einem Geschmack von Mandeln und Granatäpfeln. Als Hauptgericht gibt es Kalbskopf im Ganzen gekocht. Hirn und Zunge als Beilage. Dazu schwäbische Spätzle und Häuptelsalat. Zum Dessert einen Götterwein. Übrigens – wie die Consommé – ein Rezept des französischen Meisterkochs La Varenne. Aus Zitronen und Pomeranzen, eingelegt in gezuckerten Weißburgunder mit Orangenblütenwasser, nach Belieben mit einem Schuss Moschus oder Ambra serviert. Ich darf darauf hinweisen, dass unser Pinzgauer Rind von den Hochweiden der Sonnberger Almen kommt. Garantiert unbelastet von den Schwefeldämpfen des Kupferbergbaus Mühlbach. Die Kräuter sind übrigens ein Mitbringsel der ehrwürdigen Mutter Äbtissin vom Stift Nonnberg.«

»Was bietet der Weinkeller?«

»Als Tischwein empfehle ich den Herren einen trockenen Weißburgunder, den Damen unseren lieblichen Traminer.«

»Wenn alle damit einverstanden sind, nehmen wir das Menü«, sagte Stensen. »Den Kalbskopf erlaube ich mir höchstpersönlich am Tisch zu tranchieren.«

Eine Küchenmagd trug die Suppe auf. Ob es den Herrschaften recht sei, wenn sie die Consommé austeile, fragte sie knicksend.

»Gebt dem Ausgehungerten zuerst«, sagte Stensen, »damit er wieder zu Kräften kommt.«

»Die Smaragde, die Euch bleiben«, sagte der Hohenberg schlürfend, »werden gewiss reichen, Eure Pläne, welcher Art auch immer, zu verwirklichen. Was habt Ihr jetzt vor?«

Der Jenner beachtete die Suppe nicht, er blickte sinnend ins Leere. »Willst du dich deiner Ehre nicht berauben, verbirg dein Geld, dein Streben, deinen Glauben.«

»Ich möchte wissen, was du verbergen willst«, sagte Susanna in ihrer unverblümten Art. »Geld hast du keines. Mit dem Glauben kann es nicht weit her sein, so wenig wie du dich in der Pfarrkirche blicken lässt. Und ein Streben nach etwas Vernünftigem habe ich bisher auch nicht bemerken können.«

»Ich auch nicht«, stimmte Cecilia ihr zu. »Was in seinem Kopf vor sich geht, weiß selbst ich nicht. Die Gegenwart berührt ihn nicht, und die Zukunft scheint ihm gleichgültig zu sein. Er macht sein Ding auf Teufel kommt raus.«

Den Blick in die Ferne gerichtet, murmelte Christoff vor sich hin: »Nur der Einsame findet den Wald. Wo ihn mehrere suchen, flieht er, und zurück bleiben nur die Bäume.«

»Er spricht in Gleichnissen und Rätseln«, wandte sich Cecilia besorgt an den Doktor. »Ihr seid doch Medicus. Glaubt Ihr, dass mein Mann den Verstand verloren hat? Der Hungerturm soll schon manchen ins Narrenhaus gebracht haben.«

»Da kann ich Euch beruhigen. Hunger und Einsamkeit machen den Menschen oft wunderlich. Häftlinge reden nicht selten mit sich selbst. Sie schaffen sich die Gesellschaft, die sie im Gefängnis nicht haben.« Der Wirt erschien und fragte, ob alles recht sei.

»Ganz köstlich«, lobte der Doktor. »Die Königinsuppe habe ich zuletzt in Florenz gegessen. La Varenne hat sie Maria de' Medici gewidmet, bei der er seine erste Anstellung als Küchenmeister hatte, nachdem sie die Gemahlin Heinrichs IV. wurde. Ich glaube, ihr Koch hat sie glücklicher gemacht als der König von Frankreich.«

Zwei Küchenjungen schoben einen Servierwagen an den Tisch. Auf einem Silbertablett dampfte der Kalbskopf inmitten der beiliegenden Innereien, geschmückt mit einem wallenden grünen Federhut.

Stensen erhob sich und griff zum Tranchierbesteck. »Das Muskelfleisch ist für dich, Christoff. Meinem treuen Diener biete ich hiermit feierlich das Du an. Dasselbe gilt auch umgekehrt. Das Muskelfleisch möge dazu beitragen, dass du bald wieder zu Kräften kommst.«

Er schnitt ein kräftiges Stück von den Backen ab und legte es auf Christoffs Teller.

»Das Hirn oder der Bregen, wie es die Metzger nennen, ist für dich, Fortunat. Damit du beim Anblick der Schönheit nicht den Verstand verlierst.«

Nachdem er den Hohenberg bedient hatte, trat er neben Susanna.

»Für die Venus von Bramberg habe ich die Zunge. Hüte sie, damit du andere nicht verletzt. Es ist nicht immer klug zu sagen, was man denkt. Aber immer noch besser, als zu sagen, was man nicht denkt.«

Mit dem Auffüllbesteck legte er kleine Portionen der Beilagen zu den Fleischstücken.

Dann wandte er sich an ihre Schwester. »Cecilia, du bekommst das Herz. Es ist das beste Muskelfleisch. Es soll dir Mut und Zuversicht geben, die dir manchmal zu fehlen scheinen.«

Zuletzt wandte er sich an den Kutscher. »Für dich, Johann, sind die Nieren. Damit du nicht frierst auf dem Kutschbock. Wenn niemand etwas einzuwenden hat, genehmige ich mir das Bries. Es mache mich immun gegen die Pest. Dazu nehme ich die Augen. Sie sind das wichtigste Sinnesorgan des Naturforschers.«

Nach den ersten Bissen, die allgemeine Bewunderung hervorriefen, ergriff der Gelehrte das Glas und erhob sich.

»Auf das Herz, das Hirn, die Augen, die Ohren und die Zunge! Dass wir sie immer zum Nutzen und zur Freude unserer Mitmenschen und zum Ruhme unseres Schöpfers gebrauchen! Auf euer Wohl!«

Es war spät geworden, als sich die Gesellschaft von der Tafel erhob. Der Wirt ging mit dem Talglicht voraus, um seinen Gästen die Zimmer zu zeigen. Fortunat schaute Susanna fragend an, als er ein geräumiges, mit einem Doppelbett ausgestattetes Zimmer aufschloss.

»Das ist genau das Richtige für zwei Mannsbilder aus Innsbruck«, sagte sie lachend und verschwand rasch in der Kammer nebenan.

»Du bist so unruhig. So kenne ich dich gar nicht«, stellte Cecilia fest, als sie auf ihrem Zimmer waren. »Bedrückt dich etwas?«

»Nein. Es ist nur eine Angewohnheit. Alle, die im Gefängnis waren, laufen hin und her.«

»Wie lange wirst du diesmal wegbleiben?«

»Ich weiß es nicht. Ich weiß nur, dass ich diese Reise machen muss, um meine Pläne zu verwirklichen.«

»Warum tust du so geheimnisvoll? Habe ich nicht ein Recht darauf, in deine Pläne eingeweiht zu werden?«

»Dann will ich es dir sagen: Die Schürfrechte an der Smaragdgrube möchte ich erwerben und eine bergrechtliche Gewerkschaft gründen.«

»Eine Bergbaugesellschaft?«, fragte sie erstaunt. »Du kennst dich in dem Gewerbe doch gar nicht aus. Machst du dir keine Illusionen?«

»Bevor man weiß, ob man sich Illusionen macht, muss man erst einmal etwas gemacht haben. Oder nicht?«

»Manchmal sagt einem schon der klare Verstand, ob etwas in die Binsen geht oder nicht.«

»Dann hat bei uns der klare Verstand ausgesetzt?«

»Der war nie vorhanden. Sonst hätte ich mich gar nicht erst auf dich eingelassen.«

Er öffnete das Fenster. Im Westen, hinter den Zillertaler Bergen, wetterleuchtete es. Einen Wimpernschlag lang zeigte sich die Kuppe des Wildkogels am nächtlichen Himmel. Er sog tief die würzige Luft ein. Den Duft der gemähten Wiesen. Hinter dem Hausgarten vernahm er ein Rauschen. Das musste der Felberbach sein. Er strich mit der Hand über das Holz der Fensterbank. Unendlich lang, schien es ihm, hatte er diese Dinge nicht mehr wahrgenommen.

Cecilia löste ihr Haar und entkleidete sich. Dann, als sie nackt vor ihm stand, umschlang sie ihn mit beiden Armen und zog ihn auf das Bett. Das bequeme Lager, das gitterlose Fenster, die unbewachte Tür, ein Magen, der nicht vor Hunger biss, und der warme weiche Frauenleib, all diese Dinge erschienen ihm wie das Paradies auf Erden.

Doch er empfand nicht, was er sonst empfand, wenn er bei ihr lag. Er verspürte keine Erregung, als ihre Lippen seine Lippen berührten, als ihr Leib sich an seinen Leib schmiegte. Es schien ihm, als wäre sein Körper tot. Tot wie ein abgestorbener Baum. Jeden Abend, wenn er auf dem Stroh lag, hatte er an sie gedacht. Hatte sich nach ihr gesehnt. Nach dem süßen roten Walderdbeermund. Nach den weichen Brüsten. Nach den festen warmen Schenkeln. Nach dem tiefen feuchten Schoß. Jetzt, wo er haben konnte, wonach er sich gesehnt hatte, ließ ihn alles kalt. Er wurde auf einmal müde. Minuten später war er in ihren Armen eingeschlafen.

Cecilia lag noch eine ganze Weile wach. Sie dachte über vieles nach. War ihre Beziehung nicht ein ewiges Hin und Her, ein einziges Wirrwarr? Warum konnten sie nicht glücklich sein wie die anderen auch? Welche anderen, wusste sie nicht. Es fiel ihr niemand ein.

16
Gewalt sei fern von den Dingen

Die Schule sei keine Tretmühle,
sondern ein heiterer Tummelplatz des Geistes.

Johann Amos Comenius

Der Felssturz am Mönchsberg, der sich in den frühen Morgenstunden des 16. Juli 1669 ereignete und 220 Menschen in den Tod riss, wurde von Zeitzeugen als ein Werk des Himmels oder der Hölle gedeutet. Die größte Naturkatastrophe in der Geschichte der Stadt Salzburg gab Anlass zu den unterschiedlichsten Auslegungen. Angesichts der Tatsache, dass in der betroffenen Gstättengasse nicht nur dreizehn Bürgerhäuser, sondern auch das Diözesanseminar und zwei Gotteshäuser, die Markuskirche und das Kirchlein Unserer Lieben Frau am Bergl zerstört wurden, wobei wie durch ein Wunder das Marienbild in der Kapelle unbeschädigt blieb, konnte der Klerus nicht gut von einem Strafgericht Gottes sprechen. Denn unter den Opfern befanden sich viele Geistliche sowie ein Dutzend Zöglinge des Priesterseminars. Darum wurde auf den Totenroteln, den Sterbemitteilungen der Klöster, der Teufel als der wahre Verursacher der Tragödie ausgemacht.

Darüber hinaus gab es Zeitungsschreiber, die in ihren Flugblättern das Unglück im Zusammenhang mit anderen mysteriösen Ereignissen im Umkreis des Fürsterzbischofs Max Gandolf Graf von Kuenburg sahen. Zum Beispiel den Blitzeinschlag in der Festung Hohensalzburg zu Beginn seiner Regentschaft im vergangenen Jahr. Oder der Tod von 62 Wallfahrern in den Fluten der Salzach unweit des Michaelitors.

Dies war, grob skizziert, der Stand der Dinge, den der dänische Gelehrte Niels Stensen und sein Reisegefährte Christoff Jenner vorfanden, als sie am Vormittag des 20. Juli in der Residenzstadt eintrafen. Vom linken Ufer der Salzach kommend, wollte der Kutscher über den Ursulinenplatz auf die Müllner Straße fahren, um auf dieser Route die Grenze nach Bayern zu erreichen. Als sie sich der Altstadt näherten, erblickten sie das grausige Werk der Verwüstung. Mächtige Felsklippen hatten sich vom Mönchsberg abgespalten. Einer klaffenden Wunde gleich ragte die nackte Wand aus dem bewaldeten Grün der Anhöhe. Die herabstürzenden Schuttmassen hatten die Ringmauer weggebrochen, die Uferstraße verschüttet und im Flussbett der Salzach eine Halbinsel gebildet, die fast ans jenseitige Ufer reichte. Der mit den Örtlichkeiten vertraute Kutscher meinte, er wolle versuchen, den Weg durch die Griesgasse zu nehmen.

Auf dem Griesplatz war an diesem Tag Viehmarkt. Rund um den Wilder-Mann-Brunnen mit seinem schuppenflechtigen, baumstammbewehrten Neptun hatten Bauern und Metzger ihre Fleischbänke aufgebaut, das Schlachtvieh neben dem Jungvieh, lebend oder tot, ganz oder zerteilt.

Vor dem Gstättentor traten ihnen zwei Wachposten entgegen.

»Wohin des Wegs die Herrschaften?«

»In das Erzherzogtum Österreich über die Freie Reichsstadt Nürnberg«, antwortete Stensen.

»Die Passporten bitte zu geben!«

Der Wächter prüfte die Reisedokumente des Doktors. Erstaunt hielt er inne, als er das Empfehlungs- und Begleitschreiben der Erzherzogin Anna de' Medici las.

»Der Herr ist Medicus? Dann benötigen wir seine Hilfe. Er soll sich im Bürgerspital Sankt Blasius am Ende der Getreidegasse melden.«

Mit dem Zeigefinger deutete er auf Christoff. »Und wer ist das da?«

»Das ist Herr Jenner – mein Privatsekretär.«

»So, der Herr Privatsekretär«, sagte der Wachmann spöttisch. »Die Papiere des Herrn Privatsekretärs, wenn ich bitten darf.«

Umständlich kramte Christoff zwei zerfranste Zettel aus der Tasche.

»Der ungültig gestempelte Dienstausweis des Salzburgischen Infanterieregiments und der Entlassungsschein des Pfleggerichts Mittersill sind keine ausreichenden Reisedokumente.«

»Sind wir hier schon an der Grenze?«, fragte Christoff verärgert.

»Nein. Aber die Gstättengasse ist gesperrt, wegen Aufräumarbeiten. Wir haben Order, keine Leute durchzulassen, die hier fremd sind. Es kam schon zu Plünderungen.«

»Dann nehmen wir eben einen anderen Weg.«

»Wenn der Herr Privatsekretär«, sagte der Wachmann, indem er jedes Wort auf der Zunge zergehen ließ, »in das Kurfürstentum Bayern oder in das Erzherzogtum Österreich einreisen will, empfehle ich Ihm, sich einen Passport oder eine ähnlich geartete Kundschaft zu besorgen. Er kann das Reisedokument in der Magistratskanzlei beantragen. Morgen früh ab sieben Uhr ist das Amt geöffnet.«

Stensen befahl dem Kutscher, in die Getreidegasse umzuschwenken. Er werde seine Dienste als Medicus anbieten. Beim Bürgerspital Sankt Blasius, das den Siechen als Heimstätte und den Unglücksopfern als Lazarett diente, trennten sich ihre Wege. Christoff sagte, er wolle sich nach einem Schneider umsehen, er käme später in die Gstätten.

Nach einigem Suchen unter den geschmiedeten oder bunt bemalten Zunftzeichen fand Christoff einen Tuchschneider, der ihm versprach, innerhalb von drei Tagen einen Anzug mit Rock, Wams, Hemd und Beinkleid aus Leinen und Barchent zu fertigen. Dreißig Gulden alles zusammen.

»Meine Barschaft beträgt lediglich fünf Gulden«, sagte Christoff.

Der Schneider runzelte die Stirn. »In der Kleiderausgabe beim Bruderhaus Sankt Sebastian werdet Ihr das Passende finden.«

»Etwas Neues ist mir lieber. Wegen der Bezahlung braucht Ihr Euch keine Gedanken zu machen. Könnt Ihr mir einen Edelsteinhändler empfehlen?«

Der Meister musterte ihn von Kopf bis Fuß. »In der Goldgasse findet Ihr einen Juwelier, gleich neben dem Sporenschmied. Gewöhnlich nehme ich Aufträge nur gegen Vorkasse an. Mit den Kleidern, die bestellt und nicht abgeholt werden, könnte ich einen Laden aufmachen.«

»Da könnt Ihr beruhigt sein. Was ich bei mir trage reicht, um Euren Laden aufzukaufen.«

Kopfschüttelnd griff der Meister zur Elle und und nahm Maß.

»Ihr könnt alles ruhig ein wenig weiter machen«, sagte Christoff. »Ich habe gerade die Fastenzeit hinter mir.«

»Dann werde ich in das Gewand verdeckte Passfalten einbauen, damit man notfalls Stoff herauslassen kann. Im Übrigen trägt man Beinkleider und Röcke jetzt wieder enger.«

Von der Getreidegasse schritt Christoff über den Markt, betrachtete das mit Wappen, Einhörnern und Vögeln kunstvoll verzierte Spaliergitter des Brunnens, blieb vor der Fürsterzbischöflichen Hofapotheke stehen, deren Gewölbe mit den wundersamsten Pulvern und Salben aus den Ingredienzien des Steinbocks bestückt war, und bog schließlich in die Goldgasse ein. In der schmalen Gasse betrieben Kupferschmiede, Schlosser, Glockengießer und Drahtzieher ihr Handwerk. Mit seinem rundbogigen Eingangsportal und den Kalkstein gefassten Fenstern machte das Haus des Goldschmieds einen vergleichsweise stattlichen Eindruck.

Das Zunftzeichen über der Tür zeigte drei Ringe und einen Pokal, der von einem Sechseck umgeben war. Christoff nahm das Hexagon als ein gutes Omen und betrat das Handelsgewölbe.

Wortlos öffnete er den Beutel und ließ einen Smaragd auf den Tisch rollen. Die Lupe in das Auge geklemmt, hielt der Juwelier den Kristall gegen das Licht.

»Wo habt Ihr diesen Stein her?« Sein Blick schweifte misstrauisch über den kotbespritzten Rock seines Kunden.

»Was soll die Frage?«, fuhr Christoff auf. »Wenn Ihr den Fundort dieses Steins nicht kennt, versteht Ihr nichts von Eurem Handwerk. Wenn Ihr mich jedoch des Diebstahls oder der Hehlerei bezichtigen wollt, sind wir geschiedene Leute.«

Christoff steckte den Smaragd in die Tasche und wollte den Laden verlassen, als der Juwelier herbeigeeilt kam und ihn am Arm festhielt.

»Verzeiht, Herr. Ich wollte Euch keineswegs unlauterer Geschäfte verdächtigen. Das Habachtal ist, wie Ihr sicherlich wisst, erzbischöfliches Steinwildrevier. Auf Kristallbrocken und Steinklauben stehen hohe Leibes- und Geldstrafen. Unsere Zunft ist deshalb angehalten, jeden Anbieter von Smaragd nach der Herkunft seiner Ware zu befragen.«

»Unsere Smaragdreise erfolgte im Auftrag Ihrer Hoheit Erzherzogin Anna de' Medici. Der Hof in Innsbruck wird Euch Auskunft erteilen. Könnt Ihr mir etwas über den Wert dieses Steins sagen?«

Der Juwelier kratzte sich hinter dem Ohr. »Die Frage ist schwer zu beantworten. Niemand kann Form, Farbe und Feuer vorhersagen.

Es gibt viele Unwägbarkeiten. Einschlüsse, Risse, Schlieren …« Der Goldschmied legte den Stein auf die Waage.

»Einundzwanzig Karat. Sieben bis acht Karat nach dem Schleifen, wenn es hoch kommt. Smaragd ist der sprödeste unter allen Edelsteinen. Jedem Steinschneider kann es passieren, dass der Kristall reißt. Dann kann man die Splitter auf den Kehricht fegen.«

»Habt Ihr nicht gehört, den Preis will ich wissen!«, versetzte Christoff unwirsch.

Der Goldschmied wog den Kopf hin und her. »Achtzig Gulden.«

Christoff schwindelte. Er musste sich an der Tischkante festhalten. Achtzig Gulden. Dafür würde ein Knecht drei Jahre, eine Magd vier Jahre arbeiten müssen.

»Hundert.«

Der Juwelier schüttelte den Kopf. »Neunzig und keinen Kreuzer mehr. Seit dem Bergsturz ist der Markt für Gold, Silber und Edelsteine zusammengebrochen. Jeden Tag wird mir Geschmeide angeboten. Die Leute verkaufen Schmuck, um die Begräbnis- oder Spitalkosten für ihre Angehörigen aufzubringen.«

»Das interessiert mich nicht. Hundert Gulden oder Ihr habt diesen Stein zum letzten Mal gesehen.«

»In Gottes Namen.« Seufzend öffnete der Goldschmied die Kasse und zahlte Christoff den Betrag aus.

Bei einem Schuhmacher fand Christoff ein Paar halbhohe Stiefel aus schwarzem Kalbsleder mit rostbraunem Umschlag, die ein Lehrling als Gesellenstück gefertigt hatte. Er ließ das Schuhwerk ebenso zurücklegen wie den Strohhut, der ihn vor der Hitze im offenen Wagen schützen würde, und ein Felleisen, das er bei einem Sattler entdeckte. Daraufhin begab er sich an den Ort des Grauens. Als Helfer gewährte ihm die Wache am Gstättentor bereitwillig Durchlass.

Die Gstätten, eine an den Fels des Mönchsbergs gebaute Häuserzeile, in der neben dem Priesterseminar vornehmlich das Handwerk beheimatet war, glich einem Trümmerfeld. Als hätte schweres Geschütz die schmale Gasse unter Beschuss genommen. Eine dicke weißgraue Schicht Kalkstaub bedeckte das Kopfsteinpflaster. In den Ruinen der Häuser arbeiteten Bergungstrupps in der Hoffnung, vier Tage nach dem Unglück noch auf Überlebende zu stoßen. Aus den Trümmern einer Werkstatt, deren Zunftzeichen auf eine Schlosserei verwies, bargen Knechte zwei Leichen und luden sie auf einen Handkarren, ein älterer Mann und ein junger Bursche, die Gesichter bis zur Unkenntlichkeit entstellt. Meister Brandeis und sein Lehrling, erfuhr Christoff von den Umstehenden. Sein Weib wisse noch gar nicht, dass sie Witwe sei und ihre vier Kinder Halbwaisen. Einige Schritte weiter suchten Anwohner in den Trümmern einer Buchdruckerei zu retten, was noch zu retten war. Unter Felsbrocken, Mauerresten und Gebälk versteckt, lagen in wildem Durcheinander Teile von Pressen und Setzkästen, zerfetzte Papierrollen und Bücher, Karten und Kupferstiche. Sein Inhaber, der Hof- und Universitätsbuchdrucker Johann Baptist Mayr, grau im Gesicht vor Staub oder Gram, beaufsichtigte die Aufräumarbeiten, im Stillen Gott dem Allmächtigen dankend, dass er ihm und seinen Gesellen Leib und Leben gelassen hatte.

Noch nie hatte Christoff eine solche Stätte der Schrecknisse gesehen. Er wandte sich an eine Abteilung Bergknappen von der Saline Hallein, denen er seine Hilfe anbot.

Ein Bergmeister drückte ihm Hacke und Schaufel in die Hand und zeigte ihm ein Grundstück, auf dem er sich betätigen konnte. Christoff lud die Mauerbruchstücke auf einen Wagen. Zwischen dem Gebälk des Türrahmens entdeckte er ein Haussegenschild. Es zeigte die Maria Immaculata über der Weltkugel schwebend. Was war dies wohl für ein Haus, dessen Bewohner unter dem Mantel der Unbefleckten Muttergottes Schutz suchten?

Nach einer Stunde war er so erschöpft, dass er sich setzen musste. Auf den Stufen einer Stiege, die in einem Hinterhof in den Himmel ragte, wischte er sich den Schweiß von der Stirn. Eine alte Frau trat auf ihn zu.

»Ein bissel rasten tut gut, junger Mann. Etwas blass siehst du aus.«

»Ich bin bloß das Arbeiten nicht mehr gewohnt, Mutter.«

»Von hier bist du nicht, das hört man. Kommst du aus dem Innergebirg?«

»Ja. Aus dem Pinzgau, von Bramberg am Wildkogel. Wir sind auf der Durchreise.«

»Schön ist es bei euch. Einmal war ich bei den Wasserfällen in der Krimml. Auf unserer Hochzeitsreise. Bald fünfzig Jahre ist es her. Mein seliger Mann war Fuhrknecht und hatte im Saumhandel zu tun. Daher kannte er die Gegend.«

Die Alte deutete mit dem Stock auf den Trümmerhaufen. »Das war das Haus des Hutmachers.«

Ungläubig schüttelte sie den Kopf, als sie das ovale Emailleschild erblickte. »Unbefleckt war dieses Haus nicht. Es wurde von zwei Putzmacherinnen bewohnt. Außer der Hutmacherei haben sie noch ein anderes Gewerbe betrieben. Bei der einen, der Clara Buchmüller, fand man ein Mannsbild im Bett. Die Leichen waren grässlich zugerichtet. Der Bettgeselle soll ein Tiroler Fuhrunternehmer gewesen sein … Schaubinger oder Staudinger war sein Name.«

»Ach, der Staudinger«, sagte Christoff gedankenverloren. Er stand auf und griff wieder zur Hacke. Alle Müdigkeit war verflogen. Er arbeitete wie besessen. Wie ein Totengräber kam er sich vor. Endlich fand er, was er suchte. Unter einem Dachbalken lag ein schmutziger Stulpenstiefel. Daneben ein Fetzen Stoff, ochsenblutrot. Eine Bauchbinde, wie sie die Fuhrleute trugen. Nicht weit davon ein Ledergürtel mit silberner Schließe. Christoff sah sich wieder in der Saumschänke. Und den Staudinger, wie er ihn mit glasigen Augen anstierte und mit schwerer Zunge sagte: »Was willst du, Stallknecht! Man wird doch wohl ein wenig Spaß haben dürfen. Hier hast du einen Gulden. Überlass mir dein Weib für die Nacht. Sie soll auf meinem Besen reiten. Heute sind die Hexen los.«

Er nahm den Gürtel, der den Bauch des Untiers umspannt hatte. Zwei Löcher, in denen der doppelte Sporn saß, waren weiter als die anderen. Wie er mit der Hand über die Silberschließe fuhr, spürte er eine seltsame Verwandlung. Er empfand weder Abscheu noch Verachtung. Hätte sich der Staudinger nicht an Cecilia vergriffen, wäre sein Leben in anderen Bahnen verlaufen. Gebiert das Böse bisweilen nicht das Gute?

Die Stimme des Doktors riss ihn aus seinen Gedanken. »Den Gürtel musst du abliefern. Sonst nehmen sie dich fest wegen Leichenfledderei.«

»Er hat dem Staudinger gehört. Ich wollte ihn nicht als Erinnerung aufbewahren.«

»Die Erinnerung an diesen Abend wirst du nie auslöschen können«, entgegnete Stensen. »Immerhin haben wir es ihm zu verdanken, dass wir uns kennenlernten. Die Wege Gottes sind oft unergründlich.«

»Das Gleiche habe ich auch gedacht. Wenn ich an den Staudinger denke, bin ich versucht zu glauben, dass ihn Gottes gerechter Wille gestraft hat. Wie stehst du dazu?«

»Himmel und Hölle wird gern vieles angedichtet. Komm, ich will dir etwas zeigen.«

Stensen kletterte über Trümmer und Gesteinsschutt, bis sie hinter den schmalen Hausgärten an die Abbruchkante des Mönchsbergs kamen. Er deutete nach oben.

»Einige Stadtbedienstete behaupten, die Hausbesitzer hätten den Berg mit unerlaubten Kammern, Gewölben und Kellern ausgehöhlt und dadurch geschwächt. Mit dieser Mär will der Magistrat von seiner Verantwortung ablenken. Der Felssturz ist einzig ein Werk der Kräfte der Natur.«

Mit der Spitzhacke versuchte der Gelehrte ein Stück Gestein abzuschlagen. Die Hacke schlug Funken. Der Fels war hart wie Granit.

»Wie du siehst, ist der Berg so fest und hart, dass ihm Höhlen nichts anhaben können. Ich glaube vielmehr, dass eine Großkluft, gefüllt mit Lehm und Sand, die Trennfuge verursacht hat. Gefährlich werden die sich nach außen öffnenden Klüfte, wenn in diese von oben oder von den Seiten Wasser eindringt. In diesem Jahr gab es im Frühjahr starke Niederschläge, dass das in die Steilklüfte rinnende Wasser zusammen mit dem Druck des schweren nassen Erdbodens eine zusätzliche Last für den Berg bedeutete. Dieser Druck hat den Fels gesprengt.«

Sie gingen auf die unversehrte Seite der Gasse. Hier lag die Stieglbrauerei, benannt nach einer schmalen Stiege, die zum Almkanal hinunterführte. Abgesehen von einigen Rissen in der Fassade war das Brauhaus von dem Unglück verschont geblieben. Sie nahmen an einem der Tische Platz und bestellten jeder eine Kanne Dunkelbier.

Christoff leerte den Steinkrug in einem Zug.

»Wie sah es im Bürgerspital aus?«

»Schlimm. Es hat in der Unglücksnacht einen Nachsturz gegeben. Auch die Rettenden, die ihren Nachbarn zu Hilfe eilen wollten, wurden begraben. Einem Lehrling, keine sechzehn Jahre alt, musste ich beide Beine amputieren. Es bestand die Gefahr des Wundbrandes.«

Der Medicus nahm einen kräftigen Schluck, als wollte er das grauenvolle Erlebnis hinunterspülen. »Ich habe ein Menschenleben gerettet. Aber wie der Bursche mit seinem eingeschränkten Dasein zurechtkommen wird, darüber darf ich nicht nachdenken.«

Stensen hatte offenbar etwas laut gesprochen. Sein Tischnachbar, ein würdevoll aussehender älterer Herr, mischte sich in das Gespräch.

»Ich will euch sagen, wer Schuld an dem Unglück hat: Erzbischof Guidobald. Geld für den Bau des Doms hat er gehabt. Auch für den Bau des Hofbrunnens, die Winterreitschule und die Gemäldegalerie. Aber für eine Handvoll Bergputzer, die den Mönchsberg regelmäßig nach losem Gestein und Rissen abklopfen, hat es nicht gereicht.«

»Ihr seid gut unterrichtet«, sagte Stensen.

Der ältere Herr erhob sich mit leichter Verbeugung. »Von Ungnad, ehemals Sekretär des Hofkammerrats und Geheimer Kanzleiregistrator. In meinen Aufgabenbereich fiel die Rechnungsprüfung des Hofbauamts.«

Noch lange saßen sie an diesem Abend im Stieglbräu beisammen. Zu vorgerückter Stunde kam der Braumeister und Gastwirt Michael Gapler zu ihnen, die Schürze braun von der Maische der Sudpfannen, und ließ einige Kostproben Hausgeschlachtetes auftischen. Geschichten kräuselten sich in der Luft wie der Tabaksqualm der Tonpfeifen. Sie öffneten die Fenster der Geheimkabinette und gaben Einblick in die prunkvolle Hofhaltung, die dem Zweck diente, den Ruhm des Regenten zu mehren und den Blick der Untertanen gen Himmel zu richten. Damit diese von ihrem irdischem Elend und Leid abgelenkt würden.

Nachdem Christoff seine Papiere beim Magistrat der Stadt Salzburg erhalten und seinen fertigen Anzug beim Schneider abgeholt hatte, setzten sie ihre Reise fort. Auf holprigen, von Kurieren benutzten Postrouten und den Truppen König Gustav Adolfs ehemals durchfurchten Heerwegen im Kurfüstentum Bayern hatten sie genügend Zeit, die Veränderung der Landschaft, der Häuser und Höfe und der Kleidung zu beobachten. Auf der Reichsstraße nach Nürnberg kamen sie an entvölkerten und verwüsteten Landstrichen vorbei. Grußkarten des Krieges, dessen Spuren immer noch sichtbar waren.

Das Glück war ihnen wohlgesonnen, sodass sie mit Ausnahme eines Zwischenfalls nach zehn Tagen die Freie Reichsstadt Nürnberg erreichten. Dieser Zwischenfall ereignete sich in einem Waldstück unweit von Nördlingen.

Es dunkelte bereits, als zwei Wegelagerer hinter den Bäumen hervortraten und ihnen mit vorgehaltener Pistole den Weg versperrten.

»Die Koffer aufmachen, aber etwas flott!«, befahl einer der beiden Vermummten.

Christoff erschrak. Er befühlte die Geldkatze, die er am Körper trug. Kampflos würde er seine Smaragdschätze dem Räubergesindel nicht überlassen. Schon wollte er sich vom Sitz erheben, als Stensen ihn am Arm festhielt und ihm zuflüsterte, die Sache werde sich von allein regeln.

»Mit Koffern können wir leider nicht dienen. Die Herren dürfen jedoch gern mein Gepäck öffnen, um zu sehen, dass es sich nicht lohnt, uns um unsere Habe zu erleichtern. Ich würde allerdings raten, das Tageslicht abzuwarten ... der Inhalt ist nicht ganz ungefährlich.«

Mit gierigen Händen öffneten die Männer das Felleisen. Zwischen Kleidungsstücken und Büchern, darunter ein anschaulich bebildertes Lehrbuch der Anatomie, befand sich auch ein hölzernes Etui mit dem Sezierbesteck des Gelehrten. In der Meinung, eine Geldkassette vorzufinden, öffnete einer der Spitzbuben das Etui, konnte jedoch in der Dämmerung den Inhalt nicht erkennen. Aufbrüllend vor Schmerz zog er seine blutende Hand zurück. Er solle sich nicht so weinerlich anstellen, rief ihm der andere zu und wühlte weiter, bis auch er entsetzt aufschrie. »Wem ge...gehört die...dieser Schädel?«, fragte er schlotternd vor Angst.

»Einem, den der Scharfrichter einen Kopf kürzer gemacht hat. Auf euch wartet der Henker, wenn ihr von eurem frevelhaften Handwerk nicht abschwört.«

Entsetzt ergriffen die beiden Burschen die Flucht.

»So etwas Verrücktes!«, lachte Christoff. »Wie kommst du dazu, mit einem Totenschädel zu reisen?«

»Den Schädel fand ich am Fuß eines Galgenbergs in der Nähe der Stadt Arnheim, wo ich Rast machte. Ich erinnere mich noch an den fürchterlichen Sturm an jenem Tag. Das Seil des Henkers wehte hin und her, als suchte es ein Opfer. Am Abend zuvor nahmen wir in der Herberge De Goude Arent Quartier und speisten zusammen mit dem Rittmeister Suartzenburg, seiner Tochter und dem Bürgermeister von Arnheim. Der Wirt der Schänke erzählte uns, dass unter seinem Haus eine Goldmine liege. Mein Freund Ole Borch interessierte sich, wie er mir später erzählte, mehr für ein Bild, das ein junges blühendes Weib auf einem alten Mann reitend darstellte, während ein Stock in seinen Bart verwickelt war, und für die Inschrift im Fenster: Wehe dem Guten, wenn der Böse Gesetzgeber ist.«

Den Umweg über die Freie Reichstadt Nürnberg, die, mitgenommen von den Kriegswirren, beinahe der Hälfte ihrer Bevölkerung beraubt war, hatte Niels Stensen gewählt, um den Medicus Johann Georg Volckamer aufzusuchen. Der angesehene Naturforscher, der halb Europa bereist und sich als Konstrukteur von Fernrohren einen Namen gemacht hatte, ließ es sich nicht nehmen, zu Ehren seines Gastes die Mitglieder des Collegium Medicum und der Academia Leopoldina Naturae Curiosum, deren Präses er war, zu einem Empfang in sein Patrizierhaus einzuladen. Um eine Demonstration seiner Kunst gebeten, zeigte Stensen am nächsten Tag die Verbindung der Blutgänge anhand der Sektion eines Lamms. Seine praktischen Übungen pflegte der Anatom mit dem Merksatz einzuleiten, »dass in der Medizin nichts wahr ist, es sei denn, die Erfahrung durch die äußeren Sinne zeigt oder bestätigt, dass es wahr ist«.

Bei den Empfängen, zu denen auch Bürgermeister Joachim Nützel, ein warmherziger Förderer der Nürnberger Malerakademie, geladen war, fiel es Christoff schwer, sich mit den zumeist aus dem Patrizierstand stammenden Gelehrten und Künstlern zu unterhalten. Lieber schlenderte er durch die Gassen mit ihren spitzgiebeligen Fachwerkhäusern. Besah sich das Geburtshaus Albrecht Dürers, nachdem er gehört hatte, der Künstler habe einen Feldhasen so treffend nach der Natur gezeichnet, dass manche Jäger keine Hasen mehr schießen würden, die dem gezeichneten Tier nicht ähnlich sahen, in dem Glauben es seien Karnickel.

Bei einem Spielzeugmacher fand er neben beharnischten Soldaten und Geschützen ein holzgedrechseltes Gespann mit Pferd und Bauer. Das Pferdegespann gefiel ihm. Er wollte es Martin mitbringen. Als Ersatz für das in den Fluten der Salzach verloren gegangene Spielzeug. Wenn man die zierlichen Ketten löste, konnte man die Seiten des Wagens herunterklappen. Martin könnte das Fuhrwerk mit Holzstücken oder Kieselsteinen füllen, überlegte Christoff und ließ es einpacken.

Im Fenster eines Instrumentenmachers erblickte Christoff zwischen Fernrohren und Mikroskopen einen wunderlichen Apparat. Ein Gehäuse aus Messing, das mit einem Objektiv und einem Schornstein bestückt war. Auf die Frage, was es mit diesem Gerät auf sich habe, erklärte ihm der Inhaber der Werkstatt, den Projektionsapparat habe er von einem Optiker und Mathematiker namens Walgenstein erworben. Eine sogenannte Laterna magica. Mit dem Apparat könne man geisterhafte Dinge an die Wand zaubern. Hexen. Teufel. Spukgestalten.

»Das glaube ich erst, wenn ich es gesehen habe.«

»Ich will Euch die Zauberlaterne gern vorführen.«

Der Meister führte Christoff in eine dunkle Kammer. Den Apparat stellte er auf einen Tisch und zündete eine Kerze in dem Gehäuse an. Durch einen Schlitz vor der inneren Linse zog er einen bemalten Glasstreifen. Die äußere Linse verschob er so lange, bis das Bild scharf auf der Leinwand zu sehen war. Eines der Bilder zeigte den Großen Brand von London: In Booten versammelt, unter einer Themsebrücke, blickten Menschen, die Arme erhoben vor Schrecken, zu der Feuersbrunst im Hintergrund. Ein anderes Panorama zeigte den Vulkanausbruch des Ätna mit finsteren Rauchsäulen und glühenden Lavamassen, die sich gegen die Häuser wälzten, vor einer Gruppe verängstigter Menschen. Es kam Christoff vor, als stünde er inmitten der gemalten Szenen. Am meisten fesselten ihn die beweglichen Bilder. Ein Teufel, der mit seinem Spieß einen armen Sünder im Höllenfeuer quälte. Ein tanzender Tod, der grinsend seinen Schädel vom Rumpf nahm und in die Luft warf. Ein Sensenmann, der auf seinen knöchernen Armen die Fidel spielte. Der Tod, der auf der Leinwand seine Scherze trieb, ging ihm sonderbarerweise mehr unter die Haut als die Toten, die er in der Gstättengasse gesehen hatte.

»Wie kommt es, dass die Bilder sich bewegen?«

»Ganz einfach. Ich schiebe zwei Bilder so schnell hintereinander durch den Projektor, dass sie im Auge des Betrachters ineinander überfließen und die Illusion der Bewegung entsteht.«

Im Schaufenster des Druckhauses Michael Endter entdeckte Christoff ein Buch mit dem merkwürdigen Titel »Orbis Sensualium Pictus – Die sichtbare Welt«. Sein Verfasser, ein gewisser Johann Amos Comenius, hatte unter den Titel das Motto »Omnia sponte fluant, absit violentia rebus« gesetzt. Der Satz hieß so viel wie »Gewalt sei fern von den Dingen, alles fließe aus eigenem Antrieb«, erklärte ihm der Buchdrucker. Das zweisprachige Bilderbuch werde auch gern als Schulfibel verwendet.

Christoff ließ das Buch einpacken. Martin würde es eines Tages gebrauchen können. Er versuchte sich vorzustellen, wie er seinen Sohn mit Cecilia am ersten Schultag in das Messnerhaus begleitete. Es wollte ihm nicht gelingen.

»Johann Amos Comenius ist ein großer Pädagoge«, sagte Stensen, als Christoff ihm das Buch zeigte. »Ich bin ihm einmal in Amsterdam begegnet. In dem Kuriositätenkabinett, das dem Vater meines Freundes Jan Swammerdam gehört. Ich erinnere mich, wie Comenius interessiert die Sammlung betrachtete und sagte, die Menschen sollten ihre Weisheit so viel wie möglich nicht aus Büchern schöpfen, sondern aus Himmel und Erde, aus Eichen und Buchen. Sie müssten die Dinge selbst erkennen und erforschen und nicht nur fremde Beobachtungen und Zeugnisse darüber.«

»Noch etwas Wunderliches habe ich auf meinen Streifzügen durch die Stadt entdeckt. Bei einem Instrumentenmacher habe ich eine Zauberlaterne gesehen, die bewegliche Bilder an die Wand werfen kann. Ein dänischer Mathematiker namens Walgenstein soll ihr Erfinder sein.«

»Seine Erfindung ist die Laterna magica nicht, aber er hat sie als erster einem größeren Publikum zugänglich gemacht. Ich war zufällig Zeuge dieser Erfindung. 1660 kam ich als junger Student nach Leiden, wo ich Walgenstein und Huygens begegnete. Huygens baute verschiedene optische und mechanische Geräte, unter anderem Teleskope und Pendeluhren. Die Laterna magica, die er lediglich als Spielzeug betrachtete, konstruierte er nach einer Schrift von Kircher. Walgenstein war von dem Apparat so begeistert, dass er damit seitdem über die Messen und Jahrmärkte zieht, mit großem Erfolg, wie man hört. Man kann damit wunderbar den Teufel an die Wand malen.«

»Mit Gespenstern macht man immer gute Geschäfte. Nicht nur auf dem Jahrmarkt.«

Wenige Tage später reisten Niels Stensen und Christoff Jenner zu Fuß nach Regensburg. In der Bischofsstadt, seit dem letzten Türkenkrieg Sitz des Immerwährenden Reichstags, nahmen sie ein Donauschiff, das sie am dritten August wohlbehalten nach Wien brachte.

17

Das Haus zum blauen Mondschein

*Nach der Vertreibung der treulosen Juden hat
der erhabene Kaiser Leopold von Österreich die an
dieser Stätte gestandene Synagoge gestürzt,
die Räuberhöhle zu einem Gotteshause gereinigt,
und dieses dem heiligen Leopold, Markgrafen
und Patron von Österreich, nach katholischem
Gebrauche weihen lassen.*

Revers der Denkmünze in der Kassette bei der Grundsteinlegung
der Leopoldskirche zu Wien am 18. August 1670

Über Wien lag eine glühende Hitze, dass die Fische in der Donau
mit dem Bauch nach oben schwammen und die Vögel aus der Luft fielen. Nach Ankunft in der Kaiserstadt eilte Niels Stensen in die Kanz-
lei der Hofkammer, wo er die Nachricht erhielt, dass ihm der Großherzog von Toskana 400 Gulden überwiesen hatte. Diese Barschaft,
sagte der Doktor erfreut, garantiere ihm die Fortsetzung seiner Forschungsreise, die er in etwa zwei Wochen anzutreten gedenke.

»Morgen werde ich dich mit dem Juwelier Samuel Goldschmidt bekannt machen. Als Lieferant edler Steine, besonders Rosenkranzperlen aus böhmischem Granat, genießt er in Florenz hohes Ansehen.«

Am nächsten Tag gingen sie auf den Kienmarkt vor der Judengasse.
In den schmalen, oft spärlich beleuchteteten Handelsgewölben saßen
Tuchhändler, die Stoffe aus Seide, Baumwolle, Wolle und Leinen feilboten. Kurzwarenhändler mit Bergen von Futterstoffen, Spitzen, Gar-
nen und Knöpfen. Fleckelkrämer, den Laden voll behangen mit mehr
oder weniger abgetragenen Mänteln, Röcken, Hemden und Schuh-
zeug. Trödler, deren Altwaren wie Reisen in vergangene Zeiten und
ferne Länder anmuteten. Unschlittverkäufer, die mit dem Spachtel den
aus Schlachtabfällen gewonnenen Talg aus den Fässern schöpften. Ge-
würzhändler, deren Läden betörend nach Safran, Vanille und Zimt

dufteten. Krämer, die in ihrem Sortiment neben holländischen Tonpfeifen, verziert mit Gesichtern oder Girlanden, und Schnupftabakdosen, die ihren Besitzer mit Jagdmotiven, Schäferszenen und anderen Emaille-Malereien erfreuten, auf spezielle Nachfrage das dazugehörige Kraut oder Schnupfpulver aus Brasilien oder Kuba führten. Pelzhändler mit den ausgefallensten Kürschnerarbeiten, von der Bisamratte für den kleinen Mann bis zum Blaufuchs für den gut Betuchten. Und nicht zuletzt Pfandleiher und Münzhändler, die ihren Schnitt mit Zins- und Wechselgeschäften machten, vorwiegend mit Adeligen, die von der Bank Medici und anderen Geldhäusern als nicht kreditwürdig eingestuft wurden.

Um die Händler drängten sich Menschen aller Couleur. Schwatzend, scherzend, gestikulierend. In der eleganten Kleidung des Wiener Bürgertums. In den malerischen Trachten der Bauern aus Innerösterreich, dem Königreich Böhmen oder Ungarn, sowohl Zusammengehörigkeit als auch Abgrenzung demonstrierend. In den grauen Waffenröcken der Kaiserlichen. Und der schwarzen, mit bunten Ärmeln und Strümpfen versehenen Galakleidung der Höflinge. Dazwischen Kaufherren, Gelehrte und Künstler aus Italien und den deutschen Reichskreisen, erkennbar an Schnitt und Stoff der Gewänder, die Herkunft und Stand verrieten.

Auf dem Platz vor der Ruprechtskirche saß ein Invalider, dem der Krieg oder ein anderes Missgeschick beide Beine geraubt hatte. Niels Stensen richtete ein paar aufmunternde Worte an den Versehrten und drückte ihm ein Geldstück in die Hand.

»Im letzten Jahr in Neapel«, sagte der Doktor, als sie weitergingen, »habe ich einen Bettler abgewiesen. Der Mann sah aus, als sei er unverschuldet in große Not geraten. Hinterher bereute ich meine Hartherzigkeit und kehrte um. Ich versuchte, den Bettler wieder zu finden, doch der Erdboden schien ihn verschluckt zu haben. Noch Tage später litt ich an Schuldgefühlen, weil ich dem Armen nicht geholfen hatte.«

Nach einigen Erkundigungen fanden sie den Mann, den sie suchten. In einem Torgewölbe saß Meister Goldschmidt an seinem Werktisch. Ein grauhaariger Rauschebart mit schwarzer Kappe und Drahtbrille. Eine silberne Sauciere in Schwanenform polierend, war er in seine Arbeit derart versunken, dass er die beiden Fremden, die seinen Laden betraten, nicht bemerkte. Die wandhohen Regale waren vollgestellt mit Zierat und Kleinodien aller Art. Kelche. Schalen. Leuchter. Geschirr aus Silber. Beschädigt oder angelaufen. Kleine und größere Hämmer. Punzen und Pinzetten. In der Ecke ein gemauerter Schmelzofen mit Blasebalg. Auf dem Tisch eine Goldwaage, die Messinggewichte der Größe nach aufgereiht. Auf einer Schiefertafel waren die Kurse der Edelmetalle notiert. Vor dem Fenster, durch dessen bleigefasste Scheiben sich mühsam ein Sonnenstrahl kämpfte, stand ein fußbetriebener Schleiftisch. Die Gitterstäbe warfen ellenlange Schatten auf den Fußboden.

Der Gelehrte räusperte sich vernehmlich. »Mein Name ist Stensen. Mein Vater war auch Goldschmied …«

Der Mann legte das Gefäß aus der Hand und nahm seine Brille ab.

»Dann war Euer Vater der Königliche Goldschmied Sten Pedersen?«

»Ja. Er starb, als ich sieben war. Ich habe ihm immer gern bei seiner Arbeit zugesehen.«

»Man sagt, er soll dem Reichshofmeister Corfitz Ulfeldt zu seiner Hochzeit ein Himmelbett mit vier silbernen Pfosten gefertigt haben.«

»Das Himmelbett hat ihm außer zehn Kindern kein Glück gebracht. Seine Güter wurden beschlagnahmt, seine Kinder alle verbannt, sein Wohnhaus abgerissen und an seiner Stelle eine Schandsäule errichtet. Seine Ehefrau Leonora Christina, die Lieblingstochter König Christian IV., schmachtet seit sechs Jahren im Blauen Turm zu Kopenhagen. Corfitz ertrank auf der Flucht vor den Häschern im Rhein bei Basel. Man hatte ihn des Hochverrats beschuldigt.«

»Eine schreckliche Geschichte! Kommen wir lieber zu vergnüglicheren Dingen. Was verschafft mir die Ehre, hochgelehrter Herr Stenonis?«

»Signore Magliabechi in Florenz nannte öfter Euren Namen, wenn es um die Lieferung edler Steine ging …«

»Antonio Magliabechi! Ich habe ihn lange nicht gesehen. Wie geht es ihm?«

»Fürst Leopold hat ihm die Aufsicht über die großherzogliche Bibliothek anvertraut.«

»Ein Bücherwurm war er schon immer. Und dazu ein talentierter Goldschmied. Rosenkranzperlen aus böhmischem Granat habe ich ihm geliefert.«

»Hätte er auch diese Steine genommen?«

Christoff schüttete den Inhalt seines Beutels auf den Tisch.

»Smaragde!«, entfuhr es Samuel Goldschmidt.

Die Lupe in das Auge geklemmt, betrachtete der Meister Stein für Stein. Er legte die Kristalle auf die Waage und glich das Gewicht mit den getrockneten Samenkörnern einer fremdländischen Pflanze aus. Ein Korn pro Karat. Eine Ewigkeit schien vergangen zu sein, als er den Kopf hob.

»Habacher Smaragde. Man erkennt sie an den dunklen Einschlüssen. Glimmer. Hornblende. Schwefelkies. So schön die Steine auch sind, sie haben keinen Marktwert. Sie werden in zu geringen Mengen und ungleichen Qualitäten angeboten. Schleifbare Stücke dieser Qualität sind allerdings selten. Liebhaber zahlen dafür gute Preise. Man muss sie nur finden …«

Der Meister strich über seinen Bart. Er wickelte die Steine sorgsam ein und reichte Christoff den Beutel.

»Kommt am Sonntag zu mir, sagen wir am späten Nachmittag. Ich wohne im Haus zum Blauen Mondschein. Im Unteren Werd … in der Judenstadt, wie die Christen das Ghetto bezeichnen. Das Haus liegt in der Oberen Gasse, nicht weit von der Neuen Synagoge entfernt. Der Zugang von der Inneren Stadt führt über die Schlagbrücke. Sagt den Wächtern am Rothenturmtor, dass ihr zu Besuch seid und das Viertel abends wieder verlassen werdet. Laut Regierungsdekret ist es uns nämlich verboten, Christen in unseren Wohnungen zu beherbergen. Wundert euch nicht, wenn sie euch nach Waffen durchsuchen. Es ist zu viel passiert in letzter Zeit.«

Am nächsten Tag ließ sich Stensen entschuldigen. Er habe einige Empfehlungen von Pater Athanasius bei sich. Unter anderem an den Künstler Benedikt Winkler sowie den Medicus Georg Fabricius, der sich am kaiserlichen Hof als Notar und Vermittler für besondere Angelegenheiten aufhalte. Darüber hinaus sei er vom Collegium Geologicum der Universität Wien eingeladen worden, einen Vortrag über die Entstehung der Kristalle und Fossilien zu halten und aus seinem neuen Traktat zu lesen.

Der dänische Gelehrte wurde in Wien von der Fachwelt begeistert empfangen. Seinen im Frühjahr erschienenen Traktat »De solido intra solidum naturaliter«, kurz »Prodromus« genannt, feierte man als Meilenstein in der Geschichte der Geognosie und als Geburtsstunde der modernen Kristallographie.

Ziellos schlenderte Christoff allein durch die Straßen der Inneren Stadt. Vier- oder sechsspännige Prunkkarossen der kaiserlichen Familie, Kaleschen und Landauer, in denen Geheime Räte oder Gesandte saßen, nicht selten in Begleitung eleganter Damen, rasselten auf eisenbereiften Holzrädern über das Pflaster. Die privilegierten Insassen blickten selbstgefällig nach links und rechts, ob man bemerkt würde, oder richteten den Blick mit gespielter Bedeutsamkeit in die Ferne. Vor den Pforten der im italienischen Stil erbauten Stadtpaläste im Herrenviertel standen Lakaien in Livree, eilfertig die Türen der an- und abfahrenden Kutschen aufreißend, um den Damen beim Ein- und Aussteigen behilflich zu sein, damit deren knöchellange Seidenkleider nicht auf dem Boden schleiften. Kuriere des Kaisers, die umgehängte Ledertasche voller Depeschen und anderer wichtiger Schriftstücke, gaben ihrem Pferd die Sporen. Federbemützte Dragoner und Ulanen mit leichten Säbeln trabten im Schritt zu ihren Kasernen. Grüßten mit lässiger Handbewegung einen Vorgesetzten oder ein mehr oder weniger bekanntes Frauenzimmer. Verwegen aussehende Husaren in prunkvoll geschnürten Uniformröcken und pelzverbrämten Mützen preschten in scharfem Ritt auf den Reitwegen der Promenaden vorüber, dass die Passanten sich verärgert den Staub vom Rock klopften.

Mit einer Mischung aus Bewunderung und Befremden beobachtete Christoff diesen Jahrmarkt der Eitelkeit. Die Maßlosigkeit, mit der die Günstlinge des Hofes, die wie Trabanten um das kaiserliche Planetensystem kreisten, glaubten, alles erreichen zu können, was sie sich zum

Ziel gesetzt hatten, und alles zu besitzen, was ihnen begehrenswert erschien. Einen Titel, der sie zu einem wohlbestallten Amt berechtigte. Paläste im italienischen Stil mit Gärten, in denen dreizackbewehrte Neptunen mit vollbusigen Meerjungfrauen ihre wilden Späße trieben. Dienstboten, die ihren Herrschaften jeden Wunsch von den Augen ablasen. Pferde, die auf dem Karst im Gestüt Lipizza gezüchtet wurden. Nicht zuletzt junge schöne Frauen, die ihren nicht selten wesentlich älteren Begleitern nach außen hin den Anschein von Manneskraft und Jugend verliehen.

Die Glanzbilder der Macht hinderten Christoff nicht daran, der anderen Seite der Kaiserstadt umso mehr Aufmerksamkeit zu schenken. Hinter der um den leopoldinischen Trakt erweiterten Hofburg faulten in den Kanälen Unrat, Tierkadaver und Kot, den die Bürger in Kübeln in das Wasser schütteten. Eine träge dahinfließende, stinkende Brühe. Brutstätte der Pest, die ihre furchtbare Geißel über Europa schwang.

Bei einem Gabelfrühstück in der Villa Medici machte Niels Stensen den Vorschlag, die Sonntagsmesse in der Augustinerkirche zu besuchen. Die Augustinermönche hielten seit jeher die besten Predigten, meinte der Doktor, wobei er mit dem Löffel die Haut von seiner Tasse Schokolade streifte. Auch sei die Hofpfarrkirche berühmt für das Orgelspiel. Zudem habe er im Theologischen Seminar gehört, dass der Kaiser den Prediger Abraham a Sancta Clara nach Wien zurückgeholt habe. Der junge Augustinermönch gelte als ein begnadeter Redner, der kein Blatt vor den Mund nehme, jedes Laster rüge und den Gläubigen so sehr ins Gewissen rede, dass diese oft nicht wüssten, ob sie lachen oder weinen sollten.

Die Augustinerkirche war von einem Kordon abgesperrt, flankiert von Wachposten. Seine Majestät der Kaiser und die Kaiserin wollten das Hochamt besuchen, beschied ihnen ein Gardist. Wer nicht zum Hof gehöre, habe kein Recht auf Einlass. Stensen zeigte seinen toskanischen Pass sowie ein Begleitschreiben des Großherzogs, das ihm seine wissenschaftliche Mission bestätigte, worauf ihm und Christoff bereitwillig Durchlass gewährt wurde. Seiner Bescheidenheit gemäß nahm der Gelehrte in einer der hinteren Reihen Platz. Auf einigen Bänken waren schwarze Samtkissen ausgelegt. Auf einem Samtkissen zu knien, bemerkte der Doktor, gehöre zu den Privilegien des Adels.

Die mächtige Hallenkirche mit ihrem hohen Kreuzrippengewölbe, getragen von achteckigen Pfeilern und stuckierten Spitzbogen, war bis auf den letzten Platz besetzt. Wenige Minuten vor Beginn der Messe, begleitet von jubilierendem Trompeten- und Posaunenspiel, erschien Kaiser Leopold I. im schwarzen Seidenmantel, das gelockte Haar bis auf die Schultern wallend. Seine Gemahlin Margarita Theresa war ebenfalls in Schwarz gekleidet, abgesehen von bunten Bordüren und einem weißem Kragen. Das goldblonde Haar hatte die erst Achtzehnjährige unter dem Spitzenschleier seitlich gescheitelt und, entgegen der herrschenden Mode, zu zwei sittsamen Zöpfen geflochten, die ihr mädchenhaftes Aussehen betonten. Umringt von den Angehörigen der kaiserlichen Familie, nahm das Herrscherpaar im Chorgestühl neben dem Hochaltar Platz.

»Sie ist eine Nichte und Cousine von ihm«, flüsterte Stensen. »Man sieht die Verwandtschaft deutlich an der monströsen inzestvererbten Unterlippe. In der Augustinerkirche haben sie vor drei Jahren geheiratet. Sie soll schon wieder schwanger sein, heißt es. Die Leibärzte geben der Hoffnung Ausdruck, dass es diesmal ein Thronfolger wird.«

Heute wolle er über das Gleichnis vom verlorenen Sohn sprechen, begann Abraham a Sancta Clara seine Kanzelpredigt. Allerdings solle sich niemand wundern, wenn er die biblische Geschichte in die heutige Zeit verlege. Darauf hob der Barfüßermönch seine mächtige Stimme, dass es noch im letzten Winkel des Kirchenschiffs widerhallte:

»Wenn derzeit niemand gereist ist, so hält man ihn für einen Stubenhocker, der sein Lager hinter dem Ofen aufgeschlagen, aber sagt mir, liebe Halb-Deutsche, denn ganze Deutsche seid ihr schon lange nicht mehr, ist es wahr, ihr schickt eure Söhne aus, damit sie in fremden Ländern mit großen Unkosten fremde Laster lernen, da sie doch mit weniger Unkosten zu Haus die Tugenden erwarben? Spitzfindiger kommen sie nicht zurück, ausgenommen, dass sie neue Moden von Spitzen mit sich bringen. Galanter kommen sie nicht zurück, es müsste schon sein, dass galant vom Galanischen herrührt. Herrlicher in Kleidern kehren sie zwar oft nach Haus, es wäre aber besser ehrlich als herrlicher. Neue Modehüte, Modeperücken, Modekrägen, Moderöcke, Modehosen, Modestrümpfe, Modeschuhe, Modebänder, Modeknöpfe, auch Modegewissen schleichen durch eure Reisen in unser liebes Deutschland, und es verändern sich eure Narrenkittel täglich mit dem Mondschein. Es werden bald die Schneider eine Höhere Schule aufsuchen müssen, worauf sie doktormäßig gradieren und den Titel ›Ihr Gestrenger Herr Modedoktor‹ erhalten.«

Einige Leute kicherten oder lachten über die kuriosen Wortspiele. Andere blickten beschämt zu Boden, da sie sich in ihren Lastern ertappt fühlten.

Auf dem Heimweg, als sie durch die Herrengasse kamen, blieb Stensen vor einem prachtvollen Palast im italienischen Stil stehen.

»In Italien bin ich etlichen Söhnen aus reichem Hause, zumeist Adligen, begegnet, die auf Kavalierstour waren. Nicht wenige sah ich nachts betrunken aus den Tavernen wanken. Andere sah ich in den Gassen der Hafenviertel, wie sie mit dunkeläugigen Schönheiten die Stiege hochgingen. Nichts gegen die Lust, solange sie im ehelichen Schlafzimmer bleibt. Frag mich bitte nicht, mit welch bösen Krankheiten sie daheim ankommen. Wiederum andere fand ich abgerissen und zerlumpt unter den Brücken, dass sich sogar die Bettler ihrer schämten.«

Die Sonne warf bereits lange Schatten über die Stadtmauern Wiens, als die beiden Reisegefährten die Wache an der Schlagbrücke beim Rothenturmtor passierten. Das jenseits des Donaukanals gelegene Vorstadtviertel machte einen gespenstischen Eindruck. Zwei langbärtige Männer im Kaftan ausgenommen, die vor einem Handelsgewölbe standen und sich unterhielten, war auf den schmalen Gassen kein Mensch zu unterwegs. Verwundert betrachteten sie die verwinkelten Häuser mit ihren schiefen Dächern und Giebeln, viele nachträglich aufgestockt und an den Rückseiten mit steilen hölzernen Stiegen versehen, die, in verschiedene Richtungen und Absätze verlaufend, in das

Obergeschoss führten. Es gab ebenerdige Holzhäuser mit Durchgängen zu den Hinterhöfen. Und ein- oder zweistöckige gemauerte Häuser mit Stuckarbeiten und Ziegeldächern, hinter denen sich hübsche Gärten und Lusthäuser verbargen, die vom Wohlstand ihrer Bewohner zeugten. An einigen Häusern standen die Namen von Ärzten oder Handwerkern, Fleischhackern oder Perlheftern. Alles Leben schien erloschen.

Das Haus zum Blauen Mondschein in der Oberen Gasse, das an die Neue Synagoge grenzte, besaß wie die benachbarten Häuser zwei gemauerte Stockwerke, eine steinerne Stiege, ein Vorhaus und einen Anbau zu ebener Erde. In einem aber unterschied es sich von den anderen: Es war bewohnt. Er bitte, eine gewisse Nachlässigkeit in der Haushaltsführung zu entschuldigen, begrüßte Samuel Goldschmidt die Reisegefährten. Er lebe allein mit seiner Tochter, sein Weib liege seit zwölf Jahren auf dem Friedhof, erzählte er, als er sie in die Stube geleitete. Sein Rock aus schwarzem Tuch über den halblangen Beinkleidern und weißen Strümpfen schien schon bessere Tage gesehen zu haben. So wie alles in dem Viertel schon bessere Tage gesehen hatte. Oder von besseren Zeiten träumte.

»Das Quartier macht einen trostlosen, ja, beklemmenden Eindruck«, begann Stensen das Gespräch, nachdem sie Platz genommen hatten. »Im Gegensatz zur Inneren Stadt sind die Gassen verwaist, und viele Häuser stehen leer.«

Der Edelsteinhändler hob beschwörend die Hände zum Himmel.

»Wir müssen die Koffer packen.«

»Wieso das?«, fragte der Doktor.

»Am 19. Juni hat der Geheime Rat die Ausweisung aller Juden beschlossen. Zwei Wochen später kamen Herolde des Kaisers und riefen unter Trompetenschall auf den Gassen im Unteren Werd öffentlich auf, dass alle nicht mit Haus- und Kaufschatz angesessenen Juden binnen vierzehn Tagen Wien und das Erzherzogtum Österreich unter der Enns zu räumen hätten. Bereits die Hälfte aller Bewohner ist fortgezogen. Viele konnten nur mitnehmen, was in einen Koffer passt.«

»Was sind die Gründe für die Ausweisung?«

»Wer einen Grund sucht, findet immer einen …«

Er hielt inne, als die Tür aufging. Ein Mädchen von siebzehn oder achtzehn Jahren betrat das Zimmer und fragte, ob die Herren Wein wünschten.

Christoff sah erstaunt auf. »Ja, sehr gern.«

Das Mädchen senkte verlegen den Blick.

Die Schönheit und Anmut der Haustochter bannten ihn so sehr, dass er den Blick nicht von ihr wenden konnte. In ihrem knöchellangen, mit Bordüren und Spitzen verzierten weißen Kleid erschien sie ihm wie ein Engel. Am Handgelenk bemerkte er ein feingliedriges, mit Glöckchen behangenes Silberarmband. Das schwarzbraune Haar, das ihr bis zu den Hüften reichte, trug sie offen, lediglich von einem mit Goldfäden durchwirkten weißen Kopftuch bedeckt, das in der Art eines Turbans gebunden war. Das seidig glänzende Haar erinnerte ihn an Glimmerschiefer, die Farbe ihrer mandelförmigen Augen an meergrüne Smaragde. Es schien ihm, als umspielten noch Kindheitsträume den rosenroten Mund.

»Das ist meine Tochter Rebecca ... mein kostbarstes Juwel«, sagte Goldschmidt lächelnd. »Sie wird im nächsten Jahr heiraten, dann bin ich allein. Was danach kommt, weiß niemand.«

»Der Mann, der Euch bekommen wird, hat einen Schatz gehoben«, entfuhr es Christoff. »Eure Schönheit kann sich mit jedem Smaragdkristall messen.«

»Ihr seid ein Süßholzraspler«, lachte sie. »Ich möchte nicht wissen, wie oft Ihr das schon gesagt habt.«

»Leider bieten sich derartige Gelegenheiten nicht allzu häufig.«

Er fühlte ihren Blick an sich herabgleiten wie ein warmer Frühlingsregen. Als sie sich über ihn beugte, um ihm Wein einzuschenken, streifte ihre Brust flüchtig seine Schulter. Der süßlich herbe Geruch ihrer olivenfarbenen Haut nahm ihm den Atem.

Er fühlte sich entrückt in eine andere Welt.

»Wir können in einer halben Stunde essen«, riss sie ihn aus seinen Träumen. »Es gibt Schöpsbraten ... ich hoffe, Ihr mögt das.«

»Schöpsbraten ... was ist das?«, fragte Stensen.

»Ein Schöps ist ein ... kastrierter Hammel«, sagte sie errötend.

Als sie wieder unter sich waren, lehnte sich Samuel Goldschmidt im Sessel zurück. Er schloss die Augen. Eine eigenartige Ruhe herrschte im Raum. Eine Stille, die den Gedanken weite Flügel verlieh.

Christoff wunderte sich über die seltsamen Dinge in der Wohnstube. Auf einem mit Intarsien eingelegten Schrein stand ein siebenarmiger Leuchter. Daneben lag eine silberpunzierte Hülse mit einem Pinienzapfen als Verschluss. Auf einem weißen, von Ölbaumzweigen umrandeten Deckchen aus Leinen, in das rätselhafte Buchstaben aus Goldfäden gestickt waren, stand eine silberne Gewürzdose, deren würfelförmiger Behälter mit vier Glöckchen verziert und das Dach mit einer Fahne geschmückt war. Ein flacher Wandteller wies einen achteckigen Stern auf dem Spiegel auf, in dessen Zacken Paradiesäpfel und merkwürdige Figuren eingraviert waren. Ein Chinese mit Bambushut. Ein Schalksnarr mit Schellenmütze. Christoff wagte nicht, nach der Bedeutung der Gegenstände zu fragen, um das Geheimnis, das sie umgab, nicht zu zerstören.

Der Schein der Abendsonne glühte rot in den Fensterscheiben, als wäre gegenüber eine Feuersbrunst ausgebrochen. Die Handrücken des alten Juden dünkten Christoff wie vergilbte Landkarten. Die Knöchel wie Bergrücken. Die Sehnen wie Hügelketten. Die Adern wie Flüsse. Die braunen Flecken wie Orte, zu denen er und seine Glaubensbrüder demnächst ziehen würden.

»Es gab immer wieder Vorkommnisse«, erzählte der Goldschmied, »die Beschwerden und Proteste der Wiener Bürger hervorriefen und Hass und Wut gegen uns Juden schürten. Vor einigen Jahren fand man in einer Pferdetränke die zerstückelte Leiche einer Christin. Sofort wurden wir Juden verdächtigt. Der Mord erregte die Wiener Bevölkerung so sehr, dass es zu gewaltsamen Ausschreitungen kam. Es stellte sich später heraus, dass der Mörder ihr Ehemann war. Gleichzeitig gab es einen anderen Vorfall, der die Bürger aufbrachte: Der Brunnen mit dem besten Wasser Wiens war vergiftet. Eine Untersuchungskommission, die sich mit dem Fall beschäftigte, kam zu dem Schluss, dass ein Weichselzopf, wie der verfilzte Zopf der polnischen Juden genannt wird, die Ursache war. Reiner Humbug! Der Oberstkämmerer von Lamberg, der zu den engsten Vertrauten des Kaisers zählt, konnte nachweisen, dass ein indianischer Hahn den Brunnen vergiftet hatte. Die Truthähne, die aus Südamerika kommen, werden im Volksmund Indianer genannt. Ein Indianer hat den Brunnen vergiftet ...«

Samuel Goldschmidt schüttelte sich vor Lachen. Bis er merkte, dass er der einzige war, der lachte.

»Es waren also immer Dinge, die den Juden in die Schuhe geschoben wurden und sich später als unbegründet herausstellten?«, fragte Stensen.

»Nein, das nicht. Schwarze Schafe gibt es überall. Hirschl Mayr war bei den Landjuden in Niederösterreich nicht sonderlich beliebt. Er hätte ihnen das letzte Hemd ausgezogen, behaupteten sie. Aber welcher Raithändler, so nennen wir die Steuereintreiber, ist schon beliebt? Vor Jahren war Hirschl in einen Steuerskandal verwickelt. Es ging um die Toleranzgelder, die wir an die Kammer zahlen. Eine angebliche Steuerschuld von zweiundvierzigtausend Gulden wurde unserer Gemeinde angelastet. Herausgekommen ist nichts dabei. Nicht gern erwähnt werden dagegen die Schulden, die Wiener Bürger bei uns haben ...«

»Um welche Summe geht es?«, fragte Stensen.

»Um hunderttausend Gulden. Ein weiterer Stein des Anstoßes war der Brand in der Neuen Burg. Im Februar letzten Jahres stand die Hofburg in Flammen. Davon habt Ihr vielleicht gehört. Die Burg brannte bis auf das unterste Stockwerk nieder. Die kaiserliche Familie konnte sich mit Mühe und Not in Sicherheit bringen. Das Volk schob den Brand wieder einmal den Juden in die Schuhe. Es hat sich aber herausgestellt, dass der Brand durch die Unvorsichtigkeit eines Tischlergesellen entstanden ist. Zwei Monate später wurde auf Druck des Stadtrats eine Kommission eingesetzt, die prüfen sollte, ob und wie die Judenschaft reduziert werden kann. Wir Juden, hieß es, seien der größte Feind und Widersacher des christlichen Volkes und Glaubens. Der Stadtmagistrat beklagte sich über die hohe Anzahl der jüdischen Handelsgewölbe auf dem Kienmarkt, die den christlichen Geschäften Schaden zufügten und die bürgerlichen Handelsleute in den Konkurs trieben. Außerdem gleiche die Anzahl der Juden jener der Christen im Unteren Werd, wenn sie nicht gar diese übertreffe.«

»Um welche Zahlen geht es?«, fragte Stensen.

»Um sechzehnhundert Personen. Wahrhaft nicht viel angesichts einer Gesamtbevölkerung der Stadt Wien von sechzigtausend Seelen. Die Behörden sprechen von drei- bis viertausend Mit dieser Behauptung will man die Ängste der Bevölkerung schüren.«

Der Edelsteinhändler hob versonnen sein Glas. Der Wein funkelte wie Rubin in den letzten Strahlen der Abendsonne.

»Nicht nur die Räte und Bürger der Stadt machen Stimmung gegen uns. Auch die Geistlichkeit in ihren Reden und Predigten. Ich möchte dabei den wortgewandten Abraham a Sancta Clara nicht ausnehmen. Viel schlimmer ist der Bischof von Wiener Neustadt, Graf Kollonitz. Er gehört zum engsten Beraterkreis der kaiserlichen Familie. Der Kaiserin, die immer noch ohne Thronfolger ist, hat er eingeflüstert, ihre unglücklich verlaufenden Schwangerschaften seien eine Strafe Gottes für die Duldung der Juden. Im vergangenen Jahr starb Thronfolger Ferdinand Wenzel, noch keine vier Monate alt. Daraufhin legte die Kaiserin das Gelübde ab, die Juden abzuschaffen. Sie bildet sich ein, dass sie weder einen Prinzen empfangen noch behalten kann, solange Juden in der Stadt sind. Diesem Druck hat der Kaiser letztendlich nachgegeben …«

»Gab es keine diplomatischen Noten gegen die Ausweisungsbeschlüsse?«, fragte Stensen.

»Gewiss. Der Hamburger Kaufmann Manuel Texeira de Mattos, Finanzagent der abgedankten Christina von Schweden, machte seinen Einfluss geltend, indem er die europäischen Herrscher gegen die Beschlüsse aufzubringen versuchte. Aber der Kaiser ließ sich nicht mehr umstimmen. Es sind die Kommissäre und Räte, die unsere Ausweisung betreiben, allen voran Hofkanzler Hocher, der Geheime Hofsekretär Koch und der Landuntermarschall Grundeman von Falkenberg.«

Samuel Goldschmidt nahm einen kleinen würfelförmigen Kreisel, der auf dem Tisch lag und bat den Doktor am silbernen Griff zu drehen. Auf jeder Seite des Würfels stand ein Wort in hebräischer Sprache. Der Kreisel drehte sich lange auf der Tischplatte, dann neigte er sich zur Seite und blieb liegen.

»Nun, welches Wort lest ihr?«

Stensen zuckte die Schultern. »Des Hebräischen bin ich leider nicht mächtig.«

»Es heißt schin oder schlecht … der schlechteste Wurf.«

»Was bedeutet das für den Spieler?«, fragte Christoff.

»Der Verlierer zahlt das Ganze. Wenn das Kind, das die Kaiserin Anfang nächsten Jahres erwartet, ein Kronprinz ist, der tot geboren wird oder nach der Geburt stirbt, werden auch diejenigen Juden Wien verlassen müssen, die einen Haus- oder Kaufschatz besitzen.«

Meister Goldschmidt unterbrach seine Worte, als Rebecca mit einer Suppenterrine in der Tür erschien.

»Als Vorspeise eine Potage von angeschlagenen Kapaunen«, sagte sie und teilte die Suppe aus.

Bedächtig löffelte Stensen die Hühnerbrühe. »In der kaiserlichen Schatzkammer soll sich ein kostbares Gefäß befinden, das aus einem einzigen Smaragdkristall geschnitten wurde. Seine Durchlaucht Großherzog Ferdinand sagte mir, er habe drei Tonnen Gold für das Prunkstück geboten. Der Kaiser habe ihm geantwortet, die Moskowiter hätten mehrere Truhen Perlen geboten; das Gefäß sei unveräußerlich …«

Die Augen des Juweliers glänzten. Er ergriff den Arm des Doktors und sagte: »Das Salbgefäß des Dionysio Miseroni … Hoffaktor Schlesinger erzählte mir, das Prunkstück übertreffe an Schönheit und Kostbarkeit alles andere, was die Hofburg an Schätzen zu bieten hat. Sein Wert wird auf vierhunderttausend Gulden geschätzt. Für seine Arbeit soll Miseroni von Kaiser Ferdinand zwölftausend Gulden erhalten haben. Zweieinhalbtausend Gulden in Gold und Edelsteinen sollen ihm die Juweliere allein für die Bruchstücke geboten haben, die er noch in der Tasche hatte, als er sein Werk nach Wien brachte.«

Sein Gesicht hellte sich auf. »Da fällt mir jemand ein, der Interesse an Smaragden haben könnte: Ferdinand Eusebio Miseroni, der Sohn des Dionysio. Er hat beste Kontakte zum Kaiserhof und wird Euch ein gutes Angebot machen.«

»Wo finde ich diesen Mann?«, fragte Christoff.

»In der Prager Burg.«

Stensen fühlte sich bei dieser Wendung des Gesprächs nicht wohl.

»Wenn wir uns die Lebensweise der meisten Menschen anschauen, sehen wir, dass diese Steine in den Dienst der Arroganz gestellt sind. Die Leute wähnen sich mehr geachtet, je mehr von diesen Steinen sie besitzen, je mehr sie sich selbst oder ihre Paläste und Altäre mit ihnen schmücken. Ich erwähne dies, damit wir nicht die Resultate des Fluchs zum Objekt unserer Begierde machen.«

Missbilligend schüttelte der Edelsteinhändler den Kopf. »Sollen die Privilegierten in Sack und Asche wandeln?«

»Das freilich nicht. Aber sie sollen sich bewusst werden, dass jedes Schmuckstück, sei es kirchlich oder weltlich, an den Fluch erinnert, der auf der Menschheit ruht. Um ihren Lebensunterhalt zu verdienen, müssen die Armen in harter Arbeit ihre Kräfte und ihr Leben opfern für Gegenstände, die die müßigen Reichen als Schmuck gebrauchen. All diese Edelsteine werden unter unendlicher Mühsal und Lebensgefahr ausgegraben …«

Das Erscheinen der Haustochter unterbrach den Gelehrten in seinen Gedankengängen.

»Schöpsviertel gebraten, mit Salbei gespickt. Die Erdäpfel kommen aus Galizien, wie mir der Markthändler sagte. Das einzig Gute, das die Kaiserin aus Spanien mitgebracht hat.«

Mit geschickter Hand teilte Rebecca Braten und Beilagen aus und wollte sich wieder entfernen.

»Warum esst Ihr nicht mit uns?«, fragte Christoff.

Zögernd, als ob sie sich ihrer Worte schämte, wandte sie sich um. »Ich habe noch einiges zu erledigen … Berge von Bügelwäsche.«

»Unsere Dienstmagd hat uns letzte Woche verlassen«, gab ihr Vater zu verstehen. »Sie gehörte zu den ersten, die ihre Koffer packen mussten.«

»In Amsterdam kam mir vor geraumer Zeit ein sonderbares Buch in die Hände«, sagte Stensen, wobei er ein Stück Braten zerteilte. »Sein Verfasser Wilhelm Christoph Kriegsmann gehört der Gemeinde der Pietisten an, die in Holland eine große Anhängerschaft hat. Das Buch bestand aus rätselhaften Sprüchen …«

Samuel Goldschmidt wischte sich mit der Serviette den Mund und erhob sich. Der Lade seines geschnitzten Sekretärs entnahm er einen prachtvollen Band, dessen Titel in verschnörkelten goldenen Lettern auf grünes Saffianleder geprägt war, und begab sich wieder zu Tisch. Es herrschte eine gespannte Stille. Als ob im nächsten Augenblick eine Mumie in einem frisch geöffneten ägyptischen Grabmal zu Staub zerfallen würde.

»Dies ist vermutlich das Buch, das Ihr in Amsterdam gesehen habt. Die Tabula Smaragdina des Hermes Trismegistos. Es enthält die zwölf Offenbarungen über das Geheimnis der Schöpfung des Universums. Für die Alchemisten ist die Tabula Smaragdina der Stein der Weisen. Ihre Herkunft liegt im Dunkeln. Man weiß nur, dass sie aus Smaragd bestand, wie er zur Zeit der Phönizier am Roten Meer gefunden wurde. Smaragd ist der Stein der Weisheit. Er soll die Sehkraft stärken. Wer sehend ist, ist auch weise.«

Samuel Goldschmidt klemmte sich seine messinggelbe Drahtbrille auf die Nase und blätterte, bis er die gesuchte Passage gefunden hatte.

»Was oben ist, gleicht dem, was unten ist, und was unten ist, gleicht dem, was oben ist, fähig die Wunder des Einen auszuführen. Und wie alles aus Einem stammt, durch das Denken des Einen, stammt auch alles Gewordene durch Angleichung aus diesem Einen. Die Sonne ist sein Vater, der Mond seine Mutter, der Wind hat es in seinem Leib getragen, die Erde ist seine Nährmutter. So wurde die Welt erschaffen.«

Er klappte das Buch zu und nahm seine Brille ab.

»Ich denke, Hermes wollte uns sagen«, ergriff der Doktor das Wort, »dass alles, was uns umgibt, auch in uns ist. Dass sich das Universum im Menschen widerspiegelt und umgekehrt.«

»Ach, übrigens«, lächelte Samuel Goldschmidt verschmitzt, als sie sich verabschiedeten, »mit dem Trendl habe ich mir einen Scherz erlaubt. In Wahrheit zeigte der Kreisel das Wort ›he‹, das heißt ›halb‹. Das bedeutet, dass sich das Geschick zum Guten wie zum Schlechten für Euch wenden kann. Ich hoffe nur zum Guten, Doktor Stenonis!«

An der Schlagbrücke sahen sie eine Gruppe bunt bemützter junger Burschen, die sich mit den Torwächtern ein hitziges Wortgefecht lieferten. Um was es gehe, fragte Christoff. Die Studenten wollten unbedingt eine Schankwirtschaft besuchen, erklärte der Wachposten. Sie dürften sie aber nicht durchlassen. Laut Regierungsdekret sei es den Bewohnern der Judenstadt nicht gestattet, Christenmenschen in ihren Gaststuben zu bewirten.

Als sich Christoff umdrehte, sah er den Mond über den Dächern des Ghettos, groß und rund. Der Mond hatte einen bläulichen Schimmer. Gebannt starrte der Naturgelehrte zum Sternenhimmel.

»Einmal sah ich den blauen Mond in Venedig. Niemand wusste eine Erklärung für das seltsame Phänomen. Viele deuteten es als ein Zeichen des Unheils. Da fiel mir ein, dass auf der Insel Sizilien der Ätna ausgebrochen war. Die rotglühende Vulkanasche, überlegte ich, die der Ätna in die Luft schleudert, müsse die Erdatmosphäre mit Gas- und Staubpartikeln aufladen, die wie ein Lichtfilter wirkten, sodass der Mond blau erscheint. Auch die geistige Luft im Kaiserreich ist, wie mir scheint, mit Schwefeldämpfen vergiftet, die aus den Kratern der Hölle emporsteigen …«

18
Turquerie

Die Abendsonne tauchte die Landschaft in mildes Licht, als Fortunat von Hohenberg auf Gut Tantzlehen vorfuhr, um Susanna zu einem Kostümfest auf Schloss Lichtenau abzuholen. Nach dem Abschied von seinen Reisegefährten hatte er im Senningerbräu Quartier genommen und sich die Zeit damit vertrieben, Skizzen des Zehenthofs anzufertigen. Der Tiroler schleiche um das Haus herum wie ein verliebter Kater, meinte der Ronacher. Die Kritzelei sei ein plumper Trick, um sich bei ihnen einzuschmeicheln.

»Wir sollten das junge Glück nicht stören«, sagte Magdalena, die eine ausgesprochene Schwäche für den jungen Edelmann hatte. »Da bahnt sich etwas an, das von anderem Schlag ist, als das ewige Hin und Her unserer Ältesten. Susanna steht mit beiden Beinen auf dem Boden. Bei ihr kommt der Verstand in der Liebe nicht zu kurz.«

Rupert beäugte seine Ehefrau skeptisch. »Hoffen wir's … es ist nicht alles Gold, was glänzt!«

Susanna trat aus der Haustür. Sie trug ein Ballkleid aus grünem Seidentaft, das bei jedem Schritt raschelte, als spiele der laue Sommerwind in den Eschen. Über dem Kleid trug sie einen Kaftan, den sie selbst genäht hatte, bedruckt mit bunten Blumen und Vögeln. Ein weißes Häkeltuch bedeckte ihre bloßen Schultern. Das goldblonde Haar hatte sie hochgesteckt zu einem Knoten, aus dem einzelne Büschel herausragten wie die reifen Blütenblätter einer Ananas. Den Blick auf ihr Dekolleté zog eine blutrote Granatkette mit zierlichem Kreuz. Berauscht von dem hinreißenden Anblick seines Verhängnisses küsste Fortunat, der sich aus dem Fundus des Messners Pluderhose und Turban besorgt hatte, mit galanter Verbeugung ihre Hand und versicherte Magdalena, die das Paar mit glänzenden Augen betrachtete, ihre Tochter wohlbehalten zurückzubringen. Dann half er Susanna auf den Kutschbock, was diese sich ausnahmsweise gefallen ließ.

Eine Weile saßen sie schweigend nebeneinander. Keiner wagte es, den Zauber zu zerstören. Schießlich ergriff Susanna das Wort.

»Was ist eigentlich mit dem Bild? Hat es schon jemand gesehen?«

Fortunat schwieg. Er ließ die Zügel auf den Rücken des Pferdes klatschen. Der Schimmel setzte sich in leichten Trab.

»Eigentlich wollte ich dir den Abend nicht verderben«, sagte er mit düsterer Miene. »Aber wenn du schon danach fragst: Etwas Furchtbares ist passiert …«

»So, etwas Furchtbares … hat es mit dem Bild zu tun?«

»Es hat einen Skandal gegeben. Ich habe eine Ausstellung gemacht und dabei auch das Bild von dir gezeigt. Ich wollte einfach nur sehen, wie das Publikum reagiert.«

»Und … wie hat das Publikum reagiert?«

»Überwiegend ablehnend. Der Oberstkämmerer aus Wien sagte, dieses Bild in einem Atemzug mit den großen Meistern zu präsentieren, sei eine Verhöhnung des Kulturerbes. Der Bischof von Brixen meinte, mein Werk lade zu unzüchtigem Denken und Handeln ein. Dann war da noch ein Jesuitenpater …«

»Was hat der zu dem Bild gesagt?«

»Er bat mich um deine Adresse.«

»Wieso?«

»Er sagte, er suche eine neue Haushälterin.«

»Du hast sie ihm doch hoffentlich nicht gegeben?«

»Natürlich nicht.«

»Und was geschah dann?«

»Dann haben sie mich vor eine Untersuchungskommission geladen. Weil ich meine Tat nicht bereuen wollte, haben sie mich entlassen. Der Titel wurde mir aberkannt und der Anspruch auf das Gnadengehalt gestrichen … und das Bild beschlagnahmt.«

»Entlassen … wegen eines Bildes?« Susanna hielt sich die Hand vor den Mund, prustend vor Lachen, dass der Schimmel erschrocken einen Satz machte.

»Passt doch auf, ihr Schlafmützen!«, rief ihnen der Kutscher eines entgegenkommenden Fuhrwerks entgegen. Als er die beiden erblickte, rief er erschrocken: »Kruzitürken! Jetzt sind sie schon bei uns …«

Das Gespräch verstummte. Nur das Klappern der Hufe und das malende Geräusch der Räder auf der Landstraße unterbrachen die

Stille. Nachdem sie das Heilbad Burgwies passiert hatten, tauchte Schloss Lichtenau vor ihnen auf, ein mit Ecktürmen verzierter Adelssitz, den die Herren von Rosenberg, Gewerke zahlreicher Erzgruben, 1506 erbaut hatten. Jetziger Besitzer war der Pfleger Georg Thomas Perger von Emslieb, der das Lustschloss mit seiner Ehefrau Maria Sidonia und dem knapp dreißigjährigen Sohn Paris bewohnte.

Die kiesbestreute Auffahrt war von brennenden Fackeln flankiert. Zwischen den Wagen liefen Kutscher in Livreen geschäftig hin und her, schirrten die Pferde ab, striegelten die schweißnassen Leiber und hängten ihnen den Hafersack um.

»Susanna Ronacherin … die Rose von Tantzlehen!«, begrüßte Paris Perger die Ankömmlinge in der Empfangshalle. »Schön, dass du dich wieder einmal blicken lässt. Wo hast du deine Schwestern gelassen?«

»Cecilia ist unpässlich, und Franziska bekam keine Erlaubnis. Mutter meinte, mit ihren sechzehn Jahren sei sie noch zu jung für derartige Feste.« Mit einer Handbewegung stellte Susanna ihren Begleiter vor. »Fortunat von Hohenberg. Er hat einen dänischen Gelehrten in das Habachtal begleitet.«

»Hohenberg … der Name kommt mir irgendwie bekannt vor«, meinte der mit Kaftan, Turban und Pluderhosen bekleidete Gastgeber. »Ach, jetzt fällt es mir wieder ein: Bist du nicht Kämmerer und Antiquarius auf Schloss Ambras?«

»Ich war es … bis vor einer Woche«, sagte Fortunat verlegen.

»Über deinen Fall habe ich in der Zeitung gelesen. Ja, ein Fall ist es in doppelter Bedeutung. Diese Engstirnigkeit, was die Moral betrifft … einfach schrecklich. Wenn ich einen Maskenball gebe, heißt es gleich, ich würde heidnische Orgien veranstalten.«

Er wolle das Fest jetzt eröffnen, entschuldigte er sich und schritt in den Saal.

In den Spiegeln vertausendfachten sich die Lichter der Kronleuchter und Kandelaber, ließen den mit Seidentapeten und Stuckornamenten ausgestatteten Raum bis ins Unendliche wachsen und vervielfältigten die Zahl der Gäste, die zu zweit oder in Gruppen beisammenstanden.

»Liebe Freunde, meine hochverehrten Gäste …«, begann Paris Perger. Er wartete einen Atemzug, bis alle Augen auf ihn gerichtet waren. »Trinke und liebe! Nach meinem Tod soll Deukalion meine Knochen umspülen. Nicht zufällig habe ich das bekannte Epigramm des griechischen Dichters Stratos von Sardis als Motto für den heutigen Abend gewählt. Erst ein paar Wochen ist es her, dass die Fluten der Salzach die Grundfesten von Lichtenau umspülten. Zum Glück konnte ich den Schaumwein retten, den ich von meiner letztjährigen Reise in die Champagne mitgebracht habe, sonst säßen wir heute auf dem Trockenen …«

Wohlwollendes Gelächter und Gemurmel unterbrach seine Worte. Zufrieden fuhr er fort: »Die Schalen, aus denen dieses köstliche Labsal getrunken wird, sind ebenfalls ein Souvenir aus Frankreich. Sie sollen dem Busen einer Mätresse König Ludwig XIV. nachempfunden sein, wobei sich die Experten streiten, ob die Herzogin La Valliere oder die Marquise de Montespan Modell standen. Mag sein, dass dies bloß ein Gerücht ist, um das neue Getränk bekannt zu machen. Jedenfalls lässt sich damit eine sprudelnde Pyramide bauen. Ich werde sie vorführen.«

»Ich würde mit der Champagnerschale gern an dir Maß nehmen, Liebling, ob du das Modell nicht an Größe übertriffst«, flüsterte Mauritz Freiherr von Ritz, der neben Susanna und Fortunat stand, seiner jungen Frau ins Ohr, dass diese schrill auflachte.

»Wir können ja in den Park gehen, wo uns keiner sieht«, erwiderte sie, sich zärtlich an ihn schmiegend.

Auf die große Tafel stellte Paris Perger sechs Gläser im Kreis auf, dass sich ihre Ränder berührten. Darauf setzte er drei Gläser im Dreieck und platzierte auf diesem Dreieck das letzte Glas in der Mitte. Die Champagnerflasche in leichter Schräglage haltend, löste er mit einer Serviette den Pfropfen. Behutsam goss er das goldflitterperlende Getränk in das oberste Glas, bis es überquoll und sich der Schaumwein gleichmäßig auf alle Schalen verteilt hatte. Die Vorführung fand lebhaften Applaus.

»Man kann die Pyramide auch mit achtzehn oder sechsunddreißig Gläsern bauen. Dies bedarf allerdings einiger Übung. In London, hörte ich sagen, soll ein Oberkellner eine Pyramide aus sage und schreibe zweiunddreißigtausend Gläsern gebaut haben. Einem Götterboten gleich ließ er sich von der Decke abseilen, um die Schalen zu füllen. Über viertausend Flaschen Champagner waren dazu notwendig. Es war die Werbeveranstaltung eines gewissen Charles de Saint Denis, Seigneur de Saint-Evremont – er soll Generalimporteur des Champagners in England sein.«

»Und wie hat der Kellner die Pyramide wieder abgebaut?«, fragte Maria Riedlin Freifrau von und zu Saal laut hörbar.

»Dazu kam es nicht. Als der Kellner die letzte Flasche ansetzte, stieß er versehentlich gegen das oberste Glas, sodass die ganze Pyramide unter furchtbarem Getöse einstürzte. Das Publikum schrie auf. Viele verließen panikartig den Saal, denn die Glassplitter flogen wie eine Ladung Schrot durch die Luft. Diejenigen aber, die im Saal blieben – übrigens nicht nur die Herren der Schöpfung, wie man annehmen könnte – leckten den Champagner vom Boden auf, als wären sie drei Tage ohne Wasser durch die Wüste gelaufen. Nicht wenige sollen sich die Zunge an den Glassplittern verletzt haben. Das Missgeschick hat dem Ruf des Veranstalters nicht geschadet. Im Gegenteil. Eine bessere Werbung hätte sich Saint-Evremont nicht wünschen können. Die Preise für Champagner gingen danach in die Höhe, weil jeder, der es sich leisten konnte, mit einer solchen Pyramide seine Gäste beeindrucken wollte.«

»Eine Champagner-Orgie!«, bemerkte eine vollschlanke Dame in den verblühten Vierzigern.

»Ich möchte die Damen bitten, ihr Glas in Empfang zu nehmen«, sagte Paris, wobei er die Pyramide von oben nach unten abbaute.

»Ach, ein Schaumbad könnte ich in diesem Göttertrunk nehmen!«, seufzte Eleonore Gräfin von Ritz, an ihrem Glas nippend. »So stelle ich mir einen Jungbrunnen vor.«

»Damit ich schon wieder ein Stück Wald abholzen muss«, spottete ihr Eheherr. »Den Jungbrunnen nehmen wir lieber in Bad Gastein.«

Nachdem sich jeder der Gäste bedient hatte, schlug der Gastgeber dreimal an sein Glas.

»Ich bitte um Aufmerksamkeit, meine Damen und Herren. Noch ein Wort zum heutigen Abend: Viele werden sich gefragt haben, ob eine orientalische Maskerade, eine sogenannte Turquerie, nicht eine Provokation sei angesichts der Abertausenden heldenhaften Soldaten, die im Kampf gegen die türkischen Heerscharen auf dem Feld der Ehre ihr Leben lassen mussten. Ist diese karnevaleske Hommage an den Feind, der seit hundertvierzig Jahren gegen die Habsburgischen Erblande – und damit gegen das christliche Abendland – immer wieder Kriege führt, nicht eine Verhöhnung seiner Opfer? Auch ich habe mir diese Frage gestellt. Vor einigen Jahren standen die Osmanen in St. Gotthard an der ungarischen Grenze. Beim nächsten Mal werden sie vor Wien stehen. Und eines Tages bei uns im Salzburger Land. Dann aber nicht mehr als blutrünstige Krieger, wie mir mein Verstand sagt, sondern als ehrbare Kaufleute. So wie in Venedig, wo die türkischen Kaufleute am Canal Grande seit 1621 eine eigene Handelsniederlassung besitzen. Ich will damit sagen, dass wir unsere Augen nicht verschließen dürfen vor einer fremden Kultur, der wir mehr zu verdanken haben als nur den Kaffee.«

Paris Perger machte eine Pause. Anerkennender Beifall begleitete seine letzten Worte. Er hatte offenbar niemanden vor den Kopf gestoßen, stellte er zufrieden fest. Kriegsveteranen, besonders empfindlich in vaterländischen Angelegenheiten, waren nicht unter den Gästen.

Susanna hörte, wie Gräfin Auersperg ihrer Nachbarin zuflüsterte: »Paris war schon immer ein weltoffener Mann.«

»Wenn er seine Offenheit nur etwas mehr der Damenwelt zuwenden würde«, sagte diese bedauernd.

»Er schlägt sich nie auf eine Seite«, meinte die erstere. »Für mich wäre das nichts. Wenn ich meinen Mann teilen müsste, dann höchstens mit einer Frau. Da weiß man wenigstens, wo man dran ist.«

»Er lässt sich immer eine Hintertür offen.«

Die Gräfin stieß ein schrilles Lachen aus, das an einen liebestollen Truthahn erinnerte.

»Als ich vor einigen Jahren nach Venedig reiste«, fuhr der Gastgeber leicht irritiert fort, »war ich überrascht, auf dem Markusplatz ein Kaffeehaus anzutreffen. Ich genehmigte mir zwei, drei Tassen Mokka, dessen Wirkung mich so anregte, dass ich die Nacht durchmachte, ohne müde zu werden. Eine Kostprobe dieses schwarzen Getränks, das hierzulande leider noch nicht erhältlich ist, erwartet euch neben anderen türkischen Köstlichkeiten am Büffet. Ich kann besonders das Haremskonfekt aus tausendundeiner Nacht empfehlen. Ich bitte das Orchester, jetzt zum Tanz aufzuspielen. Zu vorgerückter Stunde wird es einige Überraschungen geben. Ich wünsche den Herrschaften viel Vergnügen und gute Unterhaltung.«

In gravitätischen Schrittfolgen und graziösen Armfiguren tanzten sie, in Zweierreihen aufgestellt, beschwingte Menuette, Gigues und Sarabanden unter Anleitung eines Tanzmeisters. Erhitzt im Gesicht, sagte Susanna in der Pause zu Fortunat, sie würde gern in den Park gehen, sie brauche frische Luft.

Sie setzten sich auf eine Gartenbank. Susanna zog ihren Schal fester um die Schultern. Der betörende Duft der Tuberosen und der wollüstige Geruch der Berberitzen verwirrten ihre Gefühle. Sie lehnte den Kopf an seine Schulter. Ein lauer Wind flüsterte in den vom Mondlicht durchfluteten Platanen und Kastanien. Der Kies knirschte unter den Füßen der Paare, die sich im Park verloren.

»Schließ die Augen!«, sagte Fortunat und griff in seine Rocktasche. Er streifte einen Ring über ihren Finger. Susanna schlug die Augen auf. Der goldene Reif glich der Farbe ihres Haares, das im Mondlicht schimmerte. Der Stein darin funkelte wie ein schwarzer Diamant.

»Ein Smaragdring?«

»Ja. Der Stein ist aus dem Habachtal.«

Verträumt blickte sie auf ihre Hand.

»Was werden meine Eltern sagen, wenn sie den Ring sehen?«

»Sag ihnen einfach, dass es ein Verlobungsring ist.«

»Soll das etwa ein Antrag sein?«

»Vielleicht.«

»Nur vielleicht?« Mit gespielter Entrüstung kitzelte sie ihn, bis er erschöpft vor Lachen sagte: »Willst du mich heiraten?«

Sie schaute ihm prüfend in die Augen, ob es ihm ernst sei, und sagte: »Ja.«

Da beugte er sich über ihren Mund und küsste sie voller Begehren. Sie erwiderte seine Küsse, zärtlich und innig. Sie sahen die Welt um sich herum nicht mehr, hörten nicht mehr die Klänge des Orchesters und das Knirschen der Schritte auf den Kieswegen. Susanna spürte seinen Mund auf ihren Wangen, Hals und Schultern, prickelnd wie der Champagner, von dem sie etwas zu viel getrunken hatte. Als seine Hand ihren Busen berührte, löste sie sich sanft aus seinen Armen und sagte, sie wolle jetzt wieder in den Saal zurück, die anderen würden sie bestimmt schon vermissen.

»Und nun, meine hochverehrten Gäste«, verkündete Paris Perger, »kommen wir zum Höhepunkt des Abends. In dem besagten Kaffeehaus in Venedig begegnete ich einem Kaufmann aus Mossul, der mit Seide handelte. Dieser Mann erzählte mir Märchen aus tausendundeiner Nacht. Die wundersamen Geschichten haben mich zu einer Maskerade inspiriert. Wir setzen unserer Fantasie Flügel auf und stellen uns einen Sklavenmarkt vor. Der Sklavenhändler will Haremsdamen für die Serails versteigern. Die Käufer, Sultane und Scheichs, begutachten die Frauen, dann beginnt die Versteigerung. Ich möchte die Damen jetzt bitten, sich in die Umkleidekammern zu begeben. Ich habe die Kostüme eigens zu diesem Anlass aus Venedig mitgebracht. Was die Herren mit ihrer Sklavin anfangen, entscheiden allein die Damen. Der Erlös der Versteigerung kommt in diesem Jahr dem Ospedale della Pietà in Venedig zugute, einem Waisenhaus, dessen Mädchenorchester unter der Leitung des Konzertmeisters Carlo Fedeli mich in einen wahren Rausch der Verzückung versetzte.«

Lachend und scherzend folgte die Damenwelt der Aufforderung des Gastgebers und zog sich in die Garderobe zurück.

Auf einen Wink hin setzte die Musik ein. Eine türkische Weise, gespielt auf Oboen, Lauten, Trommeln und Zimbeln. Unter jubelndem Beifall führte Paris Perger in der Rolle des Sklavenhändlers seine Sklavinnen an einer Eisenkette in den Saal. Die Gesichter waren hinter schwarzen Larven verborgen, das Haar in Tücher oder Turbane gehüllt, dass man die Person nur erahnen konnte. Die meisten trugen Überröcke aus Seide oder Chiffon über den weißen, mit Blumen oder Pfauen bedruckten Pluderhosen, dazu buntbestickte, in gebogenen Spitzen auslaufende Pantoffeln. Andere Frauen, die in Sandalen gingen, hatten sich die Fußnägel lackiert. Die meisten Frauen zeigten, dem morgenländischen Schönheitsideal entsprechend, über der Schärpe ihren mehr oder weniger gerundeten Bauch. Tief ausgeschnittene Oberteile und durchsichtige Beinkleider machten aus biederen Ehefrauen und sittsamen Haustöchtern verführerische Haremsdamen.

Die Sklavinnen ließen sich in türkischer Manier auf den Sitzkissen nieder, die auf den Orientteppichen ausgebreitet waren, und fächerten sich frische Luft zu.

»Ich möchte die Damen bitten, einmal recht gefühlvoll zu weinen«, wies der Sklavenhändler seine Truppe an »denn groß ist der Schmerz, dass sie von ihren Freundinnen getrennt werden sollen.«

Ein gotteserbärmliches Heulen setzte ein, zur allgemeinen Heiterkeit der Herren, die um die Haremstöchter herum gingen und sie prüfend begutachteten oder rätselten, wer sich hinter den Masken verbarg.

Paris Perger läutete die Auktion ein. »Wir beginnen jetzt mit der Versteigerung. Als erste Sklavin wünscht sich Fatima – zu meiner Linken – einen neuen Herrn und Gebieter. Sag, schöne Fatima, zu welcher Gunst bist du bereit?«

Mit gespielter Schüchternheit schlug die Ausgewählte die Augen nieder. »Ich werde einen Bauchtanz vorführen.«

»Also, meine Herren, ihr habt es gehört: Fatima will ihren Käufer mit einem Bauchtanz verzücken. Ich denke, diese großzügige Geste ist mindestens einen Gulden wert.«

»Einen Gulden und dreißig Kreuzer!«, erscholl eine kräftige Stimme. Dem Bieter war anzumerken, dass er es nicht ernst meinte.

»Einen Gulden und dreißig Kreuzer«, wiederholte der Auktionator. »Wer bietet mehr für die schöne Fatima?«

»Zwei Gulden«, rief ein älterer Herr.

»Weitere Gebote? Nein? Zwei Gulden zum ersten, zum zweiten und … zum dritten.«

Der Hammer des Auktionators sauste auf den Tisch.

»Ich beglückwünsche den Herrn zu dieser wirklich schönen Sklavin, die uns gleich einen Bauchtanz vorführen wird.«

Der Käufer zählte die Silbermünzen auf den Tisch. Die Sklavin, die an ihren breiten Hüften unschwer als Maria Riedlin zu erkennen war, vollführte zur einsetzenden Musik bauchtanzähnliche Bewegungen, indem sie ungelenk ihr Becken kreisen ließ und die Arme in die Luft streckte, als würde sie Wäsche auf der Leine aufhängen. Sie erhielt reichlich Applaus und wurde von ihrem Herrn mit einem Kuss verabschiedet.

Der Sklavenhändler hob mit seiner Reitgerte das Kinn einer Dame in mittleren Jahren mit üppigem Dekolleté.

»Wie heißt du, schöne Jungfer?«

»Suleika ist mein Name«, flötete die Sklavin.

»Suleika, sag was hast du dir ausgedacht?«

»Ich habe mich entschieden, meinem Käufer einen Kuss zu geben.«

»Bravo!«, klatschten einige Männer.

»Ich denke«, sagte Paris, einen Blick auf ihr Dekolleté werfend, »dieses offenherzige … äh, ich meine, großzügige Angebot ist mindestens drei Gulden wert. Ich bitte um Gebote.«

»Vier Gulden.«

»Vier Gulden, der Sultan hier vorne. Wer bietet mehr?«

»Vier Gulden dreißig.«

»Fünf«, rief ein Herr vorgerückten Alters.

»Fünf Gulden bietet der Pascha. Wer bietet mehr als fünf Gulden für einen Kuss von der liebreizenden Suleika? Es scheint keine weiteren Gebote mehr zu geben. Also fünf Gulden zum ersten, zum zweiten und … zum dritten. Glückwunsch, mein Herr, für dieses Schnäppchen.«

Schmatzend drückte Suleika einen Kussmund auf seine Wange, dass der solchermaßen Beglückte missvergnügt zu seinem Taschentuch griff.

Der Sklavenhändler hatte Susanna ausgewählt. Verführerisch anzusehen in den weißen Seidengewändern, die mehr als nur die Umrisse ihres Körpers durchschimmern ließen.

»Hier haben wir eine bezaubernde junge Schönheit. Wie heißt du, mein Kind?«

»Jasmin«, hauchte Susanna.

»Ein schöner Name. Was bist du bereit, deinem Herrn und Gebieter zu schenken?«

»Er darf mich nach Hause fahren.«

Ein erstauntes Raunen ging durch den Saal.

»Zu mir oder zu dir?«, rief ein junger Mann.

»Zu mir. Was habt Ihr gedacht?«

»Sag, schöne Jasmin, wo ist dein Zuhause?«

»In Bramberg.«

»Nun, da die Fahrzeit nach Bramberg je nach Gefährt wenigstens zwei Stunden beträgt und die Fahrt bestimmt nicht langweilig wird, schlage ich als Anfangsgebot einen Kaufpreis von fünf Gulden vor. Wer bietet fünf Gulden für Jasmin?«

Ein halbes Dutzend Hände flogen hoch.

»Sechs.«

»Sechs Gulden sind geboten, wer bietet mehr als sechs Gulden?«

»Sieben.«

»Acht.«

Die Käufer überboten sich. Als zehn Gulden erreicht waren, kletterten die Gebote um jeweils zwei Gulden weiter.

»Zwanzig«, rief Hans Sigmund von Khuen-Belasy, die rechte Hand lässig in der Hosentasche.

»Wer bietet mehr als zwanzig? Keiner? Zwanzig zum ersten, zum zweiten und …«

»Fünfzig«, rief Fortunat.

»Höllteufel, der Hund!«, entfuhr es Graf Khuen-Belasy.

»Fünfzig sind geboten. Wer bietet mehr? Niemand? Dann erfolgt der Zuschlag für die schöne Jasmin bei fünfzig Gulden. Mir scheint, bei diesem Gebot steckt mehr dahinter als eine Heimfahrt.«

Susanna flog auf Fortunat zu und umschlang ihn mit den Armen.

»Ich bin ganz schön teuer, nicht wahr?«

»Für mich bist du unbezahlbar.«

Je ausgefallener die Darbietungen, desto mehr hob sich Stimmung. Eine Sklavin zeigte sich bereit, ihrem Herrn die Füße zu waschen, wobei sie ihn gehörig an den Fußsohlen kitzelte. Eine andere Sklavin massierte ihrem Gebieter den Rücken, nicht ohne sich dabei einige handfeste Späße zu erlauben. Als letzte im Reigen der Sklavinnen rief

Paris eine junge Dame auf, der bisher niemand Beachtung geschenkt hatte. Den Blick teilnahmslos in die Ferne gerichtet, saß sie im Schneidersitz auf einem Kissen. Das rabenschwarze Haar, das in krausen Locken unter einem Turban hervorquoll, trug sie hochtoupiert. Das Gesicht war schwanenweiß, der Kussmund karminrot geschminkt, die Augen schwarz umrandet. Ebenso auffällig wie ihr Antlitz, das man als ausgesprochen hübsch bezeichnen konnte, war ihr Kostüm. Es schien, als habe sie es sich in den Kopf gesetzt, die Männer zu verwirren und die Frauen an Reizen zu übertreffen.

Wie die anderen Sklavinnen trug sie ein Ärmelhemd, bestickt mit silbernen Vögeln und Blumengirlanden, jedoch von solcher Feinheit, dass die Spitzen ihrer Brüste durch das weiße Gewebe schimmerten. Die offene Ärmelweste gab den kaum verschleierten Blick bis zum Bauchnabel frei. Über einer mit bunten Glassteinen und Fransen verzierten Schärpe wölbte sich der Bauch. Unter den Beinkleidern aus hauchzartem Chiffon hatte sie, wie jedermann sehen konnte, nichts an. An den Fesseln ihrer Füße, deren Nägel ebenso wie die ihrer Finger ochsenblutrot lackiert waren, trug sie goldene Zierketten.

Einen Augenblick herrschte Totenstille. Alle starrten die Sklavin an, als ob sie ein Gespenst sei.

»Wer hat denn die Hure mitgebracht!«, empörte sich Leopoldina von Auersperg. »In dem Fummel sieht sie nackter aus als ausgezogen.«

»Sogar das Schamhaar hat sie sich wegmachen lassen«, flüsterte ihr Gemahl. »Ich könnte mir vorstellen, dass es seine Vorteile hat.«

»Wirst du jetzt auch schon pervers, Nepomuk!«, erwiderte die Gräfin mit strafendem Blick. »Der Anblick dieses Weibsmensch scheint alle Mannsbilder um den Verstand zu bringen.«

Die Stimme des Sklavenhändlers riss sie aus ihren Gedanken.

»Wir kommen zum letzten Los, meine Herren. Aufgerufen ist eine Haremstochter von ungewöhnlichem Liebreiz. Ich bin überzeugt, sie würde selbst den Kalifen von Bagdad zur Verzückung bringen. Sag, wie ist dein Name, schöne Sklavin?«

»Scheherazade.«

»Aha, du hast dich nach der Tochter des Wesirs benannt, die den grausamen Herrscher Schahriar von seiner Mordlust abbringen will.

Nun, Scheherazade, in welcher Weise willst du deinen künftigen Gebieter beglücken?«

»Ich will ihm die tausendunderste Nacht schenken.«

Ein Raunen ging durch den Saal. Einige Herren stießen Bravo-Rufe aus und klatschten lebhaft Beifall, von ihren Ehefrauen mit missbilligenden Blicken bedacht.

»Das ist die Höhe, so ein schamloses Weibsstück!«, empörte sich Hedwig Stöckl, die Gattin des Oberwaldmeisters.

»Sie hat es darauf abgesehen, die Mannsbilder verrückt zu machen«, sagte ihre Nachbarin, die Gastwirtin Ursula Grundtnerin, vernehmlich. »Auf dem Scheiterhaufen verbrennen sollte man die Hexe!«

»Verdammte Canaille!«, zischte Graf Kuenburg, der seinen Zorn kaum zügeln konnte. Dann rief er laut, dass es alle hören konnten: »Willst du dich zur Hure machen?«

Die Sklavin blickte ihn verächtlich an. »Wenn mich einer zur Hure gemacht hat, dann bist du es! Jetzt kannst du zeigen, was ich dir wert bin.«

»Ich bitte um Ruhe, meine Damen und Herren!«, rief Paris Perger mit einer beschwichtigenden Handbewegung. »Nach den Spielregeln ist die Entscheidung der Sklavin zu respektieren. Das Angebot richtet sich in erster Linie an die Junggesellen. Den Eheherren, sofern sie in Begleitung erschienen sind, wird diese reizende junge Haremsdame verwehrt sein. Oder sehe ich das etwas rückständig, meine Damen? Das Anfangsgebot für die Entführung dieser Sklavin in den Serail liegt bei fünfzig Gulden. Wer bietet fünfzig Gulden?«

Mehrere Hände hoben sich gleichzeitig.

»Sechzig.«

»Sechzig«, wiederholte der Auktionator.

»Siebzig.«

»Hundert.«

Es war die Stimme des Grafen Kuenburg.

»Hundert sind geboten. Bietet jemand mehr als hundert Gulden?«

»Hundertfünfzig«, rief Johann Franz von Welser.

»Zweihundert«, konterte Erasmus von Khuen und Belasy, den Blick starr auf das Objekt der Begierde gerichtet.

Ein Gemurmel erhob sich. Einige rechneten, ob sie sich ein höheres Gebot leisten könnten.

»Zweihundert sind geboten für Scheherazade. Ich darf noch einmal darauf hinweisen, dass auch Pfänder oder Wechsel akzeptiert werden. Zweihundert zum ersten, zum zweiten und …«

»Zweihundertfünfzig«, knirschte der Kuenburg.

»Zweihundertfünfzig sind geboten. Bietet jemand mehr für eine Liebesnacht mit der bezaubernden Scheherazade?«

»Dreihundert«, rief Franz Welser durch den Saal. Lächelnd spielte der Herr von Labach mit seiner goldenen Taschenuhr.

»Ich steige aus«, sagte Graf Kuenburg verärgert zu seinem Nebenmann. »Für dieses Miststück werde ich mich nicht ruinieren.«

»Dreihundert sind geboten. Gibt es noch weitere Gebote? Nein? Dann darf der Herr die schöne Scheherazade in seinen Harem führen. Bitte sehr!«

Den Blick triumphierend auf den Neukirchner gerichtet, erhob sich die Sklavin von ihrem Sitzkissen. Mit siegesbewusstem Lächeln nahm sie die Larve ab.

Susanna stieß Fortunat an. »Mein Gott, das ist Barbara, Christoffs Schwester. Der Kuenburg hat sie zu seiner Geliebten gemacht.«

Plaudernd und scherzend mischte sich Scheherazade unter die Gäste. Sie schien es zu genießen, im Mittelpunkt zu stehen. Einige Herren machten ihr Komplimente oder fragten sie, ob sie Lust hätte, bei ihnen als Dienstmagd zu arbeiten. Andere durchbohrten sie mit Blicken, denen die Wünsche, was sie mit ihr anstellen würden, wenn sie könnten, abzulesen waren. Die Frauen hingegen zeigten unverhohlen ihre Abscheu vor diesem, wie sie sagten, hurerischen Weibsmensch.

»Meine hochverehrten Gäste, das Fest ist beendet«, erhob der Gastgeber seine Stimme. »Es ergeht uns ein wenig wie in Tausendundeiner Nacht: Wir alle sind neugierig, wie die Geschichte der Scheherazade weitergeht. Doch was in dieser Nacht geschieht, werden nur sie und Sultan Schahriar wissen. Die Versteigerung hat einen Erlös in Höhe von eintausendunddreiundsechzig Gulden erbracht. Ich danke allen, die sich an der Aktion beteiligt haben. Den Herren für ihre großzügigen Spenden und den Damen, die durch ihren Einfallsreichtum die

Wohltätigkeitsveranstaltung ermöglicht haben. Damit kann sich das Waisenhaus in Venedig den lang gehegten Wunsch eines Cembalos erfüllen.«

In angeregter Stimmung verteilte sich die Gesellschaft in den weitläufigen Räumen und Fluren des Schlosses. In einem mit Orientteppichen und Sitzkissen ausgelegten Zimmer, das die Aufschrift »Opiumhöhle« trug, lagen Sultane mit ihren Sklavinnen auf dem Diwan und sogen verzückt an einer türkischen Wasserpfeife. Selbstvergessen in sich gekauert oder in irre Lachkrämpfe verfallend. Andere tanzten in einem Zustand der Trance, allein oder zu zweit, wie ekstatische Derwische, mit geschlossenen Augen und ausgebreiteten Armen.

Susanna drängte Fortunat zum Aufbruch. Vom Kirchturm herüber dröhnten drei Schläge. Als sie in die Kutsche steigen wollten, wurden sie Zeugen einer heftigen Auseinandersetzung. Vor dem Jagdwagen des Johann Franz Welser Freiherr von Labach zu Einödberg, so sein voller Titel, stritten sich Barbara und Carl Friedrich von Kuenburg.

»Bin ich dir nur zweihundertfünfzig Gulden wert, du Geizkragen?«, schrie Barbara wütend. »Du siehst, was andere für eine Nacht mit mir zu zahlen bereit sind. Ich werde mich nicht mehr so billig verkaufen.«

»Sie haben auf ein Stück Fleisch geboten. Ja, nichts weiter als auf ein Stück Fleisch. Denn mehr bist du nicht«, schleuderte der Graf ihr kalt grinsend ins Gesicht. »Glaubst du, ich würde wegen einer billigen Hure mein Erbe aufs Spiel setzen?«

»Es ehrt dich, dass du in der Öffentlichkeit zu deinen Worten stehst. Damit alle wissen, was ich für dich bin! Hast du dich jemals gefragt, was für ein Mensch ich bin? Weißt du überhaupt, welche Augenfarbe ich habe? Du kannst es nicht wissen, weil du mich nur in der Nacht wahrnimmst, wenn ich bei dir liege. Oder besser gesagt, wenn ich neben dir oder hinter dir oder vor dir oder unter dir oder auf dir liege.«

Der Neukirchner blickte verlegen auf seine Taschenuhr.

»In der Nacht bin ich dein Schlafweib, das deine Gelüste zu befriedigen hat«, tobte sie außer sich vor Zorn, »am Tag dein Staubwedel, dein Scheuerlappen, den du kaum eines Blickes würdigst. Für dein Vergnügen bin ich dir gut genug. Aber wenn es um deine Verantwortung geht, ziehst du den Schwanz ein, du verdammter Mistkerl!«

Mit hoch erhobenem Kopf stieg sie in den offenen Einspänner des Welsers.

Der Sternenhimmel funkelte kristallklar, als Susanna und Fortunat nach Bramberg fuhren.

»Wer ist dieser Herr, der mit der Jennertochter weggefahren ist?«, fragte Fortunat nach einer Weile.

»Ach, der Welser. Er ist der Besitzer von Schloss Labach. Es liegt eine Viertelstunde von hier entfernt. Bei Wilhelmsdorf, auf der anderen Seite der Salzach. Die Welser kamen von Lauffen herein und sitzen seit vier Generationen in der Gegend. Franz ist ein Nachfahre von Melchior Welser. Dieser war im vorigen Jahrhundert Truchsess und Kellner zu Stuhlfelden ...«

»Kellner?«

»Ja, so hießen die Beamten der Urbarsverwaltung und des fürstlichen Weinschanks in Stuhlfelden. Sie hatten für die Weinkeller der Erzbischöfe zu sorgen. Den Wein ließen sie über den Felbertauern kommen, aus Friaul und Trient. Die Welser haben noch andere Güter. Auch Schloss Ainetberg, wo wir gleich vorbeikommen, gehört ihnen. Es geht der Spruch: Was zwischen Ainetberg und Labach die Sichel schwingt, gehört alles den Welsern.«

Inzwischen hatten sie Tantzlehen erreicht. Fortunat wollte sich von Susanna verabschieden, doch sie hielt ihn am Ärmel fest.

»Zum Senningerbräu kommst du nicht mehr rein. Da ist abgesperrt. Die Kammer von Gundl ist frei.«

Vor dem Gesindehaus, einem zweigeschossigen Holzbau neben der Schmiede, blieb sie stehen. Leise drückte sie die Türklinke und führte ihn in die Kammer. Es roch stickig. Susanna öffnete die Fensterluke. Nebenan hörten sie ein Schnarchen. Einen Augenblick sahen sie sich schweigend an. Zaghaft, als sei er sich seiner Sache nicht ganz sicher, umfasste Fortunat ihre Taille und küsste ihre Stirn. Da umschlang sie seinen Hals und zog ihn auf die schmale Bettstatt.

Sie stupste ihn auf die Nasenspitze. »Als Nacktmodell werde ich nicht mehr zur Verfügung stehen. Da musst du dir eine andere suchen.«

»Du meinst als Aktmodell«, lächelte er. »Warum sollte ich auf der Leinwand verewigen, was in Wirklichkeit tausend Mal schöner ist?«

Sie setzte sich auf und öffnete ihr Mieder. Im Silberstrahl des Mondlichts, das schräg durch die Luke fiel, schimmerte ihre Haut wie Seide. Dann löste sie die Spangen und Perlenschnüre, die ihr schweres Haar zusammenhielten, dass es wie flüssiges Gold über ihre Brüste fiel. Sie legte sich auf ihn und küsste ihn auf den Mund. Er ließ seine Hände so sanft über ihren Körper gleiten, dass es ihr vorkam, als würde er eine Marmorstatue berühren. Darauf streifte er ihr spitzenbesetztes Unterbeinkleid vom Gesäß und bedeckte ihren Leib mit hauchzarten Küssen. Seine Locken strichen über ihre Brüste wie die Schwingen eines Nachtvogels. Als er sie in seine Arme schloss, fragte sie ihn, ob es ihm etwas ausmache, dass sie ihre Tage habe.

Erschrocken ließ er von ihr ab. »Deine Tage hast du? Warum hast du das nicht gesagt?«

Sie blickte ihm forschend in die Augen. »Was ist daran so schlimm? Dann werde ich wenigstens nicht gleich schwanger.«

Fortunat schwieg. Susanna spürte, dass ihm die Schamröte in die Wangen stieg. Sehen konnte sie es nicht. Der Mond verschwand gerade hinter einer Wolke.

»Ich glaube, es ist besser, wenn ich jetzt gehe. Dann werde ich den Jungfernkranz wenigstens auf ehrliche Weise tragen. Gute Nacht.«

Schweigend kleidete sich Susanna an. Mit den Schuhen in den Händen verließ sie die Kammer auf Zehenspitzen. Die Stiege knarrte unter ihren Füßen. Hinter einer Tür vernahm sie ein Geräusch. Wie das Gewühl einer Bettdecke. Dann eine angstvolle Stimme: »Nein, ich will nicht, lass mich!« Ein Schauer überflog sie. War es ein böser Traum? Oder verging sich ein Knecht an einer Jungdirn? Eilig lief sie auf die Gasse.

Leise öffnete Susanna die Zimmertür und begann sich auszuziehen. Sie stieß gegen einen Stuhl, als sie ihr Nachthemd überstreifte.

»Ach, bist du schon zuhause«, murmelte Franziska, um sich sogleich auf die andere Seite zu drehen.

Eine Weile lauschte Susanna den gleichmäßigen Atemzügen ihrer Schwester. Ihre Schwester erschien ihr plötzlich wie ein Kind. Auch das Zimmer mit den Puppen auf der Truhe und dem mit Zwergen und Feen bemalten Wandschrank kam ihr wie eine Kinderstube vor.

Heiß war ihr auf einmal. Es kam ihr vor, als rauschte das Blut in ihren Adern wie die Frühlingsfluten der Gletscherbäche. Sie stand auf und öffnete die Fensterflügel. Der Himmel im Osten dämmerte rosenrot. Bald würde die Sonne aufgehen. Ein Vogel trällerte sein Morgenlied. Er musste in einem der alten Apfelbäume auf der Obstwiese sitzen.

Susanna hörte eine Weile dem melodiösen Gesang zu, dann schlüpfte sie aus ihrem Nachtgewand und reckte und streckte sich. Ein erregendes Prickeln lief über ihren Körper. Sie setzte sich auf die Fensterbank und blickte hinüber zur Dorfkirche. Was wäre, wenn der Pfarrer Bannholzer sie so sähe? Er würde das Kreuzzeichen machen und eilig weitergehen, um sich kurz darauf verstohlen umzublicken. Was wäre, wenn Simon, der Bruder von Cecilias bester Freundin, aufkreuzte? Dem würde es nichts ausmachen, dass sie ihre Tage hatte. Das war so sicher wie das Amen in der Kirche.

19
Gang in die Finsternis

Barbara fröstelte. Sie zog ihren Häkelschal fester um die Schultern. Der Mann, der neben ihr auf dem Kutschbock saß, schweigsam und den Blick geradeaus gerichtet, war ihr fremd. Sie blickte ihn verstohlen von der Seite an. Unter dem schräg in die Stirn gezogenen Jägerhut erkannte sie ein scharf geschnittenes Antlitz. Sein dunkles Haar fiel in Locken über den Kragen. Sein Rock hatte auch schon bessere Tage gesehen, dachte sie, als sie der Flicken an den Ärmeln gewahr wurde. Die kniehohen Stiefel sahen aus, als käme ihr Besitzer geradewegs von der Ackerfurche. Entweder der Herr legte keinen Wert auf sein Äußeres, oder er war alles andere als begütert. Wie kam er aber dann dazu, einen solch hohen Preis für sie zu zahlen? Sie konnte sich kein klares Bild von ihm machen. Sie schätzte ihn auf Mitte bis Ende dreißig. Die Zügel hielt er lässig in der behandschuhten Rechten. Ab und zu schnalzte er aufmunternd mit der Zunge, wenn das Pferd in den Schritt fiel.

Das Ross schien den Weg zu kennen. Sie überquerten die Salzach auf einer Brücke ohne Geländer. Ein Feldweg führte an mehreren Gehöften vorbei. Kein Licht brannte in den schindelgedeckten Häusern. Wie die Augen von Blinden erschienen ihr die dunklen Fenster. Einmal schlug ein Hofhund an. Es war ihr gleichgültig, wohin die Fahrt ging.

Wie es wohl wäre, mit einem Fremden zu schlafen, einzig weil er Geld für sie gezahlt hatte? Eine gemeine Metze, so stand es im Gesetzbuch, war eine ledige Weibsperson, welche die Lüste mehrerer Mannspersonen befriedigte. Ob sie dies umsonst oder für einen Lohn, heimlich oder öffentlich machte, war einerlei. Auf die Zahl und Menge der geschehenen Beiwohnungen kam es auch nicht an. Sie wusste, wenn sie sich diesem Herrn hingab, war sie eine Hure.

Der Fremde machte einen in sich gekehrten, fast finsteren Eindruck. Bisher hatte er sie kaum eines Blickes gewürdigt. Auch hatten sie kein Wort miteinander gewechselt. Es war ihr unheimlich zumute. Am Waldrand tauchte ein behäbiges steingemauertes Gebäude auf.

Fenster und Türen hatten, soweit Barbara im Mondlicht erkennen konnte, abgeschrägte Nischen, die das Mauerwerk meterdick erscheinen ließen. Bei näherem Hinsehen machte das Gebäude einen verwahrlosten Eindruck. An einigen Stellen war der Verputz abgebröckelt. Eine Glasscheibe aus dem vergitterten Fenster im Erdgeschoss lag zersplittert auf dem Boden. Fensterläden hingen windschief in den Angeln oder waren aus den Halterungen herausgebrochen. Wenn dieser schäbige Kasten ein Schloss ist, dachte sie, dann bin ich die Königin von Saba.

Der Herr hielt an und wollte ihr beim Aussteigen helfen. Barbara lehnte die Hilfe ab.

»Nein, vielen Dank. Ich bin keine Dame.«

Sie schritten durch das taunasse Gras des Fruchtbaumgartens, bis sie den rückwärtigen Flügel des Hauses erreicht hatten. Barbara wunderte sich über den verwunschenen Eingang. Die schmale granitgefasste Pforte war von Rosenbüschen umrankt. Sie bemühte sich, die Marmortafel über der Tür mit den beiden Wappenschildern zu erkennen. Dann wüsste sie vielleicht, wo sie war.

Der Herr schien ihre Gedanken zu erraten. Er fühlte sich bemüßigt, eine Erklärung abzugeben.

»Auf der Tafel steht: Diese Behausung haben Melchior Welser, Kellner zu Stuhlfelden, und Esmarina Oberndorfferin, seine Hausfrau, erbaut zum Segen ihrer Erben und Nachkommen im Jahre 1591. Die beiden Wappen darunter zeigen einen steigenden Esel, rechts drei aufgeschlitzte Granatäpfel, manche meinen auch, es sei Mohn. Wir leben schon in der vierten Generation auf Schloss Labach. Mein Vater ist früh gestorben. Er hat mir das Gut vor fünfzehn Jahren vermacht. Derzeit macht Labach keinen sonderlich einladenden Eindruck. Nach dem Hochwasser im Frühjahr mussten wir erst einmal die Wirtschaftsgebäude wieder herrichten.«

Er hatte eine angenehme dunkle Stimme, fand Barbara. Nicht so herrisch und laut wie der Kuenburg. Schloss Labach ... ja, ihr Vater hatte einige Male mit den Welsern zu tun gehabt. Mit Adam Welser. Der hatte zwei Söhne, Johann Franz und Johann Karl, erinnerte sie sich. Einer auf Labach, der andere auf Einödberg.

»Dann bist du also der Franz? Immer wenn die Rede auf euch kam, hat mein Vater gesagt: Was zwischen Labach und Einödberg die Sichel schwingt, sind Schnitterinnen der Welser.«

»Nun, so ganz stimmt der Spruch nicht mehr«, lächelte der Gutsherr. »Wo kommst du her?«

»Von Fronleiten zu Bramberg. Das Gut liegt auf der Sonnseite gegen das Mühlbachtal.«

»Dann bist du die Tochter des Matthäus Jenner?«

»Ja, die bin ich.«

»Ich war einmal bei euch, als ich einen Knecht brauchte. Für eine Fuhre Holz im Winter. Ich glaube, er hieß Gilg. Hast du nicht noch zwei Brüder?«

»Ja. Christoff ist mit einem Gelehrten unterwegs. Nach Wien wollten sie reisen. Davor waren sie im Habachtal. Auf der Smaragdgrube. Georg, der jüngere, lebt in Hollersbach. Er hat gerade den Dorferwirt übernommen.«

»Jetzt weiß ich alles über euch, nur deinen Namen nicht.«

»Ich bin die Barbara.«

»Die Schutzpatronin der Bergleute. Meine Vorfahren waren Gewerke etlicher Erzgruben. Sie kamen aus Augsburg wie die von Rosenberg. Gold und Kupfer haben uns reich gemacht. Geblieben ist nichts außer einigen Ländereien und zwei Schlössern, die den Namen nicht verdienen. Labach ist im Winter so kalt, dass wir oft im Mantel bei Tisch sitzen und die Suppe mit Handschuhen löffeln.«

»Auf Fronleiten ist es auch nicht viel anders, bloß dass wir keine Mäntel haben.«

Der Herr von Labach zündete ein Talglicht an und geleitete Barbara über eine knarrende hölzerne Stiege in das Obergeschoss. Sie bekam eine Gänsehaut. Was hatte er vor? Er öffnete die Tür zu einem Schlafgemach. Zwei getrennte Betten standen darin, wie sie ältere Eheleute haben. An der Wand hing ein vergilbtes Bildnis der Schmerzensreichen Muttergottes. Das Zimmer machte einen unbenutzten Eindruck.

»Komm, ich will dir etwas zeigen«, sagte er und öffnete einen großen, mit allerlei Blumen und Rankenwerk bemalten Kleiderschrank.

Es roch nach altem Lavendel. Er schob die Kleider beiseite, die auf der Stange hingen, und legte einen Holzriegel um. Die Rückwand öffnete sich wie eine Tür. Im Schein des Windlichts erkannte Barbara eine Wendeltreppe, die in die Finsternis führte. Das Blut gefror ihr in den Adern. Es wurde ihr bewusst, dass sie diesem Mann ausgeliefert war. Niemand würde ihre Schreie hören, sollte er auf abwegige Gedanken kommen.

Franz Welser bemerkte, dass die Geheimtür Barbara verängstigte.

»Einer meiner Vorfahren hat diesen Fluchtweg gebaut … als Feuertreppe für sich und seine Familie. Vielleicht auch, um sich vor Feinden in Sicherheit zu bringen. Es gab zu der Zeit etliche Bauernunruhen. Andere meinen, er habe über die Treppe seine Geliebten herein- und hinausgeschmuggelt. Ich halte das eher für unwahrscheinlich. Meine Vorväter waren gottesfürchtige Leute. Wir haben eine Hauskapelle, die schöner ausgestattet ist als manche Pfarrkirche. Über den geheimen Ausgang ist viel gerätselt worden.«

Barbara wusste nicht recht, was sie von all dem halten sollte. Hatte der Labacher sie abgeschleppt, um ihr eine versteckte Wendeltreppe zu zeigen? Sie setzte sich auf das Bett, fröstelnd die Arme um die Knie geschlungen, und blickte ins Leere. Franz Welser nahm neben ihr Platz und schaute sie an.

»Du willst bestimmt wissen, weshalb ich dir das alles erzähle …«

»Bestimmt hast du deinen Spaß daran, mich das Gruseln zu lehren«, sagte sie gleichgültig. »Manche Mannsbilder brauchen das offenbar, um scharf zu werden.«

»So denkst du also von mir. Nein, ich habe dir von der Treppe erzählt, weil sie für mich ein Sinnbild ist. Ein Sinnbild, dass es immer einen Ausweg gibt im Leben.«

Barbara verstand nicht, worauf er hinaus wollte. »Wenn du mich vögeln willst, dann mach es gleich! Sonst schlaf ich ein. Müde bin ich eh schon. Ihr Mannsbilder wollt doch immer etwas haben für euer Geld. Oder nicht?«

Sie begann sich auszuziehen. Achtlos warf sie ihre Kleider auf den Boden. Turban. Kaftan. Pluderhosen. Oberteil. Mehr hatte sie nicht an. Dann legte sie sich auf den Bauch, den Kopf in das Kissen vergraben.

Und wartete. Schlimmer als mit dem Kuenburg könne es kaum kommen, tröstete sie sich. Dieser Dreckskerl hatte alles mit ihr gemacht, was sich ein krankhaftes Gehirn ausdenken konnte. Was hatte sie schon zu befürchten?

Franz Welser betrachtete ihren Körper. Im Kostüm der Scheherazade war ihm ihr Leib makellos schön erschienen. Jetzt sah er die Bisswunden an den Schultern. Die roten Striemen auf dem Rücken. Und blaue Flecken an den Handgelenken. Behutsam zog er die Decke über ihren Leib.

»Du frierst. So, und jetzt erzähl mir deine Geschichte, und ich verschone dich von dem, was du erwartest.«

Barbara blickte ihn verwundert an. Wollte er sie quälen, nur um seinen Spaß zu haben?

»Ich habe nichts zu erzählen.«

»Es gab einen Streit zwischen dir und dem Kuenburg …«

»Na und … was ist daran Besonderes?«

Sein Blick fiel auf ihren Smaragdring. Im Schein des Talglichts funkelte der Smaragd auf dem Goldreif wie das Auge einer Schlange. Bösartig und kalt.

»Ist der Ring von ihm?«

»Ja. Ich bin Dienstbotin auf Hochneukirchen. Kuchldirn, Kammerfräulein. Was gerade gebraucht wird … Mädchen für alles.«

Sie musste über ihren eigenen Witz lachen.

»Und dann schenkt dir der Sohn deiner Herrschaft so mir nichts dir nichts einen Smaragdring. Der Kuchldirn, dem Kammerfräulein, dem Mädchen für alles …?«

»Ich bin seine Geliebte«, begann sie zögernd. »Eines Abends bestellte mich der Graf auf sein Zimmer. Sein Charme hat mich verzaubert. Ich bin mit ihm ins Bett gegangen. Ich dachte, er würde mich lieben.«

»Hat er dir einen Antrag gemacht?«

Sie hob hilflos die Schultern. »Ja. Aber er macht keine Anstalten, um meine Hand anzuhalten.«

»Du musst weg von Hochneukirchen. Ich werde mit meiner Frau reden. Sie könnte eine neue Haushaltshilfe gebrauchen. Bis dahin arbeitest du auf einem Gut.«

Barbara setzte sich auf. Sie hielt die Decke vor der Brust. »Es hängt mir alles zum Hals raus … der Aufputz … die Schminke … der Fummel. Ich weiß nicht, was mich dazu getrieben hat, die ganze Komödie mitzumachen.«

Der Welser ergriff ihre Hand, die sie ihm willig ließ. Draußen graute der Morgen. Ein Vogel zwitscherte ein Lied. Sie hörte das Rasseln einer Kette. Eine Kuh wartete auf die Melkerin. Wie friedlich es hier war. Sie entzog ihm ihre Hand.

»Die meisten Mannsbilder reden nicht über ihre Empfindungen. Das höchste ihrer Gefühle ist das Eingeständnis der Liebe. Dabei kommen sie sich ganz toll vor. Als würden sie einem ein Geschenk machen. Wenn sie sagen, ich liebe dich, meinen sie meist nichts anderes als: Mach die Beine breit!«

»Wie viele Männer hast du kennengelernt?«, lächelte der Welser.

»Einen. Aber den gut genug!«

»Zum Glück sind nicht alle Männer so. Und jetzt leg dich schlafen. Ich wecke dich zum Frühstück. Danach werde ich dich nach Neukirchen bringen. Ich habe auf Gut Ainetberg einiges zu erledigen.«

Bevor der Welser die Kammer verließ, drehte er sich noch einmal um und sagte: »Hab den Mut, deine Ketten abzuwerfen. Denn eine Sklavin bist du. Nicht nur die Sklavin des Kuenburg. Vor allem eine Sklavin deiner Seele.«

Müde wie sie war, schlief Barbara sofort ein. Im Traum sah sie sich an der Seite von Kilian Haslacher. Unter dem Geläut der Kirchenglocken und brausenden Orgelklängen schritten sie zum Altar, begleitet von Brautjungfern, die Rosenblätter vor ihre Füße streuten. Zwei kleine Knaben trugen die Schleppe ihres Brautkleids. Ein aus Myrten geflochtener Jungfernkranz bedeckte ihr Haupt. Auf einem roten Samttablett brachte der Pfarrherr die Ringe. Ob sie ihr Verdingbuch schon auf dem Pfarramt abgegeben habe, wollte er wissen, damit er den Ehestand eintragen könne. Nein, das habe sie vergessen. Dann könne er die Trauung leider nicht vornehmen. Sie stürzte aus der Kirche und eilte zum Schloss. Im Torhaus begegnete ihr Graf Kuenburg. Sie flehte ihn an, ihr das Dienstbuch auszuhändigen. »Nicht, bevor du mir ein letztes Mal zu Willen warst«, sagte der Graf mit höhnischem

Grinsen. Sie weigerte sich, seinem Verlangen nachzukommen. Darauf schlug der Neukirchner ihr brutal ins Gesicht, dass ihre Nase blutete. Mit Entsetzen sah sie, dass das Blut das Brautkleid rot färbte. Die Sonne stand schräg über den Bergen, als sie zur Kirche lief. Sie öffnete die Pforte: Die Kirche war leer.

Das Geräusch der Tür hatte sie geweckt. Eine angenehme Stimme sagte: »Das Frühstück ist fertig.«

»Das hat noch keiner zu mir gesagt«, sagte sie lächelnd und kleidete sich an.

Franz Welser brachte sie mit seinem Wagen nach Hochneukirchen.

Vor dem Torhaus reichte Barbara ihm die Hand.

»Danke dir, Welser. Ich hoffe, ich habe die Kraft, deinen Rat zu beherzigen.«

Eilig lief sie um die Ecke.

Schloss Hochneukirchen lag im Sonntagmittagsschlaf. Die Fensterläden im ersten Stock waren geschlossen. Aus den geöffneten Küchenfenstern im rückwärtigen Flügel des Hauses erklangen Stimmen, vermischt mit dem Klappern von Geschirr. Die Herrschaften sind wieder da, dachte Barbara. Endlich würde der Spuk ein Ende haben. Sie zögerte eine Weile, bevor sie die Pforte betrat. Die Gräfin stand in der Küche und gab Josefa Anweisungen für das Nachtmahl. Sie sah erstaunt auf, als Barbara eintrat.

»Wo kommst du denn her, Barbara? Hast du nicht Küchendienst?« Die Gräfin betrachtete sie geringschätzig. »Ist es jetzt Mode, dass meine Dienstboten herumlaufen wie die Mätressen am Hof Ludwig XIV.?«

Barbara machte einen Knicks. »Ich habe mich nur für die Maskerade auf Schloss Lichtenau kostümiert, gnädige Herrin. Der junge Herr hat mich auf das Fest mitgenommen.«

»Nach Hause gebracht hat er dich nicht, wie ich sehe. Wo hast du dich die Nacht herumgetrieben?«

»Das ist meine Sache.«

»So, das ist deine Sache! Wer so liederlich wie du herumläuft, hat auch liederliche Ansichten. Aber du bist alt genug, um zu wissen, was du tust. Nur eines will ich wissen: Wie kommt es, dass die Josefa neuerdings Küchendienst macht?

»Der Graf wollte es so. Er hat mich für den Stubendienst eingeteilt.«

Josefa grinste hämisch. »So macht er es immer mit den Neuen.«

»Du hältst dich da raus, Josefa!«, fuhr die Gräfin die Dienstmagd an. Dann blickte sie Barbara scharf an. »Als Kammerjungfer hat dich Carl Friedrich beschäftigt … hat er sich an dir vergriffen?«

»Nein«, log Barbara. »Wir sind zusammen auf das Kostümfest gefahren. Er wollte nicht ohne Begleitung sein.«

»Dann zieh dich um. Ab heute arbeitest du wieder als Kuchldirn. Geh erst mal zum Brunnen und schmink dir den Tuschkasten ab. Deinen Haarschopf kannst du auch gleich unters Wasser halten. Wie eine gerupfte Saatkrähe siehst du aus.«

Sie wollte sich wieder ihrer Arbeit zuwenden. Barbara blickte verschämt zu Boden. Da fragte die Herrin stirnrunzelnd: »Gibt es sonst noch etwas?«

»Ja, gnädige Herrin … ich mach mit Euch Lichtmess.«

Ottilia von Kuenburg starrte sie entgeistert an. »Mitten im Jahr willst du kündigen? Weißt du, was das bedeutet? Keinen Lohn und einen Vermerk im Verdingbuch.«

Sie blickte Barbara misstrauisch an. »Oder gibt es besondere Gründe?«

»Meine Mutter ist krank … sie braucht Hilfe. Wir haben nur eine alte Magd, die ihr zur Hand geht.«

»Zu Lichtmess kannst du gehen. Vorher geht es nicht. Ich bekomme im Augenblick keine neue Küchenmagd. Und anlernen will ich keine. Die macht mehr kaputt, als dass sie mir hilft.«

Mutlos ließ Barbara die Hände sinken. Sie wagte nicht, ihrer Herrin zu widersprechen.

Sie ging auf ihre Kammer und entkleidete sich. Bekümmert blickte sie in den Spiegel. Augenbrauenstrich, Wimperntusche und Lidschatten entfernte sie mit Wasser und Seife. Die Fettschminke überzog sie, wie es die Baderin geraten hatte, mit einer Fettsalbe, die sie mit einem Tuch abrieb. Nachdem das geschehen war, wusch sie sich das Gesicht.

Als sie in den Spiegel blickte, erschrak sie. Ihr ganzes Antlitz war von hässlichen Abszessen entstellt. Das Bleiweiß hatte sein zerstörerisches Werk verrichtet.

Danach wusch sie sich die Haare. Doch das Färbemittel klebte an ihrem Haupt wie die Blutegel, aus denen es bestand, an ihrem Wirt. Sie versuchte ihr Haar zu kämmen. Der Kamm blieb immer wieder stecken. Sie nahm eine Bürste. Doch so sehr sie bürstete, die rabenschwarzen Locken kräuselten sich immer wieder. Tränen traten ihr in die Augen. Es würde Monate dauern, bis die Farbe aus ihrem Haar verschwunden war. Würde sie jemals wieder glattes, blondes Haar haben?

Sie nahm ein blaues Waschkleid aus dem Kasten, band sich die Schürze um und ging hinunter in die Küche.

Die Gräfin betrachtete sie mit Abscheu. »Wer hat dir das Mittel zum Haarfärben gegeben?«

»Die Baderin von Rosental.«

»Die Euphrosina? Und wer hat dir das Geld dafür gegeben?«

»Sie hat gesagt, das würde die Gräfliche Herrschaft schon in Ordnung bringen.«

»In Ordnung bringen nennt man das jetzt! Ich habe mir die Bücher angesehen. Zwanzig Gulden hat die Baderin in Rechnung gestellt für den ganzen Firlefanz. Ich sollte dir die zwanzig Gulden von deinem Lohn abziehen. Dann hast du ein Jahr umsonst gearbeitet. Übrigens hat die Baderin auch aufgelistet, welcher Art ihre Dienste waren. Es kann einem die Schamröte ins Gesicht treiben. Soll ich es dir sagen?«

Ohne die Antwort abzuwarten, nahm sie einen Zettel zur Hand.

»Sie hat dir das Schamhaar entfernt, wie es bei den Kurtisanen der Brauch ist. Sie hat dir Mittel gegeben, wie sie die Huren nehmen, damit sie keine Kinder bekommen. Und sie dir hat auch ein Mittel verordnet, das den Samen des Mannes tötet. Wie es Männer gewöhnlich nehmen, wenn sie eine Geliebte haben. Geliebte, Kurtisane, Hure ... wer ist der Schelm, mit dem du Unzucht getrieben hast, sag es mir!«

»Euer Sohn, gnädige Herrin.«

»Ich habe es mir gedacht!«

Ottilia von Kuenburg musste sich an der Stuhllehne festhalten. Ihr Gesicht war aschfahl. Da entdeckte sie den Smaragdring an Barbaras Ringfinger. Der Stein glühte giftgrün im Licht der Morgensonne.

»Ist der Ring auch von Carl Friedrich?«

Barbara senkte den Kopf und schwieg.

Die Gräfin fasste sich mit der linken Hand ans Herz, schwer atmend.

»Wie kommt mein Sohn dazu, dir einen Ring zu schenken?«

»Er sagte, der Ring sei ein Zeichen seiner Liebe.«

»Ein Zeichen seiner Liebe!«, lachte sie höhnisch. »Bilde dir darauf nicht zuviel ein. Sagte er sonst noch etwas?«

Gedanken wirbelten durch ihren Kopf. Wie die letzten Strohhalme auf den leeren Feldern im Herbst. Hatte der Kuenburg ihr nicht einen Antrag gemacht? Sie musste sein Versprechen als Waffe benutzen. Um den Rest ihrer Ehre zu retten.

»Der junge Herr hat mir einen Antrag gemacht. Sobald die Ernte eingebracht ist, will er um meine Hand anhalten.«

Die Gräfin lachte laut auf. »Davon träumst du wohl, du Närrin! Du kannst auf deine Kammer gehen, bis ich dich rufe.«

Auf der Treppe begegnete Barbara dem Grafen. Er sah verschlafen aus und machte einen missvergnügten Eindruck.

»Ich habe mit dir zu reden, Barbara. Komm heute Abend zu mir, wenn meine Eltern zu Bett gegangen sind.«

»Wenn es etwas zu besprechen gibt, könnt Ihr mir das ebenso gut hier sagen.«

Carl Friedrich blickte sie entgeistert an. »Was ist los mit dir? Hat der Welser dich um den Verstand gebracht?«

»Er hat mir eher die Augen geöffnet.«

»Du hast dich wohl gut mit ihm amüsiert?«

»Ich kann nicht klagen«, sagte Barbara mit aufgesetztem Lächeln. »In seinem Schlafzimmer gibt es eine Geheimtür, durch die er seine Geliebten kommen und wieder verschwinden lässt. Wenn die eine durch die Schlafzimmertür verschwindet, kommt die nächste durch den Kleiderschrank. So begegnen sie sich nicht. Er ist unersättlich. Schlau, nicht wahr?«

Carl Friedrich erblasste. »Bist du jetzt eine von seinen Geliebten?«

»So würde ich es nicht bezeichnen. Er hat mir eine Stelle angeboten. Zu Lichtmess werde ich auf Schloss Labach in der Küche anfangen. Ich habe bereits der gnädigen Herrin mitgeteilt, dass ich zum nächsten Februar gehe.«

Die Antwort verschlug dem Kuenburg die Sprache. Er rang nach Worten. »Ich ... ich werde mit meinen Eltern reden, Barbara. So wie ich es dir versprochen habe ... wenn die Ernte eingebracht ist.«

»Ob ich das noch will, weiß ich nicht ...«

»Was zum Teufel ist bloß in dich gefahren? Vergiss nicht, ich habe dich zu dem gemacht, was du bist. Du gehörst mir und keinem anderen.«

»Na, was bin ich denn in deinen Augen?«

»Eine ...« Er musste einen Augenblick nachdenken, bevor er die richtigen Worte fand: »Die Frau meiner Träume.«

»Belüg dich nicht selbst! Vor ein paar Stunden erst hast du vor allen Leuten verkündet, ich sei nicht mehr als ein Stück Fleisch. Hast du das schon vergessen?«

Der Graf fuhr sich verlegen durchs Haar. »Entschuldige, Barbara, es war nicht so gemeint. Ich war einfach nur wütend. Hast du mit dem Welser geschlafen?«

Sie straffte ihren Oberkörper. »Wenn einer dreihundert Gulden zahlt, will er doch etwas haben für sein Geld, oder nicht?«

Im September bat Carl Friedrich seine Eltern um ein Gespräch. Dem Ernst der Angelegenheit entsprechend, fand die Aussprache im Großen Saal statt.

»Ich habe mit Euch zu reden«, begann er, unruhig auf und ab gehend. »Es ist wegen Barbara, der Küchenmagd.«

»Was hast du mit der Barbara?«, fragte Sigmund von Kuenburg.

»Ich liebe sie ... ich möchte sie heiraten.«

Der Herr der Kuenburgischen Urbarverwaltung zu Neukirchen trat an das Fenster und blickte hinaus. Von Süden zogen düstere Wolken über den Keeskogel. Er drehte sich um.

»Musst du etwa dieses ... Mensch heiraten?«

»Dieses Mensch … das klingt so, als ob Barbara kein Mensch ist! Wenn Ihr es genau wissen wollt, Herr Vater, ich muss sie nicht heiraten«.

»Nun, wir waren in unserer Jugend auch keine Unschuldslämmer«, begann der Alte mit ruhiger Stimme. »Zu meiner Zeit pflegte man Herzensangelegenheiten allerdings mit Diskretion zu behandeln. Ich hätte nie gewagt, meinen Vater mit Weibergeschichten zu behelligen. Einmal hatte ich ein Verhältnis mit unserer Melkerin. Mechthild hieß sie. Eine hübsche Dirn. Kurz und gut, es hat ein paar Tränen gegeben. Ich habe die Angelegenheit mit Geld geregelt. Das Kranzgeld für die verlorene Unschuld.«

Er lachte, als hätte er einen Scherz gemacht.

»Zum Glück bin ich bald darauf deiner Mutter begegnet. Sie hat mich vor schlimmeren Fehltritten bewahrt.«

Er machte eine Pause. Dann hob sich seine Stimme bedrohlich.

»Wenn ich dir einen guten Rat unter Männern geben darf: Mit den Mägden hab dein Vergnügen bei der Nacht, schick sie weg, wenn der Hahn kräht, aber bei Tag lass dich nicht mit ihnen blicken.«

Mit dem Taschentuch polierte er seinen Siegelring. »Wie ich gehört habe, hast du ihr einen Ring geschenkt. Damit ist sie gut bedient. Zu Lichtmess werden wir sie gehen lassen.«

»Ich glaube, Ihr habt mich nicht verstanden«, antwortete Carl Friedrich gereizt. »Ich liebe Barbara … endlich weiß ich, was Liebe ist.«

»Er weiß endlich, was Liebe ist!«, höhnte Graf Sigmund, wobei er Ottilia bestätigungsheischend anblickte. »Dafür hast du lange gebraucht. Oder besser gesagt, viele gebraucht. Ein Weiberheld bist du, ein Schürzenjäger. Den Namen Kuenburg zerrst du in den Schmutz. Wie eine Fahne, auf der man mit Kot an den Schuhen herumtrampelt. Ich sage dir eines: Wenn du dieses Mensch heiratest, werde ich Hans Ludwig als Erbe und Stammhalter unseres Hauses einsetzen. Was du dann machst, ist mir wurscht.«

»Ich darf dich daran erinnern«, mischte sich die Gräfin ein, »dass du bereits Katharina von Kaltenhausen versprochen bist. Ihre Eltern wollen demnächst die Einzelheiten der Hochzeit mit uns besprechen. Erspare uns um Himmels Willen einen Skandal!«

»Nie und nimmer werde ich diesen Blaustrumpf heiraten«, brauste Carl Friedrich auf. »Was soll ich mit einem Frauenzimmer anfangen, das den ganzen Tag Poesiebücher liest oder das Cembalo malträtiert. Langweilen kann ich mich auch allein.«

»Außer diesen Gaben, die du erwähnst und die gewiss nicht die schlechtesten sind«, sagte Graf Sigmund, »hat die junge Kaltenhausen etwas, was uns fehlt, nämlich Geld. Die Familie zählt zu den wohlhabendsten im Pfleggericht Windisch-Matrei. Nicht von altem Adel, aber ein tüchtiges Geschlecht. Ein Kaltenhauser war Wirt des Matreier Tauernhauses. Seine Nachkommen sind in den Bergbau eingestiegen und haben bei Prabant und in Rettenbach auf Kupfer gebaut. Der alte Kaltenhauser ist, so viel ich weiß, Mitgewerke am Glaureter Handel derer von Rosenberg im Gericht Virgen. Sie besitzen ein ansehnliches Lehen unweit Schloss Weißenstein …«

»Ich habe diese Schnepfe einmal zu Gesicht bekommen, da war ich bedient. Alles andere habt Ihr arrangiert … es geht mich nichts an.«

»Was dich das angeht, will ich dir sagen«, erwiderte der Alte heftig. »Die Holzpreise fallen, und die Löhne steigen. Wenn du deine Augen zur Abwechslung auf den Boden lenkten würdest anstatt auf Busen und schöne Beine, würdest du die Missernten auf den Feldern sehen. Wir können froh sein, wenn wir zu Martini den halben Zins bekommen. Wir brauchen dringend Geld, sonst kommt der Kasten bald unter den Hammer.«

»Das heißt, ich soll mit einer guten Partie Hochneukirchen retten?«, ereiferte sich Carl Friedrich. »Was kann ich dafür, wenn Ihr über Eure Verhältnisse lebt. Wozu brauchen wir einen Verwalter? Wozu zwei Diener, die nur dazu da sind, die Kerzenhalter und Stiefel zu putzen. Sechs Wochen wart Ihr auf Reisen in Italien. Ich möchte nicht wissen, was das gekostet hat. Und Ihr, Frau Mutter, musstet Euch vor der Reise neu einkleiden. Wie ich den Büchern entnehmen konnte, hat Eure Garderobe mehr gekostet als eine Dienstbotin in drei Jahren. Aber von mir wird das Opfer einer arrangierten Ehe verlangt. Ich danke!«

»Wozu wir einen Verwalter brauchen?«, schäumte der Alte vor Wut. »Das will ich dir sagen: Weil ich leider einen Sohn habe, der unfähig ist, unsere Güter zu verwalten. Wenn andere in der Frühe über die Felder reiten oder im Kontor über den Büchern sitzen, schläfst du deine Räusche aus. Wenn andere von ihrem Tagewerk müde aufs Stroh fallen, schwärmst du in fremde Betten aus … sofern du deine Weiber nicht in dem deinen empfängst. Und was Italien betrifft, gut dass du das Thema anschneidest, so habe ich mir gestern die Mühe gemacht, die Reisespesen deiner sogenannten Kavalierstour zu überprüfen. Ich bin entsetzt! Deine Ausgaben liegen meilenweit über den unsrigen. Allein deine Besuche im Ridotto in Venedig, schlagen mit achthundert Gulden zu Buche. Nicht einmal zum Spieler taugst du … du Versager!«

Carl Friedrich fuhr sich nervös durchs Haar.

»Ich hatte eine Pechsträhne beim Gänsespiel. Das spielen sie jetzt überall in Italien …«

Graf Sigmund runzelte die Stirn. »Das Gänsespiel? Was ist das?«

Die Augen des Grafen glänzten wie die eines Fieberkranken.

»Ein Brettspiel, bei dem gewürfelt wird. Es gibt dreiundsechzig Felder, in einer Spirale angeordnet, und sechs Ereignisfelder – Brücke, Herberge, Brunnen, Labyrinth und Tod. Wer auf diese Felder kommt, hat einen Einsatz zu zahlen, dessen Höhe vorher vereinbart wurde …«

»Das genügt!«, unterbrach ihn Graf Sigmund ärgerlich. »Mit dem Gänsespiel hast du also deine Zeit in Venedig verplempert, anstatt dir den Markusdom oder die Seufzerbrücke anzuschauen. Lass die Finger von dieser Gans! Sie bringt dich nur ins Unglück.«

Carl Friedrich hob hilflos die Schultern. »Das sagt sich so einfach. Barbara ist mein einziges Glück. Das lasse ich mir nicht nehmen!«

»Glücksspiel. Liebesglück. Ich höre immer nur Glück! Als gäbe es keine anderen Lebensinhalte. Wenn du so schwach bist, dass du von dieser Weibsperson nicht lassen kannst, dann nimm dir einen Strick!«

Der Alte hatte sich so in Rage geredet, dass die Adern auf seiner Stirn blau anschwollen. Gereizt trommelte er auf die Ledereinlage seines Kontortischs.

»Wenn du sie heiraten willst, bitte. Doch dann wirst du auf dein Erbe verzichten müssen. Am besten, ihr zieht in die Fremde. Ich möchte mich nicht schämen müssen, dein Vater zu sein.«

»Bitte, Sigmund, rede nicht so mit ihm!«, lenkte die Gräfin ein. »Er ist doch dein eigen Fleisch und Blut. Ich will nicht, dass du wegen so etwas unseren Sohn verstößt. Eine Dienstbotenaffäre ist schließlich kein Genickbruch. Das lässt sich regeln.«

Erregt schritt Graf Sigmund auf dem gewachsten Eichenparkett auf und ab. Er dachte nach. Nach einer Weile hellte sich sein Gesicht auf.

»Gut, ich werde meinem Vetter Friedhelm in Kärnten schreiben, ob er dich für die Verwaltung seines Gutes in Lavant gebrauchen kann. Bei ihm lernst du einiges, das du hier nutzbringend anwenden kannst. Etwas Luftveränderung wird dir gut tun.«

Carl Friedrich stellte sich vor, wie es wäre, ohne Barbara zu leben. Er konnte es nicht. Die Tür laut hinter sich zuknallend, verließ er den Saal. Es klang wie ein Pistolenschuss.

Im Spätsommer trat ein Ereignis in Barbaras Leben, das sie stets von sich geschoben hatte. Als ihre Blutungen das erste Mal aussetzten, dachte sie sich nichts dabei. Als sie einen Monat später ihre Tage wieder nicht hatte, glaubte sie an eine Blutstockung oder Periodenstörung. So etwas kam schließlich häufiger vor. Vielleicht hatte sie in der letzten Zeit zu wenig gegessen. Die Haushälterin des Vikars hatte ihr erzählt, während der Fastenzeit bekäme sie nie die Regel. Oft zwei Monate nicht. Dass sie sich manchmal müde fühlte und reizbarer als sonst, schrieb sie ihrer bedrückten Stimmung zu.

Im September wurde sie von Angst ergriffen. Sie begann nachzurechnen. Ein paar Tage später spürte sie ein Ziehen in den Brüsten, das ihr unbekannt war. Und eines Morgens, als sie den Fußboden in der Küche scheuerte, musste sie sich übergeben. Zum Glück sah es niemand.

Da wusste sie, dass sie schwanger war.

Sie wischte das Erbrochene von den Fliesen und öffnete das Fenster. Auf dem Hof unterhielten sich Carl Friedrich und der Kutscher Rax. Draußen stand der Vater ihres ungeborenen Kindes und wusste nichts von seinem Glück.

Am Sonntag ging Barbara zur Messe. In ein schwarzes Kopftuch gehüllt, damit man ihr krauses Haar nicht sah, schritt sie die Schlossgasse hinunter, vorbei an den eisernen Grabkreuzen des Kirchhofs. Seit der Begegnung mit dem Unterwaldmeister hatte sie keinen Gottesdienst besucht. Dabei mochte sie die Kirche mit ihrem mächtigen Turm und den hohen Fenstern. Versonnen betrachtete sie die beiden Engelsknaben, pausbäckig und pummelig, an der Seite des heiligen Augustin. Würde sie auch so einen prächtigen Knaben bekommen?

Das Orgelspiel setzte ein mit brausenden Basstönen und Pfeifen. Als der Vikar Jakob Strauß das Lied »Geh aus, mein Herz, und suche Freud« anstimmte, brach Barbara in Schluchzen aus. Die Frauen in den Bänken drehten sich nach ihr um.

»Kann ich dir helfen, Barbara?«, flüsterte die Tochter des Schiedhofbauern.

Barbara trocknete die Tränen ab. »Ich danke dir, Christina, es geht schon.«

Doch bei der Zeile »Narzissus und die Tulipan, die ziehen sich viel schöner an als Salomonis Seide«, zuckten ihre Schultern wieder.

Nach dem Gottesdienst stand Barbara allein auf dem Kirchplatz. Die Bauernmädchen, mit denen sie sonst gern geplaudert hatte, schauten neugierig zu ihr herüber und tuschelten. Alle hatten nach der Messe ihre schwarzen, mit bunten Bordüren und Fransen verzierten Kopftücher abgenommen und, wie es Brauch war, über die Schulter gelegt. Nur Barbara nicht.

Christina Vorderegger trat zögernd auf sie zu. »Am Samstag ist Tanz beim Rosentalwirt. Eine Tiroler Tanzkapelle hat sich angesagt. Kommst du auch?«

Barbara lächelte gequält. »So wie ich aussehe, wird niemand mit mir tanzen. Es wird Jahre dauern, bis mein Haar wieder so ist wie früher.«

»Aber geh, mach dir eine andere Haartracht. Ein paar Flechten, ein paar bunte Bänder, dann merkt es keiner. Die Maria Achleitner vom Kohlerhof ist doch auch schwarz.«

»Ob deren Haarfarbe echt ist, weiß nur der Teufel persönlich.«

»Frag den Josef Schweinberger, der Holzknecht weiß es«, antwortete Christina. Da mussten sie beide lachen. Sie zupfte Barbara am Ärmel. »Schau mal, wer da kommt. Ist das nicht dein Maikäfer?«

Ein großer breitschultriger Bursche in graugrünem Loden näherte sich den beiden.

»Bist du es, Barbara?«, fragte Kilian Haslacher erstaunt. »Ich habe dich kaum wiedererkannt … blass siehst du aus. Wie eine L…ilie.«

Barbara lächelte gequält. »Seitdem du weg bist, komme ich einfach zu wenig an die frische Luft. Was machst du hier?«

»Ich habe nächste Woche auf dem Urbaramt in Mittersill zu tun. Eine Grenzstreitigkeit. Es geht um ein Waldstück im Märzengrund. Die Tiroler behaupten, es gehöre ihnen. Die Salzburger pochen auf ihr verbrieftes Recht.«

»Ich muss nach Hause«, sagte Christina und verabschiedete sich.

Barbara betrachtete den Unterwaldmeister sinnend. Monate waren vergangen, seitdem sie sich zuletzt gesehen hatten. Doch kam er ihr anders vor als früher. Ernster. Männlicher. Oder sah sie ihn anders, da sie eine andere geworden war?

»Du hast dich verändert, Kilian … jedoch nicht zu deinem Nachteil. Bist du zufrieden mit deiner neuen Stelle?«

Er zuckte die Schultern. »Du fehlst mir, Barbara … ich denke jeden Tag an dich.«

»Das glaube ich nicht!«, lachte sie. »Im Zillertal soll es genug hübsche Mädchen geben.«

»Sie bedeuten mir nichts. Ich möchte dich gern noch einmal sehen, bevor ich wieder zurückreise. Es ist vielleicht das letzte Mal, dass wir uns so begegnen wie heute.«

»Warum?«

»Es besteht die Möglichkeit einer Versetzung. Aber das erzähle ich dir ein andermal.«

»Also gut. Wo wollen wir uns treffen?«

»Im Jagdhaus bei der Hinteren Schlosseralm im Untersulzbachtal. Passt der Samstag?«

»Das Kuenburgische Jagdhaus?«, wunderte sich Barbara. »Wieso ausgerechnet dort?«

»Das sage ich dir später. Also wann?«

»Am Samstag um fünf Uhr.«

»Am Torhaus beim Reitstall werde ich auf dich warten.«

»Nein, das gäbe nur Gerede. Wir treffen uns beim Schiedhof in Rosental. Mit der Christina bin ich befreundet. Da fällt es nicht auf.«

Bevor sie sich mit Kilian traf, überlegte Barbara, musste sie mit Carl Friedrich reden.

Barbara begegnete ihm am nächsten Morgen. Sie trug das Frühstück auf. Wie gewöhnlich pflegte der Graf nicht vor zehn Uhr aufzustehen, um ein spätes Gabelfrühstück zu sich zu nehmen. Erstaunt blickte er von der Zeitungslektüre auf, als sie mit dem Tablett in seinem Zimmer erschien.

»Du bringst mir das Frühstück, Barbara?«

»Ja. Ich habe mit Euch zu reden.«

Ohne ihn anzublicken, stellte sie die Speisen und Getränke auf den Tisch.

»Kommst du, um das Kranzgeld abzuholen?«, fragte er höhnisch, während er sich mit Messer und Gabel über die Spiegeleier hermachte.

»Nein, es ist etwas anderes …«

»Nun, da bin ich aber neugierig.« Die Stimme des Grafen klang etwas unsicher.

»Ich erwarte ein Kind von Euch.«

Carl Friedrich legte die Zeitung beiseite. »Also darauf hast du es angelegt …«

»Nein, ich … ich meine … wir waren unvorsichtig. Es musste so kommen, so oft wie wir beisammen waren.«

Seine Brauen zogen sich zusammen.

»Seit wann weißt du es?«

»Seit drei Tagen.«

»Geh zur Sina … die hat für alles die richtigen Mittel.«

»Die, die sie mir bisher gegeben hat, haben nicht geholfen. Außerdem bin ich wahrscheinlich im dritten Monat … ich habe es nicht bemerkt.«

»Im dritten Monat? Erwartest du von mir, dass ich Freudensprünge mache?«

»Nein, das erwarte ich nicht. Aber dass Ihr Euch der Verantwortung bewusst seid.«

Er blickte sie misstrauisch an. »Wer sagt denn, dass das Kind von mir ist? Vielleicht ist es ja von dem Welser. Zeitlich müsste das hinkommen.«

»Mit dem Herrn von Labach war ich nicht zusammen.«

»Soll ich dir das glauben, nachdem was du mir von ihm erzählt hast? Er hat doch keine dreihundert Mäuse springen lassen, um mit dir Händchen zu halten.«

»Es ist so, wie ich sage: Einem anderen habe ich nicht beigewohnt. Das Kind ist von Euch.«

»Ich verstehe. Es muss von mir sein, weil der Welser verheiratet ist. An den traust du dich nicht ran.«

»Du Scheusal!«, schrie Barbara. »Warum sollte ich das Kind einem anderen Mann unterschieben?« In ihrer Wut vergaß sie ganz, dass sie sich vorgenommen hatte, den Grafen nicht zu duzen.

»Vielleicht weil du auf eine Heirat spekulierst«, entgegnete er mit lauerndem Blick.

»Eine Heirat? Die habe ich mir längst abgeschminkt. Sag mir bitte, was soll ich tun?«

Sie war den Tränen nahe.

»Tu das, was ich dir gesagt habe. Hier hast du Geld.«

Er entnahm seinem Beutel eine Zehn-Gulden-Goldmünze und warf sie auf den Tisch.

Barbara beachtete das Geldstück nicht. »Was bist du bloß für ein Mensch! Vor Kurzem wolltest du mich noch zum Traualtar führen. Hast du das vergessen?«

»Nein. Aber es geht nicht. Ich habe mit meinen Eltern gesprochen. Ich müsste auf alles verzichten. Auf die Güterverwaltung, das Erbe und sämtliche Privilegien.«

»Das verlange ich ja gar nicht von dir. Ich will nur eines wissen: Soll ich das Kind behalten oder nicht?«

»Zwingen kann ich dich zu nichts. Doch wenn du das Kind behalten willst, wird es nicht den Namen seines Vaters tragen.«

»Willst du dich wie ein Dieb aus der Verantwortung stehlen? Wenn wir schon nicht Hochzeit halten, erwarte ich, dass du für dein Kind aufkommst. Es soll wenigstens wissen, wer sein missratener Vater ist.«

Der Neukirchner machte eine Handbewegung, als wollte er eine lästige Fliege vertreiben.

»Damit alle wissen, dass der Stammhalter des Hauses Kuenburg eine Dienstmagd geschwängert hat? Such dir einen anderen Vater, wenn du das Kind unbedingt behalten willst.«

Da brach alles aus Barbara heraus, was sich in ihr aufgestaut hatte.

»Fahr zur Hölle, du Mistkerl! Ich finde dich scheiße, ja, scheiße! Wo andere ein Herz haben, hast du einen Stein! Einen kalten, harten Stein … so wie dieser da!«

Wutentbrannt streifte sie ihren Ring ab und schleuderte ihn auf den Tisch. Der Ring sprang vom Tisch und landete im Kaminfeuer. Wie versteinert blickte der Graf dem Schmuckstück nach. Barbara sah, wie der Smaragdkristall in den Flammen seine grüne Farbe verlor und sich in klares farbloses Glas verwandelte. Einen Atemzug später bildeten sich Risse auf seiner glatten Oberfläche. Der Stein zersprang und schmolz. Sie glaubte, ein leises Zischen zu hören, wie von einer Schlange, die sich bedroht fühlt.

Wortlos lief Barbara aus dem Zimmer, die Tür ließ sie offen stehen. In ihrer Kammer warf sie sich auf das Bett und weinte. Es war ein stilles Weinen, wie bei Kindern, die einen großen Kummer haben.

Was sollte sie bloß tun, überlegte sie? In die Salzach gehen? Nein, wenn sie freiwillig in den Tod ginge, wollte sie diesen Lump mitnehmen. Da kam ihr ein Gedanke: Vielleicht würde der Haslacher sie heiraten. Die Frage war nur: So wie sie war? Oder so wie er sie sich wünschte?

Am Samstagnachmittag schlug Barbara den Weg zum Untersulzbach ein. Beim Schiedhof, dem letzten Gehöft vor dem Taleingang, sah sie Christina auf der Tuchbleiche. Das große schlanke Mädchen hatte eine Gießkanne in der Hand und benetzte die frische Leinwand. Erstaunt drehte sich die Vordereggerin um.

»Wo willst du denn hin?«

»Ich habe mich mit dem Haslacher verabredet. Wir wollen zum Jagdhaus.«

»Willst du wieder mit ihm gehen?«

»Vielleicht. Es kommt darauf an …«

»Er wird schon wollen, so wie er dich am Sonntag angeschaut hat. Pass nur auf, dass die Herren euer Stelldichein nicht stören. Sie sind auf der Gamsjagd.«

»Wie steht es eigentlich mit dir? Hattest du nicht mal was mit dem Berger? Der Bursche, mit dem du beim Rosentalwirt getanzt hast.«

Christina lachte. »Ja, das stimmt. Der Wolfgang. Wir kennen uns von Kindesbeinen an. Er ist ein Vetter dritten Grades. Im nächsten Jahr wollen wir heiraten. Seine Eltern werden in den Austrag gehen. Dann bin ich die Bergerbäuerin. Sie haben einen Herrensitz auf der Sonnseite, hoch über dem Schloss. Eine Alm besitzen sie auch noch. Stell dir vor, Barbara, du wachst auf und siehst die Gletscher vor dir. Hier unten auf dem Talboden sieht man nur die Grasberge.«

Barbaras Gesicht verzerrte sich. Was würde sie erwarten? Gewiss kein Herrensitz mit Venedigerblick. Da erblickte sie Kilian Haslacher. Mit langen Schritten näherte er sich den beiden Mädchen.

»Pass auf, Haslacher, dass der Schuss nicht nach hinten losgeht«, sagte Christina. »Du kommst mir vor wie der Wolf, der immer wieder über die Fallgrube springt, weil er den Jäger ärgern möchte. Er springt so lange, bis er in die Grube fällt. Der Jäger, der den Wolf beobachtet, schüttelt den Kopf und lacht: Dümmeren Teufel wie dich habe ich noch keinen gesehen.«

Der Unterwaldmeister verzog den Mund zu einem Grinsen. Lachen konnte er nicht über den Vergleich.

Barbara und Kilian nahmen den Gehsteig durch die düstere Klamm. Aus einem Schlund stürzend, schäumte ihnen mit donnerndem Getöse der Untersulzbachfall entgegen, weißgrau im Dämmerlicht der hohen Tannen. Die feine Gischt sprühte Regenbogen in die Nachmittagssonne. Die schroffen Felswände, an den äußersten Rändern von Bäumen bewachsen, die sich mit den Wurzeln am kargen Erdreich festkrallten, leuchteten schwefelgelb. Tief unten in der Klamm lagen umgestürzte Fichten, umwirbelt von den Strudeln der Wildwasser. Barbara griff ängstlich nach der Hand des Waldmeisters. Vor einem bemoosten Felsen blieb sie stehen.

»Weißt du noch, hier hast du mir die Bezoarkugel geschenkt.«

»Heute würde ich dir einen Ring schenken. Der ist nicht verboten und weniger gefährlich.«

»Solange es kein Smaragdring ist.«

Kilian blickte auf ihre linke Hand.

»Wo ist der Ring, den du am Sonntag getragen hast?«

»Ich habe ihn weggeworfen«, sagte sie leichthin. »Er hat mich an zu vieles erinnert.«

Der Unterwaldmeister blickte sie argwöhnisch an. »Hast du den Kuenburg geliebt?«

»Ich habe es mir eingebildet. Ich wollte, ich könnte alles ungeschehen machen …«

Ermutigt von diesem Geständnis, sagte Kilian: »Wenn man wirklich will, kann man immer wieder neu anfangen.«

»Das sagt sich so leicht. Warum willst du ausgerechnet zum Jagdhaus? Es gehört der Gräflich Kuenburgischen Herrschaft. Man muss immer damit rechnen, dass jemand kommt.«

»Ich will das Haus des Neukirchners mit meinen Füßen betreten, so wie er mich mit Füßen getreten hat«, sagte Kilian mit leuchtenden Augen, als er würde er gegen einen verhassten Feind zu Felde ziehen. »Er war es, der mich verleumdet hat. Und er war es, der uns getrennt hat.«

»Nein, Kilian, da irrst du dich. Wenn uns etwas getrennt hat, dann war es meine Torheit. Man darf die Schuld nicht immer bei anderen suchen. Ich hätte dir ja ins Zillertal folgen können …«

»Du weißt, wie sehr ich mich darüber gefreut hätte, Barbara. Was hat dich davon abgehalten?«

»Ich war mir über meine Gefühle nicht im Klaren.«

»Und … wie steht es jetzt mit deinen Gefühlen?«

»Jetzt bin ich mit mir im Reinen.«

»Heißt das, dass ich mir berechtigte Hoffnungen machen kann?«

Gedankenverloren zupfte sie die Blütenblätter einer Blume ab.

»Vielleicht, vielleicht auch nicht …«

Oberhalb des Wasserfalls mündete der Steig auf den Forstweg. Die am Wegrand wuchernden Doldengewächse Giersch und Schierling erinnerten Barbara an ein besticktes Brautkleid. Dazwischen streckten

Farnkräuter ihre giftgrün gefiederten Blätter in den Himmel. Eine im Gras versteckte Pflanze mit zartvioletten Blüten und schmalen gescheckten Blättern weckte ihre Neugier.

»Geflecktes Knabenkraut, eine Orchideenart«, erklärte Kilian. »Nirgendwo wächst es so üppig wie hier.«

Erfreut über ihr Interesse an der Pflanzenwelt, ergriff er ihre Hand. Sie ließ es bereitwillig geschehen. Ein wohltuendes warmes Gefühl durchströmte sie. Ein Gefühl, wie sie es als Kind gehabt hatte, wenn ihre Mutter abends am Bett saß und ihr über die Stirn strich.

Es begegnete ihnen niemand.

Als sie am Knappenhaus vorbeikamen, glaubte Barbara, ein Gesicht am Fenster zu erkennen. Wahrscheinlich ein Bettler oder Landfahrer. Solches Gesindel hauste häufig in aufgelassenen Gebäuden.

Nach drei Stunden erreichten sie das auf einer Almwiese gelegene Jagdhaus. Der Unterwaldmeister wusste, wo der Schlüssel versteckt war. Die Hüttentür verriegelte er von innen. »Unverhofft kommt oft«, sagte er lächelnd. Er zog sie auf das Bärenfell und küsste ihre Stirn. Ermattet von dem dreistündigen Fußmarsch, lehnte sie den Kopf an seine Schulter.

»Auf der Hieburg hast du mich gefragt, ob ich dein Weib werden will. Und ich habe dich gefragt, was verdienst du? Noch etwas habe ich gesagt, das ich bereue: Warten wir erst mal ab, bis du Oberwaldmeister geworden bist.«

»Man hat mir eine Stelle als Oberwaldmeister in Stuhlfelden angeboten. Der Posten ist allerdings nicht für einen Junggesellen ausgeschrieben. Das Geld für eine Haushälterin hat die Hofkammer nicht.«

»Das freut mich für dich, Kilian. Ich hatte schon befürchtet, dass die Strafversetzung deiner Karriere schaden würde.«

»Der Waldmeister in Zell hat ein gutes Wort für mich eingelegt …« Einen Augenblick schwiegen beide.

Er räusperte sich und sagte: »Ich frage dich noch einmal, Barbara: Willst du mein Weib werden?«

Sie lächelte. »Diesmal sage ich Ja!«

Da griff er in seine Rocktasche und zog einen goldenen Ring hervor, den er an ihre linke Hand steckte.

Sinnend betrachtete sie den Ring. »Würdest du auch ein Weib heiraten, das bereits ein Kind hat?«

Kilian blickte auf ihren Bauch. »Ich verstehe die Frage nicht. Du hast doch kein Kind ...«

»Habe ich gesagt, dass ich ein Kind habe? Ich habe dich nur gefragt, ob du auch eine heiraten würdest, die bereits ein Kind hat.«

Kilian zuckte die Schultern. »Nun, wenn es eine junge Witwe ist, würde ich auch die und ihre Kinder nehmen.«

»Und wenn es keine Witwe wäre?«

»Du meinst ein unverheiratetes Weib mit einem ... Strauchbalg?«

»Zum Beispiel.«

»Eine Liederliche würde ich nicht nehmen. Welcher Pfarrherr gäbe auf einen Bankert schon seinen Segen. Meine Karriere könnte ich begraben.«

»Entschuldige bitte, es war nur so eine Frage ...«

Er blickte sie argwöhnisch an. »Hinter deiner Frage verbirgt sich doch etwas ...«

»Ach, ich wollte nur wissen, ob du mich liebst. Ich habe es heute noch nicht von dir gehört.«

»Aber natürlich liebe ich dich ... ohne dich kann ich nicht leben.«

Sie zog ihn an sich und umarmte ihn. Er roch nach billiger Seife und küsste wie ein Schuljunge. Nun, in ihrer Lage musste sie nehmen, was sie kriegen konnte. Bald würde sie unter der Haube sein. Oberwaldmeisterin – wie das klang! Wie Hochzeitsglocken an einem sonnigen Maientag.

»Dann werde ich meine Eltern auf deinen Besuch vorbereiten.«

»Ja, tu das, Barbara. Ich dachte mir, wir heiraten im nächsten Mai. Die Stelle soll zum ersten Juli frei werden. Die Entscheidung werde ich morgen dem Obristwaldmeister in Salzburg mitteilen, damit mir der Posten sicher ist.«

Sie setzten sich auf die Hausbank. Kilian packte die Wegzehrung aus. Speck, Käse, Brot. Und eine Flasche Roten. Später als es kühler wurde, und die Sterne am Himmel aufleuchteten, führte Barbara den Unterwaldmeister in die Schlafkammer.

Im Schein des Mondlichts entkleidete sie sich und gab sich ihm hin.

Ihr pechschwarz gekräuseltes Haar fiel über sein Gesicht wie das Netz einer Spinne und hüllte ihn in Finsternis. Wie ein Blinder tasteten seine Hände über ihren blühenden Leib. Als er spürte, dass er sich nicht mehr in der Gewalt hatte, fragte er: »Sollen wir uns jetzt schon nehmen, was uns eigentlich erst in der Hochzeitsnacht zusteht? Wir haben doch noch genug Zeit.«

»Wer sagt, dass wir noch genug Zeit haben?«, antwortete sie hart. »Ich will heute leben, nicht morgen.«

»Und wenn du schwanger wirst?«

»Mach dir deswegen keine Sorgen … ich hatte gerade meine Tage.«

Sie wunderte sich, wie leicht ihr diese Lüge über die Lippen kam.

Da wurde er schwach, und sie bekam ihren Willen. Es ging alles sehr schnell, und sie empfand nicht viel. Er hat keinen blassen Schimmer, was einer Frau gefällt, dachte sie gelangweilt, als sie seinen Mund auf ihrem Mund spürte, seine Hände an ihre Brüste fassten, dass es sie schmerzte, und sein Samen, kaum dass er in ihren Schoß gedrungen war, sich wie eine Notdurft ergoss. Und, nachdem er sich einen Atemzug später zur Seite gewälzt hatte, sie auch noch fragte: »Bist du glücklich, mein Schatz?«

Barbara und Kilian lagen engumschlungen auf der Bettstatt, als sie ein Geräusch vernahmen. Jemand schlich um das Haus. Eine Türklinke bewegte sich. Zuerst zaghaft, dann laut rüttelnd. Kurz darauf pochte eine Faust gegen den Fensterladen.

»Wenn ihr nicht sofort aufmacht, werde ich die Hütte abfackeln!«, rief eine herrische Stimme.

Kilian sprang auf, zog rasch Hemd und Hose an und öffnete die Tür.

Graf Kuenburg stand vor ihm, das Gewehr im Anschlag. »Ach, du bist es, Haslacher!«, grinste er und betrat die Stube. »Ich dachte schon, ein Landfahrer hätte sich wieder mal eingenistet. Ist die Barbara bei dir?«

»Was geht es dich an!«

In diesem Augenblick erschien Barbara. Im Unterhemd und mit zerzaustem Haar trat sie neben den Waldmeister.

»Ja, ich bin bei ihm«, sagte sie bestimmt. »Und ich werde immer bei ihm bleiben!«

»Ach, so ist das … das Jagdhaus ist euer Liebesnest.«

»Dein Bett ist belegt, Jagdfreund, und deine Liebesdienerin auch«, schleuderte Kilian dem Kuenburg hasserfüllt ins Gesicht. »Falls du es noch nicht weißt: Ich werde Barbara heiraten. Und jetzt troll dich, oder ich blase dir das Hirsch-tot-Halali!«

»Wie einfallsreich, dass ihr das Jagdhaus für euer Schäferstündchen ausgesucht habt. Hier kann ich mein Hausrecht ausüben, ohne dass es unbequeme Folgen haben wird … ich meine natürlich für mich.«

Graf Kuenburg riss die Flinte hoch und richtete den Lauf auf den Widersacher. Für einen Moment war der Unterwaldmeister wie gelähmt vor Entsetzen. Er sah, wie sich der Finger am Hahn krümmte. Mit einem Satz sprang er auf den Grafen zu und entriss ihm die Waffe. Ein ohrenbetäubender Knall folgte. Der Schuss brannte ein schwarzes Loch in die Decke. Das Gewehr schleuderte Kilian aus dem Fenster. Wutentbrannt umfasste der Graf mit beiden Händen seinen Hals. Verzweifelt versuchte Kilian, sich aus der Umklammerung zu befreien. Barbara sah, dass ihm die Luft wegblieb. Wie eine Wildkatze warf sie sich auf den Rücken des Angreifers und schlug ihre Zähne in seinen Nacken. Aufbrüllend vor Schmerz ließ Carl Friedrich von dem Waldmeister ab und schleuderte Barbara gegen den Tisch. Darauf zog der Rasende seinen Hirschfänger aus der Scheide und stürzte sich auf Kilian. Diesem gelang es, den Stich durch eine rasche Drehung abzuwehren. Die Klinge verletzte ihn am Oberarm, dass das Blut sein Hemd färbte. Sie wälzten sich am Boden, zwischen Tisch und Bank, und kamen wieder auf die Beine. Kilian ergriff einen Stuhl und wehrte die Angriffe des Grafen ab. Dabei trat er einen Schritt zurück, stolperte über den Kopf des Bären, und stürzte zu Boden. Mit einem Satz war der Neukirchner bei ihm, um ihm die Klinge in die Kehle zu stoßen. Kilian, der den scharfen Stahl über seinem Kopf blitzen sah, stieß das Knie gegen den Unterleib des Grafen, dass dieser zurückfuhr. Noch einmal versuchte Carl Friedrich das Messer an den Hals des Forstgehilfen zu setzen. Mit letzter Kraft gelang es Kilian, das Handgelenk des Grafen umzudrehen, so dass der Stich in seine Schlagader ging. Wie eine Fontäne schoss das Blut aus dem Hals des Neukirchners und floss über die Dielen.

Barbara kam wieder zu sich. Mühsam erhob sie sich. Ihre Augen bekamen einen leuchtenden Glanz, als sie den Sterbenden erblickte. Sein Stöhnen erstickte in einem Blutschwall, der sich aus seinem Mund ergoss.

»Verzeih mir, was ich dir angetan habe ... ich habe dich trotz allem geliebt.«

Der Graf bäumte sich auf, die Hand nach ihr ausstreckend und den Mund halb geöffnet, als ob er sie ein letztes Mal zu sich heranziehen wollte. Dann wurde sein Blick starr und der Kopf schlug hart auf dem Boden auf.

»Er hat es verdient, dieses Ungeheuer!«, sagte Barbara hart.

»Es war Notwehr. Ich konnte nicht anders, sonst läge ich hier.«

»Sie werden dir nicht glauben. Es ist in seinem Jagdhaus passiert. Wir müssen fliehen.«

»Ich gehe wieder ins Zillertal. Meine Verletzung ist gering. Du aber musst weg von hier. Niemand außer uns weiß, was geschehen ist.«

»Christina hat uns gesehen. Ich weiß nicht, ob sie schweigen wird. Und ein Gesicht sah ich am Fenster des Knappenhauses.«

»Christina wird uns nicht verraten. Erzähl ihr, wie alles gekommen ist. Und das Gesicht, das du gesehen hast, war sicherlich ein Bettler. Am besten, wir sehen uns eine Weile nicht mehr.«

»Ja, das wird das Beste sein.«

Sie beseitigten alle Spuren, die sie verraten konnten. Sorgfältig säuberte Barbara den Fußboden, rückte Tisch und Bank zurecht und ordnete die Bettstatt. Bevor sie das Haus verließen, sahen sie sich noch einmal um. Sie verriegelten die Fensterläden und schlossen die Tür ab. Den Schlüssel steckte Barbara zwischen das Gebälk. Die leere Flasche zerschellten sie auf den Bachsteinen, der blutverschmierte Putzlappen flog hinterher.

Den Toten wickelten sie in eine Decke, die sie mit Steinen füllten und Stricken zusammenschnürten, und schleppten ihn an den Bach. Mit vereinten Kräften warfen sie den Leichnam in die Fluten, dass das Wasser hoch aufspritzte. Einen Augenblick starrten sie in den Strudel, in dem sich das Bündel drehte. Bis der Tote in einem schwarzen Loch verschwand.

Sie hatten an alles gedacht, nur nicht an den Jagdwagen des Grafen. Der Wagen stand im Schuppen neben dem Haus. Verschreckt durch den Schuss, hatte sich das Ross von der Stange losgerissen und die Flucht ergriffen. Im Rausch der Liebe hatten sie das anfahrende Gespann überhört, im Getümmel des Zweikampfs auch den Hufschlag des fliehenden Pferdes.

An der Brücke über den Untersulzbach, wo der Bettlersteig begann, trennten sich ihre Wege. Auf dem Steg schleuderte Kilian den blutigen Hirschfänger ins Wasser.

»Wie ein Mörder schleiche ich durch die Nacht. Auf dem Bettlersteig, mit den Geringsten an meiner Seite. Noch geringer bin ich als diese, denen wenigstens das Leben bleibt. Wenn ich gefasst werde, wartet auf mich das Schwert des Scharfrichters.«

»Für mich bist du kein Mörder«, entgegnete Barbara mit Tränen in den Augen. »Du hast mich von einem Ungeheuer befreit. Weniger das Ungeheuer in Gestalt dieses Mannes als das Ungeheuer in mir. Leb wohl, Kilian!«

Die letzten Sätze hatte der Unterwaldmeister nicht mehr gehört. Er war schon jenseits der Brücke. Barbara hörte, wie das Viehgatter hinter ihm zufiel. Bekümmert sah sie dem dunklen Schatten nach. Auf dem Pfad, den die Bettler und Landstreicher nahmen, wenn sie den Weg durch die Dörfer meiden wollten, um nicht von der Obrigkeit aufgegriffen zu werden. Bald hatte ihn die Finsternis verschluckt.

Barbara lief talabwärts. In der Dunkelheit stolperte sie immer wieder über Wurzeln und Steine, dass ihre Hände und Knie aufschürften. Nur selten brach ein silberner Mondstrahl durch das zottige Gewölk. Beim Knappenhaus bemerkte sie einen Schatten. Eine Frau mit wirrem Haar und ein junger Bursche mit einem großen weißen Hut saßen auf der Hausbank. Barbara erkannte die beiden wieder. Es waren die Bettler, die Georg einst an der Haustür abgewiesen hatte. Die Schinderbärbel und der Zaubererjackl.

Die Bettlerin sah sie mitleidig an.

»Fronleitnerdirn, was ist mit dir? Wo hast du deinen Gesellen gelassen, den Grünspecht?«

»Was geht das dich an?«

Mit schnellen Schritten wollte sie an den Unbehausten vorbeilaufen. Doch die Schinderbärbel packte sie am Arm und hielt sie fest.

»Gestern noch die Geliebte des Grafen im gefederten Wagen, heute die Wandergesellin des Grünspechts. Und jetzt ein fliehendes Pferd. Ja, wie das fliehende Pferd kommst du mir vor, das um Mitternacht hier vorbeigaloppiert ist in panischer Angst.«

»Ein fliehendes Pferd? Was redest du für einen Unsinn!«

Der Zaubererjackl rückte seinen Hut zurecht. »Das Pferd gehört dem Grafen... ich habe es gesehen ... einen Schuss habe ich auch gehört ... etwas Schlimmes muss passiert sein.«

»Du siehst Gespenster, Jackl!«, erwiderte Barbara schroff. »Ich habe kein Pferd gesehen und keinen Schuss gehört. Und jetzt lasst mich in Frieden.«

»Was ich gesehen habe, ist genug, um dir zu sagen, dass du bald so sein wirst wie ich«, höhnte die Bärbel. »Ein Bettelweib. Denn um Leib und Leben wirst du betteln bei Gott dem Allmächtigen, das schwöre ich dir.«

Barbara stieß das Weib von sich. »Lass mich los, Schinderbärbel! Du schaffst es nicht, mich in den Schmutz zu ziehen, der an deinesgleichen haftet.«

Das Lachen der Bettlerin hallte schauerlich von den Felswänden der Knappenwand wider.

»An deiner Seele haftet mehr Schmutz als an den Lumpen, die ich am Leib trage!«, rief sie ihr nach.

Barbara aber kam es vor, als spräche das Echo: »... die ich am Leib trage ... ich am Leib trage ... am Leib trage ... Leib trage ... trage.«

Nein, dies konnte nicht der Widerhall einer menschlichen Stimme sein. Dies war die Stimme eines Berggeistes. Sahen die Löcher und Höhlen, die Kristallsucher in den Fels geschlagen hatten, nicht wie Augen aus? Die Angst griff mit kalter Hand nach ihrem Herzen. Sie begann schneller zu laufen. Als sie den Pfad am Wasserfall entlanglief, bildete sie sich ein, dass die Zweige der Bäume und Büsche nach ihr fassten. Wie die Hände der geifernden Weiber und geilen Mannsbilder, die nach Cecilia griffen, als sie am Pranger stand. Damals hatte sie die Tantzlehentochter verhöhnt. Nun drohte ihr Schlimmeres als dieser.

Die Turmuhr der Pfarrkirche schlug die dritte Stunde, als Barbara den Schiedhof erreichte. Schwanzwedelnd lief ihr der Hofhund entgegen. Sie kraulte zärtlich sein Fell und warf einen Kieselstein gegen das Söllerfenster. Es dauerte eine Weile, bis sich in der Kammer etwas regte.

»Bist du es Barbara?«, flüsterte Christina. »Was ist passiert? Komm an die Haustür, ich mache dir auf.«

Barbara erzählte der Freundin, was geschehen war. Die Schiedhoftochter hielt sich erschrocken die Hand vor den Mund, als sie erfuhr, dass der Stammhalter des Hauses Kuenburg-Neukirchen tot war.

»Hier kannst du nicht bleiben, Barbara«, sagte Christina abwehrend. »Sie werden dich suchen. Der junge Graf verschwunden und du weg, das sagt alles. Außerdem möchte ich nichts mit deiner Geschichte zu tun haben.«

»Schon gut, Christina, morgen früh gehe ich. Ich will nur schlafen, ich bin todmüde.«

»Du kannst in meiner Kammer schlafen. Heute Nacht wird dich niemand suchen.«

»Ich danke dir, Christina … du kommst doch zu meiner Hochzeit?«

»Was … du hast dich mit Kilian verlobt?«

»Ja, er hat mir einen Antrag gemacht. Im Mai wollen wir heiraten. Er hat eine Stelle als Oberwaldmeister in Aussicht.«

Die Schiedhoftochter sah Barbara an, als hätte sie eine Irre vor sich.

Nachdem sie unbemerkt das Haus verlassen hatte, lief Barbara in aller Herrgottsfrühe nach Rosental. Es war nicht weit bis zum Haus des Baders. Die Baderin wunderte sich nicht, als Barbara ihr erzählte, dass sie schwanger sei.

»Wie weit ist es mit dir?«

Barbara atmete tief, dass sich ihre Brust hob. »Im dritten Monat, vielleicht auch schon im vierten. So genau weiß ich es nicht …«

Da schüttelte die Baderin den Kopf. »Für die Mittel, die ich besitze, den Absud des Sadebaums oder den Trank aus dem Wurzelpulver des Beifuß, ist es zu spät, Jennertochter. Der einzige, der dir noch helfen kann, ist der Jauk.«

»Wer ist der Jauk?«

»Der Sauschneider.«

»Der Sauschneider?«

Barbaras Augen weiteten sich vor Entsetzen.

»Ja, der Sauschneider. Er macht den Stier zum Ochsen, den Hengst zum Wallach, den Widder zum Hammel und den Hahn zum Kapaun. Und für Geld macht er auch verbotene Dinge, um die nur die Weiber wissen. Und jene Männer, die ihre Weiber zu ihm schicken. So viel ich weiß, ist er in Dorf am Werk. Dein Bruder wird wissen, wo du ihn findest. Sag dem Jauk, die Baderin von Rosental hätte dich zu ihm geschickt. Damit er nicht glaubt, man wolle ihn ausspähen, um ihm sein viehisches Handwerk zu legen.«

»Wie macht er das … der Sauschneider?«, fragte Barbara ängstlich.

»Er wird dir den Pfriem in den Schoß stoßen, dass nichts mehr am Leben bleibt.«

Die Jennertochter glaubte, umsinken zu müssen. Sie musste sich an der Stuhllehne festhalten. Ekel und Abscheu ergriffen sie vor dieser Weibsperson. Voller Zorn riss sie die Zeichnung von der Wand mit der Abbildung des Weibes, dessen Geschlechtszonen mit geheimen Buchstaben und Zahlen umkränzt waren, und schlug ihr das vergilbte Pergament um die Ohren.

»Du Hexe! Auf dem Scheiterhaufen verbrennen sollte man dich! Eingeredet hast du mir, dass ich schöner sei, wenn ich dies und das mit mir machen lasse. Im Bündnis mit dem Kuenburg, der dich für deine schändlichen Dienste bezahlt hat. Belogen hast du mich, was die Mittel angeht, die meine Empfängnis verhüten sollten. Was haben sie anderes bewirkt, als die Begierden eines Lüstlings zu befriedigen. Ich möchte nicht wissen, wie viele Mädchen du schon ins Unglück gestürzt hast!«

»Scher dich zum Teufel!«, schrie die Baderin. »Du hast offenbar vergessen, dass du es warst, die meine Dienste in Anspruch nahm. In deinem Wahn, Herrin auf Neukirchen zu werden, hast du alles getan, was der Graf von dir verlangte. Bevor ich auf den Scheiterhaufen gehe, wirst du unter dem Richtschwert enden. Wenn dich nicht vorher ein anderer holt.«

Da sie nicht erkannt werden wollte, nahm Barbara den Weg auf der Schattseite der Salzach. Gegen Abend erreichte sie die Siedlung Dorf. Hier hoffte sie, die Folgen ihres Fehltritts aus dem Leib auszutreiben. Selbst wenn ihr dies gelang, dieselbe wie früher wäre sie nicht mehr. Aus ihrem Kopf konnte sie nichts austreiben.

Die Zeiger der Uhr kann man zurückstellen.

Die Zeit nicht.

20
Der Mann, der kein Mann ist

Der seines Amtes verlustig gegangene Freiherr von Hohenberg wurde mit dem schönsten Satz geweckt, der dem Schlaf folgen kann: »Guten Morgen, mein Schatz, das Frühstück ist fertig.«

Susanna lugte neugierig durch den Türspalt. »Aus den Federn, du Faulpelz«, sagte sie und zog ihm lachend die Bettdecke weg.

Fortunat wollte sie in seine Arme schließen, doch sie wehrte ihn ab. Er würde ihr Haar zerzausen und ihren frisch gebügelten Rock zerknittern. Doch er hörte nicht auf sie. Lachend wälzten sie sich in den Kissen, bis sich Susanna befreite und meinte, jetzt sei es genug. Sie wolle nicht, dass jemand sie so sähe.

In der Küche waren Eier, Speck, Graubrot und Milch aufgedeckt. Magdalena saß am Tisch und schnitt Küchenkräuter.

»Es stört euch hoffentlich nicht, wenn ich hier ein wenig arbeite«, begrüßte sie die beiden missmutig. »Seitdem die Gundl weg ist, hängt alles an mir. Drei Mägde haben sich in den letzten Tagen vorgestellt. Ich habe mir ihre Verdingbücher angeschaut, da war ich schon bedient. Dann der Kummer mit euch. Alle denkt ihr bloß an euer Vergnügen. In der Küche sehe ich euch selten genug, aber bei Tisch seid ihr die ersten.«

»Warst du in unserem Alter anders?«, fragte Susanna schnippisch.

Magdalena sah sie ihre Tochter prüfend an. Neugier nagte an ihrem Herzen. Wie bei allen Müttern von Töchtern ab einem gewissen Alter.

»Hatte der Senningerbräu schon geschlossen, als ihr nach Hause gekommen seid?«, fragte sie harmlos.

»Es war zwei Uhr .... da waren beim Senninger schon die Lichter aus. Ich wollte Fortunat nicht auf dem Heuboden schlafen lassen. Also hab ich ihm die Kammer von Gundl gegeben. Sie ist ja frei, seitdem sie nicht mehr bei uns ist.«

»Das kann ich verstehen ... nein, die Tenne ist nichts für den Herrn. War der Abend auf Lichtenau wenigstens unterhaltsam?«

»Wie man's nimmt. Es gab Tanz. Und ein lustiges Gesellschaftsspiel mit Versteigerung. Das Geld bekommt das Waisenhaus in Venedig. Die Jennertochter, die Barbara, war auch da …«

Die Tantzlehenbäuerin schien das wenig zu interessieren. Zu gern hätte sie gewusst, was danach geschah.

»Entschuldigt mich einen Augenblick, Kinder«, sagte sie und legte die Schürze beiseite.

Sie lief in das Gesindehaus um die Ecke. Zielstrebig steuerte sie die Kammer der Gundl an. Als sie die Bettdecke zurückschlug, sah sie das blutverschmierte Laken. Sie wusste Bescheid. Zumindest glaubte sie das. Zurück in der Küche, setzte sie sich wieder und fuhr mit ihrer Arbeit fort, als ob nichts gewesen sei. Da erblickte sie den Smaragdring an Susannas Hand.

»Wo hast du den Ring her?«

»Du meinst meinen Verlobungsring?«, sagte Susanna mit gespielter Gleichgültigkeit.

»Wie … was … ihr habt euch verlobt?«

Magdalena wusste nicht, ob sie sich freuen oder ärgern sollte. Die Antwort nahm ihr den Wind aus den Segeln.

»Ja, Mama. Fortunat hat mir gestern Abend einen Antrag gemacht. Wir wollen noch vor Michaeli heiraten.«

Die Kammerlanderin wurde rot. Sie blickte zu Fortunat, der scheinbar unbeteiligt eine Scheibe Speck mit dem Messer aufspießte.

»Ist es in Deutschland oder in Tirol, wo immer Ihr auch herkommt, nicht üblich, dass man erst beim Hausvater um die Hand der Tochter anhält, bevor man den Verspruch bekannt gibt? Bei uns jedenfalls ist es so Brauch. Auch Cecilia und Christoff haben unglückseligerweise das Pferd von hinten aufgezäumt.«

»Was das angeht, Kammerlanderin«, entgegnete Fortunat gelassen, »herrschen sowohl in Deutschland wie in Tirol die gleichen Bräuche. Kein Sorge, ich habe die Absicht, in dieser Angelegenheit heute noch beim Hausvater vorstellig zu werden. Im Übrigen verstehe ich einiges von Pferden. Von hinten habe ich noch keines aufgezäumt.«

»Ich wage gar nicht daran zu denken, wie Rupert reagiert, wenn er das erfährt. Zuerst Celia und jetzt du. Ich sehe, es wird böse enden.«

Die Augen der Bäuerin wurden feucht.

»Mach dir keine Sorgen, Mama!«, versuchte Susanna sie zu beruhigen. »Es wird alles gut.«

»Wenn man den Männern alles schon vor der Zeit gibt, vergessen sie oft das Kirchengeläut. Das Bettlaken kannst du selber waschen. Pass auf, dass dich keiner am Brunnen sieht. Er könnte sonstwas denken ...«

Da verlor Susanna die Beherrschung. »Ausgerechnet du willst mich lehren, was es heißt tugendhaft zu sein!«

»Ich hab es ja nicht so gemeint«, lenkte die Tantzlehenbäuerin ein. »Es hat mich einfach verletzt, dass ich von euch immer vor vollendete Tatsachen gestellt werde. Ich komme mir ausgeschlossen vor von den Dingen, die zu den wichtigsten zwischen Mutter und Tochter gehören. Früher hast du mir doch auch alles anvertraut ...«

»Wenn der Blitz ins Haus einschlägt, geht man nicht zum Nachbarn und sagt, ich möchte mit dir reden, ich brauche deinen Rat.«

»Der Blitz hat also bei dir eingeschlagen«, lächelte Magdalena versonnen. »Dann kann ich nur hoffen, dass du das rettest, was man nicht wiederherstellen kann ...«

»Was meinst du damit?«

»Deine Ehre, mein Kind.«

»Mama, es reicht mir langsam mit deinem Generve. Da heute mein freier Tag ist, werde ich mit Fortunat ausreiten. Zum Nachtmahl werden wir wieder zurück sein. Können wir Sternchen und Wildfang nehmen?«

Die beiden waren geübte Reiter. Nachdem sie die Pferde in gemächlichem Trab warm gelaufen hatten und sich dabei über das Gespräch mit der Tantzlehenbäuerin unterhielten, jagten sie im Galopp über die Wiesen der Salzachauen.

Susanna zeigte dem Freund die Überreste des Gutes Schildschwaig. Es war ein trostloser Anblick. Von den Gebäuden auf dem Schutthügel war nichts mehr zu sehen. Die Fluten hatten alles mitgenommen. Der Brunnen auf dem Hof, das heißt, wo einst der Hof mit Stall und Heuschupfen lag, war bis zum Rand versandet. Nur die Gartenmauer aus Feldsteinen hatte der Flut standgehalten. An den Resten eines Weidezauns banden sie die Pferde fest.

»Siehst du den Apfelbaum da drüben? Unter dem hat Celia die Wiege geschaukelt, als ich sie einmal besucht habe.«

Sie gingen hinüber zu dem alten Obstbaum, der schief und knorrig im kniehohen Gras stand. Seine Früchte begannen sich schon rot zu färben. Bald würden sie reif sein. Pflücken würde sie niemand mehr. Zwischen den untersten Ästen, versteckt im Laubwerk, entdeckte Susanna noch etwas.

»Da hängt ja noch Martins Weidenkörbchen … sieh nur, wie klein es ist … Celia hat es selbst geflochten …« Sie konnte nicht mehr weiterreden. Das Schicksal ihrer Schwester schnürte ihr den Hals zu.

»Glaubst du, wir machen es besser?«, sagte sie auf dem Heimritt.

»Ja. Wenn wir beide das Gleiche wollen.«

»Meinst du, das allein genügt?«

Die Hände in den Hosentaschen, schritt Rupert Ronacher gemächlich über den Hof. Er war guter Dinge. Der Roggen lag im Schnitt. Zufrieden blickte er auf die schwer beladene Fuhre, die sein Bauknecht vor den Kornkasten lenkte. Goldgelb leuchteten die Garben. Nach dem nassen Frühjahr und dem heißen windigen Wetter in den vergangenen Wochen hatte er schon das Schlimmste befürchtet. Den Vaterkern oder, wie man andernorts sagte, das Mutterkorn. Ängstlich war er in den letzten Wochen immer wieder zu den Feldern geschlichen, um nach schwarzblauen Pfriemen an den Ähren, dem Misswuchs der Getreidekörner, zu spähen, die, wie die Hebammen wussten, die Wehen auslösen oder die Leibesfrucht abtreiben konnten. Viele vermuteten im Vaterkern die Ursache des gefürchteten Antoniusfeuers, einer Krankheit, bei der die Gliedmaßen nicht mehr richtig durchblutet wurden. Rupert hatte den Brandner Kaspar vor Augen, dem sie beide Beine hatten amputieren müssen. Ein Opfer der Kribbelkrankheit. Besenbinden und Korbflechten war das einzige, was er noch machen konnte. Auch der Schwindelhaber, dieses abscheuliche Unkraut im Hafer mit seinen braunschwarzen Samen, das ebenfalls in feuchten Jahren auftrat, und dessen Genuss im Haferbrei oder in der Hafersuppe zu Schweißausbrüchen, Erbrechen, Durchfall, Schwindel und Schlafsucht führte und die Pferde mondblind machte, hatte die Bauern heuer nicht heimgesucht. Nach dem Roggen würde die Gerste an die Reihe kommen. Dann der Hafer und zuletzt der Weizen. Bald würden die Korntruhen gefüllt sein. Es gab keine Anzeichen, dass ein Unwetter die Ernte verhageln könnte. Von einigen Wärmegewittern abgesehen, wölbte sich von morgens bis abends ein muttergottesblauer Himmel über dem Land im Gebirge. Es war alles gut gegangen. Ob alles andere auch so gut ging? Der Ronacher grübelte. Cecilia, die mit ihrem ledigen Kind auf dem Hof saß und auf diesen vermaledeiten Jenner wartete. Susanna, die jetzt auch anfing, über die Stränge zu schlagen. Nun, über die Zweitälteste hoffte er heute etwas mehr Klarheit zu bekommen. Er werde bei dem Habsburger mal auf den Busch klopfen, gelobte er sich, als er sich die Hände am Brunnen wusch.

Es war Samstag. Wie üblich sagte Rupert den Knechten und Mägden beim Mittagsläuten, sie könnten Feierabend machen. Der Dietlind, der jungen Schnitterin, riet er scherzhaft, sie solle beim Tanzen auf ihre Schuhe aufpassen, es gebe nicht mehr als ein Paar im Jahr. Dann schritt er ins Haus.

Magdalena saß in der Stube. Nadel und Faden in der Hand und einen Korb Flickwäsche neben sich. Ein schräger Sonnenstrahl fiel durch das geöffnete Fenster auf ihren Nacken. Sie blickte nicht auf, als er neben sie trat. Mit ihren achtunddreißig Jahren war sie immer noch eine begehrenswerte Frau. Ob er das nur dachte, weil ihm etwas fehlte, seitdem Gundl weg war? Er legte seine Hände zärtlich auf Magdalenas Schultern. Sie sah ihn erstaunt an.

»Ist das nicht das neue Ballkleid von Susu? Sie muss ja wild getanzt haben, dass du es schon flicken musst. Wo ist sie eigentlich ... ich habe sie noch gar nicht gesehen?«

»Sie ist ausgeritten. Mit dem Habsburger. Sie werden bald zurück sein. Er will mit dir reden, am liebsten noch vor dem Nachtmahl.«

»So. Reden will er mit mir?« Rupert dachte einen Augenblick nach. »Was will er mir denn mitteilen?« In seiner Frage schwang Neugier.

»Das wird er dir schon selbst sagen. Ich bitte dich bloß, nicht gleich in die Luft zu gehen …«

»Kommt das nicht ein wenig schnell?«

Magdalena wunderte sich, wie ruhig Rupert auf diese Angelegenheit reagierte.

»Ich meine, sie kennen sich gerade mal drei Wochen, wenn es hochkommt. Dennoch, wir sollten uns dem jungen Glück diesmal nicht in den Weg stellen, Magda.«

»Da hast du recht, Rupert. Da entsteht etwas, das von anderem Schlag ist als der Schlamassel, in dem unsere Älteste steckt.«

»Der Habsburger ist nicht zu vergleichen mit dem Fronleitner«, wog der Ronacher ab. »Ein gutbestallter kaiserlicher Beamter mit dem Titel eines Geheimen Rats … das sieht nach keiner schlechten Partie aus. Adeliges Blut, noch dazu habsburgisches, wäre durchaus eine Bereicherung unseres Geschlechts. Nur schade, dass wir Susanna dann nach Tirol abgeben müssen.«

»Was die beiden vorhaben, weiß ich nicht. Wie ich Susu kenne, wird sie nicht so mir nichts dir nichts mit ihm abzwitschern. Sie ist stärker in der Erde verwurzelt als ihre Schwestern.«

»Die Sache scheint mir nicht unüberlegt zu sein«, sagte Rupert, ohne auf die Anspielung einzugehen. »Der edle Herr macht auf mich keinen ungünstigen Eindruck. Etwas leichtlebig scheint er allerdings zu sein … wie alle Tiroler.«

Bei dem Wort »leichtlebig« musste er einen Augenblick nachdenken. Zwischen seinen Augen bildete sich eine steile Falte.

»Wo hat er denn die Nacht verbracht? Beim Senningerbräu war doch bestimmt schon zugesperrt.«

»Susu hat ihm die Kammer von Gundl überlassen. Sie wollte ihm nicht zumuten, auf dem Heuboden zu schlafen.«

Erhitzt von ihrem Ausritt betraten Susanna und Fortunat die Stube.

»Sternchen ist abgezischt wie eine Feuerwerksrakete. Sie hat sich gefreut, dass sie mal so richtig gefordert wurde.«

Rupert blickte seine Tochter mit Wohlgefallen an. »Habt ihr die Pferde auch ordentlich abgerieben und gestriegelt?«

»Aber natürlich, Papa! Von Pferden verstehen wir beide genug.«
Seitdem sie wusste, dass ihr Vater nicht ihr richtiger Vater war, sagte
sie manchmal »Papa« zu ihm. Der Ronacher hatte nichts dagegen,
auch wenn es ihm ein wenig despektierlich erschien.

»Wie ich hörte, habt ihr mir etwas mitzuteilen. Ich denke, wir besprechen die Angelegenheit gemeinsam.«

Er blickte seine Ehewirtin vielsagend an.

»Na, was gibt es für Neuigkeiten?«

Susanna stieß Fortunat mit dem Ellbogen an. Er musste einige Male
schlucken, dass sein Adamsapfel auf- und niederhüpfte, bevor er das
Wort ergriff.

»Erzfürstlicher Zehentbauer! Cupido hat seinen Pfeil in mein Herz
geschossen, und mich in heißer Liebe zu Susanna entflammen lassen.
Nicht minder als die Tugend der Schönheit haben mich die Ehrbarkeit
und Sittsamkeit Eurer Tochter in einem Maße berührt …«

An der Stelle wurde Fortunat von dem unterdrückten Kichern Susannas aus dem Konzept gebracht. Schweiß trat auf seine Stirn. Mühsam rang er nach Worten.

»… indem ich meiner ergebensten Hoffnung Ausdruck verleihe,
dass meine Werbung ein geneigtes Ohr findet, bitte ich Euch um die
Hand Eurer Tochter.«

»Es ist mir und unserem Haus eine große Ehre«, sagte der Ronacher, »dass der edle Herr gewillt ist, um die Hand unserer Tochter Susanna anzuhalten. Von meiner Seite gibt es keine Einwände gegen eine
Heirat. Wie stehst du dazu, Magda?«

Ein seliges Lächeln umspielte die Mundwinkel der Kammerlanderin.

»Ich könnte mir keinen besseren Schwiegersohn vorstellen.« Mit
einem Blick auf ihre Tochter fügte sie hinzu: »Werden denn die Gefühle des hochwohlgeborenen Herrn von Hohenberg in gleichem
Maße von dir erwidert, Susu?«

»Ja, Mama, wir lieben uns.«

»Dann darf ich von der Annahme ausgehen, hochedler Herr, dass
Euer künftiger Hausstand auf Schloss Ambras sein wird?«

»Da muss ich Euch enttäuschen. Ich habe vor, mich im Pinzgau niederzulassen.«

»Das verstehe ich nicht ganz«, sagte Rupert stirnrunzelnd. »Wenn ich richtig informiert bin, bekleidet Ihr das Amt eines Kämmerers in der Grafschaft Tirol …«

»Ich bin nicht mehr Kämmerer und auch nicht mehr Geheimer Rat. Man hat mich entlassen. Über die Gründe möchte ich nicht sprechen. Jedenfalls zwingen mich die Umstände, dass ich mir eine neue Existenz aufbaue.«

»So, entlassen haben sie Euch …« Enttäuschung schwang in der Stimme des Ronachers. Sein Blick schweifte zur Decke. Als ob diese der Himmel wäre.

»Und wie wollt Ihr dann eine Familie ernähren? Susanna will gewiss einmal Kinder haben …«

»Wir tragen uns mit dem Gedanken, Pinzgauer Pferde zu züchten. Die ärarische Beschälanstalt im Blühnbachtal will jedes Jahr drei Dutzend der besten einjährigen Hengstfohlen aufkaufen, auf den Almen heranziehen und zur Belegung der Stuten aufs Land hinausschicken.«

»Ärarische Schälanstalt«, sagte die Kammerlanderin mit gespielter Einfalt. »Was wird denn da geschält … Äpfel oder Karotten?« Dabei blickte sie ihren Mann scharf an.

Rupert starrte verlegen auf den Tisch.

»Eine ärarische Beschälanstalt ist die offizielle Bezeichnung für ein staatliches Gestüt.«

»Ach, da werden Hengste gezüchtet, die die Stuten beschälen sollen – verordnete Zuchtauslese.«

»Ja, so könnte man sagen.«

»Das muss ein erhebender Anblick sein, wenn ein paarungswilliger Hengst eine Stute besteigt …«

»Vorausgesetzt, die Stute schlägt ihn nicht ab …«

»Von Paarungswilligkeit scheint Ihr einiges zu verstehen, zumindest bei Pferden«, entgegnete der Ronacher ernüchtert. »Ich kann mir vorstellen, dass die nötigen Mittel zu diesem Vorhaben nicht gerade gering sind. Man muss eine Hofstelle haben mit Weiden und Wiesen. Man braucht Stallknechte. Zudem braucht so eine Zucht einige Jahre, bis sie sich einen Namen erworben hat. Und wenn man Pech hat, vernichten Milzbrand oder Rotz die Herde. Habt Ihr das alles bedacht?«

»Ach, Vater, wir sollten jetzt nicht über Kleinigkeiten sprechen«, ergriff Susanna das Wort. »Genügt es nicht, dass wir heiraten wollen?«

»Mein Kind, es kann nicht schaden, wenn in der Liebe der Verstand nicht zu kurz kommt«, erwiderte Rupert. »Denk an deine Schwester. Ich wünsche dir nicht dasselbe Los.«

Magdalena blickte von ihrer Näharbeit auf. »Nicht immer führt eine Jugendsünde zu einem verkorksten Leben. Das Glück in der Ehe hängt von ganz anderen Dingen ab …«

»Nun, ich denke, das werdet ihr schon selbst herausfinden.« Lächelnd nahm Rupert die Hände der beiden und legte sie ineinander. »Unseren Segen habt ihr. Was ihr daraus macht, ist eure Sache.«

Zum Nachtmahl erschienen Franziska und Cecilia mit Martin an der Hand. Sie brannten darauf zu erfahren, was sich auf Schloss Lichtenau abgespielt hatte.

»Ich kann euch beruhigen«, begann Susanna, »ihr habt nicht viel versäumt. Paris hat sich ein Spiel ausgedacht, bei dem die Frauen als Haremsdamen versteigert wurden. Jede, die verkauft wurde, musste ihrem Scheich etwas vorführen. Es war eine Narrenposse.«

»Er ist und bleibt ein Hanswurst«, bemerkte Cecilia.

Franziska machte große Augen.

»Was haben die Damen ihren Herren denn geboten?«

»Die eine hat einen Bauchtanz vorgeführt, der so peinlich war, dass alle wegschauten. Eine andere hat ihrem Scheich einen Kuss gegeben, dass sich alle schieflachten. Eine dritte hat ihrem Herrn den Rücken massiert, so kräftig, dass er aufheulte. Und dann war noch Barbara da … ihr wisst doch, die Schwester von Christoff. Das kann ich gar nicht erzählen, zu was die sich hergegeben hat.«

»Oh bitte, sag uns, was hat Barbara gemacht?«, bettelte Franziska.

»Sie hat angeboten, mit ihrem Herrn eine Nacht zu verbringen.«

Rupert legte den Löffel aus der Hand. »Eine ganze Nacht? Wer war der Glückliche?«

»Der Welser von Schloss Labach. Ihr wisst doch, der Franz.«

»Der Welser?« Die Stirn des Ronacher legte sich in Falten.

»Das hätte ich ihm nicht zugetraut … ah, ich verstehe, er ist Strohwitwer. Seine Frau ist mit den Kindern in der Sommerfrische. Nun, wenn Margarethe zurück ist, wird sie ihm gehörig den Marsch blasen.«

»Der Kuenburg war doch bestimmt auch da?«, fragte Cecilia.

»Ja. Er kam mit Barbara. Sie ist seine Geliebte.«

»Woher willst du das wissen?«

»Als Barbara sich für eine Liebesnacht feilbot, hat der Kuenburg getobt.«

Ausführlich berichtete Susanna von dem in aller Öffentlichkeit ausgetragenen Streit zwischen den beiden.

»Die dumme Gans!«, sagte Cecilia verächtlich. »Der Neukirchner macht ihr Hoffnungen, um sie warm zu halten. So macht er es mit allen, dieser Jungfernschänder.«

»Jungfernschänder … ist der Jenner nicht auch einer?«, erwiderte der Ronacher mit kaltem Hohn. »Hat er dich etwa nicht sitzenlassen? Hat er dir jemals Unterhalt für Martin gezahlt? Dabei kutschiert er mit einem Doktor in der Weltgeschichte herum und spielt den großen Herrn. So wie Barbara die große Dame spielt und Georg den Geschäftsmann. Die Jenner sind alle aus dem gleichen Holz geschnitzt: Sie bauen sich Luftschlösser und wundern sich, wenn sie in der Jauchegrube landen. Ich möchte bloß wissen, was Elisabeth und Matthäus mit ihren Kindern falsch gemacht haben.«

»Vielleicht waren sie zu streng«, wandte Cecilia ein. »Oft erreicht eine harte Zucht das Gegenteil von dem, was sie beabsichtigt.«

»Euch haben wir eher zu viel durchgehen lassen. Das Ergebnis sieht man an dir.«

»Wenn es nach euch ginge, wäre ich jetzt die unglückliche Gemahlin eines Schürzenjägers oder eines nichtsnutzigen Lebemannes.«

»Du hängst an dem Jenner wie die Klette am Hund«, sagte Susanna. »Es gibt ja schließlich auch noch andere Mannsbilder zum Heiraten.«

Cecilia lachte laut auf. »Wer will schon eine mit einem unehelichen Kind. Zwischen Krimml und Kaprun bin ich bekannt wie ein bunter Hund. Kein Pfarrherr wird mir jemals den Trausegen geben.«

»In Bramberg vielleicht nicht. Aber an einem Ort, wo dich keiner kennt«, sagte Susanna. »Und mit etwas Geld lässt sich alles machen. Sogar heiraten.«

»Bei einem zeugungsunfähigen Grafen, der einen Stammhalter für sein ausgestorbenes Geschlecht sucht, hättest du bestimmt Chancen«, spottete Franziska.

Darauf mussten alle lachen. Nur Fortunat lachte nicht. Sein Gesicht verzerrte sich, als hätte er in einen wurmstichigen Apfel gebissen. Cecilia bemerkte es, und eine Ahnung stieg in ihr auf.

»Jetzt ist aber genug! Das hat Celia nicht verdient, dass man so auf ihr herumhackt«, fiel ihr Magdalena ins Wort. »Da wir gerade alle beisammen sind, habe ich etwas anzukündigen …«

Sie machte eine feierliche Pause.

»Ich habe mir immer gewünscht, mit euch dreien wieder einmal gemeinsam zu verreisen. Euer Vater ist, wie ihr wisst, noch mit der Ernte beschäftigt, sodass wir ohne ihn in die Sommerfrische fahren müssen. Ich habe mir gedacht, vielleicht würde uns ein Urlaub im Wildbad Gastein guttun. Wir werden den ganzen August über bleiben. Was haltet ihr davon?«

»Ist das Wildbad Gastein ein Heilbad mit Kurhaus, Tanzorchester und Promenade?«, wollte Franziska wissen.

»Es ist schon achtzehn Jahre her, dass ich zuletzt in Gastein war. Ein Kurhaus gab es damals nicht. Auch kein Tanzvergnügen. Aber soweit ich mich erinnern kann, einen schönen Panoramaweg. Vergesst nicht, wir machen eine Badekur und keine Lustreise.«

»Ich habe nichts dagegen, wenn ich Martin mitnehmen kann«, sagte Cecilia. »Mit der Rückkehr von Christoff ist sowieso nicht vor Ende September zu rechnen.«

»Kann Fortunat nicht mitkommen?«, bettelte Susanna. »Vier Wochen ohne ihn, das halte ich nicht aus.«

»Eine Trennung hat durchaus seine Vorteile, mein Kind, besonders in deiner Situation. In Bad Gastein werden wir genügend Zeit haben, die Einzelheiten der Hochzeit zu besprechen. Außerdem kann Fortunat besser über die Paarungswilligkeit von Pferden nachdenken, wenn er seine Ruhe hat.«

»Dein Vorschlag erscheint mir nicht unvernünftig, Magda«, sagte der Ronacher. Bemüht, seiner Freude nicht allzu sehr Ausdruck zu verleihen, da er eine Gelegenheit witterte, der Gundl seine Aufwartung zu machen, nahm er das Glas und sagte mit feierlicher Miene: »Lasst uns anstoßen auf das junge Glück. Eure Verlobung nehme ich zum Anlass, meinem künftigen Tochtermann das Du anzubieten. Auf euer Wohl!«

»Ich habe gehört, dass ihr Pferde züchten wollt«, sagte Franziska. »Ich könnte euch helfen, ich reite doch genauso gut wie du, Susu.«

»Dann haben wir ja schon den ersten Stallburschen«, scherzte Fortunat.

Der Tantzlehenbauer klopfte dreimal an sein Glas. Er hatte etwas Feierliches anzukündigen.

»Eine Idee ist wie ein Saatkorn: Sie ist nur dann gut, wenn sie auch aufgeht. Susanna, ich möchte dir den Wennser Hof als Mitgift schenken. Die Weidegründe sind groß genug für ein paar Dutzend Rösser. Seitdem die Bergwerksverwaltung nach Mühlbach gezogen ist, steht das Haus ohnehin leer. Man müsste es allerdings ein wenig herrichten. Nach der Ernte könnte ich ein paar Knechte abstellen …«

Susanna schüttelte verwundert den Kopf. »Ich bin sprachlos! So kenne ich dich gar nicht.«

»Ich weiß nicht, wie ich dir danken soll, Tantzlechner«, sagte Fortunat verlegen.

»Schon gut«, sagte Rupert geschmeichelt. »Ich möchte euch bloß am Anfang unter die Arme greifen. Ihr könnt jederzeit auf meine Hilfe zählen.«

Doch nicht bei allen stieß Ruperts noble Geste auf Bewunderung.

»Was du mir vorenthalten hast, wirfst du den beiden hinterher!«, erzürnte sich Cecilia. »Als ich mit Christoff auf die Schwaige ging, zog, bekamen wir wenig mehr mit als altes Gelump. Diesmal ist alles so, wie du es du es dir vorstellst, und schon darf sich die Braut ins gemachte Bett legen.«

»Wenn du das nicht verstehst, dann frag die Marktfrau, weshalb das Fallobst billiger ist als die gepflückten Früchte.« Der Ronacher machte eine Handbewegung, als wollte er ein paar Brösel vom Tisch wischen. »Es war vielleicht manches falsch, was ich in der Vergangenheit gesagt und getan habe. Diesmal will ich einen anderen Weg gehen. Ich hoffe, ich werde nicht wieder enttäuscht.«

»Manchmal faulen die Früchte auch am Baum«, warf Cecilia ein.

Susanna konnte sich ein Lachen nicht verkneifen. Das Lachen erweckte den Zorn ihrer Schwester.

»Bilde dir bloß nicht ein, dass der Mann, der bald neben dir liegt, ein Mann ist. Ein Mann ist immer nur da, wo ein Mann gebraucht wird. Auch dort, wo du es vielleicht am wenigsten denkst …«

Sie bemerkte, dass Fortunat betreten auf den Tisch blickte. Susanna aber hatte nicht begriffen, was ihre Schwester sagen wollte.

»Halt mal die Luft an, Celia! Was den Mann betrifft, der nur da ist, wo er gebraucht wird, frage ich dich: Wo ist denn dein Mann … oder wird er nicht gebraucht? Hat er eine Auszeit genommen von seinen ›unehelichen‹ Pflichten?«

Nach einigem Hin und Her beruhigten sich die Gemüter wieder. Die drei Schwestern unterhielten sich noch lange über die bevorstehende Hochzeit. Cecilia versuchte, ihre Eifersucht zu bekämpfen. Die beiden mussten erst noch den Beweis liefern, dass die Pferde vor dem Gespann nicht in verschiedene Richtungen liefen. Was hatte sich Susu da angelacht. Ob sie mit diesem Mann glücklich werden würde?

Doch wenn sie ehrlich war, musste sie sich diese Frage nicht auch selbst stellen?

21
Die Badereise

Eine Magd, die gebadet in der Gastein
gab mir Freude und Lust, als sie sich wusch
darein. Da ich sie ohne was erblickte,
an manches dachte, was mich so entzückte.

Neidhart von Reuental,
Die Graserin in der Gastein, um 1230

Am Annatag, dem 26. Juli, reisten Magdalena und ihre Töchter in das Wildbad in der Gastein, wie der inmitten der Hohen Tauern liegende Kurort offiziell genannt wurde. Auf dem Kutschbock saß Lorenz. Der Stallknecht fühlte sich als Hahn im Korb mit seiner Weiberfuhre. Magdalena und Cecilia saßen in Fahrtrichtung, ihnen gegenüber Franziska und Susanna. Das weidengeflochtene Tragebett, in dem Martin schlummerte, hatte Cecilia neben sich auf die hölzerne Bank gestellt. Nachdem sie das Heilbad Burgwies passiert hatten, erblickten sie in der Ferne Schloss Lichtenau.

»Die Fensterläden sind noch zu, obwohl es acht Uhr in der Frühe ist«, bemerkte Susanna. »Der Herr von und zu Lebemann liegt bestimmt noch in den Federn nach seinem anstrengenden Tagewerk.«

»Wer dem Herrgott den lieben langen Tag stiehlt, ist meistens müde«, sagte Cecilia.

Der Fürstenweg von Hofgastein in das Warmbad war steil und beschwerlich. Tiefe Schlaglöcher und die Schlacken der Erzfuhrwerke, die ihnen entgegenkamen, hatten die Fahrstraße reichlich ramponiert. Durchgeschüttelt von der zehnstündigen Fahrt erreichten sie am späten Nachmittag das Gasteiner Bad. Im schrägen Sonnenlicht glitzerte von den Gipfeln der ewige Schnee.

»Gleich sind wir da«, seufzte Magdalena erleichtert, als sie die Anhöhe bei der Knappenkirche erreicht hatten. Unter ihnen lag das Dorf mit seinen nicht mehr als fünfzehn aus Holz gebauten Häusern.

»Es hat sich kaum etwas verändert«, stellte die Tantzlechnerin befriedigt fest. »Rechts unten liegt der Grabenbäcker, links sieht man schon das Armenspital. Das Gebäude gegenüber ist das Spitalbad. Dahinter liegt die Preimskirche. Oberhalb das Vikariatshaus. Seht ihr das dreistöckige Haus auf dem Felsvorsprung rechts vom Wasserfall? Das ist die Straubinger Hütte, unser Quartier. Unterhalb davon seht ihr die Badehütten. Du, Celia, wirst Gastein nicht mehr kennen. Anderthalb Jahre warst du, als ich mit dir hier war. Und mit dir, Susu, war ich damals schwanger. Die Geschichte mit Matthäus zerrte ziemlich an meinem Nervenkostüm. Da war das Wildbad genau das Richtige.«

Die Begeisterung über die neuen Eindrücke, vor allem der schwindelerregende Blick von der hölzernen Brücke auf den Wasserfall, der sich über mehrere Klippen mit donnerndem Getöse zu Tal stürzte, machte bald der Ernüchterung Platz. Ob es sich um die Mahlzeiten handelte, die Ausstattung der Badehütten oder das Fremdenzimmer, das sie sich zu ihrem Leidwesen zu viert teilen mussten, nichts, aber auch gar nichts, fand die Zustimmung der Tantzlehentöchter. Es kam zur Krise. Am fünften Tag, als sie sich nach dem Mittagsmahl zur vorgeschriebenen Bettruhe begeben hatten, explodierte die Stimmung.

»Was kann man hier schon anfangen in dieser Einöde!«, machte Susanna ihrem Ärger Luft. Nur mit dem Unterhemd bekleidet, die Decke über die Knie gezogen, saß sie im Bett, das sie mit Franziska teilte.

»Es gibt keinen Kursaal, kein Konzert, keine Tanzveranstaltung, ja, nicht einmal eine gescheite Promenade. Und von den Bergen grüßt das Murmeltier.«

»Damit könnte ich leben, wenn das Essen wenigstens besser wäre«, entrüstete sich Franziska. »Das Rindfleisch stinkt zum Himmel, obwohl es wie der Teufel gewürzt ist, und der Hammel ist zäh wie Sattelleder. Und dann Gerstengrütze zum Frühstück – einfach ekelhaft! Der Zuckerbäcker scheint ein Fremdwort zu sein. Und den Wein dürfen sich die Gäste selbst mitbringen, wenn sie etwas anderes trinken wollen als sauren Veltliner oder vergorenen Schilcher.«

»Mich stört am meisten die Unsauberkeit«, ergriff Cecilia das Wort. »Die Betten waren nicht gelüftet, als wir ankamen, und die Leintücher sind schmutzig. Ich möchte nicht wissen, wer sich vor uns auf dem Strohsack gewälzt hat. Und dann erst die Badstuben: Wer nicht der Erste in der Frühe ist, badet im Wasser seiner Vorgänger. Und durch die Ritzen pfeift nicht nur der Wind. Heute Morgen stand ein Mannsbild vor der Hütte und hat mich angeglotzt, als ich in die Wanne stieg. Irgendwelche Lustmolche haben Löcher in die Wände gebohrt.«

»Damit hast du ihm eine Freude bereitet, die bestimmt den ganzen Tag anhält«, nahm Susanna den Faden auf. »Schlimmer noch finde ich die Unsitte mit dem Frühstücken im Bad. Die Herrschaften kommen sich ungeheuer vornehm vor, wenn sie das Frühstück in das Bad bestellen. Sie lassen ihre Brettchen auf den Bänken stehen, und wo sie ihre fettigen und klebrigen Finger waschen, kann man sich vorstellen. In der gleichen Brühe, in der eine Stunde später der Nächste sitzt.«

»Neben den Solitärbädern gibt es ja noch das Gemeinschaftsbad«, sagte Magdalena verstimmt. »Da ist das Wasser frischer und immer richtig temperiert.«

»Das Wasser vielleicht«, murrte Franziska. »Aber vom Anblick der Gichtkranken und mit Geschwüren Beladenen bin ich bedient. Ich komme mir vor wie in einem Siechenheim. Manche scheinen keine Scham zu kennen. Vor allem die Älteren haben oft nicht mal Badwäsche an. Und dann wird man angestarrt, als wäre man die Venus von Urbino.«

»Wenn ich den Bader sehe, wird mir schon übel. Er tut so, als wären alle sterbenskrank, die hierher kommen«, eiferte sich Susanna. Mit theatralischer Gebärde ahmte sie den Wundarzt nach: »Einen Holundertee zum Schwitzen, mein Fräulein. Oder ein Brand aus der Wurzel des gelben Enzians zur Magenstärkung, bitteschön. Bei einem chronischen Blasenleiden kann ich das aus Wacholderbeeren hergestellte Kranabitwasser wärmstens empfehlen. Gegen die Sommersprossen sollten wir auch etwas tun, mein Fräulein. Dreißig Kreuzer die Dose Bleichsalbe.«

Magdalena musste wider Willen lächeln. »Sagt mir nichts gegen den Isaac Arlschwaiger. Ich wäre froh, wir hätten einen so tüchtigen Bader in Bramberg. Bei meinen Magenschmerzen am ersten Tag, ich glaube es lag an den ungewohnten Speisen, hat er mir ein Pulver aus

Kümmel, Enzian und Kalmus gegeben. Die Beschwerden waren sofort weg.«

»Der Bader redet einem so lange eine Krankheit ein«, sagte Cecilia, »bis man selber daran glaubt.«

»Mädels, ich glaube, euch macht das Reizklima zu schaffen«, versuchte die Kammerlanderin die Gemüter ihrer Töchter zu besänftigen. »Euch ergeht es wie den Kranken, von denen Paracelsus geschrieben hat, dass sich in den ersten Tagen der Badekur in der Gastein die Symptome eher verstärken, bis die Heilung eintritt. Die Wirkung der Mineralquellen ist nicht zu unterschätzen. Meist tritt die Erholung und Kräftigung erst nach zwei bis drei Wochen ein. Glaubt mir, nach einer Woche seht ihr die Dinge anders.«

»Aber Mutter, du musst doch zugeben, dass diese Behausung eine Zumutung ist«, sagte Cecilia gereizt. »Die Treppen knarren und sind rissig. Die Fußböden sind so dünn, dass man jeden Schritt hört, und die Wände scheinen aus Papier zu sein. Wenn Martin mal schreit, müssen die Leute nebenan gleich klopfen.«

»In den ersten Nächten konnte ich kein Auge zutun, so laut ist der Wasserfall«, tobte Susanna mit hochrotem Kopf. »Die Fenster gehen direkt auf die Ache hinaus. Und die Abtritte scheinen in der Luft über Abgründen zu schweben.«

Magdalena platzte der Kragen. »Jetzt ist es aber genug! Wenn ihr so weitermacht mit dem ewigen Gemecker, reisen wir nächste Woche ab. Diese Miesepetrigkeit ertrage ich nicht mehr. Was bildet ihr euch bloß ein? Die Straubinger Hütte hat Kaiser, Könige, Herzöge und alle regierenden Salzburger Erzbischöfe beherbergt. Was den hohen Herren recht ist, sollte meinen Töchtern billig sein. Ihr benehmt euch ja schlimmer als die Prinzessin auf der Erbse.«

»Die musste nicht auf einem Strohsack liegen«, nörgelte Franziska. »Und auch nicht zu zweit in einem Bett. Wenn Susu sich umdreht, bekomme ich jedes Mal ihren Ellenbogen ins Gesicht.«

Doch schon am nächsten Tag besserte sich die Stimmung schlagartig. Neue Badegäste waren angereist. Wie gewöhnlich saß Magdalena nach dem Nachtmahl noch eine Weile im Speise- und Konversationssaal und unterhielt sich bei einer Handarbeit mit Maria Sidonia Freyin von Platz von Thurn und Gradiska. Sie hatte sich mit der Gemahlin des Pflegers Georg Thomas Perger von Emslieb angefreundet. Der Hofkammerrat bewohnte mit seiner Frau das für erlauchte Gäste reservierte Fürstenzimmer. Die Mädchen waren bereits auf ihrem Zimmer. Wie sie sich um den Spiegel über der Waschkommode stritten, da alle gleichzeitig ihr Haar kämmen wollten, vernahmen sie in der Nachbarkammer, dem sogenannten Herrenzimmer, einen erregten Wortwechsel.

»Da hast du uns in eine üble Spelunke gelockt, Vater«, sagte eine männliche Stimme. »Wenn man nach draußen schaut, sieht man nur, wie sich Fuchs und Hase Gute Nacht sagen.«

»Der Meinung bin ich auch! Hier liegt der Hund begraben«, antwortete eine etwas heller klingende Stimme. »Das einzige Vergnügen in dieser Hütte ist die Kegelbahn. Wir werden sie morgen inspizieren. Ich gehe jede Wette ein, sie ist genauso schief und auf einer Seite abhängig wie unser Zimmer.«

Die Mädchen hielten das Ohr an die Wand und lauschten. Zwischen polternden und schleifenden Geräuschen, die sich anhörten, als würden schwere Gepäckstücke geschleppt, hörten sie immer wieder Gesprächsfetzen.

»Ich frage mich, Vater, warum du immer in die Berge reisen musst. Können wir nicht mal nach Wiesbaden, Bad Pyrmont oder Karlsbad fahren? Müssen es immer die höchsten Berge sein, die einem nur die Sonne stehlen? Letztes Jahr Leukerbad, dieses Jahr Bad Gastein … allmählich kotzt es mich an!«

Franziska und Susanna mussten kichern. Sie hielten sich die Hand vor den Mund, um nicht laut loszuprusten.

Eine tiefe dunkle Stimme meldete sich. »Burschen, ihr wisst doch, dass ich das Heilbaden am liebsten mit dem Bergsteigen verknüpfe. Auch euch würde etwas körperliche Ertüchtigung im Gebirge nicht schaden. Etwas Schöneres, als sich nach einer Bergtour in den Warmbädern zu erholen, gibt es nicht.«

»Ich kann mir durchaus etwas Schöneres vorstellen!«, entgegnete die erste Stimme. »Zum Beispiel einen Ausritt am Morgen, einen

Abend im Komödienhaus, ein Hazardspiel im Casino, ein Tanzvergnügen mit ein paar feschen Dirndln …«

Weiter kam er nicht mehr. Die Mädchen konnten nicht mehr an sich halten. Franziska ließ sich auf das Bett fallen und platzte los. Susanna prustete in die Kissen vor Lachen. Selbst Cecilia, die seit der Abreise von Christoff oft niedergeschlagen war, musste lachen.

»Was ist denn das für ein Gelächter nebenan?«, fragte die erste Stimme. »Es klingt wie das Gegacker auf einem Hühnerhof.«

»Man kann nicht mal ein paar Witze machen, ohne dass die Nachbarn gleich die Lauscher aufsperren.«

»Das ist doch der beste Beweis für diese Bruchbude«, meinte der andere. »Wir werden die Damen morgen in Augenschein nehmen. Ich wette, sie sind zwischen achtzig und scheintot.«

»Ihr könnt ja zu uns rüberkommen, ihr Grünschnäbel! Dann zeigen wir euch, wie alt wir sind«, rief Franziska laut.

»Bist du närrisch geworden, Fanny!«, entrüstete sich Cecilia. »Was sollen die von uns denken!«

»Die Schnepfe hat uns Grünschnäbel genannt«, kam die Antwort. »Das ist die Höhe! Sollen wir ihnen mal einen Besuch abstatten?«

»Schluss mit lustig!«, sagte die tiefe Stimme bestimmt. »Wir haben eine lange Reise hinter uns. Heute wird früh geschlafen. Morgen ist auch noch ein Tag.«

Als Magdalena gegen zehn Uhr in das Zimmer kam, schliefen ihre Töchter schon. Franziska hatte sich an Susannas Rücken geschmiegt, den Arm um ihre Hüfte gelegt. Einmal lachte sie im Traum kurz auf. Cecilia lag auf der Seite, mit angezogenen Knien, den Kopf in das Kissen gewühlt, als wollte sie sich verkriechen. Behutsam, um ihre drei Grazien nicht zu stören, wie sie sie manchmal scherzhaft nannte, entkleidete sich die Tanzlehnerin, pustete das Kerzenlicht aus und legte sich zu Bett. Sie ahnte nichts von den neuen Zimmernachbarn. Nichts von dem plötzlichen Stimmungsumschwung. Und schon gar nichts von den Dingen, die auf sie zukommen sollten.

Am nächsten Morgen wunderte sich Magdalena, wie gut gelaunt ihre Töchter waren. Franziska trällerte ein Lied beim Ankleiden. Susanna meinte, als sie aus dem Bett sprang und das Fenster öffnete, eigentlich sei es gar nicht so schlecht in dieser Wildnis. Im Speisesaal waren sie die ersten.

Kaum hatten sie das Frühstücksei aufgeschlagen, erschienen auch schon ihre neuen Nachbarn. Zwei junge Burschen mit dunklem Haar, zwischen sechzehn und achtzehn, schlurften gähnend an den Tisch. Der Vater, gegen Ende vierzig, wie den ergrauten Schläfen anzusehen war, folgte ihnen, groß und gerade, als säße er den ganzen Tag im Sattel oder erteilte seine Befehle auf dem Kasernenhof.

Ohne Umschweife ging er auf Magdalena zu und verbeugte sich, wobei er die Hacken nach militärischer Manier zusammenschlug.

»Gnädige Frau, wenn ich mich vorstellen darf: Erasmus von Pyrr, Obristmeister und Standortkommandant zu Freiburg im Breisgau, der lieblichen Hauptstadt der österreichischen Vorlande.«

Mit einer Kopfbewegung wies er zu den Burschen hinüber, die gerade einer Dienstbotin erklärten, was sie zu speisen wünschten.

»Das sind meine Söhne. Der Ältere ist Konrad. Er besucht die Benediktiner Universität zu Salzburg. Zweites Semester Jurisprudenz. Berthold macht gerade seine Matura. Er wohnt noch zu Hause.«

Verärgert wandte er sich zu den beiden. »Könnt ihr nicht mal euren Hintern hochheben und den Damen Guten Tag sagen, wie es sich gehört?«

Die beiden Jungen grinsten verlegen und erhoben sich schwerfällig von ihren Stühlen.

»Guten Tag, die Damen!«, sagten sie im Chor und machten gleichzeitig einen übertrieben tiefen Diener.

»Und mit wem habe ich die Ehre?«, fragte der Obristmeister.

»Kammerlanderin, Magdalena, verheiratete Ronacher, aus Bramberg im Oberpinzgau. Dies ist Cecilia, meine Älteste, mit ihrem Sohn Martin. Neben ihr Susanna. Und das ist Franziska, unser Nesthäkchen.«

»Darf ich von der Annahme ausgehen, Frau Kammerlanderin, dass unsere reizenden Tischnachbarn identisch sind mit unseren Zimmernachbarn, die uns am gestrigen Abend mit ihrem herzerfrischenden Lachen begrüßt haben?«

Der Obristmeister schaute dabei wohlgefällig auf Cecilia, bis diese den Kopf senkte.

Magdalena wurde verlegen. »Davon weiß ich ja gar nichts. Habt ihr etwa gelauscht, Kinder?«

Die Antwort war ein glucksendes Kichern.

»Oh, durchaus kein Anlass zur Besorgnis, gnädige Frau. Man muss Verständnis haben. Ein schwieriges Alter, in dem sich unsere Kinder befinden. Mir geht es mit meinen Jungs nicht viel anders.«

»Dem kann ich nur beipflichten. Lieber einen Sack Flöhe hüten als mit drei Töchtern zu verreisen. Sie sind mit nichts zufrieden, diese Gitschen.«

»Die Jugend will ihre eigenen Wege gehen.«

»Du hast es gesagt, Vater«, sagte Konrad. »Wir gehen heute Morgen auf die Kegelbahn.« Und zu den Mädchen gewandt: »Habt ihr Lust mitzukommen?«

»Nur, wenn ihr uns nicht mehr Schnepfen nennt!«, sagte Susanna mit erhobenem Kopf.

»Und wenn ihr uns nicht mehr als Grünschnäbel bezeichnet«, schob Franziska nach.

»Das müssen wir uns noch gut überlegen.«

»Oh ja, Mama, lass uns bitte zum Kegeln gehen!«, bettelte Franziska. »Endlich einmal etwas anderes als immer nur baden.«

Die Tantzlechnerin sah den Obristmeister, der am Nachbartisch Platz genommen hatte, fragend an. Dieser nickte verständnisvoll.

»Von mir aus«, sagte sie, »wenn das eure Stimmung hebt. Bitte seid zur Mittagstafel um halb eins wieder hier.«

Um seinen Worten mehr Gewicht und Würde zu verleihen, erhob sich der Obristmeister und sagte mit leichter Verbeugung: »Wenn ich mir erlauben darf, einen Vorschlag zu machen: Wir könnten uns derweil die Zeit im Gemeinschaftsbad vertreiben. Nach der gestrigen Reise wird das Warmbad meinen durchgerüttelten Gliedern guttun.«

Magdalena wusste nicht, was sie sagen sollte. In dieser Offenheit, dazu vor ihren Töchtern, hatte sie noch kein Mannsbild um Gesellschaft gebeten.

»Ich weiß nicht recht …«, erwiderte sie zögernd.

Susanna blickte fragend in die Runde. »Wir haben doch nichts dagegen, wenn Mutter mit dem Herrn Obristmeister in die Badstuben geht, oder?«

Seltsamerweise erhob sich kein Widerspruch.

Die überdachte Kegelbahn machte einen ramponierten Eindruck. Doch tat dies dem Spaß keinen Abbruch. Fachmännisch zeigten Konrad und Berthold den Mädchen, wie sie die Kugel aufzusetzen hatten, um mit einem Treffer alle Neune zu werfen. Cecilia schaute den anderen zu, wie sie die Kugel schoben und jeden Wurf mit großem Hallo oder Gelächter quittierten. Die Kugeln hatten auch Martins Interesse geweckt. Immer wieder musste sie ihren Sohn davon abhalten, auf die Bahn zu laufen. Ein hölzernes Pferdegespann, das sie in einer Spielzeugkiste entdeckte, lenkte ihn schließlich ab.

Magdalena hatte befürchtetet oder vielleicht auch gehofft, so genau wusste sie es selbst nicht, dass der Obristmeister ihr Avancen machen würde, wie es in den Kurbädern bei alleinreisenden Ehemännern nicht selten der Fall ist. Doch sie hatte sich geirrt. Erasmus von Pyrr war ein Herr vom Scheitel bis zur Sohle. Und erwies sich dazu als überaus charmanter und unterhaltsamer Plauderer. Er erzählte, dass seine Familie auf den Ritter Udalricus de Pyrr zurückging. Man sei sich uneins, ob der Name von der Stadt Spital am Pyrn in Oberösterreich herrühre oder ein Bierbrauer zu der Namensgebung beigetragen habe. In früheren Zeiten habe man Bier wie Pyrr geschrieben, allerdings das »y« wie ein »i« ausgesprochen. Denkbar sei auch eine weitläufige Verwandtschaft mit Pyrrhus, jenem griechischen Feldherrn, dem die Siege über die Römer nichts als Verluste brachten. Er erzählte auch, dass er Witwer sei. Polyxena, seine Gemahlin, sei im vergangenen Jahr überraschend am Fleckfieber gestorben. Darauf sprach Magdalena ihm ihr aufrichtiges Beileid aus.

Von ihrer Familie gebe es nicht viel zu berichten, sagte Magdalena. Die Familie ihres Mannes stamme ursprünglich aus der Gemarke Ronach bei Krimml, sitze aber schon seit fünf Jahrhunderten auf dem Gut Tantzlehen in Bramberg. Sie selber komme aus dem Pustertal in Tirol, aus der Gegend von Taufers. Susanna werde im nächsten Monat heiraten. Was ihre Große betreffe, sagte sie mit gesenktem Blick, sei einiges schiefgelaufen.

Wie das gekommen sei, fragte der Obristmeister. Magdalena zögerte. Konnte sie diese Dinge preisgeben, ohne ihre Familie in ein ungünstiges Licht zu rücken? Doch der kaiserliche Offizier machte auf sie einen vertrauenserweckenden Eindruck, sodass sie beschloss, ihm die Wahrheit zu sagen. Sie erzählte ihm von Cecilias ungewollter Schwangerschaft, der verweigerten Kirchenbuße und vom Unglück auf der Schwaige.

»Seitdem sitzt sie mit dem Kind bei uns. Der Vater ist über alle Berge. Ob er wiederkommt, und was dann wird, weiß keiner. Glücklich über die Situation sind wir nicht, wie Ihr Euch vorstellen könnt …«

Der Obristmeister hatte nachdenklich zugehört. An seinen Fragen glaubte sie ein besonderes Interesse für ihre Älteste herauszuhören. Ebenso schien sich Erasmus von Pyrr auffallend für Tantzlehen und seine Geschichte zu interessieren.

»Wir sind nur einfache Bauern auf einem hochfürstlichen Lehen«, sagte Magdalena nicht ohne Stolz. »Wir zahlen die Bausteuer für den Ackerboden, die Voitsteuer an den Gerichtsherrn, den Zehenten an die Kirche und den Zins an den Grundherrn. Als Zehenthof lagern wir den Zehent der anderen Bauern ein und liefern das Korn an das Kellenamt in Stuhlfelden. Nicht einmal ein Familienwappen steht uns zu, da unser Hof kein freieigenes Gut ist.«

»Schönheit adelt jedes Frauenzimmer«, sagte der Obristmeister augenzwinkernd.

»Und Geld adelt jedes Mannsbild«, entgegnete die Tantzlechnerin.

»Am besten ist es immer, wenn beides zusammenkommt.«

»Geld verdirbt den Charakter … nicht immer, aber oft.«

»Dem Armen fällt es nicht schwer, tugendhaft zu sein.«

Beide mussten lachen. Einige Badegäste drehten sich verwundert um. Magdalena war beeindruckt vom Charme des Freiburgers. Zudem machte er keine schlechte Figur für sein Alter. Wenn dieser Mann ihr einen unsittlichen Antrag machen würde, dachte sie, als sie abends im Bett lag, könnte sie schon schwach werden. Dieses Gedankenspiel entbehrte allerdings, wie sich bald herausstellte, jeglicher Grundlage.

Um etwas Abwechslung in ihren Tagesablauf zu bringen, beschlossen sie, einen gemeinsamen Ausflug zu unternehmen. Ignaz Straubinger empfahl ihnen die Besichtigung der Gewerkebauten des ehemaligen Goldbergwerks auf der Nordseite des Radhausberges. Die Wanderung zu den Wasserfällen im Nassfeld sei für die Damen vielleicht etwas zu beschwerlich, meinte der Gastwirt. Auf alle Fälle sollten sie sich einen Bergführer nehmen. Er könne beispielsweise seinen Sohn Michael empfehlen.

Michael Straubinger zeigte sich überaus kenntnisreich, was die Geschichte des Goldbergbaus betraf. Der Radhausberg, erzählte er, als sie auf dem Knappensteig das steile Waldgelände passierten, habe seinen Namen von dem Radwerk, das man im Mittelalter zum Zerstampfen des Erzes benutzte.

»Um den Bergbau rankt sich eine Sage, die sich im vorigen Jahrhundert zugetragen haben soll ...«

»Wir wollen sie hören!«, bat Franziska.

»Die Geschichte soll sich folgendermaßen zugetragen haben«, erzählte der Bergführer. »Bertha Weitmoser, die Frau des Gewerken Christoph Weitmoser, war ein schönes, aber hochmütiges Weib. Einmal ritt sie, behangen mit kostbarem Geschmeide, durch die Klamm der Ache. Auf der Anhöhe begegnete ihr eine Bettlerin, die um ein Almosen flehte. ›Scher dich zum Teufel!‹, rief die Weitmoserin zornig. Die Bettlerin drohte ihr mit der Faust: ›Wehe dir! Du weißt nicht, ob du nicht auch bald betteln gehen musst. Wenn die Sonne zum zwölften Mal versinkt, wirst du so arm sein wie ich.‹ – ›Eine Weitmoserin am Bettelstab‹, höhnte das hartherzige Weib, ›das wirst du nie erleben! So wenig wie dieser Ring, den ich in die Ache werfe, je wieder zum Vorschein kommen wird, so wenig wird sich dein Fluch erfüllen.‹ Daraufhin streifte sie einen Goldring vom Finger und warf ihn in das Wasser. Nach zwölf Tagen brachte ein Fischer eine prächtige Forelle in das Schloss, wo gerade ein Fest vorbereitet wurde. Der Koch öffnete den Fisch und fand den Ring in seinem Bauch. Er brachte ihn seiner Herrin. Diese erbleichte, als sie ihn sah. Von Stunde an begann das Glück der Weitmoser zu schwinden. Der Bergsegen versiegte, und das so mächtige Geschlecht der Weitmoser verarmte.«

Cecilia war nachdenklich geworden. »Ich hoffe, ich werde nie so wie die Weitmoserin ...«

»Davon bist du im Augenblick weit entfernt«, spottete Susanna. »Alles, was du hast, trägst du auf dem Rücken.«

Bei diesem Stichwort bot sich der Obristmeister an, den Tragekorb zu nehmen. Martin schlief. Der Weg wurde steil und beschwerlich. Erasmus wischte sich den Schweiß von der Stirn.

Jenseits der Waldgrenze kamen sie auf eine kahle Hochebene, auf der verstreute Schafe weideten. Schneeflecken im Gelände boten Susanna und Franziska Gelegenheit, die Söhne des Obristmeisters mit gefrorenen Geschossen zu ärgern. Noch einmal stieg das Gelände an, bis sie oberhalb einer Abraumhalde das Gewerkehaus des Goldbergbaus erblickten.

Franziska entdeckte in der Schutthalde ein rosafarbenes Quarzstück. Es enthalte einen Anflug von Kobalt, erklärte der junge Straubinger. Zwischen Gneis und Quarz fand Susanna ein fingernagelgroßes Stück Freigold. Sie werde es als Talisman an einer Halskette tragen, sagte sie voller Stolz.

Auf einer Bank vor dem ehemaligen Knappenhaus machten sie Rast und packten den Proviant aus, den ihnen die Köchin eingepackt hatte. Abenteuerlustig durchsuchten sie nach der Mahlzeit die Knappenstuben. Die Ritzen in den Wänden waren mit Zeitungen abgedichtet. Konrad versuchte, die Schrift auf dem vergilbten Papier zu entziffern. Von einem Friedensvertrag in Münster und Osnabrück war die Rede, und dass der Große Krieg, der schauerlicher gewütet hatte als die schlimmste Pest, nach dreißig Jahren endlich vorbei war.

Mitleidsvoll betrachtete Cecilia die Wohnstuben der Bergknappen.

»Wenn ich mir vorstelle, dass Christoff sich mit der Absicht trägt, ein ähnliches Leben zu führen ...«

»Er scheint die Wanderstiefel mehr zu lieben als die Hausschuhe«, sagte Erasmus.

»Wenn es nur das wäre! Die Taube auf dem Dach ist ihm lieber als der Spatz in der Hand.«

»Ein gesunder Ehrgeiz hat noch keinem geschadet.«

Cecilia seufzte. »Ich wollte, er würde etwas Vernünftiges tun. Aber sein Streben geht nach anderem. In seinem Kalendarium scheine ich eine Randnotiz zu sein.«

Der Obristmeister wagte nicht, weiter in sie zu dringen. Ein kühler Wind wehte vom Kamm des Radhausberges herab. Michael riet zum Aufbruch. Die Sonne war bereits hinter dem Silberpfennig westlich der Nassfelder Ache versunken und ließ die Berge im Abendrot glühen. Als sie am Blutpalfen vorbeikamen, schimmerte das Wasser des Knappenbachs rot.

»Wenn der Knappenbach glüht«, sagte der Bergführer, »geschieht eine Bluttat. Hier hat es einst eine Schießerei zwischen Jägern und Wilderern gegeben, die von einer verschmähten Hausmagd verraten wurden. Drei Tage danach soll das Wasser noch rot gewesen sein.«

Die Tage rauschten dahin wie das Wasser der Ache durch die Klamm. An manchen Abenden erweiterten sie die Runde und baten den Pfleger und seine Gemahlin an ihren Tisch. Er habe ein chronisches rheumatisches Leiden, sagte Georg Thomas Perger von Emslieb, das nach einer drei- bis vierwöchigen Badekur in Gastein meist verschwinde. Es müssten in diesem Wasser Mineralien enthalten sein, die Wunder bewirken. Aufgrund seiner angegriffenen Gesundheit, und nicht etwa wie böse Zungen behaupteten, um der Eitelkeit zu schmeicheln, habe er einen Adelssitz in Stuhlfelden erworben. Sein Amtssitz auf Schloss Mittersill verfüge nur über eine schlecht beheizbare Dienstwohnung. Susanna konnte nicht umhin, die Rede auf das Kostümfest zu bringen.

»Letzte Woche war ich auf Schloss Lichtenau eingeladen. Euer Sohn hat eine Maskerade veranstaltet.«

»Paris treibt immer solchen Unfug, wenn wir auf Urlaub sind«, sagte der Kammerrat bekümmert. »Und ich kann die Suppe dann auslöffeln.«

»Ach, so schlimm war es auch wieder nicht. Wir hatten alle unseren Spaß. Paris hat die unglaublichsten Einfälle.«

»Meine Gemahlin und ich wären glücklicher, wenn er auch in Bezug auf einen möglichen Beruf solche Einfälle hätte. Es fehlte ihm in der Kindheit leider eine liebevolle Mutter. Meine Frau starb gleich nach seiner Geburt. Und ich musste sehen, dass ich nach dem frühen Tod meines Vaters Land unter die Füße bekam. Meine Ämter ließen mir in den folgenden Jahren wenig Zeit, mich um die Erziehung meines Sohnes zu kümmern. Als ich Maria heiratete, war er über das Alter hinaus, wo gute Ratschläge noch auf fruchtbaren Boden fallen …«

»Das kann ich leider nur bestätigen«, fiel ihm seine Frau ins Wort. »Als ich es einmal wagte, ihm Vorhaltungen wegen seines unsoliden Lebenswandels zu machen, hatte er die Frechheit, mir zu antworten: Von einer, die meine Schwester sein könnte, lasse ich mir nichts sagen!«

»Ich kann Euren Kummer nachvollziehen«, sagte der Obristmeister. »Auch meinen Söhnen fehlt eine fürsorgliche und erzieherische Hand. Seitdem meine Frau von uns gegangen ist, schlagen die beiden über die Stränge. Sie haben kein Benehmen mehr, geben freche Antworten und lachen oft läppisch ohne Grund. Und bei Tisch haben sie eine Haltung, als ob sie an einer Armentafel säßen.«

»Das ist der Reifeprozess«, wandte die Tantzlechnerin ein. »Meine Jüngste ist genauso. Das gibt sich, wenn sie erst erwachsen sind und einen Aufgabenkreis haben.«

»Die jungen Leute haben nichts als ihr Amüsement im Kopf. Sie wollen auf großem Fuß leben, aber im Gegensatz zu ihren Vätern gänzlich ohne eigenes Zutun.«

Susanna und Franziska kicherten. Die Söhne des Obristmeisters starrten Löcher in das Tischtuch.

»Kommt, lasst uns kegeln gehen!«, sagte Konrad zu den Mädchen. »Die Sprüche gehen mir auf den Geist.«

Die Abendsonne warf lange Schatten über das Tal. In der Dämmerung hörten sie die Treffer nur noch an dem Gepolter. Entnervt ließ Konrad die Kugel in die Bande rollen.

»Machen wir Schluss! Wer kommt mit zum Baden?

Susanna sah ihn fragend an. »Wo willst du denn baden zu dieser Uhrzeit? Die Badehütten sind doch längst geschlossen.«

»Wer redet von Badehütten! Weiter oben am Wildbach gibt es einen Wasserfall.«

»Ich weiß nicht«, entgegnete Susanna zögernd, »es ist mir schon zu kühl. Ich gehe rein zu den anderen.«

»Ich habe ebenfalls keine Lust«, sagte Berthold. »Ich bin müde und werde früh schlafen gehen.«

»Ich komme mit!«, sagte Franziska bestimmt.

Susanna blickte ihre Schwester erstaunt an. »Willst du nicht erst Mutter fragen? Sie wird nicht erfreut sein, wenn sie hört, dass du mit einem fremden Burschen im Wildbach badest.«

»Wenn ich sie frage, verbietet sie es mir doch nur. Ich bin alt genug, um selbst auf mich aufzupassen. Und was fremd ist, muss ja nicht fremd bleiben …«

Dabei sah sie Konrad schalkhaft an.

Der Sohn des Obristmeisters und die jüngste der Tantzlehentöchter stiegen die Klamm hinauf. In der Dunkelheit sahen sie den Steig oft nicht, der sich am Ufer der Ache entlang durch Gestrüpp und Wald schlängelte. An besonders schlüpfrigen oder felsigen Stellen erwies sich Konrad als Kavalier und reichte Franziska die Hand. Er hielt sie manchmal etwas länger als nötig.

»Erzähl mir etwas von Freiburg«, sagte sie, nur um etwas zu sagen.

»Freiburg hat das höchste Münster, das im Mittelalter gebaut wurde. In den Straßen gibt es offene Abwasserrinnen, die man Bächle nennt. Jeder Fremde holt sich erst einmal ein Fußbad.«

»Wahrscheinlich sind sie so beeindruckt von dem Münster, dass sie die Bächle nicht sehen.«

Der Mond ging über dem Gebirge auf. Durch die Tannen erblickten sie den Wasserfall. Ein Katarakt, der weißschäumend von den Felsen rauschte, dann in einem schwarzen Schlund zu verschwinden schien, um etwas weiter silbrig glitzernd zwischen Bachsteinen zu plätschern.

»Wir sind da«, sagte Konrad erleichtert.

»Hilf mir bitte aus meinem Kleid«, sagte Franziska, wobei sie ihm den Rücken zukehrte.

Unbeholfen nestelte er an den Schlaufen. Bis er einen der Knöpfe in der Hand hielt.

»So wie du dich anstellst, scheinst du keine Erfahrung auf diesem Gebiet zu haben«, sagte sie spöttisch. »Ein geringer Trost für die Fragen, die mir Mutter morgen stellen wird, wenn sie den abgerissenen Knopf sieht.«

Sie entledigte sich ihrer Kleider. Ohne Scheu, wie es ihre Art war. Vorsichtig, mit ausgebreiteten Armen über die Steine balancierend, setzte sie einen Fuß ins Wasser. Er begann, sie nass zu spritzen. Kreischend folgte sie ihm ins tiefere Wasser. Wie ein Sprühschleier umhüllte sie die Gischt der Kaskaden. Das Tosen des Wasserfalls war so laut, dass sie schreien mussten, um sich zu verstehen. In dem schultertiefen Strudelbecken versuchte er, ihr das Schwimmen beizubringen.

»Es kann nichts passieren. Ich halte dich.«

Mit hoch erhobenem Kopf ruderte Franziska mit Armen und Beinen, während Konrad sie an der Taille hielt. Immer wieder tauchte sie unter, abwechselnd Wasser schluckend und nach Luft ringend.

»Ich kann es nicht, und ich will es nicht«, sagte sie und stakste ans Ufer zurück.

Sie sah ihn an, wie er vor ihr stand. Im Mondlicht glitzerten die Wassertropfen auf seinem sehnigen Körper. Ob er sie nun küssen würde? Sie spürte ein Prickeln, wie sie es noch nie erlebt hatte.

»Weißt du, wie schön du bist, Fanny?«, sagte er mit rauer Stimme.

»Das haben mir andere auch schon gesagt.«

In wildem Begehren umfasste er ihre Schläfen und küsste sie. Sie schloss die Augen und legte die Arme um seinen Hals. Sie spürte seine Lippen an ihrem Nacken, dass ihr ein Schauer über den Rücken lief. Spürte, wie seine Hände abwärts über ihren Körper glitten. Spürte, wie sein Atem schneller ging, und wie seine Erregung wuchs, als sich seine Lenden gegen ihren Leib pressten. Da riss sie sich von ihm los.

»Ich möchte nach Hause. Meine Mutter wird mir tausend Fragen stellen, wenn sie hört, wo ich war.«

»Sehr oft scheinst du noch keinen Jungen geküsst zu haben«, sagte Konrad missmutig, als er sich anzog.

»Wie kannst du das beurteilen! Wer sich so ungeschickt anstellt, wenn er ein Kleid aufknöpfen soll, wird vom Küssen auch nicht viel verstehen.«

»So wie du argumentierst, könntest du Jurisprudenz studieren.«

»Die Universität nimmt doch keine Mädchen auf, oder?«

»Nein. Und das ist auch besser so. Den einen würdest du den Kopf verdrehen, weil du so schön bist. Und die anderen hätten Angst vor dir, weil du so klug bist.«

»So viele Komplimente an einem Tag habe ich schon lange nicht bekommen.«

Sie umschlang ihn mit den Armen und küsste ihn ein Dutzend Mal. In kurzen Abständen, wie ein Küken, das nach Körnern pickt. Auf dem Heimweg nahm sie seine Hand, auch ohne dass es notwendig war.

Abends vor dem Schlafengehen rubbelte Franziska ihr nasses Haar. Susanna und Cecilia bestürmten sie mit Fragen.

»Habt ihr nackt gebadet?«, wollte Cecilia wissen.

»Glaubst du, wir hatten etwas an! Ich bin doch nicht von gestern.«

»Hat er dich geküsst?«, fragte Susanna neugierig.

Franziska lächelte verträumt. »Er ist jedenfalls sehr nett …«

Mehr war aus ihr nicht herauszukriegen.

Manchmal setzte sich der Wirt abends zu seinen Gästen an den Tisch. Der Straubinger war ein geselliger Mensch. Einmal zu vorgerückter Stunde, als sie dem Wein reichlich zugesprochen hatten, griff er zur Laute und sang das Lied von der Gasteiner Graserin. Ob es nicht geschmacklos sei, bemerkte Magdalena, ein solch unzüchtiges Lied in Gegenwart von noch nicht erwachsenen Kindern vorzutragen. Der Wirt blickte mit spöttischem Lächeln von Franziska zu Magdalena.

»Wenn ich mir Eure Jüngste ansehe, Tantzlechnerin, glaube ich, Ihr könnt unbesorgt sein. Die junge Dirn erweckt nicht den Eindruck, als wollte sie den Schleier der Novizin nehmen und in ein Karmeliterinnennenkloster eintreten.«

»Für was hältst du mich eigentlich, Mama!«, empörte sich Franziska. »Einen feschen Burschen würde ich nicht wegschicken, bloß weil er mir beim Baden zuschaut. Auch dann nicht, wenn er noch weitere Absichten hätte.«

Die Tantzlechnerin machte ein Gesicht, als ob sie sagen wollte, da braut sich schon das nächste Unheil über meinem Kopf zusammen.

Am letzten Abend bat der Obristmeister Cecilia um ein Gespräch. Man könne nach dem Nachtmahl einen Spaziergang zur Nikolauskirche machen, meinte sie zögernd. Martin werde sie bei ihrer Mutter lassen. Cecilia war nervös. Was wollte Erasmus – so nannte sie ihn in letzter Zeit vertraulich – von ihr? Wäre er ein Bursche in ihrem Alter, hätte sie es verstehen können. Aber mit einem betagten Herrn, der auf die Fünfzig zuging, hatte sie noch nie nähere Bekanntschaft gemacht. Was erwartete sie eigentlich? Sie wusste es nicht und musste innerlich lachen. Nein, zu befürchten hatte sie von diesem Mann, der ihr Vater sein könnte, gewiss nichts.

Auf dem Weg über den Mühlbach, vorbei an Preimskirche und Armenspital, sprach Erasmus Pyrr von belanglosen Dingen. Er erzählte von Freiburg. Von den Weinbergen an den Hängen des Schlossbergs, wo Kaiser Leopold im vergangenen Jahr die Festung ausgebaut hatte. Und vom Schwarzwald, über dessen Höhen er gern wandere, wenn die Zeit es ihm erlaube. Wenn sie ihn einmal besuche, werde er ihr das Münster zeigen mit seinen herrlichen Glasfenstern und dem Turm, von dem aus man bis zu den Vogesen im Elsass sehen könne.

Cecilia wunderte sich, dass er so selbstverständlich von einer Einladung sprach. Immerhin war sie keine alleinstehende Frau. Oder doch? Sie wurde unsicher.

Sie setzten sich an die Mauer, die den Totenacker der Knappenkirche umschloss, und genossen die letzten Strahlen der Abendsonne. Eine Zeitlang schwiegen beide. Erasmus räusperte sich vernehmlich.

»Es wird deiner geschätzten Aufmerksamkeit sicher nicht entgangen sein, dass du mir nicht ganz gleichgültig bist. Erstmals seit dem Tod meiner geliebten Frau fühle ich so etwas wie neues Leben in mir. Ja, es macht mich jeden Morgen aufs Neue glücklich, wenn ich dich sehe in deiner Anmut und deinem Liebreiz. Ich bin mir durchaus bewusst, dass die Jugend das Alter mit anderen Augen sieht als umgekehrt. Jedoch befinde ich mich in einer Position, die es mir erlaubt, dir ein Leben in Sicherheit und Wohlstand zu bieten. Meine Söhne brauchen wieder eine Mutter. Ein schönes Haus wartet auf eine Hausfrau. Und ein altes Herz möchte wieder jung werden …«

Er kniete vor ihr nieder und ergriff ihre Hand, die er an seine Lippen führte. Sie errötete und blickte verlegen zur Seite. Sie wusste, was folgen würde. Christoff war nicht vor ihr auf die Knie gefallen, als er ihr einen Antrag gemacht hatte. Dieses gespreizte Getue war ihr peinlich.

»Cecilia, willst du meine Frau werden?«

Sie musste laut auflachen. Warum, wusste sie selbst nicht. Verstört ließ Erasmus ihre Hand los. Er erhob sich schwerfällig.

»Entschuldige bitte, dass ich lache. Ich wollte dich nicht kränken. Aber dein Antrag kommt so plötzlich – wie der Überraschungsangriff einer Reiterkompanie.«

»Ein vortrefflicher Vergleich!«, sagte der Obristmeister erleichtert und setzte sich wieder an ihre Seite. »Was bleibt mir auch anderes übrig. Für eine Belagerung fehlt leider die Zeit.«

Verzweifelt rang sie die Hände im Schoß. »Ich weiß nicht, ob ich dich jemals lieben kann. Und das sollte doch die Voraussetzung sein.«

»Lass dir Zeit, mein Kind, bis du dir über alles im Klaren bist. Ich werde auf dich warten.«

Sie hauchte ihm einen Kuss auf die Wange. »Bis Ostern hoffe ich, die richtige Antwort gefunden zu haben. Ich habe noch einige Dinge in meinem Herzen zu ordnen …«

Der Mond war über dem Gebirge aufgegangen. Cecilia fröstelte. Sie zog ihren Häkelschal fester über die Schultern.

Auf dem Heimweg ergriff Erasmus ihre Hand. Schwammig kam ihr diese Hand vor. Und schwitzig. Vielleicht hatte er eine Nervenschwäche. Sie vermisste das Prickeln, das sie empfand, als Christoff das erste Mal ihre Hand nahm. Aber wohin hatte sie dieses Prickeln geführt? Und wie lange hatte es angehalten? Es war vorbei, als sie Martin im Leib trug. In dieser Hand spürte sie etwas anderes. Etwas Festliches. Wie früher als kleines Mädchen, wenn sie mit ihrem Vater am Sonntag über die Felder ging.

Auf der Promenade, bei der Holzbrücke, begegneten ihnen andere Kurgäste. Ein Offizier in Uniform betrachtete durch sein Monokel den tosenden Wasserfall. Als er die beiden Spaziergänger erblickte, drehte er sich um und klappte die Hacken zusammen.

»Windischgrätz, Oberstleutnant. Imposanter Anblick, nicht wahr? Sind heute gerade angekommen. Schwieriges Gelände, scheint mir. Gutes Schuhwerk erforderlich. Wollen morgen Gasteiner Heilstollen erkunden. Vielleicht Sturm auf den Radhausberg nehmen. Schätze mal Höhe zweitausendsechshundert, über den Daumen gepeilt. Abendspaziergang mit der Frau Gemahlin?«

Cecilia blickte prüfend zu Erasmus. Jetzt wollte sie kein falsches Wort hören.

»Obristmeister von Pyrr. Darf ich vorstellen: Cecilia Ronacherin.«

Der Offizier gab Cecilia galant einen Handkuss.

»Nein, meine Gemahlin ist sie nicht … noch nicht«, sagte er, einen vielsagenden Seitenblick auf Cecilia werfend. »Ich bin Witwer und mit meinen Söhnen auf Urlaub.«

»Wenn das so ist«, sagte der kaiserliche Offizier süffisant lächelnd, »dann wünsche ich dem Herrn Obristmeister viel Glück beim Sturm auf die Bastion … oder bei der Belagerung. Angriff ist immer die beste Verteidigung.«

Erasmus ignorierte die anzügliche Bemerkung. »Eine Bergfahrt zum Radhausberg können wir durchaus empfehlen, Windischgrätz. Es gibt da oben eine aufgelassene Goldgrube mit den Ruinen der Berghäuser. Sehr sehenswert. Mit etwas Fortune findet man auf der Abraumhalde gediegenes Freigold.«

»Oh, wirklich? Das wird meine Frau interessieren. Einen angenehmen Abend, die Herrschaften!«

»Musstest du mich so brüskieren!«, empörte sich Cecilia, als sie allein waren. »Diese Leute glauben jetzt, wir seien ein Liebespaar. Dein Antrag gibt dir nicht das Recht, über mich zu verfügen.«

Erasmus lachte lautlos. »Wenn ich dich als Bekannte vorgestellt hätte, würden sie von dem Obristmeister und seinem Kurschatten reden. Wäre dir das lieber?«

»Nein, es ist schon recht so«, lenkte Cecilia ein. »Ich wehre mich nur dagegen, in eine Rolle gedrängt zu werden, über die ich noch gar nicht nachgedacht habe.«

Magdalena bemerkte sofort, dass zwischen den beiden etwas vorgefallen war.

»Na, ihr zwei Lustwandler«, flachste sie etwas gezwungen, »ich dachte schon, der Mond hätte euch verzaubert. Die Mädchen sind mit den Jungs beim Grabenbäckerwirt. Dort soll ein Tanzvergnügen sein. Wir können ja noch ein Glas Wein trinken, ein Abschiedstrunk an unserem letzten Abend.«

Sie brannte darauf zu erfahren, was sich abgespielt hatte. Erasmus und Cecilia waren bisher nie allein ausgegangen.

Der Obristmeister war sich bewusst, dass er sich erklären musste. Seine Stimme war ruhig und fest, als er seinen Becher hob.

»Verehrteste Frau Kammerlanderin! Es wird dem geübten Auge der Mutter nicht entgangen sein, dass mir Eure bezaubernde Tochter nicht ganz gleichgültig ist. Von Tag zu Tag wurde mir mehr bewusst, welch tiefe Gefühle ich für Cecilia empfinde. An diesem unseren letzten gemeinsamen Abend fand ich endlich den Mut, Cecilia zu fragen, ob sie mich heiraten möchte. Die Freuden der Jugend kann ich ihr in meinem vorgerückten Alter nicht mehr bieten. Jedoch einen Namen, der einen guten Klang in der Gesellschaft hat, ein Haus, das sich sehen lassen kann, und zwei Söhne, die, auch wenn es oft anders scheint, nicht schlecht geraten sind.«

Die Tantzlechnerin strahlte über das ganze Gesicht. »Es ist mir eine große Ehre, dass der Herr Obristmeister geneigt ist, um die Hand unserer Tochter anzuhalten. Zum Heiraten gehören aber immer zwei. Zuerst möchte ich wissen, Celia, was du zu dem ehrenwerten Antrag des Herrn Erasmus sagst.«

»Ich weiß nicht … wir kennen uns gerade drei Wochen. Ich habe Erasmus gebeten, mir bis Ostern Bedenkzeit zu lassen.«

»Bis Ostern?«, empörte sich Magdalena. »Den Stadtkommandanten der Hauptstadt Vorderösterreichs willst du bis Ostern warten lassen? Du kannst froh sein, dass er so viel Verständnis und Geduld besitzt. Ein anderer wäre aufgestanden und hätte seinen Hut genommen.«

»Seid nicht so streng mit Eurer Tochter«, lächelte Erasmus. »Bis dahin fließt viel Wasser die Salzach herunter. Als Soldat des Kaisers habe ich das Warten gelernt. Nicht nur, wenn ich auf Wache war.«

Konrad und Berthold betraten den Speisesaal, gefolgt von Susanna und Franziska, beide erhitzt und mit glühenden Wangen.

»Na, wie wars beim Grabenbäcker?«, fragte der Obristmeister.

»Eine Mordsgaudi!«, sagte Konrad mit leuchtenden Augen.

»Am Schluss wurde auf den Tischen getanzt«, ergänzte Berthold.

»Na, das freut mich. Also ist das Wildbad doch nicht so verstaubt, wie ihr geglaubt habt.«

»Und waren eure Kavaliere auch gute Tänzer?«, fragte die Kammerlanderin ihre Töchter.

»Über meinen kann ich mich nicht beklagen«, sagte Franziska, wobei sie Konrad einen schelmischen Blick zuwarf.

»Sie hat Konrad so in Beschlag genommen, dass ich mit anderen vorlieb nehmen musste«, lachte Susanna.

Die Tantzlechnerin konnte ihr Mitteilungsbedürfnis nicht mehr zügeln. »Kinder, es gibt eine aufregende Neuigkeit … Erasmus hat um Celias Hand angehalten.«

Einen Augenblick herrschte betretenes Schweigen.

»Dann stehen wir nicht mehr ständig unter Kuratel«, platzte Konrad heraus. »Im Gegensatz zu dir, Vater, hat Cecilia wenigstens Verständnis für die Tollheiten der Jugend.«

»Du wolltest wohl Torheiten sagen«, bemerkte Erasmus säuerlich.

»Nun, soweit ist es noch nicht … das Jawort steht noch aus.«

»Es ist gut, wenn du unter die Haube kommst«, sagte Susanna zu ihrer Schwester. »Dann hat der Schlamassel ein für allemal ein Ende.«

»Wenn ich den Heiratsantrag annehmen sollte«, sagte Cecilia gelassen, »dann nicht ohne ein Gefühl, das mehr ist als bloße Zuneigung. Ich käme mir sonst vor wie eine, die sich aushalten lässt.«

»Deine Worte berühren mich zutiefst«, sagte Erasmus. »Ehrlichkeit ist eine rare Tugend, besonders in der Liebe. Ein Witwer in mittleren Jahren, noch dazu von Stand und Ehre und nicht ganz unvermögend, gerät leicht in Gefahr, die Beute eines falschen Weibes zu werden.«

Er stopfte seine Tonpfeife und blies einige Rauchkringel in die Luft.

»Anno sechsunddreißig wurde mein Vater zum Obristmeister der Stadt Freiburg gewählt, um abwechselnd ein Jahr das Amt des Stadtschultheißen, des Statthalters, des Bürgermeisters und wiederum das Obristmeisteramt zu bekleiden. Manch einer wird denken, dass der Oberbefehlshaber der kaiserlichen Truppen, der Bürgerwehr der

Zünfte und höchste Beamte der Breisgauhauptstadt ein Leben in Glanz und Gloria führte. Aber Freiburg war zu dieser Zeit eine besetzte Stadt. Schwedische Truppen unter General Gustav Horn hatten sie erobert, und …«

»Bitte Vater, nicht schon wieder!«, unterbrach ihn Berthold mit gequälter Miene. »Du nervst jeden mit der Geschichte. Merkst du nicht, wie peinlich das ist?«

»Oh nein, für uns ist diese Geschichte gar nicht peinlich, nicht wahr, Cecilia?«, widersprach Magdalena. »Wir wollen unbedingt etwas über unsere künftigen Gesippen erfahren …«

»Wie bitte?« Gedankenverloren blickte Cecilia zum Nachbartisch. Ein Bauernbursche hatte zur Gitarre gegriffen und sang ein lustiges Lied, umringt von einer Schar Jungdirnen, die mit großer Begeisterung in den Refrain einfiel. Am liebsten wäre sie aufgestanden und hätte sich zu ihnen gesetzt. Doch das konnte sie Erasmus nicht antun. Verflixt, jetzt nahm sie schon Rücksicht auf ihn. Nur weil er ihr einen Antrag gemacht hatte.

»Ich danke dir für dein Verständnis, Magdalena«, sagte Erasmus. »Wo war ich stehengeblieben … ach ja, beim Krieg. Mein Vater hatte ständig zwischen den feindlichen Machthabern und der Bevölkerung zu vermitteln. Was die einen mit brutaler Gewalt forderten, hatten die anderen als Opfer zu erbringen. Acht Jahre später war Freiburg in der Gewalt der Franzosen und wurde von den Bayern belagert. Der Oberkommandant der Besatzungsmächte, Kanoffski von Laugendorf, stellte unerfüllbare Forderungen. Unter Androhung von Plünderungen verlangte er neben maßlosen Fleischlieferungen auch die Lieferung von dreihundertfünfzig Maß Wein pro Tag. Mit der Belagerung durch die Bayern litten die Franzosen an Geschossmangel. Blei war nicht zu haben, und so musste die Stadt Zinn liefern. Als auch dieses nicht mehr aufzutreiben war, forderte der Platzkommandant das Blei von der Bedachung des Münsters. In seiner Not eilte mein Vater in das Kartäuserkloster. Dort erhielt er die Zusage, dass man lieber alle Fenster der Verbleiung berauben wolle, als das Münster schänden zu lassen. Doch dazu kam es glücklicherweise nicht. Die Stadt kapitulierte vor den Bayern, und die Franzosen zogen ab. Der mutige und aufopfernde Einsatz zum Wohl der Bevölkerung wurde meinem Vater allerdings nicht gedankt …«

»Der mutige und aufopfernde Einsatz zum Wohl der Bevölkerung!«, höhnte Konrad. »Wenn ich das höre! Du weißt genau, dass Großvater dem Kaiser treu ergeben war, seitdem er ihm einmal den Handschuh küssen durfte.«

Der Zorn ließ die Stimme des Obristmeisters beben. »Wie willst du das beurteilen, unreifer Bursche! Du hast ihn nicht gekannt. Du weißt nicht, was Hunger ist. Du weißt nicht, was Krieg ist. Du weißt nicht, was Besatzung ist. Was hast du schon für das Wohl der Allgemeinheit getan! Wo hast du deinen Mut bewiesen, außer bei deinen Mensuren. Also denk bitte nach, was du sagst!«

Der Obristmeister blies einige Rauchkringel in die Luft, da ihm der Faden entglitten war.

»Bald darauf wurde mein Vater das Opfer von Intrigen. Es hieß, er stünde in schriftlicher Verbindung mit Franz von Mercy, dem Anführer der bayerischen Truppen, und vom Keller seines Hauses führte ein unterirdischer Gang zu den Belagerern. Die Folge dieser Verleumdungen waren Verhöre und Hausdurchsuchungen. Seitdem trägt unser Haus den Namen ›Zum Weißen Brief‹. Auf einem Spaziergang mit dem Stadtkommandanten erlitt er einen Schlaganfall. Er starb an gebrochenem Herzen …«

Beim Abschied küsste der Obristmeister Cecilia galant die Hand.

»Im Krieg wie in der Liebe sollte man nicht zu lange nachdenken, sonst verspielt man den Sieg. Ich hoffe auf eine günstige Entscheidung, meine Teuerste.«

Am nächsten Tag erschien Lorenz und brachte die Weiberleute, wie er scherzhaft sagte, mit dem Einspänner zurück nach Tantzlehen. Auf der Fahrt sprachen Magdalena und ihre Töchter von den Erlebnissen und Eindrücken in Gastein. Immer wieder kam das Gespräch auf den Obristmeister. Cecilia blieb bei der Erwähnung seines Namens verschlossen.

»Überleg nicht lang und nimm ihn!«, riet Magdalena ihrer Tochter. »Er kann dir ein Leben bieten, von dem andere Frauen nur träumen.

Männer mit fünfzig stehen in den besten Jahren. Der alte Rettenbacher hat mit seinem zweiten Weib sogar noch Zwillinge zuwege gebracht.«

»Ich weiß nicht, ob ich ihn lieben kann …«, sagte Cecilia, den Blick starr in die Ferne gerichtet.

»Überleg mal, wohin dich die Liebe gebracht hat. Auf eine Schwaige, wo du dich krank geschuftet hast. Auf die Schandbühne zum Gespött aller Leute. In eine Schänke, wo dich die Männer wie eine Hure behandelt haben. Und der Kerl, für den du das alles gemacht hast, zieht fröhlich durch die Weltgeschichte.«

Tantzlehen tauchte vor ihnen auf. Der Gutshof lag behäbig im milden Licht des Spätsommernachmittags. Erntehelferinnen mit weißen Kopftüchern luden die Garben von einem Kornwagen. Stallknechte schirrten die Rösser ab. Mäher kamen von den Wiesen, mit der Sense oder dem Heurechen auf der Schulter. Alles ging seinen gewohnten Gang.

Als Cecilia sich vorstellte, ein Leben lang hier hausen zu müssen, in der Küche an der Seite der Mutter, bei Tisch allein mit den Eltern, bemitleidet von ihren Schwestern, die glücklich verheiratet wären, hatte sie ihre Entscheidung getroffen: Ja, sie würde Erasmus heiraten.

22
Schwarmgeister

Die Hundstage brüteten über Wien und ließen alles Leben erschlaffen. Der trockene Südwind, der von der ungarischen Puszta herüberwehte, wirbelte den Staub durch die Gassen, dass die Augen tränten. Der von keiner Wolke getrübte Himmel war glutweiß wie das Licht der Sonne. Nur in den Abendstunden, die Christoff Jenner und Niels Stensen gewöhnlich in den Kellergewölben der Buschenschänken verbrachten, war die Hitze einigermaßen erträglich. Zwischen den Eichenpressen und Weinfässern im Alten Presshaus in Grinzing ließen sie den Gemischten Satz, den süffigen Weißwein aus verschiedenen Rebsorten, durch die ausgedörrten Kehlen rinnen. Als der Wirt ihnen erklärte, dass der Heurige stets am Martinstag getauft werde, wurde Christoff schweigsam.

Er sah sich wieder auf dem Martinimarkt. Wie sie ihn angelächelt hatte. Mit einem Blick, der tief in seine Seele drang wie ein Kieselstein, den man in den Brunnen wirft, dass sich die Wellen ringförmig kräuseln. Wie sie mit lässiger Gebärde ihre kastanienbraunen Zöpfe zurückgeworfen hatte. Und den Staubzucker von ihren Lippen geleckt hatte. Die Lippen, die ihn zwei Wochen später das erste Mal geküsst hatten. Es schien ihm sehr lange her. Und ganz weit weg.

In der Mitte des Monats August rüsteten sich der Doktor und sein Gefährte zu der Ungarnreise. Ziel war die Freie Bergstadt Schemnitz im südmährischen Erzgebirge. Die letzten Tage in Wien hatte der dänische Gelehrte mit Besuchen verbracht. Seine Empfehlungsschreiben, die ihm Pater Athanasius Kircher in Rom mitgegeben hatte, öffneten ihm die Türen zu namhaften Künstlern, wie dem Maler und Zeichner Benedikt dem Jüngeren sowie Koryphäen auf dem Gebiet der Wissenschaft, etwa dem Medicus und Juristen Georg Fabricius.

Beim Besuch des Letzteren, der als kaiserlicher Notar in der Hofburg tätig war, spielte ihm ein unverhoffter Zufall in die Hände. Die Gräfin Katharina Zrinyi, Gemahlin von Peter Zrinyi, des Banus von Kroatien, hatte Wind davon bekommen, dass Stensen geologische Studien in den Erzrevieren Südmährens betreiben wollte und bot ihm Platz in ihrem Wagen an. Sie beabsichtigte, mit ihrer Tochter Aurora Veronika nach der Herrschaft Murány in Oberungarn zu reisen.

Die Fahrt über Pressburg und Neuhäusl verging im Flug. Katharina Zrinyi, die am liebsten selbst die Zügel auf dem Kutschbock hielt, war für ihr Alter – sie hatte die Mitte der Vierzig noch nicht erreicht – eine außergewöhnlich schöne Frau. Von mittelgroßer, kräftiger und voller Gestalt, kontrastierte ihr sonnengebräuntes Antlitz merkwürdig zu ihrem weißen Hals, den Schultern und Armen, die sie dem Blick so offenherzig freigab, wie das grasgrüne, mit Goldstickerei verbrämte Reisekleid es gestattete. In ihrem dunkelbraunen Haar, von einem federgeschmückten grünen Hut bedeckt, waren so gut wie keine Silberfäden zu sehen. Ihre Augen hatten etwas Kaltes und Hartes, das sich in ihrer lauten, rauen Stimme wiederholte. Neben dieser Amazone nahm sich ihre zwölfjährige Tochter wie ein Schneeglöckchen im Märzenwind aus. Ein schmächtiges Kind mit sanftem Gesicht von zarter, fast durchsichtiger Blässe. Je mehr die Mutter redete, und sie redete fast ununterbrochen, desto mehr versank Aurora in dumpfes Schweigen.

»Unter den vier Erzämtern des Königreiches Ungarn«, erklärte die Gräfin, »trägt der Palatin bei der Krönung dem König die Krone vor, der zweite, der Erzhofrichter Judex Curiae das Szepter, der dritte, der Banus von Kroatien, den Reichsapfel, der vierte, der Schatzmeister, die Goldschatulle. Drei dieser Magnaten werdet Ihr auf Murány zu Gesicht bekommen. Einer davon ist mein Gemahl. Ein anderer liegt in der Fürstengruft.«

Nach zwei Tagen erreichten sie das Vorland des Erzgebirges, wie man die erzhaltigen Bergzüge Oberungarns bezeichnete. Stensen bedankte sich und wollte sich verabschieden. Doch die gebieterische Stimme der Gräfin hielt ihn zurück.

»Es kommt auf gar keinen Fall in Betracht, lieber Doktor, dass Ihr Euch so schnell aus dem Staub macht. Wie soll ich mich als allein reisende Frau vor Räubern schützen, die diese abgeschiedene Gegend verunsichern, dazu mit einem Kind in zartem Alter. Die Gastfreundschaft auf Schloss Murány soll der Dank für Eure Begleitung sein.«

Obwohl dieser Umweg ihnen mindestens vier Tage rauben würde, sah Stensen ein, dass er den Wunsch einer Dame nicht abschlagen konnte.

»Darf man erfahren, Gräfin, was Euch in diese abgeschiedene Gegend führt?«, wollte Christoff wissen.

»Bei der sommerlichen Hitze ist die Luft in den Bergen Oberungarns mit ihren lauschigen Bächen, Seen und schattigen Buchenwäldern eine göttliche Erfrischung. Auf Murány erwarten mich mein Eheherr und ein paar gute Freunde.«

Die Zrinyi bemerkte seinen fragenden Gesichtsausdruck.

»Murány ist im Besitz der Gräfin Maria Vesselény, geborene Szétsi. In ihrer Jugend wurde sie die Venus von Murányi genannt. Sie weigerte sich standhaft, den betagten Stephan Bethlen zu heiraten. Ihr Vater ließ sie deshalb in den Kerker werfen. Erst auf Bitten ihres Vaters fügte sie sich seinem Willen. Nach wenigen Jahren starb Bethlen, und Murányi fiel an die fünfundzwanzigjährige Witwe. Ihren zweiten Gemahl verließ sie und flüchtete nach Siebenbürgen. Im Schloss Magna Curia, dem Bethlenschen Gut, verschanzte sie sich; denn ihr Eheherr war ihr gefolgt und versuchte, das Schloss mit dreihundert Mann zu stürmen. Sie rettete sich mit einem Sprung aus dem Fenster. Ihren Gemahl aber ließ sie nie wieder ihre Burg Murány betreten …«

Sie hob die Zügel, um die Pferde wieder in Trab zu versetzen, und fuhr fort: »Eines Tages kam Franz Vesselényi. Im Auftrag des Kaisers sollte er Murány stürmen. Maria Szétsi, gerade vierunddreißig, ließ es sich als Verfechterin der ungarischen Freiheit nicht nehmen, ihre Rotten selbst zu befehligen. Mit allen Mitteln der Feldherrenkunst versuchte Vesselényi, die Burg zu erobern. Doch Tage und Wochen verstrichen, ohne dass er seinem Ziel näherkam. Der Ruhm ihrer Tapferkeit und Ruf ihrer Schönheit waren so groß, dass der Feldherr sich als Abgesandter verkleidete und in das Schloss eindrang, nur um sie zu sehen. Von Liebe verzehrt, offenbarte sich ihr Belagerer in einem Brief und bot ihr Herz und Hand zum ewigen Bund an. Die Schlossherrin ließ ihm mitteilen, der Verfasser des Briefes möge bitte die Antwort selbst holen. Er solle zu mitternächtlicher Stunde allein auf die Burg kommen. An der Nordseite der Feste, unterhalb eines erleuchteten Fensters, würde er eine Strickleiter vorfinden. Kaum war er zu besagter Stunde in das Zimmer gesprungen, packten ihn kräftige Arme und warfen ihn zu Boden. Wäre er nicht bereit, einen Eid auf die Freiheitspartei von Georg Rákóczy zu schwören, sagten ihm seine Überwältiger, würden sie ihm binnen einer Stunde das Haupt abschlagen und sein Heer dem sicheren Verderben weihen. Vesselényi blieb jedoch standhaft und erwartete in seiner Zelle den Todesstreich. Als der Henker das Schwert heben wollte, rauschte die schöne Herrscherin herein und sagte: Du hast die Probe ritterlich bestanden, Vesselényi. Du bist es wert, dass ich dir der Güter höchstes, meine Freiheit, zum Opfer bringe. Hier ist meine Hand, und mit ihr diese Feste, die von nun an dir und deines Königs Dienst gehört ...«

»Eine wahrhaft berührende Geschichte«, sagte Stensen.

»Sie geht noch weiter: Kaiser Ferdinand III. erhob den Bezwinger der Burg, der ihm ein Gemetzel erspart hatte, zum Reichsgrafen und Erbherren von Murány. Später wurde der Ritter des Herzens königlicher Statthalter von Oberungarn und Palatin. Von seiner freiheitsliebenden Gemahlin in Bann gezogen, wurde er nach dem Friedensvertrag von Vasvár jedoch zum schärfsten Kritiker des Kaisers. Der ungarische Palatin und der Landesoberrichter Franz Nádasdy sowie mein Eheherr schlossen zwei Jahre später ein Bündnis mit der Absicht, Ungarn von der Habsburgerkrone zu befreien. Durch eine Unachtsamkeit wurde der Aufstand vorzeitig bekannt. Vesselényi kam seiner drohenden Hinrichtung zuvor: Er starb eines natürlichen Todes. Auf Murány findet heute abermals eine Versammlung der Magnaten Ungarns statt. Dies ist der wahre Grund meiner Reise.«

Am dritten Tag der Reise wurde die Landschaft hügelig. Lichte Buchenwälder wechselten sich mit dunklen Tannenforsten ab. Von einigen Gipfeln des Mittelgebirges, durchzogen von tiefen Schluchten oder weiten Hochebenen, ragten weiße Karstfelsen, gebildet aus Kalkstein und Dolomit, wie Stensen erklärte.

Viereinhalb Meilen nach Rosenau erblickten sie das Dorf Murány mit der gleichnamigen Burg. Wie ein Adlerhorst ragte die von Wehrtürmen umgebene Festung aus den Wäldern empor. Auf dem Bergfried flatterte die Fahne Ungarns mit dem roten Patriarchenkreuz auf den drei grünen Hügeln und der goldenen Krone. Als der Wagen sich mühsam den schmalen Weg hinaufschleppte, deutete die Gräfin auf ein Fenster hoch über dem Felsen.

»An dieser Stelle ist Vesselényi die Strickleiter hochgeklettert. Man muss schon verrückt oder verliebt sein, was meistens dasselbe ist, um mit knapp vierzig Jahren eine solch wagemutige Tat zu vollbringen.«

Gräfin Maria Szétsi erwies sich als liebenswürdige Gastgeberin, sie umarmte die Zrinyi herzlich.

»Schön, dass du dich wieder einmal in mein Räuberhauptquartier traust. Aurora ist groß geworden. Ein wenig blass sieht sie aus. Die frische Bergluft wird ihr guttun. Dein Eheherr ist heute früh eingetroffen, ebenso Nádasdy und Rákóczy. Auch dein Bruder Franz Christoph ist schon da. Ich sehe, du hast dir zwei Leibwächter mit auf die Reise genommen. Ich hoffe, sie sind vertrauenswürdig, was unsere Sache angeht.«

»Ich darf dir, meine Liebe, Doktor Stenonis vorstellen, Leibarzt des Großherzogs Ferdinand II. von Toskana und Verfasser mehrerer geognostischer Schriften. Er hat vor, die Erzgruben in Schemitz und Kremnitz zu besichtigen. Sein Begleiter ist Christoff Jenner. Ein Salzburger, jedoch kein Anhänger des Protestantismus. Ich habe in meinen Weggefährten die beste Unterhaltung gefunden, die man sich denken kann.«

»Sind wir in eine Räuberhöhle geraten?«, fragte Christoff spöttisch.

»Aber nein, das ist nur so dahingesagt«, lachte die Schlossherrin. »Die Burg war im vorigen Jahrhundert im Besitz des Raubritters Matej Baso. Von hier aus unternahm er seine Beutezüge. Aber lassen wir die Vergangenheit ruhen. Ich will Euch zunächst mein Haus zeigen.«

Sie schritt zu einem Brunnen im Schlosshof. Unter dem schindelgedeckten Dach hing ein Ledereimer.

»Ratet mal, wie tief der Brunnen ist?«

Sie blickten in das schwarze Loch, konnten jedoch kein Wasser entdecken. Ratlos hoben sie die Schultern.

»Um einen einzigen Eimer Wasser heraufzuholen«, erklärte die Gräfin, »benötigen Pferdekräfte oder starke Arme an der Drehkurbel eine Dreiviertelstunde. Das Wasser stammt aus der Quelle der Jolsva, die dem Schlossgrund entspringt. Wenn man eine Ente in den Brunnen hinab lässt, schwimmt sie auf dem unter dem Schloss befindlichen Wasser, das aus dem Felsen quillt, wieder heraus.«

In der Hauskapelle zeigte ihnen die Gräfin die wappengeschmückten Grabplatten, unter denen die sterblichen Überreste ihres Vaters Georg Szétsi und ihres Gemahls Franz Vesselényi ruhten. Einen Augenblick verharrte sie vor der Gruft.

»Franz starb vor zwei Jahren. Schade, dass der Palatin den heutigen Tag nicht mehr miterleben kann.«

Zum Nachtmahl ließ Maria Szétsi ihre Gäste in den Bankettsaal bitten. Wandappliken zwischen den Bogenfenstern sowie ein ringförmiger Kronleuchter verliehen dem mit Bildteppichen geschmückten Saal festlichen Glanz.

Neben der Hausherrin hatten Katharina Zrinyi und ihr Eheherr Peter Zrinyi an der Tafel Platz genommen. Der Banus von Kroatien, wie sein Fürstentitel lautete, war eine markante Erscheinung in seiner grünen, mit goldenen Troddeln und Schnüren besetzten Kleidung. Franz Christoph Frangipani, von seinen kroatischen Landsleuten Frankopan genannt, Katharinas Bruder, fiel durch seinen dunklen Vollbart auf, der sein männliches Aussehen ebenso unterstrich wie seine sonore Stimme. Dem Markgrafen zur Seite saß seine Gemahlin Julia de Naro, Nichte des Kardinals Francesco Barberini und Römerin von Geburt. Die knapp Zwanzigjährige trug ein weit ausgeschnittenes dunkelgrünes Kleid aus Seidentaft mit goldenen Borten, das bei jeder Bewegung raschelte wie eine Silberpappel im Sommerwind. Ihr dunkles schweres Haar hatte sie zu einem lockeren, mit einer zierlichen Perlenkette durchwirkten Knoten am Hinterkopf gebunden. Der Gräfin Zrinyi gegenüber saß Hans Erasmus Graf von Tattenbach, Landeshofmeister der Steiermark und Statthalter zu Graz. Neben dem Innerösterreicher saß Franz Nádasdy, der Oberstlandesrichter des Königreichs Ungarn. Neben dem Judex Curiae saß Fürst Franz I. Rákóczy mit seiner Gemahlin. Helena. Die junge Fürstin war sich ihrer Schönheit bewusst und hatte eine ausgeprägte Schwäche für kostbare Kleider und erlesenen Schmuck. Eine Perlenkette lenkte den Blick auf ihr schulterfreies Dekolleté. Diamanten funkelten wie

Tautropfen an ihren Ohren. Mit Rubinen und Saphiren besetzte Goldreifen umrankten ihre schlanken, von den gebauschten Dreiviertelärmeln ihrer Seidenrobe freigegebenen Unterarme. Peter Zrinyi hatte Christoff den Platz an seiner Seite angeboten. Der Banus von Kroatien erklärte, Helena sei ihre älteste Tochter und habe vor drei Jahren den Enkel jenes Georg Rákóczy geheiratet, der ein Vierteljahrhundert zuvor Maria Szétsi Beistand gegen die kaiserlichen Truppen geleistet hatte und auf dessen Partei Franz Vesselényi schwören sollte, wäre ihm sein Leben lieb. »Kein Geringerer als Vesselényi war Stifter der Ehe zwischen den beiden, die auf Murány ihr Verlöbnis bekannt gegeben hatten.«

Niels Stensen saß neben Franz Nádasdy, der ihm mit feuchten Augen anvertraute, dass seine Ehefrau Juliana Esterházy, eine Tochter des kaiserlichen Palatins Nikolaus Esterházy, im Januar im Kindbett verstorben war. Der Prinzessin wegen habe er bei seiner Hochzeit den katholischen Glauben angenommen. »Wie Ihr seht, hochgelehrter Stenonis, sind heute Abend alle, die an diesem Tisch sitzen, in irgendeiner Weise verschwistert oder verschwägert, von anderen geheimen Banden ganz zu schweigen.«

Der illustren Gesellschaft entsprechend war die Stimmung ungezwungen und lebhaft, und so manch deftiger Scherz und Seitenhieb machte die Runde.

»Ist das der Eber, der vor fünf Jahren deinen Bruder Nikolaus in Csakathurn auf die Hauer genommen hat?«, spottete Franz Frangipani, als er mit der Gabel ein saftiges Stück Wildschweinfleisch zum Mund führte.

»Dieser Eber, der damals auf der Jagd meinen Bruder getötet hat, war stärker. Er war so stark, dass er sogar dein großes Maul zerrissen hätte«, erwiderte der Banus dröhnend vor Lachen.

Er hob den geschliffenen Becher aus böhmischem Glas, in dem der Tokajer rubinrot funkelte.

»Ein Hoch auf unsere Gastgeberin! Die Venus von Murány hat uns wieder einmal in ihren Bann gezogen und unter ihrem Dach vereint. Möge unsere Zusammenkunft dem Wohl Ungarns und seinen Patrioten zum Ruhm gereichen.«

»Das hast du schön gesagt, Peter«, erwiderte die Palatina geschmeichelt. »Die Venus von Murány bin ich aber längst nicht mehr. Die war ich, als ich tagsüber im Harnisch auf den Zinnen stand und vor den Augen des Feindes die Einschusslöcher mit dem Besen aus den Mauern kehrte und nachts die Männer empfing, die den Mut hatten, über schwindelnden Abgründen in mein Fenster zu klettern. Heute dreht sich nur noch der Wetterhahn auf dem Turm nach mir um. Ich kann froh sein, wenn ich ohne fremde Hilfe auf mein Ross steigen kann. Nun, ich tröste mich mit dem Gedanken: Jugend vergeht, Tugend besteht.«

Interessiert erkundigte sich Rákóczy, was Stensen nach Oberungarn verschlagen habe. Er wolle zu den Erzgruben reisen, erklärte der Gelehrte, um dort geognostische Untersuchungen für eine künftige Abhandlung zu machen.

»Nach Schemnitz und Kremnitz?«, sagte Rákóczy mit beißendem Spott. »Aus diesen Bergwerken lässt Kaiser Leopold von deutschen Bergmännern das Gold und Silber holen, das er zu Münzen schlagen lässt, um damit jene Kriege zu bezahlen, die er gegen die Hohe Pforte führt. Nicht wenige Minister in Wien sind der Überzeugung, Ungarn könne nur so lange unter der Habsburgerkrone gehalten werden, wie eine unterschwellige Türkengefahr bestehe. Ja, ich habe den Eindruck, der Kaiser braucht die Totengräber des christlichen Abendlandes, wie er die Osmanen bezeichnet, um sein zusammengewürfeltes Reich zusammenzuhalten …«

»Mit dem Feind von außen bekämpft er die Feinde im Inneren, die Antimonarchisten, die Nationalisten und die Protestanten«, fiel ihm Nádasdy ins Wort. »Gäbe es die Türken nicht, müsste man sie erfinden, soll Kanzler Hocher gesagt haben. Seit der Schlacht von Mohács ist die Türkengefahr ein willkommenes Ablenkungsmanöver von den wahren Problemen des Kaiserreichs …«

»Wollt ihr wissen, was die wahren Probleme sind?«, sagte Rákóczy. »Unus rex, unus grex ein Herrscher, eine Herde. Der Kaiser betrachtet sich als Vater seiner Völkerscharen. Seine Untertanen seien seine Kinder, so sehr liebe er sie, betont er bei jeder Gelegenheit. So behandelt er sie auch. Wie unmündige Kinder. Er sagt, Fremde zueinander gäbe es nicht im Reich. Aber wenn es seine Freunde wären, würde er sie nicht ständig bespitzeln lassen. Mir scheint, er hat Angst vor seinen vielen Kindern, derer er nicht mehr Herr wird. Eines nicht allzu fernen Tages werden ihm die Kinder auf dem Kopf herumtanzen.«

»Das Königreich Ungarn hatte immer die Hauptlast der Türkenkriege des Kaisers zu tragen«, warf Banus Zrinyi ein. »Es ist das Glacis, das er notfalls bereit ist zu opfern. Er hat Angst, Ungarn könnte seine Freiheit mithilfe des Osmanischen Reichs und Frankreichs erringen, die begierig sind, das Kaiserreich zu schwächen.«

»Ich denke, ein weiterer Grund, weshalb der Kaiser Ungarn nicht aufgeben will, sind die Erzgruben«, sagte Graf Tattenbach, der sich bisher zurückgehalten hatte. »Er braucht sie für die Münze, mit der er seine Kriege finanziert. Die Erzgruben von Schemnitz und Kremnitz sind eine Goldquelle.«

Der Banus ereiferte sich bei diesen Worten. »Wisst Ihr, was wir Ungarn – ich sage Ungarn, obwohl hier überwiegend Kroaten am Tisch sitzen – für den Kaiser sind? Kanonenfutter! Die Schlacht von Sankt Gotthard hat es uns gelehrt. Wir haben die Köpfe hingehalten, und was war der Dank? Neun Tage nach dem Sieg hat der Kaiser mit dem Sultan einen Frieden ausgehandelt, der eine solche Schande ist, dass es einem die Zornesröte ins Gesicht treibt. Nicht nur, dass der Besiegte die Festung Neuhäusl und weite Teile des Königreichs in Siebenbürgen behalten durfte, vor allem auf Kosten unserer angestammten Besitztümer, nein, der Großwesir wurde auch noch mit zweihunderttausend Gulden belohnt, dass er diesen Krieg vom Zaun gebrochen hat, der Abertausenden das Leben kostete.«

Stensen hatte lange geschwiegen. Mit dem Kriegshandwerk hatte er keine Erfahrung und als katholischer Konvertit wollte er sich aus dem Glaubensstreit heraushalten. Aber die Worte seiner Vorredner mochte er jedenfalls nicht unkommentiert lassen.

»Rührt nicht die Art, wie die Protestanten verfolgt oder die Türken bekämpft werden aus dem gleichen Denken wie die Arbeit der Missionare in der Neuen Welt? Man bekämpft das Andersartige, das Fremde, weil es den Herrschern und Mächtigen gefährlich werden kann. Es sind die Kreuzzüge der Neuzeit unter dem Deckmantel der Zivilisation.«

»Erst kam das Schwert, dann die Bibel«, gab Nádasdy zu bedenken. »Nachdem die Spanier den Eingeborenen alles geraubt hatten, was sie an irdischen Gütern besaßen, wollten sie ihre Macht auch noch in die Hirne der Geknechteten prägen, indem sie ihre Götter stürzten.«

Versonnen spielte Julia de Naro mit ihrem prachtvollen Collier. Im Kerzenlicht funkelten die Smaragdkristalle am Dekolleté der Gräfin, wie die Augen einer Katze.

»Ich bin nicht unglücklich, dass die Spanier uns mit Smaragden beglücken«, warf die Gemahlin des Grafen Frangipani ein. »Wenn ich die wundervollen Edelsteine betrachte, denke ich manchmal an das Blut, das an ihnen klebt, an die Peitsche der Aufseher, die auf den Rücken der Minenarbeiter prasselt, an die Gefahren, die in den Urwäldern und Fiebersümpfen lauern. Ja, die Steine erscheinen mir umso begehrenswerter, je mehr ich an die Grausamkeiten denke, die an ihnen haften, und an die gefahrvollen Reisen über die Weltmeere, die sie hinter sich haben. Der Smaragd erscheint mir wie die Verkörperung von Gewalt und Leidenschaft.«

»Wenn ich mir eine Anmerkung erlauben darf, Gräfin Frangipani«, sagte Christoff. »Nicht nur im Vizekönigreich Peru gibt es Smaragde. Wir waren vor einigen Wochen im Habachtal in den Hohen Tauern. Auch dort kann man Smaragde finden. Sie besitzen zwar nicht den Zauber des Exotischen, aber sie sind, was ihre Schönheit angeht, mit den spanischen durchaus vergleichbar.«

Wortlos schüttete er den Inhalt seines Lederbeutels auf den Tisch. Obwohl die Smaragde roh waren, übertraf ihr Feuer den Glanz der Juwelen am Hals der Gräfin. Die Pupillen ihrer Augen weiteten sich wie unter dem Einfluss eines Rauschmittels.

»Für diese Edelsteine würde ich mein letztes Hemd ausziehen!«

Dabei warf sie Christoff einen herausfordernden Blick zu.

»Um das zu verhindern, muss ich sie dir wohl kaufen, mein Schatz«, sagte Graf Frangipani, wobei er galant ihre Hand küsste.

Christoff hatte sich nach einem Stein gebückt, der vom Tisch gerollt war. Als er ihn aufhob, bemerkte er, dass Katharina Zrinyi ihren Fuß vertraulich neben den des Grafen Tattenbach gestellt hatte. Sollten die beiden ein intimes Verhältnis haben?

»Die Steine sind leider unverkäuflich, mein Herr«, sagte Christoff lächelnd und packte sie wieder ein. »Erst wenn sie geschnitten sind, kann ich etwas über ihren Wert sagen.«

»Ich möchte die Damen nicht inkommodieren«, wechselte Peter Zrinyi ungeduldig das Thema, »aber wir sind zusammengekommen, um über ernsthaftere Dinge zu sprechen. Wenn du erlaubst, Maria, werden wir uns jetzt in die Waffenhalle zurückziehen.«

Zu Maria Szétsi gewandt, verneigte sich Graf Zrinyi und verließ den Saal. Nach ihm erhoben sich auch die übrigen ungarischen Magnaten. Stensen leerte sein Glas und erhob sich ebenfalls.

»Wenn die Damen gestatten, werde ich mich zur Ruhe begeben. Wir wollen möglichst früh nach Schemnitz aufbrechen.«

»Ich kann Euch meinen Zweispänner anbieten«, sagte die Palatina.

»Ich brauche das Gespann nicht. Auf dem Rücken meiner Lieblingsstute fühle ich mich wohler.«

Christoff leistete den Gräfinnen noch eine Weile Gesellschaft. Julia de Naro und Helena Rákóczy bedrängten ihn, von der Smaragdgrube zu erzählen. Ausführlich berichtete er von seinen Erlebnissen, immer wieder unterbrochen von Fragen. Von der Erscheinung des Erzengels Luzifer erzählte er nichts. Je mehr er darüber nachdachte, desto mehr kam er zu dem Schluss, dass er sich die Lichtgestalt eingebildet hatte. Stensen hatte von gefährlichen Substanzen berichtet, die sich in manchen Gesteinen befänden. Wahrscheinlich hatten Strahlen seine Sinne verwirrt.

Kurz nach Mitternacht begab sich Christoff auf sein Zimmer. Er öffnete das Fenster. In der Ferne hörte er den weichen Klang einer Schalmei. Ein Schafhirte ließ seine Herde wohl in der Nähe weiden. Die Melodie klang schwermütig.

Er war bereits eingeschlafen, als er von einem Geräusch geweckt wurde. Eine Klinke wurde leise niedergedrückt. Eine geisterhafte Erscheinung schwebte in den Raum, unhörbar, als ob sie den Boden nicht berührte. Als sie auf sein Bett zukam, sah er im Mondlicht die Umrisse einer weiblichen Gestalt. Durch das Nachtgewand zeichnete sich ein schlanker Frauenkörper ab. Schweiß perlte auf seiner Stirn. Eine weiße Frau war nicht selten in alten Gemäuern, hatte er gehört.

Vielleicht eine unglückliche Burgherrin, deren Geist nicht zur Ruhe kam. Doch diese Dame hatte offenbar ein anderes Ziel. In dem Glauben, sie hätte es auf seine Smaragde abgesehen, schnellte er hoch und ergriff ihr Handgelenk.

»Wer bist du, gemeine Diebin?«

Sie unterdrückte einen Schrei. »Au, du tust mir weh, lass mich los!«

»Julia!«, rief er erstaunt, als er ihre Stimme erkannte.

»Glaubst du«, sagte sie, ihr Handgelenk reibend, »eine Prinzessin de Naro, die Ehefrau des des reichsten und mächtigsten Mannes in Kroatien, ist als Juwelendiebin zu dir gekommen?«

»Hast du heute Abend nicht gesagt, für Smaragde würdest du dein letztes Hemd ausziehen?«

»Ja. Aber ich habe es anders gemeint ...«

»Ach ja – wie denn?«

»Komm her und küss mich!«

Sie zog ihr Nachthemd aus und beugte sich über ihn. Der Duft ihres offenen, bis zu den Hüften fallenden Haares, das wie ein Netz aus Seide über ihn fiel und in finstere Nacht hüllte, raubte ihm den Verstand. Er spürte ihre Brüste an seiner Brust, ihren Schoß an seinen Lenden. Spürte ihren Mund an seinem Mund, und ihre Zunge an seiner Zunge. So hatte Cecilia ihn nie geküsst.

»Nimm mich!«, hauchte sie ihm ins Ohr. »Heute Nacht bin ich dein, bis der Morgen graut ...«

Christoff war nicht mehr Herr seines Willens. Seit Wochen hatte er nicht mehr bei einem Weib gelegen. Gegen die römische Venus war er machtlos.

»Gegen deine Schönheit verblassen alle Smaragde«, sagte er zu ihr.

Das Bildnis des Ätna, die Projektion der Zauberlaterne, kam ihm in den Sinn. Diese Frau war wie ein feuerspeiender Vulkan, der aus seinem Krater rotglühende Lava in den nächtlichen Himmel schleuderte, begleitet von einer Symphonie lustvollen Stöhnens und spitzer Schreie der Erregung. Als sie breitbeinig auf seinem Schoß saß, die Arme hinter dem Nacken verschränkt, dass sich ihre Brüste strafften, und sie ihr Becken wie eine geübte Reiterin in kurzen schnellen Stößen vor- und zurückbewegte, kam es ihm vor, als ob ihn tausend Teufel ritten. Seinen Erguss hinauszögernd, quälte sie ihn so lange, bis sie ihn da hatte, wo sie ihn haben wollte. Eine Rasende auf dem Gipfel der Wollust. Noch nie hatte er ein solches Weib erlebt.

»Wie alt bist du?«, fragte sie, als sie sich voneinander gelöst hatten.

»Ich habe schon lange nicht mehr mitgezählt … zweiunddreißig.«

»Bist du nicht verheiratet?«

»Nein. Der Pfarrherr hat uns den Trausegen verweigert, weil wir uns der Kirchenbuße nicht unterwerfen wollten. Cecilia hat ihm erzählt, dass sie ein Kind von mir erwartet.«

»Ist Cecilia deine Geliebte?«

»Nein, meine Lebensgefährtin.«

»Dann lebt ihr also zusammen?«

»Nicht mehr. Den Sennhof, auf dem wir gewirtschaftet haben, hat uns das Hochwasser genommen. Jetzt lebt sie bei ihren Eltern.«

Versonnen ließ sie seine Halskette mit dem goldenen Kammrad durch ihre Finger gleiten.

»Obwohl ich mit Franz zwei Jahre im Konkubinat lebte, bekam ich den Trausegen. Mein Name und eine milde Gabe genügten, um den Bischof von Triest gnädig zu stimmen.«

»Wo habt ihr euch kennengelernt?«

»Wir begegneten uns auf dem Karneval in Venedig. Vor vier Jahren. Ich war sechzehn, Franz zwanzig. Ich habe das seltene Kunststück vollbracht, es von seiner Geliebten zur Gemahlin geschafft zu haben.« Plötzlich zuckten ihre Schultern. »Ich habe nicht mehr die Kraft, das alles mitzumachen. Die Heimlichtuerei. Die Angst vor den Häschern. Franz nimmt mich kaum noch wahr. Ich existiere für ihn nur noch in seinen Gedichten.«

»Warum lässt du dich nicht scheiden?«

»Der Heilige Stuhl würde niemals in die Scheidung der Nichte des Kardinals Francesco Barberini einwilligen. Es sei denn, ich könnte keine Kinder bekommen.«

»Wonach streben die Männer, die heute Abend am Tisch saßen?«

»Die Freiheit Ungarns wollen sie. Zrinyi träumt von der kroatischen Königskrone, die ihm der türkische Sultan aufzusetzen versprochen hat, wenn er ihm Siebenbürgen lässt. Rákóczy träumt von der

Gleichstellung der Lutherischen Lehre mit dem Katholizismus. Frangipani kämpft um seine Kronrechte als Markgraf. Nádasdy treibt der Ehrgeiz nach einem Ministerposten. Und Maria Szétsi, die Haupttriebfeder des Widerstands, träumt auf ihre alten Tage davon, Fürstin von Ungarn zu werden.« Versonnen spielte sie mit seinem Haar.

»Wovon träumst du?«

»Smaragdkönig zu werden.«

»Eigenartig. In letzter Zeit laufen mir nur noch Narren über den Weg … Traumtänzer, Schwarmgeister. Der Wahnsinn breitet sich aus wie die Pest.«

Es war hell geworden. Der Himmel begann, sich rötlich zu verfärben. Bald würde die Sonne aufgehen. Julia setzte sich auf und zog ihr Hemd an. Dabei warf sie ihr Haar zurück, wie es ihre Angewohnheit war.

»Ich muss jetzt gehen. Ob wir uns eines Tages wiedersehen?«

Sie schaute ihn fragend an.

»Wenn uns die Sterne geneigt sind.«

»So wie in dieser Nacht?«

»Ich weiß nicht, ob es eine gibt, die mich liebt …«

»Vielleicht gibt es ja eine andere, die dich liebt …«

Sie hauchte ihm einen Kuss auf die Stirn und verschwand.

Was für ein seltsamer Ort, dachte Christoff, als er in der Kutsche saß. Da treffen sich Männer, die bereit sind, für die Freiheit ihres Landes zu sterben. Weil sie nicht länger Untertanen des Kaisers sein wollen. Da gibt es Frauen, die sich alle Freiheiten nehmen. Weil sie nicht bereit sind, die Untertanen ihrer Ehemänner zu sein. Mutig und stolz. Die einen wie die anderen.

Als Christoff seinem Freund von dem nächtlichen Besuch erzählte, reagierte dieser mit Unverständnis.

»Ich kann dein Verhalten nicht tadeln, sonst müsste ich die meisten Fürsten und großen Männer, die ich kenne, tadeln. Diese aber hatten Frauen, die sie nicht liebten. Frauen, die ihnen zugesprochen wurden. Bei dir liegen die Dinge anders. Deshalb bin ich erstaunt, wie schnell du deine Herzdame vergessen konntest.«

»Diese Römerin hat den Teufel im Leib«, sagte Christoff finster.

Als ihm eine junge Schnitterin zuwinkte, die auf dem Feld stand und Garben band, glaubte er Cecilia zu sehen.

Es war lediglich eine Einbildung.

Ein Wunschbild seiner Sehnsucht.

Da wusste er, wie sehr er sie liebte.

23
Unter der Erde

Unter der Erde kriechen die Schächte der Habsucht.

Georgius Agricola

Die Rauchsäulen der Schmelzhütten und Kohlenmeiler verdüsterten den Himmel über der Freien Bergstadt Schemnitz. Je mehr sich die Reisenden dem oberungarischen Erzrevier näherten, desto mehr erkannten sie, welchen Frevel der Mensch an der Natur angerichtet hatte. Kahl ragte das Erzgebirge in den rauchgeschwängerten Himmel. Abgeholzt waren die Buchen- und Eichenwälder auf den Bergkuppen. Verschwunden der Feuersalamander, das Wappentier von Schemnitz, das der Legende zufolge einem Hirten den Weg zu einer reichen Gold- und Silberader gewiesen hatte.

Schemnitz, das sich von dem böhmischen Wort Zemnice herleitet, was so viel wie Grube bedeutet, trug seinen Namen nicht zu Unrecht. Kegelförmige Berge, denen der vulkanische Ursprung anzusehen war, schlossen die Freie Bergstadt ein. Nur gegen St. Antal im Südosten gaben die westlichen Ausläufer der Karpaten den Blick etwas frei.

»Die Berge sehen aus wie die kahlgeschorenen Schädel von Strafgefangenen, auf die das Schwert des Scharfrichters oder der Strang des Henkers wartet«, bemerkte Christoff.

»Die hast du im Gefängnis vermutlich zur Genüge kennengelernt«, erwiderte Stensen.

Gemächlich rasselte die Reisekutsche durch die Hauptstraße, die sich von Nordosten nach Südwesten durch die Schlucht der Gran bergauf schlängelte. Abgesehen von Frauen mit Kleinkindern auf dem Arm oder im Schultertuch und fahlgelben Greisen, die aus den Fenstern blickten, ob sich ein Plauderstündchen zwischen Tür und Angel ergäbe, erblickten sie keine Menschenseele. Alles, was sonst zwei Beine hatte, war unsichtbar. Wie von der Erde verschluckt. Die Häuser standen terrassenförmig am Hang, teilweise mit steilen Treppen verbunden.

Zwischen den schlichten Holzbauten, das Erdgeschoss meist in Lehm gemauert, zogen sich Fruchtgärten in die Höhe, dicht bepflanzt mit Obst- und Nussbäumen und Beerenstauden. Nicht weit vom Kammerhof, der Residenz des Obristkammergrafen, unterhalb des Neuen Schlosses, fanden sie ein halbwegs einladendes Gasthaus, vor dem sie halt machten. Sie entließen den Kutscher mit einem Trinkgeld.

»Etwas sonderbar Bedrückendes hat diese Stadt«, stellte Christoff fest, als er sein Felleisen absetzte. »Die Gassen sind eng und düster. Einen Marktplatz, wie sonst in den Städten, habe ich keinen gesehen. Die Sonne schafft es selbst zur Mittagszeit kaum über die Hügel. Die Luft ist voller Rauch, dass es einem fast den Atem raubt. Ich frage mich, wie hier überhaupt Menschen leben können.«

»Die meisten nehmen das Leben, wie es kommt, solange sie ihr Auskommen haben. Sie sind es nicht anders gewohnt.«

Am nächsten Morgen suchten sie das Obristkammergrafenamt auf, den Sitz der oberungarischen Bergbauverwaltung. Stensen wies das Creditiv vor, das er aufgrund des Empfehlungsschreibens des Großherzogs von Toskana von der montanistischen Hofstelle in Wien erhalten hatte und das die Besichtigung der Königlichen Erzgruben ermöglichte.

Nach kurzem Blick auf die Papiere ließ Obristkammergraf Johann Andreas Joanelli einen Bergmeister kommen, der sie auf die Gruben begleiten sollte. Thomas Schinnagl, ein Mann in mittleren Jahren und stets zu Späßen aufgelegt, betonte, er habe sich buchstäblich hochgearbeitet. Der nächstgelegene Einstieg in die Unterwelt sei der Dreifaltigkeits-Erbstollen am unteren Stadttor. Ein Erbstollen, erklärte er, sei immer der am tiefsten liegende Stollen im Gelände eines Erzreviers. Dieser erbe sozusagen das Wasser der höher gelegenen Reviere.

Über dem Joch des gemauerten Mundlochs waren Schlägel und Eisen gekreuzt, das Zunftzeichen der Bergleute. Daneben hing eine Glocke mit der Aufschrift »Glück auf!« und das Bildnis der heiligen Barbara. Nachdem jeder in einem der Grubenhunte Platz genommen hatte, eilten Truhenstößer herbei, blasse magere Jungen, kaum älter als zehn, zwölf Jahre, und schoben sie auf den Holzbohlen in das Dunkel des Berges. Eine angenehme Kühle empfing sie. Es tropfte beständig von der Decke. Stensen zog die Kapuze seines ledernen Bergkittels über den Kopf.

»Hier geht jeder vor die Hunte«, scherzte der Bergmeister.

»Wie ist das zu verstehen?«, fragte Christoff.

»Wenn in früheren Zeiten ein Bergmann schlecht gearbeitet hatte, musste er zur Strafe die Grubenhunte schieben.«

Im Licht der Grubenlampen schimmerte das Gestein an den Wänden in den vielfältigsten Farben. Das Schemnitzer Erzgebirge, erklärte Schinnagl, enthalte Granit, Kalk, Ton und Sandstein. Die verschiedenen Vulkangesteine wiederum seien zusammengesetzt aus Bimsstein, Obsidian und Porphyr, der wegen seiner quarzigen, harten und porösen Eigenschaften gern zu Mühlsteinen verarbeitet werde. Daran fügten sich Basaltgebilde in ganzen Partien sowie Tuffsteine in horizontaler Schichtung mit großen Mengen an mineralisierten Hölzern, die Abdrücke von Pflanzen und Meerestieren einschlossen.

»Eine Streitfrage unter Gelehrten ist, wie diese Gebirge entstanden sind. Man findet zwar Fossilien, die von pflanzlichen und tierischen Meeresbewohnern herrühren, aber eigenartigerweise nicht im Kalkstein, der doch aus Muschelkalk gebildet ist.«

Der Hauptbergbau sei auf den Kuppen des Gebirges konzentriert, fuhr der Bergmeister fort. Die hohe Lage begünstige die Aufschließung des Gebirges durch tiefe Stollen. Ein Nachteil sei der Aufwand zur Herbeiführung des für den Bergbau benötigten Wassers, das die Pochwerke, Wäschen und Hüttenwerke versorge.

»Der Dreifaltigkeits-Erbstollen hat eine Länge von 9077 Lachter, davon sind zwei Drittel ausgebaut …«

»Wieviel misst ein Lachter?«, unterbrach ihn Christoff.

»Sechs Schuh und vier Zoll – etwa so viel wie ein Klafter. Darüber liegt der Ober-Bieber-Erbstollen, der Hauptstollen des Schemnitzer Erzreviers. 76 Paar Göpelpferde an acht Rosskünsten fördern die Erze dieses Stollens zu Tage. 800 Pumpenknechte sind Tag und Nacht damit beschäftigt, das Grubenwasser abzupumpen. Mit 7500 Lachter hat der Spitaler Hauptgang die geografisch weiteste Erstreckung. Er reicht vom Dorf Gyöksch bis nahe an die Bergstadt Dilln. Die Gänge sind teilweise so groß wie Kirchenräume.«

Auf versetzten Fahrten, vergleichbar den Leitern im Glockengestühl der Kirchtürme, kletterten sie in höher gelegene Schächte, Sprosse um Sprosse. Stensen schauderte, als er in die Tiefe blickte.

»Wir haben Schächte, die eine Tiefe – wir nennen sie Teufe – bis zu sechshundert Schuh haben«, sagte der Bergmeister. »Die Hauer und Steiger benötigen für den Aufstieg keine Viertelstunde.«

In einem Schacht mussten sie in den Förderkorb steigen, der, zwischen Spurlatten laufend, von einem Räderwerk in die Höhe gezogen wurde. Über den Schächten standen die zeltähnlichen, mit Wimpeln geschmückten Göpelhäuser, in denen jeweils drei bis vier Pferdepaare das Haufwerk zu Tage förderten. Kaltblüter, die stundenlang um den Spindelbaum trotteten und, wenn sie stehen blieben, von den Göpelknechten, meist Kindern, mit der Peitsche angetrieben wurden. In Kremnitz, erklärte Thomas Schinnagl, würden sie das Erz mit Wassergöpeln zu Tage fördern, die Kehrräder seien oberschlächtig aufgeschlagen.

Sie sahen mit Bergkittel und Arschleder bekleidete Hauer, die mit Treibefäustel und Schrämspieß, der vierkantigen Brechstange, den Stollen vor Ort weitertrieben. In gebückter Haltung in den Schlägen kniend oder in die Schächte gezwängt, die Gesichter schwarz wie das Gestein, das sie herausschlugen. Und andere, die mit Keilhaue, Schlägel oder Ritzeisen die Erzgänge und Gangklüfte aufschürften. Sahen Bergmeister, die den Steigern Anweisungen für den Neuschurf gaben und den Fortgang der Arbeiten überprüften. Und Wasserknechte, einer über dem anderen auf schwindelerregend hohen Fahrten, gesichert nur durch einen Gurt, die sich die wassergefüllten Lederkübel von Hand zu Hand reichten. Bückten sich, nahmen den Kübel und streckten sich, um ihn weiterzureichen. Immer die gleichen Handgriffe. Immer im gleichen Takt.

»Bis Ende des vorigen Jahrhunderts gab es hier noch Wasserkünste mit gewaltigen Schöpfrädern und komplizierten Hebemechanismen und Stangensystemen«, erzählte der Bergmeister. »Man setzte große Hoffnung in die Wasserhebemaschine des Salzburger Kunstmeisters Wolfgang Lasser. Doch sie benötigte ungeheuer viel Platz und war extrem störanfällig. Deshalb ist man wieder auf die bewährte Art des

Handschöpfens zurückgekommen, um der beständigen Wassernot in den Schachtsümpfen Herr zu werden.«

Es begegneten ihnen Holzmeister, die das Zimmerwerk an den Firsten ausbesserten oder neue Stempel aufrichteten. Und Schießmeister, die ihren Gehilfen Anweisungen gaben, wo und wie sie die Bohrlöcher zu setzen hatten. Von ihnen erfuhr Christoff, dass das Sprengen mit Schießpulver den Berg rissig mache, und daher mehr Holz zum Auszimmern gebraucht werde. In Schemnitz werde aufgrund der Tektonik weniger Holz gebraucht als in Neusohl, wo die Stollen meistens vollständig ausgebaut seien. Es begegneten ihnen Markscheider, die mit Gradbogen, Lachterkette und Hängekompass das Risswerk der Grube erstellten. Und Haspelknechte, die in den Tretädern standen und die Erzkübel aus der Tiefe hievten. Doch von Gold und Silber sahen sie keinen Schimmer.

Der Bergmeister bemerkte die suchenden Blicke seiner Grubenbesucher.

»Gold kommt selten in gediegener Form vor. Meistens findet man es in güldenem Schwefelkies oder in Hornstein eingesprengt. Im Stefani-Schacht und auf der Zeche Siglisberg wird auf silberreichen Bleiglanz und auf silberreiche Schwefelkiese gebaut. Im Annastollen am oberen Rossgrund findet sich eine reiche Silber- und Bleierzformation, die oft mehrere Gulden Silber pro Zentner enthält, selten auch gediegenes Gold auf Quarz. Auf der Grube Hoff und Windischleuthen in Eisenbach findet sich goldhaltiges Sprödglaserz. Im Windischleuthener Hauptgang finden sich bis zu 800 Loth Silber in einem Zentner. Unser reichster Stollen ist der Dreikönigsstollen mit zwei bis drei Gulden Gold pro Zentner.«

»Keine geringe Ausbeute, wie mir dünkt«, bemerkte Stensen.

»In der Tat. Die Erzgruben von Schemnitz sind doppelt so ertragreich wie die Gruben in Freiberg und Annaberg im Kurfürstentum Sachsen.«

»Was geschieht mit dem Gold und Silber?«, wollte Christoff wissen.

»Es wird an die kaiserliche Münze in Kremnitz geliefert. Dort wird das Münzgold zu Talern und Kreuzern geschlagen, geschmückt mit dem Bildnis und Wappen Seiner Majestät.«

Die Bergschätze sahen sie in den Pochwerken, Schlämmstuben, Wäschen und Schmelzhütten. Die Anlagen zur Erzaufbereitung befanden sich in der Nähe künstlicher Teiche. Das Wasser trieb die Kehrräder an, mit denen das Erz in Säcken zu Tage gefördert wurde. Hier waren die Laboratorien der Goldmacher.

Auf den Scheidebänken der Pochstuben sortierten Klauber das erzführende Gestein. Gutes Grobes, schlechtes Grobes, best Eingesprengtes und Stufwerk hießen die Klassifizierungen. Pochräder setzten Wellen in Bewegung, deren Däumlinge die Stempel, meist neun oder zehn an der Zahl, nach oben schoben, wo sie dann, ausgelöst im freien Fall, mit voller Wucht auf das in wassergefüllten Pochtrögen lagernde Erzgestein niederfielen. Der Lärm war ohrenbetäubend, sodass sie die Ausführungen des Bergmeisters nicht immer verstanden.

»Jeder Stempel macht sechzig Schläge in der Minute«, brüllte Thomas Schinnagl. »Fünfhundert bis sechshundert Schläge in der Minute macht so ein Pochwerk.«

Das Nasspochen sei jetzt allgemein üblich, erklärte der Bergmeister, während sie einem Stampfer zusahen, der mit einem Schieber das zerkleinerte Gestein durch mehrere Rinnen auf die Herde der Schlämmstuben leitete. Diese Methode habe gegenüber dem Trockenpochen den Vorteil, dass die Pocher nicht mehr unter Staub zu leiden hätten wie in früheren Zeiten.

In den Waschwerken waren Jungen und Mädchen, die meisten nicht älter als zehn bis zwölf Jahre, damit beschäftigt, das Haufwerk durch Klauben mit der Hand, Setzen und Schlämmen zu Gute zu bringen und auf den terrassenförmig abgestuften Herden zu verwaschen. Ihre Bewegungen waren mechanisch und präzise, als ob Arme und Beine an einem Uhrwerk hingen.

»Was machst du da?«, fragte Christoff einen dunkellockigen Knirps, der in klappernden Holzpantinen zwischen den Herden hin und her wuselte.

»Zuerst gehe ich an die Obertafel und lasse das Läuterwasser in das Becken laufen. Mit der Läuterkiste leite ich das Wasser dahin, wo ein starker Strom sein muss. Dann hebe ich den tiefer liegenden

Schieber auf, setze ihn auf die Mitteltafel und kehre den Schlich mit dem Besen in den Reinschlichkasten unter der Stubensohle. Zuletzt mache ich dasselbe mit der Untertafel. Dabei setze ich beim Abkehren eine längere Lutte vor, damit der Schlich in den Kasten fließen kann.«

Christoff sah ihm lächelnd zu.

»Schlich, Lutte … Ich verstehe nur Spanisch.«

»Eine Lutte nennen wir ein Rohr oder eine Rohrleitung. Der Schlich ist das nass gepochte und gewaschene Geschicke …«

»Geschicke?«

»Das Geschicke ist hier das trocken geschiedene Erzgut.«

»Du verstehst dein Handwerk! Wie heißt du?«

»Ich bin der Hias«, antwortete der Bub.

»Also Matthias«, lächelte Christoff. »Gehst du nicht zur Schule?«

»Aber Herr, doch nicht im Sommer!«, lachte der Junge und strich sich mit der nassen Hand das Haar aus dem Gesicht.

»Wie alt bist du?«

»Im nächsten Monat werde ich elf.«

»Wie lange dauert deine Schicht?«

»Wie bei den anderen Scheidbuben: von sechs Uhr in der Früh bis sechs Uhr am Abend.«

»Wie viele von diesen Wäschen machst du in einer Schicht?«

»So zwischen neunzig und hundertfünfzig.«

»Was verdienst du dabei?«

»Sechs Kreuzer. Schichtlohn.«

»Und was fängst du damit an?«

»Drei Kreuzer muss ich zu Hause abgeben, die anderen drei steck ich in die Sparbüchse.«

Er nahm den Besen und lief zum Kehrherd. »Jetzt muss ich weitermachen, sonst komm ich nicht mehr nach mit der Arbeit.«

»Tüchtig bist du!«, lobte ihn Christoff. »Du wirst es im Leben zu etwas bringen. Die Arbeit ist das beste Mittel, nicht zu viel über sich und die Welt nachzudenken.«

Die letzten Worte hörte der Herdjunge nicht mehr. Er hantierte schon längst wieder an den Rinnen, Rohren, Schiebern und Kästen.

In den Hütten sahen sie die Sieder und Röster beim Abtreiben und Scheiden der Metalle auf den Rösten und Schmelzöfen. Röstlöhner setzten die beim Pochen und Waschen gewonnenen Schliche auf Treibherde und rösteten sie bei rotglühender Hitze, um den Schwefel in Form von Schwefelsäure aus dem Bleiglanz und Schwefelkies zu treiben. Sie schauten den Schmelzern zu, wie sie die mit Porphyr ausgestockten Krummöfen befeuerten und die von Wasserrädern angetriebenen Balkengebläse bedienten. Wie sie in Abständen mit ihren an der Spitze verbreiterten eisernen Brechstangen die Rinnen auf der Herdsohle rein hielten, damit das lautere Silber und Gold abfließen konnten, und darauf achteten, dass das Gebläse weder zu schwach noch zu stark war, um die beste Schmelztemperatur zu erreichen. Und wie sie nach dem letzten Abstich die Vorwandtür der Ofenbrust öffneten, die Lehmwand ausstießen und den Ofen ausschirrten.

»Ein Schmelzofen brennt dreißig Tage lang ununterbrochen«, erklärte ihnen ein Schmelzer. »Danach muss er neu aufgerichtet werden.«

Jeden Tag führte Bergmeister Thomas Schinnagl sie auf eine andere Grube. Sie trugen Namen wie »Maria Empfängnis«, »Segen Gottes«, »Goldene Sonne« oder »Unverzagt«. Stensen war glücklich, seine Mineraliensammlung mit den merkwürdigsten Steinen, meist Konglomerate, die oft keinen wissenschaftlichen Namen hatten, zu bereichern. In einem Stollen entdeckte er einen mit Markasiten bedeckten und Fluoren angefüllten Stein. Im Kaiser-Leopold-Schacht fand er einen schwammartigen, mit Chalcedon überzogenen Stein. In Neusohl beobachtete er den Abbau eines Steins, der, zu Schmelzfluor verwandelt, in den Öfen zur Gewinnung des Silbers gebraucht wurde.

Christoff stellte Überlegungen an. Was konnte er für den Smaragdbergbau lernen? Besonders interessierte er sich für das Auszimmern der Stollen. Der Bergmeister sagte, die meisten Stempel, wenn sie aus Fichte oder Tannenholz bestünden, müssten alle zwei bis drei Jahre ausgetauscht werden. Buche sei zu weich. Eiche gebe zwar das beste Grubenholz, sei aber um ein Vielfaches teurer als Fichte. Einen einzigen Eichenträger gebe es noch im Revier, der sei sechzig Jahre alt. Anzahl und Abstand der Stempel hingen vom Gestein ab. Der Druck variiere von Grube zu Grube, oft von Stollen zu Stollen.

Er fragte, wie man die Bergleute bezahlte. Nach Schichtlohn oder Gedingelohn? Das Gedinge per Schuh oder Lachter Vortrieb, per Truhe oder Eimer? Je mehr Christoff über diese und andere Fragen nachdachte, desto mutloser wurde er. Hier waren Männer mit Wissen und Erfahrung am Werk. Männer mit Geld und Einfluss. Er besaß nichts von alledem. Das einzige, was er hatte, war ein Traum.

Aber hatte nicht auch ein Traum zur Entdeckung Amerikas geführt?

Müde von den vielen Eindrücken, fiel Christoff abends wie ein Stein ins Bett. Der Doktor, der meist auf dem Stuhl einnickte, redete gern noch eine Zeitlang über das, was er am Tag gesehen hatte. Zwar hätte ihm die Besichtigung der ungarischen Bergwerke bisher wenig wirklich Neues gebracht, aber er würde jetzt mit eigenen Augen Dinge sehen, die man beim Lesen der metallographischen Bücher schwerlich verstehe.

»Es scheint kein Zweifel daran zu bestehen, dass die Gold- und Silberadern und die Verästelungen nur eine Ausfüllung der Räume zwischen Sandstein und Sandstein und der Spalten dieser Sandsteine sind ...«

Stensen merkte nicht, dass er zu sich selbst sprach. Christoff war längst auf seinem Strohsack eingeschlafen.

Von Schemnitz wanderten sie nach Neusohl. Das umgebende Erzgebirge bestand, wie Stensen feststellte, überwiegend aus Kalkstein. Die in ein offenes Tal gebettete Freie Bergstadt am nördlichen Ufer der Gran machte einen freundlichen Eindruck.

In Neusohl war Markttag. Slowakische Bergbewohner aus Bries und von der Liptau tauschten Schafkäse und Schmalz gegen Getreide, Feder- oder Borstenvieh. Spitzenklöpplerinnen aus Herrengrund und Altgebirg boten ihre filigranen Waren feil. Tuchhändler aus Teschen zeigten blau gefärbte oder mit Spitzen verzierte Leinwand. Hutmacher präsentierten an ihren Ständen Strohhüte, geschmückt mit bunten Bändern, und freuten sich, wenn sich ihre zumeist weibliche Kundschaft damit selbstgefällig vor dem Spiegel drehte. Aus den oberen Bezirken der Sohler Gespannschaft waren Händler mit Eisenwaren angereist. Auch Schießpulver, das auf den umliegenden Pulvermühlen erzeugt wurde, fand auf dem Markt guten Absatz, zu welchem Zweck auch immer.

Am Springbrunnen wusch sich Christoff Hände und Gesicht, als eine alte Marktfrau mit einem Eimer an ihn herantrat.

»Der Brunnen war einmal mit einem schönen Löwen geschmückt. Vor drei Jahren haben sie ihn abmontiert, weil ein Weib außerhalb des Oberntors ein lebendiges Kind und einen lebendigen Löwen zur Welt gebracht hat. Sie hat die Schuld auf den Löwen geschoben. Daraufhin hat man ihn abgeschafft.«

»Erzähl mir nichts vom Pferd, Mutter.«

»Natürlich hat sie kein Löwenjunges geboren. Das Kind hat nur ausgesehen wie ein Löwe, mit seinem Fell und dem grimmigen Rachen.«

Lachend schöpfte sie Wasser aus dem Brunnen und ging weiter.

Nachdem sie die Neusohler Erzgruben und die Eisenhüttenwerke an der Gran besichtigt hatten, wanderten sie weiter nach Herrengrund. Die in einem waldreichen Kessel gelegene Stadt sah mit ihren terrassenförmig angelegten, übereinanderhängenden Häuserreihen ähnlich aus wie Schemnitz. Dennoch hatte Herrengrund geradezu etwas Heiteres, ja, Beschwingtes. Wie sie bald feststellten, schien die südmährische Stadt, Pfarrer und Kaplan ausgenommen, ausschließlich von slowakischen Bergleuten bewohnt zu sein. Mädchen und Weiber, schlank und schön, lächelten ihnen zu oder sahen sie mit blitzenden Augen an. Eine Bande wilder Buben stürmte lachend an ihnen vorbei.

»Die Bergleute in Herrengrund sehen fröhlicher aus als die Bewohner der anderen Freien Bergstädte«, stellte Stensen fest. »Entweder liegt es an dem Menschenschlag oder an dem fehlenden Misstrauen, das anderswo das Zusammenleben zwischen Katholiken und Protestanten vergiftet. An den Arbeitsbedingungen kann es nicht liegen.«

In der Dorfschenke von Priboy machten sie Rast. Sie setzten sich in den Biergarten. Nach den Tagen, die sie von früh bis spät auf den Zechen verbracht hatten, erschien ihnen die Sonne wie der Urquell allen Lebens. Von den gemähten Wiesen wehte der Duft von Heu herüber.

Lichtflecken tanzten durch das Blattwerk eines Apfelbaums. Um das warme Gemäuer der Schankwirtschaft huschten Eidechsen. Christoff schloss die Augen und genoss die Sonne.

»Das Leben in den Bergstädten ist nicht übel. Die Leute scheinen mit sich und der Welt in Frieden zu leben und keine Not zu kennen. Aber als Junge könnte ich mir durchaus etwas Schöneres vorstellen, als Grubenhunte durch die Stollen zu schieben.«

Der Wirt brachte eine Brettljause. Der Doktor hatte einen Krug frischer Kuhmilch bestellt. Dieses nahrhafte und wohlschmeckende Getränk, dozierte er, werde bevorzugt von Bergleuten getrunken, da es Staub und giftige Substanzen im Körper binde.

»Worin sollte die Not auch begründet sein?«, sagte der Schankwirt, der die Worte des Jenner mitbekommen hatte. »Wo jeder vom siebenjährigen Bub bis zum siebzigjährigen Greis einen sicheren Verdienst hat. Wo in den Freien Bergstädten jeder Bergmann wie ein Adeliger von Steuern und Abgaben, von Kriegslasten und Kriegsdienst befreit ist. Wo Berggericht und Bergverwaltung Justiz und Policey ausüben und das Bergvolk somit keiner Willkür der Behörden unterworfen ist. Wo jeder Familienvater zwei Kühe und zwei Schafe frei auf dem Gebirge weiden darf. Wo Mädchen und Weiber die Wahl haben, entweder ihre geklöppelten Spitzen am Freitag auf dem Markt abzusetzen oder am Verdienst der Männer auf den Bergwäschen teilzunehmen. Wo die Kranken und Siechen im Bruderhaus der Knappschaft von Ärzten betreut und von Ordensschwestern gepflegt werden. Worin also soll die Not begründet sein, wenn nicht die Erschöpfung der Erzlagerstätten oder kurzsichtige Finanzoperationen der Hofkammer oder der Gewerken dem Bergsegen ein Ende bereiten? Den Herren gibt er das Gold, den Untertanen das Brot. So ist es Gottes gerechter Wille.«

Der Regen kam senkrecht vom Himmel. Unablässig und gleichförmig. Er ging durch die Haut. Und legte sich auf das Gemüt. Der Regen machte den Schritt schwer auf den von Wagenrädern durchpflügten oder von den Huftritten der Rösser und Ochsen zerstampften Fahrwegen. Sie kamen durch Kunzendorf nahe der böhmischen Grenze. Auf der Dorfstraße begegnete ihnen niemand, außer einem halbblinden

Hund. Als der Hund merkte, dass bei den beiden Reisenden nichts zu holen war, kehrte er mit gesenktem Kopf um.

Vor einem Gewitterschauer nahmen sie Zuflucht in der Pfarrkirche. Interessiert betrachtete Stensen ein Wandgemälde im Chor des Gotteshauses. Das in ein Sandsteinrelief gemalte Bild zeigte einen beleibten Mann, der unter einem Baum lag und schlief, das müde Haupt auf einen Stein gebettet. Neben ihm erhob sich eine Leiter, auf der Engelscharen auf- und niederstiegen. Über der obersten Sprosse, inmitten ballonförmiger Wolken, trohnte der Herrgott und blickte auf die Erde. Er schien nicht erfreut zu sein über das, was er sah.

»Ich denke, der Herrgott schaut deshalb so bekümmert, weil er weiß, dass der Fettwanst die Leiter nicht hochkommt«, spottete der Jenner. »Er hätte sich an einem Hungerleider wie dir ein Beispiel nehmen können.«

»Fasten ist ein empfehlenswertes Heilmittel. Es reinigt Leib und Seele und hilft gegen vielerlei Krankheiten, beispielsweise Schlagfluss, Andreaskrankheit, Blausucht …«

»Vom Fasten brauchst du mir nichts zu erzählen«, unterbrach ihn Christoff. »Drei Wochen Hungerturm haben mir gereicht.«

»Du würdest bestimmt von einer anderen Leiter träumen«, stichelte Stensen beharrlich weiter.

»Zumindest von keiner Himmelsleiter. Die kann noch auf mich warten.«

»Auf deiner Leiter stehen vermutlich auch andere Engelscharen … Engel ohne Flügel.«

»Ein Engel genügt mir.«

»Ich denke, du hast zwei. Oder nicht?«

Von den Unbilden des Wetters bedrückt, war die Stimmung gereizt. Seit sechs Wochen waren sie unterwegs. Schliefen jede Nacht in einer anderen Herberge, die meist diese Bezeichnung nicht verdiente. Mehr als einmal war ihr Lager, das ihnen die Bauern zuwiesen, der Schweinekoben oder der Ziegenstall. Doch müde, wie sie waren, war ihnen alles recht. Christoff nervte es, dass Stensen alles wusste und alles besser wusste. Es regte ihn auf, dass der Doktor endlose Vorträge hielt. Als ob er auf dem Katheder oder der Kanzel stünde. Es regte ihn auf, dass er Fremden gegenüber eine Freundlichkeit an den Tag legte, die ihm unterwürfig erschien. Dass er jedes Recht auf Eigentum für sich ablehnte. Dass er allen irdischen Genüssen gegenüber resistent war.

»Ich frage mich, warum ein so gelehrter Mann wie du nicht mehr aus sich macht. Andere wären mit diesen Entdeckungen schon längst in Amt und Würden. Du aber ziehst durch die Lande wie ein Scholar. Es macht dir nichts aus, in einem Mantel, der jedem Bettler zur Ehre gereicht, auf dem Stuhl zu schlafen und am nächsten Tag mit Fürsten an der Tafel zu sitzen. Du ernährst dich tagelang von Äpfeln und Nüssen wie ein Franziskaner in der Fastenzeit. Alles, wonach ein gewöhnlicher Mensch strebt, lässt dich kalt. Was bist du für ein Heiliger!«

Er kickte einen Stein vor die Füße des Doktors.

Stensen bückte sich und hob den Stein auf. »Dicker, drusiger Quarz mit Einsprengseln von Amethystkristallen und fasrigem Braunspat. Alles deutet auf eine Erzlagerstätte hin.«

Die Kritik schien an Stensen abzuperlen wie der Regen an seinem ärmellosen Kapuzenmantel.

»Die Evangelisten hatten weniger und gaben mehr. Christus sagt: Wer mir gleichen will, der verleugne sich selbst, nehme sein Kreuz auf sich und folge mir nach.«

»Du verleugnest dich selbst ... jetzt hast du es endlich ausgesprochen! So wie du das Leben verleugnest und deinen Leib kasteist, so dürr und trocken sind die Bücher, die du schreibst. Was bleibt von deinem Schaffen übrig als ein Haufen vergilbter Blätter aus Haderlumpen. Du bist ein Geselle des Todes. Deine Haut ist aus Papier, dein Blut ist aus Tinte und deine Knochen sind aus Kielfedern. Ich wette, dass du dich heimlich geißelst, um den Teufel von den geschlechtlichen Regungen deiner Lenden fernzuhalten. Du flüchtest dich in die Welt der Bücher, weil du Angst hast vor dem Leben. Ja, du hast Angst davor, die wilde Bestie Lust aus dem Gefängnis deines Leibes zu lassen, weil sie dich fressen könnte.«

»Du denkst wohl an die liebreizende Italienerin«, lächelte Stensen. Er bückte sich nach einem wurmstichigen Apfel, der am Wegrand lag. »Pass auf, dass die wilde Bestie Lust nicht dein Herz frisst. Denk daran, dass eine auf dich wartet ...«

Würde Cecilia auf ihn warten? Am ihrem letzten gemeinsamen Abend war er neben ihr eingeschlafen. Am nächsten Morgen war er ohne ein Wort gegangen. Was hätte er ihr auch sagen sollen? Er wusste nicht, wohin diese Reise ihn führen würde. Er wusste nicht, wann er zurückkäme, und auch nicht, was danach wäre. Er wusste nur, dass Cecilia irgendwann die Geduld ausging. Weil er nicht wusste, was er wollte. Und er hoffte, dass die Stadt, von der es hieß, dass in ihren Mauern Alchemisten experimentierten und Astrologen die Zukunft deuteten und ein Gelehrter mit Namen Rabbi Löw eine Menschengestalt aus Lehm geformt und mit Zaubersprüchen zum Leben erweckt und zu seinem Diener gemacht hatte, bis sie eines Tages ihrem Meister nicht gehorchte und alles vernichtete, was sich ihr in den Weg stellte, dass diese Stadt, in der sich die wundersamsten Dinge ereigneten, ihm die Antwort geben würde.

24
Der Steinschneider von Prag

Regen hüllte die Haupt- und Residenzstadt des Königreichs Böhmen in ein altes Leintuch, verwischte die Konturen und machte alles grau. Den Kalkputz der Bürgerhäuser. Die Sandsteinfassaden der Adelspaläste. Das Granitpflaster auf den Straßen und Plätzen. Sogar die Kupferdächer der Kirchen, denen die Goldene Stadt ihren Namen verdankte, waren grau. Schlammgrau wälzten sich die Fluten der Moldau unter der Karlsbrücke. Nur der gekreuzigte Heiland auf der steinernen Brücke glänzte golden – der einzige Lichtblick im Grau des Alltags.

Der erste Gang führte Niels Stensen an die Prager Karlsuniversität. Sein Ruf als einer der bedeutendsten Anatomen und Geognostiker seiner Zeit eilte dem Gelehrten voraus. Überall, wo er auftauchte, wurde er mit Hochachtung, meist mit Herzlichkeit empfangen. So auch bei der Gelehrtengesellschaft des Jesuitenkollegs, einem Kreis von Naturwissenschaftlern, der sich nach dem Vorbild der Schweinfurter Academia Naturae Curiosa gebildet hatte. Dem Präsidenten der Vereinigung, Doktor Jaroslav Mylenius, musste er versprechen, möglichst bald einen Vortrag vor dem Collegium Societatis Jesu zu halten.

»Selbstverständlich erwarten wir von Euch, hochgelehrter Stenonis, einen ausführlichen Bericht von Eurer Forschungsreise in die oberungarischen Erzgebirge, ebenso einen anregenden Diskurs über den Aktualismus in der Geologie. Immerhin seid Ihr der erste Naturforscher, der erkannt hat, dass die Kräfte der Vergangenheit dieselben sind wie in der Gegenwart, die heute noch Berge und Täler erschaffen. Ich halte nichts von den Fantasten, die behaupten, die Gebirge und Gesteine seien durch eine Katastrophe vor Jahrmillionen entstanden und hätten sich seitdem nicht mehr verändert. Alles fließt, hat Heraklit gesagt. Es gibt nur ein ewiges Werden und Wandeln.«

Bereitwillig zeigte ihnen der Präsident die Naturkundliche Sammlung mit ihren Fossilien, Amphibien, Fischen und Meerestieren. Danach führte er sie in das Anatomische Theater, ein Gruselkabinett der Wissenschaft, mit Skeletten, Knochen, in Spiritus konservierten

Herzen, deren Blutgefäße mit rotem Wachs ausgespritzt waren, und menschlichen Embryonen. Dergleichen hatte Christoff noch nie gesehen.

»Man blickt in den Körper eines Menschen. In eine Welt, die dem menschlichen Auge verborgen ist.«

»Ja. Es ist ein Blick in die Werkstatt des Schöpfers«, sagte Stensen.

Als Professor Mylenius erfuhr, dass Stensen und sein Begleiter den Wunsch hätten, die Werkstätte des Ferdinand Eusebius Miseroni zu besichtigen, gab er ihnen ein Empfehlungsschreiben mit. Sie fänden den Steinschneider im Schlosshauptmannshaus der Prager Burg.

Durch eine von den Mauern des Hirschgrabens flankierte Gasse gelangten sie auf den Hradschin. Unweit der Loretokirche sahen sie, wie Arbeiter eine Grube aushoben. Christoff fragte einen der Männer, was hier gebaut werde.

»Das Palais Czernin.«, war die Antwort. »Die Fassade wird noch länger als die des Palais Waldstein.«

Ungläubig schüttelte Christoff den Kopf. »Wo nehmen die Leute die Mittel für diese Paläste her, die so groß sind, dass man auf dem Pferd durch die Säle und Flure reiten kann?«

»Sie haben dem Kaiser gedient. Nach einer erfolgreichen Laufbahn in der Armee oder im Hofkriegsrat wurden sie zum Obersthofmeister bestellt, in den Reichsgrafenstand erhoben, wenn sie dem nicht schon angehörten, und mit einem Lehen belohnt. Die Güter bescheren ihnen und ihren Nachfahren gute Pfründe.«

Sie nahmen Quartier im Toskanischen Palais am Hradschiner Platz. Der Renaissance-Palast diente dem Großherzogtum als Repräsentanz und Gästehaus. Treppenhaus und Korridore enthielten wertvolle Gemälde. Neben Porträts von Rubens und Rembrandt erregten besonders der Räuberzug von Rambocy und ein Mordtatenstück von Spagniolet Christoffs Aufmerksamkeit.

Das Fenster seines Zimmers, das neben dem des Doktors lag, ging auf den Hradschiner Platz. Es regnete noch immer. Durch die runden Bleiglasscheiben sah Christoff die Umrisse des Burgtors mit seinem Schilderhäuschen, die Türme des Veitsdoms und die Baugerüste, die das Erzbischöfliche Palais umgaben. Die Bläschen und Schlieren des rautenförmig geschnittenen Mondglases ließen die Welt unwirklich erscheinen. Verwischt waren die Fassaden und Fenster der Gebäude. Verzerrt die Karyatiden, die auf ihren Händen die Last der Gesimse trugen. Schemenhaft die Gestalten, die über den Platz liefen.

Der Palast gegenüber machte einen kühlen, abweisenden Eindruck. Die Fensterläden im Erdgeschoss waren geschlossen, ebenso das Portal der Toreinfahrt. Seine Besitzer waren wohl auf Reisen oder in der Sommerresidenz. Der erste Stock jedoch schien bewohnt zu sein. Am Fenster sah er verschwommen die Gestalt eines Mädchens. Das junge Fräulein trug ein blaues Kleid, dessen halblange Ärmel mit Spitzen besetzt waren. Das goldblonde, in der Mitte gescheitelte Haar, von einer Perlenschnur zusammengehalten, fiel ihr engelsgleich auf die Schulter. Sie blickte eine Weile unverwandt auf die Gasse. Dann drehte sie ihm den Kopf zu. Sie hatte ihren Späher entdeckt. Einen Wimpernschlag begegneten sich ihre Augen. Sie lächelte und winkte ihm zu. Christoff musste ebenfalls lächeln und winkte zurück. Als er kurze Zeit darauf mit dem Doktor auf den Platz trat, war das Mädchen verschwunden.

Am nächsten Tag besuchten sie den kaiserlichen Hofsteinschneider und Schatzmeister Ferdinand Eusebio Miseroni, Edler Ritter und Herr von Lisone, wie sich die aus Lisone bei Mailand stammende Familie nennen durfte. Das dunkle Haar fiel dem Dreißigjährigen in Locken auf die Schulter, ein kurz geschnittener Bart umrahmte seinen Mund. Bereitwillig führte der Steinschneider seine Besucher durch das weitläufige, von hohen Fenstern gerahmte Atelier.

»Schon mein Vater und mein Großvater sind über diesen Boden gegangen. Es ist ein doppelter Boden, der die schwere Last der Schwungräder zu tragen hat. Die Steinmühle wurde 1586 auf Wunsch von Kaiser Rudolf II. von Freiburger Kristallschleifern errichtet. Mein Großvater erzählte mir, dass Seine Majestät es liebte, zwischen den Audienzen in die Werkstatt zu schauen. Wir schneiden hier vor allem Hohlwerk, also Krüge, Schalen, Pokale. Aber auch Kameen und Siegel. Und Juwelen. Eine weitere Steinschleiferei betreiben wir bei Bubentsch an der Moldau beim königlichen Tiergehege. Dort haben wir Schleifräder, die mit Wasserkraft angetrieben werden. Auf der

Kaisermühle arbeiten wir hauptsächlich mit Bergkristall, aber auch mit Achat und Jaspis.«

Vier mannshohe kupferne Räder, von jeweils einem Gehilfen an der Kurbel angetrieben, bildeten den Mittelpunkt der Werkstätte. Lederne Transmissionsriemen trieben die Gravierspindeln an, auf denen die Werkzeuge eingespannt waren. Miseroni trat an die Schneidbank.

»Die handbetriebenen Schwungräder laufen leichter und ruhiger als die Trabanten, die fußbetriebenen Räder, wie sie gewöhnlich in den Werkstätten der Steinschneider stehen. Die Gravierspindeln sind so ausgerichtet, dass der Graveur keinen Spritzschutz benötigt. Als Schleifmittel verwenden wir ein Gemisch aus Schmirgel und Wasser, bei harten Steinen Diamantstaub und Steinöl. Die Werkstatt sieht noch genauso aus, wie sie Karel Skreta im Auftrag meines Vaters gemalt hat.«

Er schlug einen weinroten Samtvorhang zurück, der die Werkstatt von der Wohnung trennte. Über einer Kredenz hing das großformatige Gemälde des tschechischen Künstlers. Es zeigte Dionysio Miseroni im Kreis seiner Familie, die Werkstatt im Hintergrund. Nichts schien sich verändert zu haben.

»Der Junge, der nach dem Kristallgefäß auf dem Schrank greift, das bin ich. Vierzehn Jahre war ich damals. Es ist das Unterteil der Pyramide, die mein Vater aus einem einzigen Bergkristall geschnitten hat. Die Pyramide befindet sich in der Schatzkammer zu Wien.«

Es war nun an der Zeit, dem Meister den Grund seines Besuchs bekannt zu geben, dachte Christoff. Er schüttete den Inhalt des Beutels auf den Tisch.

»Smaragde!«, rief Miseroni aus. »Wo habt Ihr diese prachtvollen Steine her?«

»Aus dem Habachtal in den Hohen Tauern.«

»Smaragde kommen uns selten in die Hände. Die Steine sind nahezu fehlerfrei. Von der Farbe satt und vom ersten Wasser. Seht selbst ...«

Er reichte Christoff das Klemmglas. Unter der Lupe erschienen ihm die Smaragdkristalle wie die Gärten und Felsengrotten einer fantastischen Unterwasserwelt.

»Wie kommt ein dänischer Gelehrter dazu, im Habachtal nach Smaragden zu suchen?«, fragte Miseroni den Doktor.

»Erzherzogin Anna de' Medici, die Schwester Seiner Durchlaucht Ferdinand von Toskana, dessen Leibarzt zu sein ich mich rühmen darf, hat mich beauftragt, die Smaragdgruben im Erzstift Salzburg zu erkunden. Ein Wettersturz machte uns jedoch einen Strich durch die Rechnung, sodass wir nur einen Stollen in Augenschein nehmen konnten.«

»Euch eilt der Ruf als ein Meister Eurer Zunft voraus«, warf Christoff ungeduldig ein. »Könnt Ihr mir die Steine schneiden?«

»Private Aufträge nehmen wir gewöhnlich keine an. Wir stehen in den Diensten des Kaiserhofs. Aber ich werde eine Ausnahme machen. Smaragde wie diese sind selten.«

Am nächsten Morgen wunderte sich Christoff, dass es so hell war. Hatte er verschlafen? Nein, die Sonne schien. Frohgelaunt sprang er aus dem Alkoven und kleidete sich an. Dem Doktor, der sich in der Bibliothek vergraben hatte, beschied er, dass er vorhabe, dem Steinschneider bei der Arbeit zuzuschauen. Das passe ihm gut, erwiderte Stensen. Vormittags werde er einen Vortrag an der Universität halten. Mittags könne man sich ja beim Plateis am Kohlmarkt treffen, ein vorzügliches Gasthaus, das zur königlichen Landtafel gehöre.

Die Lupe in das Auge geklemmt, saß Ferdinand Eusebius Miseroni an der Werkbank und betrachtete einen Smaragd. Durch das offene Fenster flutete die Sonne auf den Tisch und brachte alles zum Glitzern, was auf der von Kerben und Ölflecken durchzogenen Platte lag.

Der sechseckige Kristall funkelte wie ein Tautropfen am Grashalm im ersten Sonnenstrahl.

Gebannt schaute Christoff dem Meister zu, wie er in einem Mörser Schmirgel und Vitriolöl zu einer dicken Flüssigkeit mischte, die er in ein Kännchen gab und gleichmäßig auf die kupferne Schleifscheibe auftrug. Wie er den Stein mit einer hölzernen Zwinge gegen die rotierende Kupferscheibe hielt. Wie er dem Stein Form und Gestalt verlieh. Nach jedem Arbeitsgang hielt der Steinschneider den Kristall prüfend gegen das Licht, bis ihn das Ergebnis befriedigte.

Derweil kurbelte ein Lehrling das Schwungrad. Es schien ihn kaum Kraft zu kosten, so gleichmäßig und lautlos lief es.

»Kaiser Rudolf hat die Kunst des Steinschneidens wie kein anderer vor ihm gefördert«, sagte Miseroni, wobei er neues Schleifpulver auf die Scheibe gab. »Über seine Vorliebe für Edelsteine ist viel gerätselt worden. Sein Leibarzt, der flämische Mineraloge Anselmus Boetius de Boodt meinte, Seine kaiserliche Majestät habe in den Edelsteinen die Größe und unsagbare Macht Gottes gesehen, um einen gewissen Abglanz des Schimmers der Göttlichkeit immer vor Augen zu haben. Mein Großvater, der in seinen Diensten stand, hat es mir erzählt.«

Mit einer Klebemasse aus Pech und Ziegelmehl befestigte der Meister den Stein mit der Unterseite auf dem Kittholz, das er gegen die Schleifscheibe hielt.

»Die Kunst des Steinschneidens besteht darin, dem Stein jene Dicke zu geben, bei der er die größte Wirkung erzielt. Wird ein Edelstein zu dick gelassen, können die unteren Facetten gegen die oberen nicht entsprechend wirken, weil die Lichtstrahlen zu sehr gebrochen, und ehe sie zum Auge kommen, zu stark zerstreut werden. Sie können häufig nicht durch die große Masse des Steins dringen, sodass derselbe seines Glanzes und Feuers beraubt wird. Von den Juwelieren wird ein solcher Stein klumpig genannt und nicht nach dem Gewicht bezahlt. Ein Edelstein hingegen, dem beim Schleifen zu viel genommen wird, hat ein fehlerhaftes Verhältnis der unteren gegen die oberen Facetten, so dass er unnötig von seiner Schwere und Feuer verliert und zugleich seinen wahren Wert einbüßt.«

Immer wieder gab der Meister Schmirgel und Öl auf die Scheibe und drehte den Stein, um eine neue Facette zu schleifen.

»Der Smaragdschliff ist ein achtkantiger Treppenschnitt mit Tafel und sechsundfünfzig Facetten. Die abgekanteten Ecken kommen der Sprödigkeit des Steins entgegen. Dieser Schnitt wirft das Licht am stärksten zurück. Er verleiht dem Smaragd das ihm eigentümliche grüne Feuer.«

Den geschliffenen Stein spannte er in einen Quadranten und polierte ihn an einer Zinnscheibe, bis alle Seiten einen seidigen Glanz hatten.

»Als Poliermittel nehme ich Tripel«, erklärte der Meister, ohne von seiner Arbeit aufzublicken. »Man findet es in den Sandsteinflözen am Weißenberg.«

Zuletzt rieb er den Juwel mit einem wollenen Tuch ab und legte ihn auf die Waage. Mit den getrockneten Samen des Johannisbrotbaums glich er das Gewicht aus.

»Neun Karat ... wollt Ihr den Stein verkaufen?«

»Diesen nicht. Ich will ihn verschenken.«

»Das kann ich verstehen. Der Stein ist von tiefgrüner Farbe, erstem Wasser und lebhaftem Feuer. Die richtige Fassung bringt seine ganze Schönheit zur Geltung ... abgesehen natürlich von der Frau, die dieses Juwels würdig ist.«

»Könnt Ihr mir einen Goldschmied empfehlen?«, fragte Christoff, ohne auf die Anspielung einzugehen.

»Cornelius van Ossenfant, ein Enkel des Rudolfinischen Kammergoldschmieds Jan van Ossenfant. Seine Werkstatt liegt in der Dominikanergasse im Haus beym Goldenen Apfel.«

Da es in Prag wie auch anderswo im Habsburgerreich keine Hausnummern gab, trugen die Häuser die merkwürdigsten Namen. Ein Haus in der Brückengasse, das eine Garküche beherbergte, deren verlockenden Gerüche auf die Straße drangen, trug den Namen »Bey den Drey Goldenen Ringen«. Im »Haus beym Schwarzen Mohren« hatte ein Spezereiwarenhändler seinen Laden. Ein Gast- und Einkehrhaus in der Badgasse hieß »Beym Weißen und Goldenen Einhorn«. In der Fünfkirchengasse gab es ein »Haus beym Türkenkopf«. Eine Majolika-Manufaktur am Unterbrückenplatz hieß »Bey Drey Mondscheinen«. Welche Geschichten, welche Geheimnisse verbargen sich wohl hinter ihren Mauern?

Von der Kleinseite schlenderte Christoff über die Karlsbrücke in die Altstadt. In der Schalengasse entdeckte er ein Haus mit dem eigenartigen Namen »Beym Todtenkopf«. Durch das offene Fenster konnte Christoff in eine Werkstatt blicken. Ein Mann mittleren Alters saß an einer Maschine, deren Schwungrad er mit dem Fuß betätigte, und zog mit einem Draht Borsten in gelochte Rohlinge.

»Was ist das für eine wunderliche Maschine, Meister, die Ihr mit dem Fuß antreibt wie die Schleifmühle eines Steinschneiders?«

»Steine kann die Maschine nicht schneiden. Aber Schweinsborsten und Rosshaar bündeln. Sechs, sieben Besen schaffe ich damit in einer Stunde.«

»Euer Handwerk hat goldenen Boden ... neue Besen kehren besser.«

»Reich wird man damit nicht. Aber es ist für mich die einzige Arbeit, die ich machen kann.«

Der Mann blickte von seiner Arbeit auf. Christoff sah, dass seine Augen milchweiß waren.

»Wie kommt es, Meister, dass Ihr Euer Augenlicht verloren habt?«

Der Mann legte die Bürste aus der Hand. »Mit sechs Jahren bin ich in eine Grube mit ungelöschtem Kalk gefallen. Ich wusch mir dann das Gesicht am Brunnen, weil ich mich schämte, schmutzig nach Hause zu kommen. Seitdem bin ich blind.«

Eine Türglocke kündigte seinen Besuch an, als Christoff die in der Nähe des Dominikanerklosters gelegene Goldschmiedewerkstatt betrat. Cornelius van Ossenfant, ein weißhaariger Mann mit lebhaften wasserblauen Augen, wischte sich die Hände an der Schürze ab.

»Ein edler Stein wie er einer edlen Frau gebührt«, sagte er mit flämischem Akzent. »An welches Schmuckstück habt Ihr gedacht?«

Unschlüssig hob Christoff die Schultern. »Ich weiß nicht ...«

»An einem Ring wirkt der Stein zu protzig, an einer Anstecknadel kommt er nicht zur Geltung. Ein Stein wie dieser verlangt nach einem Anhänger. Eine Halskette lenkt den Blick auf ein schönes Dekolleté. Beschreibt mir Eure Herzdame. Welches Temperament besitzt sie?«

Wie sollte er Cecilia beschreiben? Es fiel ihm schwer, ihr Wesen in Worte zu kleiden.

»Sie ist nachdenklich, in sich gekehrt und manchmal träumerisch. Obwohl sie gern lacht, ist sie bisweilen schwermütig. Wenn sie von etwas überzeugt ist, geht sie mit dem Kopf durch die Wand. Sie vertritt stets ihre Meinung, ohne dass man sie streitsüchtig nennen könnte. Sie ist gewissenhaft und gründlich und führt zu Ende, was sie angefangen hat. Ihr Gemüt unterliegt häufig Schwankungen. Auch plagen sie manchmal Zweifel. Sie kommt mir vor wie ein Gebirgssee.

Grün in der Morgensonne, silbrig glänzend bei Wind und Wetter, schwarz, wenn Gewitterwolken den Himmel verdüstern.«

»Die schwarze Galle scheint das dominante Element zu sein. Mit einigen Abstrichen könnte das Bild auf einen Melancholiker zutreffen. Wenn Ihr einverstanden seid, werde ich den Smaragd tropfenförmig in Brillanten fassen, an einer Kette aus schwarzem Achat, unterbrochen von weißen Perlen. In drei Tagen könnt Ihr den Schmuck abholen.«

»Was verlangt Ihr für Eure Arbeit?«, fragte Christoff.

»Weniger als das, was die Dame Euch wert ist.«

In dem Gast- und Einkehrhaus am Kohlmarkt, benannt nach seinem Inhaber Johann Plateis von Plattenstein, war die Mittagstafel gedeckt. Stensen saß in einer Nische des alten Gewölbes und las die »Ordentliche Wöchentliche Post-Zeitung«. Ein Gast aus Frankfurt hatte sie offenbar liegen lassen.

Christoff setzte sich an den Tisch. »Was gibt es Neues in der Welt?«

Der Doktor überflog die Schlagzeilen. »Venedig hat die Kolonie Kreta und andere Inseln der Ägäis an das Osmanische Reich verloren. Die italienischen Söldner sollen sich von Ratten und Heuschrecken und sogar Menschenfleisch ernährt haben …«

Er legte das Blatt beiseite und griff zur Tageskarte. »Ich bescheide mich mit einer Suppe.«

Die Uhr am Rathaus schlug drei, als sie über den Altstädter Ring schritten. Gebannt blickte Christoff zu dem mächtigen Turm hinauf. Mehr noch als das Wunderwerk mit seinen Ziffern, Zeigern, Kreisen und Ringen, interessierte ihn der steinerne Tod daneben. Jedes Mal, bevor die Uhr schlug, läutete er mit der rechten Hand ein Glöckchen und kehrte die Sanduhr in der linken um. Dem Tod gegenüber stand ein Kaufmann mit Geldsack und Stock, der bei jedem Stundenschlag durch Kopfschütteln zu erkennen gab, dass er noch nicht zum Sterben bereit sei.

Ein älterer Mann, der neben ihnen stand und die Tauben fütterte, deutete auf die Uhr.

»Vor einigen Jahren noch hat der Tod bei jedem Stundenschlag das Maul geöffnet und wieder zugemacht. Einmal flog ein Spatz, der von einem anderen verfolgt wurde, beim letzten Schlag der Stunde in den Rachen, um sich darin zu verbergen. Der arme Vogel musste bis zur nächsten Stunde warten, um seine Freiheit wieder zu erlangen. Es hatten sich viele Leute vor dem Rathausturm versammelt, um zu sehen, was mit dem Spatz passieren würde. Er ist tatsächlich heil herausgekommen. Kurze Zeit danach ging der Mechanismus kaputt. Vielleicht hatte der Herrgott seine Hände im Spiel und dachte, der Tod treibe es doch ein wenig zu arg.«

Eine Woche später schritt Christoff in das Schlosshauptmannshaus, um die Juwelen in Empfang zu nehmen. Bewundernd betrachtete er die geschliffenen Steine.

»Sie sind schöner als alles andere, bis auf eine, die auf mich wartet.«

»Die Schönheit einer Frau kann sich mit der Schönheit der Kristalle nicht messen«, sagte Miseroni. »Letztere ist unvergänglich.«

»Eine Frau, die man liebt, ist immer schön.«

»Ist die Liebe nicht ebenso vergänglich?«

»Was ist der Preis für Eure Arbeit?«, fragte Christoff ausweichend.

»Der Hof in Wien möchte die Smaragde. Der Hofmedicus schwört auf Paracelsus. Um den Schoß getragen, verzögert der Smaragd die Geburt. Die Kaiserin ist schon wieder schwanger. Vielleicht helfen ihr die Steine, dass sie das Kind nicht wieder vorzeitig verliert. Ich biete Euch dreitausend Leopoldtaler für die Steine. Den Wechsel könnt Ihr bei jeder Bank Medici einlösen.«

Wie trunken steckte Christoff die mit dem Siegel des Edlen Ritters von Lisone versehene Urkunde der Hofkammer in die Tasche. Darauf lief er in die Dominikanergasse, um das Geschmeide in Empfang zu nehmen. Unwillkürlich wich er einen Schritt zurück, als ihm Meister Ossenfant das auf schwarzem Samt gebettete Smaragdcollier zeigte: An der Halskette aus schwarzem Achat und weißen Alabasterperlen ruhte der Smaragd in einem tropfenförmigen Tableau von Brillanten. Tiefgrün und silbrig glitzernd wie ein Gebirgssee in der Morgensonne, wenn der Gletscherwind das Wasser kräuselt.

»Ihr habt ein Schmuckstück geschaffen, das mehr vermag, als einer Frau Schönheit zu verleihen«, sagte Christoff bewundernd, während er die Halskette durch die Finger gleiten ließ. »Es verkörpert die Stimmungen ihrer Seele. Ich hoffe nur, das Geschmeide kommt nicht zu spät.«

»Wieso?«

»Ach, das ist eine andere Geschichte …«

Als Christoff sich dem Toskanischen Palais näherte, sah er auf der gegenüber liegenden Straßenseite eine Sänfte stehen. Zwei Sänftenträger öffneten die Tür und hoben eine Person aus den roten Polstern. Erst sah er das blaue Kleid, dann das blonde Haar. Die beiden Männer trugen das junge Fräulein ins Haus. Er sah, dass sie gelähmt war. Er zögerte, ob er sie nicht grüßen sollte. Doch die Tür war bereits ins Schloss gefallen.

Am nächsten Morgen nahmen die Reisegefährten voneinander Abschied. Niels Stensen legte dem Jenner die Hand auf die Schulter.

»Glück auf – unter und über Tage! Du warst mir mehr als ein treuer Weggefährte. Du erinnerst mich an das, was ich im Leben versäumt habe, oder was ich, wie du sagst, verleugne.«

Christoff reichte ihm die Hand. »Auch du hast mich einiges gelehrt. Darüber nachzudenken, ob das, was wir für wahr halten, auch wirklich wahr ist. Und jene Dinge wahrzunehmen, die im Verborgenen liegen. Nicht nur Smaragde …«

In der Ortschaft Lend, wo das Gasteiner Tal in das Salzachtal mündet, fuhr ein geschlossener Reisewagen mit einer Geschwindigkeit vorbei, dass Christoff in eine Staubwolke gehüllt wurde. Er besann sich nicht lange. Mit einem Satz sprang er auf den Dienertritt. Die Hand am Haltegriff, ließ er übermütig ein Bein in der Luft pendeln und genoss den Fahrtwind im Gesicht. Die Insassen hatten ihn nicht bemerkt. Sie befanden sich in angeregter Unterhaltung.

»Im nächsten Jahr fahren wir nach Karlsbad, Liebling«, hörte er eine Dame sagen. »Das Wildbad Gastein ist nicht mehr das, was es einmal war. Ein besseres Feldlager war das Quartier beim Straubinger. Die Betten ungelüftet und feucht. Die Speisen unter aller Sau. Nicht mal Konfekt gab es. Und dann erst die Badehütten. Das Wasser haben sie nur einmal in der Woche gewechselt, und durch die Luken pfiff der Wind. Und abends tote Hose. Kein Tanzvergnügen. Keine rauschende Ballnacht. Nichts. Das einzige, was rauschte, war der Wildbach.«

»Übertreibst du nicht ein wenig, Apollonia?«, sagte eine männliche Stimme. »Ich fand die Höhenluft ausgesprochen anregend für Herz und Kreislauf. Und die Gesellschaft war auch nicht übel. Denk doch nur an den Obristmeister. Am ersten Wochenende, als wir ankamen, ich glaube, du warst gerade im Bad, machte ich seine Bekanntschaft auf der Promenade. Er war in Begleitung einer reizvollen jungen Dame. Sie hätte seine Tochter sein können. Es war ihm anzusehen, dass er Ambitionen hatte. Christina oder Cecilia, meine ich mich zu erinnern. So ein abgeschiedenes Wildbad hat durchaus seine Vorteile …«

»Wenn dir so viel daran liegt«, erwiderte sie spitz, »kannst du das nächste Mal gerne allein reisen. Vielleicht begegnet dir ja auch eine Christina oder Cecilia …«

Der Herr lachte. »Es ist einfach herrlich, wie schnell du eifersüchtig werden kannst. Dabei hat der Rittmeister am Nebentisch dir mehr als einmal schöne Augen gemacht.«

»Das braucht eine Frau eben, um zu wissen, dass sie noch attraktiv ist. Der Rittmeister hätte übrigens gern noch mehr von mir gewollt, wenn ich auch gewollt hätte …«

»Jetzt hast du es mir gründlich heimgezahlt. Begehrenswert bist du immer noch, mit oder ohne Rittmeister. Aber ein Oberstleutnant tut es doch auch, oder nicht?«

Eine Weile hörte Christoff nichts mehr. Er blickte durch das Rückfenster. Die beiden lagen sich engumschlungen in den Armen. Mit sanfter Hand wehrte sie sein Ansinnen ab, das Strumpfband zu lösen. Er hörte nur noch, wie die Dame flüsterte: »Warte bitte, bis wir zu Hause sind. Du weißt doch, ich mag es nicht auf die schnelle Tour.«

Christoff spürte, wie sein Herz klopfte und Hitze in ihm aufstieg. War es möglich, dass Cecilia während seiner Abwesenheit in Bad Gastein gewesen war? Ihr Taufname, wenn der Herr ihn richtig verstanden hatte, war zwar nicht sehr verbreitet, aber auch nicht ungewöhnlich. War es möglich, dass sie eine neue Bekanntschaft gemacht hatte? Er musste die Wahrheit erfahren! Und so schwang er sich auf das Trittbrett und riss den Wagenschlag auf. Erschrocken befreite sich die Dame aus der Umarmung und ordnete ihr verrutschtes Dekolleté.

»Wie sah das Frauenzimmer aus?«, stieß Christoff hervor.

»Hilfe, ein Wegelagerer … ein Wahnsinniger!«, schrie die Dame. »Komm, Ernst August, gib ihm ein paar Gulden!«

Wütend packte er den kaiserlichen Offizier am Kragen. »Ich will Euer Geld nicht. Ich will wissen, wie dieses Frauenzimmer aussah, von dem Ihr gerade gesprochen habt.«

»Was fällt dir ein, unverschämter Bube! Mach, dass du fortkommst oder ich lasse dich festnehmen!«

Doch Christoff ließ den Mann nicht los. »Erst wenn Ihr mir gesagt habt, wer dieses Frauenzimmer war. Wie sah sie aus?«

Die Gesichtszüge des Herrn entspannten sich, als er erkannte, dass der Kerl es nicht auf seine Geldbörse abgesehen hatte.

»Ach, Ihr meint die junge Dame in Gastein? Die Begleitung des Obristmeisters?«

Christoff ließ sich auf die Bank gegenüber fallen.

»Nun, sie war groß, jedoch nicht zu groß. Schlank, aber nicht dünn. Wenn ich mich recht entsinne, hatte sie dunkles Haar.«

»Ihr habt sie doch bestimmt bei Tisch gesehen. War sie allein?«

»Nein, sie war, wie mir schien, mit ihrer Mutter und zwei jüngeren Schwestern da. Vielleicht auch Cousinen. Es war der letzte Abend, bevor sie abreisten.«

»Und … machten die beiden einen vertraulichen Eindruck, ich meine der Obristmeister und seine Begleitung?«

»Vertraut ja, aber nicht vertraulich.«

»Danke, das genügt. Entschuldigt die Störung. Guten Abend.«

Christoff wollte den Wagen verlassen. Doch die energische, aber nicht unfreundliche Stimme des Oberstleutnants hielt ihn zurück.

»Halt, warum so eilig, mein Herr? Ihr schuldet uns eine Erklärung. Kennt Ihr die Dame?«

»Sie ist mein Weib. Verheiratet sind wir nicht.«

Christoff sprang aus der Kutsche. Er hörte noch, wie die Dame zu ihrem Gemahl sagte: »Der Kerl kann einem leidtun. So ist es eben: Hast du die Schönste im Dorf, hast du keine ruhige Nacht.«

»Wenn ich so wenig Vertrauen hätte, meine Liebste, dann hätte ich in den zehn Jahren unserer Ehe kein Auge zutun können.«

Der Schneeferner des Großglockners schimmerte rötlich im Licht der Abendsonne. Der majestätische Anblick des Bergriesen fesselte Christoff so sehr, dass er nicht bemerkte, wie neben ihm ein Fuhrwerk anhielt, das Kornsäcke geladen hatte.

»Willst du mitfahren, Wandergeselle? Ich fahre nach Mittersill.«

»Das trifft sich gut. Da bin ich schon halb zu Hause.«

»Du kannst dich oben auf die Säcke setzen.«

Der Fuhrmann beäugte ihn prüfend.

»Wer reist, hat viel zu erzählen. Woher kommst du?«

»Von weit her. In Salzburg war ich in einer Gasse, wo sie die Toten unter den Trümmern herausgezogen haben. In Wien war ich in einem Viertel, dessen Bewohner vertrieben werden, weil die Kaiserin glaubt, sie seien schuld an ihren Totgeburten. Und in Prag habe ich eine Uhr gesehen, wo bei jedem Stundenschlag der Tod mit dem Glöckchen klingelt und das Stundenglas umdreht.«

Der Fuhrmann lachte. Ein tiefes hohles Lachen, das aus Grüften zu kommen schien.

»Ein wunderlicher Geselle bist du. Ein Handelsmann bist du nicht. Du scheinst dich für die absonderlichen Dinge zu interessieren.«

Von den Tauern fielen bereits lange Schatten über das Salzachtal, als sie beim Felberkasten in Mittersill ankamen, dem Kornspeicher, an den die Bauern den Zehenten ablieferten. Hier hielt der Fuhrmann an. Er hielt dem Jenner drei lederne Beutel hin.

»Wähle aus, welchen willst du haben? In dem einen ist Gold, im anderen Korn, im dritten Blut.«

»Du bist mir kein schlechter Gaukler«, sagte Christoff und zeigte auf den rechten Beutel. »Weil du mich mitgenommen hast, will ich dir den Spaß nicht verderben.«

Der Fuhrmann öffnete den Beutel. Er enthielt Blutmehl, getrocknet und gemahlen, wie es im Hausgarten zum Düngen verwendet wird.

»Wenn das Korn im Land gemessen und von den Händlern in Kontrakte verwandelt ist, und das Blut der Völker auf ihren Rat von ungerechten Herren vergossen ist, dann münzen die Händler das Gold aus Armut und Tod, die bei euch hausen werden, und reiben sich heimlich die Hände.«

Darauf lachte der Fuhrmann und drehte sich um. Sein Schädel war kahl, das Antlitz gelb und hohläugig. Voller Zorn schleuderte Christoff den Beutel gegen den Fremden.

»Behalte deinen Beutel, Dunkelmann, in dem meinen habe ich etwas Besseres als Gespenster.«

Das Bündel über der Schulter, schritt Christoff auf der Landstraße nach Bramberg. Es war Nacht geworden. Der Mond tauchte das Gebirge in silbernes Licht. Auf Fronleiten würden sie schon am Strohsack lauschen. Deshalb hielt er es für ratsamer, seinen Bruder Georg zu besuchen. Er dachte über die Worte des Fuhrmanns nach. Doch ihr dunkler Sinn wollte sich ihm nicht erschließen.

Als sich Christoff der Siedlung näherte, sah er eine merkwürdige Himmelserscheinung. Der Mond verlor langsam sein weißes Licht. Die Erde trat zwischen Mond und Sonne, dass dieser in ihren Schatten rückte und rostrot zu glühen begann. Der Rote Mond, wie Afra die Mondfinsternis nannte, war ein Zeichen des Unheils.

Der Rote Mond kündigt Blutvergießen an.

Mordtaten.

Schandtaten.

Schlimme Dinge würden geschehen.

25
Halt mich, ich rutsche

Georg Jenner hatte geheiratet. Am Laurentiustag im August. Ohne viel Aufhebens. Seine Braut Ehrentraud war Witwe, und das Trauerjahr noch nicht vorbei. Vinzenz Ottacher, Bauer auf dem Ottacherlehen zu Hollersbach, war im Februar an der Halsbräune gestorben. Eine großzügige Spende für den Erhalt der Marienklage auf dem Kreuzaltar stimmte den Pfarrherrn milde, sodass einer vorgezogenen Trauung nichts im Wege stand. Wie es Brauch war, heiratete die Braut in Schwarz mit einem Rosmarinzweig in der Hand. Außer ihren beiden Kindern, der fünfjährigen Resi und dem dreijährigen Hans, den Beiständen und einigen Neugierigen war niemand in der Kirche. Georgs Eltern waren nicht erschienen. Sie hegten Zweifel an den ehrlichen Absichten ihres zweitältesten Sohnes.

Als Georg von seinen Heiratsabsichten erzählte, fragte ihn Elisabeth, ob seine Entscheidung nicht etwas überstürzt sei. Matthäus hielt es für sonderbar, dass er sich keine Jungfer, sondern eine Witwe ausgesucht hatte, die zudem älter war als er.

»Ein Eheweib sollte immer um einiges jünger sein als der Ehemann. Allein schon wegen seiner gottgebenen Autorität als Hausvater und zur Sicherung der Nachkommenschaft. Nach der Christlichen Ehefibel ist ein Altersunterschied von zwölf Jahren angeraten. Darüber hinaus lehrt die Erfahrung, dass man mit einem jungen Weib nicht so schnell auf Abwege gerät ...«

»Die Gabe der Schönheit, die ihr nicht in die Wiege gelegt wurde, macht sie durch eine gefüllte Schatulle wett.«

Der alte Fronleitner blickte seinen Sohn argwöhnisch an. »Früher hast du an deine Liebschaften andere Ansprüche gestellt ... hast du wieder Spielschulden?«

»Als Ottacherbauer spiele ich in einer höheren Klasse. Am Spieltisch wirst du mich nicht mehr sehen.«

»Gebe Gott, dass dem so wäre! Einer wie der andere schlägt aus der Art. Bei der Barbara habe ich ein ungutes Gefühl. Sie ist anders geworden, seitdem sie auf Hochneukirchen ist. Und Christoff ist über alle Berge. Weib und Kind hat er sitzenlassen. Der Kummer mit euch bringt mich noch ins Grab.«

Mit der Ottacherbäuerin hatte Georg keine schlechte Partie gemacht. Neben dem Lehen besaß sie noch das Pfistergut ihrer verstorbenen Eltern. Mit ihren zweiunddreißig Jahren war sie um einiges älter als Georg. Da sie aufgrund ihrer Leibesfülle nicht gerade dem Idealbild einer Schönheit entsprach, obwohl ihr Antlitz heitere und liebliche Züge aufwies, ging das Gerücht, der Fronleitner habe sie nur des Geldes wegen geheiratet. Das war nicht ganz unrichtig. Georg hatte Spielschulden und war, salopp ausgedrückt, blank.

Bald nach der Hochzeit interessierte sich Georg in auffälliger Weise für die Grundstücke mitsamt der beweglichen Habe, die ihm mit dem Brautschatz überschrieben wurden. Die Abende verbrachte er über den Aufschreibbüchern, kramte in Truhen und Laden nach Kaufurkunden, studierte Wechsel und Schuldverschreibungen, dass Ehrentraud einmal gereizt sagte: »Ich glaube beinahe, du hast nicht Fleisch und Blut geheiratet, sondern Geld und Gut.«

»Du willst doch auch, dass unsere Güter reichen Gewinn abwerfen«, besänftigte er sie. »Wen ich geheiratet habe, weiß ich doch, mein Goldschatz.«

Seine Spielschulden beglich Georg aus der Schatulle seines Eheweibes mit der Begründung, er habe allerhand wichtige Käufe zu tätigen. Nur wer reichlich sät, sagte er, kann auch eine reiche Ernte erwarten. Sie glaubte ihm und blickte ihn bewundernd an. Er hatte keineswegs gelogen, als er sagte, er würde sich an keinen Spieltisch mehr setzen. Er machte etwas, das dem Glücksspiel ähnlich war, aber nicht dessen Hautgout besaß. Er investierte. In Grund und Boden. Und spekulierte an der Börse. Mit Korn und Vieh.

Dabei kam ihm zugute, dass der Dorferwirt ein beliebter Treffpunkt der Bergleute des Mühlbacher Kupferhandels war. Die Knappen, unter denen es nicht wenige Augsburger gab, hatten die Lutherische Lehre in die Bergtäler gebracht. Sie waren nicht so zahlreich wie in anderen Gegenden, etwa dem Pongau, besonders in Rauris und Gastein, aber zahlreich genug, um ihr Missionswerk auf fruchtbaren Boden zu bringen. Wenn sie an den Sonn- und Feiertagen in der Schankwirtschaft saßen, spotteten sie über den Papst, verhöhnten die Jungfräulichkeit Mariens und lästerten über Messopfer, Fegefeuer und Heiligenfürbitten. Sie verglichen die Ohrenbeichte mit der Inquisition, bezeichneten die Nonnen als Lügenbräute Gottes und den Ablass als Seelenhandel. In ihren Joppen trugen sie Traktate und Bücher bei sich, die sie unter dem Tisch weiterreichten.

Eine Hetzjagd auf die Irrgläubigen, wie sie genannt wurden, begann. Verdächtige Personen wurden vor eine Kommission gerufen, die aus dem Pfleger, dem Pfarrer und zwei Beisitzern aus der betreffenden Kreuztracht bestand. Die Fragen waren vorgeschrieben. Die Antworten wurden zu Protokoll genommen und an die Geheime Deputation nach Salzburg geschickt. Diese fällte das Urteil. Härteste Strafe war die Ewige Landesverweisung. Die Ausweisungsfrist betrug in der Regel vierzehn Tage, bei einem ehrlichen Geständnis auch mehr. So kam es, dass etliche Hofstellen oder zu den Gütern gehörende Söllhäuser, die sich zwei oder mehrere Familien teilten, zum Verkauf standen, meist für billiges Geld.

Bei jeder Gelegenheit, die ihm günstig erschien, griff Georg zu. Als erstes erwarb er das Holzmeisterhaus des Josef Angerer. Der Tischler und Kleinbauer hatte auf das Gelobt sei Jesus Christus des Pfarrherrn Bannholzer geantwortet: »Leck mich am Arsch!«

Sein Weib Agnes hatte die Geistlichen Hurenböcke und Fressbäuche genannt. Die Angerer wurden mit neun Tagen Arrest in der Keuche bestraft und bekamen vierzehn Tage Glaubensunterricht. Als der Hausvater wenig später in der Herrenmühle beim Verteilen verbotener Bücher erwischt wurde, musste die ganze Familie auswandern. Georg witterte ein gutes Geschäft und bot den Verzweifelten 75 Gulden für die Hofstelle. Es reichte dem Holzmeister gerade für ein Gespann, mit dem er dann nach Siebenbürgen ziehen konnte.

Der zweite Glücksgriff Georgs betraf das Kleingut Vetzenlehen. Dessen Pächter, der Webmeister Pankraz Niggl, hatte protestantische Zusammenkünfte unter seinem Dach mit Lesungen aus verbotenen Traktaten und Postillen abgehalten. Er bekam vierzehn Tage Arrest und musste danach ein halbes Jahr an den Sonn- und Feiertagen in die Kirche gehen. Sein Weib Margarethe war in der Sonntagsmesse bei der Predigt aufgestanden und hatte gesagt, sie glaube nicht an die Wunder der Wallfahrer.

»Ein Mannsbild braucht sich nur krumm zu stellen und auf Krücken nach Mariazell humpeln. Dort wirft er seine Krücken weg und geht gesund nach Haus … nicht selten in geheimer Absprache mit dem Pfarrer, der ihm für den Schwindel einen Zehrpfennig in die Hand drückt und ihm vollkommenen Ablass gewährt.«

Für die Schmährede musste sie an vier Sonntagen mit einem Kreuz in der Hand neben dem Altar stehen. Als sich die Zusammenkünfte wiederholten und unter der Stiege verbotene Bücher entdeckt wurden, erhielten die beiden den Exulantenbefehl. Georg war sofort zur Stelle und bot dem Niggl sechzig Gulden für die Hofstelle. Dem Niggl war das zu wenig. Er würde das Haus notfalls seinem Schwestermann überlassen. Auch mit siebzig Gulden, die Georg ihm bot, gab sich der Webmeister nicht zufrieden. Da sann Georg auf eine List: Er hob einige Mäusenester aus und trug sie nachts heimlich zum Haus des Niggl. Vier Wochen später kam er noch einmal zum Verhandeln. Es raschelte und huschte überall ums Haus. Da der Ausreisetermin immer näher rückte, sagte der Weber in seiner Not, er könne das Anwesen zum gewünschten Kaufpreis haben. Georg zählte ihm dreißig Gulden auf den Küchentisch. Die Mäuseplage beendeten die Katzen, die er auf dem Hof aussetzte, nachdem der Niggl mit seiner Frau ausgezogen war.

Vier mittlere Bauernlehen konnte Georg nun sein Eigen nennen, das Pfistergut mitgerechnet. Eines Tages spielte er seine Trumpfkarte aus: Für den Dorferwirt bot er eine so hohe Summe, dass sein Besitzer, der Gastwirt und Bierbrauer Severin Senninger, nicht Nein sagen konnte und die Taverne, dessen Grundherr der Fürsterzbischof war, verkaufte, allerdings mit der Klausel, dass wie bisher nur sein Bier und kein anderes ausgeschenkt werden dürfe.

Für Georg war der Dorferwirt ein Marktplatz wichtiger Nachrichten, die ihm für seine Geschäfte förderlich waren. Wo ein Haus oder Hof aufgegeben wurde. Von welcher Güteklasse die Böden waren. Wie es mit dem Viehstand aussah. Insofern versteht es sich von selbst, dass der Pächter der Wirtstaverne der wichtigste Mann im Dorf war.

So stand es mit Georg, als Christoff an einem späten Septemberabend die Gaststube betrat.

»Ich glaub, ich seh Gespenster … Christoff!« Georg, der hinter dem Schanktisch stand und einen Krug Bier zapfte, wischte sich die Hände an der Schürze ab und rief lachend: »Parole?«

»Was frisst die Kuh, was scheißt die Kuh?«

»Heu, Heu, Heu!«

Lachend fielen sie sich in die Arme.

Christoff blickte sich um. »Du hast dich ganz schön gemausert, Georg. Beim letzten Mal, als ich dich hier traf, warst du Gast und hast anschreiben lassen. Jetzt stehst du hinter der Theke und kassierst. Hast du das große Los gezogen?«

»Ja, so kann man es sagen. Ich habe geheiratet … die Ehrentraud vom Ottacherlehen. Sie ist seit Kurzem Witwe. Der Bauer starb im Februar an der Halsbräune.«

»Die Ottacherbäuerin von Hollersbach?«, rief Christoff erstaunt aus. »Ist die nicht um einiges älter als du?«

»Na und? Dafür hat sie sich recht gut gehalten. Im Übrigen ist sie nicht ganz unvermögend. Das Pfistergut gehört ihr auch noch.«

»Ich verstehe … mit ihrem Geld hast du den Dorferwirt gekauft. Deines kann es nicht sein bei deinen Spielschulden.«

»Ich spiele jetzt in einer höheren Klasse. Der Dorferwirt ist erst der Anfang. Einstieg in größere Geschäfte. Hier hört man die Nachtigall trapsen. Dem Senninger habe ich ein Angebot gemacht, das er nicht ablehnen konnte. Dafür schenke ich sein Bier aus.«

Georg betrachtete seinen Bruder prüfend. »Man könnte dich für einen Landfahrer halten, so abgerissen wie du aussiehst.«

»Ich habe eine weite Reise hinter mir. Meistens war der Heuschober meine Herberge.«

»Konntest du deine Smaragde gut losschlagen?«

»Ich kann nicht klagen.«

»Was hast du jetzt vor?«

»Den Herrgott einen guten Mann sein lassen.«

»So genau wollte ich es nicht wissen«, lachte Georg.

»Was gibt es Neues?«, sagte Christoff, um von sich abzulenken.

»Willst du zuerst das Schlechte oder das Gute hören?«

»Das Schlechte zuerst.«

»Um die Barbara machen wir uns Sorgen. Es steht nicht gut um sie. Sie liegt im Krankenbett auf Fronleiten.«

»Was ist passiert?«

»Sie war beim Sauschneider. Letzte Woche. Warum kannst du dir denken. Seitdem hat sie den Wundbrand.«

»Hat der Kuenburg sie geschwängert?«

»Ja. Aber der Kuenburg ist tot. Man hat ihn im Untersulzbachtal gefunden. In der Nähe der Jagdhütte. Erdolcht.«

»Erdolcht? Wer hat ihn umgebracht … die Barbara?«

»Nein, sie war es nicht. Wahrscheinlich der Waldschrat, mit dem sie in der Nacht zusammen war.«

»Morgen gehe ich nach Fronleiten. Und die gute Nachricht?«

»Susanna heiratet am nächsten Sonntag … den Kunstmaler.«

»Gegen Liebe ist kein Kraut gewachsen.«

»Du sprichst aus Erfahrung«, spottete Georg

»Weißt du etwas von Cecilia?«

»Wie ich höre, hat sie sich in Bad Gastein nicht gerade gelangweilt. Ich rate dir, kümmere dich mehr um sie. Die Weiber halten nicht viel vom Alleinsein. Schon gar nicht, wenn sie jung sind.«

Sie sprachen noch eine Weile miteinander. Dann begab sich Christoff auf die Schlafkammer. Er wollte am nächsten Morgen so schnell wie möglich nach Fronleiten. Die Sorge um seine Schwester ließ ihm keine Ruhe.

Anstatt jedoch den Fuhrweg durch das Mühlbachtal zu nehmen, lief Christoff nach Bramberg. Mit magischer Gewalt zog es ihn nach Tantzlehen. Eine innere Unruhe hatte ihn ergriffen.

Der Herbstwind wehte über die kahlen Felder. Knechte und Mägde lasen Steine auf den Äckern, vom Pflug an die Oberfläche geworfen. Zorn stieg in ihm auf, als er die Pfarrkirche erblickte. Das Sinnbild der vereitelten Hochzeit. Er schritt durch die Kirchgasse. Vor ihm lag Tantzlehen. Stattlich und behäbig. Wie immer.

Auf dem Hof luden Knechte Kornsäcke auf ein Fuhrwerk. Sie drehten sich nicht nach ihm um. Christoff befühlte seinen Bart. Er musste sich verändert haben, dass ihn das Gesinde nicht wiedererkannte. Er klopfte an die Haustür. Es dauerte eine Weile, bis sich jemand näherte.

»Macht, dass ihr fortkommt, landfahriges Gesindel, verfluchtes!«

Zornig schlug ihm die Magd die Tür vor der Nase zu. Nachdem ihre Schritte verklungen waren, drückte Christoff die Klinke nieder und betrat das Haus. Kühl war es in der Diele mit dem gefliesten Boden und der geschwungenen Steintreppe. Er betrachtete den mächtigen Waffenschrank und den Stammbaum an der Wand. Da war er wieder, der eigentümliche Geruch von Tantzlehen. Der Geruch eines Hauses, das Ansehen und Wohlstand repräsentierte.

Ein Ball sprang die Treppe herunter. Kaum hatte Christoff den Ball erhascht, erschien Martin. Er hielt sich am Geländer fest und sah seinen Vater mit großen Augen an. Christoff fühlte, wie seine Augen brannten. Er reichte Martin den Ball und wollte seinen Sohn in die Arme nehmen. Doch dieser wich aus und lief wieder nach oben.

Da kam Cecilia die Treppe herunter. In einem blauen Leinenkleid, das ihr bis zu den Knöcheln reichte. Das geflochtene Haar trug sie um den Kopf gelegt, von einer Hornspange gehalten. Ihr Mund erschien ihm blühender und ihr Busen voller. Sie war schön wie nie zuvor.

»Bist du es, Christoff?« Zögernd kam sie ihm entgegen. Zwei Schritte vor ihm blieb sie stehen.

»Ja. Ich freue mich, dich wiederzusehen, Celia. Wie geht es dir?«

Martin verbarg sich hinter seiner Mutter. Ab und zu wagte er einen neugierigen Blick auf den fremden Mann.

Verlegen reichte sie ihm die Hand. Die Hand fühlte sich kalt und gefühllos an.

»Wie du siehst, geht es mir gut«, antwortete sie kühl. »Offen gestanden habe ich nicht mehr mit dir gerechnet. Nicht mal einen Brief hast du geschrieben ...«

Christoff war wie vor den Kopf geschlagen. Er wusste nicht, was er antworten sollte.

»Ich wollte dir schreiben, aber ich habe nicht die richtigen Worte gefunden.«

»Aus den Augen, aus dem Sinn.«

»Glaub mir, Celia, ich habe Tag und Nacht an dich gedacht. Hier ist der Beweis …«

Er zog das Schmuckkästchen aus seinem Felleisen und überreichte es ihr. Widerstrebend öffnete sie die Schatulle. Grünglitzernd funkelte ihr das auf schwarzen Samt gebettete Smaragdcollier entgegen. Nach einem flüchtigen Blick reichte sie ihm das Kästchen zurück.

»Er ist schön, dieser Schmuck … aber ich will ihn nicht. Was geschehen ist, erzähle ich dir ein andermal … nicht zwischen Tür und Angel.«

»Auch ich habe dir einiges zu erzählen …«

»Am Sonntag heiratet Susanna. Sie besteht darauf, dich einzuladen. Dann können wir miteinander reden. Jetzt bitte ich dich zu gehen.«

Sie bot ihm die Hand. Nicht den Mund wie sonst. Er beachtete ihre ausgestreckte Hand nicht. »Geh bitte nicht, Celia. Ich habe Martin auch etwas mitgebracht.«

Er holte das Holzspielzeug aus seinem Bündel, das Pferd mit dem Wagen, und stellte es auf den Boden. Martin griff nach dem Wagen und schob ihn durch die Diele.

»Hott, hott!«, rief er begeistert.

Cecilia verzog den Mund. Christoff überreichte ihr das Bilderbuch des Comenius.

Widerwillig blätterte sie in dem Lederband. »Was soll Martin damit? Er ist gerade ein Jahr alt.«

»Es ist ein Kinderbuch … eine Schulfibel. Bewahre es für ihn auf.«

Martin streckte die Hand nach dem Buch aus. Cecilia reichte es ihm. Ungeschickt schlug er die Seiten auf.

»Da, da!« Der Kleine zeigte auf die Abbildung eines Pferdes.

»Das ist ein Pferd«, sagte Christoff und fuhr seinem Sohn durch das dunkelblonde Haar.

»Da, da!«, sagte Martin und lachte.

»Ja, Martin, ein Pferd. Hühott, hühott. So wie das Pferd, das ich dir auf der Schwaige gebastelt habe. Aber das weißt du bestimmt nicht mehr.«

»Hott, hott«, sagte Martin und schmiegte sich an seine Mutter.

Christoff nahm sein Bündel und ging.

Cecilia sah ihm nach. Sie sagte nichts. Und sie geleitete ihn auch nicht zur Tür.

Er glaubte, einen feuchten Schimmer in ihren Augen zu entdecken. Es konnte aber auch ein Lichtstrahl sein, der durch das Fenster fiel.

Bedrückt schritt Christoff den Sonnberg hinauf. Nach einer Biegung tauchte das Gut Fronleiten auf. Armselig erschien ihm die Hofstelle. Die Holzzäune müssten erneuert werden. Und die Rauchküche gekalkt. Die Risse im Verputz wurden immer größer. Auf dem Holzplatz vor der Machhütte fand er Matthäus. Er saß auf der Ziehbank und schälte mit dem Reifeisen eine Fichtenstange. Gleichmäßig fielen die Rindenstücke auf den Boden. Neben ihm brannte ein Feuer. Was im Feuer war, fault nicht so leicht, pflegte der Alte zu sagen. Er meinte damit nicht nur die Spitzen der Zaunpfähle.

Christoff sah seinem Vater zu. Der Fronleitner dünkte ihm steinalt. Kummer und Gram hatten tiefe Furchen in sein Gesicht gezogen. Das Haar wehte ihm weiß um die Stirn. Der Bart war grau und ungepflegt. Auch etwas gebückter erschien ihm der Alte.

»Willst du einen neuen Zaun machen, bevor der Winter kommt?«

Der Fronleitenbauer drehte sich um. Seiner Miene war keine Freude abzulesen.

»Den Hühnerhof will ich neu einzäunen. Es ist mir einiges gerupft worden in letzter Zeit. Der Fuchs hat eine Henne gerissen, und der Geier hat drei Küken geholt. Überall lauert das Böse. Wenn ich anderes Unheil bloß auch so leicht wegsperren könnte ...«

Mit prüfenden Augen betrachtete Matthäus seinen Sohn. »Wie ein fahrender Geselle siehst du aus. Wer in die Fremde reist, kommt oft als Fremder zurück. Was bringst du für Nachrichten?«

»Auf der Reise mit dem Doktor habe ich viel gesehen und gehört. Und die Smaragde konnte ich gut verkaufen. Wenig erfreulich war bisher meine Rückkehr. Was ich von Barbara gehört habe, bedrückt mich. Und etwas anderes auch. Ich war auf Tantzlehen. Cecilia will mich nicht mehr sehen.«

»Das überrascht mich nicht. Entweder sie hat erkannt, dass du nicht der Richtige für sie bist, oder sie hat einen anderen Fisch an der Angel. Wahrscheinlich das eine nicht ohne das andere. Hast du in der Fremde immer an sie gedacht?«

In seinem Blick lag die Neugier auf der Lauer.

Christoff senkte die Augen und schwieg.

»Ich sehe, du bist auch nicht besser«, sagte der Alte. »Du hast es verscherzt mit deinem Weib. Mitleid kann ich keines für dich aufbringen. Der Wurm saß schon von Anfang an im Holz.«

»Ich brauche dein Mitleid nicht, Vater. Doch sag, wie steht es mit Barbara?«

Der Fronleitenbauer sah in die Ferne. Hinüber zu den Hohen Tauern. Als ob ihm das Gebirge eine Antwort geben könnte.

»Eine Kindsmörderin muss ich unter meinem Dach beherbergen. Schlimmer kann es nicht kommen. Es gehen Gerüchte, dass sie im vierten Monat war. Sprechen will sie darüber nicht. Den Sauschneider, den Jauk, haben sie festgenommen. Er sitzt im Kerker. Genau wie der Haslacher. Sie soll es mit dem Grafen und dem Grünspecht gleichzeitig getrieben haben. Weil sie nicht gewusst hat, von wem das Kind ist, hat sie es wegmachen lassen. Der Kuenburg wird ihr das Brot in den Ofen geschoben haben. Da bin ich mir sicher. Die Heirat hat er ihr versprochen. Mit dem Trick hat der Lump sie sich warm gehalten. Seine gerechte Strafe hat er erhalten. Ich fürchte nur, er wird Barbara mit ins Grab nehmen, wenn nicht gar in die Hölle.«

Die Augen des Alten wurden feucht, seine Mundwinkel zitterten. So hatte Christoff seinen Vater noch nie gesehen.

Im Hausflur begegnete ihm Elisabeth. Auch sie schien ihm um Jahre gealtert. Silberfäden durchzogen ihr Haar. Wie Spinnweben, die im Herbsttau die Stoppelfelder mit einem weißen Schleier bedecken.

»Gut dass du wieder da bist, Christoffel«, sagte sie und umarmte ihn. »Wir haben großen Kummer mit der Barbara. Du kannst zu ihr gehen. Bleib aber nicht zu lang. Das Reden strengt sie zu sehr an.«

Mit einem beklommenen Gefühl stieg Christoff die Treppe hoch. Leise öffnete er die Kammertür. Die Vorhänge an den Fenstern waren zugezogen. Eine Kerze verbreitete eine rötliche Dämmerung. Es roch nach ungelüfteter Bettwäsche, fiebrigen Ausdünstungen und Arznei. Christoff nahm einen Stuhl und setzte sich an das Bett.

Die Augen geschlossen, die Hände auf der Bettdecke, lag Barbara in den Kissen. Reglos und blass. Er betrachtete ihren Mund. Ihre Lippen waren blutleer und schmal.

»Barbara«, flüsterte Christoff, »ich bin es ... dein Bruder.«

Langsam schlug sie die Augen auf. »Christoff ... schön, dass du gekommen bist ... wie geht es dir?«

»Gut geht es mir nicht, so wie ich dich hier sehe. Wie geht es dir?«

»Ich habe viel Blut verloren ... die Wunde will nicht heilen. Der Bader war schon einige Male da. Aber auch er kann mir nicht helfen. Ich fühle mich entsetzlich müde ... ich könnte immerzu schlafen.«

Sie sprach leise und langsam.

Christoff schaute sie bekümmert an. »Du musst den Willen zum Leben haben, hörst du. Du musst dir ein Ziel setzen, einen Plan fassen.«

»Mein Leben ist verpfuscht ...«

»Wie kannst du so etwas sagen! Gibt es niemanden, an den du glaubst?«

Eine Weile sagte sie nichts. Dann flüsterte sie: »Der Welser von Labach hat hat mir eine Stelle als Köchin angeboten.«

»Das sind doch schöne Aussichten. Freust du dich denn nicht?«

»Seine Frau wird es nicht dulden, dass eine wie ich in ihrem Haus wirtschaftet. Mit zwei Männern habe ich es getrieben. Eine Hure bin ich, schlimmer noch, eine Kindsmörderin.«

Die Selbstanklage seiner Schwester erschütterte Christoff. Er nahm ihre Hand. Sie war weiß wie Schnee und kalt wie Eis.

»Was bringt es, sich anzuklagen, die Schuld nur bei sich zu suchen? Einem Schelm bist du auf den Leim gegangen.«

»Ja, hoch wollte ich hinaus...«

»Quäle dich nicht mit dem Blick zurück. Versuche, nach vorn zu schauen!«

Er hielt einen Augenblick inne. »Wie konnte die grässliche Bluttat geschehen?«

Barbara versuchte sich aufzurichten, doch es ihr fehlten die Kräfte.

»Bitte hilf mir ... ich möchte gern sitzen.«

Behutsam zog er sie hoch und schob ihr ein Kissen in den Rücken. Er wollte ihre Wange streicheln. Doch etwas hielt ihn zurück. Er hatte seiner Schwester nie mehr als die Hand gegeben.

»So ist es gut, ich danke dir ... komm, lass mir deine Hand.«

Sie hatte die Absicht ihres Bruders bemerkt.

Leise begann sie zu sprechen. Manchmal rang sie mühsam nach Worten. Als könne sie das, was sie getan hatte, nicht verstehen. Als sie geendet hatte, schloss sie die Augen.

»Halt mich, Christoff, ich rutsche«, flüsterte sie nach einer Weile. »Ich komme mir vor wie auf einer Blumenwiese über der Felswand. Ich will hinauf, aber ich rutsche und rutsche dem Abgrund entgegen. Es ist alles schiefgegangen ...«

Barbara hatte die Augen geschlossen.

»Ich bitte dich zu gehen, Christoff. Das viele Reden strengt mich an. Sag der Afra, sie soll mir die Umschläge machen und die Arznei bringen.«

Christoff traf die Magd in der Küche. In einem rußgeschwärzten Kessel, der über dem offenen Herdfeuer hing, bereitete sie einen Absud aus Heilkräutern. Versunken in ihre Arbeit, bemerkte sie ihn nicht.

»Von Barbara soll ich dir ausrichten, du kannst ihr die Umschläge bringen und die Arznei. Wie steht es mit ihr? Wird sie es schaffen?«

Die Alte war grau vor Gram. Sie wandte sich ab und tauchte den Löffel in das schwarze Gebräu, das sie mit langsamen Bewegungen umrührte.

»Wenn der Mut zum Leben fehlt, nützt die beste Medizin nichts. Nur ein Wunder kann ihr noch helfen.«

Elisabeth lag auf der Ofenbank. Sie stützte sich auf den Arm, als Christoff die niedere Stube betrat.

»Der Bauer könnte dich brauchen, Christoff. Er hat keinen Knecht mehr. Gilg sitzt im Bruderhaus bei den Alten und Siechen. Sein Herz hat die Höhe nicht mehr vertragen. Ich habe immer zu ihm gesagt: ›Gilg, du trinkst zu wenig und was du trinkst, ist das Falsche. Deshalb ist dein Blut so dick.‹ Er hat einfach das Trinken vergessen.«

»Ich habe andere Pläne ...«

»Ich hoffe, sie sind besser als die bisherigen.«

»Die Smaragdgrube will ich erwerben.«

Die Mayerhoferin seufzte. »Seid ihr jetzt alle närrisch geworden?«

Am Abend in der Schlafkammer erzählte Elisabeth ihrem Mann von Christoffs Plänen. Matthäus blickte sein Weib voller Gram an.

»Was haben wir nur für Kinder in die Welt gesetzt. Der eine gräbt nach Edelgestein und lässt dafür Weib und Kind sitzen. Der andere spekuliert mit der Mitgift seines Eheweibes. Die dritte lässt sich von einem gewissenlosen Puderaffen ein Kind anhängen. Alle greifen sie nach den Sternen. Und am Ende stehen sie da mit nichts als einer Handvoll Staub.«

Elisabeth seufzte tief. »Sie stehen alle nicht mit beiden Beinen auf dem Boden. Mit ihren hochfliegenden Plänen landen sie so schnell auf der Erde wie eine Papierschwalbe.«

»Wenn nicht unter der Erde«, knurrte der Alte und drehte sich zur Seite.

An Michaeli hielten Fortunat von Hohenberg und Susanna Ronacherin Hochzeit in der Pfarrkirche zu Bramberg. Susanna trug ihre Festtagstracht, einen gefältelten schwarzen Kittel mit gleichfarbenem Wams, ein weinrotes Schnürmieder mit viereckigem weißen Brustausschnitt, Schürze und Schultertuch mit roten Nelken bestickt. Ein Brautkranz aus Myrten und Rosmarin zierte das hochgesteckte Haar. Um sich der Angetrauten anzupassen, hatte Fortunat die Pinzgauer Tracht gewählt. Lederne Kniehose. Brauner Lodenrock mit Weste. Schwarzer Filzhut. Mit leuchtenden Augen sagte Rupert zu Magdalena, es sei eine noble Geste, die allen Respekt verdiene, dass der Bräutigam ihre schlichte Tracht trage. Als das Brautpaar zum Altar schritt, flüsterte Franziska ihrer Schwester ins Ohr: »Wie eine Schießbudenfigur sieht er aus.«

»Schlimmer noch, wie ein Schmierenkomödiant«, sagte Cecilia.

Rupert Ronacher hatte keine Ausgaben gescheut, um Susanna jene Ehre zu erweisen, die er Cecilia nicht hatte zuteil werden lassen. Er wollte ein sichtbares Zeichen setzen, dass er noch andere, wohlgeratene Töchter hatte. Wohl um sein schlechtes Gewissen zu beruhigen, zeigte sich Pfarrherr Bannholzer in seiner Predigt aufgeschlossen für die ehelichen Freuden und ermunterte das Brautpaar zu einem reichen Kindersegen. Cecilia, die in der ersten Reihe neben ihrer Mutter saß, ergrimmte vor Wut.

»Denen wünscht er das, was er mir nicht gegönnt hat«, zischte sie. So laut und vernehmlich, dass einige Leute sich nach ihr umdrehten. Beim Jawort der Braut kamen ihr die Tränen.

Verstohlen wischte sie sich die Augen. Magdalena fasste ihre Hand und flüsterte: »Noch ist nicht Matthäi am Letzten mit dir, mein Kind.«

Auf dem Kirchplatz versperrte ein Baumstamm dem Brautpaar den Weg. Unter allgemeiner Heiterkeit zogen die beiden die Säge durch den auf einem Holzbock liegenden Stamm. Da die Zugsäge stumpf gemacht war, dauerte es eine Weile, bis der Weg ins Glück frei war. Es hagelte reichlich Spott, besonders auf den Bräutigam.

»Wenn du dein Eheweib auch so zaghaft anfasst wie die Säge, wird es nichts mit dem Kindersegen.«

»Leichter ist es einen Pinsel zu halten, als eine Säge zu führen.«

»Wenn ihr mit dieser Säge arbeiten müsstet«, erwiderte Fortunat, »wäre der Pinzgau bald ein Urwald und ihr die Affen darin.«

Kaum war das Sinnbild der Schwierigkeiten aus dem Weg geräumt, stürmte eine Horde junger Burschen auf Susanna zu, hob sie auf die Schultern und trug sie johlend davon. Alle nahmen diesen Streich mit Humor. Die entführte Braut würden sie im Senningerbräu finden, wo die Hochzeitsfeier stattfand.

Christoff war mit Matthäus zur Kirche gegangen. Er hatte sich festlich gekleidet und bemüht, etwas Ordnung in seine Mähne zu bringen. Elisabeth war zu Hause geblieben. Sie wollte Barbara nicht allein lassen, da man jederzeit mit dem Schlimmsten rechnen musste.

Nach der Trauung meinte Matthäus, ihm sei nicht zum Feiern zumute, er werde nach Hause gehen. Christoff kam sich unter den zahlreichen Hochzeitsgästen, die plaudernd und lachend auf dem Kirchplatz standen, verloren vor. Fortunat trat auf ihn zu und legte den Arm vertraulich auf seine Schulter.

»Das hätte ich mir nicht träumen lassen, dass du eines Tages mein Schwager wirst, genauer gesagt mein Halbschwager.«

Mit den anderen Geladenen machten sie sich auf den Weg zu dem wenige Minuten entfernten Gasthaus.

»Ich gratuliere dir zu deiner Wahl. Mit Susanna kannst du Pferde stehlen.«

»Ich hatte eigentlich nicht vor, mit ihr Pferde zu stehlen. Wir wollen Pferde züchten. Zwei Stuten haben wir schon. Den Deckhengst besorge ich mir in Blühnbach. Wenn wir uns eingerichtet haben, musst du uns mal besuchen.«

Christoff hörte nur mit halbem Ohr zu. Von Unruhe ergriffen, spähte er nach Cecilia. Sie kam mit Franziska und Martin die Gasse herunter. Der Kleine riss sich immer wieder von ihrer Hand los und rannte den anderen hinterher. Franziska ging neben ihnen. Als Christoff sich umblickte, lächelte Cecilia ihm zu. Mit dem ihr eigenen Lächeln, bei dem sie den linken Mundwinkel verzog. Ja, es ging immer noch ein rätselhafter Zauber von ihr aus.

Fortunat bemerkte sein Zögern. »Mir scheint, du hast noch etwas zu erledigen. Wir sehen uns später.«

Cecilia spürte, dass Christoff mit ihr reden wollte. Sie sagte zu ihrer Schwester, sie solle schon mal mit Martin vorausgehen.

Sie betrachtete ihn verwundert. »Der Anzug war bestimmt teuer. Haben dich die Smaragde reich gemacht?«

»Reden wir nicht um den heißen Brei herum«, sagte er gereizt. »Man erzählt sich, du hast jemand kennengelernt ...«

»Ja. Einen Witwer mit zwei Söhnen. Er hat mir einen Antrag gemacht.«

»Und ... was hast du ihm geantwortet?«

»Ich habe ihm gesagt, ich werde darüber nachdenken.«

»Liebst du ihn?«

»Ich weiß nicht ... er ist um etliches älter als du. Er ist Obristmeister. Stadtkommandant. Der wichtigste Mann hinter dem Bürgermeister von Freiburg.«

»Dann heirate ihn, deinen tollen Hecht! Auf was wartest du noch?«

Inzwischen waren sie beim Senningerbräu angelangt. Die Hochzeitsgäste hatten sich bereits in den Festsaal begeben. Christoff und Cecilia standen vor dem Eingang. Er zögerte, die Stufen hinaufzugehen.

»Liebst du mich nicht mehr?«, fragte er unversehens.

Cecilia schaute ihn mitleidig an.

»Darum geht es nicht, Christoff. Ich muss an meine Zukunft denken. Du bist ein Abenteurer. Ein Träumer. Ich habe dich geliebt, wie ich vielleicht keinen mehr lieben werde. Aber mit dir zusammen leben kann ich nicht. Es ist wie verhext: Ohne dich bin ich nicht glücklich, aber mit dir auch nicht.«

Sie warf sich an seine Brust und weinte hemmungslos. Christoff nahm sie in seine Arme. Hilflos strich er ihr über das Haar. Trösten konnte er sie nicht.

Sie wischte sich die Tränen aus dem Gesicht. »Warum können wir nicht miteinander glücklich werden? Alle anderen können es doch auch.«

»Vielleicht müssen wir erst einmal unsere eigenen Wege gehen, um herauszufinden, was uns verbindet.«

»Darauf brauchst du nicht zu hoffen«, sagte sie bestimmt.

Mit dieser Antwort ging sie festen Schrittes zum Eingang des Gasthauses. Als sie ihren Fuß über die Schwelle setzte, war es ihm, als würde man sein Herz aus dem Leib schneiden. Da wurde ihm bewusst, er hatte sie verloren.

In der Diele kam ihnen Susanna entgegen, erhitzt und strahlend.

»Kommt, setzt euch zu uns. Du, Christoff, kommst an unseren Tisch. Vater wird gleich die Rede halten. Oh, ich bin so glücklich!«

In ihrem Glück übersah sie die verweinten Augen ihrer Schwester.

Rupert Ronacher blickte zufrieden in die Runde. Der große Festsaal war bis auf den letzten Tisch besetzt. Wie es sich gehörte, wurde dem Pfarrherrn ein Platz neben den Brautleuten freigehalten. Der Geistliche war noch nicht erschienen. Da bereits angerichtet war, wollte der Brautvater nicht länger warten. Er erhob sich und klopfte mit der Kante des silbernen Messers dreimal gegen das Glas.

»Wie es sich in meiner Eigenschaft als Brautvater ziemt, möchte ich das Wort zunächst an dich richten, liebe Susanna. Mit dem heutigen Tag beginnt für dich ein neuer Lebensabschnitt. Nach achtzehn Jahren wirst du dein Elternhaus verlassen, zumindest was Tisch und Bett betrifft. Die alte Schmiede wird dir und deinem Eheherrn ein vorübergehendes Zuhause sein, bis der Wennser Hof umgebaut ist. Um euch den Start ein wenig zu erleichtern, habe ich in die Hochzeitstruhe einiges hineingelegt, das euch überraschen wird …«

Rupert unterbrach seine Rede. Ägidius Bannholzer hatte den Saal betreten. Rupert schritt auf den Pfarrherrn zu, um ihn zu begrüßen und geleitete ihn an den freigehaltenen Platz.

Wütend warf Cecilia die Serviette auf den Tisch. Sie erhob sich und suchte einen anderen Platz. Alle starrten sie entsetzt an. Christoff war ebenfalls aufgestanden und ihr gefolgt. Der Ronacher sah ein, dass er einen Fehler gemacht hatte. Mit einer Geste der Hilflosigkeit wandte er sich an den Pfarrherrn.

»Meine Tochter war schon immer etwas hitzig, Hochwürden. Ihr kennt sie ja.«

»Ja, die Cecilia«, entgegnete Bannholzer. »Wäre sie damals nicht so starrsinnig gewesen, hätte sie jetzt den Ring an der richtigen Hand. Ein Jammer ist das mit ihr.«

Rupert hatte den Faden verloren. Er öffnete den Mund und schloss ihn wieder. Hilflos hob er die Hände. »Ja, was ich noch sagen wollte … also dann … werdet glücklich miteinander.«

Es wurde aufgetischt, was Küche und Keller hergaben. Die Mägde eilten mit Braten, Knödeln und Kraut von Tisch zu Tisch, schenkten Bier und Wein in Krüge und Gläser. Der Hausherr erkundigte sich bei seinen Gästen, ob das Essen recht sei, ob sie sonst noch irgendwelche Wünsche hätten. Nach dem Essen wurde die eine Hälfte des Festsaals geräumt, damit Platz für die Musikanten und Tänzer war.

Cecilia fasste Christoff an der Hand und zog ihn auf den Tanzboden.

»Weißt du, dass wir noch nie miteinander getanzt haben? Heute will ich mit dir tanzen … vielleicht zum letzten Mal.«

Widerstrebend folgte er ihr auf die Tanzfläche. Wollte sie ihm ein letztes Mal zeigen, wie schön und begehrenswert sie war?

Sie tanzten, als hätten sie immer miteinander getanzt. Ländler und andere Bauerntänze. Ihre Körper waren im Einklang, schwangen im gleichen Rhythmus, hatten den gleichen Schritt. Als ob sie eins wären.

Maria Hacksteiner vom Gut Schiltern fragte die Kammerlanderin, wer dies schöne Paar sei.

»Das ist unsere Älteste mit dem Jenner.«

»Ach, dann ist er der Vater ihres Sohnes?«

»Sagen wir besser, der Erzeuger. Ich hoffe, dass sie endlich von dem Kerl loskommt. Er hat sie nur ins Chaos gestürzt.«

»Ich glaube, du übertreibst, Kammerlanderin«, mischte sich Johann Veichtner vom Benkerlehen ein. »Ich finde, sie geben ein stattliches Paar ab. Und auf der Schwaige haben sie gut gewirtschaftet. Schade, dass die Hochwasser ihnen alles genommen haben.«

»Ein stattliches Paar!«, lachte Magdalena voller Hohn. »Heute hat er sich ausnahmsweise in Schale geworfen, dieser Lumpazi Vagabundus. Als er nach seiner Reise bei uns aufkreuzte, hättet ihr ihn sehen sollen. Unsere neue Küchenmagd hielt ihn für einen Landfahrer. Gestunken soll er haben wie ein Plattenbruder. Nein, mit dem ist kein Staat zu machen.«

»Du beurteilst die Dinge gern nach der Schale, nicht nach dem Kern, Magdalena«, mischte sich die Scharlerbäuerin ein. »Gleiche Paare geben immer noch den besten Tanz.«

Um Mitternacht warf Susanna ihren Brautstrauß rückwärts über die Schulter, umringt von den Gästen. Der Strauß, ein Gebinde aus weißen Rosen und Rosmarin, flog über die Köpfe auf Cecilia zu, die ihn mit flinker Hand erhaschte.

»Du wirst die Nächste sein, Celia«, sagte Susanna und umarmte ihre Schwester. »Ich gönne es dir wie keiner anderen.«

»Wir werden sehen, Susu«, sagte Cecilia verträumt. »Vielleicht habe ich ja auch mal Glück ...«

Christoff, der es hörte, drehte sich um und ging.

Mit Barbara ging es bergab. Sie wurde von Tag zu Tag schwächer. Feste Nahrung konnte sie keine mehr zu sich nehmen. Elisabeth musste ihr die Hühnerbrühe mit dem Löffel einflößen. Der Bader und Wundarzt Thaddäus Zipperle kam jeden zweiten Tag zur Visite. Er untersuchte die Wunde, die nicht heilen wollte. Und gab Elisabeth Anweisungen, was sie zu tun habe.

Die Fronleitnerin legte ihrer Tochter Tücher aus Linnen, getränkt mit Melisse, auf den Unterleib. Brachte ihr Tee aus Beifußblättern, der die Durchblutung fördert und gegen kalte Hände und kalte Füße hilft. Und Tee aus den Wurzeln und Samen des Liebstöckels, auch Gebärmutterkraut genannt. Afra rieb den Körper der Kranken mit lauwarmem Salbeitee ab. Doch keines der Hausmittel vermochte das Wundfieber zu besiegen. Es hatte den Anschein, als wollten die Mächte der Finsternis die Jennertochter nicht loslassen. Als hätten sie eine Saat des Bösen in ihren Körper gelegt.

Christoff erzählte Barbara Geschichten, die sie aufheitern sollten. Als er ihr von dem nächtlichen Besuch auf der Burg Murány erzählte, wurde sie unwillig.

»Warum erzählst du mir deine Weibergeschichten? Du hast eine auf Tantzlehen, die dich liebt. Du hast Cecilia doch sicher auf Susannas Hochzeit gesprochen. Wie seid ihr verblieben?«

»Es ist aus zwischen uns. Sie hat den Brautstrauß aufgefangen, sie wird die nächste sein, die Hochzeit hält. Aber ich bin nicht der Bräutigam.«

Barbara starrte zur Decke. Dicke schwarze Fliegen, die aus dem Viehstall herüberkamen, schwirrten durch die Luft. Sie rochen den Schweiß, das Fieber und die nicht heilen wollende Wunde in ihrem Schoß. Und lauerten auf eine Gelegenheit, sich auf dem Gesicht oder den Händen der Kranken niederzulassen.

»Du hast dein Leben noch vor dir«, sagte Barbara mit matter Stimme. »Ich wünsche dir das nötige Glück für dein Vorhaben, Christoff.« Sie drückte seine Hand. »Was ich dir noch sagen wollte: Du warst immer gut zu mir. Dafür danke ich dir.«

Unten in der Stube blickte Christoff auf den Türrahmen. Wie oft hatte er nicht den Merkspruch gelesen, das Gesetz von Fronleiten:

Wer das Gold sucht statt des Brodt, wird erleyden gähen Todt.

Wie er den Spruch so betrachtete, stand Afra neben ihm in der Tür. Lautlos, als würden ihre Füße den Boden nicht berühren.

»Barbara ist die erste auf Fronleiten, die den Spruch missachtet hat. Blind ist sie in ihr Unglück gerannt. Noch ist es für dich nicht zu spät. Denn auch du bist auf einem gefährlichen Weg, wie mir scheint.«

Eines Tages erschien ein Bote des Landgerichts. Er habe eine Vorladung zu überbringen, ob Barbara zu Hause sei. Ihre Tochter sei krank und nicht in der Lage zu reisen, beschied ihm Elisabeth.

»Krank?«, grinste der Gerichtsdiener. »Das sind sie immer, die Weiberleute, wenn sie vor das Gericht müssen.«

Er könne sich ja selbst überzeugen, antwortete Elisabeth, und führte ihn die Stiege hinauf in die Kammer. Barbara schlief. Ihr Atem ging schnell und stoßweise. Auf der schneeweißen Stirn standen Schweißperlen. Das Geräusch der Türklinke weckte sie. Als sie den schwarz gekleideten Gerichtsboten erblickte, suchte sie mühsam nach Worten, die Hände wie zur Abwehr erhoben.

»Seid Ihr der Tod, der mich holen kommt?«

»Nein. Der Gerichtsbote.«

»Geht bitte ... ich will noch nicht sterben.«

Bestürzt verließ der Diener die Kammer. Er werde dem Gericht mitteilen, sagte er, dass die Malefikantin nicht vernehmungsfähig sei und von einer Strafverfolgung Abstand genommen werden werde. Als eine Aufhebung der Untersuchungsverhandlung sei dies jedoch nicht zu werten.

»Sagt mir, worum es geht!«, flehte ihn Elisabeth an.

»Dazu darf ich nichts sagen.«

»Könnte Euch ein Silbergulden zum Reden bringen?«

Der Gerichtsbote kratzte sich verlegen am Kopf. Die Fronleitnerin öffnete eine Schatulle und steckte ihm die Münze in die Tasche.

»Dank Euch, Fronleitnerin«, sagte er. Dann senkte sich seine Stimme. »Gegen Eure Tochter wird wegen Beilhilfe zum Mord ermittelt. Darüber hinaus sind zwei Anzeigen beim Gericht eingegangen. In der einen wird der Vorwurf der Hurerei erhoben. Auf Schloss Lichtenau, dem Wohnsitz unseres Pflegers, soll sie sich als Liebesdienerin feilgeboten haben. In der anderen wird die Behauptung aufgestellt, sie habe ihre Leibesfrucht austreiben lassen.«

»Wer ist dieser Verleumder?«, schrie Elisabeth.

»Ihr meint wohl Verräter. Aus Bramberg jedenfalls niemand, wenn Euch das beruhigt.«

An der Haustür drehte sich der Gerichtsbote noch einmal um.

»Was hat sie eigentlich für eine Krankheit, Eure Tochter?«

»Ein hitziges Fieber«, sagte Elisabeth ausweichend.

»So, ein hitziges Fieber? In Neukirchen haben schon einige Dienstmägde ein hitziges Fieber bekommen. Das Sumpffieber war es jedenfalls nicht. Eine Jungdirn hat man in der Silvesternacht am Rechen in Mittersill gefunden. Im vierten Monat soll sie gewesen sein. Sie wusste wohl, was sie erwarten würde …«

Elisabeth setzte sich an Barbaras Bett. »Irgendjemand hat dich angezeigt. Hast du mir etwas zu sagen?«

»Es kann nur die Euphrosina sein, die Baderin aus Rosental. Ich war einige Male bei ihr. Mit Mitteln, die den Storch verscheuchen sollten, hat sie mich ins Unglück gestürzt.«

»Du hast dich selbst ins Unglück gestürzt. Jetzt wartet der Scharfrichter auf dich.«

»Den Freimannsknecht fürchte ich nicht, Mutter. Angst habe ich nur vor einem höheren Richter.«

Die junge Bauerndirn lag in hohem Fieber. Unruhig warf sie sich auf der Bettstatt hin und her. Redete manchmal wirr im Wachschlaf. Oder stöhnte vor Schmerzen. Die Augenblicke, wo sie bei Bewusstsein war, wurden immer seltener. Nahrung nahm sie keine mehr zu sich, nur verdünnten Fruchtessig. Elisabeth träufelte ihr das Wasser mit einem Meerschwamm auf die Lippen.

»Soll ich den Pfarrherrn rufen, Barbara?«, fragte Elisabeth.

»Nein, den will ich nicht sehen.«

»Wenn du die letzte Ölung nicht hast, wirst du kein Grab auf dem Kirchhof bekommen.«

»Dann lass ihn kommen, in Gottes Namen.«

Am Abend setzte sich Afra an das Bett der Kranken und reichte ihr einen Becher.

Barbara schlug die Augen auf. »Was bringst du mir, Afra?«

»Einen Trank, der die bösen Kräfte aus dem Leib austreibt und die Seele läutert. Damit du mit reinem Gewissen die Sterbesakramente empfangen kannst.«

»Lieber wäre es mir, der Trank würde mein krauses schwarzes Haar entfärben. Wenn der Pfarrherr mich so sieht, wird er denken, dass ich mit dem Teufel im Bunde stehe.«

»Hör auf, das Vergangene zu beklagen und auf das Schlechte zu starren. Denn diese Dinge machen die Seele krank. Nur wer die Gabe besitzt, das Schöne und Gute wahrzunehmen, läutert sich selbst.«

Barbara verzog das Gesicht, als sie an dem Becher nippte. »Das schmeckt ja ekelhaft! Was ist das für ein Gebräu?«

»Ein Elixier aus Kräutern, Früchten, Kristallen und Gold aus dem Rezeptbuch des Medicus und Astrologen Nostradamus.«

»Wo hast du denn das Gold her?«

»Im Sparstrumpf hatte ich noch einen Gulden. Von dem habe ich das Gold abgefeilt.«

In kleinen Schlucken leerte Barbara den Zinnbecher. Dann sank sie ermattet in die Kissen.

An der Tür drehte sich die Alte noch einmal um. »Wenn du einen Wunsch frei hättest, was würdest du dir wünschen?«

»Wieder die zu sein, die ich einmal war.«

Begleitet von einem Messdiener, schritt Ägidius Bannholzer nach Fronleiten. Es war Sonntag nach Michaeli. Rosenkranztag im Kirchenkalender.

»Gelobt sei Jesus Christus«, begrüßte sie der Pfarrer. »Deine Mutter hat mir gesagt, du leidest am Wundbrand. Ich kenne dich als ein fröhliches Mädchen. Auf die Kommunion hast du dich gefreut. Vierzehn Jahre warst du, und voller Späße und Einfälle.«

Barbara versuchte sich aufzurichten, doch es gelang ihr nicht. Der Pfarrer bettete sie hoch.

»Gern wäre ich noch einmal wie damals. Die Maiandacht habe ich immer besonders gemocht. Die Kirche mit Kerzen beleuchtet und der Altar mit Pfingstrosen geschmückt. Wie sie den Rosenkranz gebetet haben, die Weiberleute in der linken Bank, die Mannsbilder in der rechten. Dann die Marienlieder. Es war, als wäre man im Himmel.«

Sie begann ihre Lippen zu bewegen und sang mit schwacher Stimme:

Meerstern, sei gegrüßet
Gottes hohe Mutter
allzeit reine Jungfrau
selig Tor zum Himmel.

Der Pfarrherr war gerührt. »Wenn du deine Sünden bereuen willst, mein Kind, dann sage sie mir. Der Herr wird dir in seiner unendlichen Güte verzeihen.«

»Für das, was ich getan habe, Hochwürden, ist die Höllenstrafe noch zu gering. Unzucht habe ich getrieben. Mit einem, der mich verführt hat. Und mit einem anderen, den ich verführt habe. Den ersten glaubte ich zu lieben, bis ich erkannte, dass er es nicht wert war. Den zweiten wollte ich heiraten, weil ich keinen Ausweg wusste. Der erste hat mir ein Kind gemacht. Für den zweiten habe ich es wegmachen lassen. Der Allmächtige sei mir armer Sünderin gnädig.«

Erschüttert von der Offenheit des Geständnisses und der ehrlichen Reue, erteilte der Pfarrherr die Absolution.

»Beim Jüngsten Gericht wirst du vor einem höheren Richter stehen. Ich werde für deine Seele beten.«

Danach gab er Barbara die Sterbesakramente und sprach den Segen. Der Ministrant reichte das Gefäß mit dem geweihten Öl. Als der Geistliche Stirn und Hände salbte, geschah etwas Sonderbares: Barbaras schwarzes Haar wurde hell, die krausen Locken glätteten sich. Nicht minder wundersam war die Verwandlung ihres Antlitzes. Die Wangen blühten auf, rosig und glatt, und ihre Augen begannen zu strahlen. Wie bei Kindern, die weder Not noch Leid kennen.

Der Pfarrherr lief zu Elisabeth und sagte, ein Wunder sei geschehen. Die Fronleitnerin konnte es nicht fassen. Ungläubig strich sie über das Haar ihrer Tochter. Eilig zog sie die Schürze aus und rief die anderen. Alle, die Barbara sahen, knieten nieder und beteten. Elisabeth hielt der Sterbenden einen Spiegel vor das Antlitz. Barbara befühlte ihr Haar und lächelte. So glücklich hatten sie das Mädchen lange nicht gesehen.

»Jetzt ist alles gut ... jetzt beginnt ein neues Leben«, flüsterte sie.

Es waren ihre letzten Worte. Dann wurden ihre Augen weit und starr. Barbara hatte ihr junges Leben ausgehaucht.

Pfarrer Bannholzer war tief erschüttert. »Der Herr hat ihr verziehen. Er hat sie in seiner großen Gnade und unendlichen Güte wieder zur Jungfrau gemacht. Ihrer geläuterten Seele ist das Himmelreich gewiss.«

»Das ist mir ein geringer Trost«, sagte Elisabeth aschfahl. »Ich habe meine einzige Tochter verloren. Das kann nur einer verstehen, der selbst Kinder großgezogen hat.«

Elisabeth warf sich über ihr Kind und weinte. Nicht jammernd und klagend, wie es üblich war bei trauernden Weibern, sondern lautlos. Als fürchtete sie, eine Schlafende zu wecken.

Vater und Sohn hobelten den Leichladen. Das Brett hatte Matthäus für eine neue Kammertür bereitgestellt. Die Hobelspäne kehrte Matthäus mit dem Besen zusammen und schaufelte sie in einen Sack. Auf die weißen Schnitzel würden sie die Tote in ihrem Grab betten. Mit dem Stecheisen schlugen sie Name und Sterbedatum in das Lärchenholz. Die waagrecht angebrachte Inschrift malten sie mit weißer Farbe aus:

Zum Andäncken an die ehrsame Jungfrau Barbara Jenner.
Sie starb am 6ten October Anno Domini 1669
Im 20ten Jahr ihrer blühenden Jugend
Sie ruhet in Frieden.

Rechts davon, von drei Kreuzen getrennt, hatte der Fronleitenbauer einen eigenartigen Sinnspruch gesetzt:

Eine Hur auf einem Schloss
Ein Bauer auf einem Ross
Eine Laus auf einem Grind
ist ein hochmütiges Gesind.

Woher der Fronleitner diesen Spruch hatte, verriet er nicht. Elisabeth fragte argwöhnisch, wen er mit der Hure gemeint habe, doch nicht etwa ihre Tochter. Nein, der Vers sei bloß eine Mahnung an die Lebenden, nicht das Maß zu verlieren. Dabei habe er auch an Christoff und Georg gedacht, die von der Art ihrer Schwester nicht allzu weit entfernt seien. Er hoffe, dass er vor ihnen brettelrutschen werde, wenn es einmal schlimm mit ihnen kommen sollte.

Den Leichnam bahrten sie auf dem Totenbrett auf. Mit einem weißen Leintuch bedeckt, legten sie den Leichladen über die Bettstelle. Zuvor hatten Elisabeth und Afra die Tote mit Rosmarin gewaschen und ihr das schwarze Festtagsgewand angezogen, das sie immer zum Kirchgang getragen hatte. Dann machten sie einen Wachsstock auf und legten die Wachsschnur von den Füßen bis zum Kopf auf die Leiche, mit drei Querbalken, dass ein dreifaches Kreuz auf ihr lag. An das Haupt stellten sie ein Muttergottesbild, an die Füße ein Kruzifix. Sie falteten der Toten die Hände, wickelten einen Rosenkranz darum und steckten ein kleines Kreuz zwischen ihre Finger. Neben die Bahre stellten sie vier Kerzen und auf den Tisch eine Schale mit Weihwasser. Zuletzt verhängten sie Spiegel und Fenster mit Tüchern.

Den Vorhang hatten sie aus Versehen einen Spalt offen gelassen. Am nächsten Morgen schlüpfte ein Lichtstrahl in die Kammer. Wie der Strahlenkranz auf den Marienbildnissen flutete das Sonnenlicht um das Haupt der Toten. Afra bekreuzigte sich, als sie es sah, und sagte: »Der Teufel hat den Kampf um ihre Seele verloren.«

Im Laufe des Tages kamen einige Bauern aus der Nachbarschaft. Sie hatten das Geläut der Giebelglocke gehört und wussten, dass es weder Feueralarm noch Feierabendläuten war. Sie drückten Matthäus und Elisabeth sowie den beiden Fronleitnerburschen ihr Beileid aus. Vor allem die Jüngeren erzählten das eine oder andere Erlebnis, das sie mit der Jennertochter verband.

»Wenn Barbara Kummer hatte, hat sie sich immer versteckt«, erzählte der junge Oberegger. »Weinen oder klagen sah man man sie nie.«

»Sie hat immer alles für sich behalten«, stimmte ihm der Gruber zu. »Man wusste nie richtig, was in ihr vorging.«

Mit natürlicher Scheu betraten die Trauergäste die Totenkammer. Beim Anblick der Aufgebahrten konnten viele ihre Tränen nicht zurückhalten. Denn ihr Antlitz strahlte eine tiefe innere Ruhe und Frieden aus. Als zögere der Tod, von dem Mädchen Besitz zu ergreifen. Sie besprengten die Leiche mit Weihwasser und beteten den schmerzensreichen Rosenkranz, den Elisabeth laut vorsagte. Beim Abschied gab ihnen die Fronleitnerin jedem ein Stück Brot mit auf den Weg. Zum Dank für das Beten.

Am dritten Tag brachten sie die Tote ins Tal. Den Leichnam hatten sie in ein Leintuch gewickelt und mit Stricken auf das Totenbrett geschnürt. Matthäus und Christoff trugen den Leichladen auf den Schultern. Hinter ihnen schritt Elisabeth, den Rosenkranz in den gefalteten Händen. Manchmal musste sie ihren Hut festhalten, so stark wehte es. Afra hatte im Hausgarten ein paar Blumen gepflückt. Bergastern. Von dem Rosenstrauch neben dem Hauseingang brach sie die letzten weißen Blüten.

»Barbara hat immer gern an ihnen gerochen. Wenn ich an Rosen rieche, hat sie einmal gesagt, vergesse ich das ganze Elend hier oben.«

Nur wenige waren zu der Beerdigung erschienen. Christina Vordereggerin ließ ausrichten, sie sei in Hochzeitsvorbereitungen und habe keine Zeit. Georg war allein gekommen. Ehrentraud hatte gemeint, auf dem Leichenbegängnis einer Hure wolle sie sich nicht blicken lassen. Mit derlei Sippschaft sei kein Staat zu machen. Gilg hatte den Weg von Mittersill nicht gescheut, um Barbara die letzte Ehre zu erweisen.

Nachdem der Pfarrherr die Gebete gesprochen hatte, banden sie die Leiche los und ließen sie in das Grab rutschen. Mit den Füßen zuerst.

Ein paar Fichtenzweige, darüber eine Schicht weißer Späne, bedeckten den Erdboden. Susanna und Franziska warfen Rosen in das Grab. Ihre Gesichter verrieten keine Gefühle. Die Jennertochter war ihnen immer fremd geblieben.

Regen rann der Mayerhoferin über das Gesicht, dass man die Tropfen nicht von den Tränen unterscheiden konnte. Das Wachslicht in ihren Händen war längst erloschen. Von Schauern und Windböen gepeitscht, schaufelte der Totengräber das Grab an der Kirchhofmauer. Einmal flog ihm der Hut vom Kopf, geradewegs in die Erdgrube.

»Höllteufel, sakra!«, fluchte der Leichenknecht.

Der Antrag von Matthäus, die Tote im Sarg beerdigen zu dürfen, war abgelehnt worden. Der Gemeindevorsteher beschied ihm, dieser Brauch sei adeligen Herren oder reichen Bürgersleuten vorbehalten.

Den Leichladen nagelte der Fronleitner waagrecht an den Heustadel unter das Tennentor. So war seine Tochter jeden Tag bei ihm. Als der Bauer sein Werk vollendet hatte, lehnte er die Stirn schwer gegen das Totenbrett. Er glaubte, ihren Geruch zu spüren, der an dem Holz haftete. Der eigentümliche, etwas herbe Geruch ihrer Haut, der auch noch in ihrer Kammer und ihren Kleidern war.

Er kam ins Grübeln. Wie lang war es her, dass er seine Tochter zuletzt in den Arm genommen hatte? Fünf, sechs Jahre. Damals war sie noch ein Kind. Er hatte Scheu, sie zu berühren, als sie mannbar wurde. Nun würde er sie nie mehr in den Arm nehmen können.

Andere Gedanken kamen ihm. Was waren die Wurzeln ihres Wahns, die Ursachen ihres unglückseligen Geschicks? Seine Härte und Strenge? Oder die Zeit mit ihren vielen Verlockungen? Der Zeitgeist, der den Menschen einflüsterte, sie könnten alles sein, was sie wollten und könnten alles haben, was sie sich wünschten. Alle waren sie schuld. Er in seiner Härte, sie in ihrer Verblendung, der Verführer in seiner Gewissenlosigkeit und der Zeitgeist mit seinen süßen Giften.

Nachdenklich betrachtete er den Leichladen. Da entdeckte er etwas Seltsames: drei lange blonde Haare, eingeklemmt in das rissige Holz. Ein sanftes Lüftchen bewegte sie hin und her, genau über der Zeile »Eine Hur auf einem Schloss«.

Da öffnete sich seine Seele und eine Quelle sprang heraus. Eine Quelle innerer Tränen, die nie mehr versiegte.

Am dritten der Goldenen Samstage im Oktober wurde Kilian Haslacher auf dem Galgenrain bei Burgwies mit dem Schwert enthauptet. Das Landgericht sah es als erwiesen an, dass der Unterwaldmeister den Grafen Kuenburg auf heimtückische Weise in eine Falle gelockt hatte, um an ihm grausame Rache zu nehmen. Rache aus Eifersucht, weil der Graf die Küchenmagd zu seiner Geliebten gemacht hatte. Und Rache für die Versetzung, die es ihm nicht mehr ermöglichte, sich mit ihr zu treffen. Einen Tag nach der Bluttat hatten Jäger die Leiche im Untersulzbach gefunden. Hinter der Brücke zur Finkalm entdeckte man seine Fußspuren. Bald darauf wurde das Jagdmesser zwischen den Bachsteinen gefunden.

Der Jauk kam mit einem milderen Urteil davon. Der Sauschneider konnte dem Gericht gegenüber glaubhaft machen, die Kindsmörderin habe die Austreibung ihrer Leibesfrucht selbst vorgenommen. Er habe der Küchenmagd den Pfriem in dem guten Glauben ausgeliehen, sie wolle einen Hahn kastrieren, der die Hennen von morgens bis abends bespringe. Der Sauschneider kam aus dem Kärntischen und wurde als ein Mann gerühmt, der immer ganze Arbeit leistet. Die ihn kannten sagten, wo der Jauk hinlangt, wächst kein Gras mehr. Sie meinten es als Lob.

26
Triff gut, auch die Zeit

Der Smaragd entsteht in der Frühe des Tages,
wenn das Grün am frischesten, die Luft noch kalt,
die Sonne aber schon warm ist.

Hildegard von Bingen

Einen Tag nach Barbaras Beerdigung reiste Christoff nach Innsbruck. Bei der Bank Medici in der Hofburg löste er den Wechsel ein. An der Kassa musste er sich eine Zeitlang gedulden. Da er keinen Titel vorzuweisen hatte und sein Name unbekannt in der Grafschaft Tirol war, beäugte man ihn misstrauisch, hielt Rücksprache mit der Hofkammer und verglich mehrfach Unterschrift und Siegel. Nach langem Warten wurden ihm dreitausend Reichstaler ausgezahlt, abgepackt in Rollen zu je fünfzig Stück.

Versonnen ließ er eine der schweren Silbermünzen durch die Finger gleiten. Das lorbeerbekränzte Löwenbrustbild Kaiser Leopold I., geschmückt mit dem Wappen des Hauses Habsburg. Zwei Buchstaben entdeckte er neben dem Wappen: K und B. Sie standen für Kremnitz Bergstadt, wo sich nach den Worten des Bergmeisters die Kaiserliche Münze befand. Wie die Projektionen einer Laterna Magica zogen die Bilder vorbei. Die Truhenstößer in den Stollen, die Herdbuben an den Läuterkästen, die Göpelknechte an der Drehspindel, die Stampfer in den Pochstuben, die Wasserknechte auf den Fahrten, die in den Schlägen geduckten Hauer, die Haspelknechte in den Treträdern, die Sieder und Röster an den Schmelzöfen der Hüttenwerke. Die Silberschmiede in der Münzpräge. All diese Menschen und noch viele mehr hatten zum Entstehen dieses Silbertalers beigetragen. Wie lange mussten sie dafür arbeiten? Wer erinnerte an sie, die im Schweiß ihres Angesichts die Schatullen des Kaisers füllten? Abstoßend empfand er diesen Herrscher mit seinem vorspringenden Kinn und der monströsen Unterlippe, die an einen Fisch erinnerte, der mit seinem Maul den Schlamm durchpflügt. Wie ein riesiger gründelnder Wels. Jetzt konnte er die ungarischen Freiheitskämpfer verstehen, die diesen Kaiser loswerden wollten, der dreißigtausend Männer in den Krieg getrieben hatte, von denen nur ein Drittel zurückgekommen war, um am Verhandlungstisch den geschlagenen Feind mit Gebietsgewinnen und Geldgeschenken zu belohnen. Den Kaiser, der die Juden aus Wien vertrieben hatte, damit er endlich den Thronfolger bekam, den seine dauergeschwängerte Spanierin nicht zuwege brachte.

Die Geldsäcke verstaute er in einer Kraxe. Zuoberst legte er ein paar Säckchen mit Knochen- und Blutmehl. Er erinnerte sich der Gaukelei des Fuhrmanns. Es konnte nicht schaden, falls Wegelagerer auf den Einfall kamen, ihn zu überfallen. Auch war es besser, sein Geld nicht zu zeigen. Man könnte ihn ansonsten des Devisenschmuggels oder Diebstahls verdächtigen.

Auf dem Pass Thurn fragte ihn der Mautner, was er bei sich trage.

»Knochenmehl und Blutmehl ... Hühnerfutter und Dünger für den Kräutergarten daheim. Überzeugt euch selbst.«

Christoff öffnete zwei der Leinenbeutel. Mit Schaudern blickte der Wächter in die Säckchen, das eine voll weißgrauem Knochenmehl, das andere gefüllt mit rostbraunem Blutmehl.

»Führt Ihr Uhren, Schmuck, Edelsteine oder Geld über tausend Gulden mit?«

»Besäße ich so viel, würde ich garantiert in einer Kutsche reisen.«

»Die in der Kutsche reisen, haben meistens nicht soviel bei sich ... die lassen die anderen bezahlen«, lachte der Mautner und öffnete die Schranke zum Erzstift und Reichsfürstentum Salzburg.

Es war spät geworden. In der Dämmerung war der Fuhrweg kaum noch erkennbar. Christoff beschloss, in der nächsten Herberge Quartier zu nehmen. Vor ihm tauchte die Saumschänke zu Krammern auf. Das Wirtshaus der Hexen. Wenn es Gottes Wille ist, nehme ich auch diese verfluchte Herberge, dachte er und betrat die Schankstube.

Der Wirt erkannte Christoff nicht wieder. Alles sei belegt, sagte er. Er habe nur noch eine Kammer auf dem Dachboden. Dabei blickte er neugierig auf das Reisegepäck.

»Sag, Wandergeselle, was schleppst du in deiner Kraxe? Hast du Steine in den Beuteln?«

»Gold und Silber, wenn du es genau wissen willst«, sagte Christoff, als spräche er von Äpfeln und Birnen, und folgte dem Wirt.

»Kein schlechter Lustigmacher bist du! Wer Gold und Silber bei sich hat, trägt bessere Kleider und reist zu Ross oder im Wagen.«

Er blickte misstrauisch auf die prallgefüllten Säcke.

»Was da drin ist, wirst du noch früh genug zu Gesicht bekommen«, erwiderte der Jenner. »Heute Abend, das verspreche ich dir, wird gefeiert bis zum Umfallen.«

Der Wirt schloss die Kammer auf. Es war alles wie damals. An den Dachbalken hingen immer noch die Spinnweben und an den Wänden waren immer noch die seltsamen Kreidezeichen. Auf der Bettstatt lag der gleiche Strohsack. Und im Sonnenlicht, das durch die Luke fiel, tanzte der Staub.

»Eine Unterkunft für den kleinen Geldbeutel. Waschen kannst du dich am Brunnen auf dem Hof«, sagte der Wirt und ließ seinen Gast allein.

Versonnen betrachtete Christoff das Herz, das er in die Bretterwand geritzt hatte. Nur vier Monate war es her, dass sie hier gehaust hatten. Doch es dünkte ihm wie eine Ewigkeit. Er sah Cecilia vor sich, wie sie ihn mit sanfter Gewalt auf das Strohlager gezogen hatte. Nie wieder, schwor er sich, würde er ein Herz an die Wand ritzen. Nie wieder ein Weib lieben. Zumindest nicht mit dem Herzen.

Um die Erinnerung an Cecilia zu vergessen, ging er in die Schänke. Ihm stand der Sinn nach Ablenkung. In der Schankstube, spärlich beleuchtet vom Kerzenlicht und verqualmt vom Rauch der Tonpfeifen, saßen noch immer die gleichen Leute. Saumhändler. Fuhrleute. Bauern. Auch Frauen waren da. In Kleidern mit tiefem Ausschnitt, die Wangen gepudert, die Lippen rot geschminkt. Jätergitschen oder Schnitterinnen konnten es keine sein, überlegte Christoff, die liefen nicht so herum. Eher solche, die immer da sind, wo das Geld locker sitzt. Und das Eheweib nicht neben dem Ehemann hockt.

Hinter dem Schanktisch stand Burgl und zapfte eine Kanne Bier. Sie erkannte Christoff auf Anhieb.

»Suchst du wieder eine Stelle als Stallknecht?«, lachte sie.

»Eher würde ich die Hadergasse fegen. Du hast, wie ich sehe, auch nichts Besseres gefunden.«

»Die Trinkgelder sind hier besser als anderswo. Wo hast du Cecilia gelassen?«

»Sie ist bei ihren Eltern … wir sind nicht mehr zusammen.«

»Schade. Ich finde, ihr habt gut zueinander gepasst.«

»Das allein genügt nicht. Man muss es auch erkennen.«

»Da hast du wohl recht. Was willst du trinken?«

»Ein dunkles Senninger vom Fass.«

»Großer Krug?«

Christoff nickte. Während Burgl das Bier zapfte, beobachtete er die bunt gemischte Gesellschaft. Eine junge Schankdirn zwängte sich mit Bierkrügen zwischen den Tischen hindurch. Kurzer Kittel, schulterfreies Hemd. Der Kramminger konnte es nicht lassen. Er scherte sich einen Teufel um die Kleiderordnung. Nur damit der Umsatz stimmte. Christoff sah, wie ein roher Bursche den Arm um ihre Hüfte legte und mit ihr schäkerte. Er lachte, als sie sich ihm zu entwinden versuchte. Wartet, euch Zechbrüdern werde ich zum Tanz aufspielen. Lauthals rief er in die Schankstube: »Mannsbilder und Weiberleute, lasst uns fröhlich und lustig sein! Ich spendiere eine Saalrunde. Ein Gedeck Bier und Branntwein für jeden!«

Begeisterte Hochrufe, vermischt mit ohrenbetäubendem Trommeln und Pfeifen schlugen ihm entgegen.

»Sag, edler Spender, auf welchen Anlass dürfen wir anstoßen?«, erhob sich eine Stimme.

»Ich habe erkannt, dass das Geld auf dem Boden liegt. Man muss sich nur bücken und es aufheben.«

»Ein guter Scherz!«, rief einer. »Ich wollte, mein Acker wäre auch so fruchtbar.«

Christoff holte eine Handvoll Münzen aus der Tasche und warf sie in den Saal. Wie Sterntaler funkelten die Gold- und Silberstücke. Sie sprangen auf die Tische, hüpften auf den Boden, verschwanden unter den Stühlen, rollten in die Ecken oder blieben in den Ritzen der Dielen stecken, verfolgt von glänzenden Augen. Ein unbeschreiblicher

Tumult brach aus. Kaum einen hielt es auf seinem Platz. Jeder suchte nach den Geldstücken. Menschen krochen über den Fußboden, rissen sich die Hände blutig an den Holzdielen, stritten sich um eine Münze, zerrten einander an Beinen und Armen, Knäuel von Menschenleibern, Männer und Frauen, übereinander, untereinander, schwitzend und keuchend, tasteten im Dämmerschein in Ecken und Winkel, stopften sich die Münzen in die Taschen, schrien oder fluchten, wenn sie einen Tritt ins Gesicht bekamen oder mit dem Kopf an ein Tischbein stießen. Mitten in dem Gewühle der Wirt, gestikulierend und jammernd, die Gäste mögen doch bitte Vernunft annehmen und sich wieder setzen, sie bekämen die Getränke auch ohne Bezahlung, worauf ihm einer zurief, was er sage, gehe ihm am Arsch vorbei. Nicht wenige, die fürchteten leer auszugehen, entrissen den Glücklichen die Geldstücke, griffen in fremde Rocktaschen oder in Brustausschnitte, weil sie wussten, dass die Frauen das Geld am liebsten am Busen versteckten, nicht ohne einen Tritt oder eine Ohrfeige kassiert zu haben. Der Schäkerer ließ die Schankdirn los und stopfte sich einen Gulden ins Maul, damit ihn kein anderer wegnahm. Krüge gingen zu Bruch, Schweinshaxen oder Würste mit Knödeln und Kraut schwammen in Lachen von Bier und Wein, Stühle flogen, Tische wurden umgekippt, den Fäusten folgten Fußtritte und umgekehrt. Kleider hingen den Rasenden in Fetzen am Leib, Blut tropfte aus Mund und Nase und manch einer suchte statt der Silberlinge seine Zähne. Erst der Schrei einer Dirn, deren Kittel durch ein Kerzenlicht in Brand geraten war, dass alle nach ihren Krügen griffen, um die Flammen zu löschen, machte dem Spuk ein Ende.

Christoff konnte sich nicht mehr halten vor Lachen. Burgl hielt sich am Schanktisch fest, so musste sie lachen. Der Wirt aber, der sich das Blut von der Nase wischte, fluchte, als er den Jenner wiedererkannte: »Höllteufel, man sollte dich aufhängen, du Hund! Wo du auftauchst, stiftest du nur Unheil. Ein drittes Mal wirst du keinen Schaden mehr anrichten. Ich erteile dir Hausverbot für immer und ewig. Schleich dich, aber so schnell wie möglich, sonst lasse ich die Gerichtsdiener holen!«

»Im Geld stecken viele Teufel«, rief ihm der Jenner lachend zu.

Vier Männer, die etwas abseits saßen, hatten dem wüsten Treiben die ganze Zeit zugeschaut. Christoff trat an ihren Tisch.

»Mein Name ist Christoff Jenner. Dem Geld scheint ihr nicht hinterherzulaufen …«

»Zumindest bücken wir uns nicht danach.«

»Wo kommt ihr her?«

»Vom Kupferhandel zu Mühlbach.«

»Dann seid ihr Bergmänner?«

»Ja. Einen guten Spaß hast du gemacht.«

»In dieser Schänke haben schon andere ihre Späße gemacht. Heute wollte ich einmal der Spaßmacher sein.«

»Fünf Krüge Bier!«, rief Christoff der Burgl zu.

»Hast du einen Goldesel bei dir?«, fragte der Hauer.

»Ich suche Bergleute«, erwiderte Christoff, ohne auf die Bemerkung einzugehen. »Für die Smaragdgrube im Habachtal. Gearbeitet wird von Anfang Juni bis Ende Oktober. Schichtlohn oder Gedingelohn. Also wie stehts?«

Einer sah den anderen an, abwägend und zweifelnd. Ihre Blicke waren weit entfernt von Begeisterung.

»Das Gebirge ist voller Gefahren«, meinte der Hauer. »Letztes Jahr haben sie in Steinbach einen Bären erlegt. Und auf der Wennser Alm wurde vor Kurzem ein Wolf gesichtet.«

»Das war bestimmt der Hund vom Bachhüter.«

»Was sollen wir in der Ödnis?«, gab der Sieder zu bedenken, ohne auf den Scherz einzugehen. »Ich bin frisch verheiratet. Was glaubst du, wird ein junges Weib sagen, wenn der Mann wochenlang weg bleibt. Da kann es leicht passieren, dass das eigene Bett warm ist, wenn man heimkommt.«

»Am Sonntag wird nicht gearbeitet. So steht es in der Bergordnung. Da kannst du dein Weib beglücken.«

»Da droben kommt es häufig zu Steinschlag und Schneelawinen«, wandte der Zimmerer ein. »Soll ich mein Weib zur Witwe machen und meine vier Kinder zu Halbwaisen?«

Der Jenner verzog den Mund. »Setz dich am besten hinter den Ofen. Zittrige und Zaghafte kann ich nicht gebrauchen.«

Der Steiger, der bis dahin geschwiegen hatte, mischte sich in das Gespräch ein. »Was macht dich so sicher, dass man dir das Schürfrecht bewilligt?«

»Das lass meine Sorge sein.«

»Im Kupferhandel Mühlbach haben wir unser gutes Auskommen«, wog der Hauer ab. »Das sollen wir aufgeben für ein Wagnis?«

»Ich zahle jedem von euch den Lohn eines Oberhutmanns. Und statt Schwefeldampf atmet ihr frische Bergluft. Na, ist das kein Angebot?«

»Hört sich fast an wie Urlaub«, sagte der Zimmerer.

Nach etlichen Runden Bier und Schnaps hatte der Jenner die Bergknappen überzeugt. Mit Handschlag besiegelten sie ihre Zusammenarbeit. Er hatte vier Männer gewonnen, die nicht mit Gold aufzuwiegen waren.

Es war Mittwoch, und im Verweserhaus zu Mühlbach, Sitz des Berg- und Hüttenamts, war Session. Der Amtsschreiber bat Christoff, im Wartezimmer Platz zu nehmen, der Bergrichter sei in einer wichtigen Besprechung.

»Gefällt dir mein Gesicht nicht, Kleiner?«, sagte Christoff grinsend und schob ihn beiseite. Ohne die Antwort auf sein Klopfen abzuwarten, betrat er die Amtsstube. Unwillkürlich trat er einen Schritt zurück: Am Schreibtisch saß kein Geringerer als der Pfleger und Landrichter Georg Thomas Perger von Emslieb.

»Kann Er nicht warten, bis ich Ihn rufe?«, knurrte der Bergrichter, ohne von seinen Schriftstücken aufzublicken.

»Verzeiht, hochfürstlicher Kammerrat, immer wenn ich warten muss, denke ich, die Zeit rennt mir davon. Und die Zeit kann man nicht einholen, so schnell man auch rennt.«

Der Bergrichter blickte auf. Er nahm seine Brille ab und wischte mit dem Taschentuch die Gläser, als traue er seinen Augen nicht.

»Ich kenne Ihn doch ... ist Er nicht der Bursche, der in der Sache Staudinger auf der Anklagebank saß?«

»Ganz richtig. Christoff Jenner. Aber auf einer Bank saß ich nicht. Und das Urteil wurde kassiert, weil der Kläger von seinem Schöpfer zu höheren Aufgaben berufen wurde.«

Der Bergrichter nahm eine Urkundenmappe zur Hand und setzte mit schwungvollem Federstrich seinen Namenszug unter das Dokument.

»In welcher Angelegenheit möchte Er mich sprechen?«

»Euer Hochwohlgeboren, ich ersuche um das Schürfrecht auf der Smaragdgrube im Habachtal.«

Georg Thomas Perger von Emslieb blickte den Jenner an, als hätte er einen Irrsinnigen vor sich.

»Das Schürfrecht auf der Smaragdgrube? Weiß Er denn nicht, dass die Grube im Hofgejaid liegt? Das Habachtal ist jagdliches Sperrgebiet, jegliches Brechen und Schürfen von Kristallen ist bei Strafe verboten.«

Mit einer Handbewegung bedeutete ihm der Bergrichter, Platz zu nehmen.

»Nun, hat Er dazu etwas zu sagen?«

»Steinwild lässt sich überall aussetzen, wo es sein Leben fristen kann. Die Smaragdgrube dagegen ist einzigartig. In ganz Europa findet sich keine zweite Edelsteingrube. Ich verspreche der Hofkammer reichen Fron und Wechsel aus Ausbeute und Gewinn.«

Der Bergrichter lehnte sich zurück. Den linken Arm auf die Lehne gestützt, hielt er seinen Kopf sinnend in der Schräge. Mit der anderen Hand trommelte er auf die tintenbekleckste grünlederne Schreibtischunterlage. Das Fingergetrommel erinnerte Christoff an die Trommler und Pfeifer im Türkenkrieg, die, hinter der Linie marschierend, fröhlich zum Totentanz aufspielten.

Taramtamtam taramtamtam taram taram taramtamtam.

Christoff hielt es nicht länger auf dem Stuhl. Er sprang auf und ergriff den Arm des Bergrichters. Seine Augen glänzten wie die eines Fieberkranken. Mit rauer Stimme stieß er hervor: »Smaragd ist der edelste und kostbarste aller Bergschätze. Der Stoff, der die kühnsten Träume gebiert. Der Kristall, der die Kronen der Kaiser und Könige ziert und den Frauen überirdische Schönheit verleiht. Sinnbild der Weisheit. Urquell des Lebens. Der Stein, in den die Offenbarungen über das Geheimnis der Schöpfung eingeschnitten sind. Abglanz des Schimmers der Göttlichkeit …«

Hochrot im Gesicht blickte der Kammerrat auf die Hand, die seinen rechten Arm festhielt.

»Moment mal … was erlaubt Er sich!«

Er wollte schon zur Glocke greifen und den Gerichtsdiener rufen, als der Jenner ihn losließ.

Der Bergrichter erhob sich. Er trat an das Fenster und blickte hinaus. Seine gespreizten Hände bewegten sich aufeinander zu, dass sich die Fingerspitzen berührten. Was dieser Rasende redete von den Offenbarungen über das Geheimnis der Schöpfung, vom Abglanz des Schimmers der Göttlichkeit, verstand er nicht. Seine Gedanken gingen in eine andere Richtung. In letzter Zeit war einiges aus dem Ruder gelaufen. Da war einmal die Prangerstrafe der Tantzlehentochter. Rückfall in finsteres Mittelalter, hatte ihm der Dekan vorgehalten. So könne man mit der Tochter des Zehentbauern Rupert Ronacher nicht umspringen. Dann die dreiwöchige Kerkerstrafe des Jenner. Eine Rüge wegen Verzögerung des Gerichtsverfahrens hatte er sich eingehandelt. Was sollte er tun, wenn der Gerichtsbote zwei Wochen unterwegs war, um die Termine zuzustellen? Ebenfalls bis nach Salzburg vorgedrungen waren Gerüchte über das sittenlose Treiben seines Sohnes Paris. Erzbischof Max Gandolf hatte ihm einen geharnischten Brief geschrieben. Sein ehrwürdiger Vater, der Geheime Rat Thomas Perger von Emslieb, Hofuntermarschall und Pfleger von Wartenfels, würde sich im Grab umdrehen, wenn er wüsste, dass sein Enkel heidnische Orgien veranstaltete und Schloss Lichtenau in ein Hurenhaus verwandelte. Ob er sich vielleicht eine Auszeit nehmen wollte, um seiner elterlichen Aufsichtspflicht gerecht zu werden? Ja, sein Stuhl als Landmann in der Vertretung der Landstände wackelte beträchtlich. Einige, die ihm seine Karriere missgönnten, sägten schon fleißig an den Beinen. Er brauchte dringend einen Erfolg. Vor dieser unerfreulichen Kulisse käme die Edelsteingrube nicht ungelegen. Reichen Fron und Wechsel für die Hofkammer. Und zwei Dutzend Tagewerker in Lohn und Brot. Das wäre etwas Vorzeigbares.

Zu allem Unglück hing auch noch der Haussegen schief. Sechs Jahre war er mit Maria Sidonia verheiratet, und noch immer ließ der Nachwuchs auf sich warten. Auch die Reise in das Wildbad Gastein hatte nicht den erwünschten Erfolg gebracht. Sie frage sich manchmal, hatte Maria neulich zu ihm gesagt, ob sie einen Mann oder eine Robotmaschine geheiratet habe. Robot, mit diesem Wort bezeichnete man den Frondienst der Bauern für den Grundherrn. Die Vorzüge der Robotmaschine, hatte er gefasst geantwortet, ermöglichen dir immerhin ein standesgemäßes Leben als Hausherrin von Lichtenau. Daraufhin hatte sie wütend die Serviette auf den Tisch geworfen und gesagt, sie begreife nicht, weshalb er sich eine junge Frau genommen habe, wenn er ihr nicht mehr zu bieten habe, als in einem alten Kasten Staub zu wischen. Frauenzimmer neigten bisweilen zu emotionalen Reaktionen, wog er ab, besonders wenn sie unbefriedigt waren. Aber hatte seine Gemahlin im Grunde nicht Recht? Seine Ämter und die damit verbundenen Verpflichtungen ließen ihm wenig Zeit für Lustbarkeiten. Pfleger. Landrichter. Erbausferge. Urbarsprobst. Landmann. Dazu noch Bergrichter. Zugegeben, es war etwas viel. Wie wäre es, wenn er Maria mit einem Smaragdschmuck, beispielsweise zum Christfest, überraschen würde? Eine Geste der Versöhnung. Ein Geschenk mit Symbolwert. Vielleicht sprudelte dann der Urquell des Lebens. Diese Dinge gingen ihm durch den Kopf, als er sagte: »Ich werde sehen, was ich tun kann, unter einer Bedingung ...«

»Und die wäre?«

»Dass Ihr Euch an die gesetzlichen Bestimmungen zum Schutz des Steinwilds haltet. Wenn auch nur ein einziger Bock gewildert wird, schließen wir die Grube. Untersagt ist der Gebrauch von Schuss- und Feuerwaffen, Schlägern von Holz, Anlegen von Feuerstellen, Halten von Hunden, Pflücken von Blaubeeren, Jauchzen auf den Almen ...«

»Die Jagdordnung ist mir bekannt«, fiel ihm Christoff ins Wort.

Der Bergrichter gab ihm die Hand. »Haltet Euch an das Jägerwort: Triff gut, auch die Zeit!«

Eine Woche später kam ein Kurier und überbrachte dem Jenner einen Brief. Er war gerade mit dem Entladen einiger Fässer Bier beschäftigt. Nachdem er sich die Hände gewaschen hatte, brach er ungeduldig das Amtssiegel auf. Er hatte Mühe, die hohe verschnörkelte Schrift zu entziffern:

Wir, das Hochfürstliche Berg- und Hüttenamt Mühlbach-Brenn-
tal, verleihen dem Gewerken Christoff Jenner die Schürf- und Gewin-
nungsrechte an der Smaragdgrube zu Habach (Bramberg) im Pfleg-
gericht Mittersill. Zur Erhaltung der Baulust ist der Gewerke auf
zwei Jahre von Fron und Wechsel an die Erzfürstliche Hofkammer
befreit. In diesem Zeitraum ist die Abgabe von Holz aus den landes-
herrlichen Wäldern für den Bau der Stollen und Grubengebäude
sowie der Bezug von Holzkohle unentgeltlich. Nach Ablauf der Frist
ist der Kammer ein Drittel der Schleifware (Rohsmaragde) abzulie-
fern. Als Eigentümer von Grund und Boden der Grube steht der
Kammer ein Neuntel der Anteile (Grundkux) an der Bergrechtlichen
Gewerkschaft zu. Der Bergsegen (Smaragde) darf ohne Genehmi-
gung der Kammer nicht außer Landes gebracht oder verkauft wer-
den. Mit dem Eintrag in das Lehnbuch ist die Verleihung auf die
Edelsteingrube rechtskräftig.

Bramberg, den vierundzwanzigsten des Monats Oktober nach
Christi unseres lieben Herrn und Seligmachers gnadenreicher Geburt,
Anno 1667.
Georg Thomas Perger von Emslieb
Hochfürstl. Kammerrat.

Wie trunken schritt der Jenner in die Gaststube, dass der Klausenwirt ihn besorgt fragte, ob er jetzt schon am Morgen schon mit dem
Saufen anfange.

»Es gibt noch andere Dinge, die einen Rausch bewirken können ...
nicht nur Schnaps und Bier.«

Nachdem sich Christoff in das Gewerkenbuch eingetragen und die
Verleihungsurkunde in Empfang genommen hatte, gründete er, wie bei
einer bergrechtlichen Gewerkschaft üblich, eine Kapitalgesellschaft.
Ein heiliger Schauer ergriff ihn, als der Gegenschreiber ihm die Gewährscheine überreichte, die ihn als Eigentümer der Grube auszeich-
neten, bedruckt mit den Worten:

Dem Herrn Christoff Jenner, Gewerke der Smaragd-Bergbau und
Handelsgesellschaft zu Bramberg, werden in Kraft gegenwärtiger Ur-

kunde auf der Smaragdgrube im Pfleggericht Mittersill, Oberpinzgau, an sich gebrachte Kuxe (Actien) mit dem Anhang erb- und eigentümlich, mit allen Rechten und Gerechtigkeiten nach dem gesellschaftlichen Conventionalgesetze, dergestalt gewährt, dass derselbe aller mit Gottes Segen zu erwartenden reinen Ausbeute, nach Maßgabe der ihm oben zugeschriebenen Kuxe (Actien), teilhaftig werden. Jeder neue Besitzer dieser Kuxe (Actien) hat der unterzeichneten Bergbau-Gesellschaft die beliebige Anzeige hiervon zu machen.

Als einer der ersten Aktionäre erwarb der Gastwirt und Bierbrauer Severin Senninger eine größere Zahl von Anteilen. Er hoffe, sagte er zu Christoff, dass ein Smaragd seiner kranken Ehewirtin, die an der Wassersucht leide, guttun werde. Wie er vom Bader erfahren hatte, würde der Heilstein das Gift aus den geschwollenen Beinen ziehen.

Nicht alle hatten solch uneigennützige Gründe. Paul Hacksteiner, der Hoferbe von Gut Schiltern, spekulierte auf einen Kursanstieg der Papiere, um mit dem erhofften Gewinn ein angrenzendes Grundstück zu erwerben. Hippolyt Scharrer, Altbauer vom Scharrerlehen, wollte seinem Sohn bei der Hofübergabe ein besonderes Geschenk machen. Johann Mägerlein, Krämer zu Bramberg, beabsichtigte, seine Ersparnisse sicher anzulegen.

»Die Teuerung frisst mir die Rücklagen für das Alter auf. Die Kammer hat den Zins für Landschaftsgläubiger von drei auf zwei Prozent gesenkt. Wie kann man da noch auf einen grünen Zweig kommen? Edelsteine sind immer begehrt, solange es Eitelkeit auf der Welt gibt.«

»Ein wahres Wort, Mägerlein. Ich mache mein Geschäft mit der Eitelkeit.«

Franz von Welser gehörte ebenfalls zu den Anteilseignern. Er wollte die Tradition seiner Familie fortsetzen, die einstmals zu den Hauptgewerken des Mühlbacher Kupferhandels gezählt hatte. Den Herrn von Labach hatte Christoff aufgesucht, wie es ihm Barbara in ihrem letzten Willen aufgetragen hatte. Der Welser war erschüttert, als er die Nachricht von ihrem grausamen Tod erfuhr.

»Ich begegnete Barbara auf dem Mummenschanz des Paris Perger. Ich nahm sie in ehrlicher Absicht mit nach Hause, weil ich erkannte, dass sie auf dem falschen Weg war. Sie hat mir ihr Herz ausgeschüttet, und ich habe ihr geraten, dass sie ihren Dienst aufkündigen soll.« Er schlug sich mit der Faust gegen die Stirn. »Ich hätte sie lieber hier behalten sollen. Doch wollte ich keine Magd hinter dem Rücken meiner Frau einstellen. Sie war mit den Kindern in der Sommerfrische. Wie hätte das ausgesehen ...«

»Macht Euch keine Vorwürfe, Welser. Ihr habt getan, was in Euren Kräften stand. Meiner Schwester konnte keiner helfen.«

Nachdenklich wischte sich der Labacher den Mund. »Gewerke der Smaragdgrube seid Ihr jetzt. Da müsstet Ihr doch eigentlich wissen, wer in der Gegend mit Smaragden handelt ...«

Christoff horchte auf. »Was wollt Ihr damit sagen?«

»Vor ein paar Wochen kam ein Hausierer vorbei«, fuhr der Welser fort. Er bot meiner Frau Smaragde an. Sie fragte, wo er die Steine her habe. Aus dem Habachtal, sagte der Mann.«

»Was wollte er dafür haben?«, stieß Christoff atemlos hervor.

»Zwischen fünfzig und achtzig Gulden, je nach Größe und Güte. Meiner Frau erschien der Preis zu hoch. Auch sah der Händler nicht vertrauenswürdig aus. Sie hat ihn weggeschickt.«

»Wie sah der Händler aus?«

»Margarethe, kommst du mal?«, rief der Welser in die Küche.

Die Hausfrau nahm die Schürze ab. Die Freiin von Labach war von hohem Wuchs und schlanker Gestalt. Das dunkelblonde Haar trug sie hochgesteckt, von einem Hornkamm gehalten. Wie Christoff bemerkte, trug sie, abgesehen von einem Goldring, keinen Schmuck.

»Kannst du dich noch an den Hausierer erinnern, der dir Smaragde verkaufen wollte?«

»Er kam mir nicht vor wie ein Hausierer«, sagte die Welserin. »Eher wie ein Freimannsknecht. Oder ein Schinder. Ich habe mich gefragt, wie kommt ein solcher Mensch zu diesen Edelsteinen? Ich ließ ihn nicht ins Haus, denn ich war mit den Kindern allein.«

»Habt Ihr seine rechte Hand gesehen?«

»Als er mir die Smaragde zeigte, bemerkte ich, dass ihm an einem Finger zwei Glieder fehlten.«

»Vielen Dank. Damit habt Ihr mir einen großen Dienst erwiesen.«

Die Welserin blickte ihn erstaunt an. »Warum wollt Ihr das wissen? Kennt Ihr den Mann?«

»Besser als mich selbst.«

Der Kerkerknecht war in Mittersill bekannt wie ein bunter Hund. Das niedere Söllhaus lag an der Tuchbleiche, wo die Tagewerker wohnten. Christoff klopfte mehrere Male, doch es regte sich nichts. Er drückte die Klinke nieder. Die Tür war nicht zugesperrt. Er rief den Namen des Keuchenkrott. Keine Antwort. Stube und Küche sahen aus, als sei ihr Bewohner überstürzt abgereist. Im Schüttstein standen irdene Krüge und Töpfe. Schimmel überzog das schmutzige Geschirr. Plötzlich vernahm er ein Geräusch. Von der Stiege kam eine Katze heruntergesprungen. Als sie den Fremden sah, lief sie zu einer Schale Milch, die im Hausgang stand. Die Katze schnupperte und kehrte wieder um. Die Milch schien schlecht zu sein.

Fieberhaft durchsuchte Christoff die Küche. Schaute in jeden Topf, in jeden Krug. Durchwühlte Truhen und Kästen. Kramte hinter Ofen und Bank. Ging in die Schlafkammer und schnitt den Strohsack auf. Das Stroh quoll ihm faulig schwarz entgegen. Doch Smaragde fand er keine.

Danach begab er sich auf den Anger hinter dem Haus. Einige Gänse liefen ihm fauchend entgegen. Er nahm einen Stock und verscheuchte das Federvieh. Unter den Apfelbäumen lag verschimmeltes Fallobst. Es war ein sonniger Herbsttag, und um die faulen Früchte schwirrten Wespen. Er wunderte sich, dass niemand das Obst aufgelesen hatte. Neben dem Bienenhaus stand ein Schuppen. Einige Gerätschaften lehnten an der Wand. Zögernd öffnete er die Tür. Das Dämmerlicht, das durch die Luke fiel, ließ nicht viel erkennen.

Ein merkwürdiger Geruch schlug ihm entgegen, der Christoff bekannt vorkam. In der Gstättengasse hatte es auch so gerochen. Beinahe wäre er gegen den nackten Fuß gestoßen, der in der Luft baumelte. Der Fuß gehörte einem Mann, der am Dachbalken hing, den Kopf in der Schlinge. Er musste wohl schon einige Tage da hängen. Auf der Zunge, die aus dem Mund hing, saßen Fliegen.

Im Nachbarhaus machte ihm ein altes Weib in Filzpantoffeln auf. Die Häuslerin war schwerhörig. Sie verstand zunächst nicht, was Christoff wollte.

»Wer hat sich aufgehängt?«

»Der Keuchenkrott ... der Kajetan.«

Die Alte schüttelte ungläubig den Kopf. »Selbst Schuld hat er. Edelsteine wollte er verkaufen. Gerade mal einen Stein ist er losgeworden. Kein Wunder, so wie der herumlief.«

»Was für Edelsteine?«

»Smaragdkristalle. Einmal hat er sie mir gezeigt. Einem Hehler hat er sie feilgeboten. Der hat ihn betrogen. Darüber ist er schwermütig geworden. Fast jeden Abend kam er betrunken nach Hause. Es wird ihm keiner eine Träne nachweinen.«

Es war Dezember und auf den Höhen war reichlich Schnee gefallen. Christoff saß in der Habachklause und löffelte die dampfende Suppe. Ab und zu tauchte er ein Stück Graubrot in die Terrine aus Steingut. Durch die bleigefassten Glasscheiben konnte er verschwommen die Landschaft wahrnehmen. Der Wildbach wälzte sich schmutzig grau durch Wehr und Werch. Auf dem Talboden rauchte der Nebel. Feuchtigkeit troff von den Zweigen der Erlen und Weiden. Himmel und Erde schienen ineinander überzufließen. In dem weißgekalkten Ofen knisterte das Feuer und verbreitete eine behagliche Wärme. Das Gasthaus war sein Zuhause geworden.

Christoff machte sich Notizen, was er in nächster Zeit zu erledigen gedachte. Beim Sägewerk wollte er vorbeischauen, wie es mit den Balken und Brettern für die Berghäuser stand. Der Tischler, bei dem er die Türen und Fenster in Auftrag gegeben hatte, wartete auf seinen Vorschuss. Beim Wagner wollte er die Hunte abholen. Beim Schneider Maß nehmen lassen für die Grubenkittel. Beim Gerber die Bergleder für die Hauer abholen. Beim Habachschmied wollte er nachfragen, ob die Stuf- und Ritzeisen fertig waren. Und dann war noch die Liste mit Besorgungen für den Klausenwirt. Bei der Gelegenheit konnte er gleich ein paar Geschenke kaufen. In drei Tagen war Weihnachten.

Der Krämer Johann Mägerlein stand hinter dem Ladentisch und wog Buchweizenmehl ab. Als die Türglocke schellte, blickte der alte Mann von der Waage auf.

»Der Herr der Smaragdschätze ... was verschafft mir die Ehre?«

»Noch machst du die besseren Geschäfte, Mägerlein. Mit meinem Geschäft muss ich warten, bis Schnee und Eis weggeschmolzen sind.«

»Ich hoffe, dass meine Anteile nicht vorher schon dahinschmelzen«, sagte der Krämer. »Ich studiere jeden Tag die Aktien in der Zeitung. Bis heute haben die Papiere noch keine Kursgewinne verzeichnet. Am Ende kann ich noch Zubuße zahlen.«

»In einem Jahr wirst du den Kursen hinterherlaufen und dich ärgern, nicht mehr Anteile gezeichnet zu haben.«

»Ich hoffe, du behältst recht. Mit siebzig kann ich mir weiß Gott etwas Schöneres vorstellen, als Kisten und Säcke zu schleppen.«

Während der Krämer die Sachen für den Klausenwirt zusammenstellte, sah Christoff sich nach Gaben für das Christfest um. Für Elisabeth wählte er einen Rosenkranz aus facettierten Granatperlen. Für Matthäus ein Schnitzmesser mit Hirschhorngriff. Afra wollte er ein besticktes Seidentuch schenken. Ein Rechenschieber mit beweglichem Stab und zwei Skalen wäre das Richtige für Georg.

Er wollte eben den Laden verlassen, als die Tür aufging. Franziska, die jüngste der Tantzlehentöchter, stand vor ihm, groß und schlank. Das dunkle Haar hatte sie unter einer Wollmütze verborgen, den bunt gesprenkelten Schal über ihrem grauen Lodenumhang mehrfach um den Hals geschlungen.

»Christoff!«, begrüßte sie ihn erfreut. »Dich habe ich eine Ewigkeit nicht gesehen. Wie geht es dir?«

»Ein großes hübsches Mädchen bist du geworden, Franziska«, sagte er ausweichend.

Sie errötete. »Du hast meine Frage nicht beantwortet ...«

»Ich habe die Lizenz zum Schürfen bekommen. Im Frühjahr beginnen wir mit dem Bau der Berghäuser. Bis dahin ist die Habachklause mein Zuhause.«

Dem bauchigen Glas auf dem Tresen entnahm sie eine geringelte Zuckerstange. »Das geht auf die Monatsrechnung von Tantzlehen,

Mägerlein.« Die Zuckerstange leckend, dass sich ihre Lippen färbten, sagte sie: »Und … was macht die Liebe?«

»Die liegt auf Eis.«

»Das glaube ich nicht. Jetzt wo du Gewerke bist, kannst du doch jede haben.«

»Eine reicht mir … ich bin genügsam«, lachte er. »Was gibt es Neues auf Tantzlehen?«

»Oh, einiges. Vater hat die alte Schmiede für Susanna und Fortunat herrichten lassen.«

»Und was machst du? Mit der Schule müsstest du doch längst fertig sein mit deinen sechzehn Jahren?«

»Im Februar werde ich siebzehn. Dann fange ich beim Senninger an. Mutter meinte, es könne nicht schaden, wenn ich kochen lerne. Gundl wollte uns früher nie an die Töpfe lassen. Sie hatte immer Angst, wir würden das Essen versalzen oder anbrennen lassen.«

Sie mussten beide lachen. Eine Pause entstand.

»Und … wie geht es Celia?«

»Hast du es nicht gehört? Sie wird sich zu Weihnachten verloben. An Christi Himmelfahrt soll die Hochzeit sein. Dann wird sie nach Freiburg ziehen.«

Die Nachricht schnürte Christoff die Kehle zu.

»Celia heiratet?«, stieß er mit rauer Stimme hervor. »Der Pfarrherr wird ihr doch niemals den Trausegen geben.«

»Im Freiburger Münster werden sie getraut, vom Bischof persönlich. Es soll eine große Hochzeit werden. Ich freue mich schon darauf.«

»Und wer ist der Glückliche … der Kasernenhofkasper?«

»Ja. Ein Obristmeister. Sie haben sich in Bad Gastein kennengelernt … im August, als wir mit Mutter zur Kur waren.«

Ein Schwindel ergriff Christoff. Der Boden schwankte unter seinen Füßen. Er musste sich an der Klinke festhalten. Franziska bemerkte die Blässe in seinem Gesicht.

»Was ist mir dir?«, fragte sie besorgt »Willst du dich setzen?«

»Nein, es geht schon wieder … ich habe noch nicht gefrühstückt.«

Franziska hauchte ihm einen Kuss auf die Wange.

»Sei nicht traurig, Christoff. Eines Tages wirst auch du dein Glück finden, glaub mir!«

Am Christmorgen packte der Jenner seine Habseligkeiten und ging nach Fronleiten. Es würde ein trübseliges Fest werden. Die erste Weihnacht ohne Barbara. Und ohne den guten Gilg. Gerade hatte er den Senningerbräu passiert und wollte in die Tantzlehengasse einbiegen, als er hinter sich ein Rasseln hörte. Eine mit vier Pferden bespannte geschlossene Kutsche näherte sich in scharfem Tempo. Er trat zur Seite. Auf dem Bock saß ein Kutscher in grüner Livree. Hinter dem Fenster des schwarz lackierten Wagens, an dessen Tür ein Wappen prangte, glaubte er das Gesicht eines älteren Herrn mit weißgrauer Perücke zu erkennen. Er sah, wie das Gespann vor dem Gutshaus halt machte. Es musste der Freiburger sein. Morgen, am Christfest, würde sich Cecilia mit ihm verloben.

Er ballte die Faust. Wartet, ihr Hofschranzen und Puderperücken, euch werd ich es zeigen! Dem Herrn der Smaragdschätze werdet ihr noch die Füße küssen. Und eure Weiber werden euch untreu werden, wenn sie merken, dass sie nur das Geld oder den glänzenden Namen geheiratet haben.

Dann, als er das Tantzlehengut unter sich liegen sah, stellte er sich an den Wegesrand und rief laut, dass es über das ganze Tal schallte:

»Cecilia … ich liebe dich!«

Auf Tantzlehen hatte man den Ruf des Jenner vernommen. Cecilia, die gerade ihren künftigen Verlobten auf dem Hof begrüßte, hörte es und musste lachen. Der Obristmeister Erasmus von Pyrr war so mit dem Ausladen seines umfangreichen Gepäcks beschäftigt, dass er den Ruf nicht wahrnahm. Außerdem war er ewas schwerhörig. Der Krach der Artilleriegeschütze im Manöver hatte sein linkes Ohr geschädigt.

Cecilia nahm Susanna beiseite. »War das nicht Christoff?«

»Ich meine auch, ich hätte seine Stimme erkannt. Wer sonst sollte dir eine Liebeserklärung machen? Christoff war schon immer etwas verrückt.«

»Ja, die Zeit mit ihm war verrückt«, sagte Cecilia versonnen. »Ich fürchte, ich werde ihn vermissen …«

Im Mai rüstete Tantzlehen für den Brautzug der Cecilia Ronacherin. Die Brautfuhre, die Rupert und Magdalena ihrer Tochter mitgaben, vor allem das, was sie in die Truhe legten, war nicht gering. In einer zweispännigen Kutsche mit Faltdach, gefolgt von einem Gepäckwagen, fuhren die Ronacher nach Freiburg.

»Die Hauptstadt Vorderösterreichs macht auf mich einen heiteren und beschwingten Eindruck«, sagte Cecilia, als Erasmus sie vor dem Haus zum Weißen Brief begrüßte.

»Das liegt an dem Vulkangestein des Kaiserstuhls … es macht alles weicher und wärmer.«

Der Obristmeister half ihr aus dem Wagen und küsste ihr die Hand. Mehr als Höflichkeiten dieser Art hatte sie ihm bisher nicht gewährt. Nicht aus Prinzip, sondern weil sie kein Verlangen danach hatte. Sie betrachtete ihn nach wie vor als einen guten Onkel. Da sie nun seine Braut war, dachte sie, musste sie ihm einen Schritt entgegenkommen, und gab ihm einen flüchtigen Kuss auf die Wange. Wie ein kleines Mädchen kam sie sich vor, das seinem Vater Gute Nacht sagt, bevor es ins Bett hüpft. Die Kammerlanderin bekam feuchte Augen, als sie die zärtliche Geste ihrer Tochter sah.

»Celia hat das große Los gezogen«, sprach sie feierlich zu Rupert, als sie im Gasthaus zum Roten Bären ihr Quartier bezogen hatten. »Morgen ist sie die Frau Obristmeister. Es kommt mir vor wie ein Märchen. Was langsam reift, ist oft haltbarer, auch die Liebe.«

»Ein wahres Wort, Magda«, sagte der Ronacher mit kaltem Hohn. »Ich wollte, es träfe auch auf uns zu.«

Es war am Abend vor der Hochzeit. Erasmus von Pyrr probierte seinen Festtagsanzug an und betrachtete sich im Spiegel.

»Meinst du nicht, der Rock ist zu eng … er platzt aus allen Nähten.«

»Versuchs doch mal mit maßhalten. Etwas mehr Bewegung würde dir auch nicht schaden.«

Bekümmert strich er sich über den Bauch. Da fiel ihm ein, was sie vorher gesagt hatte. »Ich werde Martin immer ein guter und gerechter Vater sein, das verspreche ich dir.«

»Gut und gerecht ... das klingt wie ein Herrscher, der zu seinen Untertanen spricht. Ist es nur das, was ein Kind braucht?«

»Für die Gefühle bist du zuständig, mein Schatz«, erwiderte er und zog sie an sich. Als er sie küssen wollte, entwandt sie sich seinen Armen. Sie wolle nicht, dass ihr Mund verschmiere, sie probiere gerade ein neues Lippenrot aus.

Wie sie es sich gewünscht hatte, schritt Cecilia am Arm ihres Vaters zum Traualtar. In einem pfirsichfarbenen golddurchwirkten Kleid aus Seidendamast mit Spitze und Schleppe. Anstelle des Jungfernkranzes trug sie eine schlichte Brautkrone. Da die Diözese Freiburg dem Bistum Konstanz unterstand, nahm Fürstbischof Franz Johann Vogt von Altensumerau und Prasberg die Trauung vor. In seiner Predigt gedachte der Geistliche dankbar des Bräutigamvaters Hartmann Pyrr, der im Großen Glaubenskrieg die Schändung des Münsters durch die französischen Besatzer mit mannhaftem Bürgersinn und christlicher Standhaftigkeit verhindert habe.

Das Kirchenschiff fasste kaum die Zahl der Geladenen und Schaulustigen. Martin, der zwischen Susanna und Franziska in der ersten Reihe saß, verstand nicht, was der Bischof sagte. Noch weniger, weshalb seine Mutter ihn allein ließ. Als Cecilia im Mittelgang an ihm vorbeischritt, streckte er seine Arme nach ihr aus und begann zu weinen. Alle drehten sich nach dem Kind um. Da wusste auch noch die hinterste Bank, dass die Braut den Schleier der Unschuld zu Unrecht trug. Cecilia, rot im Gesicht, wollte ihren Sohn zu sich holen. Doch Erasmus hielt sie am Ärmel fest und flüsterte: »Erspare uns um Himmels Willen einen Skandal!«

Doch der Skandal war schon da. Martin schrie aus Leibeskräften. Susanna nahm ihn auf den Schoß. Das ist der Daumen, der schüttelt die Pflaumen. Martin zog seine Hand zurück und schrie noch lauter. Auch das Häuschen mit den schrecklich vielen Mäuschen, die trippeln und trappeln, zippeln und zappeln, vermochte ihn nicht zu beruhigen. Er steigerte sich so sehr in seinen Schmerz, dass sein Gesicht rot anlief. Die Herren räusperten oder schneuzten sich vernehmlich. Die Frauen schüttelten verständnislos den Kopf oder tuschelten mit der

Banknachbarin. Martin, der das Interesse aller auf sich gerichtet sah, lief zur Hochform auf. Er brüllte so laut, dass sein Gesicht blau anlief. In Sorge, dass ihrem Sohn die Luft wegbleiben könnte, wollte Cecilia auf ihn zueilen. Aber Susanna hatte Martin schon auf dem Arm und verschwand mit ihm durch die Seitenpforte.

Als der Bischof fragte, ob sie ihren Ehemann immer lieben und ihm treu sein werde bis an das Grab, zögerte Cecilia. Erasmus blickte nervös zu seiner Braut. Der Bischof räusperte sich ungeduldig. Gemurmel entstand unter den Gästen. Ein Sonnenstrahl fiel auf ihre Hand. Sie blickte hoch zu dem runden Fenster, durch das der Sonnenstrahl kam. Auf einer Rosette mit herzförmigen blauen und roten Scheiben waren die sechs Werke der Barmherzigkeit abgebildet. Cecilia nahm den Lichtstrahl als ein Zeichen Gottes, das Wohl anderer über ihr persönliches Glück zu stellen, und sagte laut und deutlich:»Ja!«

Rupert Ronacher stieß einen hörbaren Seufzer der Erleichterung aus. Magdalena ergriff seine Hand und sagte:»Dem Himmel sei Dank!«

Da sich das Gasthaus zum Roten Bären, das erste Haus am Platz, für das Hochzeitsbankett als zu klein erwies, hatte der Obristmeister den Kaisersaal des prachtvollen, mit Skulpturen und Wappen geschmückten, Kaufhauses am Münsterplatz gemietet. Ein Dutzend Köche und Küchenmägde umschwirrten die mit Maiglöckchen und anderen Frühjahrsblumen dekorierte Tafel und trugen die Speisen auf. Als Entree wahlweise Leberspätzlesuppe oder ein halbes Dutzend Kaiserstühler Weinbergschnecken. Als Hauptgericht Kalbsbries an Frühlingslauch und Morcheln oder gefüllter Fasan mit Wacholderrahmsauce. Zum Dessert Scheiterhaufen aus altbackenen Semmeln mit Schneehaube. Mundschenken eilten mit Krügen der besten badischen Weine von Tisch zu Tisch. Die Damen sprachen lebhaft dem edelsüßen Riesling zu, einer Beerenauslese der Heiliggeistspital-Stiftung Freiburger Schlossberg. Die Herren der Schöpfung bevorzugten den Alten Gott, eine trockene Spätburgunder Auslese vom Weingut Sasbachwalden. Rupert schüttelte ungläubig den Kopf und sagte:»Was sind wir doch für arme Leute, Magda, wenn man diese Tafel sieht! Ein Glück, dass mir mein Schwiegersohn bei der Rechnung entgegenkommt.

Allein hätten wir als Brauteltern die Hochzeit nicht stemmen können.«

»Hauptsache, Celia ist glücklich«, sagte sie mit verklärtem Blick.

»Dass sie eine so gute Partie machen würde nach allem, was passiert ist, grenzt an ein Wunder.«

»Ich hoffe, es bleibt so«, erwiderte Rupert nachdenklich. »Sie macht mir einen übertrieben fröhlichen Eindruck. Als ob sie die glückliche Braut nur spielen würde. Eine gute Komödiantin war sie noch nie ...«

»Wie kommst du darauf?«

»Sie ist heute irgendwie anders. So viel und laut lacht sie sonst nie. Und dann umarmt sie plötzlich wildfremde Menschen ... das ist nicht ihre Art.«

»Ich kenne meine Tochter. Sie ist nur aus dem Häuschen vor Freude. Das könnt ihr Mannsleute nicht verstehen. Für eine Frau ist dieser Tag der schönste im Leben. Man heiratet schließlich nur einmal.«

Je mehr sich die Hochzeitsfeier dem Ende zuneigte, desto mehr und lauter lachte Cecilia. Mit innerer Unruhe dachte sie an das, was folgen würde. Doch Erasmus war so müde, dass er in den Stiefel einschlief. Er hatte dem süffigen Alten Gott mehr zugesprochen, als er vertrug. Cecilia war es nicht unlieb.

27
Grün ist die Hoffnung

Der Winter war mild und der Schnee, von den Nordhängen abgesehen, schon Anfang Mai bis weit über die Waldgrenze hinauf weggeschmolzen. In Windeseile hatte Christoff eine Truppe von Bergleuten zusammengestellt. Wanderarbeiter aus Tirol und Bayern. Stellungslose Knechte. Bauernsöhne, auf die weder der eigene noch ein anderer Hof wartete. Ausgediente Bergknappen, die sich zu ihrem Gnadengeld ein Zubrot verdienen wollten. Viele hatte er in den Wirtshäusern rekrutiert. Einige, die er haben wollte, köderte er mit Freibier und Schnaps. Die meisten waren ihm zugelaufen. Landstörzer, die in ihren Reden gegen die Obrigkeit wetterten. Schelme, die eine Dienstmagd geschwängert hatten und nun eiligst das Weite suchten. Nicht zuletzt Galgenvögel, denen es ratsam schien, für eine Weile in der Abgeschiedenheit des Gebirges unterzutauchen. Sie alle gesellten sich zu ihm, denn er galt als ein guter Zahlmeister. Es kam ihm dabei zugute, dass er nicht nach dem Verdingbuch fragte. Besser gesagt, er wollte nicht danach fragen. Er wusste, diese Leute nahm kein anderer. Und für den Anfang bekam er keine besseren.

Von den umliegenden Höfen hatte er Fuhrwerke gemietet. Die Feldarbeit ruhte, vom Jäten abgesehen, und die Heumahd begann erst um Johanni. Der Bierbrauer und Saumhändler Severin Senninger hatte ihm Rösser und Maultiere geliehen. Noch hatte der Handel mit Wein aus den Klosterkellereien der Augustiner Chorherren in Neustift sowie mit Salz aus Hallein über den Krimmler Tauern nicht begonnen. Noch lag der Schnee meterhoch auf den Jöchern.

Am Tag des Aufbruchs, als die Tiere bepackt und die Karren beladen waren, sammelte er seine Leute um sich und sprach zu ihnen:
»Männer, ich weiß, was es heißt, ein Geächteter dieser Gesellschaft zu sein. Glaubt mir, ich kenne die Kerkermauern von innen. Ich kenne die schmerzenden Handeisen und den beißenden Hunger. Ich habe Ratten und Ungeziefer gegessen. Ich wurde gepeitscht, dass mir das Fleisch in Fetzen vom Leib hing. Ich habe mich als Knecht verdingt,

nachdem die Fluten der Salzach mir Hab und Gut genommen hatten. Die Kirche hat mir die Ehe verweigert, weil ich ein Kind der Liebe gezeugt habe, ohne es zu bereuen. Mein Weib hat mich verlassen, weil sie ihr Leben nicht mit einem Abenteurer teilen wollte. Mit Aufwieglern und Verschwörern saß ich am Tisch, auf die das Beil des Henkers wartete. Solange ihr euer Tagewerk ordentlich macht und bereit seid, euch in die Gemeinschaft zu fügen, kümmern mich weder Herkunft noch Gesinnung. Mehr habe ich nicht zu sagen. Auf, an die Arbeit!« Seine Worte beeindruckten nicht wenige der verwegenen Gestalten. Einige meinten, er spreche wie der Sohn Gottes. Andere sagten, das sei alles nur Berechnung. Bessere Leute habe er keine gefunden und diese hier müsse er mit frommen Sprüchen bei der Stange halten. Der Jenner sei ein abgebrühter Hund, dem jedes Mittel recht wäre, um an die Bergschätze zu kommen.

Nichts und niemand konnte Christoff aufhalten. Er war so besessen, dass er keine Hindernisse kannte. Gab es Schwierigkeiten, etwa beim Packen der Traglasten, bei der Verteilung der Arbeit, der Beschaffung von Mundvorrat, fand er immer Mittel und Wege. Weder Nässe noch Kälte störten ihn. Schlaf schien er ebenso zu verachten wie Nahrung. Einmal, als es mitten im Juni bis auf den Sedel herab geschneit hatte, erhob sich Unmut unter den Trägern.

»Es steht jedem frei zu gehen«, sagte Christoff zu den frierenden Männern. »Hinter jedem von euch stehen zehn andere, die gern mit euch tauschen würden.«

Es war keine Übertreibung. Die Leute rissen sich darum, bei ihm zu arbeiten. Abgesehen von der guten Bezahlung lockten die Smaragdschätze. Man könne ja ein wenig in die eigene Tasche wirtschaften, spekulierten einige. Abnehmer für das Edelgestein finde man überall.

Christoff durchschaute ihre Absichten.

»Smaragd hat die Eigenschaft, dem Menschen einen Spiegel vorzuhalten«, sprach er vor versammelter Mannschaft. »Ein Spiegel, der die Schattenseiten, die Abgründe seiner Seele zeigt. Smaragd hat, wie ich aus Erfahrung weiß, darüber hinaus etwas ungeheuer Verlockendes. Sein bloßer Anblick kann leicht zu Habsucht und Hoffart verführen.

Daher ist es nicht verwunderlich, dass dieses Edelgestein häufig auf dunklen Wegen verschwindet. Es gibt zwei Möglichkeiten, dass dies nicht geschieht: Wir können Leibesvisitationen einführen, wie sie die Spanier auf ihren Minen im Vizekönigreich Peru praktizieren. Dort verordnet man den Verdächtigen eine Rizinuskur. Da diese Methode die Ehrlichen und Unehrlichen in einen Topf wirft, abgesehen davon, dass sie nicht gerade das Vertrauen in die Leitung des Unternehmens stärkt, habe ich mir eine andere Lösung überlegt: Auf schleifbare Steine erster Qualität setze ich eine Prämie aus: Sie beträgt zehn Prozent des Schätzwerts und wird mit dem Lohn verrechnet. Wenn sich dieses System nicht bewährt, werde ich zu der spanischen Methode greifen. Noch Fragen?«

Nach drei Wochen war es geschafft. Die Berghäuser waren errichtet. Für Gewerkehaus, Knappenhütte und Kochstube hatte Christoff den Rücken des Nasenkopfes gewählt, wenige Schritte unterhalb des Gipfels. Ein schräger, nicht sehr steiler Pfad verband die Berghäuser mit der Smaragdgrube.

Als er die eisenbeschlagene Tür der Grube entriegelte, fand er einen Zettel. Er hatte Mühe, das Gekritzel zu entziffern:

GLÜCK AUF! GRÜN IST DIE HOFFNUNG!!

Verächtlich zerknüllte er das Papier. Doch nach wenigen Schritten endete die Erkundung. Der Stollen war verbrochen. Die Wände vom Schießpulver geschwärzt. In den anderen Stollen sah es ähnlich aus.

»Gottverdammte Galgenvögel!«, fluchte Christoff und machte sich an die Arbeit. Von früh bis spät fuhren sie den Schutt aus der Grube. Kippten loses Gestein und verbrochenes Zimmerwerk in die Rinne. Bauten die geräumten Strecken aus, um Nachstürze zu verhindern, verlegten Bohlen für die Hunte, legten die Schachtsümpfe trocken. Errichteten die Bergwäsche, indem sie das Wasser in Bretterkanälen über ein System von Sieben und Läuterkästen leiteten.

Eines Tages, als er eine Bergtruhe leerte, glaubte er seinen Augen nicht zu trauen. Inmitten des Schiefergesteins funkelte etwas Grünes. Ein Smaragd von satter tiefgrüner Farbe, fast wasserklarer Reinheit und unglaublicher Größe. Der Kristall bestand aus einer sechsseitigen

Säule mit vier breiteren und zwei schmäleren Seiten von einenhalb Zoll Länge und einem Zoll Breite. Einige kaum sichtbare Einschlüsse von lichtgrüner bis grünschwärzlicher Farbe durchzogen den Kristall. Wie Algen in einem Brunnentrog.

»Kommt alle her!«, rief er, dass es von den Felswänden widerhallte. Die Männer ließen alles stehen und liegen und drängten sich um ihn. Behutsam kratzte Christoff mit dem Messer den schwarzen Glimmer von den Endflächen. Mit glänzenden Augen starrten alle auf den Kristall. Ob die Schönheit des Edelsteins sie überwältigte oder das schier unermessliche Vermögen, das er verkörperte, war in diesem Augenblick einerlei. Der Smaragd war der Stoff, der die kühnsten Träume gebar.

Mit einer Kelle Grubenwasser taufte Christoff den Glücksfund auf den Namen Grüner Gigant. Damit der Stein nicht zersprang, legte er ihn in einen Krug Wasser. Was aus dem Dunkel kommt, sagte man, verträgt die Sonne nicht.

Christoff stand am Sieb und fuhr mit der Kratze durch den Spülsand. Wie er einen Kristall gegen das Licht hielt, gewahrte er an der Flanke des Gamskars eine merkwürdige Erscheinung. Eine schwarz gekleidete Person, das Felleisen der fahrenden Gesellen auf dem Rücken, näherte sich mit raschen Schritten.

»Sehe ich ein Gespenst?«

»Hamlets Geist bin ich nicht, auch wenn ich aus Dänemark komme«, keuchte Niels Stensen. »Ich bin auf dem Weg in die Toskana. Großherzog Ferdinand ist Ende Mai verstorben. Thronfolger Cosimo bat mich, meine Forschungsarbeit in Florenz fortzusetzen. In seiner Güte stellte er mir ein Haus mit Garten am Ufer des Arno zur Verfügung. Ich bringe nicht viel Zeit mit, wollte jedoch schauen, was aus deinen Plänen geworden ist. Du bist der Herr der Smaragdgrube, habe ich mir sagen lassen.«

»Dank deiner Schützenhilfe. Abgesehen von einem Zufallsfund ist uns bisher leider wenig Glück beschieden. Wir stoßen entweder auf taubes Gestein oder auf Gänge mit trüben oder rissigen Steinen.«

»Der Bergbau ist nicht eines Mannes Sache, wusste Jakob Fugger. Was ist eigentlich mit den Smaragdgräbern?«

»Sie sitzen im Wirtshaus und versaufen ihr Geld.«

»Rede mit ihnen, besser noch, tu dich mit ihnen zusammen.«

»Das wäre so, als ob man den Dieb zum Essen einlädt.«

»Diesmal bestimmst du die Menüfolge.«

»Vielleicht hast du recht.«

»Behalte stets den Glimmerschiefer und seine Varietäten im Auge ...
die Tonsteine. Es ist das Trägergestein, in das der Smaragd gebettet ist.«

»Tonsteine?«

»Ja. Man erkennt sie an den tafeligen, blättrigen oder schuppigen
Kristallen. Sie sind von geringer Härte und weißer Strichfarbe und besitzen einen Fettglanz oder ein Schimmern, das an Perlmutt erinnert.
Besonders reich an Smaragd ist der Dunkelglimmer, ein fettglänzender Tonstein von dunkelbrauner bis schwarzgrauer Farbe.«

Verwirrt fuhr sich Christoff durchs Haar. »Wie kann man das unter
Tage erkennen, im Licht der Grubenlampe?«

»Anhand der Auffaltung des Gebirges und der Lagerung der Gesteine. Konglomerate, Streichrichtungen, Einsprengsel, Kristallisierun-
gen – all diese Faktoren geben Hinweise auf die smaragdführenden
Schieferformationen. Das Gebirge ist wie ein Buch, das man auf-
schlägt.«

»Man muss es nur lesen können.«

Sie setzten sich auf die Bank vor der Hütte. Christoff ließ vom Koch
ein Gericht Kesselfleisch auftragen. Dazu tranken sie verdünntes Bier.

Stensen entnahm einem Lederfutteral ein messingglänzendes Gerät
von knapp drei Ellen Länge.

»Ein holländisches Fernrohr. Es hat zwar kein großes Blickfeld,
stellt jedoch die Objekte aufrecht und seitenrichtig dar. Es dringt in
die Geheimnisse der Schöpfung, die dem menschlichen Auge nicht zugänglich sind. Du wirst die Klüfte und Krater des Mondes sehen können und die Ringe des Saturn, wie sie Galilei und Huygens beschrieben haben.«

Christoff setzte das Teleskop ans Auge. Er sah seine Leute vor dem
Knappenhaus, als ob sie leibhaftig vor ihm stünden. Er sah die Träger,
bepackt mit Gerätschaften und Mundvorrat, den Berg heraufkom-
men. Jedes einzelne Gesicht konnte er scharf erkennen. Er ließ das

Fernrohr über die firnbeharnischten Gipfel wandern. Kopfschüttelnd setzte er das Instrument ab.

»Ein Wunderwerk ist dieses Instrument. Die entferntesten Dinge lassen sich damit herbeizaubern.«

Sie sprachen noch eine Weile über Dinge, die den Bergbau betrafen. Schließlich erkundigte sich Stensen nach Cecilia. Christoff hob die Schultern, als ob ihm die Frage gleichgültig wäre.

»Cecilia hat im Frühjahr geheiratet … sie ist nach Freiburg gezogen. Ich bin ihr zuletzt auf der Hochzeit ihrer Schwester begegnet. Wir gingen in Unfrieden auseinander.«

»Mach dir nichts draus. Wenn sie dich nicht mehr liebt, ist es nicht schade um sie. Wenn sie dich aber immer noch liebt, werdet ihr euch irgendwann wiedersehen.«

Es war Spätherbst. Der Wind trieb die Wolken wie eine Herde aufgescheuchter Schafe vor sich her. An einem Sonntag bestieg Christoff den Graukogel. Er hatte das Fernrohr nach Norden gegen die Grasberge gerichtet. Da erblickte er in der Ferne schwarze Rauchschwaden. Die Wolke wuchs von Minute zu Minute und verdunkelte den Himmel. Von der Schmelzhütte auf der Kronau konnte der Rauch nicht herkommen, überlegte er. Schwefelrauch ist gelblich. Auch nicht von der Kohlenbrennerei in Habach. Der Rauch der Meiler ist silbrig. Da vernahm er ein Kirchengeläut. Die Glocken läuteten ohne Unterlass. In Bramberg musste ein Feuer ausgebrochen sein!

Christoff teilte seinen Leuten mit, er werde ins Tal hinuntergehen. Bereits in Habach sah er Bauern auf ihren Karren, mit Wasserkübeln und Spaten. Er sattelte sein Pferd und folgte dem Tross. Als er die Salzach überquerte, sah er den Ort des Grauens. Die halbe Siedlung Dorf, eine Ansammlung kleiner Güter, war bis auf die Grundmauern niedergebrannt. Menschen hatten eine Kette gebildet und reichten sich die am Löschteich gefüllten Wassereimer. Aber es gab nicht mehr viel zu löschen. Verkohlte Balken schwelten aus den Trümmern. Beißender Brandgeruch lag über der Feuerstätte.

Christoff hielt nach seinem Bruder Ausschau. Der Ottacherbauer sei im Dorferwirt, wurde ihm gesagt. Er fand Georg in der Schankstube. Die Hände in das Haar gewühlt, den Blick gesenkt, grau im Gesicht. Ob vor Ruß oder Gram, war nicht zu unterscheiden.

Christoff rüttelte seinen Bruder an der Schulter. »Georg, was ist geschehen?«

»Ich habe alles verloren. Das Pluembgut, Unterblum, Vetzenlehen, Mayr, Unterhaller, Oberhaller, Oberhofer, Schmiedgut, Gassenlehen. Neun Höfe abgebrannt mit Stall und Scheune.«

»Wie konnte das passieren?«

»Es ging vom Pluembgut aus«, sagte Georg in abgehackten Sätzen. »Das Heu ist faulig geworden. Der Stadel brannte als erstes. Der Wind hat das Feuer weitergetrieben. Nur das Ottacherlehen und das Pfistergut sind uns geblieben. Zum Glück wurde der Dorferwirt verschont.«

»Wie kamst du eigentlich zu dem Pluembgut?«

»Der Hof war seit Jahren aufgelassen. Die Erben bekamen ihn nicht los. Es hieß, Hexen hätten auf dem Gut gehaust – die Anna Lanerin und ihre Tochter Luzia. Das hat alle vom Kauf abgeschreckt. Nur mich nicht. Auf Aberglauben gebe ich, wie du weißt, nicht viel.«

»Es sind deine Häuser, die abgebrannt sind. Die der anderen Bauern blieben verschont. Wie deutest du das?«

»Wie, zum Teufel, soll ich das deuten? Die Höfe liegen eben dicht beieinander. Das spart Dienstboten, wie du dir ausrechnen kannst.«

Christoff sah seinen Bruder nachdenklich an. »Erinnerst du dich noch an die Bettler, den Zaubererjackl und die Schinderbärbel? Sie haben dich verwünscht, weil du sie ohne ein Almosen weggeschickt hast.«

»Wenn jeder Fluch sich erfüllte, wäre ich schon hundertmal tot.«

Fortunat von Hohenberg war auch in seinem neuen Betätigungsfeld das Glück nicht hold. Während eines Gewitters wollte er die Pferde von der Koppel lassen und öffnete das Gatter. In diesem Augenblick fuhr ein Blitz in einen Baum und versetzte die Herde in panischen Schrecken. Ehe er sich in Sicherheit bringen konnte, stürmten die Rösser an ihm vorbei und rissen ihn zu Boden. Susanna fand ihren Eheherrn bewusstlos am Zaun liegen. Wenige Tage später starb er an einer Gehirnblutung.

Als Cecilia im Sommer auf den Wennser Hof kam, sagte Susanna: »Ich muss gestehen, ich bin nicht gerade vom Schmerz überwältigt. Die große Liebe war es nicht. Was uns anzog, waren die Gegensätze, der Reiz des Fremden. Doch der Reiz schwand, und das Fremde blieb. Fortunat war kein Pferdezüchter. Er gefiel sich in dieser Rolle, weil sie ihm Ansehen verschaffte.«

»Ich habe mich immer gefragt, was du an ihm finden konntest. In meinen Augen war er ein halber Mann, das heißt, wenn er überhaupt ein Mann war ...« Sie blickte ihrer Schwester prüfend in die Augen. »Aber das wirst du selbst am besten wissen.«

Susanna rang die Hände vor der Brust. »Jetzt, wo er nicht mehr lebt, kann ich es dir sagen: Fortunat war kein Mann, wenn es darauf ankam, ein Mann zu sein ...«

»Was war mit ihm?«

»Er konnte nicht Kindsvater werden.«

»Mein Gott! Was war sein Gebrechen?«

»Er hatte kein ... Stehvermögen. Am Anfang tat er mir leid. Doch mit der Zeit machte mich schon seine Nähe aggressiv. Bis ich eines Tages aus dem Ehebett auszog.«

»Da ging es dir nicht viel anders als mir nach den Fehlgeburten. Hat er nicht versucht, etwas gegen seine ... Schwäche zu unternehmen?«

»Doch. Er besorgte sich Bibergeil und Hodenpulver vom Steinbock. In der Woche vor Weihnachten schoss er die Fledermäuse am Haus aus ihren Nestern. Mit dem Blut musste ich ihn einreiben. Aber es half alles nichts ...«

»Was hast du durchmachen müssen, du Arme!«

»Die Ausgaben für den Liebeszauber haben uns ruiniert. Er hat mir nichts als Schulden hinterlassen.«

»Warum hast du dich nicht scheiden lassen? Eure Ehe wäre für ungültig erklärt worden. Du hättest jederzeit wieder heiraten können.«

»Der Hof ist auf unser beider Namen in das Urbarbuch eingetragen. Sollte ich wegen eines Windbeutels mein Erbe aufs Spiel setzen?«

»Man erzählt sich, du triffst dich in letzter Zeit öfter mit dem Simon. Aus dem hast du dir doch früher nie viel gemacht ...«

Susanna errötete. »Er hat mich gefragt, ob ich ihn heiraten würde.«

»Und … was hast du ihm geantwortet?«

»Bevor ich Ja sage, möchte ich dich erst kennenlernen. Ich werde nicht wieder die Katze im Sack kaufen.«

Die beiden Schwestern waren aus dem Gutshaus getreten. Sie lehnten am Weidezaun und schauten den jungen Fohlen zu, die mit fliegender Mähne über die Kuppe einer Anhöhe stürmten, als kämen sie vom Himmel herab. Susanna legte den Kopf sinnend auf die Arme, dass ihr Haar im schrägen Licht der Nachmittagssonne wie lauteres Gold glänzte.

»Ach, weißt du, ich habe Fortunat gar nicht richtig wahrgenommen. Zumindest nicht vor der Ehe. Ich war noch so jung … ich habe nur mich gesehen. Ich war beeindruckt von seinem Wissen und vornehmen Gebahren. Vor allem aber wollte ich weg. Weg von Tantzlehen …«

»Ja, wir haben das gesucht, was wir zu Hause nicht fanden. Anerkennung. Verständnis. Herzenswärme. Ist unser ganzes Leben nicht bestimmt von der Suche nach Dingen, die wir in der Kindheit vermisst haben? Dinge, die mir vorkommen wie die Gaben unter dem Christbaum. Mit großen Augen blicken wir auf die bunten Schachteln und Kartons und rätseln, was sie enthalten könnten. Nicht selten sind wir enttäuscht, wenn ihr Inhalt nicht unseren Wünschen und Erwartungen entspricht. Vielleicht erwarten wir einfach zu viel vom Leben.«

Auch auf Tantzlehen war das Kraut ins Korn geschossen. Franziska hatte einen Brief von Konrad Pyrr, der seit einem Jahr ihr Neffe war, erhalten, in dem er ihr mitteilte, dass er sein Studium in Freiburg fortsetzen werde. Er denke noch oft an den letzten Abend in Bad Gastein. Bei diesen Zeilen geriet Franziska ins Schwärmen. Eines Tages, beim Mittagsmahl, sagte sie zu ihren Eltern: »Konrad hat mich gefragt, ob ich nicht Lust hätte, nach Freiburg zu ziehen. Platz sei genug im Haus, und Celia würde sich freuen …«

Der Ronacher blickte sie argwöhnisch an. »Kennst du ihn so gut, um zu wissen, was du tust?«

»Ich glaube schon. Vergiss nicht, ich bin siebzehn und heiratsfähig.«

Magdalena erbleichte. »Diesen Skandal erspare uns bitte! Du kannst doch nicht den Sohn deines Schwagers … deinen Neffen heiraten. Wie sieht das aus? Als würden sich die Ronacher wie die Saatkrähen auf die Pyrrschen stürzen.«

»Kann ich etwas dafür, dass sich Celia diesen alten Knacker gekrallt hat, der ihr Vater sein könnte? Wenn mein Schwager gleichzeitig mein Schwiegervater und mein Neffe mein Eheherr ist, dann sind wir eine Fleckerlteppichfamilie, was solls!«

»Darf ich auch mal etwas dazu sagen«, meldete sich Rupert zu Wort. »Wir haben schon genug Scherereien gehabt. Zuerst mit Cecilia, dann mit Susanna. Und jetzt kommst du und willst deinen Schwager zum Schwiegervater machen, nur weil du seinen unreifen Sohn einmal bei Vollmond geküsst hast.«

»Wenn ihr Angst habt, das Ansehen von Tantzlehen könnte beschädigt werden, kann ich euch beruhigen«, rief Franziska wütend. »Da gibt es nicht mehr viel zu verlieren.«

»Macht doch alle, was ihr wollt!«, brummte Rupert. »Ein Narrenhaus ist ein Erholungsheim dagegen.«

Zwei Wochen später verließ Franziska Tantzlehen. Cecilia hatte ihr mitgeteilt, sie freue sich riesig auf ihr Kommen. Franziska bringe ihr ein Stück Innergebirg mit, wie man das Land im Gebirge hieß, das sie so sehr vermisste. Es war das erste Mal, dass Cecilia offen aussprach, dass sie Heimweh hatte. Vielleicht war es eine Umschreibung anderer Dinge, die ihr auch fehlten.

Magdalena litt unter der Einsamkeit. Oft lief sie durch das Haus und horchte, ob nicht irgendwo die Stimmen ihrer Töchter erklängen. Wenn sie ins Mädchenzimmer kam und die unbezogenen Betten sah, schnürte es ihr jedesmal die Kehle zu.

»Hast du mal was von Gundl gehört?«, fragte sie eines Tages den Tantzlechner beim Mittagstisch. Sie war übelgelaunt und suchte Streit.

»Ich sehe sie hin und wieder, wenn ich in Neukirchen zu tun habe. Sie arbeitet jetzt beim Rosentalwirt. Warum fragst du?«

»Ach, nur so ... ich denke manchmal, wir haben sie etwas voreilig weggeschickt. Sie war mir immer eine große Hilfe. Schade, dass wir sie entlassen mussten ...«

»Wir können sie ja wieder einstellen.«

»Damit du dein Vergnügen mit ihr hast!«, lachte die Kammerlanderin krampfhaft.

Rupert erkannte die Falle, in die er geraten war. Seine Augen funkelten hasserfüllt. »Ob ich das hier oder anderswo habe, ist gehopst wie gesprungen.«

Magdalenas Gesicht verzerrte sich. »Was ist es, das sie mir voraus hat?«

»Sie ist jung und stellt keine Fragen.«

Einmal kam Magdalena etwas früher vom Senningerbräu heim, wo sie nach den Chorproben zu feiern pflegte. Als sie Rupert weder in der Stube noch im Schlafzimmer fand, ging sie die Stiege hinauf zu den Mägdekammern. Hinter einer Tür hörte sie Geräusche. Stöhnen und spitze Schreie, begleitet vom Knirschen eines Bettgestells. Dazu ein Klatschen, als ob ein Schnitzel auf dem Küchentisch geklopft würde. Leise drückte sie die Klinke nieder. Da sah sie die Gundl. Splitternackt, mit den Händen ihre Brüste haltend, saß sie rittlings auf Ruperts Schoß, der ihre Hüften umfasst hielt. In kurzen schnellen Stößen bewegte sie ihr Becken vor und zurück, dass ihr Bauch gegen seinen Bauch klatschte. Die Magd schien nicht erschrocken zu sein, als sie die Tantzlechnerin sah. Sie blickte ihrer einstigen Herrin ungeniert ins Gesicht. Mit verklärtem Blick und außer sich vor Sinneslust.

Sie nimmt mich nicht mehr ernst, dachte Magdalena bekümmert. Nicht einmal den Mund hält dieses schamlose Weibsstück. Ja, jetzt nahm sie grausame Rache für ihre Entlassung. Rupert hatte seine Ehewirtin nicht gesehen. Den Blick zur Wand gerichtet, saß er mit dem Rücken am Kopfteil des Bettes. Magdalena schloss leise die Kammertür.

Am nächsten Tag stellte die Tantzlechnerin ihren Ehemann zur Rede. »Was hatte eigentlich Gundl hier zu suchen?«, fragte sie betont harmlos.

»Sie hatte gestern ihren freien Tag. Da hat sie mal vorbeischauen wollen.«

»So, vorbeischauen nennt man das! Mich hat sie anders angeschaut. Nicht, als ob sie Guten Tag sagen wollte.«

»Na und?«, sagte Rupert, als ob ihn das Ganze nichts anginge.

Von Stund an ließ sich Magdalena gehen. Sie lief den halben Tag im Nachtgewand herum mit offenem Haar, dass die Dienstboten hinter ihrem Rücken Witze machten. Manchmal war sie schon am Vormittag sternhagelblau, sodass sie sich am Treppengeländer festhalten musste. Ein andermal lief sie am hellichten Tag aus dem Haus und irrte, nur mit dem Nachthemd bekleidet, im Dorf umher, ihren Hass auf alles, was sie bedrückte, durch die Gassen schreiend. Der Bader, den man eilig zuhilfe geholt hatte, brachte sie nach Hause und verabreichte ihr Baldrian.

»Der Verlust der Scham ist das erste Anzeichen von Irrsinn«, sagte Thaddäus Zipperle besorgt zu Rupert.

»Wenn das stimmt, wären alle irrsinnig, die nicht im Kloster leben«, sagte Rupert trocken. »Und selbst dort ist der Teufel noch zu Hause.«

Eines Tages hielt eine gelbe Kutsche vor dem Gutshaus. Der Wagen hatte vergitterte Fenster.

»Trari, trara, die Post ist da!«, lachte der Stallknecht, der gerade über den Hof lief.

»Hast du ein Posthorn an der Wagentür gesehen?«, war die Antwort des Kutschers.

Wo die Tantzlechner seien, fragte einer der beiden Männer. Der Bauer sei auf dem Feld und die Bäuerin, na ja, so genau wisse man das nicht. Sie sollten mal im ersten Stock nachsehen, die erste Tür rechts. Die Männer fanden Magdalena im Schlafzimmer. Das Haar wirr im Gesicht, den Schlafrock offen bis zum Gürtel und in der Hand eine Flasche Branntwein, so lag sie im Bett.

»Wer seid ihr?«, sagte sie mit schwerer Zunge, ihr Morgengewand zusammenziehend. »Ihr seht aus wie ... Gerichtsdiener ... oder Kerkerknechte.«

Argwöhnisch betrachtete sie die Männer. »Euch kenne ich doch ... ja, jetzt fällt es mir wieder ein. Habt ihr nicht unsere Tochter abgeholt, als sie an den Pranger musste?«

»Kann schon sein«, sagte einer der beiden mit unbewegter Miene. »Auf Anweisung des Pflegamts befehlen wir Euch, uns zu folgen.«

»Was habe ich verbrochen?«

»Das wird Euch der Herr Hofmedizinalrat erklären.«

»Wartet draußen. Ich werde mich ankleiden.«

»Diesen Wunsch können wir Euch leider nicht erfüllen. Wir haben Sorge zu tragen, dass Ihr Euch nicht gewaltsam ein Leid zufügt.«

»Mir ist schon genug Leid zugefügt worden. Schlimmer kann es nicht kommen.«

Die Männer standen am Fenster und unterhielten sich leise. Immer wieder musste die Tantzlehenbäuerin sich am Bettpfosten festhalten, als sie sich ankleidete. Dazu sang sie das Lied »Geh aus, mein Herz, und suche Freud«. Danach packte sie eine Tasche mit dem Notwendigsten. Die Männer begleiteten sie zum Wagen und ketteten sie fest.

»Wo bringt ihr mich hin?«, schrie sie in wilder Verzweiflung.

»Nach Salzburg ins Narrenhaus.«

Jemand hatte das Gerücht in die Welt gesetzt, der Jenner sei am Ende. Der Bergsegen erschöpft, das Unternehmen kurz vor dem Konkurs. An den Börsen brachen die Kurse ein. Die Aktionäre hatten Angst vor der Zubuße, wie die gesetzliche Nachschusspflicht hieß. Christoff sah sich genötigt, seine wirtschaftlichen Verhältnisse offenzulegen. In der Habachklause berief er eine Versammlung ein. Er legte den Gewerken Abrechnungen über die verkaufte Ware vor. Ließ sie Einblick in die Bergbücher nehmen. Zeigte ihnen ausgewählte Fundstücke. Aber es gelang ihm nicht, das Misstrauen zu zerstreuen. Es hatte sich herumgesprochen, dass die Ausbeute nicht den Erwartungen entsprach. Christoff sah keinen anderen Weg, als mit den drei Smaragdgräbern zu verhandeln.

Eines Abends begegnete er ihnen beim Dorferwirt. Sie saßen in einer Ecke und spielten Karten. Der Planck, der Kümbel und der Habiger. Mit ihren zerzausten Bärten und abgerissenen Kleidern machten sie einen beklagenswerten Eindruck. Georg stand am Zapfhahn hinter dem Tresen.

»Volles Haus, wie man sieht«, begrüßte Christoff seinen Bruder.

»Könnte besser sein«, brummte Georg. »Wer spielt, isst nichts und trinkt wenig.«

Christoff trat an den Tisch der drei Spieler. Sie beachteten ihn nicht.

»Vorhand spielt«, eröffnete der Erste.

»Mittelhand reizt: fünf mehr«, sagte der Zweite.

Verärgert warf der dritte Mann die Karten auf den Tisch. »Hinterhand passt ... ich habe nur Spatzen.«

»Herz ist Trumpf«, sagte der Erste. »Herzkönig ... bietest du mehr, Planck?«

Der Herausgeforderte legte einen Buben auf den Tisch. »Herzunter ... du hast den Stich, Kümbel.«

»N'Abend die Herren!«, sagte Christoff, die Hand lässig in der Tasche. »Heute kein gezinktes Blatt, keine zweite Sau im Ärmel?«

Der Kümbel drehte sich langsam um. »An deiner Stelle wäre ich ganz still, Jenner. Das Grubenwasser steht dir bis zum Hals.«

Christoff beugte sich über das Kerzenlicht und zündete seine Pfeife an. »Besser das Wasser am Hals, als auf dem Trockenen zu sitzen. Der Schneider verdient nicht viel an euch, und auch nicht der Barbier.«

Er blies dem Planck einen Rauchkringel ins Gesicht.

»Setz dich zu uns«, sagte der Planck höhnisch grinsend. »Vielleicht bist du im Sitzen noch witziger.«

»Spielts ein Haferltarock?«, fragte Christoff, den Spott ignorierend, und griff sich einen Stuhl. »Wie hoch ist der Einsatz?«

»Zehn Kreuzer ins Haferl«, sagte der Habiger. »Wer gewinnt, darf einen Fünfer rausnehmen. Für alle fünf Augen, die er mehr hat, als angesagt waren, nochmal einen Fünfer.«

»Zehn Kreuzer? Ich setze mit Grünen. Zehnkaräter von satter Farbe und erstem Wasser.«

»Das ist ein übler Scherz, Jenner«, sprach der Kümbel. »Du weißt genau, dass wir keine Smaragde besitzen.«

»Das könnte sich ändern ...«

»Wie meinst du das?« Die Augen des Kümbel weiteten sich.

»Wir könnten gemeinsame Sache machen ... Na, da kommt Glanz in die Gucker!«

Alle legten gleichzeitig ihre Karten aus der Hand.

»Ach so ist das!«, sagte der Habiger gedehnt. »Du brauchst uns, weil du nur noch auf taubes Gestein stößt.«

»Was dagegen?«, grinste Christoff.

»Ich kann dir sagen, was dein Problem ist«, entgegnete der Planck.

»Da bin ich aber gespannt.«

»Du kannst das Gestein nicht unterscheiden, in dem der Smaragd liegt. Und hast keinen blassen Schimmer von den Schieferarten, die das Gebirge durchziehen.«

»Ich gebe zu, ich bin kein Fachmann auf dem Gebiet der Geognosie und Mineralogie.«

»Habt ihr gehört, der Herr Gewerke ist kein Fachmann auf dem Gebiet der Geognosie und Mineralogie. Nun bist du ganz klein mit Hut, stimmts? Uns macht keiner was vor. Wir kennen die Mächtigkeit der Lagerstätten. Wir kennen das Nebengestein im Hangenden und Liegenden. Wir wissen, wie die smaragdführenden Gänge verlaufen, die Streichen und Fallen. Und welche Schläge im tauben Gestein enden. Und wir wissen auch, welcher von den Stollen ein Alter Mann ist.«

»Nicht mal ein Andreaskreuz habt ihr aufgestellt.«

»Der Jäger hat uns vertrieben«, sagte der Planck. »Einen Gamsbock haben wir gewildert ... zäh wie Leder war das Viech.«

Christoff sog an der Pfeife. »Und da hattet ihr noch Zeit, die Stollen zu sprengen? Zwei Wochen haben wir gebraucht, um die Grube freizuschaufeln. Machen wir keinen Eiertanz, Kumpel, was ist euer Preis?«

»Er will wissen, was wir wert sind, hast du das gehört, Planck?«, höhnte der Kümbel.

Er blickte Christoff herausfordernd an. »Nun, was sind wir dir wert, Grünschnabel?«

»Gedingelohn oder Herrenlohn, wie ihr wollt. Zahltag ist Samstag. Dann könnt ihr das Geld ins Wirtshaus tragen.«

»Da bist du auf dem Holzweg!«, sagte der Kümbel. »Wir arbeiten weder im Stücklohn noch im Schichtlohn. Nur auf eigene Rechnung. Du gewährst uns das Schürfrecht als Lehnhauer. Und wir verkaufen dir den Smaragd zum Ankaufspreis mit zehn Prozent Abschlag.«

»Und wenn zufällig was in die eigene Tasche geht?«

Der Habiger sprang auf. »Willst du uns als Betrüger beschimpfen?«

»Nein. Aber ich habe schon die seltsamsten Dinge erlebt. Ein Hauer wollte mir weißmachen, dass ihm ein Smaragd geradewegs in die Tasche gefallen ist.«

»Und was hast du mit ihm gemacht?«

»Ich habe zu ihm gesagt, ich will nicht, dass dir eines Tages ein Smaragd geradewegs auf den Kopf fällt, und habe ihn entlassen.«

»Das kann uns nicht passieren.«

»Gut. Dann wären wir uns einig.«

Christoff gab der Serviermagd ein Zeichen. »Eine Runde Vogelbeer und vier Gläser, Reserl. Die Flasche kannst du gleich hier lassen.«

Mit dem Blick des Jägers und der Witterung des Wildes spürten der Planck, der Kümbel und der Habiger die Bergschätze auf. Sie hielten Kienfackeln an die Grubenwände und spähten nach dem Glimmerschiefer, dem Muttergestein. Bis sie eine reiche Lagerstätte entdeckten. Streckenweise befand sich der Smaragd im Anstehenden. Fast in jeder Bergtruhe, die sie ans Tageslicht schoben, funkelten tiefgrüne Kristalle von erster Qualität.

Wie ein Lauffeuer verbreitete sich die Nachricht von dem Bergsegen. Täglich stiegen die Notierungen der Kuxe an der Augsburger Warenbörse. Bald übertrafen die Gewährscheine den Ausgabekurs um ein Vielfaches. Nun griffen auch die Zweifler und Zaghaften zu, die vor Kurzem die Papiere nicht anrühren wollten. Am Ende des Jahres war der Jenner im wahrsten Sinne des Wortes ein steinreicher Mann. Man nannte ihn den Smaragdkönig.

Schon seit Längerem trug sich Christoff mit dem Gedanken, ein Haus zu bauen. Er sah ein, dass es an der Zeit war, dem Erfolg ein Gesicht zu verleihen. Und wer weiß, vielleicht würde er eines Tages heiraten. Da konnte es nicht schaden, die Hausfrau am eigenen Herd walten zu lassen. Auch wollte er sein Vermögen sicher anlegen. Grund und Boden waren beständiger als die Kuxscheine, deren Wert vielen Unwägbarkeiten unterlag. Auf jeden Fall musste es ein Bauwerk sein, das die Größe des Unternehmens angemessen repräsentierte. In Schönbach, am Fuß des Gamskogels, erwarb er ein Grundstück. Groß genug, um einen Ansitz zu errichten, und hoch genug gelegen, dass die Wasser der Salzach keine Gefahr darstellten. Zweihundert Joch Wiesen und Wald erschienen ihm ausreichend, um das Gut landwirtschaftlich zu nutzen, falls die Grube eines Tages versiegen sollte. Außerdem erhielten Grundbesitzer ab dieser Hofgröße das Jagdrecht.

Der Bau, der ihm als Vorbild für den Runstein diente, war der Goldeckerhof in Gastein, das sogenannte Weitmoser-Schlösschen. Ein stattlicher Ansitz, der nicht protzig wirkte und sich harmonisch in die Landschaft fügte. Sein Besitzer, der Pfarrherr Johann Riept, zeigte ihm bereitwillig die Baulichkeiten, auch die Inschrifttafel im ersten Stock, die an den großen Brand erinnerte:

Anno 1553 am 19. Juni um 9 Uhr abends ist Christoph Weitmoser Haus und Hof abgebrannt, wobei drei Personen im Feuer umkamen. Anno 1554 am 14. Mai hat derselbe diesen Bau angefangen und am 14. Juli vollendet.

Der Bau sollte nicht unnötig Missgunst und Neid provozieren, überlegte Christoff. Ein Eckturm genügte, um zu zeigen, dass sein Besitzer von adeligem Stand war. Seit dem vergangenen Jahr durfte er sich mit dem Titel eines Freiherrn schmücken.

Die beiden rechtwinklig zueinander stehenden Flügel des Hauses ließ er bis zum Dachfirst in Stein mauern und mit Lehmmörtel verputzen. An der westlichen Seite, gegen Neukirchen, errichtete er einen

Turm mit Wetterfahne. Bei Tag hätte er von den Zinnen eine schöne Aussicht. Und bei Nacht könnte er den Sternenhimmel beobachten. Die Zufahrt von Schönbach ließ er von Bergulmen mit hoher Krone säumen. Innerhalb der mannshohen Feldsteinmauer, mit der er das Anwesen umfriedete, legte er einen weitläufigen Baumgarten mit Fruchtbäumen an. Scheune, Ställe und Schuppen baute er in einiger Entfernung. Er wollte das Gesinde nicht um sich haben und vom Lärm des Tagewerks verschont bleiben. Auch achtete er darauf, dass die Wirtschaftsgebäude nicht zu klein ausfielen. So hätten Spötter keinen Anlass zu sagen, der Jenner schätze die Lustbarkeiten mehr als die Arbeit.

Ein mächtiger Granitstein, etwas versteckt zwischen hohen Tannen, gab dem Flurstück seinen Namen. Schalenförmige Vertiefungen und rätselhafte Zeichen waren in den Felsblock geschnitten. Ein wenig begangener Bettlerpfad führte daran vorbei. Durch einen Schreibfehler war der Flurname im Katasterbuch mit Ruhstein eingetragen. Woher der Stein seinen Namen hatte, wusste niemand so genau. Einige meinten, der Findling sei ein Opferstein aus heidnischer Zeit. Wahrscheinlicher war, dass der Stein bei dem Bergsturz im vorigen Jahrhundert, als das Goldbergwerk verschüttet wurde und der Wald bis in die Tallagen abgeholzt war, vom Gamskogel herabstürzte. Es hieß, in die Schalen seien die Lichter der Toten bei der Totenwache gestellt worden, wenn die Knappen ihre verunglückten Kumpel zu Tal trugen. Die sonderbaren Zeichen hätten Bettler oder Landfahrer in den Stein geschnitten. Entziffern konnte sie niemand.

Der Runstein war ein Freihof mit Erbrecht und ohne Abgaben. Das Gut war unmittelbar dem Landesfürsten unterstellt. Wie der Weyerhof oder der Herrensitz Wenns. Für die Gründung einer wohltätigen Stiftung zugunsten gefallener oder geschändeter Mädchen hatte ihm der Kaiser im vergangenen Jahr den Freiherrentitel mit Wappenrecht verliehen. Mit dem Wappenrecht erhielt er das Privileg des Grund- und Waldbesitzes, das Jagd- und Fischereirecht sowie die Ausübung der niederen Gerichtsbarkeit nach dem Hofmarksrecht.

Christoff ließ sich nicht blenden. Er wusste, man hatte ihm die Auszeichnung weniger für seine Wohltätigkeit als für Fron und Wechsel auf sein Bergwerk verliehen. Der Bergsegen füllte die Schatulle des Erzbischofs. Nicht nur mit Steuern und Abgaben. Auch mit Edelgestein erster Wahl, das er an den Regalherrn abliefern musste.

Den Adelsbrief aus den Händen des Pflegers in Empfang nehmend, sagte Christoff mit gespieltem Pathos:»Wenn wir in Kriegszeiten zum Waffendienst gerufen werden, bedürfen wir keiner Zeichen, die wir vorantragen wie wegunkundige Wallfahrer.«

»Ein wahres Wort, Herr Jenner!«, lobte Georg Thomas Perger von Emslieb.»Wenn Ihr die Rechtschaffenheit und Tugend vorantragt, denen zufolge Seine Majestät der Römische Kaiser und König von Ungarn Euch in den Freiherrenstand erhoben hat, ist das genug der Ehre für unser Land.«

Das Wappen ließ Christoff über dem rundbogigen Portal anbringen. Im linken Feld des Herzschildes zeigte es einen springenden Gamsbock in Anlehnung an den Hausberg, im rechten Feld drei Sechsecke. Man konnte sie als Kristalle oder Rosen deuten. Neben dem Eingang pflanzte er weiße und rote Rosenstöcke. Bald umrankten sie das Wappen von beiden Seiten. Als wollten sie dem Betrachter zeigen, was mit den Sechsecken gemeint war.

Beim Richtfest am Veitstag, im Bauernkalender der Beginn der Almauffahrt, sagte Christoff zu den Zimmerleuten und Maurern:

»Den ersten Hof, dessen Zinsknecht ich war, haben mir die Fluten genommen. Den zweiten, dessen Herr ich bin, lasse ich mir nicht nehmen. Weder vom Wasser noch vom Feuer. Und schon gar nicht von fremden Herren. Den Runstein habe ich für die Ewigkeit gebaut. Dank eurer Hilfe.«

Über das Tor zu den Wirtschaftsgebäuden ließ er einen Sinnspruch in den Sandstein meißeln:

Gehe dahin, wo die anderen nicht sind,
die Trägen und die Furchtsamen,
dann kann dir keiner an Herz und Hof.

Die Bergbauern rühmten die Weisheit dieser Worte. Der Jenner habe das Gesetz des Gebirges erkannt. Nur mit eisernem Willen könne man am Berg bestehen. Andere schüttelten den Kopf. Ein Viehhändler sagte zu Christoff:»Mit dieser Narrenweisheit kann man keine Geschäfte machen. Auf Wegen, auf denen die Herde nicht wandelt, ist nicht viel Geld zu verdienen.«

Der Jenner blickte ihn verächtlich an. »Das mag auf Euch zutreffen. Ihr verdient Euer Geld mit Kuhschwänzen und Schweinsfüßen, nicht mit Smaragdschätzen.«

Es war Hochsommer, und die Hundstage brüteten über dem Gebirge. Ein tiefblauer Himmel spannte sich über die Gletscher der Venedigergruppe. Ein Tag wie geschaffen für einen Pirschgang auf Steinwild, dachte Christoff. Nach der Frühjahrsäsung war das Rudel über den Habachkamm in das Hollersbachtal gewechselt. Im Gamskar, oberhalb der Scharreralm, hatte das Fahlwild gewöhnlich seine Einstände.

Christoff stieg die Leckbachscharte hinauf. Mannshohe Felsblöcke bedeckten das weglose Joch oberhalb des Bergwerks. Jenseits des Kammes gelangte Christoff über ein steil abfallendes Geröllfeld zur Schwarzen Wand. Hin und wieder suchten Strahler in den Klüften und Gängen der schroffen Felswand nach Glimmer, Zimtstein oder Magneteisen. Die Kristalle interessierten Christoff heute nicht. Er wollte die Könige der Berge sehen. Doch sie schienen wie vom Erdboden verschluckt.

Vielleicht hielten sie sich im Talschluss auf, überlegte er und stieg weiter. Auf dem Gipfel des Labenkogels nahm er das Teleskop zur Hand. Sein Blick wanderte zum Großvenediger. Ein glitzernder Harnisch aus Schnee und Eis bedeckte die Kuppe des Bergriesen. Die Sonne stand schon im Westen und warf harte Schatten über den felsigen Nordgrat. Er richtete das Glas gegen das Hollersbachtal. Im Gewände über der Steigklamm kreiste ein Gänsegeier. Ein mächtiger Vogel mit riesigen Schwingen. Der Aasfresser war wohl auf der Suche nach einem toten Stück Wild oder einem verunglückten Schaf. Am Weißeneck sah Christoff das Steinwild. Zwei Böcke, drei Geißen und vier Kitze wechselten gemächlich über ein Schneefeld. Gefesselt von dem majestätischen Anblick, beobachtete er, wie das Rudel über das Firnfeld zog und hinter den Steilflanken der zerklüfteten Karwände verschwand.

Er richtete das Teleskop nach unten. Der Kratzenbergsee erschien ihm wie ein Smaragdkristall, gebettet in die Brillanten der Eisgipfel. Da entdeckte er etwas Merkwürdiges. Auf einer Steinplatte am Ufer lag eine Person. Er drehte am Okularring, bis er das Objekt deutlich erkannte: Eine Weibsperson, ausgestreckt auf dem Bauch, den Kopf seitlich auf die Arme gebreitet, die Augen geschlossen. Höllteufel, das gibt es doch nicht! Ein Weibsbild allein in den Bergen, dazu splitternackt. Es musste eine Hirtin oder Sennerin sein. Andere Dirnen gab es nicht hier oben. Nach einer Weile erhob sich die Hirtin. Vorsichtig setzte sie einen Fuß ins Wasser. Sie zögerte einen Augenblick, ob sie es wagen sollte, sah sich etwas unsicher um, bückte sich ein paarmal, um Arme und Brust zu benetzen, und schwamm dann mit langen kräftigen Zügen auf den See hinaus. Gebannt verfolgte Christoff ihren weißen Leib im grünschillernden Wasser. Das hüftlange Haar floss über ihren Rücken wie pures Gold. In der Mitte des Sees machte sie kehrt und schwamm zurück. Manchmal tauchte sie den Kopf unter. Als sie aus dem Wasser stieg, das nasse Haar schüttelnd, sah er ihr Gesicht.

Ja, sie war es, die Berta. Sie arbeitete, wie er wusste, als Sennerin auf der Scharreralm. Ein Weibsteufel sei sie geworden, seitdem der Knecht auf Reitlehen sie hatte sitzen lassen, erzählte man sich. Beim Sauschneider habe sie sich unfruchtbar machen lassen. Nun nähme sie grausame Rache an den Mannsbildern. Sie hätte ihren Spaß daran, wenn ihre Buhlschaften, meist Holzknechte oder Wildschützen, sich ihretwegen die Augen blau und die Nasen blutig schlugen. Einer soll nicht mehr aufgestanden sein.

Die Arme ausgebreitet, ein Bein aufgestellt, lag sie auf dem Rücken. Wassertropfen glitzerten auf ihren Brüsten, perlten an Schultern und Schenkeln ab. Das flachsblonde Haar lag kranzförmig um ihren Kopf gebreitet. Wie ein Heiligenschein.

Ein brennendes Verlangen nach diesem Teufelsweib überkam ihn. Aber etwas hinderte ihn, an den See zu gehen. Ein Weib zu nehmen, das sich in schamfreier Ungeniertheit darbot, war unter seiner Würde. Er steckte das Fernrohr in das Futteral und machte sich auf den Rückweg. Doch die Bilder gingen ihm nicht aus dem Sinn.

Schon lange hatte er nicht mehr bei einem Weib gelegen.

Der Herbst war ins Land gezogen. Der Wind fegte die letzten Blätter von den Bergulmen. Regenschauer peitschten um die Gehöfte. Kein Hund traute sich vor die Haustür.

Nachdem Kälte und Schnee den Bergbau im Gebirge unmöglich gemacht hatten, war Christoff auf den Runstein zurückgekehrt. Mit Wohlgefallen betrachtete er sein Haus. Das schwere, aus Eichenholz gefertigte und mit Eisenbändern beschlagene Hauptportal, dessen Türknauf ein Messinglöwe zierte. Das steil abfallende Dach aus gerundeten Schieferplatten. Die tief eingeschnittenen Fenster mit den bleigefassten Glasscheiben. Den um den Flügel des Hauses laufenden Söller mit der gedrechselten Balusterbrüstung. Die Wetterfahne auf dem Turm, ein Gockelhahn mit Pfeil und Windrose. Die kupfernen Regenrinnen, an deren Ende Wasserspeier in Form von Drachen angebracht waren, furchterregend anzusehen mit ihrem aufgerissenen Rachen. Die breite geschwungene Steintreppe aus Marmor, die von der Halle in das Obergeschoss führte. Noch fehlten Lampen und Leuchter. Aber der Kamin im Großen Saal war eingebaut, die Stucköfen in den Schlafgemächern aufgestellt.

Der Runstein war ein Herrensitz.

Den stürmischen Herbstabend gedachte Christoff vor dem Kamin zu verbringen. Er fachte mit dem Blasebalg das Feuer an. Sinnend starrte er in die lodernden Flammen. Die Ausbeute konnte sich sehen lassen. Ein Gewinn von mehreren tausend Silbergulden nach Abzug von Fron und Wechsel. Alles in allem ein gutes Jahr.

Plötzlich vernahm er ein Geräusch. Wagenräder knirschten auf dem Kies. Wer kam zu dieser späten Stunde? Er trat ans Fenster. Eine geschlossene Karosse hielt vor dem Eingang. Der Kutscher half einer schwarz gekleideten Dame aus dem Wagen. Ein Schleier verhüllte ihr Haupt. Bald darauf hörte er ein zaghaftes Klopfen. Christoff öffnete die Tür.

»Darf ich fragen, was Ihr begehrt?«

»Erkennst du mich nicht mehr?«, sagte sie und warf ihren Schleier zurück.

Ungläubig betrachtete Christoff das junge Frauenzimmer.

»Das ist doch nicht möglich ... Julia! Was verschafft mir die Ehre?«

»Das erzähle ich dir später. Ich muss mich erst einmal aufwärmen. Ich habe eine entsetzliche Fahrt hinter mir.«

»Das kann ich mir vorstellen. Auf den Höhen liegt bereits Schnee.«

»Wir brauchten drei Tage, um über das Tauerngebirge zu kommen. Ich habe mir in der Chaise den Steiß abgefroren.«

»Oh, das tut mir aufrichtig leid«, sagte Christoff, wobei er besorgt auf den genannten Körperteil blickte.

»Nicht weniger schlimm waren die Quartiere in den Tauernhäusern. Ich glaubte mich in einem Feldlager.«

»Jetzt weißt du, auf welchen Wegen der Raifal zu uns kommt.«

»Raifal?«

»So nennen wir den italienischen Süßwein.«

»Den könnte ich jetzt vertragen.«

»Wie hast du überhaupt hierher gefunden?«

»Ich musste nur der Spur der Smaragde folgen ...«, sagte sie mit dem ihr eigenen Lächeln. »In Venedig traf ich einen Goldschmied, dessen Agent das Habachtal kannte.«

Christoff nahm ihr das Gepäck ab und führte sie in den großen Saal. Seinen Diener beauftragte er, eine kräftige Bouillon zu kochen und den Kutscher zu verköstigen, alsdann eine Flasche Raifal aus dem Weinkeller zu holen. Im Schein des Feuers erschien ihm ihr Antlitz blasser und schmaler als früher. Sie nahmen vor dem Kamin Platz.

»Warum trägst du Schwarz?«

»Der Kaiser hat mich zur Witwe gemacht ... hast du es nicht in der Zeitung gelesen?«

»Nein. Was ist passiert?«

»Die ganze Sache ist aufgeflogen. Zrinyi, Nádasdy, Franz und Tattenbach wurden an den Wiener Hof zitiert. Der Kaiser hatte ihnen freies Geleit zugesichert. Es war eine Falle. Er stellte sie in der Hofburg unter Hausarrest. Später ließ er sie nach Wiener Neustadt bringen und der Folter unterziehen. Man warf ihnen vor, den Kaiser umbringen zu wollen oder zu entführen, um ihn den Türken auszuliefern. Um sich den Anschein der Liberalität zu geben, bestellte der Kaiser Gutachten von deutschen Universitäten ...«

»Gab es kein Gnadengesuch?«

»Doch. Wir beriefen uns auf die Tatsache, dass er der letzte seines Geschlechts ist. Der Kaiser lehnte das Gesuch ab mit der Begründung, durch die Frangipani seien sowohl Konradin, der letzte Staufer, als auch Friedrich der Streitbare, der letzte Babenberger, ums Leben gekommen. Beide Fälle liegen schon über vierhundert Jahre zurück!« Christoff legte neues Scheitholz nach, dass die Flammen hoch aufloderten.

»Und ... wie ging die Sache aus?«

»Mit den Gutachten gab sich der Kaiser den Anschein der Milde. Am dreißigsten April legten Frangipani und Zrinyi in Wiener Neustadt den Kopf auf den Block. Beide hatten mit dem Taschentuch ihr Haar hochgebunden. Trotzdem gelang es dem Scharfrichter erst beim dritten Hieb, ihre Köpfe abzuschlagen. Mehr als tausend Zuschauer ergötzten sich auf der Galerie des Zeughauses an dem Schauspiel. Nádasdy wurde im Wiener Rathaus auf dieselbe Weise hingerichtet. Tattenbach sitzt im Kastell des Grazer Schlosses und wartet auf sein Todesurteil. Katharina Zrinyi wird mit Aurora Veronika hinter den Mauern des Grazer Dominikanerklosters festgehalten. Es gehen Gerüchte, dass man Mutter und Tochter trennen will. Maria Szétsi hat man in Wien unter Hausarrest gestellt. Der Stammsitz der Frangipani, die Burg Ozalj, die Güter und die gesamte bewegliche Habe wurden konfisziert und der Adelstitel aus der Matrikel gestrichen. Bei der Aufteilung der Besitztümer Zrinyis bediente sich der Kaiser selbst ...«

»Der Kaiser als Räuber?«

»Ja. Meine zehn Finger reichen nicht aus, um aufzuzählen, was sich Seine Majestät unter den Nagel gerissen hat. Unter anderem einen schwarzen Umhang aus Samt, gefüttert mit Brokat und bestückt mit sechs goldenen Knöpfen und sechs Diamanten in deren Mitte. Einen Anzug aus Atlasseide von himmelblauer Farbe mit neunundzwanzig Knöpfen aus Perlmutt, in jedem Knopf ein in Gold gefasster Rubin. Eine Damaszenerklinge mit Scheide aus Jaspis, überzogen mit gediegenem Gold und feinen Edelsteinen besetzt. Einen Damaszenersäbel mit Fortsätzen aus weißem Silber und Rosen aus Blattgold überzogen. Zwei Tessiner Langbüchsen mit Blattgold und

Perlmutt. Eine Florentiner Büchse mit Silberbeschlägen. Elf Schwerter mit getriebenen Silberarbeiten, vierzehn Paar Pistolen, fünf venezianische Seidenteppiche.

Selbst die bestickte Seidendecke des Ehebetts von Peter und Katharina Zrinyi, geschätzt auf sechstausend Forint, war dem Kaiser des Heiligen Römischen Reiches und König von Ungarn nicht heilig. Darüber hinaus wurden Zrinyis Besitzungen und Güter in Bozjakovina, Rakovac, Zagreb, Sestina und Bresovica geplündert und verwüstet.«

»Das ist ja unglaublich!«, sagte Christoff kopfschüttelnd.

»Als ich von der Verhaftung meines Eheherrn erfuhr, bin ich mit Orfeo Frangipani, einem Cousin von Franz, in die Republik Venedig geflohen. Wien wusste, dass wir uns in der Lagunenstadt aufhielten und verlangte unsere Auslieferung. Auf Orfeos Kopf waren hunderttausend Gulden ausgesetzt. Er sagte mir, er wolle versuchen, nach Frankreich zu fliehen. Als Nichte des Kardinals Francesco Barberini stehe ich zwar unter dem Schutz des Papstes, doch ich wusste, Wien würde nicht zögern, mich zu entführen.«

Christoff griff zu dem Kaminbesteck und drehte die Holzscheite, dass das Feuer von Neuem aufflackerte.

»Wie konnte der Komplott auffliegen?«

»Die Agenten in Wien waren über unsere Aktivitäten unterrichtet. Tattenbach, dieser Trottel, machte den Fehler, seine Schriften nicht zu verschließen. Sein Kammerdiener Balthasar Riebel hat belastende Briefe und Aktenstücke gestohlen und lieferte sie dem Landesprofos aus, darunter der Bundesbrief, der auf der Burg Murány unterzeichnet wurde ... in der Nacht, als ich dich besuchte. Alsbald wurde der Diener von der Regierung zum Berichterstatter der konspirativen Zusammenkünfte auf Schloss Kranichfeld bestellt. So waren die Statthalterei in Graz und die Wiener Hofkanzlei über jeden unserer Schritte informiert.«

»Die fantastische Nacht von Murány war der Auslöser für vieles«, sagte Christoff, wobei er in die lodernden Flammen starrte.

»Ja. Ohne diese Nacht wäre mein Eheherr noch am Leben und ich nicht hier.«

»Er scheint dir viel bedeutet zu haben ...«

Sie entfaltete einen Brief, den sie an ihrem Busen versteckt hatte.
»Diesen Brief hat Franz am Tag vor seiner Hinrichtung geschrieben.
Ich lese ihn dir vor, dann verstehst du alles:

*Allerliebste und geliebteste Julia, meine Liebe! Nachdem ich nach
dem Willen des Himmels und dem göttlichen Ratschluss aus dieser
Welt in eine andere gehe, um so Genugtuung zu leisten für mein Unterfangen der Beleidigung der kaiserlichen Hochwohlgeboren, des al-
lermildesten Herrschers, möchte ich Dich mit diesen Worten umarmen
und Dir ein letztes Mal mit Gott sagen und Dich bitten, meine herz-
liebste Julia, dass Du mir bei der göttlichen Milde und mit christlicher
Sanftmut verzeihst, das Du etwa wegen meiner Rücksichtslosigkeit,
Beleidigung und Drangsal erleiden musstest. Ebenso ersuche ich Dich,
liebe Julia, dass Du mir jede und auch die allerkleinste Beleidigung
nachsehen möchtest, die ich Dir angetan habe. Ich von meiner Seite
verzeihe Dir von ganzem Herzen und mit ganzer Seele und vergesse
jeden Anlass eines Missverständnisses, das Du mir verursacht hast.
Meine liebe Julia, ich müsste lügen mit meiner ganzen Seele, um die
letzte Bekundung meiner tiefen Liebe für Dich zu verschweigen, aber
ich bin nackt und elend ...*

Sie ließ ihre Hände in den Schoß sinken.

Christoff sah, dass sich ihre Augen mit Tränen füllten.

»Bleib bei mir, Julia. Es ist gut, eine Frau im Haus zu haben, auch
wenn man nicht weiß, ob sie es zum Himmel oder zur Hölle macht.«

»Das wird sich zeigen«, erwiderte sie lächelnd. »Wo ist eigentlich
deine Gefährtin, von der du mir erzählt hast?«

»Cecilia hat mich verlassen. Im vergangenen Jahr hat sie nach Vor-
derösterreich geheiratet.«

»Vergiss sie! Es gibt schließlich noch andere Frauen ...«

Sie neigte sich zu ihm und bot ihm ihren Mund zum Kuss. Die leicht
geöffneten vollen Lippen, über denen ein kaum wahrnehmbarer dunkler Schatten lag, verliehen diesem Mund etwas die Sinne Berau-
schendes, ja, geradezu Wollüstiges. Er spürte, dass er der schönen Italienerin verfallen war.

Die vollen roten Lippen, die nur darauf warteten, geküsst zu werden, hielten Christoff fortan bei Julia. Aber sie genügten nicht, um die Erinnerung an Cecilia auszulöschen. Um das Feuer der Liebe, das in ihm brannte, in Asche zu verwandeln.

Die Häscher des Kaisers, die Wind davon bekommen hatten, dass die Witwe des hingerichteten Grafen Frangipani im Erzstift untergetaucht war, versuchten vergeblich, ihrer habhaft zu werden. Zweimal erschienen die Dunkelmänner im Morgengrauen auf dem Runstein. Zweimal zogen sie unverrichteter Dinge wieder ab. Das eine Mal war Julia auf Reisen. Das andere Mal gelang es ihr gerade noch rechtzeitig, sich schnell als Dienstmagd zu verkleiden. Das dunkle Haar unter einer Haube verborgen und Hände und Gesicht mit Asche geschwärzt, machte sie sich an einem Kachelofen zu schaffen, als die Schergen das Haus durchsuchten.

»Könnt ihr eure Stiefel nicht gefälligst an der Haustür ausziehen!«, schimpfte sie, als einer von ihnen sie interessiert beäugte. »Nichts als Arbeit hat man mit euch Mannsleuten.«

»Mir scheint, Sie hat ein etwas loses Mundwerk«, bemerkte einer der beiden Männer mit gefurchter Stirn.

»Ich bitte die Herren, das ungebührliche Verhalten meiner Kammerjungfer zu entschuldigen«, sagte Christoff, wobei er mit einer Geste der Hilflosigkeit die Arme ausbreitete. »In der heutigen Zeit gutes Personal zu finden, gleicht der Suche einer Stecknadel im Heuhaufen ...«

»Ihrem südländischen Aussehen und dem Akzent nach zu urteilen, scheint sie keine Pinzgauerin zu sein ...«

»Nein. Sie ist eine Kroatin. Ich habe sie als Kriegswaise mitgebracht ... in der Schlacht bei St. Gotthard anno vierundsechzig.«

Die Augen des Mannes leuchteten. »Ihr habt dem Kaiser gedient?«

»Ja. Im Waffenrock des Salzburgischen Infanterieregiments.«

»Habe die Ehre«, salutierte der kaiserliche Beamte und empfahl sich.

Julia de Naro war dem Jenner nicht nur eine in allen Liebeskünsten bewanderte Bettgesellin. Mit ebenso viel Liebe und Kunstverstand kümmerte sie sich um die Einrichtung des Hauses. In den Sommermonaten, wenn sich Christoff im Habachtal aufhielt, beaufsichtigte sie die Handwerker, richtete Küche und Bad nach ihren Vorstellungen ein, suchte Decken- und Wandleuchter aus, entwarf Stuckornamente und Seidentapeten und schneiderte faltenreiche Vorhänge aus Brokat oder Damast mit gerafften Draperien und Schärpen, die sie sich selbst ausgedacht hatte.

Die Reisen, die Julia in aller Herren Länder führte, glichen wahren Beutezügen. In der Werkstatt des Augsburger Kunsttischlers Johann Georg Esser entdeckte sie einen gedrechselten Kabinettsschrank aus Ebenholz mit Perlmutteinlagen, den Kurfürst Ferdinand Maria, genannt der Friedliebende, in Auftrag gegeben, aber aus unerfindlichen Gründen nicht abgeholt hatte. Von der Manufacture Royale des Tapisseries in Paris, wo unter der Direktion von Charles Lebrun die flämischen Wirkmeister Marc de Comans und Frans van den Plancken an den Webstühlen saßen, brachte sie eine Kollektion mit Jagd- und Liebesszenen geschmückter Gobelins mit. Von der Walkmühle des Tuchmachers Peter Pangh & Sohn der Groben Gewandschaft in Monschau hautschmeichelnde Stoffe aus spanischer Merinowolle.

»Es kommt mir vor«, sagte Christoff einmal zu ihr, als er eine Kiste mit Silbergeschirr aus dem Wagen lud, »als sei dein Kaufrausch der Ersatz für die Dinge, die du dir nicht kaufen kannst.«

»Dann schenk mir doch die Dinge, die ich mir nicht kaufen kann«, sagte sie kalt. »Vielleicht brauche ich diesen ganzen Plunder dann nicht mehr.«

»So habe ich es nicht gemeint, mein Schatz«, sagte er ausweichend. »Ich wollte nur sagen, du misst den habhaften Dingen eine zu große Bedeutung bei.«

»Machst du es nicht ebenso? Ist deine Gier nach den Bergschätzen nicht auch ein Ersatz für die Dinge, die du nicht kriegst?«

Christoff schwieg. Er wusste, was sie vermisste. Aber er konnte es ihr nicht geben. Umgekehrt konnte sie ihm nicht geben, wonach sein Herz sich sehnte.

Von ihren Reisen brachte Julia stets ein Geschenk für Christoff mit. Nicht immer stießen ihre ausgefallenen Mitbringsel auf Gegenliebe.

Einmal überraschte sie ihn mit einer Kreuzuhr in einem Gehäuse aus facettiertem Bergkristall. Den Brustschmuck, eine Arbeit des Genfer Uhrmachers David Rousseau, hatte sie auf einer Messe in Paris erstanden. Das vergoldete Ziffernblatt zeigte die Geißel- und Leidenswerkzeuge Christi: das Kreuz mit Hammer und Nagel, ein Stab mit Essigschwamm, eine Geißel, ein Rutenbündel, Leiter und Lanze, ein Schwert mit Wehrgehänge, einen Palmwedel mit krähendem Hahn, die Dornenkrone, die drei Nägel, die drei Würfel der Kriegsknechte und die Judas-Silberlinge, den Kelch zum Auffangen des Blutes, ein Säckel für Münzen und das Büßergewand Christi, um das die Söldner würfelten.

»Die Uhr ist wirklich ausgefallen. Aber ich glaube, sie passt besser zu dir ... ich meine wegen der Halskette.«

»Eigentlich hatte ich die Uhr für mich gekauft. Ich wollte nur sehen, wie du darauf reagierst ...«

»Und ... zu welcher Erkenntnis bist du gekommen?«

»Dass ich mit dir ein Kreuz zu tragen habe.«

»Da geht es dir nicht viel anders als Cecilia.«

Er wusste, was sie am meisten kränkte. Er brauchte nur diesen Namen auszusprechen.

Julias Antlitz verzerrte sich. Den Tränen nahe starrte sie auf die Uhr.

»Ich glaube, es ist besser, wenn ich heute Nacht in meinem Zimmer schlafe. Und morgen früh möchte ich bitte nicht geweckt werden.«

Christoff gefiel es, wie Julia den Runstein mit Schätzen ausstattete. Die Schätze unter der Erde verwandle ich zu Schätzen über der Erde, dachte er. Der Herrensitz überzeugte den letzten Zweifler am Erfolg der Edelsteingrube und bescherte ihm Gesellschafter aus den Kreisen des Adels und des gehobenen Bürgertums.

Als er sie darauf ansprach, warum sie sich nicht mit heimischen Erzeugnissen zufrieden gebe, die zwar nicht gleichwertig, dafür aber günstiger seien, antwortete sie: »Ein schönes Bild kommt nur in einem schönen Rahmen zur Geltung. Vergiss nicht, ich bringe dir mehr ein, als du ausgibst.«

Damit hatte Julia nicht unrecht. Mit ihrer südländischen Schönheit, gepaart mit Charme und Bildung, eroberte sie alle Herzen im Sturm.

Sie war eine geistreiche Gesprächspartnerin, die es verstand, ihrem Gegenüber das Gefühl zu geben, er wäre etwas ganz Besonderes, ohne dabei allzu viel von sich selbst preiszugeben. Ihre Vergangenheit als Witwe des enthaupteten Verschwörers Frangipani behielt sie für sich. Denjenigen, die wissen wollten, woher sie kam, erzählte sie, sie stamme aus Rom und sei die Nichte des Kardinals Barberini. Die Erwähnung des alten Florentiner Adelsgeschlechts, das mit Urban VIII. sogar einen Papst gestellt hatte, genügte, um ihr die Herren, die ihr mehr oder minder artige Komplimente machten, vom Leibe zu halten.

Christoff genoss die Privilegien eines Edelmannes. Wenn er einen Gasthof betrat, bedurfte es nicht der Aufforderung des Wirts, um einen Tisch oder eine Tafel freizumachen. Ein Blick in die Runde genügte, damit die Gäste aufsprangen und ihm bereitwillig ihren Platz anboten. In den Gassen drehten die Dirnen, wenn sie im richtigen Alter waren, die Köpfe nach ihm um. Ihren Freundinnen flüsterten sie zu, sie hätten gehört, der Jenner sei noch zu haben. Die Welsche sei nur sein Schlafweib.

Christoff wusste, dass er Julia einen Teil seines Erfolgs verdankte. Sie öffnete ihm die Türen zu den ersten Häusern. Brachte ihm die Etikette des Adels bei. Sorgte für das Wohl der Gäste. Verhandelte mit dem Bergrichter in heiklen Angelegenheiten. Um die Bewunderung der Herren und die Begierde der Damenwelt zu wecken, trug sie auf den Empfängen und Bällen erlesenen Smaragdschmuck, der ihre jugendfrische Haut und makellose Figur wirksam zur Geltung brachte. Bemerkte Christoff mehr als nur oberflächliches Interesse an den Juwelen, ließ er den Musterkoffer holen und präsentierte der verblüfften Gesellschaft eine Kollektion geschliffener Steine allererster Qualität.

»Eine kleine Auswahl der letzten Saison«, pflegte er mit gespielter Bescheidenheit hinzuzufügen.

Einmal, als er ein lukratives Geschäft getätigt hatte, sagte er zu Julia: »Du bist meine beste Botschafterin. Du machst aus dem Smaragd erst das Grüne Feuer.«

Julia warf ihren Kopf in den Nacken. »Habe ich es dir nicht immer gesagt? Ich bringe dir mehr ein, als ich koste ... ich bin unbezahlbar.«

Ein bitterer Unterton schwang in ihren Worten.

Ruhm und Reichtum paart sich immer gern mit Schönheit und Jugend. Auch der Gastwirt, Bierbrauer und Saumhändler Severin Senninger besann sich auf diesen für beide Seiten vorteilhaften Handel, als er am 10. Januar 1673 die junge Anna Maria Rottmayrin heiratete. Der in Ehren ergraute Bräutigam hatte zu diesem Zeitpunkt bereits sechsundsechzig Jahre auf dem Buckel. Zwei Jahre zuvor war seine Frau Maria Gratlin an der Wassersucht gestorben. Mit ihren ebenmäßigen Gesichtszügen und dem goldblonden Haar war die Rottmayrin eine begehrenswerte Schönheit. Als ob diese Mitgift nicht genug wäre, brachte die vierundzwanzigjährige Tochter des Mittersiller Gastwirts Christoff Ignaz Rottmayr und der Ursula Grundtnerin auch noch ein ansehnliches Heiratsgut mit in die Ehe. Die Trauung in der Pfarrkirche zu Bramberg und das Hochzeitsmahl auf dem Weyerhof übertrafen an Prunk alles, was der obere Pinzgau jemals erlebt hatte. Begleitet von fröhlichem Schellengeläut, brachte ein mit zwei Pferden bespannter Schlitten das in dicke Pelzdecken gehüllte Brautpaar zur Kirche.

Nach Dreikönig hatte es kräftig geschneit. Die Haustüren waren geschmückt mit Girlanden aus Tannengrün, und auf den Gassen jubelten und winkten die Leute. Sie alle hatten dem Senninger etwas zu verdanken. Entweder das Brot ihres Tagewerks oder das Bier zum Feierabend. Nicht selten beides.

Julia wurde blass, als Christoff ihr die Einladung zeigte. »Christoff Freiherr von Jenner und Beiwohnerin« stand auf der gedruckten Karte. Am Abend vor der Hochzeit, als Julia in seinen Armen lag, kam es zu einer Aussprache.

»Ich gehe nicht auf eine Hochzeit, zu der ich als Beiwohnerin eingeladen bin«, sagte sie aufgebracht. »So lasse ich mich nicht demütigen. Wird eine Frau nur dann respektiert, wenn sie verheiratet ist?«

»Mach dir nichts draus. Der Senninger hat sich einen Spaß erlaubt. Vielleicht ein Wink mit dem Zaunpfahl, dass wir unsere Beziehung legalisieren sollten.«

Julia starrte ihn mit großen Augen an. »Nun, wie stehst du dazu? Seit zwei Jahren leben wir im Konkubinat. Die Leute reden über uns. Stört dich das nicht?«

»Warum sollten wir unser gutes Verhältnis durch eine Ehe kaputt machen?«, erwiderte er mit gezwungenem Lächeln. »Was würde das zwischen uns verbessern?«

»Was sich verbessern würde, kann ich dir an fünf Fingern aufzählen. Meine Stellung in der Gesellschaft wäre eine andere. Meine wirtschaftliche Situation wäre geregelt. Zudem wüsste ich endlich, für wen ich das alles mache ... die Hauswirtschaft, die Geschäftsreisen. Und die Kinder, die ich mir wünsche, sollen nicht meinen Mädchennamen tragen. Wenn dir diese Argumente noch zu wenig sind, dann habe ich noch ein weiteres ...« Ihre Augen füllten sich mit Tränen. »Ich liebe dich ...«

Den Kopf aufgestützt und ihm zugewandt, lag sie auf der Bettstatt. Wie sanfte Wellen zeichneten sich die Konturen ihres Körpers gegen das fahle Licht des Mondes ab. Durch das geöffnete Fenster strömte milde Nachtluft. In das Geläut der Grasglocken mischte sich das Zirpen der Grillen. Gedankenverloren ließ Christoff seine Hand über ihre elfenbeinschimmernde Haut gleiten. Auch Cecilia hatte eine Haut wie Elfenbein. Lag sie in diesem Augenblick auch so bei ihrem Eheherrn? Strich er mit seiner Hand auch über ihren nackten Körper?

Als ob sie seine Gedanken lesen konnte, zog Julia seinen Kopf an ihren Busen.

»Komm zu mir. Du weißt doch, einmal ist mir nicht genug.«

»Mir auch nicht.«

Er flüchtete an ihren Busen, um die andere, der sein Herz gehörte, zu vergessen. Wie ein Wüstenwanderer, der, irrsinnig geworden von Durst und Erschöpfung, einer Luftspiegelung entgegentorkelt, das Bild einer blühenden Oase zum Greifen nahe.

Das Bild der Sehnsucht aber war weit weg.

Das Défilée der Gäste im Festsaal des Weyerhofs wollte kein Ende nehmen. Christoff bemerkte, dass ihm die Rottmayrin mehr Aufmerksamkeit schenkte, als es sich für eine Braut ziemte. Mehr als einmal warf sie ihm einen Blick zu, als dächte sie, der könnte mir gefallen.

Nachdem sie ihre Plätze eingenommen hatten, flüsterte Julia ihm ins Ohr: »Die Braut könnte fast seine Enkelin sein. Wenn ich mir vorstelle, was sie mit diesem alten Fettwanst in der Hochzeitsnacht erleben wird. Er raubt ihr mehr als die Jungfräulichkeit, falls sie die noch besitzt. Er raubt ihr die Jugend.«

»Vielleicht bedeuten ihr andere Dinge mehr«, erwiderte Christoff. Seine Augen suchten Susanna. Sie saß am anderen Ende des Saals, ins Gespräch vertieft mit Veronika Scharler, Cecilias ehemaliger Schulfreundin. Am Abend wurde zum Tanz aufgespielt. Julia war umringt von einigen jungen Herren, die mit ihr scherzten und Komplimente machten. Christoff nutzte die Gelegenheit, die Ronacherin zum Tanz aufzufordern. Eine Weile sprachen sie über belanglose Dinge.

»Du hast dich ganz schön gemausert«, sagte Susanna bewundernd, als sie an seiner Hand eine graziöse Girlande machte. »Ein gut gehendes Unternehmen, ein stattliches Haus und eine Frau an deiner Seite, um die dich alle bewundern.«

»Es gibt Dinge, die mir mehr bedeuten«, sagte er schulterzuckend.

»Und welche?«

»Dinge, die man nicht kaufen kann.«

»Jeder sieht doch, dass Julia dich liebt. Bist du denn nicht glücklich mit ihr?«

Er blickte an ihr vorbei. Seine Augen suchten Julia. Sie drehte sich plaudernd im Arm des jungen Mauritz von Khuen-Belasy, dass ihre Wangen erhitzt waren. Ja, sie war eine begehrenswerte Schönheit.

»Was ist eigentlich mit Celia?«, sagte er ausweichend.

»Sie hatte wieder eine Fehlgeburt. Sie redet sich ein, sie würde keine Kinder bekommen, weil sie sich in ihrem Inneren gar keine wünscht.«

»Alles kann man eben nicht haben.«

»Ja, das stimmt«, sagte sie, ohne ihn anzublicken.

Er musste über ihre Worte nachdenken. Sollte er Cecilia überreden, ihren Eheherrn zu verlassen? Nein, da würde er bei ihr auf Granit beißen. Dem Glück darf man nicht hinterherlaufen. Man muss es auf sich zukommen lassen und, wenn es nahe genug ist, beim Schopf packen.

Nach der Sonntagsmesse kam manchmal Ludwig Lebenauer auf den Runstein. Der Pfarrherr hatte vor Kurzem die Primiz gefeiert und die Kreuztracht Bramberg mit seinen zwölf Rotten übernommen, darunter auch Schönbach. Der junge Priester, der die Theologische Fakultät der Benediktiner Universität zu Salzburg besucht hatte, disputierte gern mit dem Runsteiner über Gott und die Welt. Bei einem Glas Veltliner wechselten sie häufig die Klingen.

»Wenn ich mich recht erinnere, habt Ihr Euch schon lange nicht mehr in der Kirche blicken lassen, Jenner«, befand Ludwig Lebenauer einmal stirnrunzelnd.

»Droben am Berg bin ich dem Herrgott näher als Ihr da unten im Tal«, erwiderte Christoff gelassen.

Der Geistliche, ein Freund des geflügelten Wortes, wusste sich zu wehren. »Heut ein Greif in kühnen Lüften, morgen bleich in kühlen Grüften.«

Christoff rang sich ein gequältes Lächeln ab. Eine Pause entstand. Nachdenklich betrachtete der Pfarrherr den gekreuzigten Heiland im Herrgottswinkel.

»Einen eigenartigen Spruch habt Ihr für Euer Haus gewählt, Jenner. Der Sinnspruch, dass man dahin gehen soll, wo die Schwachen nicht hingehen, um unbesiegbar zu sein, hat, verzeiht mir den Ausdruck, etwas Hochmütiges, wenn nicht gar Hoffärtiges an sich. Als wolle man sich abgrenzen von denen, die nicht die Gabe besitzen, lebenstüchtig und erfolgreich zu sein. Als verachte man jene, denen das Glück nicht wohlgesonnen ist. Ihr seid im Irrtum, wenn Ihr glaubt, Euer Leben nach eigenen Gesetzen einrichten zu können. Was kann der Mensch gegen Krankheit und Tod ausrichten, gegen Missernte und Viehseuche? Glaubt Ihr etwa, gegen Irrwege gefeit zu sein oder gegen die sieben Todsünden?«

Der Runsteiner lachte lautlos. »Ihr macht Euer Geschäft mit Angst und Schwäche, Hochwürden. Ich mache meines mit Mut und Stärke.«

Der Pfarrherr, ein verständnisvoller Mann, blickte ihn besorgt an.

»Ihr habt Angst vor dem eigenen Herzen, das ist Eure Schwäche.«

Da wurde Christoff schweigsam. So tief hatte ihm noch keiner in die Seele geschaut.

Georg Jenner blieb vom Missgeschick nicht verschont. Wie Baumharz klebte das Pech an seinen Händen. Alles, was er anfasste, missriet ihm. Kaum hatte er den Pluembhof wieder aufgebaut, stattlicher als je zuvor, traf ihn der nächste Schlag. An einem Wintertag war er mit elf Rossen, Knechten und Schlitten vom Hof gefahren, um in Saalfelden Getreide einzukaufen, als es hinter seinem Rücken rot aufleuchtete. Das Pluembgut stand wieder in Flammen. Im Pferdestall war Feuer ausgebrochen. Mit den Stallungen und Scheunen verbrannten Rösser, Kühe, Schafe, Schweine, das Getreide, Fuhrwerke und Gerätschaften. Im Jahr darauf wurde der Dorferwirt von den Flammen ergriffen und brannte bis auf die Grundmauern nieder. Es mussten höhere Mächte im Spiel sein, sagten die Leute. Wahrscheinlich stehe er im Bündnis mit den Unteren. Es gab aber auch Stimmen, die von Brandstiftung sprachen. Bei den Feinden, die der Ottacherbauer habe, sei das Motiv der Rachsucht nicht von der Hand zu weisen.

Auf Fronleiten sah man die Dinge anders. Afra sprach es als Erste aus:»Ich sage euch, hinter dem Unheil steckt kein anderer als der Zaubererjackl. Versucht es doch mal mit ehrlicher Arbeit, hat der Georg großspurig getönt. Ich frage euch: Ist das, was er macht, ehrliche Arbeit? Rücksichtslos münzt er seinen Gewinn aus der Not und dem Leid anderer. Nun bekommt er die Quittung dafür.«

In seiner Verzweiflung veräußerte Georg alle Bauerngüter bis auf das Ottacherlehen, das er seinem Stiefsohn Hans überschrieb. Sein ganzes Vermögen steckte er in den Bergbau. Im Hollersbachtal und Habachtal machte er Hoffnungsbaue auf. Ohne Erfolg. Andere hatten am Gamskogel auch kein Glück gehabt, tröstete er sich. Im Untersulzbachtal dagegen stieß er auf eine in Vergessenheit geratene Erzgrube. Zu Beginn des Jahrhunderts hatten die Weitmoser, die von Rosenberg und die Brenntaler Gewerken im Unterbach und am Hochfeld auf Kupfererz gebaut. Pochwerk, Sägemühle und Kochhütte waren noch vorhanden, wenngleich in baufälligem Zustand. Im Knappenhaus fand Georg seltsame Zeichen in die Wände geschnitten.

»Das war bestimmt der Zaubererjackl, der sein Revier markiert hat«, sagte er zu einem Steiger.»Einmal kam der Hexer mit seiner Mutter an unsere Haustür. Ich habe sie weggejagt. Da sind sie auch noch frech geworden. Dieses Bettlergesindel ist wie der Ampfer auf der Weide. Es gehört ausgerottet mit Stumpf und Stiel.«

Georg ließ die Bergstuben wieder herrichten und die Stollen öffnen. Die Schächte waren schwarz wie Pech. Wegen der Härte des Gesteins hatten die Vorbesitzer mit Schießpulver gearbeitet. Die Grubenwände waren mit einer dicken Rußschicht bedeckt, dass das erzführende Gestein nicht mehr zu erkennen war. In mühseliger Arbeit gelang es Georg, die Erzgänge freizulegen. Eines Tages stieß er auf eine Kupferader, die einen Abbau lohnenswert erscheinen ließ. Er sah sich am Ziel. »Ein Kupferbergwerk ist eine feine Sache«, sagte Georg bei einem Besuch auf dem Runstein. »Man kann bei Nacht und Nebel arbeiten. Bei Schnee und Eis. Ich kann bequem mit dem Gespann zu den Berghäusern fahren und bin in einer Stunde beim Talboden. Das Erz gebe ich in die Hüttenwerke nach Mühlbach. Somit erspare ich mir eigene Schmelzöfen.«

»Hast du dir einmal überlegt, weshalb der Bergbau im Unterbach und am Hochfeld aufgegeben wurde?«, gab Christoff zu bedenken. »Vielleicht ist der Bergsegen doch nicht so ergiebig, wie es scheint.«

»Warum stellst du dir die Frage nicht selbst?«, sagte Georg mit kaltem Hohn. »Vielleicht gab es ja noch andere Gründe außer der Steinwildjagd, die die von Rosenberg, Weitmoser und Welser davon abhielten, die Smaragdgrube in die Hand zu nehmen ...«

Vier Jahre erlebte der Kupferbergbau im Untersulzbachtal eine Blüte. Georg ließ sich wie ein Hofrat im Vierspänner kutschieren. Ging mit dem alten Kuenburg auf Hochwildjagd und hielt im Gasthaus zur Post oder beim Rosentalwirt feuchtfröhliche Gelage. Um seinen Erfolg zu krönen, verhandelte er mit dem Grafen über den Erwerb der Hieburg. Wenn er die ausgebrannte Ruine wieder herrichte, beschied ihm der Neukirchner, könne er sie für einen Gulden haben, die umliegenden Gründe verblieben beim benachbarten Maierhof.

Georg glaubte sich schon als Burgherr, als ihn der nächste Schicksalsschlag ereilte. Der Bergsegen versiegte. Bald überstiegen die Kosten die Erträge. Die privaten Geldgeber verweigerten ihm den Kredit. Aufschlussarbeiten zur Erkundung neuer Erzlagerstätten konnte er sich nicht leisten. Um der Zubuße zu entgehen, hatten die Gewerken ihre Kuxe abgestoßen. Georg saß auf einem Haufen wertloser Gewährscheine. In einem Anfall wilder Wut verbrannte er die Papiere. Einige wollten gesehen haben, wie er vor dem Stollen am Hochfeld schauerlich lachend um das Feuer tanzte.

Er haderte mit seinem Schicksal. Wenn er in der Nacht betrunken vom Dorferwirt nach Hause kam, schlug er in seinem Selbsthass auf alles ein, was ihm in die Quere kam. Ehefrau. Kinder. Hunde. Nicht lange, dann warf ihn Ehrentraud aus dem Haus. Seine Sachen flogen gleich hinterher. Georg zog in ein Söllhaus in der Hadergasse zu Bramberg. Da wo die Tagelöhner hausten. Jene, die zur Miete lebten, die sogenannten Herberger. Georg, der einst ein Dutzend Bauernlehen sein Eigen nennen konnte, war ein Herberger geworden.

Eines Tages kam der Zaubererjackl mit seinen Bettelbuben vorbei. Es war ein kalter Wintertag. Auf der Gasse lag meterhoch der Schnee. Als Georg die Tür öffnete, das Hemd offen und die löchrigen Hosen um die Knie schlotternd, zögerte der Jackl, ob er von diesem Elenden ein Almosen verlangen könne. Dann blickte er ihn genauer an.

»Dich kenne ich doch! Bist du nicht der Geizhals, der meine Mutter und mich abgewiesen hat? Droben am Sonnberg war es, der letzte Hof gegen das Mühlbachtal.«

»Ja, der bin ich, und jetzt schert euch zum Teufel, verfluchtes Lumpengesindel. Bei mir ist nichts zu holen.«

»Damals hast du gehöhnt, ich solle es doch mal mit ehrlicher Arbeit versuchen. Heute sehe ich, dass dir deine frommen Sprüche nichts genutzt haben. Hier hast du zehn Kreuzer. Mach dir einen schönen Abend, Alter.«

Der Jackl drückte ihm eine Münze in die Hand.

»Ich hoffe, du hast das Geld nicht aus dem Opferstock gestohlen«, brummte Georg mürrisch.

Am nächsten Morgen fand man Georg erfroren auf der Landstraße. Nur mit einer dünnen Wolljoppe bekleidet, lag er im Straßengraben. Der Bader Thaddäus Zipperle, der den Totenschein ausstellte, meinte, er habe wohl beim Dorferwirt ein Glas zu viel getrunken und sei auf dem Heimweg in den Graben gestürzt und eingeschlafen. Auf dem Kirchhof, neben seiner Schwester Barbara, wurde Georg beigesetzt. Gilg hatte den Sack mit Hobelspänen auf dem Buckel, auf die man den

Leichnam bettete. Afra war zu Hause geblieben, sie meinte, sie käme den Berg zwar hinunter, aber nicht mehr hinauf. Von Georgs Geschäftsfreunden ließ sich keiner auf dem Leichenbegängnis blicken. Als fürchteten sie, sein Unglück könne sie anstecken. Den Leichladen auf der Schulter, stieg Matthäus den Sonnberg hinauf. Das Totenbrett stellte er an die Scheunenwand. Neben das von Barbara. Mit dem Stecheisen schlug er Name, Geburts- und Sterbedatum in das Lärchenholz. Lange musste er nachdenken, wie er seinen Sohn bezeichnen sollte. Bauer, Handelsmann oder Gewerke? Er entschied sich für Gewerke. Damit würde er ihm einen letzten Gefallen erweisen.

Afra besah sich die Inschrift und sagte verächtlich zu Matthäus: »Gewerke ... dass ich nicht lache! Glücksritter hättest du schreiben sollen. Selbst das wäre noch zu viel der Ehre. Mehr als ein Spekulant war der Georg nicht. Das Gold hat er verehrt und das Brot verachtet.«

»Da muss ich dir ausnahmsweise recht geben«, knurrte Matthäus. »Georg hat sich sein Grab selbst geschaufelt. Trotzdem ist es mein Sohn, um den ich traure.«

In der Vergangenheit hatten die Einkäufer, Agenten von Edelsteinhändlern oder Schatzmeistern und Kammergoldschmieden österreichischer, reichsdeutscher oder italienischer Fürstenhäuser, die Steine vor Ort angekauft. In einem Lagerhaus bei der Klause hatte Christoff ein Depot errichtet, wo die Ware nach Gewicht und Güte sortiert zum Verkauf angeboten wurde. Eines Tages kam er mit dem Goldschmied und Antiquar Antonio Magliabechi ins Gespräch. Dieser erzählte ihm eine merkwürdige Geschichte:

»Bisher haben die Spanier überwiegend den Orient mit Smaragd beliefert. Meist im Tauschhandel gegen Gold, Seide oder Spezereien. Seitdem Aureng-Zeb die Macht in Indien hat, ist die Nachfrage nach Smaragd sprunghaft gestiegen. 1669 begann der Großmogul damit, sein Reich der Religion Mohammeds mit brutaler Hand zu unterwerfen. Hindu-Feste ließ er verbieten, Hindus aus der Verwaltung entfernen, ihre Tempel zerstören und an deren Stelle Moscheen errichten. Mit der Proklamation des Islam zur Staatsreligion hat die Nachfrage nach dem grünen Edelstein in Indien so zugenommen, dass die Spanier mit der Lieferung nicht mehr nachkommen. Um die Nachfrage auszugleichen, sind einige Edelsteinhändler auf die Idee gekommen, Smaragde aus dem Habachtal für spanische auszugeben. Damit machen sie glänzende Geschäfte. In Indien verkaufen sie die Habacher als Peruaner, in Europa als Inder.«

Christoff schüttelte ungläubig den Kopf. »Als Inder?«

»Ja. Die Ware wird nach Indien verschifft und mit gefälschten Papieren nach Europa zurückgebracht. Mit indischen Smaragden lassen sich höhere Gewinnmargen erzielen. Die Ausfuhrlizenz in den Häfen erhalten die Händler unter dem Vorwand, der Smaragd würde an den Großmogul oder Maharadscha geliefert.«

»In Indien gibt es also gar keine Smaragde?«

»Nein. Der Irrtum beruht darauf, dass in Indien der Handel mit Edelsteinen und das Steinschleifen größere Bedeutung haben als anderswo. Als strenggläubiger Muselmane hat sich Aureng-Zeb die Farbe Grün auf seine Fahne geschrieben. Daher ist das Grüne Feuer bei ihnen in der Schätzung so hoch.«

»Wer sind die Betrüger?«

»Händler in London, Paris und Amsterdam. Sie unterhalten Kontakte zur britischen, französischen oder niederländischen Ostindien Compagnie, deren Handelsniederlassungen sie nutzen.«

Das Gespräch bestätigte Christoff, den Smaragdhandel selbst in die Hand zu nehmen und die Ausbeute auf eigene Rechnung schleifen zu lassen. Er beschloss, nach Salzburg zu reisen.

Das Wasser des Almkanals trieb die vier Schleifräder aus Sandstein, als Christoff die hochfürstliche Kristallmühle in der Münzgasse betrat. »Wir sind Hohlwerker«, erklärte ihm Meister Johann Forstbauer. »Unser Geschäft ist die Fertigung von Prunkgefäßen. Karaffen, Schalen, Kelche. Mit eingeschnittenen Friesen oder vergoldeten Silberfassungen. Steine zur Schmuckverarbeitung vergeben wir an auswärtige Schleifmühlen, größtenteils an die Bohrer und Balierer in Freiburg.«

»Könnt Ihr mir eine Empfehlung geben?«

»Fragt nach dem Haus zum Kristall.«

Der Himmel schickt mich nach Freiburg, dachte Christoff verwundert. Es wäre nicht unklug, seinen Besuch anzukündigen. Er beschloss, einen Brief zu schreiben. Wie sollte er sie anreden? Meine liebe, liebste oder geliebte Cecilia? Nein, so redete man keine verheiratete Frau an.

Und so schrieb er:

Liebste Celia,
geschäftliche Angelegenheiten führen mich im Oktober nach Frei-
burg. Wenn es die Zeit erlaubt, würde ich mich freuen, dich wiederzu-
sehen. Ich denke in letzter Zeit oft an dich ...
Dein Christoff.

Das Schreiben gefiel ihm nicht. Seine Handschrift war ungeübt, und der Inhalt sentimental. Schwelgte er nicht in rührseligen Erinnerungen? Musste sie nicht denken, er lebe in der Vergangenheit?

Er beschloss, den Brief zu vernichten. Gerade als er im Begriff war, das Blatt über die Kerzenflamme zu halten, trat der Bärenwirt an seinen Tisch. Ob er dem Herrn den Brief zur Post bringen dürfe? Christoff lächelte, versiegelte den Brief und überreichte ihn dem Gastgeber.

»Mit der Extrapost kostet ein Brief nach Freiburg zehn Kreuzer, hochedler Herr.«

»Oh, entschuldigt, das hätte ich beinahe vergessen«, sagte Christoff und zog sein Geldsäckel.

29
Beim neunten Glockenschlag

Ein marienblauer, von keiner Wolke getrübter Oktoberhimmel spannte sich über die Rheinebene. Im offenen Zweispänner näherte sich Christoff der Stadt Freiburg, Sitz der vorderösterreichischen Regierung seit der Abtretung der elsässischen Vorlande im Westfälischen Frieden. Die hügeligen Ausläufer des Schwarzwaldes leuchteten rostrot im Laub der Weinberge. Jenseits des Rheins wellte sich die dunstige Silhouette der Vogesen. In der Ferne erblickte er den Münsterturm. Wie steingewordene Hände, zum Gebet gen Himmel erhoben, dünkte ihm das filigrane Bauwerk. Er öffnete den Hemdkragen und krempelte die Ärmel hoch. Warm war es hier. Wie heiß musste es erst im Sommer sein. Die Pferde ließ er gemächlich im Schritt gehen. Sein Ziel in greifbarer Nähe, hatte er es plötzlich nicht mehr eilig. Seine Empfindungen schwankten zwischen Hoffen und Bangen, als er die Stadt mit ihren Türmen und Toren vor sich liegen sah. Seine Gedanken kreisten um die Frage: Wie würde Cecilia ihn empfangen?

Im Winzerdorf Sankt Georgen nahm er einen Hausierer mit, der mit seiner Rückenkraxe die Straße entlangtrottete.

»Was hast du in deinem Bauchladen, Wanderkrämer?«

Der Mann klappte den Deckel auf. »Galanteriewaren für die Damen, hochedler Herr. Riechfläschchen gegen die Ohnmacht. Puder für Perücken. Bänder. Knöpfe. Fächer. Schnupftücher. Allerbeste Qualität. Kein Gelump.«

»Wer kauft dir das Zeug ab?«

»Die Weiberleute ... am Vormittag, wenn ihre Ehemänner nicht zu Hause sind«, kicherte er.

»Kein schlechtes Gewerbe. Kennst du dich in Freiburg aus?«

»Ich kenne jedes Haus, das mir seine Tür öffnet. Auch jene Häuser, die mir keinen Einlass gewähren.«

»An die Türen machst du wohl deine Gaunerzeichen, ob sich die Geschäfte lohnen oder nicht.«

»Mein Herr, für wen haltet Ihr mich! Zu meiner Klientel zählen Damen aus den höchsten Kreisen. Nicht wenige empfangen mich in ihrem Boudoir.«

»Wo sie dann vor deinen Augen die Strumpfbänder anprobieren, die du ihnen andrehst«, lachte Christoff. »Wenn du so viele Damen aus den höchsten Kreisen kennst, kannst du mir vielleicht sagen, wo ich das Pyrrsche Haus finde.«

»Pyrr? Welchen Pyrr? Es gibt viele mit diesem Namen in Freiburg … Weinhändler, Gastwirte, Kaufherren.«

»Nein, die nicht. Den Obristmeister.«

»Ach, den Stadtkommandanten! Den kennt doch jeder. Der gnädigen Frau bringe ich immer Badesalz mit Rosmarinduft … es erinnert sie an ihre Jungmädchenzeit. Die Pyrrs wohnen in der Herrenstraße. Im Haus zum Weißen Brief. Ich kann Euch das Haus zeigen.«

»Danke, das finde ich selbst. Ich will mir erst ein Quartier nehmen.«

»Sehr zu empfehlen ist das Gasthaus zum Roten Bären. Von dort ist es nur ein Katzensprung in die Herrenstraße …«

Dabei schaute er den Jenner fragend an, dass sich seine Stirn in Falten legte.

»Kannst du mir noch sagen, wo ich das Haus zum Kristall finde?«

»Ihr meint die Schleifmühle in der Gerberau? Da nehmt Ihr am besten den Hinterausgang des Gasthauses. Dann kommt Ihr in die Schneckenvorstadt. Ihr braucht bloß dem Runz abwärts Richtung Martinstor zu folgen.«

»Dem Runz?«

»So nennen wir den Gewerbekanal.«

Sie fuhren durch das Schwabentor. Versonnen betrachtete Christoff das Bildnis des Kaufmanns mit seinem fässerbeladenen Fuhrwerk an der Innenseite des Stadttors. Was ich nach Freiburg bringe, ist mehr als ein paar Fässer Wein oder Salz. Ich handle mit dem Abglanz der göttlichen Schönheit. Und, überlegte er, vielleicht wartete hier eine auf ihn, die für ihn immer noch die Schönste war.

Der Hausierer riet ihm, auf den Hof zu fahren, wo die Pferdeställe des Gasthauses lagen. Christoff ließ die Rösser abschirren und nahm sein Gepäck vom Wagen.

»Du hast mich gut beraten, mein Freund. Ich möchte dir etwas abkaufen. Zeig mal her, was du hast.«

Die Augen des Hausierers leuchteten. »Für wen soll es sein, wenn ich in aller Bescheidenheit fragen darf?«

»Für eine verheiratete Frau und ein junges Fräulein.«

»Aha. Also für die gnädige Frau und ihre Schwester.«

»Vor dir kann man auch nichts geheim halten.«

Der Mann entnahm dem Kasten ein weißes, mit Spitzen verziertes Tuch. »Hier habe ich etwas für das junge Fräulein: Ein Taschentuch aus reiner Seide. Es ist bestickt mit dem Sinnspruch ›Carpe noctem – nutze die Nacht‹. Für die Ehefrau empfehle ich einen Fächer ...«

Er kramte in seinem Bauchladen. »Hier ein schönes venezianisches Stück mit Perlmuttgriff, bemalt mit einer Schäferszene. Kennt Ihr die Fächersprache?«

»Nein, ich bin nicht sehr sprachbegabt.«

»Ans Herz gehalten«, erklärte der Hausierer mit theatralischer Gebärde, »bedeutet der Fächer: Meiner Liebe sei gewiss. Den geöffneten Fächer vor eine Gesichtshälfte gehalten: Ich habe mit dir zu sprechen. In senkrechter Stellung an den Mund gelegt: Nimm dich in acht, wir werden beobachtet. In waagrechter Stellung, bei herunter hängenden Armen: Es ist aus zwischen uns.«

»Ich nehme beides. Wenn die Dame, für die der Fächer bestimmt ist, letzteres Zeichen machen sollte, werde ich dich windelweich prügeln.«

»Wenn ich Euch so ansehe«, kicherte der Hausierer, »glaube ich, dass Ihr mehr seid als ein Freund des Hauses. Die graublauen Augen, der goldbraune Schopf ...«

»Du weißt mehr als mein Beichtvater«, sagte Christoff und drückte ihm eine Münze in die Hand.

Der Bärenwirt Andreas Pflug, ein lebenslustiger Mann in mittleren Jahren, gab Christoff ein Zimmer zum Innenhof, dem Zinnengarten, da sich hieran die Stadtmauer anschloss. Er könne sowohl von den Oberlinden als auch von der Gerberau in sein Quartier kommen. Ein Gang verbinde die Vorder- mit der Hinterseite des Hauses.

»Der Hausgang ist in früheren Zeiten als Fluchtweg genutzt worden. Bewährt nicht nur bei feindlicher Waffengewalt, auch in Herzensangelegenheiten.«

»Nicht das Herz, sondern die Geschäfte führen mich nach Freiburg«, sagte Christoff wenig überzeugend.

»Das eine gehört zum anderen«, meinte der Wirt augenzwinkernd.

»Schöne Mädchen gibt es in Freiburg … Jungfern wie Milch und Blut. Auf den Münsterplatz müsst Ihr gehen, wenn Markt ist. Da könnt Ihr sie sehen … vor und hinter den Ständen.«

Da er sich nicht wie ein Dieb durch den Hinterausgang schleichen wollte, nahm Christoff die Pforte zu den Oberlinden, schritt durch die Salzstraße mit ihren adeligen Häusern, die vom Wohlstand der Stadt zeugten, und überquerte den Platz hinter dem Augustinerkloster, bis er in das Gassengewimmel der Gerberau kam. Geschäftiges Leben und Treiben erfüllte das Vorstadtviertel. Fuhrwerke, beladen mit Tierhäuten, Tuchballen und Säcken rasselten über das Kopfsteinpflaster. Kräftige Burschen luden die Waren ab und schoben sie auf Handkarren in die Toreingänge. An der Kanalseite klapperten die Wasserräder der Lohmühlen, deren Mahlwerk die zum Gerben benötigte Eichenrinde zerstampfte. An einem anderen Kanal übten Fischhändler ihr nasses Gewerbe aus. In den ins Wasser gesetzten, mit einem Drahtnetz bespannten Kästen zappelte der frische Fang. Äschen. Barben. Forellen.

Von einer Brücke aus beobachtete er eine junge Frau, die an einer Seilwinde einen Eimer aus dem Kanal zog, wohl um frisches Wasser für eine Wäscherei oder Färberei zu holen.

Die Magd hielt in der Arbeit inne, als sie ihn sah. »Maulaffen feilhalten gibts bei mir nicht, junger Mann!«

»Warum denn gleich so garstig, schönes Kind! Man wird doch noch den fleißigen Waschfrauen zuschauen dürfen.«

»Wenn Ihr so viel Zeit habt, könnt Ihr mir helfen.«

»Vielleicht ein andermal … ich habe etwas Besseres vor.«

Neugierig betrachtete sie den Schulterbeutel. »Was habt Ihr denn da drin?«

»Oh, nichts weiter als Steine.«

»Was für Steine?«

»Smaragde.«

»Schenkt Ihr mir einen?«

»Was bekomme ich dafür?«

»Einen Kuss.«

»Da musst du mir schon mehr bieten.«

»Verschwinde, du Schelm!«, sagte sie lachend.

Das Haus zum Kristall lag am Ende des Gewerbekanals auf der Insel. Drei verkettete, goldgefasste und herzförmig geschliffene Edelsteine auf rotem Wappenschild über dem Eingang wies den Kristallschneider Hans Rombach als Mitglied der Bruderschaft der Bohrer und Balierer aus. Ein Lehrling lag mit dem Bauch auf dem Kürass, die Füße gegen das Holz gestemmt, und hielt einen Achat gegen das senkrecht rotierende Schleifrad aus rötlichem Sandstein. Wasser rieselte beständig über den an einer Eichenwelle aufgehängten, durch ein Wasserrad angetriebenen Schleifstein. An der Werkbank saß ein Stückwerker und bohrte Granatperlen. Ein Knecht polierte einen Karneol auf einem mit Tonerde und Wasser angefeuchteten Holzblock.

»Das Schleifen von böhmischem Granat und Bergkristall aus dem Gotthardgebirge ist unsere Spezialität«, erklärte Meister Rombach. »Daneben bearbeiten wir Steine aus der Umgebung. Jaspis aus dem Markgräfler Land. Achat vom Geißberg bei Lahr. Karneol aus dem Buntsandstein. Hauptabnehmer sind die Goldschmiede in Augsburg und Nürnberg. Was habt Ihr uns mitgebracht?«

Wortlos stellte Christoff die mit Smaragdkristallen gefüllte Schatulle auf die Werkbank und schloss sie auf.

»Smaragde ...«, sagte der Meister, die Lupe in das Auge geklemmt. »Den Einschlüssen nach zu urteilen, können es nur Habacher sein.«

»Richtig. Schneidet mir die Steine im Treppenschliff, achtkantig mit schöner Tafel und sechsundfünfzig Facetten.«

»Wieviel Karat?«

»Zweitausend.«

»Ein einzelner Gewerbebetrieb darf keine Sonderware annehmen. Ich muss die Steine ins Kaufhaus bringen. Dort werden sie von der Bruderschaft gemeinschaftlich erstanden und an interessierte Mitglie-

der weiterverkauft. Sie dürfen jeweils so viele Steine einhandeln, wie
ein jeder Meister mit seinem Gesinde verwerken kann. Ich werde der
Bruderschaft einen angemessenen Preis vorschlagen.«

»Und der wäre?«

»Wir zahlen Euch zweitausend Gulden für die rohe Schleifware,
und Ihr kauft die geschnittenen Steine für zweitausendachthundert zurück. Der Preis sagt nichts über ihren Wert aus. Er ist bloß ein Rechen-
exempel für den Stücklohn.«

»Wann bekomme ich die Ware zurück?«

»In drei Wochen. Die Steine werden an zwei Dutzend Schleifmühlen verteilt. Unsere Werkstatt steht Euch offen. Dieses Privileg gewähren wir sonst nur Stammkunden.«

War es die Erleichterung, dass er die Schleifware in guten Händen
wusste, oder lag es an der milden Luft? Wie berauscht ging Christoff
durch die Straßen und Gassen der alten Stadt. Auf dem Münsterplatz
war Markt. Er schritt an Ständen vorüber, an denen Bäuerinnen Gemüse und Früchte feilboten. Er kaufte ein Büschel Weintrauben und
setzte sich an den Marktbrunnen. Die zuckersüßen Trauben hielt er
unter den Wasserstrahl. Sie schmeckten köstlich.

Wie er sich umschaute, sah er eine junge Frau, die unschlüssig von
Stand zu Stand schlenderte. Sie trug ein wadenlanges geblümtes Som-
merkleid mit kurzen Ärmeln. Ein Strohhut bedeckte das hochgesteckte
dunkle Haar. In der Hand hatte sie einen Korb. Franziska, durchfuhr
es ihn. Er sprang auf und eilte ihr hinterher. Sie war unter den Arka-
den des Kaufhauses und wollte in eine schmale Gasse einbiegen, als er
sie erreichte.

»Franziska, bist du es oder sehe ich einen Geist?«

Sie drehte sich um und schaute ihn überrascht an.»Nein, Christoff,
du hast richtig geraten. Was machst du denn in Freiburg?«

»Hat Celia meinen Brief nicht erhalten? Ich habe ihr geschrieben,
dass ich nach Freiburg komme.«

»Davon hat sie mir nichts erzählt. Bist du wegen ihr gekommen?«

»Nein … ich habe geschäftlich zu tun. Ich lasse den Smaragd jetzt
selbst verarbeiten. In Freiburg sollen die besten Kristallschleifer sitzen.«

»Was für ein Zufall!«, sagte sie mit spöttischem Lächeln. »Wie lange bleibst du hier?«

»Drei Wochen.«

»Celia wird sich bestimmt freuen, wenn sie dich sieht. Sie spricht in letzter Zeit öfter von dir ... vielleicht hat es mit deinem Brief zu tun.«

»Wie geht es ihr?«

»Komm mit!«, lachte sie und ging voraus. »Erasmus kommt nicht vor dem späten Abend nach Hause. Die Luft ist also rein.«

An einem Blumenstand nahm Christoff einen Bund scharlachroter Rosen aus dem Kübel und warf dem verdutzten Marktweib, noch ehe es den Mund aufmachen konnte, mit den Worten »Stimmt so!«einen Silbergulden zu.

Vor einem prachtvollen Haus, das Portal von Säulen flankiert, der Erker mit Wappen geschmückt, darüber ein Wandfries mit Blumenornamenten, blieb Franziska stehen und drückte den mit einem Löwenkopf verzierten Türknauf.

»Celia, du hast Besuch ... rate mal, wer da ist!«, rief sie in die Diele. Eine fröhliche Melodie summend, entfernte sie sich mit ihrem Korb. Im Obergeschoss flog eine Tür auf. Cecilia beugte sich über das Treppengeländer. Mit dem ihr eigenen Lächeln, bei dem sie einen Mundwinkel verzog.

Ungläubig starrte Christoff zu ihr hoch. Das schwere dunkle Haar hatte sie zu einem Nest am Hinterkopf hochgesteckt und an den Seiten in Ringellocken gedreht. Sie trug ein kornblumenblaues Leinenkleid mit weitem Ausschnitt. Den Hals schmückte ein schwarzes Samtflor, das von einem silbernen Ring zusammengehalten wurde. Ihr halb bedeckter Busen leuchtete wie Elfenbein. Geblendet von ihrer Gestalt, blieb er reglos stehen. Ja, sie war noch genauso schön wie früher. Und doch war sie eine andere. Ein wenig herber schienen ihm ihre Gesichtszüge, etwas gedrungener die Figur. Obwohl sie nur ein paar Schritte von ihm weg war, erschien sie ihm ferner denn je. Zweifel kamen ihm, ob es nicht ein Fehler war, sie zu besuchen. Würde diese Begegnung nicht das Bild zerstören, das er von ihr bewahrt hatte?

Den polierten Handlauf des Geländers streifend, schritt sie langsam die Treppe herunter, ganz Dame. Es schien ihm, als schwebe sie über die mit einem roten Kokosläufer ausgelegten Stufen, unwirklich wie eine Wundererscheinung.

»Christoff ... ich kann es nicht glauben!«, empfing sie ihn mit strahlendem Lächeln. »Ich danke dir für deine Post ... ich wusste gar nicht, dass du Briefe schreiben kannst.«

Sie bot ihm die Wange zum Kuss.

»Ich auch nicht.« Sein Mund berührte flüchtig ihre Haut. Ein süßer Rosenduft quoll ihm entgegen. Sie parfümierte sich, durchfuhr es ihn. Wie Julia. Nur dezenter.

Eine leichte Röte huschte über ihr Antlitz, als er ihr die Rosen überreichte.

»Es ist das erste Mal, dass du mir Blumen schenkst. Was ist bloß in dich gefahren ... so kenne ich dich gar nicht?«

»Glaubst du denn, dass du mich kennst?«

»Ich dachte es einmal. Wenn ich dich jetzt so sehe, bin ich mir nicht mehr sicher. Wie mir Susu erzählte, hat dich der Smaragdbergbau zu einem wohlhabenden Mann gemacht ... oder muss ich Herrn sagen?«

»Auf Erfolgen sollte man sich nicht ausruhen. Der Bergsegen kann morgen zu Ende sein.«

»Du bist anders geworden. Damals hast du in den Tag hinein gelebt. Du kamst mir vor wie ein Träumer, der in seinen Luftschlössern tanzt. Heute sehe ich dich als einen Mann, der mit beiden Beinen auf dem Boden steht. Du hast erreicht, was du erreichen wolltest, oder nicht?« Sie blickte ihn fragend an.

»Wie man es nimmt.« Er blickte ihr forschend in die Augen. »Und wie steht es mir dir?«

»Du wirst dich wundern, wie groß Martin geworden ist«, sagte sie ausweichend. »Nächstes Jahr kommt er auf die Lateinschule zu den Dominikanern.«

»Dann muss er ja ein guter Schüler sein.«

»Er könnte besser sein, wenn er sich mehr Mühe gäbe. Komm, wir wollen einen Spaziergang machen. Martin möchte gern Kastanien sammeln.«

Sie wandte sich ihrer Schwester zu, die aus der Küche kam. »Ich hoffe, du begleitest uns, Fanny ... damit es kein Gerede gibt.«

Erklärend sagte sie zu Christoff:»Wir sind so bekannt, dass man keinen Schritt aus der Tür machen kann, ohne gegrüßt zu werden.«

Auf der Treppe erschien Martin. Er trug einen Anzug aus blauem Samt mit Kniehosen, dazu weiße Strümpfe und schwarze Schnallenschuhe. Sein schulterlanges dunkelblondes Haar war in der Mitte gescheitelt. Als er Christoff sah, stutzte er einen Augenblick.

»Ist das der Mann, von dem du mir erzählt hast, Mama ... der Smaragdkönig?«

»Ja, das ist er. Er ist dein Vater, Martin.«

»Du lügst!«, rief Martin wütend.»Er ist nicht mein Vater. Mein Vater ist Erasmus.«

Cecilia blickte Christoff verlegen an, als sie sich zu ihrem Sohn beugte.»Martin, du bist doch ein großer Bub. Ich habe Erasmus geheiratet, als du schon auf der Welt warst. Dich habe ich mit Christoff bekommen. Den hätte ich auch gern geheiratet, aber es ging nun einmal nicht.«

»Nein, das glaube ich nicht!«Zornig stampfte Martin mit dem Fuß auf den Boden.»Erasmus ist mein Papa und niemand sonst.«

Christoff lächelte und wollte seinem Sohn übers Haar streichen. Doch Martin bog unwillig seinen Kopf zur Seite.

»Was willst du werden, wenn du einmal groß bist?«

»Ackersmann.« Die Antwort kam wie aus der Pistole geschossen.

»So. Ackersmann?«, sagte Christoff sinnend.»Wieso nicht Offizier wie dein Vater?«

»Auf dem Exerzierplatz wächst nichts. Es wird immer nur gebrüllt. Und keiner kann machen, was er will. Bei Großvater auf Tantzlehen ist es viel schöner. Da darf ich mit den anderen auf der Gasse spielen. Und am Bach Stauwehre bauen. Und von der Bühne ins Heu springen ...«

»Das hat Großvater bestimmt nicht erlaubt«, sagte Cecilia.»Der Sohn vom Schwabenbauer hat sich dabei ein Bein gebrochen.«

»Er hat es uns nicht verboten.«

»Weil er wusste, dass ihr es trotzdem macht, ihr Lausbuben.«

Sie wollte ihren Sohn in den Arm nehmen. Aber Martin drehte sich weg und sprang aus der Tür.

Christoff bemerkte, wie Cecilias Augen feucht wurden. Sie wischte sich verstohlen die Tränen weg.

»Entschuldige bitte, dass ich so sentimental werde. Ich musste an die Nacht im Heu denken, als ich dir sagte, dass ich schwanger bin ...«

»... und ich dich mit einer Heublume an der Nase gekitzelt und dich gefragt habe, ob du mich heiraten willst ...«

»... und ich Ja sagte, verliebt wie ich war«, lachte sie.

»Würdest du heute wieder Ja sagen?«

»Die Frage stellt sich nicht für eine verheiratete Frau«, sagte sie bestimmt.

Franziska kam die Treppe herunter und drängte zum Aufbruch, es werde früh dunkel.

»Pass auf, dass du nicht wieder ins Bächle fällst«, ermahnte Cecilia ihren Sohn, als sie von der Herrenstraße in die Konviktstraße bogen.

»Jeder Bub in Freiburg ist mit dem Wasser getauft, das neben dem Bürgersteig rinnt«, erklärte sie Christoff.

Die Nachmittagssonne leuchtete mild durch das bunte Laubwerk der Kastanien und Akazien, als sie den Schlossberg emporstiegen. Auf den Bänken der Anlagen saßen Kindermädchen, die darauf achteten, dass ihre Schützlinge nicht auf die Mauern kletterten oder sonstigen Unfug machten. Knaben trieben mit einem Stock schmale Holzreifen vor sich her. Zwei Mädchen schlugen unter lautem Zählen ein langes Springseil, über das ein drittes hüpfte, dass die Zöpfe flogen. Christoff sammelte mit Martin Kastanien.

Unterhalb des Schlosses, das eher einer militärischen Festung glich, setzten sie sich auf eine Bank. Wie ein glutroter Feuerball ging die Sonne hinter den Vogesen unter. Martin kletterte an einem Felsen. Cecilia ermahnte ihn, nicht zu hoch zu steigen.

»Lass ihn klettern«, sagte Christoff. »Wenn es zu gefährlich wird, kehrt er von allein um.«

»Er kommt ganz nach dir«, erwiderte Cecilia lächelnd. »Immer hoch hinaus.«

»Ja, das stimmt. Wir betreiben die höchstgelegene Grube im ganzen Innergebirg.«

»So habe ich das nicht gemeint.«

»Hast du dich gut eingelebt in der Fremde?«, fragte Christoff, ohne auf die Anspielung einzugehen.

»Fremd fühle ich mich nicht in Freiburg. Aber einige Dinge sind anders. Die Ausdrücke, die man oft nicht versteht. Die Mehlspeisen, die sie Spätzle nennen. Die Kleidung, die sie nach bürgerlicher Art tragen. Dann haben sie seltsame Bräuche. An Fasching, das sie Fasnacht nennen, laufen Narren mit furchterregenden Larven durch die Gassen, mit einem Flickengewand, über und über mit Schellen behangen. Einige knallen mit Saublasen, die sie an Stecken binden. Andere haben Ratschen oder lange Stricke, mit denen sie die Dirnen und Weiber fangen und durch die Gassen treiben. Manche klettern sogar in die Fenster und holen die Weiber aus ihren Kammern ... nur zum Spaß natürlich. Zu Hause essen wir Faschingskrapfen, gefüllt mit Apfelmus oder Marmelade ...«

Sie blickte ihn herausfordernd an, die Lippen ein wenig geöffnet. Als ob sie an etwas ganz anderes dachte.

»Und schmecken sie so gut wie auf dem Martinimarkt?«

»Sie sind weicher und süßer.«

»Bei dir ist meistens auch die Nasenspitze weiß, so gierig wie du in die Krapfen beißt«, bemerkte Franziska.

»Das Schönste ist Weihnachten«, fuhr Cecilia fort. »Wir stellen einen Christbaum in der Stube auf ... eine Tanne, die wir mit Kerzen, roten Äpfeln, vergoldeten Nüssen, Papiersternen und Oblaten schmücken. Martin ist schon Tage vorher ganz aufgeregt. Vor Heiligabend, wenn wir das Zimmer abschließen, guckt er heimlich durch das Schlüsselloch. Einmal hat er ein Schaukelpferd entdeckt. Wir dachten, er würde Luftsprünge vor Freude machen. Aber er hat uns wütend angeschaut und gesagt: Ihr habt mich belogen, es gibt gar kein Christkind! Oder könnt ihr mir erklären, wie das Schaukelpferd durch das Fenster hereingekommen ist?«

»Ein toller Junge!«, lachte Christoff.

Cecilia zog ihren Wollschal fester um die Schultern. Es wurde kühl. Ein Hauch von süßer Wehmut lag in der Luft, wie es im Herbst oft der Fall ist. Die Abenddämmerung legte sich über die Tore und Türme der

Stadt. In langen Schleifen stiegen die Nebel aus der Rheinebene und ließen die Umrisse der Häuser verschwimmen. Der Geruch der Laubfeuer vermischte sich mit dem der Weinreben, an denen die Spätlese hing. Als sie den Heimweg antraten, sagte Cecilia zu ihrer Schwester, sie solle schon mal mit Martin vorausgehen, sie habe noch etwas mit Christoff zu besprechen.

Die Schritte der beiden verklangen im raschelnden Laub. Christoff sah Cecilia fragend an. Jetzt musste sie die Karten aufdecken. Offenbaren, was sie für ihn empfand. Eine andere Gelegenheit würde es keine mehr geben. In diesem Augenblick lag ihre ganze Zukunft, wenn es noch eine gab. In diesem Augenblick entschied sich ihr Geschick.

»Wenn die Turmuhr heute Abend neun Mal schlägt, komme ich in das Gasthaus zum Roten Bären«, flüsterte sie, als ob jemand in der Nähe wäre. »Warte auf mich am Hintereingang. Bei der Stadtmauer. Es darf uns niemand sehen … jetzt muss ich zu den anderen.«

»Das hätte ich nicht von dir erwartet!«, entfuhr es Christoff.

Zaghaft, als habe er sie noch nie berührt, legte er seine Hand um ihre Taille. Er spürte, wie sich ihr Körper an den seinen schmiegte.

»Wer nicht wagt, der nicht gewinnt«, sagte sie mit dem ihr eigenen unergründlichen Blick.

Beim neunten Glockenschlag trat Christoff aus dem Haus. Fackeln beleuchteten die Stallungen und Wagenschuppen. Er schritt durch den Zinnengarten und öffnete die Pforte, die in der mit Schießscharten bewehrten Stadtmauer eingelassen war. Fledermäuse umschwirrten das hohe Gemäuer. Aus den Kanälen der Gerberau stiegen Nebelschwaden in die Dunkelheit, vermischt mit den Gerüchen der Laugen und Abfälle. Nach einer Weile hörte er Schritte auf dem Kopfsteinpflaster. Cecilia erschien, das Haupt unter der Kapuze eines schwarzen Mantelets verborgen. Schweigend drückte sie seine Hand. Er führte sie in den Treppenturm, wo die Gästezimmer abzweigten.

Sie setzte sich auf die Bank am Kachelofen.

»Weißt du noch«, sagte Christoff, wobei er sein Glas an ihrem Glas klingen ließ, »wie wir auf den Kornsäcken in der Wennser Mühle lagen? Plötzlich setzte sich das Stampfwerk in Bewegung und wir flohen Hals über Kopf mit nicht viel mehr am Leib als unsere Wäsche.«

»Und erinnerst du dich noch an die erste Nacht auf dem Heuboden, als du in das Futterloch gefallen bist? Zuerst glaubte ich, du hättest dich heimlich aus dem Staub gemacht, weil ich dir nicht gefalle. Doch dann kamst du auf der Leiter vom Stall herauf, mit Heublumen im Haar wie ein Faun.«

»Wie steht es zwischen dir und deinem Eheherrn ... liebt ihr euch?«, fragte Christoff unvermittelt.

Cecilia wandte den Kopf zur Seite. »Erasmus liebt mich, daran lässt er keinen Zweifel. Er ist aufmerksam, zuvorkommend und großzügig. Ich muss nicht wie andere Ehefrauen jede Ausgabe mit ihm abrechnen. Aber wenn seine Hände meinen Körper berühren, regt sich nichts in mir. Keine Lust. Keine Leidenschaft. Ich hatte zwei Fehlgeburten. Seitdem haben wir getrennte Betten. So kann ich selbst bestimmen, wann ich ihn empfange, wenn ihn die Fleischesgelüste übermannen. Ich möchte mir nicht nachsagen lassen, dass ich meine ehelichen Pflichten nicht erfülle.«

»Traurig ist es, wenn man die Freuden als Pflichten bezeichnet.«

»Denken wir lieber an die Freuden, die vor uns liegen ...«

Den Rücken ihm zugewandt, löste sie die Spangen ihres Haares. Zaghaft umfasste er ihre Schultern und küsste ihren Nacken. Es kam ihm vor, als wäre es das erste Mal. Der Duft ihrer Haut aber war ihm vertraut. Die Haut, die anders roch und sich anders anfühlte als die Haut der Frauen, mit denen er in all den Jahren zusammen war.

Sie drehte sich um und küsste ihn zärtlich, wobei ihre Hände seine Wangen berührten.

»Zieh mich aus!«, hauchte sie ihm ins Ohr. »So wie damals im Heu.«

Behutsam knöpfte er ihr Seidenkleid auf und streifte die Träger von den Schultern, dass es zu Boden rauschte.

Sie zog den Vorhang des Himmelbetts auf und ließ sich in die Kissen fallen. »Zieh mich ganz aus!«

Sie lag auf dem Bauch, den Kopf auf den verschränkten Armen zur Seite gedreht. Er löste die Schleifen ihrer blütenweißen Schnürbrust, dann streifte er ihr Unterbeinkleid ab. Mit nichts am Leib als ihren

Perlenohrringen drehte sie sich um. Sie stützte den Kopf auf die Hand.

»Weißt du, dass ich Angst vor dieser Begegnung hatte?«, sagte sie.

»Nein, warum?«

»Ich habe befürchtet, du könntest mir fremd geworden sein«

»Und ... zu welcher Erkenntnis bist du gekommen?«

»Dass du immer noch derselbe bist, obwohl du dich verändert hast. Und dass ich dich immer noch liebe.«

»Mir geht es genauso.«

»Und du ... hattest du keine Angst, mich wiederzusehen?«

»Wer nichts erwartet, kann auch nicht enttäuscht werden.«

»Sag, dass das nicht wahr ist!«, lachte sie und löste die Schleifen seines Schnürhemds. »Du bist doch nicht als Rosenkavalier gekommen.«

Sie hielt einen Augenblick inne, bevor sie die silberne Schnalle seines Gürtels öffnete. Als kämen ihr Zweifel, ob es richtig war, was sie tat. Dann fasste sie sich ein Herz und entledigte ihn seiner Kleider. So hatte sie ihn zuletzt vor acht Jahren im Gasthaus Bräurup gesehen. Christoff bemerkte, dass eine Röte über ihre Wangen huschte, als sie ihn seiner Leibwäsche entledigt hatte.

»Ich gebe zu, dass ich mit meinem Besuch gewisse Erwartungen verknüpft habe ...«

»Und sind diese ... gewissen Erwartungen erfüllt worden?«

»Nein ... das heißt, noch nicht ganz.«

»Ich hoffe, dass ich dir immer noch gefalle«, sagte sie unsicher.

Er betrachtete ihren Körper. Ihre Brüste waren voller, die Hüften breiter, der Bauch weicher. Sie erschien ihm weiblicher als früher. Und begehrenswert wie nie zuvor.

Sie bemerkte seinen prüfenden Blick. »Rank und schlank wie eine Achtzehnjährige bin ich nicht mehr.«

»Du bist noch schöner geworden. Vielleicht ist es das Wissen um ihre Reize, das eine reife Frau so begehrenswert macht.«

»Es ist wohl mein Stand als verheiratete Frau, der mich in deinen Augen so begehrenswert macht«, lächelte sie versonnen. »Du willst mich, weil ich einem anderen gehöre. Ich kann dir also nicht zu nahe kommen. Ist es nicht so?«

»Nein, Celia. Ich habe dich immer geliebt ... ich begehre dich wie keine andere.«

Sie legte den Finger auf seinen Mund. »Lass uns jetzt nicht reden ... es gibt Schöneres auf der Welt.«

Sie umschlang ihn mit ihren Armen und küsste ihn leidenschaftlich. Dann zog sie seinen Kopf an sich.

Sein Mund wanderte über Brüste, Bauch und Schenkel in die Tiefe ihres Schoßes, dass sie zärtlich seinen Namen flüsterte. Versonnen strich er über das dunkle Dreieck ihrer Scham.

»Dein Schoß ist wie die Smaragdgrube ... voller Geheimnisse und Rätsel. Vielleicht ist das Bergwerk nur das Sinnbild dessen, was ich in Wahrheit suche ... nur ein Ersatz für das, was mir am meisten fehlt.«

»Was fehlt dir denn am meisten, mein Lieber?« Sie schmiegte ihren Kopf an seine Brust.

»Manchmal bilde ich mir ein, der Schoß des Berges, in den ich dringe und der mich empfängt, ist der Schoß einer Frau ... der Schoß, der die Schätze birgt, die ich suche.«

»Das heißt, in Wahrheit möchtest du lieber in meine Grube«, lachte sie. »Smaragde kann ich dir allerdings keine bieten.«

Er drang in ihren feuchten Schoß. Immer wieder. Zuerst gefühlvoll, dann heftig, dass sie jedesmal aufstöhnte. Das lange dunkle Haar umhüllte ihn, als sie auf seinen Lenden saß, dass er glaubte, in das Mundloch eines Stollens einzufahren, durch die Schachtsümpfe. Glaubte, tief in das Dunkel des Berginneren vorzustoßen, bis er vor der Ortsbrust stand. Im Licht der Grubenlampe erblickte er grünfunkelnde Smaragdkristalle, die er, besessen von der Begierde nach den Bergschätzen, mit Schlägel und Eisen aus dem Schiefergestein brach. Sie krallte ihre Hände in sein Haar und presste die Oberschenkel gegen seine Lenden, wie eine Reiterin gegen die Flanken ihres Pferdes. Als wollte sie ihn nie mehr loslassen. Als wollte sie ihn sich einverleiben. Ohne Scheu und Scham. So hatte er sie nie erlebt. Entfesselt und unersättlich.

»Mach weiter, Liebster!«, trieb sie ihn an. »Unsere Zeit ist bald zu Ende ... ich habe noch nicht genug von dir.«

Es war, als wollten sie diese Nacht in ihrem Gedächtnis verewigen. Unauslöschbar.

In dieser Nacht schliefen sie mehrere Male miteinander. Doch es war mehr als Sinneslust, was er in der Vereinigung mit Cecilia empfand. Eine tiefe Ruhe überkam ihn. Ein innerer Friede, wie er ihn bei keiner anderen Frau gespürt hatte, mit der er zusammen war.

Als sich ihre Körper voneinander lösten, feucht und verschwitzt, sagte Christoff:»Komm mit mir auf den Runstein, Celia. Ich kann dir alles bieten, was du begehrst.«

Sie zog die Decke über den Busen und lehnte den Kopf an seine Schulter.

»Wie stellst du dir das vor? Wenn ich Erasmus verlasse, erwartet mich als Ehebrecherin die Schandgeige oder die Landesverweisung. Wenn Erasmus in eine Scheidung einwilligt, wäre ich wieder deine Konkubine. Alle würden mit dem Finger auf mich zeigen. Wie schon einmal, nur viel schlimmer. Nein, für Opfer dieser Art bin ich nicht mehr stark genug.«

Christoff war bestürzt.»Wie kannst du bloß mit dieser Lüge leben? Du betrügst deinen Eheherrn und kehrst zu ihm zurück, als ob nichts gewesen wäre.«

»Und du ... betrügst du keine?«, fragte sie neugierig.

»Es gibt eine, aber ich liebe sie nicht ... nicht so wie dich. Wir haben uns in Ungarn kennengelernt. Zwei Jahre später musste sie fliehen. Ihr Eheherr hatte mit seinen Kumpanen eine Verschwörung gegen den Kaiser angezettelt. Er starb unter dem Beil des Henkers. Eines Tages tauchte sie auf dem Runstein auf. Seitdem leben wir zusammen.«

»Ich habe in der Zeitung darüber gelesen. Ist es die Witwe des Grafen Frangipani?«

»Ja ... Julia de Naro.«

Eine Falte bildete sich zwischen ihren Augenbrauen. Als suche sie etwas in seinem Innersten.

»Hast du mich damals mit ihr betrogen?«

»Ja. Ich konnte ihr nicht widerstehen ...«

»Was empfindest du, wenn du bei ihr liegst?«

»Feuer ohne Wärme.«

»Da bist du noch gut bedient. Bei Erasmus empfinde ich nur Asche.«

Sie erhob sich und begann sich anzukleiden. »Jetzt muss ich gehen. Ich möchte mir eine Szene ersparen.«

Christoff begleitete sie bis vor die Stadtmauer. An der Gartenpforte umschlang sie seinen Nacken und küsste ihn innig. Er griff in seine Rocktasche und überreichte ihr das Smaragdcollier. Jenes Schmuckstück, das sie nicht hatte annehmen wollen, als er von der Reise nach Prag zurückgekommen war.

»Nimmst du den Smaragdchmuck dieses Mal?«

»Ja. Ich danke dir. Lege ihn mir bitte um.«

»Was ist, wenn dein Eheherr dich danach fragt?«

»Dann sage ich, es sei ein Erinnerungsstück.«

»An was?«

»Das wird sich zeigen ...«

Christoff legte ihr den juwelenbesetzten Goldschmuck um den Hals. Der Smaragd funkelte wie die Augen der Katze, die aus dem Dunkel kam und sich miauend an ihre Beine schmiegte. Cecilia kraulte zärtlich ihren Nacken, dass sie vor Behagen schnurrte.

»Grün ist die Hoffnung«, sagte sie zu ihm aufblickend.

Dann entschwand sie im Dunkel der Nacht.

Christoff blieb drei Wochen in Freiburg. Den Obristmeister bekam er selten zu Gesicht. Wenn Erasmus Pyrr nicht auf dem Exerzierplatz war oder die Bastionen und Wallanlagen überprüfte, hatte er im Rathaus oder auf der Leopoldsburg zu tun. Die Gespräche zwischen ihm und Christoff waren kurz und drehten sich meist um Sehenswürdigkeiten oder lohnenswerte Ausflüge. Auf die Frage, ob der Kaiser im Falle eines Angriffs der Franzosen die Stadt verteidigen würde, sagte Christoff, er interessiere sich nicht für Dinge, die er nicht beeinflussen könne. Eines Tages sagte der Obristmeister zu Cecilia: »Der Jenner ist ein arroganter Kerl, ein Ignorant! Die politischen Verhältnisse in unserem Land sind ihm gleichgültig. Er lebt außerhalb der Gemeinschaft.«

Cecilia lachte laut auf und erwiderte: »Du kennst ihn nicht. Er hasst es, belehrt zu werden. Er hasst es, ausgefragt zu werden. Er hasst es, mit seiner Meinung hausieren zu gehen. Ihr seid eben verschieden.«

Kurz darauf erschien Christoff am Vormittag in der Herrenstraße. Martin war in der Schule, Franziska beim Schneider und die Köchin auf dem Markt.

»Was ist mit dir?«, fragte Cecilia verwundert. »Ich dachte, du bist auf der Kristallmühle?«

»Ich hatte Sehnsucht nach dir ...«

»Ach, du Armer ... ja, was machen wir denn da?«, sagte sie mit gespieltem Mitgefühl.

»Das überlasse ich deiner Fantasie.«

»Du hast Glück ... ich bin allein zu Hause.«

Cecilia führte ihn in ihr Schlafzimmer und schloss die Tür ab.

»Für alle Fälle«, sagte sie lächelnd und begann, ihr Mieder zu lösen. Das Fenster ließ sie offen stehen. Die Morgensonne schien durch die Bäume und warf Lichtflecken auf die Wände. In unersättlichem Verlangen rissen sie sich gegenseitig die Kleider vom Leib und ließen sich in die Kissen fallen. Sie küssten sich nicht, sie verschlangen sich. Sie umarmten sich nicht, sie vereinigten sich. Und vergaßen die Welt um sich herum.

Plötzlich vernahmen sie ein Klopfen und die Stimme der Köchin: »Gnädige Herrin, machen wir die Nudelsuppe heute mit oder ohne Suppenfleisch?«

Erschrocken sprang Cecilia auf. »Einen Moment, Anna, ich komme gleich.«

»Nimm den Hinterausgang über den Hof«, flüsterte sie Christoff zu.

»Ich werde Anna nach einem Glas Konfitüre in den Keller schicken.«

Cecilia hatte sich schnell angezogen und zurechtgemacht, nichts an ihrem Äußeren erinnerte an das Geschehene. Doch die Flucht des Jenner war nicht geräuschlos über die Bühne gegangen. Die Köchin hatte seine Schritte im Flur vernommen.

»Alte Liebe rostet nicht«, sagte die Dienstmagd hämisch grinsend, als die Hausherrin die Treppe herunterschritt.

Cecilia sah die Falle nicht, in die Anna sie gelockt hatte.

»Nur, wenn sie aus Gold ist«, sagte sie leichthin.

Sie biss sich auf die Lippen. Sie hatte sich verraten. Aber sie konnte keinen klaren Gedanken fassen, so sehr hatte die Liebe am Vormittag sie verwirrt.

Anna genoss ihren Triumph. Sie hatte ihre Brotherrin in der Hand. Und wurde immer unverschämter. Zuerst verlangte sie neue Kleider. Dann einen freien Tag mehr in der Woche. Schließlich mehr Lohn. Cecilia musste ihr kündigen. Nun hatte sie die Mitwisserin los. Doch bevor die Köchin das Haus verließ, öffnete sie die Büchse der Pandora. Sie erzählte ihrem Herrn, was sie gesehen hatte. Viel war es nicht, aber genug, um der unterschwelligen Eifersucht des Obristmeisters Nahrung zu verleihen. Dies geschah kurz nachdem Christoff abgereist war.

Erasmus stellte Cecilia zur Rede. »Anna hat mir erzählt, du sollst den Jenner in deinem Boudoir empfangen haben. Stimmt das?«

»Ach, Unsinn!«, erwiderte Cäcilia. »Anna wollte sich bloß rächen wegen der Kündigung. Wenn etwas dran wäre an der Sache, hätte sie es dir eher erzählt.«

»Warum hast du ihr gekündigt … wir waren doch zufrieden mit ihr?«, fragte er lauernd.

Auf diese Frage war sie nicht gefasst. »Ihre Kochkünste langweilen mich. Alle vierzehn Tage dieselben Gerichte«, sagte sie ausweichend. »Ich möchte gern mal etwas anderes auf den Tisch … etwas mit mehr Fantasie und Raffinesse.«

Die Antwort brachte Erasmus zur Weißglut. Jegliche Contenance verlierend, brüllte er wie ein Feldwebel, der beim Morgenappell einen fehlenden Knopf an der Uniform eines Rekruten oder ein Paar ungewichster Stiefel erspäht hat: »So, du möchtest gern mal etwas anderes auf den Tisch … etwas mit mehr Fantasie und Raffinesse … oder möchtest du gern mal etwas anderes im Bett? Ich frage dich: Hast du mit ihm geschlafen?«

Gedanken schossen durch ihren Kopf, kreuz und quer, wie Schwalben, die sich zum Herbstflug sammeln. Nein, sie werde nicht wieder so töricht sein und die Wahrheit sagen wie damals im Beichtstuhl.

»Nein, ich habe nicht mit ihm geschlafen«, sagte sie mit fester Stimme.

»Was hatte er dann in deinem Schlafzimmer zu suchen?«

»Frage ich dich, mit welchen Weibern du dich nach deinen Sitzungen im Stadtrat vergnügst? Meine Nase hat mich noch nie getrogen: Schenk deiner Hure beim nächsten Besuch ein besseres Parfum!«
Erasmus sagte nichts mehr. Er blickte ihr forschend in die Augen. Doch er fand nicht, was er suchte. Trotz ihrer Beteuerung nagte der Quälgeist Eifersucht weiter an seinem Herzen.

Vormittags hielt sich Christoff meistens in der Werkstatt des Kristallschneiders auf. Er konnte sich nicht sattsehen, wie Meister Rombach und sein Gesinde an den Schleifscheiben saßen und die wunderbarsten Karaffen, Schalen und Trinkpokale schnitten. »Abenteuer in Kristall« nannten sie ihre Kunstwerke.

»Was hat es mit eurer Bruderschaft auf sich?«, fragte Christoff eines Tages den Sohn des Meisters. »Ich habe den Eindruck, ihr seid eine verschworene Gemeinschaft.«

»Da habt Ihr nicht unrecht«, entgegnete der junge Bursche, wobei er das dunkelgelockte Haar aus der Stirn streifte. »Die Bruderschaft der Bohrer und Balierer wurde vor mehr als dreihundert Jahren mit dem Ziel gegründet, Unordnung, Missbrauch und Ungleichheit innerhalb des Gewerbes zu verhindern. Sie schützt uns vor der Konkurrenz und nimmt den An- und Verkauf der Steine in die Hand. Wir kaufen die Ware gemeinsam ein und verteilen sie an die Mitglieder, damit jeder sein gutes Auskommen hat. Mit dem Treueid verpflichten wir uns, das Wissen nicht an andere Kristallmühlen weiterzugeben. Einmal wollte die Bruderschaft zwei Auswanderern, die nach Luzern gegangen sind, das Handwerk legen, indem sie die Schweiz nicht mehr mit Schleifsteinen belieferte.«

»Und ... was hat es bewirkt?«

»Die Schweizer belieferten uns nicht mehr mit Bergkristall.«

Der Meister erhob sich vom Kürass.

»Nach außen hin erwecken wir vielleicht den Eindruck einer Gemeinschaft. Hinter den Türen aber herrschen nicht selten Missgunst und Neid. Wo alle gleich behandelt werden, haben die Tüchtigen das Nachsehen. Ich könnte mehr Steine verarbeiten, bekomme aber nicht mehr zugeteilt. Ich könnte mehr Leute einstellen, darf es aber nicht.

Selbst die fünf Finger sind nicht gleich an meiner Hand – verschieden sind ihr Dienst, Ansehen, Größe und Stand.«

An den Nachmittagen machten sie Spaziergänge zu dritt, manchmal kam auch Franziska mit. Christoff mochte die jüngere Schwester, die so viel Ähnlichkeit mit Cecilia hatte. Und doch wieder nicht. Sie war sich ihrer Schönheit allzu sehr bewusst. An der Seite von Konrad, um dessentwillen sie nach Freiburg gegangen war, sah man sie selten. Als Christoff sie darauf ansprach, sagte sie:»Erasmus duldet es nicht, dass Konrad und ich zusammen ausgehen. Wenn die Unzucht unter seinem Dach herauskomme, sagte er einmal, könne er seinen Säbel abgeben. Er habe schon genug Scherereien mit seinem Stiefsohn.«

Mit Martin lief Christoff um die Wette, wobei er ihn oft absichtlich gewinnen ließ. Kletterte hinter ihm auf Felsen und Bäume. Und brachte ihm das Bogenschießen bei. Ein zärtliches Gefühl überkam ihn, als er den Pfeil in die kleine Hand legte und den Bogen spannte. Mehrere Male rutschte der Pfeil von der Sehne. Sie übten es immer wieder. Als der Pfeil das erste Mal hoch in die Luft flog, strich ihm Christoff anerkennend über das Haar.

»Versuch es immer wieder, Martin. Du darfst niemals aufgeben. Sonst kommst du nie ans Ziel.«

Martin übte so lange, bis der Pfeil in der Strohscheibe stecken blieb. Eines Tages traf er ins Schwarze. Danach brauchte er seinen Lehrmeister nicht mehr.

Mit dem Drachenbauen hatte Christoff weniger Glück. Der aus buntem Seidenpapier gebastelte Drachen stürzte nach kurzem Flug immer wieder ab.

»Am Wind kann es nicht liegen«, sagte er verärgert.»Entweder die Holzleisten sind zu schwer, oder das Gestänge ist nicht ausgewogen.«

Später fiel ihm ein, dass er den Schwanz des Drachen vergessen hatte. Die Schnur mit den bunten Papierschleifen.

Er hatte alles richtig gemacht. Nur das Ende war ihm nicht geglückt.

Dem fröhlichen Treiben von Vater und Sohn sah Cecilia mit gemischten Gefühlen zu. Sie fürchtete, Christoff könnte sich zwischen Martin und Erasmus drängen. Jahrelang hatte sie ihn als einen Außenseiter, einen Chaoten hingestellt, unfähig, mit Weib und Kind zu leben. Um Erasmus nicht zu verletzen. Und um sich selbst das Gefühl zu geben, alles richtig gemacht zu haben. Nun musste sie sich eingestehen, dass ihre Bemühungen vergebens waren.

Cecilia gefiel es, Christoff die Sehenswürdigkeiten der Stadt zu zeigen. Den Hochaltar des Münsters mit dem dreiteiligen Flügelbild der Geburt Christi, der Krönung Mariens und der Flucht nach Ägypten. Das Kaufhaus mit den Standbildern der Kaiser und Könige an der Fassade. Das Kornhaus, in dem am Samstagabend Tanzvergnügen stattfanden. Den figurengeschmückten Basler Hof, der schon Kaiser Maximilian beherbergt hatte und Sitz des Regierungspräsidenten der österreichischen Vorlande war.

An schönen Tagen fuhren sie im offenen Wagen in die umliegenden Winzerdörfer, wo sie Einkehr hielten und den neuen Wein tranken. Kein Windhauch regte sich in den Kastanien und Nussbäumen der Hofschänken. In den schrägen Sonnenstrahlen tanzten die Mücken. Die Schankdirnen flüsterten, um das Liebesglück nicht zu stören. Einmal, als Martin nach Esskastanien suchte, ergriff sie seine Hand und blickte ihn nachdenklich an.

»Ich wünschte, es wäre immer so.«

»Man muss nur die Zeit anhalten.«

Das Gesicht der Sonne zugewandt, schloss Cecilia die Augen. Ihre roten Lippen waren leicht geöffnet. Christoff konnte nicht widerstehen, die leicht geöffneten roten Lippen zu küssen.

»Gut, dass du mich aus meinen Träumen reißt«, lachte sie. »Beinahe hätte ich die Zeit vergessen ... ich muss nach Hause.«

Ein anderes Mal machten sie in Staufen halt. Eine Wandmalerei weckte ihre Aufmerksamkeit: Ein als Edelmann verkleideter Teufel packt einen Mann am Genick, ein Gehörnter mit Pferdefuß zerrt ihn in das Höllenfeuer, der Hut ist ihm schon vorausgeflogen. Unter dem Bild stand in altertümlicher Schrift:

*Anno 1539 ist im Leuen zu Staufen Doctor Faustus so ein wunder-
barlicher Nigromanta gewesen, elendiglich gestorben und es geht die
Sage, der obersten Teufel einer, der Mephistopheles, den er in seinen
Lebzeiten nur seinen Schwager genannt, habe ihm, nachdem der Pact
von 24 Jahren abgelaufen, das Genick gebrochen und seine Seele der
ewigen Verdammnis überantwortet.*

»Mama, sieht der Teufel wie der Edelmann aus oder wie der Ge-
hörnte mit dem Pferdefuß?«, wollte Martin wissen.
»Ich kann es dir nicht sagen, mein Schatz. Einem richtigen Teufel
bin ich erst einmal im Leben begegnet. Er sah aus wie ein Kaufherr.
Weißt du, die Teufel lieben es, sich zu verkleiden.«
»Was hat es damit auf sich?«, fragte Christoff den Löwenwirt, als
sie in der Gaststube Platz nahmen.
»Ein Schwarzkünstler und Sterndeuter hatte hier seine Studier-
stube. Johann Georg Faust war sein Name. Der Burgherr hat ihn geholt, als es mit dem Silberbergbau im Münstertal zu Ende ging. Bei
dem Versuch, Gold zu machen, ist er ums Leben gekommen. Die Explosion hat ihn so grässlich zugerichtet, dass man glaubte, der Teufel
habe sich seiner Seele bemächtigt.«
»Ich hoffe, du hast keinen Pakt mit dem Teufel geschlossen«, sagte
Cecilia auf der Heimfahrt.
»Wie kommst du darauf?«
»Ist dein Geschäft, Steine in Gold und Silber zu münzen, nicht auch
eine Art des Goldmachens?«
Christoff schwieg. Hatte nicht eine Komödiantentruppe auf dem
Martinimarkt den Doktor Faustus aufgeführt, kurz bevor er Cecilia
begegnet war?

Der November kam, und Cecilia sagte, sie wolle auf den Nikolaifriedhof, um nach dem Familiengrab zu sehen, am Sonntag sei Allersee-
len. Zuerst aber wollte sie ihm die Kapelle mit dem Totentanz zeigen.
Die Linden streckten ihre kahlen Äste in den wolkenverhangenen Himmel. Wie die schmiedeeisernen Grabkreuze zu ihren Füßen. Ein steinerner Totenschädel am Fuß des Kreuzes vor der Kapelle erregte Christoffs

Aufmerksamkeit. Auf dem Schädel war eine Locke abgebildet, im weit aufgerissenen Unterkiefer hockte eine Kröte und den linken Backenknochen durchbohrte ein Nagel, der bis in die Mundhöhle reichte. »Was für ein seltsamer Totenschädel. Was hat das zu bedeuten?« »Der Sage nach stand unweit des Christoffeltors eine Schmiede ... das Tor heißt wirklich so. Dort lebte vorzeiten ein alter Meister mit seiner jungen Frau. Eines Tages kommt ein junger Geselle ins Haus. Die Meisterin entbrennt in Liebe zu ihm. Sie beschließen, den Meister umzubringen. Eines Nachts, während er schläft, treiben sie ihm einen Nagel in die Schläfe. Da eine Haarlocke die Wunde verdeckt, wird der Leichnam ohne Argwohn bestattet. Bald darauf verehelichen sich die beiden und kein Schatten fällt auf ihre Schandtat. Nach einigen Jahren wird das Grab geöffnet, um einem anderen Leichnam Platz zu machen. Als der Totengräber die Gebeine ans Tageslicht befördert, bewegt sich plötzlich der Schädel: Eine Kröte kriecht aus dem Inneren. Da entdeckt der Totengräber den Nagel und übergibt die Sache dem Gericht. Die Meisterin und der Geselle legen ein Geständnis ab und werden ihrer gerechten Strafe zugeführt.«

Christoff blickte sie fragend an. »Kommen dir manchmal auch solche Gedanken?«

»Gegen Gedanken kann man sich nicht wehren, wohl aber gegen Taten«, antwortete sie und hakte sich bei ihm unter. »Komm ich will dir den Totentanz zeigen.«

In der Vorhalle der Kapelle bestaunten sie das makabre Tanzspiel. Unter dem Bildnis eines Unglücklichen, dem der Tod das Kreuz des Ehestands schultert, stand der Vers:

Der Tod allein das Kreuz abnimmt,
das ihm der Ehemann selbst bestimmt.

Ihre Augen begegneten sich, als suchten sie etwas im anderen. Eine Antwort auf die Frage, die sie nicht auszusprechen wagten. Martin hatte sich etwas entfernt, um Kastanien zu sammeln. Cecilia bückte sich nach einem gelben Lindenblatt. Es hatte die Form eines Herzens. Sie betrachtete es nachdenklich.

»Was aus uns wird, weiß ich nicht. Aber eines weiß ich: Ich werde dich immer lieben ... bis zu meinem Tod.«

Nebelschwaden krochen über die Leichensteine und verschleierten die efeuumrankten Grabinschriften. Die niederen Buchsbaumhecken der Gräber dufteten nach Bitterkeit. Das bunte Laub, das unter ihren Füßen raschelte, verbreitete einen süßlichen Geruch der Verwesung. Schweigend schlossen sie das Gittertor hinter sich.

Beim Gang durch die Dämmerung zeigte Cecilia ihm jene Häuser, die man in die Neuburg verbannt hatte, da sie dem Ansehen der Stadt schadeten. Das Haus des Henkers. Das Hurenhaus. Das Armenspital. Und das Findelhaus.

Fröstelnd hakte sie sich bei ihm unter. »Woran denkst du?«

»An den Totentanz. In meinem letzten Willen werde ich Martin als Erben einsetzen. Für den Fall, dass mir etwas zustoßen sollte, findest du das Testament in der Bibliothek. Es befindet sich im ersten Band der zwölf Bücher ›Vom Bergwerk‹ des Georgius Agricola.«

»Ich glaube kaum, dass ich jemals auf den Runstein kommen werde. Die Leibeigenschaft ist zwar für die Bauern im Erzstift Salzburg aufgehoben, aber nicht für uns Frauen.«

Vor der Haustür reichte sie ihm die Hand. »Ich danke dir, Christoff. Du hast mir viel gegeben. Und Martin auch. Er ist es nicht gewohnt, dass jemand, der keine Weiberröcke trägt, sich so mit ihm beschäftigt. Erasmus hat im Augenblick andere Sorgen. Berthold hat in Marseille eine Französin kennengelernt. Eine Mulattin von den Antillen. Zugegeben, eine hübsche und charmante Person. Berthold meinte, wir sollten Joséphine als Dienstbotin einstellen. Sie könnte Martin Französisch beibringen und würde zudem für etwas Abwechslung in der Küche sorgen. Ich hätte nichts dagegen gehabt, aber Erasmus hat getobt: ›Warum schleppst du ausgerechnet eine Französin an, noch dazu eine Mohrin? Mein seliger Vater hat genug unter den Franzosen gelitten. Eine Spionin wird sie sein, die das Glacis für die Truppen Ludwig XIV. vorbereitet.‹ Er könne sich das in seiner Stellung nicht erlauben. Darauf hat Berthold das Haus verlassen. Jetzt leben sie in Straßburg. Bei seinem Auszug sagte Berthold, er werde wohl die französische Staatsbürgerschaft beantragen müssen, damit er auch in Zukunft nach Freiburg reisen könne. Da konnte sich Erasmus nicht mehr beherrschen und brüllte, wer mit dem Feind fraternisiere und defaitistisch daherrede, sei nicht länger sein Sohn …«Verwirrt fasste sie sich an die Stirn.»Entschuldige bitte, dass ich so viel rede … es ist nur … ich habe Angst.« Im Schein der Hauslaterne sah er, dass sich ihre Augen mit Tränen füllten.

»Wovor?«

»Dich zu verlieren, mein Liebster.« Sie hauchte ihm einen Kuss auf die Wange.»Um des Ehefriedens willen möchte ich dich bitten, uns nicht mehr zu besuchen …« Die Hand am Türgriff zögerte sie, als sei ihr ein plötzlicher Gedanke gekommen.»Es sei denn, es geschehen Dinge, die eine höhere Hand ordnet.«

Auf dem Weg zum Roten Bären dachte Christoff über ihre letzten Worte nach. Was hatte sie damit gemeint? Wusste sie mehr als er?

Je näher Christoff der Heimat kam, desto unwohler wurde ihm. In Freiburg hatte er kaum an Julia gedacht.

Mit weiblichem Instinkt witterte die Römerin, dass mit Christoff etwas nicht stimmte. Die Begrüßung fiel kühl aus. Julia stellte keine Fragen. Wie immer, wenn sie sich nicht beachtet fühlte.

Sie hatten das Nachtmahl beendet und saßen vor dem Kamin. Ein unheilvolles Schweigen lag zwischen ihnen.

»Eine schöne Stadt, dieses Freiburg«, sagte Christoff, wobei er mit der Feuerzange die Scheite wendete, dass die Flammen aufloderten. »Ein Münster, dessen Turm einer Himmelsleiter gleicht. Weinberge, deren Rebstöcke bis an die Gärten der Häuser wachsen. Und eine Luft, die leicht und froh macht.«

»So. Die Luft macht leicht und froh … oder war es noch etwas anderes?«

Sie blickte ihn argwöhnisch an.»Was für ein Zufall, dass in Freiburg nicht nur die besten Kristallschneider sitzen, sondern auch die Mutter deines Sohnes …« Ihr Antlitz verzerrte sich.»Habt ihr euch wiedergesehen?«

»Ja, ich habe Cecilia wiedergesehen und auch meinen Sohn. An den Nachmittagen hat sie mir die Stadt und die nähere Umgebung gezeigt.

Manchmal hat uns auch Franziska begleitet, ihre jüngere Schwester. Dagegen gibt es ja wohl nichts einzuwenden.«

»Kommt darauf an, wie man es sieht. War mehr zwischen euch als ein Handschlag?«

Christoff wurde zornig. »Bin ich dir Rechenschaft schuldig über meine Reisen? Hast du deinem Eheherrn auch erzählt, was in jener Nacht auf Murány geschah?«

»Ich habe es ihm nicht gesagt, weil ich es für etwas Einmaliges hielt. Wenn du schon auf die Nacht von Murány zu sprechen kommst, dann habt ihr also miteinander geschlafen?«

»Es hat sich so ergeben.«

»Sie hat dich wohl verführt, weil ihr der Alte nicht mehr genügt, dieses schamlose Weibsstück.«

»Sie ist nicht schamloser als eine, die im Konkubinat mit mir lebt«, erwiderte er kalt.

»Ist sie besser im Bett als ich?«, fragte sie rasend vor Eifersucht.

»Mit dieser Frage zeigst du endlich, was du unter Liebe verstehst.«

»Dann liebst du sie also immer noch?«

»Ja. Bist du nun zufrieden?«

»Zufrieden soll ich sein, dass du eine andere liebst!«, lachte sie in wilder Wut. »Jeden Tag kann diese Weibsperson bei uns auftauchen. Ihrem Eheherrn wird sie erzählen, sie würde ihren Vater besuchen. Oder ihre Schwester, die Pferdenärrin.«

»Dazu wäre sie zu stolz.«

»Dass ich nicht lache! Wo blieb ihr Stolz, als sie dich verführt hat? Sie stand immer zwischen uns, ob du es wahrhaben willst oder nicht. Bei den unpassendsten Gelegenheiten hast du von ihr erzählt. Du hast sie in den Himmel gelobt, obwohl sie dich verlassen hat. Jawohl, dich hat sie verlassen, nicht umgekehrt. Was hat sie, das ich dir nicht bieten kann?«

»Wärme … Nähe.«

Julia erbleichte. »So. Wärme. Nähe. Morgen packe ich die Koffer! So lasse ich mich nicht demütigen. Jahrelang hältst du mich als deine Konkubine und zum Dank betrügst du mich. Du hast mich maßlos enttäuscht!«

Sie gab ihm eine schallende Ohrfeige und lief schluchzend aus dem Saal. Er blickte ihr hinterher. Erstaunt und ungerührt, als wäre sie eine Fremde.

Am nächsten Morgen reiste Julia ab. Bevor sie auf den Kutschbock stieg, zögerte sie einen Augenblick. Als erwarte sie, dass er sie aufhalten würde, dass er vor ihr auf die Knie fallen und einen Heiratsantrag machen würde. Doch nichts dergleichen geschah. Wie angewurzelt stand er auf dem Hof und winkte ihr nach. Mit einer schwachen Handbewegung, wie man sie macht, wenn man keinem nachtrauert. Der Frühnebel hatte den Wagen, der Julia in südliche Gefilde trug, kaum verschluckt, als Christoff sein Pferd satteln ließ. Er werde einen Ausritt ins Hollersbachtal machen, beschied er der Köchin. Sie brauche nicht auf ihn zu warten, er begnüge sich mit einem kalten Nachtmahl. Gegen Mittag, als er durch das von Holunderstauden gesäumte Tal ritt, kam die Sonne durch. Auf den Berggipfeln leuchtete der erste Schnee.

Auf der Scharreralm machte er die Stute am Zaun fest. Schafe und Ziegen grasten an den Berglehnen. Das Geläut der Grasschellen war das einzige Geräusch in der Stille des Hochtals. Bald würden sie von der Alm abgetrieben werden.

Am Wasserfall hinter der Sennhütte traf er Berta. Sie hockte mit bloßen Füßen am Bach und spülte das hölzerne Milchgeschirr. Auf ihrem Nacken kräuselten sich blonde Strähnen. Wassertropfen, silbrig glitzernd, rannen an ihren Waden herunter. Der blaue Rock war ihr über die Knie gerutscht. Sein Blick fiel auf ihre nackten weißen Schenkel. Sie war noch genauso begehrenswert wie auf der Schwaige.

»Hast du dich von der Welt verabschiedet, Berta?«

Sie drehte sich erstaunt um und erhob sich.

»Ich lasse die Welt zu mir kommen«, lachte sie, dass ihre Zähne blitzten.

»Pass auf, dass du nicht eingeschneit wirst. Das milde Wetter wird nicht mehr lange halten.«

»Ich sollte lieber vor etwas anderem aufpassen, das hereingeschneit kommt ... was führt dich hier herauf, Jenner? Gehst du auf die Jagd?«

»Ja, so könnte man es nennen. Ich sitze auf ein besonders edles Wild an … es hat zwei schöne Beine, einen ansehnlichen Busen und badet gern im Kratzenbergsee.«

Berta errötete. Sie wischte sich die nassen Hände an der Schürze ab. »Hast du mich beim Baden gesehen, du Schelm?«

»Was kann ich dafür, dass das Fernrohr erfunden wurde? Man sieht Dinge, die man nicht für möglich hält.«

Er zog sie mit Gewalt an sich und küsste in wilder Begierde Nacken und Schultern.

»Nicht hier, Christoff!«, sagte sie erhitzt, als seine Hände unter ihren Rock griffen. »Der Oberjägermeister hat seit Neuestem auch ein Fernrohr.«

»Was ist eigentlich mit der Welschen?«, sagte sie in der Sennhütte, während sie Brot, Käse und Schnaps auftischte. »Ist sie immer noch bei dir?«

»Du meinst Julia? Nein, sie hat mich verlassen.«

»Und wann hat sie dich verlassen?«

»Heute Morgen.«

»So. Heute Morgen. Und jetzt soll ich dich trösten?«

»Ich habe kein Glück mit den Weibern«, sagte Christoff und schnitt ein Stück Käse ab. »Alle laufen sie mir davon.«

»Das bildest du dir ein«, erwiderte sie, den Obstbrand einschenkend. »In Wirklichkeit stößt du alle weg, die dir zu nahe kommen. Der Herr fürchtet um seine Unabhängigkeit, um seine hochheilige Freiheit. Mit Cecilia war es nicht anders. Du hast sie nicht an dich herangelassen. Du warst hart. Verschlossen. Unnachgiebig. Keine Empfindungen hast du gezeigt. Nie hast du sie geherzt oder in den Arm genommen. Wie muss sie dich geliebt haben, dass sie dieses Dasein mitgemacht hat …«

»Ich bin nicht gekommen, damit wir über die Vergangenheit reden«, unterbrach er sie unwillig.

»Trotzdem hörst du dir an, was ich dir zu sagen habe. Damals habe ich deine Standhaftigkeit und Stärke bewundert. Heute sehe ich dich in deiner Schwäche …« Sie schöpfte Luft, dass sich ihr Busen hob.

»Komm, gehen wir nach oben! Holen wir nach, was uns auf der Schwaige versagt blieb.«

Schweigend ließ sie Mieder, Rock und Hemd fallen. Darunter trug sie nichts wie alle Bauerndirnen. Als sie ihn umarmen wollte, sagte er, sie solle sich auf den Bauch legen. Er nahm sie von hinten, damit er ihr nicht in die Augen sehen musste. Und sie nicht auf den Mund küssen musste. Er wollte mit ihr nicht dasselbe machen wie mit Julia. Das Einzige, was er sagte, war: »Du bist ein Teufelsweib! Schon auf der Schwaige wusste ich, welche Liebeskünste in dir stecken.«

Lachend drehte sie sich um. »Soll ich sie dir zeigen?«

Sie setzte sich auf seine Lenden und ritt mit ihm durch die Lüfte. Wie die Hexe auf dem Besen. Da vergaß er, dass er ihr nicht in die Augen sehen wollte. Und sie nicht auf den Mund küssen wollte. Ja, die schöne Sennerin verstand es, die Männer schwach zu machen.

»Wir sehen uns, Berta!«, rief er ihr zu, als er seinem Pferd die Sporen gab.

Sie wusste, wie es gemeint war. »Am Sonntag ist Almabtrieb. Dann bin ich auf dem Schedlachgut. Du kannst mich ja mal besuchen.«

Das Salzachtal dämmerte im Novembernebel, als er nach Hause ritt. Er war froh, dass er sich nicht dazu hatte hinreißen lassen, die Nacht in den Armen der Sennerin zu verbringen. Keine Nacht hielt es ihn bei einem Weibsbild, das er nur körperlich begehrte. Er fürchtete den Morgen. Das gemeinsame Erwachen, wenn das Verlangen gestillt war. Berta verstand ihn, auch wenn es sie traurig stimmte. Hoffnungen machte sie sich keine. Vor dem Herzen endeten ihre Zauberkünste.

Julia de Naro hatte getan, was Witwen ihres Standes zu tun pflegen. Sie nahm den Schleier. Nach ihrer Rückkehr in Rom trat sie in das Kloster St. Teresa ein, das dem Orden der Karmeliterinnen gehörte. Trost fand sie fortan in der Liebe zum Gekreuzigten. Vielleicht erinnerte sie der Heiland an ihre große Liebe Franz Christoph Frangipani, den Freiheitskämpfer, der sie in seinen Gedichten verewigt hatte.

30
Ein unsittliches Angebot

Am Sonntag nach Laurentius im August war das Unglück geschehen. Christoff saß mit seinen Leuten vor dem Knappenhaus. Die Sonne schien heiß. Haufenwolken, hoch und weiß wie Kochmützen, quollen von Süden über die Venedigergruppe. Am Abend würde ein Wärmegewitter aufziehen. Die Männer sprachen über einen begonnenen Querschlag im Oberstollen.

»Ich halte es nicht für ratsam, weiter gegen Süden hin zu arbeiten«, wog der Schießmeister ab. »Das Sprengen kann Risse im Fels verursachen. Außerdem ist das Blockfeld über uns ständig in Bewegung. Im Arbeitsstollen sind wir nur acht bis zehn Lachter unter Tage.«

»Dann werden wir auf das Sprengen verzichten«, entschied Christoff. »Wir setzen doppelt so viele Stempel und verstärken die Kappen und Läufer. Die Lagerstätte hat uns bisher reiche Ausbeute geliefert. Warum sollten wir sie aufgeben?«

In diesem Augenblick spürte Christoff ein Beben unter den Füßen. Als ob man unter der Erde eine gewaltige Sprengladung gezündet hätte. Es kam ihm vor, als bewegte sich die Nordflanke des Graukogels. Ein Steinadlerpaar, das im Gamskar seinen Horst hatte, flog erschreckt auf. Einzelne Steine fielen polternd von der Wand herab, gefolgt vom trockenen Geräusch des Aufpralls. Wie so oft um die Mittagszeit, wenn das Gestein dem Verwitterungsprozess am stärksten ausgesetzt ist. Die Steine schienen ihm jedoch größer als gewöhnlich.

Plötzlich sah er mit Schrecken, wie sich in der Felswand gegenüber ein Riss bildete. Eine mannsbreite Kluft, hoch wie ein Kirchturm. Die Kluft neigte sich gegen die Rinne des Leckbachs und brach mit Getöse ab, dass das Echo hundertfach im Gewände widerhallte. Ein Krachen wie eine Batterie schwerer Feldgeschütze. Felsbrocken spalteten sich von der Wand ab und zerschellten in der Tiefe. Eine gewaltige Steinlawine wälzte sich über die Scharte, wirbelte Staubmassen durch die Luft, schob sich über die Rinne und polterte zu Tal. Wie eine Schanze schoben die Steinmassen den Blockschutt des Bachbetts vor sich her. Im milchig grauen Licht verschwand die Landschaft wie hinter einem blinden Fenster. Eine gespenstische Stille folgte dem Getöse. Eine Stille, wie sie nur dort anzutreffen ist, wo einmal Leben war und jetzt keines mehr ist. Wie die Stille nach der Schlacht. Das Rauschen des Gebirgsbachs war verstummt. Der Bachlauf war unter einem Schuttberg verschwunden. Der Graben glich einer Geröllwüste. Die Gesichter der Männer waren aschfahl. Keiner wagte sich zu rühren. Als fürchteten sie, mit einer unbesonnenen Gebärde einen Nachsturz auszulösen. Keiner sprach ein Wort. Das Geschehene hatte sie sprachlos gemacht.

Der Bergsturz hatte das Bergwerk unter sich begraben.

Grauen hatte alle ergriffen. Wie gelähmt starrten sie auf den Ort, wo die Grube gewesen war. Christoff hatte das Gesicht in den Händen vergraben. Grau wie das Geröll. Sein Werk war vernichtet. Aus und vorbei.

»Das wars, Leute. Wir können einpacken!«, sagte er mit tonloser Stimme. »Zwei Männer waren heute Morgen bei der Wäsche«. Der Matz und der Keit. Wir müssen versuchen sie auszugraben, tot oder lebendig. Die Arbeit ist uns genommen, aber wenigstens haben wir unser Leben noch.«

Im Trümmerfeld des Grabens fanden sie einen der beiden Bergmänner. Das Gesicht grässlich entstellt, die Gliedmaßen zermalmt. Leben war keines mehr in ihm.

»Der Allmächtige hat ihn gestraft, weil er den Sonntag nicht heiligte«, meinte ein Knappe.

»Dann hätte er ebenso gut mich strafen können«, sagte Christoff mit verzerrtem Gesicht. »Ich habe die Bergordnung nicht befolgt.«

Die Nachricht über das Unglück verbreitete sich wie ein Lauffeuer. Die Teilhaber der Grube versuchten fieberhaft, ihre Anteile abzustoßen, um die Zubuße, die Nachschusspflicht, nicht zahlen zu müssen. Aber es gab keine Käufer mehr, und die Kurse fielen ins Bodenlose. Innerhalb weniger Stunden waren die Wertpapiere nicht einmal mehr das Papier wert, auf dem sie gedruckt waren.

Forderungen wurden gegen ihn erhoben. Ausstehende Löhne. Unbezahlte Rechnungen. In guten Zeiten kein Grund zur Besorgnis. Die Gläubiger wussten, dass sie ihr Geld am Ende der Saison bekamen. Jetzt lag die Ausbeute der Saison im Graben, in einer Stahlkassette, irgendwo unter Trümmern. Begraben wie alles andere. Er stand mit leeren Händen da. Der Runstein war das einzige, was ihm geblieben war. Das Gesinde musste er entlassen und, da er kaum Bargeld besaß, mit Hausrat oder Silberbesteck entlohnen. Eines Tages stand der Gerichtsdiener vor der Tür. Christoff bat den jungen Mann in sein Kontor.

»Hochedler Herr«, sagte der Adjunkt des Pflegers mit gewichtiger Stimme, »ich bedaure, Euch die unangenehme Nachricht überbringen zu müssen, dass das Urbaramt des Pfleggerichts Mittersill sich genötigt sieht, den Gutsbesitz zur Zwangsversteigerung auszuschreiben. Es sei denn, Ihr begleicht binnen vier Wochen die fälligen Wechsel und Schuldverschreibungen. Es sind Klagen bei uns eingegangen, die uns zwingen, die Veräußerung der Liegenschaft und der gesamten beweglichen Habe einzuleiten. Eine Schuldhaft tritt nach der Konkursordnung dann ein, wenn alle Hab und Güter zur Bezahlung nicht ausreichen, die Gläubiger kein Moratorium oder Zahlungsaufschub gewähren und kein Vergleich zustande kommt. In Anbetracht der Tatsache, dass es sich bei dem Bergunglück um einen unverschuldeten Vermögensverfall wie Raub, Brand oder Schiffbruch handelt, durch den der Schuldner seine Gläubiger nicht zu bezahlen imstande ist, kann ihm jedoch die Cessio bonorum, die Rechtswohltat, gewährt werden.«

Christoff musste sich an der Armlehne seines Sessels festklammern, um dem Gerichtsvollzieher nicht an die Gurgel zu springen.

»Gebt mir ein Jahr Zeit. Ich werde das Gut künftig bewirtschaften. Die Gründe sind sowohl für Viehzucht wie für Ackerbau geeignet. Notfalls lasse ich ein Stück Wald umlegen.«

»Ich will gern versuchen, die Gläubiger zum Stillhalten zu bewegen. Von einer Güterpfändung wird vorerst abgesehen. Bis zur Vollstreckung am Martinitag, dem 11. November, verbleibt Euch selbstverständlich das Wohn- und Nutzrecht des Gutshofs.«

Christoff überlegte, wer ihm Geld leihen könnte. Franz Welser kam nicht in Frage. Der Labacher hatte sein ganzes Vermögen in Grund und Boden stecken. Der Ronacher? Nein, der Tantzlechner war nicht gut auf ihn zu sprechen. Ein flüchtiger Gruß war alles, wenn sie sich begegneten. Der Senninger? Ja, der hatte genug Geld. Als ehemaliger Aktionär des Bergbau-Unternehmens müsste er Verständnis für seine Notlage haben. Beflügelt von diesem Gedanken, sattelte Christoff sein Pferd und ritt nach Bramberg.

Der Gastwirt und Handelsmann saß im Kontor seines Brauhauses. Er schien über den Besuch nicht begeistert zu sein. Entsprechend kraftlos fiel der Händedruck aus.

»Du musst mir helfen, Senninger«, stieß Christoff atemlos hervor. »Die Gläubiger sitzen mir im Nacken. Das Pfleggericht hat mit der Zwangsversteigerung gedroht, wenn ich nicht innerhalb von vier Wochen die fälligen Wechsel begleiche ...«

»Wie willst du das anfangen?«

»Ich habe vor, das Gut zu bewirtschaften. In zwei Jahren bin ich über den Berg. Dann bekommst du dein Geld wieder. Mit Zins und Zinseszins. Das verspreche ich dir.«

»Wieviel?«

»Dreitausend.«

Der Geschäftsmann schüttelte den Kopf. »Deinetwegen habe ich ein ordentliches Stück Geld in den Sand gesetzt. Mit den Gewährscheinen könnte ich die Wände tapezieren. Wer garantiert mir, dass ich auf dem Darlehen nicht sitzen bleibe?«

»Der Bergsturz war ein Unglück. Es war nicht meine Schuld. Das kann jedem passieren.«

»Ein Unglück?«, lachte der Senninger. »Ich habe anderes gehört. Du sollst die Stollen ohne geologische Erkundung in den Berg getrieben haben. Sei froh, wenn dir die Hofkammer nicht noch eine Rechnung wegen Raubbau an der Umwelt aufmacht. Das Habachtal gehört nach wie vor zur Hofjagd.«

Christoff schwieg. Die Vorwürfe, die der Gastwirt gegen ihn erhob, konnte er nicht widerlegen.

»Du hast alles auf eine Karte gesetzt«, fuhr der Senninger fort.»Das ist immer ein Fehler. Sieh mich an: Ich habe die Gastwirtschaft, die Brauerei und den Saumhandel. Geht ein Geschäft schlecht, geht das andere gut.« Er dachte einen Augenblick nach.»Du kannst ja mal mit der Rottmayrin reden. Vielleicht hilft sie dir. Sie ist meine Bank. Du findest sie auf dem Weyerhof.«

Aufmunternd klopfte der Geschäftsmann Christoff auf die Schulter und sagte:»Auch mir ist in meinem Leben nicht alles gelungen. Drei Kinder, die auf dem Totenacker liegen. Und eine schöne junge Frau, die mir keinen Erben schenkt. Jeder hat sein Bündel zu tragen. Wenn alle Stricke reißen, kannst du dich bei mir melden … ich könnte einen Treckführer für den Saumhandel gebrauchen. Mit Maultieren kannst du ja umgehen. Zehn Prozent Provision auf die Handelsware.«

Severin Senninger hatte nicht übertrieben. Seine junge Ehefrau war nicht nur Vermögensverwalterin seiner unermesslichen Reichtümer. Jedermann wusste, dass über hundert Schuldner mit einem Gesamtguthaben von 40 000 Gulden bei ihr in der Kreide standen. Anna Maria Rottmayrin war ihrem Ehewirt an Geschäftstüchtigkeit durchaus ebenbürtig, im Gegensatz zu diesem jedoch habgierig und hartherzig.

Und nicht ohne Eitelkeit, dachte Christoff, als er ihr gegenüber saß. Eine sechszeilige Perlenkette umspannte den Hals der Weyerhoferin. Diamanten und Rubine funkelten an ihren schmalgliedrigen Händen. Am rechten Ringfinger glänzte ein schwerer Goldring. Mehrere goldene Armreifen umschlossen das Handgelenk. Der Ausschnitt ihres muttergottesblauen Satinkleides gewährte den Blick auf einen vollen Busen. Die Ärmel unterhalb des Ellbogens waren mit Spitzen besetzt. Über das goldblonde Haar wölbte sich eine halbe Spitzenhaube. Sechs Jahre war sie nun schon verheiratet und hatte immer noch keine Kinder. Und das mit dreißig.

»Was starrst du mich so an, Jenner, ich bin doch keine Heilige«, lachte sie.»Wo drückt der Schuh?«

»Ich bin in Schwierigkeiten. Der Bergsturz hat mir alles genommen. Das Bergwerk ist vernichtet. Die Wertpapiere sind nichts mehr wert.

Und die Gläubiger sitzen mir im Nacken. Der Runstein kommt unter den Hammer, wenn ich nicht binnen eines Monats das nötige Geld auftreibe.«

Was Christoff erzählte, schien die Rottmayrin nicht zu berühren.

»Was brauchst du?«

»Dreitausend Gulden.«

»Dreitausend? Ist es nicht reichlich unverschämt, ausgerechnet zu uns zu kommen? Tausend Gulden haben wir allein mit den Anteilen an der Grube in den Sand gesetzt.«

»Du bist meine letzte Hoffnung, Weyerhoferin. Andere Geldgeber kenne ich keine.«

»Ich bin deine letzte Hoffnung!«, lachte sie aufreizend. »Was bietest du für Sicherheiten?«

»Einen kostbaren Smaragd ... er ist so viel wert wie der Runstein.«

»Warum verkaufst du ihn dann nicht?«

»Im Erzstift gibt es die Kundschaft nicht für einen Stein wie diesen. Die Zeit läuft mir davon.«

»Was nützt mir der schönste Edelstein, wenn er unverkäuflich ist. Ich brauche Sicherheiten, die ich jederzeit zu Geld machen kann. Im Übrigen ...«, sie blickte auf ihren mit Brillanten besetzten Rubinring. »... mag ich Smaragde nicht. Sie sind mir zu ordinär. Früher pflückten die Burschen den Dirnen ein Edelweiß. Heutzutage kommen sie mit Smaragden daher.«

»Dann werde ich wohl besser gehen«, sagte Christoff, im Begriff sich zu erheben.

Die Rottmayrin betrachtete ihn sinnend. »Weshalb so eilig, Jenner? Habe ich etwa gesagt, dass ich dir das Geld nicht leihe? Mir ist gerade eine Idee gekommen ...«

Sie nahm ihre Haube ab. Das am Hinterkopf zu einer Schnecke geflochtene Haar glänzte im Licht der Morgensonne wie lauteres Gold.

»Sprechen wir von anderen Dingen ... hast du Kinder?«

»Ja. Einen Sohn. Er ist zehn Jahre alt und lebt bei seiner Mutter in Freiburg.«

»Ist es die älteste der Tantzlehentöchter?«

»Ja. Cecilia.«

»Also war die schöne Italienerin, mit der du auf unserer Hochzeit warst, deine Konkubine ...«

»So kann man es nennen. Und weil sie es nicht mehr sein wollte, hat sie mich verlassen.«

»Warum hast du sie nicht geheiratet?«

»Ich brachte es nicht fertig. Es stand immer eine andere zwischen ihr und mir.«

»Die Ronacherin?«

Er nickte.

»Aber die Ronacherin ist doch verheiratet.«

»Nach außen hin. Im Innern liebt sie mich.«

»Weshalb hat sie dich dann verlassen, dazu noch mit einem Kind?«

»Sie wollte in geordneten Verhältnissen leben. Der Pfarrherr wollte uns den Trausegen nicht ohne die Kirchenbuße geben. Ich war nicht bereit, mich im Büßerhemd vor den Altar zu stellen.«

»Ach, dann war sie es, die in der Halsgeige auf der Schandbühne stand, mit dem Strohkranz auf dem Kopf und einem Schild um den Hals ›Ich liederliches Weib‹. Ungefähr zehn Jahre muss es jetzt her sein. Ich habe meine Mutter gefragt, was diese Dirn verbrochen hätte, dass man sie an den Pranger stellt. Daraufhin hat sie mich weggezogen und gesagt, das verstehst du noch nicht. Das erzähle ich dir später einmal.«

»Und hat sie es dir erzählt?«

»Das brauchte sie nicht. Die Spatzen pfiffen es von den Dächern, dass die Ronacherin ein Kind vor dem Hochzeitsgeläut bekommen hatte ... einen Bankert.«

»Besser einen Bankert als gar kein Kind, Rottmayrin. Das solltest du doch am besten verstehen ...«

Nachdenklich betrachtete sie ihren goldenen Fingerreif. »Dann nennen wir es ein Kind der Liebe. Mir war es auch nicht vergönnt, meine große Liebe zu heiraten. Glaubst du, ich habe bis zu meinem vierundzwanzigsten Geburtstag gewartet, um einen Greis zu heiraten? Meine Ehe wurde zwischen dem Senninger und meinen Eltern ausgehandelt. Ruhm und Reichtum gegen Jugend und Schönheit ...«

»Da sind die Waagschalen immer ausgeglichen«, warf Christoff trocken ein.

»Natürlich schmeichelte es mir, Herrin auf dem Weyerhof zu sein. Ich dachte, wenn ich erst Kinder habe, ist der Mann nicht mehr so wichtig. Diese Hoffnung hat sich leider nicht erfüllt. Wir wünschen uns sehnlichst einen Erben und bekommen ihn nicht. Vielleicht liegt es an mir, vielleicht ist mein Eheherr zu alt – immerhin hat er die Siebzig bereits um zwei Jahre überschritten.«

Christoff war die Wendung des Gesprächs unangenehm. Warum erzählte sie ihm das alles?

»Du sollst das Geld bekommen, wenn du mir einen Erben schenkst«, sagte sie unvermittelt. »Ohne Vertrag als zinsloses Darlehen.«

Christoff glaubte seinen Ohren nicht zu trauen.

»Was verlangst du von mir, Rottmayrin? Ich soll dir ein Kind machen?«

»Du hast ganz richtig gehört, Jenner. Schenk mir einen Erben, und du bekommst das Geld.«

Die Worte klangen, als ob sie eine Bestellung in der Gaststube aufnehmen würde. Ihm graute vor diesem Ansinnen.

»Ein Drittel kannst du heute haben. Damit kannst du die Gläubiger fürs Erste zufriedenstellen. Das zweite folgt bei der Schwangerschaft. Den Rest gibts nach der Taufe.«

Verwirrt fuhr sich Christoff durchs Haar. »Wie stellst du dir das vor? Der Senninger wird dich aus dem Haus jagen, wenn er erfährt, dass du ihn betrügst.«

»Der und mich aus dem Haus jagen!«, lachte sie verächtlich. »Ich werde ihn nicht betrügen. Im Gegenteil: Ich werde es ihm erzählen, und er wird sich glücklich schätzen, einen Erben zu bekommen. Ein Greis kann von einer jungen Frau keine lebenslange Treue erwarten. Das haben wir in unserem Ehevertrag so vereinbart.«

»Ein gewagtes Spiel hast du dir ausgedacht ...«

»Ich werde dir sagen, was diesen Erben erwartet, und ich werde dir zeigen, was dich erwartet, wenn du mir einen Erben schenkst ...«

Sie hatte sich erhoben und das Fenster geschlossen. Nachdem sie den Zimmerschlüssel zweimal nach rechts gedreht hatte, schritt sie auf Christoff zu und drehte sich um.

»Knöpf mir bitte das Kleid auf.«

Unfähig einen klaren Gedanken zu fassen, erhob er sich und begann ihr Kleid aufzuknöpfen, vom Nacken bis zur Taille. Während er die Stoffknöpfe aus den Löchern löste, zählte sie ihre Liegenschaften auf: »... der Weyerhof mit dem Weyerturm und umliegenden Gründen, die Ehetaverne Bramberg mit Brauerei, der sogenannte Senningerbräu, das Schwabenhaus mit Grundstücken, ein Viertel Kornlehen zu Weixldorf, Ober- und Unter-Erlach mit Gründen, die Penker und Erlacher Auen, Ostrazwiesel mit Mühle, Säge und Alpwerk, Wildalm, Ziregg, Seebachalm, ein Drittel Zehent vom Jochberg, Pailberg, Grubern, dazu einige Bramberger Lehen, der Wennser Hof – ach, nein, der gehört jetzt der jungen Tantzlechnerin.«

Das muttergottesblaue Satinkleid rauschte zu Boden. Sie streifte das Unterhemd von den Schultern und ließ es ebenfalls zu Boden fallen. Die Rottmayrin stand im Mieder und blütenweißen Beinkleidern vor ihm. Das Mieder war mit Fischbeineinlagen verstärkt, die ihre Brüste vorteilhaft hoben und ihre Taille enger machten. Etwas unbeholfen nestelte sie an den Schnüren. Gewiss hatte sie eine Kammerjungfer, dachte Christoff.

Sie schien seine Gedanken zu erraten. »Du brauchst mir nicht zu helfen, ich schaffe es allein. Gewöhnlich hilft mir mein Mädchen.«

Das Leinenmieder löste sich und gab den Blick auf ihren Busen frei. Christoff spürte, wie sein Hals trocken wurde.

»... neben diesen Lehenschaften erwartet den Erben eine ausgedehnte Viehhaltung: Vierzig Pferde zu je zwanzig Gulden, hundertachtundzwanzig Kühe zu je zehn Gulden, siebzig Jungrinder und Kälber, sechzig Schafe zu je fünfundvierzig Kreuzer, sechzig Geißen zu je anderthalb Gulden, zwanzig Großschweine zu zwei bis drei Gulden, zwölf kleine Schweine zu fünfundzwanzig Kreuzer ...«

Bei den zwölf kleinen Schweinen zu fünfundzwanzig Kreuzer hatte sie es geschafft. Sorgfältig legte sie die Schnürbrust über die Stuhllehne. Dann stellte sie ein Bein auf den Stuhl und begann die Strümpfe auszuziehen. Ein Sonnenstrahl spielte mit den winzigen blonden Härchen auf ihren Waden.

»... dann erwarten den Erben zehn mit Intarsien eingelegte Hartholzmöbel, vierzehn rotseidene und ledervergoldete Sessel, siebzehn

Ölgemälde, darunter Werke bekannter Salzburger und Tiroler Künstler, neunhundertfünfzig Pfund Zinngeschirr in vierhundertvierzig Teilen, die geringeren bemalten Bauernmöbel, Messing-, Eisen- und Tongeschirr nicht mitgezählt ...«

Die baumwollgewirkten Strümpfe legte sie ebenfalls über die Lehne. Jetzt hatte sie nur noch ihr spitzenbesetztes Unterbeinkleid an, das ihr bis zu den Oberschenkeln reichte.

»... an Bargeld erwarten den Erben tausendneunhundertzweiundzwanzig Golddukaten, zweihundertneunundachtzig Doppeldukaten, siebenundsiebzig Großgoldstücke, fünftausendsiebenhundert Silbertaler, siebenundsiebzig Doppeltaler ...«

Bei den siebenundsiebzig Doppeltalern hatte sie die Bändsel ihres Unterbeinkleids gelöst. Mit einer Selbstverständlichkeit, als ob sie allein sei, ließ sie die leinengewirkte Unterhose fallen. Sie hatte sich im Griff, dachte Christoff bewundernd. Kein Gramm zu viel auf den Hüften. Und das bei der vielgerühmten Küche des Weyerhofs. Sie stand zwei Schritte vor ihm, die Arme herabhängend, als wollte sie sagen: »Das ist alles, was ich besitze.« Versonnen betrachtete er den dunkelblonden Streifen ihrer Scham unterhalb des leicht gewölbten Bauchs. Er fühlte eine Hitze in sich aufsteigen, als ob ein Nymphenreigen ihn umtanzte. Höllteufel, bei diesem Weib würde jeder Mann schwach werden. Er bemerkte, wie ein Lächeln der Genugtuung über ihr Antlitz huschte, als sich seine Hosentür spannte.

»... dazu vierundfünfzig Silberpokale und Becher«, begann sie fortzufahren, »getrieben, feinste Goldschmiedearbeiten, zweihundert echt silberne Essbestecke, ja, du hast richtig gehört, zweihundert silberne Essbestecke. Im Weyerhof isst man nur mit Silber ...«

Sie legte die Leibwäsche fein säuberlich über die Stuhllehne.

»... falls es eine Dirn werden sollte, wird sie sich freuen über die Kleinodien: zwei Goldringe mit Smaragden aus dem Habachtal, siebzehn Goldringe mit Rubinen und anderen Edelsteinen, fünf Ringe mit Diamanten, zahllose Ohrringe, Broschen, Ketten, Armreifen und anderes Geschmeide ...«

Sie hatte sich auf die Kante des Kontortischs gesetzt. Die Hände aufgestützt, die Beine lässig übereinandergeschlagen, warf sie mit einer herrischen Kopfbewegung das schulterlange goldblonde Haar zurück. Mit erwartungsvoll geöffneten Lippen blickte sie ihn herausfordernd an.

Um das Repertoire ihrer Verführungskünste zu vervollständigen, blähte sie die Nasenflügel wie die Nüstern eines Rosses und tat einen tiefen Atemzug, einem stillen Seufzer gleich. Ja, die Rottmayrin war nicht nur eine schöne Frau, sie wusste es auch. So bekam sie sonst nur der Senninger zu sehen. Ob der den üppig gedeckten Gabentisch der Natur in seinem Alter noch zu schätzen wusste? Der Anblick der schönen Weyerhofwirtin nahm Christoff gefangen. Er spürte, dass er dieser Frau ausgeliefert war, ob er wollte oder nicht. Sie besaß das Geld, mit dem er den Runstein retten konnte. Und dazu das, was ihm fehlte, seitdem Julia weg war.

Angelockt von den reizvollen Gerüchen, kreiste eine grünschillernde Schmeißfliege über ihrem Kopf. Die dicke Brummfliege drehte einige Runden und wollte sich auf der rechten Brust niederlassen. Ärgerlich scheuchte sie die Fliege weg.

»Hau ab, verdammtes Viechzeug!«

Erschreckt durch die jähe Handbewegung, schoss die Schmeißfliege zum Fenster, wo sie sich in den Gardinen verhedderte und in hohen Tönen brummte. Kaum hatte sie sich befreit, stürzte sie erneut auf ihr Opfer. Diesmal dahin, wo ihr der Geruch am natürlichsten erschien. Sie ließ sich auf der Innenseite des Oberschenkels nieder und näherte sich ruckweise dem Objekt der Begierde. Die Rottmayrin schlug zu, dass es klatschte.

»Jetzt reicht's mir aber… der Stallknecht hat wohl wieder nicht die Pferdeäpfel auf dem Hof weggeräumt. Wir sind halt auf dem Land.« Sie lachte verlegen. »Ich kann mich immer noch nicht daran gewöhnen, dass vor dem Haus die Feldmark beginnt.«

Christoff sah einen Blutfleck an ihrem Oberschenkel. Als ob sie sich gekratzt hätte. Die Stelle, wo sie zugeschlagen hatte, färbte sich rot. Die grünschillernde Schmeißfliege lag mit dem Rücken auf dem Boden und zappelte mit den Beinen. Ein Fußtritt bereitete ihrem Erdenleben ein Ende. Auf dem Parkett blieb ein winziger roter Fleck zurück. Die Schmeißfliege war verschwunden. Sie musste an der Ferse kleben, dachte Christoff.

Die Fliege hatte den Zauber gebrochen. Sie hatte Christoff aus dem Bann der Rottmayrin gerissen. Es ließ ihn kalt, dass sie sich auf seinen Schoß setzte, sein Hemd öffnete und ihre Hände über seine Brust gleiten ließ. Es ließ ihn kalt, dass sie sein Gesicht mit heißen Küssen bedeckte. Es ließ ihn kalt, als er sah, wie ihre Brustspitzen groß und hart wurden. Und aus ihrem Schoß ein Geruch der Erregung strömte, der ihn an eine Wildkatze erinnerte. Es ließ ihn kalt, dass sie seinen Gürtel öffnete und in seine Hose griff. Sie hatte kalte Hände, dachte er bloß. So kalt wie ihr Blick.

Er hatte die Hände auf die Armlehnen gelegt und sah sie an, als wäre sie ein geflügeltes Einhorn.

»Nun weißt du«, raunte sie ihm ins Ohr, »was den Senninger-Erben erwartet ... und was dich erwartet, falls du auf mein Angebot eingehst. Übrigens heute ist Ruhetag. Wir können ja schon mal üben. Das Fürstenzimmer ist frei ...«

»Du hast die Gespanne vergessen«, sagte der Jenner trocken.

»Ach ja, die Gespanne!«, sagte sie versonnen. »Wenn ich mich recht erinnere, haben wir neun Kutschen, darunter zwei Jagdwagen, zwei Chaisen, zwei Coupés und drei leichte offene Einspänner, dann ein Dutzend Fuhrwerke für den Saumhandel und sonstige Wagen ... ich weiß nicht wie viele.«

»Und wie steht es mit dem Weinkeller?«

»Fünf Fass Lagreiner, fünf Fass Weißterlaner, drei Fass Todträger. Willst du noch mehr wissen?«

»Dein Angebot lässt mich kalt, Rottmayrin. Die Liebe ist für mich kein Tauschhandel.«

»Habe ich etwa von Liebe geredet? Ich helfe dir, und du hilfst mir. Dreitausend Gulden für ein fleischliches Vergnügen ... ein besseres Angebot bekommst du nie wieder.«

»Der Zins ist mir zu hoch«, sagte Christoff und schob sie von sich.

»Hau ab, du verdammter Mistkerl, ich will dich nie wieder sehen!«, schleuderte sie ihm zornig entgegen.

Wortlos erhob er sich und schritt zur Tür. Bevor er ging, blickte er sich noch einmal um. Die Rottmayrin hatte ihren Kopf auf die Lehne des rotseidenenen Sessels gelegt. Ihre Schultern zuckten. Einen Fuß hatte sie herangezogen. An der Ferse bemerkte er einen schwarzen Fleck. Es war die tote Schmeißfliege.

Christoff schritt aus dem Zimmer. Die Tür ließ er offen stehen. Herren schließen keine Türen. Das machen Diener. Es war niemand sonst im Haus, der die schöne Weyerhofwirtin hätte sehen oder hören können. Heute war Ruhetag.

Auf dem Heimweg überkamen ihn Zweifel, ob er richtig gehandelt hatte. Er hatte die Möglichkeit verspielt, einen Kredit zu bekommen. Er hatte die reichste Frau im Pinzgau abgewiesen. Und, wie er mit eigenen Augen sehen konnte, eine Schönheit in der Blüte ihrer Jahre. War es sein Stolz, der es ihm versagte, sich dem Willen dieser Frau zu unterwerfen? Oder die Angst, sie könnte Macht über sein Herz gewinnen? Er wusste nur eines: Er hatte sich vorgenommen, seine Verhältnisse zu ordnen. Deshalb hatte er Julia ziehen lassen. Und deshalb störte ihn das unsittliche Angebot der Rottmayrin.

Es war ihm einfach nur lästig.

Lästig wie eine Schmeißfliege.

Als er den Ansitz zwischen den Bäumen erblickte und ihm bewusst wurde, was er am Martinitag verlieren würde, kam ihm ein Gedanke: Warum verkaufte er nicht den großen Smaragd, seinen Glücksfund? Den Stein hatte er in der Bibliothek aufbewahrt. In einem Lederfolianten, dessen Seiten in der Mitte ausgeschnitten waren. Das Buch trug den Titel »Vom Bergwerk«. Er überflog die Widmung im ersten Band der zwölf Bücher:

Dem edlen und ehrenfesten Herrn Christoph Weitmoser zu Winkel, Römischer Königlicher Majestät Rat, Gewerken in der Gastein etc., seinem großgünstigen und gebietenden Herrn, wünscht Philippus Bechius durch Christum viel Glück und Heil.

Er hatte das Vorwort nie beachtet. Diesmal wurde er nachdenklich. Der Ansitz des Christoph Weitmoser hatte ihm nicht nur als Modell für den Runstein gedient, sein Bauherr verkörperte wie kein anderer den Aufstieg und Fall eines Gewerken.

Er öffnete das Fenster und hielt den Stein gegen das Sonnenlicht. Der Kristall erschien ihm wie das klare Wasser eines Brunnentrogs, auf dessen Grund die Algen in grünen Fäden an die Oberfläche treiben. Wie der Kratzenbergsee, in dem sich die Gletscher im Sonnenlicht spiegeln, und Wassernixen wie die schöne Sennerin ihre neckischen Spiele treiben. Christoff beschloss, nach Prag zu reisen und mit Miseroni zu reden. Der Hofsteinschneider und Schatzmeister hatte beste Verbindungen zum Kaiserhof. Am Hof saßen nicht nur die Herren, die die Mittel hatten, einen solchen Edelstein zu kaufen, sondern auch die Damen, die das Privileg besaßen, Gold und Juwelen tragen zu dürfen. Vor der Abreise begann Christoff, seine Vermögensverhältnisse zu ordnen. Es war angeraten, ein Testament aufzusetzen. Die Fahrt konnte nicht ungefährlich sein bei dem Schatz, den er bei sich tragen würde. Und so schrieb er mit Feder und Tinte:

Ich, Christoff v. Jenner, geb. am Christophorustag, dem 25. Juli 1637 auf Fronleiten am Sonnberg in der Kreuztracht Bramberg, im Vollbesitz meiner geistigen Kräfte, vermache mein in das Urbarium eingetragene Gut Runstein zu Schönbach mit Grund und Boden meinem nicht eheleiblichen Sohn Martin v. Pyrr. Das Erbe fällt Martin an seinem 26. Geburtstag zu. Sollte ich bis dahin das Zeitliche segnen, hat seine Mutter Cecilia Ronacherin, verheiratete Freiin v. Pyrr, sämtliche Vollmachten. Diese soll ein Wohnrecht auf Lebenszeit erhalten. Auch möge man das Grab der Barbara Jenner in ordentlichem Pflegezustand halten und am Gedenktag mit Blumen schmücken. Desgleichen geschehe mit den Gräbern des Georg Jenner und der Afra Sutter, ehemals Magd auf Fronleiten. Gilg Reuchlin, Knecht im Austrag, wird mit einem Gnadengeld auf Lebenszeit von 20 fl. per annum bedacht. Dies ist mein letzter Wille.

Schönbach, den 31. Juli 1679
Christoff Jenner

Säuberlich gefaltet, legte er das Testament in den ersten Band der zwölf Bücher des Georgius Agricola. Da er in wenigen Wochen zurück sein würde, erwog er, erübrigte sich eine Abschrift für das Amtsgericht Mittersill.

Am Tag vor der Abreise ritt Christoff nach Wenns. Er traf Susanna im Reitstall beim Striegeln eines Rosses. Sie legte die Bürste weg und spielte in der Mähne des Rappen, wobei sie einige Strähnen zu sich herüberzog.

»Ich habe von dem Bergunglück gehört. Wenn ich an Barbara und Georg denke, könnte ich beinahe abergläubisch werden ...«

»Das sagte Afra auch immer. Ich gebe nicht viel darauf. Immerhin ist mir der Runstein geblieben. Auch wenn die Geier schon auf seinen Zinnen sitzen. Hast du Nachricht von Celia?«

»Weißt du es noch nicht ... sie hat Zwillinge bekommen.«

»Was ... Zwillinge ... wann?«, stieß er hervor.

»Im Juli letzten Jahres.«

»Im Juli letzten Jahres?«, wiederholte er ungläubig. »Warum hat mir das keiner gesagt?«

»Ich dachte, es würde dich vielleicht traurig machen.«

»Traurig? Im Gegenteil ... ich freue mich.«

Sie blickte ihn fragend an. »Für sie ... oder mit ihr?«

»Such dir was aus!«, sagte er lachend und schwang sich auf sein Pferd.

31
Des Todes schwarze Ernte

Die Reise nach Prag im August 1679 stand unter keinem guten
Stern. Christoff quälte eine innere Unruhe. Bei Hallein brach eine
Speiche am Rad seines Einspänners. Der Schaden war anderntags be-
hoben. Schlimmer erging es seinem Ross, das bei nächtlicher Fahrt
über ein Schlagloch stürzte. Schweren Herzens musste er sein Lieb-
lingspferd erschießen. Wutentbrannt schleuderte er die Pistole in die
Fluten der Salzach. Das Ross, das ihm ein Bauer daraufhin in der Dun-
kelheit andrehte, war eine Schindmähre. Er haderte mit sich selbst. Warum musste er auch bei Nacht reisen?
Kein vernünftiger Mensch machte das. Doch die Angst raubte ihm die
Gelassenheit. Und machte ihn unvorsichtig. Wie ein Mühlstein hing
die Bürde an seinem Hals, das Geld bis Martini aufzutreiben. Er grübelte, ob die Missgeschicke nicht Warnungen seien, die Reise abzubre-
chen. Unsinn, wischte er die abergläubischen Gedanken beiseite. Bin
ich mir meiner Sache so wenig sicher, dass ich jedes Ereignis als Zeichen deuten muss?

Als Christoff bei Linz mit der Fähre über die Donau setzte, sah er
am Himmel eine merkwürdige Erscheinung. In einer sich bedrohlich
auftürmenden Gewitterwolke glaubte er die Umrisse eines Schnitters
zu erkennen. Die hagere Gestalt, gehüllt in einen schwarzen Kapuzenmantel, holte mit der Sense zum Schwung aus. Gebannt starrte er auf
die Erscheinung. Das Wolkengebilde erinnerte ihn an etwas. Der
Schnitter drehte ihm langsam sein Antlitz zu. Christoff erstarrte. Es
war der Tod. Es dünkte ihm, als verziehe der Sensenmann das Maul
zu einem Grinsen. Die Gestalt erinnerte ihn an den Totentanz in der
Kapelle des Nikolaifriedhofs. Da lösten sich die Wolkenschleier auf,
und das Bild verschwand. War er mit seinen Nerven am Ende, dass er
schon Schreckgesichter sah? Das Wolkengebilde ging ihm nicht aus
dem Sinn.

Eine unheimliche Ruhe lag über der von weiten bewaldeten Höhen
geprägten Landschaft. Als hätte eine unsichtbare Hand alles Leben

angehalten. Die wenigen Gespanne, denen er begegnete, schienen nicht auf Handelschaft aus zu sein. Die Fuhre mit Hausrat oder Gerümpel beladen, zogen sie ohne Wink oder ein Wort des Grußes an ihm vorbei. Er sah verstörte, verängstigte Gesichter wie nach einem großen Unglück.

Bei Freistadt im Mühlviertel, kurz vor der böhmischen Grenze, wurde Christoff von einem Wachposten angehalten.

»Bedaure, die Reichsstraße ist gesperrt. Wenn der Herr nach Prag reisen möchte, bleibt Ihm nur der Weg über Regensburg.«

Christoff erblasste. »Über Regensburg? Da brauche ich länger als eine Woche. Ich habe dringende Geschäfte zu erledigen. Was ist der Grund für die Sperrung?«

»Der Kaiser ist unterwegs nach Prag mit dem gesamten Hofstaat«, erklärte der Zöllner. »Die Regierung des Erzherzogtums Österreich ob und unter der Enns wird in die Residenzstadt des Königreichs Böhmen verlegt. Wir erwarten den Tross in Kürze. Zweitausend Personen in Karossen, zu Pferd und Fuß, begleitet von der Leibgarde. Zwölfhundert Gespanne. In den nächsten Tagen ist hier kein Durchkommen.«

»Ist die Straße nach Wien frei?«

»Nach Wien?« Der Wächter lachte trocken. »In Wien ist die Pest. Sie lassen nur noch Reisende herein, die einen Gesundheitspassport aus einem nicht infizierten Land haben. Alle anderen müssen in Quarantäne. Am besten Ihr geht dahin, wo Ihr hergekommen seid.«

Wer dem Tod von der Schippe gesprungen ist, den kann selbst die Pest nicht schrecken, dachte Christoff und fuhr nach Klosterneuburg. Sein Gespann überließ er einem Bauern, bei dem er Quartier nahm. Der Zossen sei reif für den Abdecker, beschied ihm dieser.

In der Nacht machte er sich zu Fuß in die kaiserlose Stadt auf. Unterwegs pflückte er ein paar Wacholderbeeren und steckte sie in die Rocktasche. Getrocknete Wacholderbeeren auf den nüchternen Magen seien das beste Mittel gegen hitziges Fieber, hatte Afra immer gesagt. Unbemerkt schlich er sich an den Wachposten beim Burgtor vorbei und gelangte auf den Kohlmarkt.

Was Christoff sah, erfüllte ihn mit Grauen. Viele Häuser waren mit einem weißen Kreuz an der Tür markiert. Knechte waren damit beschäftigt, die Häuser der Kranken zuzumauern. Vor den Stadttoren waren Galgen aufgerichtet. Geistliche in gewachsten Ledermänteln reichten den Kranken und Sterbenden die heilige Kommunion oder letzte Ölung durch die Fenster. Mit Löffeln und ölgetränkten Pinseln, die an langen Stangen befestigt waren. Pestknechte warfen Säcke mit Mundvorrat in die Häuser, an denen weiße Fahnen hingen, damit die Eingeschlossenen nicht verhungerten. Die ganze Stadt stank nach Krankheit und Tod.

An den Straßenecken brannten große Feuer, sie sollten die böse Luft reinigen. Vor einem Anschlag mit der Überschrift »Wiener Pestordnung« blieb er stehen und las:

Nachdem die Erfahrung es mit sich bringt, dass Sauberkeit ein sonderbar nützlich und notwendiges Mittel ist, sowohl die Einreissung der Infektion zu verhüten, als dieselbe abzuwenden. Herentwegen die Unsauberkeit solches Übel verursacht und erhaltet. So ist Unser ernstlicher Befehl, dass Erstens kein Blut, Eingeweide, Köpf und Beiner von dem abgetöteten Vieh, noch auch Krautblätter, Krebs, Schnecken, Eierschalen oder anderen Unflat auf den Gassen und Plätzen ausgegossen: Ingleichen tote Hund, Katzen oder Geflügel auf die Gassen geworfen, sondern ein und anders vor die Stadt hinaus getragen werden. Kaiserl. Sanitätsrat Paul de Sorbait.

Es begegneten ihm ehrwürdig aussehende Männer, die von Soldaten an Ketten durch die Gassen geführt wurden.

»Was sind das für Leute, die man wie Sträflinge durch die Gassen führt?«, fragte Christoff einen Siechenknecht, der auf einer Leiter stand, im Begriff einen Toten am Haken aus dem Fenster zu ziehen.

»Wundärzte. Chirurgen. Einige muss man gewaltsam zwingen, ihren Dienst zu verrichten. Wer tanzt schon gern dem Tod in die Arme?«

Es begegneten ihm kahlgeschorene Häftlinge, die, von Kerkerknechten in Eisen geführt, gezwungen wurden, die Leichen aus den Gassen wegzuschaffen und auf Handkarren zu laden. Leichenknechte brachten die Toten auf Fuhrwerken zu den Massengräbern vor den

Toren der Stadt. Hinter ihnen schritten oft ihre wehklagenden Angehörigen. Christoff sah Infizierte durch die Gassen taumeln, als wollten sie mit letzter Kraft ihrem Schicksal davonlaufen. Einige brachen vor seinen Augen zusammen. Am schlimmsten war der Anblick der Waisenkinder, die weinend umherliefen, ratlos, wohin sie gehen sollten. Er sah Wagenladungen voller Kinder, die man, wie er erfuhr, auf das Land karrte und auf den Bauernhöfen verteilte, wo sie selten mehr als billige Arbeitskräfte waren.

Christoff schritt über die Schlagbrücke durch das Rothenturmtor. In der Judenstadt, die nun Leopoldstadt hieß, hatte sich vieles geändert. Wo die Neue Synagoge stand, erhob sich die Leopoldskirche. Der auf die Große Pfarrgasse vorspringende Kirchturm von imposanter Größe, als wollte er demonstrieren, dass nun der wahre Glaube in das Stadtquartier eingekehrt sei. Triumph der von Gott verliehenen Macht. Das vergoldete Kreuz auf der Kuppel war eingepflanzt in die Weltkugel, um die zwei pausbäckige dickfleischige Engel schwebten. Die ganze Welt sollte auf Rom schwören.

Das Viertel im Unteren Werd war kaum wiederzuerkennen. Etliche Häuser, die an die Stadtmauer grenzten, waren abgerissen und durch neue Gebäude ersetzt worden. Viele Häuser standen leer. Aus anderen starrten Gesichter, denen man ansah, dass sie hier nie zu Hause waren. Auch die Straßen trugen andere Namen. Nach einigem Suchen fand Christoff das Haus zum Blauen Mondschein. Moos wucherte auf den Gesimsen, an einigen Stellen war der Putz abgebröckelt. Er betätigte den Türklopfer. Es regte sich nichts. Von der Leopoldskirche schlug es zwölf. Er wollte kehrtmachen, als er schlurfende Schritte vernahm. Ein graubärtiger Mann erschien an der Tür.

»Meister Goldschmidt?«

»Ja. Wer seid Ihr?«

»Christoff Jenner. Zehn Jahre ist es her, dass ich zuletzt vor Eurer Tür stand. Smaragde wollte ich Euch verkaufen. Erinnert Ihr Euch?«

»Ja, ich entsinne mich. Wart Ihr nicht in Begleitung eines dänischen Gelehrten, wie war doch noch sein Name, Doktor Stenonius.«

»Nicolaus Stenonis. Sein bürgerlicher Name ist Niels Stensen«, verbesserte ihn Christoff.

»Ach ja, Doktor Stenonis. Kommt herein. Allerdings habe ich nicht viel mehr zu bieten als einen Trunk Wein. Einen roten Veltliner, den wir in Wien Todträger nennen.«

Samuel Goldschmidt stellte eine Flasche Wein auf den Tisch und bat den Jenner, sich zu bedienen. Er selbst rühre keinen Tropfen an, entschuldigte er sich.

»Was macht die Smaragdgrube?« Er schien mit seinen Gedanken weit weg zu sein. »Man rühmt Euch einen erfolgreichen Gewerken.«

»Das war ich einmal. Mein Werk liegt unter Trümmern begraben. Ein Bergsturz hat die Grube zerstört und zwei Männer begraben. Die gesamte Ausbeute des Jahres ist weg. Ich stehe vor dem Nichts.«

»Es hatte schon seine Gründe, dass in der Vergangenheit niemand die Edelsteingrube anfassen wollte. Gier vergisst leicht die Gefahr.«

»Hinterher ist man immer schlauer.«

Christoff betrachtete die seltsamen Dinge in der Stube. Dinge, deren Bedeutung er nicht kannte. An der Wand hing immer noch der flache Teller mit dem achteckigen Stern im Spiegel, in dessen Zacken Paradiesäpfel und seltsame Figuren eingraviert waren. Ein Chinese mit Bambushut. Ein Schalksnarr mit Schellenkappe. Auf dem mit kunstvollen Einlegearbeiten verzierten Schrein stand der siebenarmige Leuchter aus getriebenem Silber. Auf einem weißen Leinendeckchen, bestickt mit Goldbuchstaben, stand immer noch die an den Ecken mit Glöckchen verzierte Gewürzdose und der Fahne auf dem Dach. Daneben lag die mit Krone und Pinienzapfen versehene silberne Hülse einer Schriftrolle. Und der Trendel mit dem silbernen Drehgriff und den hebräischen Schriftzeichen an jeder Seite des Würfels. Der Kreisel, mit dem Samuel Goldschmidt seinen Scherz mit dem Doktor getrieben hatte. Es war alles wie früher. Und doch fehlte etwas.

Der Meister schien seine Gedanken zu erraten. »Vor sechs Wochen musste ich meine Tochter Rebecca beerdigen. Vor zwei Wochen starb mein einziges Enkelkind. Der Schwarze Tod hat mir das Liebste genommen. Nun bin ich allein, wie Ihr seht.«

Christoff drückte ihm die Hand.

»Ich werde Eure Tochter in guter Erinnerung behalten. Mit ihrem Zauber hat sie mir Eure fremde Welt nahe gebracht. Wie kommt es, dass Ihr in Wien seid? War es nicht so, dass der Kaiser die Juden aus der Stadt vertreiben wollte?«

»Richtig. Doch fünf Jahre später hat der Kaiser seinen Befehl widerrufen. In Wischau hat er eine Konferenz einberufen. Sechs Monate nach dem Tod der Kaiserin. Anderthalb Jahre haben die Verhandlungen gedauert. Es wurde vereinbart, den vertriebenen Juden mit Ausnahme der Canaille, so bezeichnete Seine Majestät die Ärmeren, die Rückkehr nach Wien zu bewilligen. Hirschl Mayr hat die Verhandlungen geführt, Schlesinger den Vertrag in Nikolsburg unterzeichnet. Die Rückkehr war teuer erkauft: Dreihunderttausend Gulden mussten wir in die Staatskassa zahlen. Obwohl nur die Hälfte der Vertriebenen wieder in Wien ist und uns lediglich fünfzig Handelsgewölbe in der Stadt bewilligt wurden, zahlen wir wie früher jährlich zehntausend Gulden an Toleranzgeldern. Unsere Rückkehr ist der Beweis, dass sämtliche gegen uns vorgebrachten Beschuldigungen aus der Luft gegriffen waren.«

»Was hat den Kaiser zu diesem Sinneswandel bewogen?«

»Mit dem Tod der Kaiserin war das Motiv der Vertreibung hinfällig. Der Kaiser braucht die Juden. Im vergangenen Jahr hat er Samuel Oppenheimer an den Hof geholt. Als Geldbeschaffer und Heereslieferant. Man spricht von einer neuen Türkengefahr. Um Kriege zu führen, hat Montecuccoli einmal gesagt, braucht man Geld, Geld und nochmals Geld.«

Christoff holte den Smaragd aus der Rocktasche.

»Das brauche ich auch, ohne Kriege zu führen.«

Ungläubig strich der alte Mann über seinen Bart. »Einen Smaragd wie diesen habe ich mein Lebtag nicht gesehen! Er ist ein Vermögen wert ... das heißt, er wäre es. Im Augenblick aber ist er unverkäuflich. Ihr könnt den Stein höchstens zu einem Pfandleiher bringen, sofern es noch einen gibt.«

»Dreitausend Gulden und der Smaragd gehört Euch.«

Der Meister schüttelte den Kopf. »Selbst der schönste Edelstein ist in diesen Zeiten unverkäuflich. Die Menschen haben andere Sorgen. Eine Flasche Theriak ist derzeit kostbarer als der schönste Smaragd.«

»Theriak?«

»Das Wundermittel gegen die Pest.«

»Wozu ratet Ihr mir?«

»Verlasst diese Stadt.«

Verzweifelt ergriff Christoff seinen Arm.»Meister Goldschmidt, ich brauche dringend Geld. Sonst wird mein Gut gepfändet. An Martini läuft die Frist ab.«

»Es gibt noch andere Dinge auf der Welt. Habt Ihr kein Weib, das Euch zu Hause erwartet? Keine Kinder, die Euch freudestrahlend entgegenspringen?«

»Nein«, sagte Christoff nach kurzem Zögern.

Wenn das Glück nicht freiwillig zu ihm kam, würde er es zwingen. Er lief auf den Kohlmarkt. Dort hatten die Kammergoldschmiede und Hofjuweliere ihre Handelsgewölbe. Nach einigem Suchen fand er ein Geschäft, das geöffnet hatte. Ein Schild am Fenster warb für den Ankauf von Zahngold und Bruchsilber. Hinter dem Ladentisch saß ein Mann mit schwarzer Samtkappe, an der eine Klappbrille befestigt war. Er schien das Werk einer silbernen Taschenuhr zu prüfen. Ohne ein Wort legte Christoff den Edelstein auf den Tresen.

»Was wollt Ihr dafür haben?«, fragte der Händler ohne aufzublicken.

»Dreitausend Gulden – ein Spottpreis. Der Smaragd ist fehlerfrei, von der Farbe satt und vom ersten Wasser. Der größte und schönste Kristall, der je im Habachtal gefunden wurde. Ein Stein, wie er die Kronen der Kaiser und Könige ziert ...«

Er redete und redete. Als ob der Händler keine Augen im Kopf hätte. Er wirkte unsicher und fahrig. Wie einer, der seine unredlich erworbene Ware losschlagen möchte. Oder sich ihres Wertes nicht bewusst ist. Wie einer, der an sich selbst zweifelt.

Der Mann blickte Christoff misstrauisch an.»Das sehe ich selbst ... dreihundertfünfzig. Jeden Tag werden mir Edelsteine angeboten.«

»Aber keine wie dieser.«

»Tut mir leid, mein Herr.«

Christoff wollte den Kristall wieder einstecken, als ihn der Händler am Arm packte.

»Warum lasst Ihr den Stein nicht in Stücke schneiden? Die lassen sich besser verkaufen.«

»Seid Ihr Steinschneider?«

»Ja. Mit Brief und Siegel.«

»Dann schneidet mir den Stein in Stücke. Keines kleiner oder größer als acht bis zehn Karat. Smaragdschliff, achtkantig, mit schöner Tafel und Facetten.«

»Nur gegen Vorkasse … sagen wir hundertfünfzig.«

»Wieso … Ihr habt doch den Stein als Pfand?«

»Smaragd ist ein spröder Stein. Es könnte sein, dass der Kristall beim Schneiden reißt. Dann ist er nicht mehr wert als Glas.«

»Hundert. Fünfzig auf die Hand, der Rest bei Lieferung der Ware.«

»Wenn es Euch glücklich macht.«

»Wann kann ich die Steine abholen?«

»Morgen Nachmittag gegen sechs Uhr.«

Der Juwelier musste ein wahres Genie sein, überlegte Christoff, als er den Laden verlassen hatte. Wie konnte er diesen Stein so schnell in Stücke schneiden? Dabei schien er nicht mal einen Gesellen zu haben. Ein ungutes Gefühl beschlich ihn. Er kehrte um. Doch die Ladentür war bereits zugesperrt.

Bedrückt lief Christoff über die Donaubrücke zu den Praterwiesen. Das Jagdrevier der Habsburgischen Erzherzöge wurde nicht bewacht. So wie er kletterten unzählige Menschen über die Mauern und Gitter. Menschen, die es sich nicht leisten konnten, der Stadt den Rücken zu kehren. Sie saßen an Feuern, lagen in Decken gehüllt unter Bäumen. Dazwischen tummelten sich Quacksalber und Wunderheiler, die obskure Mittel und Arzneien feilboten.

»Ziegen- und Bockhornpulver zum Ausräuchern«, pries ein Kräuterweib seine Ware an.

»Auch Wacholder in der Räucherpfanne vertreibt die giftigen Dünste im Haus.«

Ein Quacksalber verkaufte getrocknete Kröten. »Auf die Pestbeulen gelegt, bewirken sie baldige Genesung.«

»Wenn deine Mittel helfen würden, gäbe es die Pest nicht mehr«, rief ihm ein Mann in Lumpen hinterher.

Unter dem Blätterdach einer Buche schlug Christoff den Rockkragen hoch. Doch er konnte nicht einschlafen. Seine Gedanken kreisten unaufhörlich um den Juwelier. Warum hatte er sich nicht den Meisterbrief zeigen lassen? Nicht einmal eine Quittung hatte er in der Hand. Erst der wehmütige Gesang einer Nachtigall brachte ihm den ersehnten Schlaf.

Zehn grüne Steine, von gleicher Größe und gleicher Farbe, lagen auf einem schwarzen Samttablett. Schön geschliffen, wie er es gewünscht hatte.

»Sind sie nicht wunderbar geraten?«, sagte der Juwelier. »Wären die Umstände weniger ungünstig, würde ich sie Euch sofort abkaufen.«

Christoff besah sich die Steine. Sie sahen aus wie Smaragd. Aber es fehlte ihnen das Feuer. Ungewöhnlich erschien ihm die Reinheit der Steine. Einschlüsse konnte er keine entdecken. Stattdessen winzige Luftbläschen. Am erstaunlichsten aber war, dass ein Stein aussah wie der andere. So etwas hatte er noch nie gesehen.

Der Juwelier schien seine Gedanken zu erraten. »Wundert Euch nicht, wenn die Steine kein Feuer haben. Das liegt an den Fenstern. Das Waldglas schluckt zuviel Licht und verfälscht die Farben.«

»Ich würde mir die Steine gern draußen bei Tageslicht ansehen.«

»Das geht heute leider nicht, mein Herr. Ich werde gleich schließen. Ein wichtiger Ankauf. Ein Todesfall ... da muss man der erste sein.«

Christoff bezahlte und packte die Steine ein. Wie er durch die Gassen schritt, wurde er Zeuge eines grausigen Schauspiels: Ein Leichenknecht versuchte, einem Toten den Ehering abzustreifen. Der Ring saß so fest, dass er den Finger von der Hand riss.

»Auch kein schlechter Nebenverdienst«, sagte Christoff zu ihm.

»Bist du ein Spitzel des Schwarzenberg?« Der Mann beäugte ihn misstrauisch.

»Auf Leichenfledderer wie dich wartet der Galgen. Vor den Stadttoren hängen andere, die weniger gestohlen haben als du.«

»Kotz die Wand an! Ob der Galgen auf mich wartet oder die Pest, das kommt aufs Gleiche raus. Soll ich denen das Gold hinterhertragen, die aus der Stadt geflüchtet sind? Scher dich zum Teufel!«

»Bevor ich deinen wohlgemeinten Rat beherzige, noch eine Frage: Kannst du mir ein günstiges Quartier empfehlen?«

Der Leichenknecht steckte den Ring in die Hosentasche und warf den Finger auf den Leichenkarren.

»Das Bäckenhäusel am Alsergrund. Ein Armenhaus, wenn Euch das nicht stört. Einzelzimmer mit Badekabinett gibt es freilich nicht.« Er grinste und schob den Handkarren weiter.

Für eine Nacht würde er sich auch mit dem Armenhaus begnügen, dachte Christoff. Morgen würde er Wien verlassen. Geschäfte machte hier nur der Tod.

Unruhig wälzte sich Christoff auf dem Lager. Wie zwanzig andere auf den Pritschen neben ihm. Die Luft im Schlafsaal war heiß und stickig. Beim ersten Sonnenstrahl erhob er sich und setzte sich auf die Treppe. Neben dem Eingang lag ein Landfahrer in eine zerschlissene Decke gehüllt. Christoff knotete sein Taschentuch auf und hielt einen Kristall gegen das Licht. Mit prüfendem Blick drehte er ihn zwischen den Fingerspitzen. Dabei fiel ihm der Stein aus der Hand und zersplitterte. Er hob einen Splitter auf und betrachtete ihn.

»Scherben, nichts als Scherben. Die ganze Welt liegt in Scherben«, brummte der Landfahrer neben ihm.

»Trink deine Flasche aus, Bruder. Ich kauf sie dir ab.«

»Du sammelst wohl Altglas?«

Der Landfahrer leerte die Flasche mit einem Zug. Christoff warf ihm einen Kreuzer zu, nahm die Flasche und zerschlug sie auf den Stufen.

Da erkannte er, dass er betrogen worden war.

Er eilte auf den Kohlmarkt. Vor dem Laden hing ein Schild: WEGEN GESCHÄFTSAUFGABE GESCHLOSSEN

Wutentbrannt hämmerte er mit den Fäusten gegen die Ladentür. In dem Gewölbe regte sich keine Menschenseele. Das einzige Geräusch, das er vernahm, war das Ticken einer Pendeluhr. Ziellos lief er über den Kohlmarkt. Wie er auf den Boden blickte, entdeckte er überall Scherben. Grünglas. Braunglas. Weißglas. Auf den Straßen und Gassen. Auf Plätzen und Promenaden und Treppen und Brücken. Zwischen Pflastersteinen. Im Schotter. Im Sand. Wer achtet schon auf Glasscherben, wenn er nicht gerade barfuß läuft? Er verschenkte die Glassteine an Kinder, die auf den Gassen spielten.

»Was ist das für ein grüner Stein?«, fragte ein kleines Mädchen.

»Ein Smaragd wie ihn nur Prinzessinnen tragen.«

»Das soll ein Smaragd sein?«, lachte die Kleine. »Das ist ein grüner Glasstein, wie man ihn beim Krämer für einen Kreuzer kaufen kann.«

Er fragte die Passanten, wer der Goldschmied sei, der hier seinen Laden habe.

»Ach, der Komarek!«, lachte eine Alte. »Der und ein Goldschmied! Hat er Euch über den Tisch gezogen?«

»Wenn es nur das wäre. Er hat mir das letzte Hemd ausgezogen.«

»Da seid Ihr nicht der Erste. Der ist mit allen Wassern gewaschen.«

Die Abende verbrachte Christoff im Roten Dachl am Fleischmarkt. Die Weinstube, auch Griechenbeisl genannt, war die einzige offene Schänke innerhalb der Stadtmauer. Entsprechend ausgelassen war die Stimmung.

»Lustig gelebt und fröhlich gestorben, ist dem Teufel die Rechnung verdorben!«, rief Christoff in den Saal. »Eine Runde für alle, die der Tod noch nicht geholt hat.«

»Auf was sollen wir anstoßen?«, rief ein Zecher.

»Auf einen Zaubertrick. Ich habe einen Spaßvogel kennengelernt, der Steine in Glas verwandeln kann. Aus einem kostbaren Smaragd, wie er die Kronen der Kaiser und Könige ziert, hat er eine Handvoll Glassteine gemacht. Trinkt, Brüder, trinkt! Die Welt ist ein einziger Scherbenhaufen.«

Es wurde ein lustiger Abend. Neuigkeiten, wen es diesmal erwischt hatte, machten die Runde. Die Zahlen der Toten kletterten mit der Zahl der Weinkrüge und Bierhumpen, die der Wirt herbeischaffte.

»Neunundvierzigtausendvierhundertsechsundachzig Tote allein in Wien.«

»Hundertzweiundzwanzigtausendachthundertneunundvierzig Tote samt den Vorstädten.«

Spekulationen über die Vorboten und Zeichen der Pest kräuselten sich im Rauch der Tabakspfeifen.

»Von den Himmelszeichen, insbesondere den Kometen, wie sie in den Jahren 1582 und 1618 die Pest nach sich zogen, wurden diesmal keine gesichtet«, befand der Apotheker Markus Lilienfeld. »Aber ein berühmter Medicus, dessen Name mir leider entfallen ist, hat in seinem Tractatus nachgewiesen, dass eine ungünstige Konjunktion der Gestirne gewesen ist.«

»Was die Luftzeichen anbelangt«, wog Hofrat Anton Wurnitsch ab, »so wird nicht geleugnet, dass es im Herbst des verwichenen Jahres häufigen Regen mit südlichen Winden und stinkendem Nebel gab. Ein untrüglicher Vorbote der Pestilenz.«

»Wässrige Zeichen wie Fische oder Krebse, die sich bei der Pestilenz gewöhnlich auf die Gestade zurückziehen, hat man allerdings keine gesehen«, sagte der Fischhändler Balthasar Reuß.

»Es gab genug irdische Zeichen, nur sehen wollte sie keiner«, widersprach ihm der Getreidehändler Josef Sedlatschek. »Insbesondere der Misswuchs des Getreides ist zu nennen. Und es gab mehr Schwämme und Maurachen als sonst. Auch soll man viele Mäuse gesehen haben.«

»Gestirne, Nebel, Misswuchs, Fische, Krebse, Pilze, Morcheln … aber meine Herren, wir leben doch nicht im Mittelalter!«, entgegnete Sanitätsrat Justus Gieshübel. »Die Pest kann überall ausbrechen. Es kommt nur darauf an, wie man ihr begegnet. Von Ungarn ist sie herübergekommen. In Ofen und Raab hat sie im letzten Jahr gewütet. Jeder hat es gewusst. Im Dezember gab es die ersten Fälle in der Leopoldstadt. Was hat man getan? Bei der Nacht heimlich die Kranken und Toten weggeschafft. Von dort ist die Pest in die anderen Vorstädte geschlichen. Wo das Lottergesindel haust, das sich den Hausbrunnen mit dreißig anderen teilen muss. Wo Abfälle und Unrat in den Kanälen schwimmen. Wiederum hat man nichts getan. Warum? Um die Lustbarkeiten nicht untersagen zu müssen. Um den Handel nicht zum Erliegen zu bringen. Um die diplomatischen Beziehungen nicht zu gefährden. Um das Stadtsäckel nicht mit Hygienemaßnahmen zu belasten. Nein, es bedurfte keiner Zeichen, um die Pest zu erkennen. Der erste Infizierte hätte genügt. Ein halbes Jahr hat es gedauert, bis die Pest über die Stadtmauer kam. Dann sind die hohen Herren aufgewacht und geflüchtet.«

»Eine Sauerei ist das!«, ereiferte sich der Droschkenkutscher Wenzel Prohaska. »Im Juli sind die Vertreter des Sanitätswesens, von einigen löblichen Ausnahmen abgesehen, nach Krems geflüchtet, wo sie heute noch sitzen und ängstlich auf diejenigen schauen, denen sie aufgrund ihres Eidschwurs helfen müssten.«

Der Sanitätsrat Gieshübel senkte betrübt den Kopf. Dieser Tatsache konnte er nicht widersprechen.

Zu vorgerückter Stunde erschien ein Spielmann mit der Sackpfeife. »Dabei hab ich nur ein Glas zu viel getrunken«, erzählte er. »Auf der Gasse beim Burgtor bin ich eingeschlafen. Wie ich wieder zu mir gekommen bin, hab ich nichts als Tote um mich herum gesehen. In eine Leichengrube haben sie mich geschmissen. Die war so tief, dass ich nicht mehr raus kam. Da hab ich ein Lied gespielt. Als die Pestknechte mit der nächsten Fuhre kamen, haben sie mich gehört und rausgezogen.«

»Spiel ein Lied, Augustin! Die Welt ist schiach ... hässlich, ekelhaft«, rief einer durch den Saal.

»Sei froh, dass du das Maul noch aufreißen kannst, auch wenn nicht viel Gescheites dabei herauskommt!«, tönte es von der anderen Ecke.

Der Spielmann stieg auf einen Tisch und griff zu seinem Dudelsack. Dazwischen sang er:

... Geld ist weg, Mädel weg,
Alles hin, Augustin.

Durch den Saal dröhnte der Chor:

O du lieber Augustin, Augustin, Augustin
O du lieber Augustin, alles ist hin!

Der Spielmann setzte seine Sackpfeife ab und sang, seine Verse mit den allerkomischsten Gesichtern und Gebärden begleitend:

... Jeder Tag war ein Fest.
Und was jetzt? Pest, die Pest!
Nur ein groß' Leichenfest.

Das ist der Rest!
Augustin, Augustin
Leg nur ins Grab dich hin
O du lieber Augustin
Alles ist hin!

Ohrenbetäubender Lärm folgte auf den letzten Vers. Die Zechbrüder klopften auf die Tische, stampften mit den Füßen im Takt und grölten:

O du lieber Augustin, alles ist hin!

Nein, dachte Christoff, es ist noch lange nichts hin. Das Bergwerk ist weg. Na und? Um einen Smaragd war er betrogen worden. Nichts weiter als ein Stein. Und sein Mädel? Verheiratet. In der Fremde. Ob er sie jemals wiedersehen würde? Nur eines wusste er: Sie liebte ihn. Diese Gewissheit gab ihm Trost.

Ihm wurde heiß. Die Welt begann sich zu drehen. Der Fußboden neigte sich und stand schief. Er musste sich an der Bank festhalten. Die Flammen der Wachskerzen flackerten wie Irrlichter. Riesengroß bewegten sich die Schatten an den Wänden, einem Totentanz gleich. Und der Sackpfeifer, der liebe Augustin, schwebte in der Luft und spielte ein Lied.

Christoff fasste sich an den Kopf. Seine Stirn glühte. Die Luft war stickig. Er stand auf und wankte zur Tür.

»Mein Herr, mit Fersengeld wird nicht bezahlt!«, rief ihm der Wirt hinterher.

Christoff warf eine Münze auf den Tisch und verließ die Schänke. Auf der Gasse war die Luft auch nicht viel besser. Er taumelte über das Kopfsteinpflaster. Wohin sollte er gehen? Zum Bäckenhäusl? Oder auf die Praterwiesen? Jeder Schritt fiel ihm schwer. Als hingen Eisenkugeln an seinen Füßen. Neben der Pforte eines Palastes wurde ihm schwindelig. Er wollte sich am Eisengitter festhalten. Und sank zu Boden.

Als Christoff erwachte, erblickte er ein seltsames Wesen. Es beugte sich über ihn und betastete seinen Kopf. Das Wesen trug eine Maske mit Glasaugen und einem langen Schnabel, dem ein Wohlgeruch entströmte, einen Wachsmantel, Lederstiefel, einen flachen Lederhut, Handschuhe und Zeigestock. Ein Schnabeldoktor, durchfuhr es ihn. Ein Pestarzt.

»Wo bin ich?«, fragte Christoff.

»Im Lazarett am Alsergrund«, sagte der Medicus näselnd. »Ihr habt Glück gehabt. Beinahe hätten Euch die Leichenknechte in die Grube geworfen. Ein Mann hat zufällig bemerkt, dass Euer Atem noch ging. Ein paar Tage müssen wir Euch hierbehalten. Prophylaktische Maßnahme.«

Christoff blickte sich um. Er war nicht allein. Zwei Dutzend Kranke lagen neben ihm. Männer jeglichen Standes und Alters. Der Gestank auf der Station war unerträglich. Nicht minder schlimm war das Stöhnen der Leidenden. Er befühlte seinen Kopf. Eine Beule schwoll ihm entgegen. Ein Siechenknecht rieb seinen Körper mit Essigwasser ab. Danach verabreichte ihm der Medicus eine schwarze bittere Arznei.

»Nürnberger Theriak, bereitet aus dreihundert tierischen und pflanzlichen Stoffen. Engelwurz. Mohn. Vipernfleisch. Eine Medizin wider die Pestilenz. Eure Laster kann sie nicht ausreinigen. Das können nur die heiligen Sakramente.«

Zuletzt legte der Wundarzt eine getrocknete Kröte auf die Beule an seinem Kopf.

»Weitere Beulen oder Geschwüre habe ich keine entdecken können. Wenn nichts nachfolgt, können wir Euch in ein paar Tagen entlassen. Ihr müsst ordentlich essen.«

Nachdem Christoff die Suppe gelöffelt hatte, erhob er sich von seinem Lager und trat ans Fenster. In der Ferne sah er den Totenacker des Siechenhauses. Karrenweise wurden Leichen angefahren und in den aufgeworfenen Gruben verscharrt.

Er hielt es nicht mehr aus. Mit einem Satz war er aus dem Fenster. Als er auf dem Rasen stand, bemerkte er, dass er ein Lazarethemd anhatte. Seine Kleider würden sie ihm vor der Entlassung nicht aushändigen. Er lief zu der Pestgrube. Einige Leichen waren bekleidet. Andere trugen das Totenhemd. Alle Leiber waren von Geschwüren entstellt. Er stieg in die Grube und suchte nach einem brauchbaren Gewand. Aber er fand nur ärmliche, in Lumpen gehüllte Leichname. Wie besessen wühlte er weiter.

Halb verdeckt, zwischen toten Leibern, erblickte er den Zipfel eines prachtvollen Gewandes. Es musste einem Edelmann gehören, der ungefähr die gleiche Statur wie er hatte. Er wälzte die über ihm Liegenden beiseite und begann, den Toten auszuziehen. Blassblaue Beinkleider. Gelbe Seidenstrümpfe. Wams und blassblauer Rock. Rüschenhemd. Punzierter Ledergürtel und Schnallenschuhe. Sogar der hellblaue Federhut lag in der Nähe. Verzeih mir, Unglücklicher, dass ich dich deiner Kleider beraube, aber die Sachen brauchst du jetzt nicht mehr. An der Hand des Leichnams steckte ein goldener Siegelring. Die Pestknechte hatten ihn wohl übersehen. Mit den Kleidern unter dem Arm kletterte er aus der Grube und begann sich umzukleiden.

»Halt, was machst du da?«, rief ihm ein Totengräber zu, im Begriff die Grube zuzuschütten. »Auf Leichenfledderei steht die Todesstrafe mit dem Strang.«

»Reg dich nicht auf, Alter. Ich habe mir bloß was zum Anziehen geholt. Im Lazarett haben sie mir meine Sache abgenommen.«

»Die bekommst du doch wieder bei der Entlassung.«

»So lange hatte ich nicht vor zu bleiben.«

»Wenn das so ist, will ich ein Auge zudrücken. Ein solches Gewand ist selten. Der Adel hat Wien als erstes verlassen.«

Tage vergingen. Da seine Geldkatze immer magerer wurde, hielt sich Christoff mit Gelegenheitsarbeiten über Wasser. Die Nächte verbrachte er im Bäckenhäusl. Eines Morgens weckte ihn Glockengeläut. Ob die Pest vorbei sei, fragte er den Pförtner. Nein, heute sei Sonntag.

Die Messe hatte bereits begonnen, als Christoff die Hofkirche betrat. Er nahm in der hintersten Reihe Platz. Schwarze Samtkissen lagen nicht auf den Bänken. Andere hatten die Plätze des Hofstaats eingenommen. Bresthafte. Sieche. Narrenhäusler. Menschen, die verborgen hinter Mauern ihr Dasein fristeten.

Die Kanzel konnte Christoff nicht sehen. Die Stimme des Predigers kam ihm bekannt vor. Abraham a Sancta Clara. Der Barfüßermönch, der den Menschen ins Gewissen redete und sie mit seinen scharfzüngigen Predigten erheiterte. Er war nicht aus Wien geflüchtet. Er hielt der Pest stand. Und brachte den Menschen die Medizin, die sie am dringendsten benötigten: das Lachen.

»... wer aber anno sechszehnhundertneunundsiebzig in der Wienerstadt in dem Monat September hat gelebt«, donnerte seine Stimme, »der muss es noch bereuen, dass solches Elend allen Malern zu entfernen unmöglich scheinet, dann der Tod solcher gestalten gewütet, dass vielen vorkommt, es sei der allgemein Epilogus und Weltschluss vorhanden. Es findet sich nicht eine einzige Gasse oder Gässel, deren so doch viel in dieser volkreichen Residenzstadt, welche des Todes Grimmen nicht hätte ausgestanden. In der Herrengasse hat der Tod geherrschet. In der Singerstraße hat der Tod vielen das Requiem gesungen. In der Schulstraße hat der Tod kein Vacanz gesendet. Auf dem Kohlmarkt hat der Tod nichts als kohlschwarze Trauerkleider verursacht. Auf dem Alten Fleischmarkt hat der Tod auch seine Fleischbank gehabt. Auf dem Saumarkt, nunmehr Schaumarkt genannt, hat der Tod manches Spektakel erwiesen. In dem Judengassl hat der Tod keinen Sabbath gehabt. Auf dem Graben hat der Tod nichts als begraben ...«

Ein stämmiger Bursche erhob sich von der Bank. »Was ist mit dem Jungfrauengassl?«, rief er dem Prediger zu.

»In dem Jungfrauengassl hat der Tod fleißig galanisiert ...« Er hielt einen Augenblick inne, um die Pfeile seines Spotts auf neue Opfer abzuschießen. »Heute stehst du, holde Dame, unter lauter Edelgestein, vielleicht morgen oder übermorgen liegst du schon unter dem Grabstein. Reicher Kauf- und Handelsmann, heut stehst du unter Ballen des köstlichen Tuch, vielleicht morgen liegst du schon unter dem Bartuch. Bauer und Ackersmann, heute gräbst du auf dem Acker, vielleicht morgen begräbt man dich im Gottesacker.«

»Die Hofleute habt Ihr vergessen!«, erhob sich eine junge weibliche Stimme unter der Kanzel.

»Hätt euch bald vergessen ihr Hofleut, ihr prangt heut zu Hof, morgen vielleicht auf dem Friedhof ...«

Der Wein war gut. Roter Veltliner. Todträger nannten ihn die Wiener. Warum Todträger? Trug der Rebensaft nicht vielmehr das Leben in sich? Er trank ein Glas nach dem anderen. Sein Gesicht verzerrte sich bei dem Gedanken, ein anderer könnte auf dem Runstein sitzen. Ein reicher Kaufherr. Oder die Rottmayrin, die raffgierige Geldverleiherin. Vielleicht nähme die ihn als Knecht. Er musste lachen. Er lachte so laut, dass sich ein Mann am Nebentisch zu ihm umdrehte.

»Geht es Euch gut, hochedler Herr? Oder sollen wir den Sanitätsrat holen?«

»Ja, es geht mir gut. Aber den hochedlen Herrn kannst du dir schenken, Kumpel. Ein Herr bin ich nur dem Äußeren nach. Ein Edelmann hat mir zufällig seine Kleider überlassen. Er braucht sie nicht mehr. Auch ich werde dieses Narrengewand bald nicht mehr brauchen. Wo ich herkomme, trägt man vernünftige Kleider. Sachen, die zum Tagewerk taugen. Die Wind und Wetter standhalten ... wie die Menschen.«

Lächelnd leerte er das letzte Glas.

Morgen ist ein neuer Tag.

Morgen ist alles möglich.

Man muss nur daran glauben.

32
Daheim

Im September kam Cecilia nach Tantzlehen. Sie trug Schwarz. Erasmus war bei einem Reitunfall ums Leben gekommen. Früher hatte sie immer gedacht, als Witwe wäre man traurig. Vielleicht weil Witwen immer Schwarz trugen. Und nie lachten. Und der Schmerz um den Dahingeschiedenen ihrem Antlitz einen würdevollen Ernst verlieh. Vielleicht weil man Witwen immer sein aufrichtiges Beileid aussprach. Oder seine tiefempfundene Anteilnahme. Und man meistens nur Gutes über den Verstorbenen sagte, weil es sonst Unglück brachte. Vielleicht weil man in der Gegenwart von Witwen nicht zu scherzen wagte. Zumindest nicht im Trauerjahr. Nun war sie selbst Witwe. Aber Trauer empfand sie keine.

Am Abend vor dem Unglück hatte Cecilia ihrem Eheherrn unterbreitet, dass sie vorhabe, mit den Kindern nach Bramberg zu fahren. Sie wolle die Zwillinge dem Großvater zeigen. Außerdem habe sie Susanna lange nicht gesehen. Erasmus sagte, er könne der Reise guten Gewissens nicht zustimmen. Die Kleinen seien gerade fünfzehn Monate alt. Viel zu jung für die Strapazen der langen Fahrt. Darauf erwiderte Cecilia, sie werde den gefederten Wagen nehmen, darin hätten die Kinder immer gut geschlafen.

Die Antwort beruhigte Erasmus nicht.

»Ich spüre, da ist noch etwas anderes, das dich nach Bramberg zieht. Ist es der Jenner?«

Argwohn loderte in den Augen des Obristmeisters. Die Hände hinter dem Rücken verschränkt, lief er im Salon unruhig auf und ab. Eine schwüle, gereizte Stimmung lag in der Luft. Wie vor einem Gewitter, das sich jeden Augenblick entladen konnte.

»Und wenn es so wäre?«, erwiderte Cecilia, ohne von der Stickarbeit in ihren Händen aufzublicken. »Hat Martin nicht ein Recht darauf, seinen Vater zu sehen?«

»Früher warst du nie scharf darauf, Martin mit seinem Erzeuger zu konfrontieren. Du nanntest du ihn immer nur den Jenner. Bis er vor zwei Jahren bei uns aufgekreuzt ist. Seitdem ist er auf einmal Martins Vater, und du nennst ihn beim Taufnamen. Dein Verhalten ist sonderbar. Ein Vater soll er sein, dieser Glücksritter? Wer ist denn hier der Vater? Bin nicht ich es, der Martin wie einen leiblichen Sohn aufzieht? Der ihm einen Namen gegeben hat, den er mit Stolz tragen kann. Der ihm eine Schulbildung ermöglicht, die ihm das Tor zur Welt öffnet? Der sich der Mühe unterzieht, einen tüchtigen Menschen aus ihm zu machen? Bin nicht ich mehr Vater als sein Erzeuger, der sich seiner Pflicht und Verantwortung seinerzeit auf elegante Weise entzogen hat?«

Wütend warf sie den Stickrahmen weg und baute sich vor ihm auf. »Du tust gerade so, als hättest du uns aus der Gosse gezogen. Einen Namen hatte Martin bereits, als er noch Ronacher hieß. Dieser Name hat im Pinzgau keinen schlechteren Klang als der deine in Freiburg. Was die Schulbildung anbelangt, so hast du ihm die Intelligenz gewiss nicht mit dem Löffel verabreicht. Und was die Erziehung betrifft, mit der du dich brüstest, so vergiss nicht, dass ich es bin, die sich um ihn kümmert. Wenn du ihn am Sonntag auf den Reitplatz mitnimmst, kommst du dir schon groß vor. Im Übrigen hat es Jahre gedauert, bis du dich zu ihm bekannt hast. Nicht einmal seinen Taufnamen hast du ausgesprochen. Am Anfang war er für dich ›das Balg‹, später nur ›der Bub‹.«

Der Obristmeister schwieg. Er konnte seiner streitbaren Ehefrau nicht widerprechen. Bis auf das mit der Intelligenz und dem Löffel. Das war einfach ungerecht. Aber wenn sie in Rage war, schoss sie oftmals über das Ziel hinaus. Bekümmert blickte er aus dem Fenster. Es war ein heißer Augustnachmittag. Am Rinnstein neben dem Bürgersteig spielten Kinder. Sie ließen Schiffchen um die Wette fahren. Wateten durch das Wasser. Rannten aufgeregt hin und her und kreischten und lachten. Nachdenklich betrachtete Erasmus die Bubenschöpfe und Mädchenzöpfe.

»Wie erklärst du dir eigentlich, dass Christian und Clarissa blond sind? Wir sind doch beide dunkelbraun. Und unsere Eltern ebenfalls.«

»Es ist bei Kindern nicht ungewöhnlich, dass sie zuerst blond sind. Aber ich verstehe deine Frage nicht …«

»Es kam mir nur so in den Sinn, weil du unbedingt nach Tantzlehen fahren möchtest …«

»Ich werde nach Tantzlehen fahren, ob du es willst oder nicht«, sagte sie bestimmt. »Eine Ronacherin lässt sich keine Vorschriften machen. Wenn du versuchst, mich von meinen Plänen abzuhalten, werde ich dich verlassen.«

»Ich werde dich nicht freigeben!«, stieß er schwer atmend hervor. »Meine Zustimmung zu einer Scheidung bekommst du niemals. Meine Kinder lasse ich mir nicht wegnehmen.«

»Wer sagt denn, dass die Kinder von dir sind?«

»Wie ... wie soll ich das verstehen?«

»Dann will ich es dir sagen: Du bist nicht der Vater von Christian und Clarissa.«

Sie hatte es ausgesprochen. Gesagt, was unsichtbar im Raum stand. Die Worte kamen wie aus der Kanone geschossen. Wie die Böllerschüsse auf dem Kanonenplatz, mit denen der Neujahrsmorgen in Freiburg begrüßt wird.

Erasmus erbleichte. Mit heiserer Stimme stieß er hervor: »Wie willst du das beweisen?«

»Weil ich dir erst die Gunst meines Schoßes geboten habe, als ich wusste, dass ich schwanger bin.«

»Von dem Jenner?«

»Ja, von Christoff.«

Er drehte sich um und sah zum Fenster hinaus. Eine Pause entstand.

»Was ist es, das ich dir nicht bieten kann?«, fragte er mit tonloser Stimme.

»Nähe ... Vertrautheit ... Wärme ... Lust.«

»Warum hast du mich dann geheiratet?«

»Ich habe es für meine Eltern getan. Ich wollte ihnen nicht länger zur Last fallen. Und ich habe es für Martin getan. Er sollte in geordneten Verhältnissen aufwachsen. Und ich wollte einen neuen Anfang machen. Ich glaubte, ich könnte Christoff vergessen ...«

»Sagtest du nicht einmal, ohne ein Gefühl, das mehr ist als nur Zuneigung, würdest du mich nicht heiraten?«

»Ja. Ich dachte, ich könnte dich lieben. Aber ich habe mich geirrt«, sagte sie leise.

»Wann hast du gemerkt, dass du dich geirrt hast?«

»Schon bei der Hochzeit. Als du mir nicht erlaubt hast, Martin mit zum Traualtar zu nehmen. Da kamen mir zum ersten Mal Zweifel, ob es die richtige Entscheidung war.«

»Aber wir konnten den Bub doch unmöglich zum Altar mitnehmen. Wie hätte das ausgesehen! Außerdem hätte der Bischof niemals sein Einverständnis gegeben.«

»Erspar mir einen Skandal, hast du mir zugeflüstert. Ja, es ging dir immer um die Wahrung des schönen Scheins. Damit deine glanzvolle Karriere keinen Schaden nimmt. Damit der glorreiche Name Pyrr keinen Kratzer bekommt. So wie du meinen Sohn nicht am Altar sehen wolltest, hast du die Augen vor meiner Vergangenheit verschlossen. Der Gedanke, mit einem liederlichen Weib, das am Pranger stand, Tisch und Bett zu teilen, war dir unbequem. Du hast dir ein Bild von mir gemacht. Auch ich habe mich nicht so sehen wollen, wie ich bin. Lange Zeit habe ich meine Gefühle unterdrückt, bis ich erkannt habe: Ohne die Liebe ist das Leben wie eine Welt ohne Blumen.«

»Dann zieh in drei Teufels Namen zu deinem Smaragdschürfer! In diesem Haus hast du nichts mehr verloren!«

Er brüllte, als hätte er die Stadtwache bei einem fröhlichen Zechgelage überrascht, während der Feind angriffsbereit vor den Toren stand.

»Danke für deine Großherzigkeit! Jetzt weiß ich, woran ich bin.«

Sie schloss die Augen und holte tief Luft. Erasmus hatte sie freigegeben! Sie musste sich zügeln, um nicht zu lachen oder vor Freude zu tanzen. Erhobenen Hauptes schritt sie aus dem Zimmer.

Danach ging Erasmus ins Casino. In dieser Nacht kam er erst spät nach Hause. Er war stark angetrunken. Cecilia brachte ihn ins Bett und zog ihm Stiefel und Kleider aus. Da umfasste er ihre Taille und zog sie an sich.

»Komm her, du verdammtes Luder! Mit anderen kannst du es doch auch.«

Keuchend wälzte er sich über sie, packte sie am Nacken und schob ihre Röcke hoch. Angewidert von seiner Fahne, warf sie den Kopf zur Seite. Voller Abscheu und Ekel spürte sie, wie seine Hand über ihre Schenkel glitt und ihre Unterwäsche vom Leib zu reißen versuchte. Sie presste die Beine zusammen und starrte reglos zur Decke. Er kam ihr vor, als ob er gewaltsam zerstören wollte, was er nicht besitzen konnte. So wie er gewaltsam nehmen wollte, was sie ihm nicht gewährte. »Ja, aber nicht mit Betrunkenen!«, schleuderte sie ihm ins Gesicht. »Wenn ich schon nicht dein Herz haben kann, dann will ich deinen Schoß. Muss ich mir mit Gewalt nehmen, was mir kraft des Gesetzes zusteht? Ich appelliere an deine ehelichen Pflichten!«

»Du sprichst von Ehe?«, sagte sie und riss sich von ihm los. »Mach dir doch keine Illusionen: Unsere Ehe steht nur noch auf dem Papier.«

Darauf lachte er höhnisch: »Jede Hure ist ehrlicher als eine untreue Ehefrau.«

»Dann geh doch zu deiner Hure! Vielleicht nimmt sie ja diesen Ring als Liebeslohn.«

Voller Zorn streifte sie ihren goldenen Ehering von der Hand und warf ihn Erasmus an den Kopf.

»Du Weibsteufel!«, brüllte er wie von Sinnen. »Ich komme mir vor wie ein Tanzbär, der an der Nase herumgeführt wird.«

»Die Kette hast du geschmiedet. Und ein Ring ist ein Glied davon. Ob Nasenring oder Ehering.«

»Du bringst mich noch ins Grab!«

Dies waren die letzten Worte, die er zu ihr sagte. Am nächsten Tag brachte man ihr den aufgebahrten Leichnam, ein Reiser Eichenlaub in den gefalteten Händen. Ein Rittmeister sagte ihr beim Kondolieren: »Aufrichtiges Beileid, gnädige Frau. Bedauerlicher Unfall. Großer Verlust für das Regiment. Ist mir eine Ehre, bei der Trauerfeier den Sarg tragen zu dürfen.«

»Wie konnte das passieren?«, fragte Cecilia bestürzt. Eine Ahnung stieg in ihr auf, dass es kein Unfall war. »Erasmus war doch sonst immer sattelfest.«

»Mit Verlaub, der Obristmeister machte einen verwirrten Eindruck. Als ob ihn etwas aus dem Gleichgewicht gebracht hätte. Er hatte am Abend zuvor wohl etwas zu viel getrunken. In diesem Zustand hätte er nicht auf den Parcours gehen dürfen. Sturz beim vorletzten Hindernis, dem Rick am Wassergraben. Genickbruch. War nichts mehr zu machen.«

An der Seite ihres Sohnes Martin und den Stiefsöhnen Konrad und Berthold, gefolgt von dem Trauerzug, schritt Cecilia zu der schwarz verhängten Totenbühne im Mittelschiff des Münsters. Dem adeligen Stand und militärischen Rang des Verstorbenen entsprechend, war der Eichensarg, gebettet in ein Blumenmeer, von acht brennenden Wachskerzen umstellt. Mit einer Parade der Kaiserlichen Schützen auf dem Münsterplatz und einem Salveschießen erwies die Stadt ihrem Kommandanten die letzte Ehre. Als die sterblichen Überreste des Obristmeisters in die Familiengruft beim Seitenaltar gesenkt wurden, zu den getragenen Klängen zweier Streicher und eines Cembalisten auf der Empore, konnte Cecilia ihre Tränen nicht mehr zurückhalten. Alle, die sie sahen, glaubten, der tiefe Schmerz um ihren jäh aus dem Leben gerissenen Eheherrn habe sie überwältigt und versicherten sie ihres Mitgefühls. Nein, es war nicht der Schmerz, der sie niederrang, es war die Erleichterung, die sie befreite. Es war ihr, als hätte man eine Grabplatte von ihrem Herzen gewälzt. Unter der die Tränen, die geweinten wie die ungeweinten, ihrer gescheiterten Ehe mit Macht hervorquollen.

Nachdem Cecilia die Erbschaftsangelegenheiten im Einvernehmen mit ihren Stiefsöhnen geregelt hatte, reiste sie mit ihren Kindern nach Bramberg. Sie sehnte sich nach Ruhe.

Auf dem Gutshof begegnete sie Susanna. Die Wennserin hatte einige Dinge mit ihrem Vater zu besprechen. Ob sie etwas von Christoff wisse, fragte Cecilia, nachdem die Schwestern die wichtigsten Neuigkeiten ausgetauscht hatten.

»Weißt du es noch nicht? Das Smaragdbergwerk gibt es nicht mehr. Ein Bergsturz hat die Grube verschüttet. Sein Gut wird zu Martini versteigert. Im August ist er abgereist. Er wollte einen Stein verkaufen. Seitdem hat keiner etwas von ihm gehört.«

Cecilia schlug die Hände vor dem Gesicht zusammen. »Mein Gott! Die Smaragdgrube war sein Lebenswerk und der Runstein sein Stolz. Hoffentlich gelingt es ihm, das Unheil abzuwenden.«

Eine Woche darauf kam ein Kurier und überbrachte ihr einen Brief. Ungeduldig brach sie das Schreiben mit dem Siegel des Amtsgerichts auf.

Hochwohlgeborene Freiin von Pyrr,
per Gerichtsbeschluss vom 30. August d. J. wird das Gut Runstein
zu Schönbach in der Kreuztracht Bramberg am 11. November, 12 Uhr,
im Zuge der Zwangsvollstreckung versteigert. Ein Testament, das das
Anerbenrecht klären könnte, hat der Eigentümer der Liegenschaft,
Christoff Freiherr von Jenner, dem Amtsgericht nicht hinterlassen.
Falls Ihr im Besitz eines Erbscheins oder Testaments seid, bitten wir
Euch, dieses dem Urbaramt vorzulegen, damit die Erben rechtmäßige
Ansprüche geltend machen können. Die Versteigerung findet als öf-
fentliche Sitzung des Amtsgerichts im Großen Saal des o. g. Gutshau-
ses statt. Bei Abgabe des Gebots ist die übliche Sicherheitsleistung in
Höhe von 10 Prozent des Verkehrswertes fällig.
Mittersill, den 30. Oktober 1679
Johann Martin Löckher von Cronenkreuz
Pfleger des Land- und Amtsgerichts Mittersill.

Cecilia sprach mit ihrem Vater über die Angelegenheit, als sie einen Gang durch die Scheune machten. Rupert Ronacher öffnete eine schwere, mit geschnitzten Ähren verzierte Korntruhe. An der Innenseite des Deckels waren die Ernteerträge mit blauer und roter Kreide markiert. Zufrieden sog der Tantzlechner den Duft des strohgelben Druschs ein.

»Der Jenner ist dir nie aus dem Kopf gegangen. Liebst du ihn immer noch?«

»Ja.« Ein roter Schimmer huschte über ihre Wangen.

Der Ronacher wischte sich die Spelzen von der Joppe.

»Auf Tantzlehen scheint alles aus der Reihe zu tanzen. Ein Eheweib im Narrenhaus und drei störrische Töchter sind alles, was ich besitze. Nichts ist so geraten, wie ich es wollte ...«

Cecilia berührte seine Hand.

»Weil immer alles nach deinem Willen gehen musste. Das Korn auf dem Feld wächst doch auch ohne dich. Sonne, Tau und Regen schickt ein anderer.«

»Auf ein oder zwei schlechte Ernten folgt in der Regel eine gute. Was auf mich folgt, wenn ich den Löffel abgebe, weiß der Himmel. Im nächsten Jahr werde ich sechzig. Dann ist an der Zeit, kürzer zu treten. Nach dem Erbrecht fällt dir als Ältester Tantzlehen zu ...« »Überschreibe Susanna und Simon den Hof. Die beiden geben ein gutes Gespann. Ich habe beschlossen, das Erbe des Jenner anzutreten. Was mir Erasmus hinterlassen hat, reicht aus, um den Runstein von seinen Schulden zu befreien.«

Cecilia brach zeitig auf. Sie wollte das Gut, das sie nie gesehen hatte, vor Beginn der Versteigerung besichtigen. In dem Glauben, Christoff käme vor dem Termin zurück, hatte sie nicht nach dem Testament gesucht. Den Fuß über die Schwelle seines Hauses zu setzen, erschien ihr unziemlich. Je näher Martini heranrückte, desto mehr wurde sie von Unruhe ergriffen.

Nebelschwaden hüllten die Landschaft in ein weißgraues Leintuch. Schemenhaft tauchten die Heuschober auf den Wiesen auf. Die Umrisse der Weiden und Erlen an den Ufern der Salzach waren unscharf. Es kam ihr vor, als blicke sie durch ein schmutziges, von Spinnweben verhangenes Stallfenster.

In Schönbach sagte man ihr, sie müsse sich nach dem Michalbauer links halten, dann käme sie zum Gutshof. Sie ließ das Ross im Schritt gehen, um sich Zeit zu nehmen. Nach dem letzten Gehöft kam sie auf eine Allee. Vergilbte Blätter bedeckten den Weg. Das Laub schluckte das Klappern der Hufe. Die Luft roch süßlich. Nach Sterben und Verwesung. Der Geruch erinnerte sie an den Gang über den Nikolaifriedhof. Durch die kahlen Bäume erblickte sie den Runstein. Der dichte Nebel machte den Ansitz groß und geheimnisvoll. Vor dem Wohnhaus stieg sie aus dem Sattel. Ungläubig wanderten ihre Augen über das stattliche Gebäude. Das Haus war das Ebenbild seines Erbauers. Maßlos, stolz und eigenwillig. Erbaut von einem, der sich nicht nach den Gesetzen anderer richtete. Je mehr sie das Bauwerk betrachtete, desto lebhafter entstand sein Bild vor ihren Augen. Auf den Tag genau vor zwölf Jahren waren sie sich begegnet. Auf dem Martinimarkt zu Mittersill. Wie er neben ihr beim Zuckerbäcker stand, groß und breit, den Blick forschend auf sie gerichtet. Auf die Kleine vom Schlittenberg, die nicht mehr klein war. Vom ersten Augenblick an schwang etwas zwischen ihnen. Etwas, das sie sich nie hatte erklären können. Versonnen betrachtete sie das Wappen über dem Eingang. Den steigenden Gamsbock und die drei Kristalle im Schild, umrankt von zwei Rosenbüschen. Die roten Rosen waren bereits verwelkt, aber die weißen Rosen blühten noch. Die drei Rosetten sahen eher Rosen gleich als Kristallen. Drei Kinder hatte sie ihm geschenkt. Ob die Zwillinge ihren Vater jemals zu Gesicht bekämen?

Sie schritt hinüber zu den Wirtschaftsgebäuden. Über dem Tor, das den Ansitz mit Stall und Scheune verband, entdeckte sie eine in den Sandstein gehauene Inschrift:

Gehe dahin, wo die anderen nicht sind,
die Trägen und die Furchtsamen,
dann kann dir keiner an Herz und Hof.

Dieser Merkspruch war typisch für ihn. Immer auf eigenen Wegen. Immer auf's Ganze gehen. Niemals die Wege der anderen nehmen. An der Seite zum Hof entdeckte sie eine Sonnenuhr. Neun römische Ziffern, so bildhaft gemalt, als wären sie erhaben, dazwischen neun Felder mit ländlichen Szenen. Ein Bauer hinter dem Pflug. Ein Sämann mit Schaff. Ein Schnitter im Korn. Eine Dirn am Spinnrad. Ein Fuhrmann mit Wagen.

Ob Schatten oder Sonnenschein,
eine Stunde wird die letzte sein.

Der Spruch, der sich um die Uhr rankte, schien ihr bekannt. Das Bild von Fronleiten kam ihr in den Sinn. An jenem Wintertag, als sie Christoff aufgesucht hatte, um ihm mitzuteilen, dass sie schwanger war.

Die Sonnenuhr hätte die Zwölf anzeigen müssen. Doch der Zeiger hinterließ keinen Schatten auf dem Zifferblatt. Es fehlte die Sonne.

In Vertretung des Pflegers verlas der Adjunkt Wendelin Mauracher die Schriftstücke. Auszüge aus dem Urbarbuch, dem grundherrschaftlichen Verzeichnis der Güter mitsamt den auf ihnen haftenden Abgaben und Diensten. Gutachten des amtlichen Schätzers über den Wert des Anwesens und der gesamten beweglichen Habe. Und die Grundschuld, die auf dem Hof lastete sowie die Forderungen der privaten Gläubiger.

»In Abwesenheit des Grundeigentümers vollziehe ich im Namen des hochfürstlichen Pfleggerichts zu Mittersill die Zwangsversteigerung des auf den Flurnamen Ruhstein in das Urbarium eingetragenen freieigenen Gutsbesitzes. Zu dem Anwesen gehören zweihundert Joch Grund, größtenteils Wiesen und Wald. Angesichts seiner bevorzugten Lage, des herausragenden Zustandes von Haus und Hof, der ertragreichen Böden und nicht zuletzt der besonderen Bauweise und kostbaren Einrichtung des Wohnhauses wird der gesamte Besitz auf dreitausend Gulden geschätzt. Auf dem Gutshof lastet eine Grundschuld von eintausend Gulden, verzinst mit drei Prozent. Die Forderungen der Gläubiger belaufen sich auf zweitausendeinhundertdreiundvierzig Gulden. Eine landwirtschaftliche Nutzung ist im Grundbuch vorgesehen.«

Ein Raunen ging durch den Saal. Einige rechneten auf einer Tafel, ob sich der Kauf lohne.

»Die Gemeinschaft der Gläubiger hat sich ausbedungen«, fuhr der Gerichtsbeamte fort, »den Erstaufruf nicht zu hoch anzusetzen. Wir beginnen mit einer Summe, die ein Drittel unter dem Schätzwert liegt. Ich bitte die Herrschaften, nur im Hundert zu bieten. Wer ist bereit, zweitausend Gulden für das Objekt zu zahlen? Ich bitte um Gebote.«

Mehrere Hände erhoben sich.

»Zweitausendeinhundert.«

»Zweihundert.«

»Zwei fünf«, rief ein Strohmann, der im Auftrag eines anonymen Käufers gekommen war.

»Dreitausend.« Anna Maria Rottmayrin, die Ehefrau des Severin Senninger, hob die Hand.

»Dreitausend sind geboten«, ertönte die Stimme des Rechtspflegers.

Die Versteigerung ging ihrem Höhepunkt entgegen, als Cecilia den Saal betrat. Sie nahm in der letzten Reihe Platz und blickte sich um. Vor ihr saß der Benkerbauer, der ihnen die Schwaige verpachtet hatte. Die vornehme Frau in der ersten Reihe konnte nur die Weyerhofwirtin sein. Nachdem der Benkerbauer ausgestiegen war, blieben nur noch zwei Bieter übrig. Ein Freiherr von Rosenberg. Und die Rottmayrin.

Die Gebote lagen mittlerweile bei 3500 Gulden.

»Drei sechs«, sagte die Rottmayrin. Ihrem Gesicht war die Anspannung abzulesen.

»Ich steige aus«, sagte Freiherr von Rosenberg verärgert.

Die Mundwinkel der Weyerhoferin umspielte ein triumphierendes Lächeln.

Der Adjunkt blickte fragend in das Parkett. »Keine weiteren Gebote die Herrschaften? Dann Dreitausendsechshundert zum ersten …«

Cecilia hatte sich lange genug beherrscht. Zornig sprang sie auf. »Das Spiel ist aus, Rottmayrin! Alle, die ihr hier sitzt wie die Aasgeier, habt die Rechnung ohne den Wirt gemacht. Der Herr des Runstein hat in seinem letzten Willen den gesamten Gutsbesitz seinem Sohn vermacht, der auch mein Sohn ist. Und mich bis zu seiner Volljährigkeit als Verwalterin eingesetzt.«

»Könnt Ihr das beweisen?«, empörte sich die Rottmayrin.

Cecilia hielt es nicht mehr an ihrem Platz. »Und ob ich das beweisen kann!«

»Halt!«, rief der Gerichtsbeamte. »Das Durchsuchen von Haus und Hof zum Zweck der Sachverhaltsermittlung darf nur mit richterlicher Genehmigung oder mit dem ausdrücklichen Willen des Hausbesitzers erfolgen.«

»Der Hausherr wird nichts dagegen haben, wenn ich sein Testament suche. Schließlich bin ich die Mutter seiner drei Kinder.«

Unbeeindruckt von den Worten des Rechtspflegers, schritt sie durch den Saal in die dahinterliegende Bibliothek. Das zum Hof gelegene Kabinett machte den Eindruck, als sei sein Besitzer überstürzt aufgebrochen. Der muffige Geruch alter Bücher durchzog den halbdunklen Raum. Sie schlug die schweren Samtvorhänge zurück. Auf dem breiten mit Schubladen versehenen Kontortisch lagen Aufschreibbücher, Rechnungen und Briefe in wildem Durcheinander. Wo befanden sich die zwölf Bücher »Vom Bergwerk« des Georgius Agricola? Hunderte Bücher standen in den Regalen. Grüne und rote Lederfolianten mit goldgeprägten Titeln. Hastig nahm sie ein Buch nach dem anderen zur Hand, blätterte es durch und stellte es wieder zurück.

Vergebens.

»Da hätte die Dame etwas früher kommen müssen«, rief der Adjunkt Mauracher ungeduldig.»Wir haben Euch rechtzeitig angeschrieben. Ich glaube, wir können die Versteigerung fortsetzen.«
Eine Reihe dickleibiger Bücher wies im Gegensatz zu den anderen keine Staubschicht auf. Sie nahm den ersten Band heraus und überflog die Widmung. Als sie weiterblätterte, sah sie, dass das Buch hohl war. Die Seiten erhalten, jedoch ausgeschnitten. Das Versteck barg Christoffs letzten Willen. Sie nahm das Papier und eilte zurück in den Saal.
»Dreitausendsechshundert zum Ersten, zum Zweiten und ...«
»Halt!«, rief Cecilia, die letztwillige Verfügung triumphierend in der Luft schwenkend.»Das Gut wird nicht versteigert. Die Gläubiger sollen nach Tantzlehen kommen. Dann werden sie ihr Geld bekommen.«
»Den Aufwand hätten wir uns sparen können«, sagte der Gerichtsbeamte verärgert und packte seine Schriftstücke ein.
»Verfluchtes Weibsstück!«, stieß die Rottmayrin wütend hervor und verließ den Saal.
Cecilia, die neben ihr die Treppe hinunterschritt, hatte es gehört.
»Warum regst du dich auf, Rottmayrin? Ich habe mir genommen, was mir gehört. Machst du es nicht genauso?«
»Wenn es nur das wäre!«
»Wie meinst du das?«
»Da ist noch eine andere Sache. Nach dem Bergunglück kam der Jenner zu mir, um sich Geld zu leihen. Ich machte ihm ein Angebot, das er abgelehnt hat ...«
»Was für ein Angebot?«
»Ein zinsloses Darlehen von dreitausend Gulden.«
»Und das hat er abgelehnt?«
»Ja. Die Vertragsklausel passte ihm nicht.«
»Worin bestand die?«
»Er sollte mir einen Erben schenken.«
Cecilia schoss die Schamröte ins Gesicht.»Mit einem unzüchtigen Angebot wolltest du ihn erpressen?«
»Na und? Bin ich in keiner Notlage? Ein greiser Ehewirt, ein großes Vermögen und keine Kinder.«

»Vielleicht hast du das Angebot nicht attraktiv genug gestaltet …«

»Er hat das zu sehen bekommen, was eine Frau gewöhnlich ihrem Eheherrn im Schlafzimmer zeigt.«

Cecilia versuchte, sich die Rottmayrin unbekleidet vorzustellen. Sie musste im gleichen Alter wie sie sein. Ja, sie war eine attraktive Frau. Etwas kühl, aber nicht ohne weibliche Reize.

»Pech für dich! Christoff macht nicht gern, was andere von ihm erwarten. Er bestimmt die Spielregeln immer selbst.«

»Ich wäre sogar bereit gewesen, meinen Mann zu verlassen. Schon als ich den Jenner auf meiner Hochzeit sah, dachte ich, der könnte mir auch gefallen.«

»Da bist du nicht die Einzige. Und jetzt entschuldige mich, ich habe noch andere Dinge zu erledigen.«

Cecilia Ronacherin, verwitwete Freifrau von Pyrr, war nun Erbwalterin des Runstein. Die Erbschaft hatte sie zu einer wohlhabenden Frau gemacht. Erasmus hatte in seinem letzten Willen verfügt, dass sie die Hälfte seines nicht unbeträchtlichen Vermögens, darunter das Stadthaus in Freiburg, ein Neuntelanteil am Steinbruch der Münsterbauhütte, ein Rebhang am Lorettoberg und fünftausend Goldgulden, erhalten sollte. Die andere Hälfte ging an die beiden volljährigen Söhne Konrad und Berthold. Mit dem Erlös aus dem Verkauf des Hauses zum Weißen Brief begann sie Schloss Schönbach, wie sie den Runstein spöttisch nannte, auf einen Gutsbetrieb umzustellen.

Mit Susanna verband sie ein inniges Verhältnis. Nicht selten kam die Wennserin zu Besuch, um sich nach dem Fortschritt der Arbeiten zu erkundigen.

»Das hätte ich nicht gedacht, dass du eines Tages Gutsherrin wirst«, sagte Susanna bei einem Rundgang über den Hof.

»Ich auch nicht«, lachte Cecilia und lehnte sich an das Scheunentor. Sie streifte eine Haarsträhne aus dem Gesicht. »Wo ist eigentlich die Italienerin, mit der Christoff zusammen war?«

»Julia de Naro? Sie hat ihn verlassen, kurz nachdem er von Freiburg zurückgekommen ist. Auslöser war wohl eure Begegnung.«

»Ja, diese Begegnung war ein Auslöser für vieles.«

»Hast du etwas von Christoff gehört?«, fragte Susanna. »Bald wird man ihn für vermisst erklären.«

»Nein, gehört habe ich nichts von ihm. Aber ich weiß, dass er lebt.«

»Ich hoffe, du täuschst dich nicht. Du hast dir schon oft Illusionen gemacht.«

Cecilia nahm die Wäsche von der Leine, die sie zwischen zwei Apfelbäume gespannt hatte. Ein heftiger Windstoß ließ die Höschen und Leibchen der Zwillinge flattern. Besorgt schaute sie zum Himmel. Schwarze Wolken türmten sich über der Gerlos. Es würde bald ein Gewitter geben. Da gewahrte sie einen Mann auf dem Bettlerpfad. Der verwucherte Steig, der jenseits des Baumgartens am Waldrand entlangführte, war wenig begangen. Der Mann machte einen beklagenswerten Eindruck. Ein abgetragener Mantel schlotterte um seine Knie. Die Füße steckten in schmutzigen Fußlappen, wie sie die Söldner in den Stiefeln trugen. Am Runstein, dem Granitblock mit den seltsamen Zeichen und Schalen, machte der Fremde Rast. Cecilia setzte den Wäschekorb ab und trat auf ihn zu.

»Willst du etwas essen, Bruder? Wir haben noch ein Stück Fleisch im Topf. Ich will es dir gern holen.«

»Seid gesegnet, Herrin«, sagte der Bettler mit brüchiger Stimme. »Aber Fleisch kann ich keines mehr beißen.«

Aus seinem Mantelsack zog er eine Flasche Branntwein und nahm einen kräftigen Schluck.

»Dann werde ich dir eine Hafergrütze bereiten. Das ist gesünder als das, was du in deiner Flasche hast.«

Eine innere Stimme sagte ihr, sie müsse diesem Menschen ein gottgefälliges Werk erweisen.

»Du bist nicht von hier, so wie du redest«, sagte Cecilia, als sie ihm die dampfende Schüssel brachte.

»Nein, ich komme aus Wien.«

Mit zittriger Hand löffelte er das Gericht. »Es war schlimm ... die Pest hat gewütet ... über ein Jahr lang.«

Sie schaute ihn fragend an. »Ist dir in Wien einer begegnet, der Jenner heißt?«

Der Mann dachte nach. Es schien ihm schwer zu fallen, seine Gedanken zu ordnen.

»Nein«, sagte er kopfschüttelnd. »An einen Jenner kann ich mich nicht erinnern ... wie sieht er aus?«

»Groß und kräftig. Graublaue Augen. Schulterlanges dunkelblondes Haar. Anfang der Vierzig.«

Der Alte schüttelte den Kopf. »Von der Sorte gibt es viele.«

»Hat dir vielleicht jemand von Smaragden erzählt?«

»Meint Ihr den Smaragdkönig? Ja, dem bin ich begegnet. Er sah ungefähr so aus, wie Ihr ihn beschrieben habt. Aber das Haar war schon leicht ergraut.«

Cecilia wagte kaum zu atmen.

»Was sagte er?«, stieß sie hervor.

»Was er erzählt hat, klang so unwahrscheinlich, dass ich es nicht glauben konnte. Ich hielt ihn für einen Narren.«

»Was hat er erzählt?«, fragte sie ungeduldig.

»Eine Smaragdgrube hat er gehabt. Ein Bergsturz hat sie vernichtet. Um sein Gut vor den Gläubigern zu retten, wollte er nach Prag reisen. Aber sie haben ihn nicht durchgelassen, weil der Kaiser mit seinem Hofstaat unterwegs war. Da ist er nach Wien gereist. Einen großen Smaragd wollte er verkaufen. Aber wer kauft schon Edelsteine, wenn der Schwarze Tod hinter einem her ist? Einem Betrüger ist er aufgesessen. Der hat ihm Steine aus Grünglas angedreht und sich aus dem Staub gemacht. Die Geschichte hat er jedem erzählt, der ihm einen Krug Wein spendiert hat. Geglaubt hat sie ihm keiner. In Wien laufen viele herum, die deppert sind.«

Cecilia stockte der Atem.

»Er ist es! Hat er sonst noch etwas erzählt?« Sie hielt die Hand an ihr Herz.

Der Mann überlegte lange. Es fiel ihm schwer, seine Gedanken in Worte zu fassen. Plötzlich hellte sich sein Gesicht auf.

»Die Schätze der Finsternis zu suchen, hat er gesagt, ist der falsche Weg. Wenn Gott mir das Leben lässt, will ich die Schätze des Lichts suchen. Das Grün über Tage, nicht das Grün unter Tage. Er sprach oft in Rätseln.«

»Der Narr, von dem du erzählst, ist mein Mann. Der Vater meiner drei Kinder. Du stehst vor seinem Gutshof. Nun, da ich weiß, dass er lebt, bin ich erleichtert.«

Sie gab dem Bettler ein Geldstück und reichte ihm die Hand. Über den finsteren Himmel zuckte ein fahlgelber Blitz, gefolgt von einem krachenden Donnerschlag. Sie blickte dem Landfahrer nach, bis er zwischen den Bäumen verschwunden war. Die ersten Regentropfen fielen. Kurz darauf öffnete der Himmel seine Schleusen. Sie zog Schuhe und Strümpfe aus und tanzte unter den Apfelbäumen. Die Arme ausgebreitet, den Kopf in den Nacken geworfen, dass der Regen im Gesicht sich mit ihren Freudentränen vermischte, jubelte sie: »Er wird kommen, ich weiß, er wird kommen!«

Im Dezember war reichlich Schnee gefallen. Danach setzte klirrende Kälte ein. Wenn die Sonne über die Berge kam, glitzerte der Runstein wie ein Kristallpalast. Eiszapfen funkelten an den Wasserspeiern der Dachtraufen. Der Hausbrunnen hatte jeden Morgen einen gläsernen Harnisch. Mauern und Zaunpfähle trugen weiße Pelzkappen. Und bei jedem Windhauch stäubte der Schnee von den Tannen am Waldrand. Fein wie Puderzucker.

Am Thomastag kam Christoff nach Hause. Martin sah ihn als Erster, als er mit dem Schlitten die Allee hinabsauste. Doch der Junge erkannte seinen Vater nicht.

»Mutter, schon wieder ein Bettler«, rief er über den Hof, »sollen wir ihm etwas geben?«

Cecilia kam aus dem Haus, ein schwarzes Häkeltuch über den Kopf geschlagen. Die Sonne auf den schneeglitzernden Hängen blendete sie so sehr, dass sie die rechte Hand schützend über die Augen legte. In seinem abgerissenen Mantel glich der Fremde einem Landfahrer. Sein Gang aber war anders. Fester. Ausgreifender. Jetzt blieb er stehen. Er schaute sich um. Da erkannte sie ihn. Mit den Zwillingen an den Händen lief sie ihm entgegen.

»Das ist kein Bettler, Martin. Das ist dein Vater!«

Ungläubig blieb Christoff vor ihr stehen.

»Celia, wache ich oder träume ich? Was macht ihr hier?«

»Der Runstein gehört dir, oder besser gesagt uns. Das Gut ist schuldenfrei. Es wartet auf seinen alten und neuen Herrn.«

»Schuldenfrei?«

»Ja. Ich habe die Gläubiger ausgezahlt.«

»Und was ist mit den beiden Kleinen?«

»Das sind Christian und Clarissa.«

»Wer ist der Vater?«

»Der steht vor mir.«

»Wie ... was ... ich?«

»Ja, du!«

»Und wo ist dein Eheherr?«

»Erasmus ist tot – ein Reitunfall.«

»Dann bist du also frei?«

»Ja. Ich bin frei ... für dich.«

»Ich kann es nicht glauben ...«

»Übrigens, ich habe einen Tannenbaum schlagen lassen. Du kannst mir helfen ihn aufzustellen. In drei Tagen ist Weihnachten.«

»Weihnachten mit dir und unseren Kindern. Es kommt mir vor wie ein Traum.«

Cecilia konnte ihre Gefühle nicht zurückhalten. Sie fiel ihm um den Hals und sagte: »Auf diesen Augenblick habe ich zehn Jahre gewartet, mein Liebster.«

»Glaubst du nicht, dass du ein wenig übertreibst?«, lächelte er.

»Auf jeden Fall mehr als zwei. Aber jetzt stecke ich dich erst einmal in die Badewanne, schmutzig wie du bist. Jetzt lasse ich dich nicht mehr los ... nie mehr.«

Christoff erholte sich nur langsam. Das Tagewerk, mit dem er in Wien als Leichenknecht sein Brot verdiente, hatte ihn mitgenommen. Mehr noch das Grauen, das er bei der Arbeit gesehen hatte. Nachts quälten ihn Albträume, dass er wirres Zeug redete oder aufstöhnte, bis Cecilia ihn wieder beruhigt hatte. Tagsüber saß er manchmal stundenlang auf der Hausbank. Als wäre sein Lebensmut gebrochen.

»Was ist mir dir?«, fragte sie ihn eines Tages. »So kenne ich dich gar nicht. Du schaust dem Leben zu, statt es anzupacken.«

Er fuhr sich über die Augen. »Ich habe vieles gesehen und erlebt, was mir nahe gegangen ist. Jetzt schiebt meine Seele ohne Unterschied alles weg. Ich komme mir vor wie in einem Glashaus.«

»Dann lass uns noch einmal von vorne anfangen.«

Christoff schaute sie zweifelnd an. »Und wo?«

»Da, wo alles begann – auf dem Martinimarkt.«

»Wir können uns ja vorstellen, das Bett sei der Heuboden«, sagte er und ergriff ihre Hand.

»Dann sollten wir nicht zu lange warten«, erwiderte sie lächelnd. »Sonst werde ich müde ...«

Den Heiligen Abend begingen sie, wie Cecilia es gewohnt war. Im Saal hatten sie den Christbaum aufgestellt, geschmückt mit roten Wachskerzen, goldbemalten Nüssen und Zuckerkringeln. Cecilia setzte sich an das Clavichord und sang das Lied »Maria durch ein Dornwald ging«. Martin las die Weihnachtsgeschichte aus dem Evangelium. Danach plünderte er den Baum, bis kein Zuckerkringel mehr an den Zweigen hing.

Die Kerzen waren niedergebrannt, bis auf einige Dochte, die ihrem Ende entgegenglommen. Cecilia ergriff Christoffs Hand und sagte: »Würdest du auch eine dreißigjährige Witwe zur Frau nehmen?«

»Ich nehme jede zur Frau, die mir drei Kinder geschenkt hat.«

»Dann ist die Auswahl ja nicht sehr groß.«

»Ich wollte nie eine andere als dich. Auch wenn es manchmal nicht den Anschein hatte.«

»Mir ging es ebenso. Ich wollte es mir lange Zeit nicht eingestehen.«

»Jeder von uns musste seine Erfahrungen machen, um zu erkennen, dass uns mehr verbindet als nur Lust und Leidenschaft.«

»Aber die gehört auch dazu. Sonst säßen wir heute allein unter dem Weihnachtsbaum.«

»Lass uns heiraten, wenn das Trauerjahr vorüber ist. Ich will nicht länger als deine Beiwohnerin mit dir leben. Nicht wegen des Geredes, sondern wegen der Kinder. Sie sollen deinen Namen tragen. Damit sie wissen, wer ihr Vater ist. Und alle anderen auch.«

33
Ehe der Vorhang fiel

Alles ist durch geheime Knoten
miteinander verbunden.

Athanasius Kircher

Cecilia drehte sich vor dem großen Ankleidespiegel im Schlafzimmer. Sie betrachtete sich mit verzweifeltem Blick.

»Ich glaube, ich habe schon wieder abgenommen. Wenn es so weitergeht, kann ich bald mein altes Hochzeitskleid anziehen.«

»Wir machen an den Seiten jeweils einen Abnäher, dann wird es passen«, schlug Susanna vor. »Du bist schlanker geworden, Schwesterherz. Wie machst du das bloß?«

»Seitdem ich auf dem Runstein bin, komme ich nicht mehr zum Sitzen. Ein Gutshof mit einem Dutzend Knechten und Mägden ist etwas anderes als ein Stadthaus mit Diener und Haushälterin.«

»Lass uns noch einmal die Liste durchgehen. Also ist alles geklärt mit dem Hochzeitsmahl?«

»Fünfzig Personen im Festsaal des Weyerhofs. Tischschmuck mit Gartenblumen. Drei Rosen pro Tisch. Über der Tür eine schlichte Girlande aus Tannengrün. Das Essen: Als Vorspeise legierte Bärlauchsuppe mit Kracherle …«

»Kracherle?«

»Ja. So nennt man in Freiburg die in Butter gerösteten Brotwürfel. Hauptgericht: Fasan an Steinpilzsauce, Kastanienpürree und Blaukraut. Zum Nachtisch Scheiterhaufen aus Semmeln mit Eischneehaube.«

»Du kannst es nicht lassen!«, lachte Susanna.

»Es schmeckt einfach himmlisch!«

»Wie sieht es mit der Tischordnung aus?«

»Die Tischkarten habe ich geschrieben. Franziska kommt allein aus Freiburg angereist. Sie hat sich von Konrad getrennt …«

– 617 –

»Was sagst du ... sie hat sich von ihm getrennt?«

»Ja. Es kam zu einem handfesten Ehekrach. Er hat ihr vorgeworfen, ich sei schuld am Tod seines Vaters. Es waren noch andere Dinge im Spiel. Aber das soll sie dir selbst erzählen. Wo war ich stehen geblieben? An der Seite von Christoff sitzt Pfarrherr Lebenauer. Daneben Matthäus Jenner und Elisabeth ... ich hoffe, die Fronleitnerin schafft den Weg herunter, sie soll nicht mehr gut zu Fuß sein. Gegenüber sitzt der Pfleger Löckher von Cronenkreuz mit Gemahlin, neben ihm Severin Senninger mit der Rottmayrin. Ich musste sie einladen, sie ist schließlich die Hausherrin. Sowie Franz und Margarethe Welser. Dich wünsche ich an meiner Seite. Dein Ehewirt sitzt neben seiner Schwester Veronika ... ich habe sie schon lange nicht mehr gesehen. Die Kinder haben ihren eigenen Tisch.«

Susanna sah auf die Liste. »Weiter gehts mit der Kirche. Hast du alles bedacht?«

»Der Blumenschmuck für den Altar ist bestellt. Wie abgesprochen, spielt das Kammerorchester aus Salzburg drei Stücke. ›L'Orfeo‹ von Monteverdi beim Einzug. Das ›Te Deum‹ von Lully zum Hochamt. Und zum Schluss singen wir ›Geh aus mein Herz und suche Freud‹... es war Mutters Lieblingslied.«

»Und der Brautstrauß?«

»Da nehme ich die weißen Rosen am Eingangsportal, gebunden mit himmelblauem Immergrün.«

Susanna zog die Augenbrauen hoch. »Immergrün? Was willst du mit diesem Kirchhofgewächs? Warum nimmst du nicht Myrthen?«

»Was kann das Immergrün dafür, dass es auf den Gräbern wachsen muss?«

»Gibt es sonst noch etwas, das wir nicht bedacht haben?«

Ein Klopfen unterbrach die beiden Frauen in ihren Vorbereitungen.

»Wir wollen jetzt nicht gestört werden, bitte später!«, rief Cecilia unwillig.

»Ich bin es, Christoff. Ich wollte dir nur sagen, dass du mit dem Mittagsmahl nicht auf mich zu warten brauchst. Ich gehe ins Gebirge.«

»Du gehst auf die Jagd? Warte einen Augenblick, ich ziehe mich nur schnell um.«

Sie ließ sich von Susanna das Brautkleid aufknöpfen und legte es in die Truhe. Nachdem sie sich angekleidet hatte, öffnete sie die Tür.

»Was treibt meinen Bräutigam drei Tage vor der Hochzeit ins Gebirge?«

»Ich gehe auf die Gamsjagd. Ins Habachtal. Morgen Abend bin ich wieder zurück.«

Zwischen ihren Augenbrauen bildete sich eine steile Falte.

»Ins Habachtal? Dieses Tal hat uns schon einmal auseinandergebracht. Es war der Anfang vom Ende unserer Beziehung.«

»Was uns auseinandergebracht hat, war nicht das Habachtal, sondern unsere unterschiedlichen Wünsche«, entgegnete er aufbrausend.

»Du wolltest nicht akzeptieren, dass ich ein Leben führe, das deinen hausbackenen Vorstellungen zuwiderläuft.«

»Warum sollte ich auch!«, stieß sie heftig hervor. »Ich musste mich in mein Schicksal fügen. Mit einem unehelichen Kind dazusitzen, dessen Vater monatelang mit einem spinnerten Gelehrten herumzieht, ohne mir eine Nachricht zukommen zu lassen, war alles andere als lustig. Vielleicht war es das, was mich in die Hände eines anderen getrieben hat …«

»Soll ich rausgehen, damit ihr euch besser streiten könnt?«, mischte sich Susanna in das Gespräch.

»Nein, bleib ruhig hier!«, erwiderte Cecilia wütend. »Du bist Zeuge, dass mein künftiger Eheherr drei Tage vor der Hochzeit auf die Jagd geht. Du könntest mir lieber bei den Vorbereitungen helfen, Christoff. Hast du schon daran gedacht, mit dem Senninger den Tischwein auszuwählen? Hast du daran gedacht, mit dem Pfarrherrn über die Eintragung in das Matrikenbuch zu reden, wenn ich mit den Kindern deinen Namen annehme? Hast du über unsere Hochzeitsreise nachgedacht? Nein, an all das denkt der Herr natürlich nicht. Mit banalen Dingen gibt er sich nicht ab. Der Herr hat Besseres vor. Er geht auf die Jagd!«

Den Jenner ließ der Spott kalt. »Eine Hochzeitsreise? Jetzt wo ich sehen muss, wie ich das Korn am besten verkaufe. Jetzt wo ich mich um das Saatgut für das Wintergetreide kümmern muss?«

»Ja, du hast ganz richtig gehört. Ich will mit dir eine Hochzeitsreise machen.«

»Gereist bin ich genug. Was ich von der Welt gesehen habe, hat mir gereicht.«

»Was du mit deiner Familie erleben wirst, sind ja wohl erfreulichere Dinge.« Dann wurde ihr Tonfall versöhnlicher. »Ich habe mir gedacht, wir könnten den Jenner in Villnöss besuchen, deinen Vetter Michael. Auch habe ich die Christina schon lange nicht mehr gesehen. Sie ist immerhin meine Cousine. Sie sollen einen hübschen Ansitz haben in Sankt Magdalena. Frühherbst in Südtirol – wie wunderbar muss das sein! Urlaub mit der ganzen Familie! Auch dir würde es gut tun. Du siehst immer noch nicht gesund aus.«

»Meinetwegen. Bist du jetzt zufrieden? Kann ich jetzt gehen?«

»Ich bitte dich, geh nicht zur Smaragdgrube!«

»Habe ich gesagt, dass ich zur Grube gehe?«

»Was willst du denn sonst im Habachtal? Gämsen gibt es auch anderswo im Gebirge.«

»Muss ich jeden meiner Schritte rechtfertigen?«

»Daran wirst du dich als Ehemann gewöhnen müssen.« Hilflos ließ sie die Hände sinken. »Willst du nicht wenigstens den Götz mitnehmen?«

»Nein, ich gehe allein.«

Er drehte sich um und verließ das Zimmer.

»Ich möchte bloß wissen, was er im Habachtal zu suchen hat«, sagte Cecilia zu ihrer Schwester. »Meine Stimmung ist mir jedenfalls gründlich verdorben. Dieser Mann treibt mich noch in den Wahnsinn.«

In der Nacht hatte Cecilia einen seltsamen Traum. Sie sah sich als Braut vor dem Altar stehen. Christoff trug den rechten Arm in einer schwarzen Schlinge. Als der Pfarrherr fragte: »Christoff Jenner, willst du deine Frau lieben, in guten wie in schlechten Tagen, bis dass der Tod euch scheidet?«, sagte er nichts. Er nickte bloß. Sie blickte ihn an: Sein Gesicht war leichenblass und schmerzverzerrt.

Mit einem Schrei wachte sie auf. Vielleicht war ihm etwas passiert. Sie musste sofort nach ihm sehen. In der Machhütte traf sie den Bauknecht. Er stand am Dengelamboss und zog eine Sensenschneide aus. Wenn es immer so leicht wäre, eine Scharte auszuwetzen, dachte sie bekümmert.

»Götz, lass alles stehen und liegen! Wir müssen Christoff suchen. Er wollte auf die Gamsjagd ins Habachtal. Ich habe Angst, es könnte ihm etwas zugestoßen sein.«

»Der Herr hat den Seilzug und das Brecheisen mitgenommen«, sagte der Bauknecht. »Auf die Jagd ist er bestimmt nicht gegangen.«

»Nein, das denke ich auch. Er wird in der Nähe des Bergwerks sein. Ich fürchte, dass er irgendetwas sucht. Erinnerungen werden es keine sein. Dazu braucht man weder Seilwinde noch Brechstange.«

Christoff war guter Dinge. Das erste Erntejahr war besser ausgefallen als erwartet. Der Roggen war eingebracht. Die Knechte droschen auf Teufel komm raus. Die Korntruhen füllten sich jeden Tag mehr. Wenn das Wetter anhielt, konnte man nächste Woche mit dem Weizen beginnen. Mit dem Ertrag würden sich die brachliegenden Flächen beim Bärengarten schwenden und bestellen lassen. Vielleicht mit Flachs. Flachs gedieh gut im Oberland, besonders zwischen Bramberg und Neukirchen.

Flüchtig betrachtete er das Marterl, das den Steinklauber darstellte. Etliche von seinen Leuten waren abgestürzt. Oder auf andere Weise zu Tode gekommen. Nicht zuletzt die beiden Knappen. Einer von ihnen musste noch in der Bachrinne liegen.

Er ließ das Ross auf der Mahdalm und lud die Geräte in eine Kraxe. Den Buckelkorb auf der Schulter, machte er sich an den Aufstieg zur Sedelalpe. Streckenweise verschwand der Serpentinenpfad in Disteln und Pestwurz. Der Anblick der verfallenen Schuppen und Magazine auf der Hochalm gab ihm einen Stich ins Herz. Durch die Luken der Holzbauten heulte der Fallwind. Wie ein Rudel Wölfe in eisiger Winternacht.

Er nahm den Steig zum Bergwerk. Wie oft war er nicht diesen Weg gegangen. Doch nie erschien er ihm so beschwerlich wie heute. Mehr als einmal musste er stehen bleiben. Die Höhe machte ihm zu schaffen. Sein Herz schlug bis zu den Schläfen. Auf dem Firnfeld an der Nordflanke des Graukogels versanken seine Füße bis zu den Knöcheln im griesigen Schnee. Der Weg über das Felsenband war ausgesetzt. Vorsichtig drückte er sich an der Wand entlang. Von seiner Behausung war nichts übrig geblieben. Mit Schaudern blickte er in die Tiefe. Es wurde ihm plötzlich bewusst, wie gefährlich er gelebt hatte. Dort unten im Geröll musste die Smaragdschatulle liegen. Mit sicherem Tritt stieg Christoff in das steil abfallende Blockfeld. Alles Leben war aus dem Gelände gewichen. Er hatte das Hämmern und Pochen noch in den Ohren, das von den Felswänden widerhallte. Das polternde Geräusch der Hunte. Das Abladen des Haufwerks. Das Rauschen des Wassers in den Bretterkanälen. Die Zurufe der Arbeiter. Er sah die Lastenträger und Botengänger auf dem Steig zur Sedelalpe. Das einzige Geräusch, das er vernahm, war der Schlag seines Herzens. Es hämmerte wie ein Pochwerk. Stein um Stein wälzte er mit der Seilwinde beiseite. Da entdeckte er etwas. Einen schwarzen Grubenkittel. Daneben die Fahrkappe. Dann das Arschleder mit Gurt und Schnalle. Das Leder hing an etwas fest, das sich nicht leicht herausziehen ließ. Mit dem Stemmeisen hob er den Felsblock und zog den Toten hervor. Er drehte ihn auf die Seite. Der Schädel hatte kein Gesicht. An der Decke hing ein Haarbüschel. Es gehörte Keit.

Er grub den Toten aus und hob ihn auf eine Steinplatte. Wie Pergament hing die Haut an den Knochen. Wie leicht ein Toter sein konnte, wunderte er sich. Wo zum Teufel mochte die verfluchte Schatztruhe bloß stecken? Ein Windstoß bewegte das Gerippe, dass es vornüber fiel. Er nahm den Sturz als Zeichen, dass ihm der Tote den Fundort zeigen wollte.

Längst war die Sonne verschwunden. Nur die Spitze des Graukogels glühte im Abendrot. Mit den Schatten kroch die Kälte in den Graben. Er schlug das Seil um die Steinplatte und betätigte die Winde. Der Block zitterte ein wenig. Das Seil spannte sich. Der Block hob sich. Zahn um Zahn drehte er das Rad weiter. Wie ein Peitschenschlag zerriss der Knall die Stille.

Haarscharf war der Flaschenzug an seinem Kopf vorbeigeschossen. Er fasste sich an die Stirn, als müsste er sich vergewissern, ob sein Schädel noch heil war. Der Felsblock hatte sich kaum eine Handbreite bewegt. Er nahm das Stemmeisen und versuchte, den Spalt im Boden zu vergrößern. Wie Wachs bog sich das Eisen. Da sah er etwas Metallisches. Er stellte den Hebebaum auf und kroch unter die Steinplatte, um die Truhe auszugraben.

Stunden waren vergangen. Christoff hatte jedes Zeitgefühl verloren. Der Talboden war längst in den Schatten der Dämmerung versunken. Nur ein schmaler fahlgelber Lichtstreifen zeigte sich am Horizont. Zottiges Gewölk, wie die Wolle grauer Steinschafe, schob sich von Westen über den Himmel. Ungeduldig zerrte er an der Kassette. Da vernahm er ein Rascheln. Wie Kies, das man über ein Sieb schüttet. Die Schatulle musste prall gefüllt sein. Die letzte Saison hatte reiche Ausbeute gebracht. In der Dunkelheit stieß er gegen den Hebebaum. An der Kassette zerrend, bemerkte er nicht, wie sich der Felsblock senkte. Ein stechender Schmerz durchzuckte ihn. Sein rechter Arm war eingeklemmt. Mit der linken Hand wühlte er den Kies auf. Als dies keinen Erfolg brachte, bemühte er sich, den Stein anzuheben. Doch der Stein lastete auf seinem Arm. Als wollte er ihn mit Gewalt festhalten.

Plötzlich ertönte eine Stimme: »Christoff Jenner, du irrst, wenn du glaubst, den Berg ungestraft seiner Schätze berauben zu können. Der Berg holt sich zurück, was man ihm nimmt. Der Berg ist größer als der Mensch.«

Ein dröhnendes Gelächter, das hundertfach von den Felswänden widerhallte, folgte den letzten Worten. War dies die Stimme Luzifers? Oder die Stimme seines Gewissens? War er wahnsinnig geworden, dass er die eine Stimme nicht mehr von der anderen unterscheiden konnte? Er fühlte, wie sich das Blut staute. Und der Arm allmählich abstarb. Der Schmerz wurde so stark, dass er das Bewusstsein verlor.

So fand ihn Cecilia am nächsten Tag. Grauen erfasste sie, als sie ihren Mann neben dem Skelett erblickte. Mit der Seilwinde gelang es dem Götz, den Felsblock anzuheben und Christoff herauszuziehen. Er hatte die Augen geschlossen. Der rechte Unterarm war bläulich und schlaff. Den Bewusstlosen betteten sie auf eine Steinplatte und hüllten ihn in Decken. Danach lief der Bauknecht auf die Söllalm und verständigte den Naz. Gemeinsam trugen sie den Verunglückten auf einer Bahre aus Weidengeflecht zu Tal.

Cecilia ließ unverzüglich nach dem Wundarzt und Chyrurgus Thaddäus Zipperle schicken. Als sie Christoff ausgekleidet hatte, setzte sie sich an sein Bett und fasste seine gesunde Hand.

»Du darfst nicht sterben, hörst du!«, sprach sie leise. »Ich will nicht noch einmal Witwe werden. Am Sonntag werden wir Hochzeit halten. Bis dahin musst du gesund sein. Das mit dem Arm kriegen wir schon wieder hin.«

Sie wusch seinen Körper und benetzte seine Lippen mit Wasser. Um Mitternacht schlug Christoff die Augen auf. Seine Lippen bewegten sich, bildeten dumpfe Laute. Doch so sehr er sich bemühte, sprechen konnte er nicht. Dann fiel er in tiefen Schlaf.

Der Bader schüttelte besorgt den Kopf, nachdem er Christoff untersucht hatte. »Ich muss den Arm abnehmen oberhalb des Ellbogens. Andernfalls vergiftet der Wundbrand seinen Körper.«

Cecilias Augen füllten sich mit Tränen. »Macht, was Ihr für richtig haltet. Hauptsache, mein Mann bleibt am Leben.«

Sie legten Christoff auf einen Schragen. Der Bader tränkte einen Schwamm mit Kupfervitriol, den er dem Kranken vor die Nase hielt. »Visita interiora terrae rectificando invenies occultum lapidum – Suche das Untere der Erde auf, vervollkommne es, und du wirst den verborgenen Stein finden. Der Name Vitriol ist aus den lateinischen Anfangsbuchstaben dieses Satzes gebildet.«

Darauf machte Thaddäus Zipperle einen Aderlass. Dies sei gut vor einer Operation. Auf sein Geheiß banden zwei Knechte den Kranken mit Lederriemen fest. Bevor er sich an die Arbeit machte, griff der Chyrurgus zur Branntweinflasche, nahm einen kräftigen Schluck und goss den Rest über die Wunde. Christoff war ohne Bewusstsein. Ein Zucken ging durch seinen Körper, als der Chyrurgus die Knochensäge ansetzte. Schwarzes Blut quoll aus der Wunde. Den Stumpf brannte er mit einem glühenden Eisen aus. Nach einer Stunde wusch sich der Bader die Hände.

»Die Hände waschen wird er jetzt nicht mehr können«, sagte Cecilia, grau im Gesicht. Sie hatte die ganze Zeit neben dem Kranken gesessen und seine gesunde Hand gehalten.

»Wir werden ihm beim Schmied eine eiserne Hand machen lassen«, versuchte der Wundarzt sie zu trösten. »Wie jene des Ritters Götz von Berlichingen. Mit beweglichen Fingergliedern und einem Mechanismus aus Seilzügen und Knöpfen.«

Am Abend erwachte Christoff.

»Ich hatte schon befürchtet, du würdest unsere Hochzeit verschlafen«, sagte Cecilia mit gequältem Lächeln. »Wie fühlst du dich, mein Armer?«

Christoff versuchte sich aufzurichten. Da merkte er, dass sein rechter Unterarm fehlte. Er betrachtete den Verband.

»Hat der Stein mir den Arm abgerissen?«

»Der Arm wurde zerschmettert. Der Bader musste ihn dir abnehmen. Sonst hättest du den Wundbrand bekommen.«

»Arm bin ich ohne Arm«, versuchte er zu scherzen. »Für meine Torheit bin ich genug gestraft.«

»Was wolltest du eigentlich im Habachtal? Dein Gewehr steckte im Futteral und war nicht geladen ...«

Mühsam suchte Christoff nach Worten. »Ich habe ... die Kassette gesucht ... mit den Smaragden. Mit dem Bergsegen ... wollte ich den Runstein ... abbezahlen.«

Zornesröte schoss Cecilia ins Gesicht. »Den Runstein abbezahlen? Der Runstein ist abbezahlt, das weißt du. Die Grundschuld ist getilgt. Und die Gläubiger haben ihr Geld auf Heller und Pfennig erhalten. Was du sagst, empfinde ich als eine Geringschätzung meines Werks. Wäre ich nicht gewesen, hätte das Gut heute einen anderen Besitzer. Und du wärst wieder das, was du einmal warst: Knecht und Tagelöhner.«

»Verzeih mir bitte, Celia. Der Smaragd ist stärker als alles andere. Das Grüne Feuer besitzt magische Kräfte, gegen die ich machtlos bin.«

Bei den letzten Worten sank Christoff kraftlos in die Kissen zurück. Die Augen waren ihm zugefallen. Das Reden hatte ihn erschöpft.

Am Morgen des Hochzeitstags kleideten zwei Mägde den Runsteiner festlich an. Cecilia umwickelte seine Wunde und gab ihm Branntwein zu trinken, denn seine Schmerzen waren stark. Den rechten Ärmel hatte sie zugenäht und an der Seite seines Gewands befestigt. Es sah aus, als würde er in die Rocktasche greifen.

»Du siehst umwerfend aus!«, sagte Christoff, als sie ihm in den Wagen half.

»Eine Braut ist immer schön. Es ist der schönste Tag im Leben einer Frau. Der Tag von dem ich immer geträumt habe.«

Lächelnd nahm sie die Schleppe des pfirsichfarbenen Brautkleids aus Seidendamast und setzte sich neben den Bräutigam. Clarissa und Christian nahmen sie zwischen sich. Martin saß seinen Eltern gegenüber. Christoff musste sich auf Cecilia stützen, als sie zum Altar schritten. Seine Augen waren glasig, das Antlitz fahl und ausdruckslos. Als der Pfarrer sie fragte, ob sie ihren Ehemann liebe und achte, bis dass der Tod sie scheide, sagte sie mit fester Stimme: »Ja, und noch mehr als das.«

Susanna überreichte die Trauringe. Cecilia steckte den Goldreif an seine gesunde Hand. Der Ring saß so locker, dass Christoff die Hand zur Faust ballen musste, damit er nicht abfiel.

Von dem Hochzeitsmahl rührte der Jenner kaum einen Bissen an. Am Weinglas nippte er einige Male aus Höflichkeit. Nach dem Essen spielten die Musiker zum Tanz auf. Zur Eröffnung hatte sich Cecilia die »Folie d'Espagne« von Lully gewünscht. Danach sollten bäuerliche Ländler gespielt werden. Sie schritt mit Christoff auf die Tanzfläche.

»Ich hätte nie geglaubt, dass wir einmal Hochzeit halten werden ... nach alldem, was geschehen ist.«

»Ich habe die Hoffnung nie aufgegeben. Sonst hätte ich eine andere geheiratet.«

»Du hast es immer verstanden, an das Unmögliche, an das Wunder zu glauben. Diese Stärke habe ich am meisten an dir bewundert.«

»Der Glaube an das Unmögliche hat mir die Kraft gegeben zu werden, was ich bin.«

»Hoffentlich gibt er dir auch die Kraft, wieder gesund zu werden.«

Er blickte ins Leere. »Weißt du, an was mich unser Hochzeitstanz erinnert?«

»An was erinnert dich der Hochzeitstanz, mein Schatz?«, fragte sie ängstlich.

Christoff flimmerte es vor den Augen. Seine Beine wollten ihm nicht gehorchen.

»An den Totentanz auf dem Nikolaifriedhof zu Freiburg. Es kommt mir vor, als ob der Tod mit mir tanzen würde. Er steht hinter mir und will mich von dir wegreißen.«

»Wenn dir nicht gut ist, dann setz dich lieber«, flüsterte Cecilia ihm zu, als er ihren Arm hob, um an ihrem Rücken vorbeizuschreiten. Dabei stürzte er zu Boden und blieb bewusstlos liegen.

»Entschuldigt mich bitte«, sagte sie zu den Gästen. »Ich muss meinen Mann nach Hause bringen. Es war alles etwas zu viel für ihn. Es ist seine erste Hochzeit …«

Dem Scherz folgte kein Gelächter. Alle begriffen, wie schlimm es um den Herrn von Schönbach stand. Susanna sagte den Musikern, sie könnten ihre Instrumente einpacken, getanzt werde nicht mehr.

Der Jenner lag im Wachschlaf. Ein hitziges Fieber hatte ihn ergriffen. Er dämmerte vor sich hin. Cecilia legte ihm Essigtücher auf Brust und Beine, die sie in Abständen wechselte. Flößte ihm Hühnerbrühe ein. Doch mehr als ein paar Löffel nahm er nicht zu sich. Der Bader kam jeden Tag zur Visite und verabreichte dem Kranken Arzneien. Als sich sein Zustand nicht besserte, gab er ihm einen Extrakt aus Hanf und Mohn. Cecilia verbrachte die Nächte an seinem Bett. Manchmal betete sie, wenn die Schmerzen so stark wurden, dass er stöhnte.

»Sollen wir den Pfarrherrn kommen lassen?«, fragte sie schließlich.

Christoff schüttelte den Kopf. »Den Weg ins Himmelreich erbettelt sich ein Jenner nicht. Die Schuld, die ich trage, kannst nur du mir abnehmen. Verzeih mir bitte, was ich dir an Kummer und Leid zugefügt habe. Ich wollte dir niemals wehtun.«

Sie ergriff seine Hand. »Das weiß ich. Wer liebt, der leidet. Das ist nun mal so.«

Die Phasen des Schlafs wurden immer länger. Cecilia machte sich keine Hoffnungen mehr. Eines Tages ließ sie die Kinder kommen. Martin verharrte in scheuer Entfernung von seinem Vater. Verstohlen wischte er sich die Tränen aus dem Gesicht. Der Sterbende strich seinem Sohn über den blonden Schopf.

»Werde groß wie ein Baum und mächtig wie ein Berg. Doch vergiss niemals, dass auch du nur ein winziges Staubkorn bist in der Unendlichkeit des Universums.«

»Vater, du darfst nicht sterben! Du wolltest doch einen Drachen mit mir basteln. Erinnerst du dich: Letztes Mal wollte er nicht aufsteigen.«

»Mein lieber Bursche«, sprach der Jenner, »ich hätte dir gern noch vieles gezeigt. Das kann ich nun nicht mehr. Ich habe damals den Schwanz vergessen. Ein Drachen muss immer einen Schwanz haben. Nicht nur auf den Anfang kommt es an, auch auf ein gutes Ende. Das Ende ist mir leider nicht geglückt.«

Seine Augen wurden feucht. Er hatte nicht mehr die Kraft, die Tränen wegzuwischen. Cecilia legte ihm Christian und Clarissa in die Arme. Er drückte die Zwillinge lange an sich und küsste sie auf die Stirn. Sie versuchten, sich von ihm zu befreien, wie Maikäfer auf der Decke krabbelnd, dass ein Lächeln über seine Lippen huschte.

»Ihr beide seid das Zeugnis einer wundersamen Nacht. Die Nacht, die mir eure Mutter wieder nahegebracht hat.«

Zuletzt sprach er zu Cecilia: »Du hast mir dein Herz geschenkt. Und tief in meine Seele geschaut. Du hast mir drei Kinder geschenkt. Und meinem Leben einen Sinn gegeben. Dieses Glück ist nicht vielen vergönnt. Dafür danke ich dir.«

Sie nahm seine kalte Hand und hielt sie fest.

»Du brauchst mir nicht zu danken. Ich habe dir nur gegeben, was du mir geschenkt hast. Auch wenn du es selten gezeigt hast. Einmal, am Christmorgen – Erasmus war gerade auf Tantzlehen angekommen – hast du vom Berg gerufen: Cecilia, ich liebe dich. Erinnerst du dich?«

»Ja, aber es hat nichts gebracht ... wir haben nur einen kurzen Weg miteinander gemacht.«

»Glück bemisst sich nach Augenblick, Atemzug und Herzschlag, nicht nach Jahr und Tag.«

Cecilia lauschte die ganze Nacht seinen unruhigen Atemzügen. Um Mitternacht bäumte sich Christoff noch einmal auf. Es schien ihr, als wollte er ein Traumbild abwehren. War es der schweigende Gast, der ihn mit knöcherner Hand ergriff?

Sie neigte sich über ihn und hielt das Ohr gegen seinen Mund.

»Willst du mir noch etwas sagen, Christoff?«

Ein Tropfen schimmerte im Winkel seines rechten Auges. Der Tropfen rann nicht über seine Wange, er versickerte, wie er gekommen war.

Die Todesträne, dachte sie bestürzt. Da bewegten sich seine fahlen Lippen.

»Ich habe dich geliebt wie keine andere«, flüsterte erkaum hörbar.

»Ich werde dich immer lieben«, erwiderte sie mit tränenerstickter Stimme. »Bis zu meinem letzten Atemzug.«

Ein tiefer Schmerz ergriff ihr Herz, als sie sah, wie sich sein Antlitz mit wächserner Blässe überzog und Schatten um Augen und Wangen legten.

Schatten wie sie über das Tal kommen, wenn die Sonne hinter den Bergen untergeht.

Sein Atem ging rasselnd und schwer, wie die Gewichte eines Uhrwerks.

Plötzlich war Stille.

Totenstille.

Sein Mund blieb offen stehen. Die Gesichtszüge wurden starr, die Augen waren weit geöffnet.

Cecilia warf sich über ihn und weinte leise, wie es ihre Art war.

Am Gedenktag der Sieben Schmerzen Mariens, dem 15. September 1680, hatte Christoff Jenner sein Leben ausgehaucht. Der Ausdruck seines Gesichts war friedlich und schön. Nicht angstvoll verzerrt wie bei jenen, die in Todesfurcht sterben. Er hat seinen Frieden mit sich und der Welt gemacht, dachte Cecilia. Diese Gewissheit linderte ihren Schmerz, dem tiefe Trauer folgte.

Cecilia weigerte sich, Christoff auf dem Kirchhof zu beerdigen. Sie wolle ihren Eheherrn bei sich haben, sagte sie beim Eintrag in das Sterberegister. Der Pfarrherr hatte Verständnis für ihr Anliegen. Er wusste, was der Runstein für ihren Gemahl bedeutet hatte. Da es ein freieigenes Gut sei, könne er eine Ausnahme von der Begräbnisordnung machen.

Bei dem Stein am Bettlersteig, der dem Gutshof und Flurstück seinen Namen verlieh, ließ sie den Toten bestatten. In den Granitblock ließ sie eine schlichte Grabinschrift schneiden und mit Gold nachziehen:

An Martini gedachte Cecilia, ein paar Blumen auf die Grabstätte zu legen. Es war ein sonniger Herbsttag, wie er nicht selten im Gebirge ist, bevor der Winter kommt. Die letzten rostroten Blätter fielen von den Kirschbäumen, als sie durch den Baumgarten schritt. In den Spinnennetzen funkelten die Tautropfen wie Kristalle. Sie hatte weiße und rote Rosen gepflückt. Als sie vor dem Felsblock stand, wollte sie ihren Augen nicht trauen. Eine Quelle sprudelte aus dem Grabhügel. Eilig rief sie das Gesinde herbei. Die Dienstboten konnten es nicht fassen: Wo der Herr des Runstein begraben lag, quoll ein Rinnsal aus der Erde. Es suchte sich seinen Lauf durch Gestrüpp und Gestein, plätscherte munter neben der Feldsteinmauer, die das Gutshaus einschloss, durch die sanft abfallenden Wiesengründe, um sich mit dem Schönbach zu vereinen.

Die Quelle erschien allen als ein Wunder. Man nannte sie die Cecilienquelle. Wem sie diesen Namen verdankte, ist nicht überliefert. Einige sagten, der Name stehe für die inneren Tränen der Runsteinerin. Andere meinten, die Quelle sei ein Sinnbild für die Tränen, die der Verschiedene über sein tragisches Los vergieße. Das Schicksal, das ihn mit der Frau seines Herzens nur kurze Zeit glücklich werden ließ, aber die Sehnsucht nach ihr nie stillte.

Epilog

Drei Generationen lebten glücklich und zufrieden auf dem Runstein. Im Jahre 1801 kam es jedoch zu einem Zwischenfall. Französische Truppen unter dem Kommando von Oberst Minal hatten sich am 17. März im Oberpinzgau einquartiert. Ermüdet von dem beschwerlichen Ritt über den Gerlospass, erblickte Hauptmann Poussin den Gutshof am rechten Ufer der Salzach und beschloss, mit seiner 2. Grenadier-Kompanie Quartier zu nehmen. Diesem auf Geheiß des Statthalters Sigmund Christoph Graf von Zeil und Trauchburg rechtmäßigen Verlangen, zu dem neben der Verpflegung der Soldaten mit Suppe, Gemüse, Fleisch und einer Kanne Bier auch Stalldienste gehörten, wollte der Hausherr nicht nachkommen. Laurenz von Jenner, ein schrulliger Junggeselle, empfing die Krieger Napoleons mit dem Jagdstutzen.

Mit militärischem Gruß trat Hauptmann Poussin auf den Jenner zu. »Monsieur, ich habe die Ehre, Ihm mitzuteilen, dass wir das Gastrecht auf seinem Landsitz ausüben werden.«

»Halt, keinen Schritt näher!«, rief der Jenner und hob seine Büchse. »Ihr glaubt doch nicht, dass ich unter meinem Dach Blutsauger und Erpresser beherberge.«

»Wenn Er das Gewehr nicht sofort niederlegt«, sagte der Capitaine gelassen, »sehen wir uns gezwungen, das Kriegsrecht auszuüben!«.

»Wenn die Herren Republikaner die Ideale der Freiheit, Gleichheit und Brüderlichkeit beherzigten«, konterte der Runsteiner voller Spott und Hohn, »die sie auf ihre Fahnen schreiben, dann würden sie Europa nicht mit Krieg und Kontributionen überziehen. Mit den sechs Millionen Livres, die sie von uns erpressen wollen, könnten sie sich doch ein gutes Einkehrhaus leisten. Beispielsweise die Wirtstaverne Weyerhof. Dieses gastfreundliche Haus liegt nur eine halbe Fußstunde entfernt, besitzt eine hervorragende Küche, einen anständigen Weinkeller und einen Bierausschank. Damit kann mein bescheidenes Haus nicht konkurrieren.«

Der Hauptmann gab sich alle Mühe, die Haltung nicht zu verlieren. »Es tut mir leid, Monsieur, aber der Weyerhof wurde bereits von einer Husaren-Abteilung des achten Regiments der Division Gudin in Beschlag genommen. Wie wir erfahren haben, sind alle Zimmer belegt.«

»Ich bin davon überzeugt, dass Napoleons heldenmütige Krieger auch mit Scheune oder Stall vorliebnehmen, so wie andernorts auf ihren Beutezügen.«

Bei dem heftigen Wortwechsel verlor ein Grenadier die Nerven und gab versehentlich einen Schuss ab. In dem Glauben, die Kugel gälte ihm, riss Laurenz Jenner das Gewehr hoch. Im gleichen Augenblick donnerten die Rohre von 120 Musketen. Der letzte Runsteiner starb wie bei einer Hinrichtung.

Bei dem nächtlichen Gelage, begünstigt von einem gut sortierten Weinkeller, warf ein betrunkener Soldat den Zunder, mit dem er seine Pfeife angezündet hatte, auf den Teppich. Bald darauf stand das Haus in Flammen. Die Hitze der Feuersbrunst war so stark, dass auch die Wirtschaftsgebäude in Mitleidenschaft gezogen wurden. Obwohl die Franzosen alles daran setzten, den Brand zu löschen, brannte der Ansitz bis auf die Grundmauern nieder.

Einige Nachbarn wollten ein grünes Feuer gesehen haben und meinten, es käme von den Smaragden, die im Haus noch versteckt wären. Wahrscheinlicher ist, dass die kupfernen Rohre und Dachtraufen die grünen Flammen verursachten. Nicht wenige hielten das grüne Feuer für ein Fanal. Der Berg habe ein zweites Mal grausame Rache geübt an dem, der ihn seiner Schätze beraubt hatte. Nachdem er den Erbauer des Runstein mit dem Tod gestraft hatte, nahm er ihm mit seinem letzten Nachkommen auch noch den Gutshof.

Bauern aus Schönbach und Habach bedienten sich in den folgenden Jahren des Mauerwerks der Ruine, bis kein Stein mehr übrig war. Die alte Ulmenallee musste einer breiteren Fahrstraße Platz machen. Nur die hohe moosbewachsene Feldsteinmauer, in deren Geviert die Schönbacher manchmal ihr Vieh weiden lassen, erinnert noch an den Herrensitz. Ein paar knorrige Apfelbäume lassen im Spätsommer ihre roten Früchte auf die Wiese fallen. Wo einst Kinder auf der Schaukel saßen und in den Himmel fliegen wollten. Auch der Granitstein, der dem Flurstück und Ansitz seinen Namen gab, ist noch vorhanden. Er liegt am Waldrand, versteckt zwischen Holunderbüschen. An der Abzweigung, wo der Weg in das Habachtal hinunterführt. Die Grabinschrift ist bis zur Unkenntlichkeit verwittert. Ebenso die geheimnisvollen Zeichen, die Landfahrer oder Bettler in den Stein geschnitten hatten. Die beiden Rosenstöcke aber, untrennbar ineinander verschlungen wie eine Dornenhecke, blühen jedes Jahr. Oft bis zum ersten Schnee.

Ab und zu liegen ein paar Feldblumen auf dem Grab. Steinklauber und Strahler werden sie hingelegt haben. Vielleicht bei einer Rast auf dem Weg zur Reintalalm. Mit etwas Glück kann man im Hangschutt der Grubeneingänge goldhaltige Pyritwürfel und Bleiglanz finden. Dort wo der Sage nach die Bergknappen vom Gamskogel goldene Spangen an den Schuhen trugen. Bevor der Zorn Gottes sie für ihren Hochmut strafte.

Inhalt

Prolog 7

1 Martinimarkt 9

2 Der Fluch der Bettlerin 25

3 Das Geständnis 54

4 Unter dem blühenden Apfelbaum 71

5 Nur ein Stück Fleisch 93

6 Die unheimliche Herberge 124

7 Die Nacht, als der Teufel kam 136

8 Jagdgesellschaft 147

9 Die Smaragdgrube 165

10 Venus im Spiegel 183

11 Das Geheimnis des Nähkastens 197

12 Der Keuchenkrott 215

13 Liebe hat viele Gesichter 227

14 Tanz aus der Reihe 241

15 Eine Malefizsache 263

16 Gewalt sei fern von den Dingen 283

17 Das Haus zum blauen Mondschein 297

18 Turquerie 314

19 Gang in die Finsternis 332

20 Der Mann, der kein Mann ist 364

21 Die Badereise 377

22 Schwarmgeister 402

23 Unter der Erde 417

24 Der Steinschneider von Prag 431

25 Halt mich, ich rutsche 446

26 Triff gut, auch die Zeit 474

27 Grün ist die Hoffnung 496

28 Runstein 512

29 Beim neunten Glockenschlag 536

30 Ein unsittliches Angebot 566

31 Des Todes schwarze Ernte 581

32 Daheim 599
33 Ehe der Vorhang fiel 617
    Epilog 631

Dietmar Gnedt

**Der Nachlass
Domenico Minettis**
Roman
Ausgezeichnet mit dem
Mario-Rigoni-Stern-Preis
für mehrsprachige Alpenliteratur

160 S. 13,5 x 21,5 cm
Hardcover
€ 19,95
ISBN 978-3-7025-0745-9

eBook:
978-3-7025-8003-2
€ 13,99

Michaela Swoboda

Vischers Vermessenheit
Ein historischer Roman

192 S., 13,5 x 21,5 cm
Hardcover, Lesebändchen
€ 22,00
ISBN 978-3-7025-0701-5

eBook:
978-3-7025-8007-0
€ 14,99

Klaus Ranzenberger

Mord in vier Gängen

Ein Burgheim-Krimi

192 Seiten, 13,5 x 21,5 cm
Hardcover
€ 22,00
ISBN 978-3-7025-0822-7

eBook:
978-3-7025-8027-8
€ 14,99

Klaus Ranzenberger

Der Onkel Franz

oder die Typologie
des Innviertlers

160 Seiten, 13,5 x 21,5 cm
Hardcover
€ 22,00
ISBN 978-3-7025-0767-1

eBook:
978-3-7025-8001-8
€ 14,99

Christoph Dopsch

Kleine Geschichte Salzburgs
Stadt und Land

Aktualisierte, erweiterte
Ausgabe des Bestsellers

304 Seiten, 11,5 x 19 cm
durchgehend farbig bebildert
französische Broschur
€ 23,00
ISBN 978-3-7025-0738-1

Leopold Öhler

Die Pest in Salzburg

240 Seiten, 13,5 x 21,5 cm
Hardcover
€ 24,00
ISBN 978-3-7025-0725-1

eBook:
978-3-7025-8013-1
€ 17,99

Christoph Lindenmeyer

Rebeller, Opfer, Siedler

Die Vertreibung der
Salzburger Protestanten

336 Seiten
13,5 x 21,5 cm
französische Broschur
€ 22,00
ISBN 978-3-7025-0836-4

eBook:
978-3-7025-8021-6
€ 17,99

VERLAG ANTON PUSTET   *Lesen* Sie uns kennen.
Noch mehr Lesestoff finden Sie auf **www.pustet.at**